U0164879

【劉再復文集】⑩〔古典文學批評部〕

紅樓夢悟

劉再復 著

題贈知己摯友再復兄

古今中外，洞察人文。
睿智明澈，神思飛揚。

——高行健，著名作家，諾貝爾文學獎獲得者。

煌煌大著，燦若星辰。
光耀海南，特此祝賀。

——李澤厚，著名哲學家、思想家。

一枝巨筆，兩度人生。
三十大卷，四海長存。

——劉劍梅，劉再復長女，香港科技大學人文學部教授。

出版說明

劉再復

香港天地圖書有限公司即將出版我的文集，二零二二年出齊三十卷，這是何等見識、何等作為、何等氣魄呵！天地出「文集」，此乃是香港文化史上的盛舉，當然也是我個人的幸事、大事，我為此感到衷心的喜悅。

我要特別感謝天地圖書有限公司。「天地」對我一貫友善，我對天地圖書也一貫信賴，我曾為天地圖書的傳統題詞：「天地遼闊，所向單純，向真，向善，向美。圖書紛繁，索求簡明，求質，求精，求好。」天地圖書的前董事長陳松齡先生和執行董事劉文良先生都是我的好友。和我情同手足的文良好兄弟雖然英年早逝，但他的夫人林青茹女士承繼先生遺願，繼續大力支持我的事業。此文集啟動之初，她就聲明：由她主持的印刷廠將全力支持文集的出版。三四十年來，「天地」歷經多次風雲變幻，對我始終不離不棄，不僅出版我的《漂流手記》十卷和《潔白的燈芯草》、《尋找的悲歌》等，還印發了《放逐諸神》和八版的《告別革命》，影響深遠。現在又着手出版我的文集，實在是情深意篤。此次文集的策劃和啟動乃是北京三聯前總編李昕（現為商務顧問）和天地圖書的董事長曾協泰二兄，他們怎麼動起出版文集的念頭我不知道，但我知道他們都是性情中人，都是出版界老將，眼光如炬，深知文集的價值。協泰兄和李昕兄商定之後，請我到天地圖書和他們聚會，決定了此事。讓我特別高興的是協泰兄拍板之後，天地圖書的全部脊樑人物，全都支持此事。天地圖書總經理陳儉雯小姐（陳松齡的女兒）直接代表天地掌管此事，編輯主任陳幹持小姐擔任責任編輯。其他參與「文集」編製工作的「天地」同仁經驗豐富，有責任感且好學深思，具體負責收集書籍、資料和編輯、打字、印刷、出版等事宜，讓我特別放心。天地圖書全部精英投入此事，保證了「文集」成功問世，在此我要鄭重地對他們說一聲謝謝。

閱讀天地圖書初編的文集三十卷的目錄之後，我的摯友、榮獲諾貝爾文學獎的著名作家高行健特寫了「題贈知己摯友再復兄：古今中外，洞察人文。睿智明澈，神思飛揚。」十六字評價，一言九鼎，讓我高興得好久。爾後，著名哲學家李澤厚先生又致賀，他在「微信」上寫道：「煌煌大著，燦若星辰。光耀海南，特此祝賀。」我的長女劉劍梅（香港科技大學人文學部教授）也發來賀詞：「一枝巨筆，兩度人生。三十大卷，四海長存。」我則想到四五十年來，數十卷書籍，至今之所以不會過時，多年不衰，值得天地圖書出版，乃是因為三十卷文集都是純粹的學術探索與文學創作，而非政治與時務。政治以權力角逐和利益平衡為基本性質，即使民主政治也改變不了政治的這一基本性質。我的所有著述，所有作品都不涉足政治，也不涉足時務，所以站得住腳，贏得相對的長久性。

我個人雖然在三十年前選擇了漂流之路，但我一再說，我不是反抗性的政治流亡，而是自然性的美學流亡。所謂美學流亡，就是贏得時間，創造美的價值。今天我對自己感到滿意的就是這一選擇沒有錯。追求真理，追求價值理性，追求真善美，乃是我永遠的嚮往。我對此無愧無悔。我的文集分兩大部份，一部份是學術著述，一部份是散文創作。無論是人文學術還是文學創作，我都追求同一個目標，持守價值中立，崇尚中道智慧，既不媚左，也不媚右；既不媚上，也不媚下；既不媚俗，也不媚雅；既不媚東，也不媚西；既不媚古，也不媚今。所謂中道，其實是正道，是直道，是大道。

最後，我還想說明三點：一是本「文集」，原稱為「劉再復全集」，後來覺得此名不符合實際，因為收錄的文章不全。尤其是非專著類的文章與訪談錄。出國之前，特別是上世紀七十年代末與八十年代初的文字，因為查閱困難，幾乎沒有收錄集子之中。所以還是稱為「文集」較好，可留有餘地。待日後有條件時再作「全集」。二是因為「文集」篇幅浩瀚，所以成立了一個編委會，我們不請學術權威加入，只重實際貢獻。這編委會包括李昕、林崗、潘耀明、陳松齡、曾協泰、陳儉雯、梅子、陳幹持、林青茹、林榮城、劉賢賢、孫立川、李以建、葉鴻基、劉劍梅、劉蓮。「文集」啟動前後，編委們從各自的角度對「文集」提出許多很好的意見，所有的意見都非常珍貴。謝謝編委們！第三，本集子所有的封面書名，全由屠新時先生一人書寫完成。屠先生是《美中郵報》總編。他是很有才華的追求美感的書法家。他的作品曾獲國內書法比賽中的金獎。

「文集」出版之際，僅此說明。

於美國科羅拉多州波德

二零一九年十二月三日

目錄

《紅樓夢悟》

劉再復

《紅樓夢悟》目錄

第三輯 《紅樓夢》議

謹以此書此悟，敬獻給中國文學與人類文學永遠的大師曹雪芹的偉大亡靈。感謝他創造了文學的不朽聖經《紅樓夢》，使我贏得了對美的衷心信仰，並由此明白了該如何守護生命本真狀態而詩意地棲居於人間大地之上。

二零零四年

於美國科羅拉多大學校園

香港三聯版再版前言

拙著《紅樓夢悟》於二零零六年由香港三聯首次出版，第二年北京三聯又繼而出版。北京三聯出版後的第二個月，就進行第二次印刷，至今一直擺在書店的暢銷書欄裏。現在香港三聯又告訴我，第一版即將售完，馬上就要推出增訂版。我寫「紅樓」文字，只是自言自語自娛，但寫出來的書，有人願意讀，就該高興。

此次香港三聯再版，我增添了《紅樓悟語新作一百則》和《論〈紅樓夢〉的哲學內涵》。第一版的「悟語」二百則，新版便有三百則了。新寫的這一百段，小女兒劉蓮打字完之後，她姐姐劍梅通過 e-mail 傳送給《萬象》雜誌王瑞智先生，並得到他的激賞，分五期連載於刊物上。《萬象》今年第八期發了頭二十則後，我尚未收到雜誌，就得到台北「印刻 INK」總編初安民先生的信息，他已讀到「悟語」，並想在《印刻》上也發。可是這之前，我已答應給郭楓兄主編的《新地》。《新地》在十七年前問世，後來停辦了。今年九月又重新創刊，它竟在首期把「百則悟語」一次發出。郭楓兄讀了稿子之後寫信給我，說他要重讀《紅樓夢》了。與此同時，梅子兄於香港也在他主編的《城市文藝》上分兩期刊出。在寧靜的落基山下，看到萬里之外朋友們真誠的珍惜之情，真感到欣慰。我把朋友的欣賞和珍惜，看作一種榮譽。我早已拋卻虛榮幻相，但仍有文化榮譽感，尤其是友人慧眼下給予的榮譽，因為這是真實的。

香港三聯版發行後，我把書送給幾位內行的朋友，也送給在澳門大學任教的施議對兄。他讀後說，你應再寫一百則悟語，以構築「語三百」。他是古典文學研究家，「詩三百」的概念融入他的血脈，便想起這個「語三百」。我雖沒有緊追前人的抱負，但覺得好玩。何況對於《紅樓夢》，我幾乎天天讀，還有許多感悟尚未記下，於是，就接受他的建議，再作一百則。議對兄在作此「鼓動」時還說：許多人閱讀《紅樓夢》，只看到「風動」、「幡動」，你已看到是「心動」，怎能不說，怎麼不寫？這話倒真的了解我。正是慧能的「明心見性」，正是這位放下邏輯的不識字的禪宗天才，幫助我把握生命的當下存在，也幫助我領悟和把握《紅樓夢》中那些「心動」的奧秘。我把慧能的「不立文字」解說為「放下概念」，把那些執着於政治理念、意識形態理念的《紅樓夢》評論都視為「風動」與「幡動」的表層闡釋，因此才用「悟」的方法去取代「學」的方法。

新版增補的《論〈紅樓夢〉的哲學內涵》，感謝陶然兄全文刊登於他主編的《香港文學》，兩萬多字的文章真難找到發表之處，此文首次對《紅樓夢》哲學進行概說，初步實踐了俞平伯先生的遺願。我在這篇論文中說，《紅樓夢》哲學不是哲學家哲學，而是藝術家哲學。意思是說，它不是抽象的訴諸邏輯與思辨的哲學，而是具體的、蘊含於藝術文本與創作實踐血肉相連的哲學。然而，這並不是說，曹雪芹的哲學對象只是藝術。相反，我特別指出，曹雪芹的哲學對象（包括審美對象）是宇宙、世界、人生，尤其是生命。曹雪芹的美學觀、哲學觀也是曹雪芹的世界觀、宇宙觀。他的「兼美」思想是近代多元意識、多元哲學的序曲，他的詩意生命存在意味又是二十世紀存在論的先聲。德國哲學家瓦爾特·考夫曼在《存在主義：從陀思妥耶夫斯基到薩特》，文中稱陀氏的《地下室手記》為「已有的關於存在主義的最好序言」。《地下室手記》、《卡拉馬佐夫兄弟》都是文學作品，但又有巨大的哲學蘊藏。西方存在主義關於自由與自由的焦慮及與上帝存在的關係等思索都受到陀思妥耶夫斯基的影響。曹雪芹的哲學形態與莊子、陀思妥耶夫斯基相似。但莊、陀的哲學已被充份發現，中國哲學史已有莊子重要的一席，而曹雪芹在哲學史書上仍然是缺席的。我開掘《紅樓夢》哲學，是希望曹雪芹也能像莊子一樣，其文本所包裹着的哲學能夠進入大哲學史的框架，也能像拜倫一樣，成為羅素《西方哲學史》重要的一章。最近讀美國 Susan Leigh Anderson 的《陀思妥耶夫斯基》（*On Dostoevsky*），發現全書講的正是陀氏哲學。讀了安德森這部著作，我更覺得關於《紅樓夢》的哲學思索應當繼續下去。

最後還要感謝香港三聯的總編陳翠玲及責任編輯舒非二兄再版此書，並感謝她們首先確認感悟方式可以作為一家之言而站立於評紅之林。

二零零八年一月

於美國科羅拉多州

自序一：以悟法讀悟書

十二年前，我到瑞典前夕，寫了一篇《揹着曹雪芹與聶紺弩浪跡天涯》，說閱讀《紅樓夢》是漂流生活的一部份，書中那些天真而乾淨的少男少女是我朝夕相處的朋友。還常慶幸自己出生在《紅樓夢》問世之後，否則，精神生活一定會乏味得多。我讀《紅樓夢》和讀其他書不同，完全沒有研究意識，也沒有著述意識，只是喜歡閱讀而已。閱讀時倘若能領悟到其中一些深長意味，就高興。讀《紅樓夢》完全是出自心靈生活的需要。

也許正是這種特殊的閱讀心態，所以我很少讀評論《紅樓夢》的書，只愛閱讀文本。此外，也不想寫甚麼東西，立甚麼文字，只想感悟其中的一些真道理、真情感。本集子中的兩百多則隨想錄，只是閱讀時隨手記下的「頓悟」，並不是「做文章」。集子中的若干篇論說，則完全是被逼出來的。其中「論《紅樓夢》的永恆價值」一文是被夢溪兄所逼。他受北京大學中文系委託編輯一部「論紅」文集，邀請一些《紅樓夢》研究者作文，竟想到門外的我，而且「抓住不放」。二是被編輯所逼。香港三聯編輯部約我寫作一部重新評論中國古典長篇小說的書，《紅樓夢》自然是不能不說的。本集子中的《論〈紅樓夢〉的懺悔意識》（包括其中後來加上的《文學的超越視角》），則是與林崗合著的《罪與文學》一書內容結構上所必須，也屬於不得不作。至於本集第三輯的「議」，更是玩玩而已。剛出國時，太孤獨，也只好請曹雪芹這位「心靈的天才」幫忙。在海外漂泊的日子裏，《紅樓夢》靈魂的亮光時時照射着我的思想之路與文學之路，小說中的林黛玉猶如帶領但丁的貝亞特麗絲，她既是引導賈寶玉前行的女神，也是引導我走出泥濁世界的燈火。質言之，我不是把《紅樓夢》作為學問對象，而是作為審美對象，特別是作為生命感悟和精神開掘的對象。生命不是概念，不是數字，不是政治符號，也不是道德符號，它是可以無限伸延的血肉與精神。也許因為不是刻意去研究，只是用平常之心去閱讀和領悟，所以常常忽略掉曹氏的家族譜系，而順着自己的形而上嗜好，特別傾心也特別留心《紅樓夢》中空靈的、飄逸的、神秘的一面。今天坐下來想想，倒覺得歷史有這一面，才顯得浩瀚；人生有這一面，才顯得豐富。沒有歷史的神秘與命運的神秘，文學就太乏味了。

清同治八年，江順怡在杭州發表《讀紅樓夢雜記》，俞平伯先生在《紅樓夢辨》第十四節中對此書十分推崇，並說明其作者的姓氏、籍貫，最先為顧頡剛先生所考定。江順怡在《雜記》中說：「《紅樓夢》，悟書也。其所遇之人皆閱歷之人，其所敍之事，皆閱歷之事，其所寫之情，皆閱歷之情。」說得很好。《紅樓夢》的確是曹雪芹閱歷感悟人生的結果，這部偉大著作不是「做」出來的，而是悟出來的。《紅樓夢》禪味瀰漫，沒有禪宗，就沒有《紅樓夢》，它的確是部大徹大悟之書。既然是部悟書，那麼，光靠頭腦去分析就不夠了，恐怕還得用心靈去領悟，即以心傳心，以悟讀悟。禪宗方法論此處倒是用得上。所以我也就姑且給這部集子命名為「紅樓夢悟」，也許因為打開生命去感悟，所以就發現王國維的不足：百年前他天才地揭示《紅樓夢》的悲劇意蘊，但未能發現《紅樓夢》同時又是一部荒誕劇。其深刻的荒誕內涵，正是中國現代意識的偉大開端。我相信，除了悲劇論（悲劇的本質是「有」的毀滅），還須用存在論（存在的本質是「無」）去闡釋，才能把握《紅樓夢》的精神整體。

二零零四年九月
美國科羅拉多大學校園

自序二：嘗試《紅樓夢》閱讀的第三種形態

對於書籍的閱讀，我確實非常廣泛，但能讓我身心整個投入的中國古典文學作品只有《紅樓夢》。真正做到閱讀與生命連接了。林黛玉和賈寶玉常常借禪說愛，以心傳心。有一次，林黛玉逼着賈寶玉交心而問道：「寶姐姐（指寶釵）和你好你怎麼樣？寶姐姐不和你好你怎麼樣？寶姐姐前兒和你好如今不和你好怎麼樣？今兒和你好，後來不和你好你怎麼樣？你和他好他偏不和你好你怎麼樣？你不和他好他偏要和你好你怎麼樣？」面對這一串問題，寶玉呆了半晌，突然大笑道：「任憑弱水三千，我只取一瓢飲。」在當時的語境下，賈寶玉表達的「專情於一」的意思分外明白。

這一意思也啟迪了我對《紅樓夢》的選擇。人類文化史積存下來的書籍有如大海，正是「弱水三千」。人的心力有限，自然是應當取其精華。經過選擇，我終於明白中國文學中國文化最大的寶藏就在《紅樓夢》中，這裏不僅有最豐富的人性寶藏，藝術寶藏，還有最豐富的思想寶藏、哲學寶藏。取出《紅樓夢》這一瓢獨自飲啜，全生命、全靈魂都受到澤溉。

閱讀《紅樓夢》，我大約經歷了四個小階段：（1）大觀園外閱讀，知其大概；（2）生命進入大觀園，面對女兒國，知其精髓；（3）大觀園（包括女兒國與賈寶玉）反過來進入我自身生命，得其性靈；（4）走出大觀園審視，得其境界。王國維說讀書應「入乎其內，出乎其外」，他是出乎其外地領略到《紅樓夢》的宇宙境界了，但他似乎未經歷「生命進入大觀園女兒國」和「女兒國進入閱讀者自身」的階段，所以在《〈紅樓夢〉評論》中也未能開掘賈寶玉和其他少女的生命內涵。與他不同，我則經歷了生命投入和生命吸收的過程，並感到生活與靈魂一旦被《紅樓夢》中的詩意生命所參與、所照明，那才真的幸運，那是連吃飯睡覺、遊山玩水都感覺不一樣了，此時，才覺得棲居於地球上的一點詩意。海德格爾曾說，今天的人類已經難以和本真自我相逢。確乎如此，在被財富、機器、權力異化之後的人類已丟失了本真狀態。正如《紅樓夢》中的甄寶玉（世俗狀態中的人類符號）見到本真的自我（賈寶玉）時已不認識，還對這個真我發了一通「酸論」。我閱讀《紅樓夢》也如甄寶玉與賈寶玉相逢，然而，自己感到欣慰的是，我還不是「縱使相逢應不識」（蘇東坡語），而是充滿與本真己我重逢的大喜悅。

有了一段特別的閱讀經驗之後，我禁不住要寫下心得。一段一段地寫，便發覺自己在走一條《紅樓夢》閱讀的新路，或者說，在嘗試《紅樓夢》探索的一種新的形態。兩百多年來《紅樓夢》的閱讀與探討，有三種形態：一是《紅樓夢》論；二是《紅樓夢》辨；三是《紅樓夢》悟。嚴格地說，直到王國維才有第一種形態，才稱得上論。《〈紅樓夢〉評論》有觀點，有邏輯，有分析，有論證，一出手就如空谷足音，自創一格。可惜百年來「論」雖日益豐富，但受政治意識形態浸染太甚，影響了收穫。與論相比，《紅樓夢》辨這一形態不僅歷史長，而且成就也高。所謂辨，乃是指辨析、註疏、考證、探佚、版本清理等。度過索隱派這一比較牽強的階段，從胡適起，直至俞平伯、周汝昌等，都下了功夫作考證，他們為《紅樓夢》辨創造了實績，其功難沒。我缺少考證功夫，無法走《紅樓夢》辨的路，至於「論」，倒是在二十年前寫作《性格組合論》時就有一章節論述《紅樓夢》的性格描述，近年也與林崗一起論證《紅樓夢》的懺悔意識和超越視角，但總覺得「論」太邏輯，難以充份表述自己對此巨著的諸多感受，無法盡興，於是，就自然地走上悟的路子了。以往的《紅樓夢》閱讀與探索，其實也有悟，脂硯齋的批註，其中論、辨、悟的胚胎都有，歷年的論者辨者也都有所悟，然而，把「悟」作為一種基本閱讀形態、探討形態和寫作形態，似乎還沒有。所以我才冒昧地稱「悟」為第三種形態，並給拙著命名為《紅樓夢悟》，與俞平伯先生的《紅樓夢辨》作一對應。「悟」與「辨」的區別無須多說，而悟與論的區別則是直覺與理析的不同。實證與邏輯，這一論的主要手段，在悟中被揚棄，即使出現，也只是偶爾為之。悟的方式乃是禪的方式，即明心見性、直逼要害、道破文眼的方式，也可以說是抽離概念、範疇的審美方式。因此，它的閱讀不是頭腦的閱讀，而是生命的閱讀與靈魂的閱讀。其實，這也與中醫的點穴位差不多，一段悟語、悟文，力求點中一個穴位，捕住一個精神之核，至於細部論證，那只能留給他人或自己的論文了。

寫於二零零五年九月二十九日
美國科羅拉多大學校園

第一輯　《紅樓夢》悟

小引

【一】

十幾年前一個薄霧籠罩的清晨，我離開北京。匆忙中抓住兩本最心愛的書籍放在挎包裏，一本是《紅樓夢》，一本是聶紺弩的《散宜生詩》。

帶着《紅樓夢》浪跡天涯。《紅樓夢》在身邊，故鄉故國就在身邊，林黛玉、賈寶玉這些至真至美至純的兄弟姐妹就在身邊，家園的歡笑與眼淚就在身邊。遠遊中常有人問：「你的祖國和故鄉在哪裏？」我從背包裏掏出《紅樓夢》說：「故鄉和祖國就在我的書袋裏。」

【二】

故鄉有時很小，有時很大。福克納說故鄉像郵票那麼小是對的，卡繆說故鄉像海洋那麼大也是對的。故鄉有時是沙漠中突然出現的綠洲，荒野中突然出現的小溪，暗夜中突然出現的篝火；有時則是任我飛翔的天空，任我馳騁的大道，任我索取的從古到今的大智慧。

故鄉故國不僅是祖母墓地背後的峰巒與山崗。故鄉是生命，是讓你棲息生命的生命，是負載着你的思念、你的憂傷、你的歡樂的生命。歌德筆下的少年維特，他的故鄉是一個少女的名字，她叫做「綠蒂」。這個名字使維特眼裏的一切全部帶上詩意，使世俗的一切都化作夢與音樂。維特到處漂泊，尋找情感的家園，這個家園就是綠蒂。正如絳珠仙草——林黛玉是賈寶玉的故鄉，林黛玉一死，賈寶玉就喪魂失魄，所剩下的只有良知的鄉愁與情感的鄉愁。

曹雪芹在《紅樓夢》開篇第一回就重新定義故鄉。他把故鄉推到很遠，推到靈河岸邊三生石畔，推到無數年代之前女媧補天的大空曠，推到超驗世界的大沉寂，推到遙遠的白雲深處和無雲的更深處。由此，我們更感到生命源遠流長，更意識到我們不過是到地球上來走一回的過客。過客而已，漂流而已，不要忙着佔有，不要忙着爭奪，不要「反認他鄉是故鄉」。

【三】

曹雪芹與荷馬、但丁、莎士比亞、歌德、托爾斯泰、陀思妥耶夫斯基等最偉大的詩人作家，就像家鄉的大河，而我一直是在河邊舀水的小孩。如果不是他們的澤溉，我是不會長大的。我的生命所以不會乾旱乾枯，完全是因為時時靠近他們的緣故。出國之後，我一面愈走愈遠，一面則愈走愈近。相對於一些荒誕的往事，愈走愈遠；相對於「家鄉的大河」與童年的搖籃，則愈走愈近。此刻，我已貼近大河最深邃的一角。生命的大歡樂就在與偉大靈魂相逢並產生靈魂共振的瞬間。

【四】

常常心存感激，常常感激從少年時代就養育我的精神之師，感激荷馬與但丁，感激莎士比亞與托爾斯泰，感激陶淵明與曹雪芹，感激老子與慧能，感激魯迅與冰心，感激一切給我靈魂之乳的從古到今的思想者、文學家和學問家，還有一切教我向生命本真回歸與靠近的賢人與哲人，感謝他們所精心寫作的書籍與文章，感謝它們讓我讀了之後得到安慰、溫暖與力量。還心存感激，感激讓我衷心崇仰的藍天、星空和宇宙的大潔淨與大神秘，感激現實之外的另一種偉大的秩序、尺度與眼睛，還感激從兒時開始就讓我傾心的近處的小花與小草，遠處的山巒與森林，還有屋前潺潺流淌着的小溪和它的碧波。所有這一切，都在呼喚我的生命和提高我的生命，都在幫助我保持那份質樸的內心和那盞靈魂的燈火。

【五】

在海外十幾年，一直覺得自己的靈魂佈滿故國的砂土草葉和紙香墨香。這才明白，祖國就是那永遠伴隨着我的情感的幽靈。無論走到哪裏，《山海經》、《道德經》、《南華經》、《六祖壇經》、《紅樓夢》就跟到哪裏。原來祖國就是圖畫般的方塊字，就是女媧補天的手，精衛填海的青枝，老子飄忽的鬍子，慧能挑水的扁擔，林黛玉的詩句和眼淚，賈寶玉的癡情與呆氣，還有長江黃河的長流水和老母親那像蠶絲的白頭髮。

【六】

《紅樓夢》沒有被限定在各種確定的概念裏，也沒有被限定在「有始有終」的世界裏去尋求情感邏輯。反抗有限時間邏輯，反抗有限價值邏輯，反抗世俗因緣法，《紅樓夢》才成為無真無假、無善無惡、同時也是無邊無際的藝術大自在。其綿綿情思才超越時空的堤岸，讓人們永遠説不盡、道不完。

有用頭腦寫作的作家，有用心靈寫作的作家，有用全生命寫作的作家，曹雪芹屬於用全靈魂全生命寫作的作家。他用生命面對生命，用生命感悟生命，用生命抒寫生命。大制不割（《道德經》），生命與宇宙同一，生命是世俗的價值尺度難以界定、難以切割的泱泱大制。

【七】

古希臘史詩所展現的波瀾壯闊的戰爭，不是正與邪的戰爭，無所謂正義與非正義，其勝利者與失敗者都是英雄。這些英雄被命運推着走，而命運的背後是性格。如果荷馬也落入「成者為王，敗者為寇」的邏輯，就沒有這部偉大史詩。命運性格屬於人，正邪之分則屬於政治理念與道德理念。希臘史詩的大詩意來自生命，不是來自理念。

如果説，希臘史詩《伊利亞特》是剛的史詩，那麼，《紅樓夢》則是柔的史詩。前者的英雄都是男性的粗獷豪邁的英雄，其首席英雄阿格紐斯甚至十分粗野，他不懂得尊重對手赫克托耳（特洛伊主將），不懂得尊重失敗的英雄。書中的主要情節——希臘和特洛伊的戰爭，表面上看，雙方為一個美人（海倫）而戰，實際上雙方都把美人（女人）當作爭奪的獵物，對女性並沒有真的尊重。《紅樓夢》則不然，它把女性視為天地的精英靈秀，世界舞台的中心，連最優秀的男子，其智慧也在她們之下。《伊利亞特》是用男人的眼睛看歷史，《紅樓夢》則用開悟的女子眼睛看歷史，林黛玉悲題五美吟，薛寶琴抒寫《懷古十絕》，都説明，《紅樓夢》的歷史眼睛是柔性的，感性的，充份人性的。

【八】

從荷馬史詩到莎士比亞戲劇，從但丁到托爾斯泰、陀思妥耶夫斯基，從《史記》到《紅樓夢》，所有經過歷史篩選下來的經典，都是偉大作者在生命深處潛心創造的結果，因為是在生命深處產生，所以時間無法蒸發掉其血肉的蒸氣，所以真的經典永遠具有活力，永遠開掘不盡。經典不朽，其實是生命不朽。沒有一部經典是靠社會組織拔高或靠一些沽名釣譽之徒相互吹捧形成的。

《紅樓夢》為我們樹立了文學的坐標。這部偉大小說對中國的全部文化進行了過濾，凝結成一部從神瑛侍者（類似亞當）與絳珠仙草（類似夏娃）的情愛寓言開始的文學聖經。這部聖經點亮我的一切，特別是告訴我：文學不是頭腦的事業，而是性情的事業與心靈的事業，必須用眼淚與生命參與這一事業。

【九】

《山海經》中記載的神話故事，總是讓我們感到太少。那個混沌初鑿的原始時代沒有人去刻意記錄，它的故事和山山水水一樣，自然形成，自然留下，自然地伴隨着一代一代的風霜雨雪積澱在民族的集體記憶裏。因為不是刻意記錄寫作，所以更顯得猶如嬰兒般的純粹。《山海經》特別寶貴，就因為它是中華文化最本真的原果汁、原血液，因此也可以稱《山海經》文化為中國的原型文化。斯賓格勒在《西方的沒落》提出過「偽型文化」的概念，中國文化何時發生「變形」，尚需討論。但《山海經》沒有任何偽形，未曾變質，卻不容置疑。中國的長篇小說《紅樓夢》一開篇就連接着《山海經》，它和《山海經》一樣保持着中國文化的原生態。《三國演義》屬偽型文化，《紅樓夢》則屬原型文化。或者說，《紅樓夢》反映着中國健康的集體無意識，《三國演義》則代表着受傷的、病態的集體無意識。

【一〇】

故國幾部經典長篇小說，雖然都有文學成就，可惜《三國演義》太多「機心」，《水滸傳》太多「兇心」，《封神演義》太多「妄心」。惟有《西遊記》和《紅樓夢》總是讓人喜歡，愈讀愈感到親切。《西遊記》具有童心，《紅樓夢》則具有「愛心」。賈寶玉也有孫悟空似的童心，但它經過少女的洗禮與導引，又昇華為大愛與大慈悲之心。因此，《紅樓夢》的精神境界比《西遊記》又高出一籌。中國人的野心展現在前三部長篇中，而赤子之心則在後兩部長篇裏，尤其是在《紅樓夢》裏。中國人有了《紅樓夢》這一偉大的人性參照系，才會警惕《三國》中人和《水滸》中人。中國人的善良、慈悲、率真、質樸等優秀人性基因，全在《紅樓夢》裏。有《紅樓夢》在，中國人才不會都去崇尚劉備、李逵、武松等變態英雄。因為有《紅樓夢》的亮光在，總有人會從少年時代開始就模仿賈寶玉，以自己的方式和名利場拉開距離。一個民族的民族性格主要是被文學所塑造。可惜以往太多被《三國》、《水滸》所塑造，太少被《紅樓夢》所塑造。

【二】

把小說當成救國的工具或當成啟蒙的工具，好像是「大道」，其實是「小道」。此時小說的語境只是家國語境、歷史語境，並非生命語境、宇宙語境。文學只有進入生命深處，抒寫人性的大悲歡，叩問靈魂的大奧秘，呼喚心靈的大解放，才是大道。王國維說，《桃花扇》屬家國、政治、歷史，《紅樓夢》屬宇宙、哲學、文學；這一意思也可表述為，《桃花扇》是小道，《紅樓夢》是大道。梁啟超說沒有新小說就沒有新社會、新國家，表面上是把小說地位提高了，其實，他只知小說的「小道」，不知「大道」。大道永遠是生命宇宙之道，不是國家歷史之道。文學的金光大道就在《紅樓夢》之中。

【一二】

王國維一面寫出《殷商制度考》、《殷卜辭中所見先公先王考》、《毛公鼎考釋序》等學問深厚的論文，一面又寫出《紅樓夢評論》、《人間詞話》等精彩文論，前者是知性的成功，後者是悟性的成功。（《紅樓夢》本身正是悟性的成功）前者的考據功夫是有形的，人們容易知其難，後者的感悟功夫是無形的，人們常常不知其更不容易。以《人間詞話》而言，短短的一部詞論中能有那麼多擊中要害的準確詞識，能創立「境界」說並道破中國詩詞上那些真正的精華，能感受到李後主這位小皇帝具有「釋迦基督擔荷人類罪惡」的大慈悲與大氣魄，這是很難的。而他的《紅樓夢評論》道破人間最深的悲劇並非幾個「蛇蠍之人」所導演，而是包括善良人在內的共同犯罪，如此無可逃遁，才是人類的悲劇性命運。這種發現也是很難的，這不僅需要知識，而且需要詩識，需要天才，需要生命深處的內功。表面上看，它是「無心插柳」，實際上是天才大心靈內修的結果。

【一三】

《紅樓夢》給我們創造了一個詩意的青春合眾國。作為一個中國人，最能感到幸福的，是能與賈寶玉、林黛玉這些詩意生命共處一個詩情國度。「千里搭長棚，沒有不散的筵席」，這一詩意的真理，是從一個名叫小紅的小丫鬟口裏說出來的，《紅樓夢》中連小丫鬟都有禪性語言，更不用說合眾國裏的桂冠詩人林黛玉了。《紅樓夢》中的許多女子生時或自覺或本能地追求詩意，倘若發現生無詩意，她們也死得很有詩意，尤三姐、晴雯、鴛鴦的死亡行為都是第一流的詩篇。

如果內心沒有音樂，就聽不懂音樂。如果內心沒有詩，就讀不懂詩。生命裏有詩，才有對詩的感覺。歌者與詩人感慨知音難求，就因為內心擁有音樂擁有詩的人很少。同樣，如果沒有靈魂，就很難讀懂陀思妥耶夫斯基的「靈魂呼告」，也讀不懂曹雪芹的靈魂悖論（林黛玉與薛寶釵是曹雪芹靈魂的悖論）。有人閱讀經典是用生命、用靈魂，也有人是用皮膚用感官，也有人用政治用市場，後兩者離曹雪芹都很遠。

【一四】

生命是詩意的源泉。所謂「史詩」，重心不是「史」，而是「詩」。其詩意也並非來自歷史，而是來自生命。《紅樓夢》展示了一個歷史時代的整體風貌，又建構了詩意生命的意象系列。曹雪芹以生命方式抒寫歷史，又以生命為參照系批判歷史，讓生命氣息覆蓋整部小說。在歷史家眼中「身為下賤」不值一提的小丫鬟，曹雪芹卻發現其「心比天高」的無窮詩意。一個民族大文化的詩意是否尚存，只有一個尺度可以衡量，這就是生命尊嚴與生命活力是否還在。文化的精彩來自生命的精彩，當負載文化的生命主體變得勢利十足、奴性十足，從腰桿到靈魂都站立不起來時，這個民族的文化便喪失詩的光澤。《紅樓夢》作為詩意生命的輓歌，也給中國文化敲了警鐘。

上篇（寫於一九九五—二零零四年）

【一五】

《山海經》是中華民族童年時代集體的大夢。夢見精衛填海，夢見夸父追日，夢見刑天舞干戚，這是最本真、最本然的夢。《山海經》說明，中華民族有一個健康的童年。《紅樓夢》一開始就講《山海經》，就緊緊連接《山海經》。《紅樓夢》是中華民族成年時期的大夢。這是關於自由的夢，關於女子解放的夢，關於詩意生命與詩意世界的夢，關於美麗花朵不要枯萎不要凋謝、美麗少女不要出嫁不要死亡的夢，關於生命按其本真本然與天地萬物相融相契的夢。《紅樓夢》是中華民族現代夢的偉大開端。《紅樓夢》說明，中華民族近代的大夢也是健康的。德國詩人荷爾德林呼喚「人類應當詩意地棲居在地球上」，中國的偉大作家與德國的偉大詩人，其大夢的內涵相似，都有大浪漫與大詩意。

人類最純的情感保留在音樂與文學中，也可說保留在夢中。正如莎士比亞的《仲夏夜之夢》保留了人類童年天真無邪也無邏輯的夢幻與歡樂一樣，《紅樓夢》保留了中華民族天真無邪並無可考證實證的戀情與人性悲歌。

【一六】

《紅樓夢》中有一個未成道的基督與釋迦，這就是賈寶玉。他兼愛一切人，寬恕一切人。連老是要加害他的賈環也寬恕，連慾望的化身薛蟠也可作為朋友。上至王侯，下至戲子奴婢，他都以同懷視之。他五毒不傷，對別人的攻擊和世俗的是是非非浮浮沉沉花花綠綠全然沒有感覺。「我不入地獄誰來入？」這對寶玉來說，不是獻身的悲壯，而是生命的自然。他天生不怕被地獄的毒焰所傷。他敏感的是別人的痛苦、別人的長處和人間的真情感，對別人的弱點和世界的榮華富貴，卻很遲鈍。如果說基督是窮人的救星，釋迦牟尼是富人的救星，那麼，賈寶玉也許正是知識者的救星，至少是我的救星。他幫助我從仕途經濟的路上拯救出來，從知識酸果的重壓下拯救出來，從人間恩恩怨怨輸輸贏贏計計較較的糾纏中拯救出來。

【一七】

賈寶玉的人格心靈何等可愛。在濁水橫流的昔時中國，在老氣橫秋的豪門府第，他的出現，就像盤古剛剛開天闢地的第一個早晨出現的嬰兒，給人以完全清新完全純粹完全亮麗的感覺。他的眼睛是創世紀第一雙黎明的眼睛，是人之初第一次完全向宇宙睜開的眼睛。這雙眼睛的內涵讓我激動不已，它所看輕的正是世俗眼睛所看重的，它所看重的正是被世俗的眼睛所看輕的，於是，這雙眼睛常常發呆，常常迷惘。雖然迷惘，卻蘊藏着太陽般的靈魂的亮光。

【一八】

曹雪芹給賈寶玉與林黛玉的前身，命名為「神瑛侍者」與「絳珠仙草」。賈寶玉是賈府中的「王子」，可是對待林黛玉和對待其他女子，卻有「侍者」心態。他和林黛玉的關係位置，是自己放在低處，放在侍者即僕人的位置，而不是主人、統治者的位置。包括對晴雯等丫鬟也是如此。晴雯本來正是奴婢，正是侍者，可是賈寶玉卻把位置顛倒過來，對她言聽計從。這不是取悅，而是在情感深處看到她比自己更乾淨，自己應當追隨其人格。正因為賈寶玉把自己放在低處，所以他才看出晴雯「身為下賤」而「心比天高」。寶玉看晴雯用的是超勢利、超世俗的「天眼」，是禪宗的「不二法門」（無內外，無尊卑）的「佛眼」。

【一九】

賈寶玉一生下來就因為口啣寶玉而讓人視為怪異，離開家庭後走入雲空，也是怪異。本真的個性往往忘記自己世俗的位置與角色，只顧觀看與求索，不知自己的來處與去處。然而，他的出走，卻是富有大詩意的行為語言。這是賈寶玉最後的非訴説的聲明。他向人間宣佈，他與那個你爭我奪的父母府第極不相宜，他已沒有力量承受一個個的死亡與墮落。他的出走是總告別，又是大悲憫。他到哪裏去並不重要，重要的是他已逃離污濁之地，虛假之鄉。

賈寶玉居住的父母府第，是豪門貴族府第，而他本身又是府中的第一快樂王子。榮國府雖不是宮廷，但府中佈滿崢嶸軒峻的廳殿樓閣和蓊蔚洇潤的花木山石，還有成群成隊的男僕女婢，卻勝似宮廷。家道中落後雖減少了氣象，但仍不失為鐘鳴鼎食的浮華之家。然而，即使是處於全盛的黃金時代，賈寶玉也不迷戀這個家，胸前的玉石丟失了幾回——他的靈魂早已出走了好幾次。他被視為性情乖僻的異端，實際上心中擁有萬種真摯情思。一個又一個清澈如水的詩化生命在面前毀滅，自己還頂着桂冠如行屍走肉，這還有人的樣子嗎？千里長棚下的華貴筵宴，世人聞到的全是香味，偏是快樂王子聞到朽味與血腥味。一個處於如此環境中的身心怎能不迷惘？怎能不尋求解脱？如果説，林黛玉最後的行為語言是焚燒詩稿，用一把火否定她曾經有過的期待，那麼，賈寶玉則是用一走了之的行為語言否定父母府第內外人們所迷戀與追求的虛幻的天堂。一種真實的行為語言，沒有標點，沒有文采，沒有鋪設，卻否定了一個權力帝國與金錢帝國。《石頭記》的故事，其實是一塊多餘的石頭否定一個慾望橫流的泥濁世界的故事。賈寶玉的出走，乃是走出爭名奪利的泥濁世界，被男人弄成骯髒沼澤的荒誕世界。

【二〇】

《紅樓夢》中的諸多人物誰最傻？除了一個傻大姐之外還有一個傻哥哥，這就是賈寶玉。傻大姐是天生的白癡，甚麼也不懂。傻哥哥卻有大愛與大智慧。呆中的迷惘，癡中的執着，傻中的慈悲，憨中的悟性，沉默中的逃離家園和告別黑暗，哪樣不是真性情與真靈魂？

「生而不有，為而不恃，長而不宰，是謂玄德。」（《道德經》第十章）在老子看來，人對歷史責任的承擔應是無言的。重擔在肩，不求頌歌伴奏。做了好事，自己不説，只默默獻予，這才算是真的有德。有人掉到水裏，你去救援，只覺得這是應盡的責任，心裏只感到快樂，沒想到光榮，也不覺得是美德，這才算是德行。老子對那種僅以言説去承擔責任的人是不信任的。滔滔不絕，表現的卻是一個淺薄的自己。《紅樓夢》裏的賈寶玉就是一個默默承擔罪責的傻子，他從不宣揚自己做了好事。承擔、獻予、寬厚全是天性。

【二一】

賈寶玉看見金釧兒受辱死了，看見晴雯含恨死了，都是被他的母親逼死的。本該是大慈大悲的母親，本該是滿懷溫情的母親，本該是懷愛天下一切兒女的母親，這回也逼死無辜的孩子。母親也殺人。賈寶玉親眼看到母親也殺人。這是比一切兇殘更令人困惑的兇殘。他絕望了，發呆了，他不能在母親的府第裏再居住下去了。他不能生存在一個連母親也變成兇手的人間。告別故園，告別自己愛戀過的生命和生命的屍首，告別自己滾爬過但有腥味的土地，他遠走了，逃亡了。逃亡者的眼睛永遠帶着大迷惘與大憂傷。《俄底浦斯王》時代的人類不認識自己的母親，所以才有弒父娶母的悲劇；《哈姆雷特》時代的人類認識了自己的母親但不知道怎麼對待自己的母親，所以才有丹麥王子永恆的猶豫與徬徨；《紅樓夢》時代的人類認識了自己的母親，卻發現母親也是人間的枷鎖與殺手，母性的權威也製造着兒女飽含血淚的悲慘劇。

【二二】

曹雪芹筆下的賈寶玉，歌德筆下的少年維特，菲茲傑拉德（F. Scott Fitzgerald）筆下的蓋茨比（Gatsby）都是最有人間性情的人物，內心均有大浪漫。賈寶玉為秦可卿之死吐血，為晴雯之死泣祭，為鴛鴦之死痛哭，為林黛玉之死發呆，都是在做詩情女子不要死的大夢，都是《西廂記》等小浪漫不能比的大浪漫。《浮士德》是歌德頭腦（理念）的產物，而少年維特則是歌德生命的產物。賈寶玉、蓋茨比也是生命的產物，所以渾身都是生命永恆的氣息。拿破崙喜歡少年維特，上戰場時帶的是《少年維特之煩惱》，從這裏可以得知這位法蘭西偶像內心也有真性情與大浪漫。

【二三】

林黛玉與賈寶玉的青春之戀，是天國之戀。表面上看，是地上兩個人的相互傾慕，深一些看，卻是天上兩顆星星的詩意情誼與生死情誼。來到人間之前，這對情侶就在天國留下一段以甘露澤溉仙草的初戀故事，降臨人世後，又演出一場傷心刻骨的還淚悲劇。天國之戀不是神話，而是生命深處的心靈之戀。賈寶玉與林黛玉潛意識中都有一種鄉愁，這種鄉愁便是對初戀的記憶。他們第一次見面，一個覺得「眼熟」，一個覺得「見過」，就是這種記憶。他們到達人間後的第二次相逢相愛，只是天國之戀的繼續。「木石前盟」與「金玉良緣」的區別就在於，一是天國之戀，一是世俗之戀。林黛玉是天真的，薛寶釵是世故的。如果說賈寶玉是亞當，那麼，夏娃是林黛玉，而不是薛寶釵。

【二四】

林黛玉常常落淚。她和賈寶玉的戀情從淺處看是悲切，從深處看是充實。林、賈的愛情是中國文學中最富有文化含量也最有靈魂含量的愛情。他們的每次傾吐每次衝突都可開掘出意義，特別是用詩用禪所作的交流，更是意義非常。《紅樓夢》中最精彩的兩首長詩，一首是林黛玉的《葬花詞》，一首是賈寶玉祭奠晴雯的《芙蓉女兒誄》。林黛玉詠嘆之後，為之「癡倒」、「慟倒」的是賈寶玉；賈寶玉祭奠後為之傾倒的是林黛玉，他們互為知音。這兩首千古絕唱發表時，聽眾都只有一個。林、賈是真正的詩人，他們不知何為社會效應，寧可讓一人之嘖嘖，不求萬人之諤諤。

【二五】

中國的文人畫把不見人間煙火的「逸境」視為比「神境」更高的境界。但是，通常只知逸境在大自然之中，不知逸境也可以在人際關係中。《紅樓夢》中的賈寶玉和林黛玉關係極為密切，但是他們的關係卻有一種看不見又可感覺得到的「逸境」狀態。他倆之間，絕對不議論俗人俗事。不僅放下政治，而且放下社會。世俗的是非究竟，進入不了他們的話題，更進入不了他們的心靈。他們是個體情感中人，不是社會關係中人，他們倆的關係，是無關係的關係。這種關係的「逸境」狀態，是一種萬物本真契入性情的詩意狀態，連爭吵都富有詩意。

【二六】

在《紅樓夢》中，林黛玉是先知先覺，賈寶玉是後知後覺。王熙鳳等雖極聰明，實際上是不知不覺，即永遠未能對宇宙人生擁有根本性的體悟。「無立足境，是方乾淨」，是林黛玉先體悟到的，然後才啟發了賈寶玉。賈寶玉的覺悟是對本真己我的守持。那些勸導他的、熟讀文章經典的賈政、北靜王（水溶）等，誤認為陷入功名利祿的自我是有意義的自我，認陷阱為大道正道，其實是不知不覺。《紅樓夢》中的人物數百人，屬於大徹大悟的，只有黛玉、寶玉二人。

【二七】

快樂在自然之中，不在意志之中。在哲學上，「自然」的對立項是「意志」。釋迦牟尼永遠微笑着，因為告別了宮廷權力意志，便得到大快樂。莊子發現自然之道，也得大快樂（「至樂」），連妻子死了，也鼓盆而歌。慧能放逐概念，明白四達，贏得大自在，也是大快樂。陶淵明回歸田園後，也有羈鳥還林、池魚歸淵的大快樂，所以他沒有王維、孟浩然式的惆悵。林黛玉與賈寶玉的愛戀過程，是林黛玉的「還淚」過程，還淚中有傷感，也有傷感到極處的大快樂。「還淚」是美，不是苦難。「淚盡」是個悲劇，又是一個大解脫。「人向廣寒奔」，林黛玉最後走出被權力意志戲弄的人間，得的是大自由，可惜《紅樓夢》後四十回未寫出這一層。

【二八】

有對立才有密切。林黛玉動不動就和賈寶玉「吵架」，處處對立，因為她和他最密切。重視他者，才能為愛而焦慮而死亡。沒有對立，一切順乎自然，固然沒有緊張，但也沒有對他者的承擔。莊子強調自然，要抹掉的就是對立。包括生與死的對立，禍與福的對立等等，因此，他對死沒有緊張，更沒有恐懼。莊子說：「其生若浮，其死若休」；「雖南面王樂，不能過也」（《莊子．至樂》）。他的「齊物」思想，包括齊生死、齊浮沉、齊壽夭等，在一切對立中採取逍遙（不在乎）的態度。既然沒有生死的界線，沒有此岸與彼岸的分別，也就沒有去世的悲傷，所以妻子死了，他照樣鼓盆而歌。賈寶玉對死不是這種態度，他聽到秦可卿死訊時，竟傷心得吐血，聽到林黛玉、鴛鴦死時更是痛哭以至發呆。《紅樓夢》反抗儒教，喜歡莊禪，但與莊子思想並不相等。莊子不相信情的實在，曹雪芹的骨子裏還是相信情是最後的實在。

【二九】

賈寶玉是賈府的寵兒，天生的快樂王子，未受過任何磨難，缺少對血雨腥風的感受。黛玉則不同，她的母親過早去世，孤苦伶仃，漂流到外婆家後，寄人籬下，被人視為不合群的異端，因此，她有「一年三百六十日，風刀霜劍嚴相逼」的憂患之感。這種經歷使她比賈寶玉深刻，因此，她的詩總是比賈寶玉的詩更有深度。

花開花落，似乎很平常，然而，林黛玉卻真正了解它的悲劇內涵。花朵的盛開緊接着是風霜的相逼。鮮花在艱難中生根、孕育、萌動、含苞、怒放。怒放的片刻，恰如卡繆筆下的神話英雄西西弗斯，辛辛苦苦把石頭推到山頂，而一旦到達山頂，接下去便是滾落，再接下去又是一番往上推的苦鬥。花的命運也是如此，花開總是緊緊連着花落。可是，落紅化作春泥之後，明年又是一番艱辛，一場掙扎，又是一輪怪圈似的奮戰與毀滅。林黛玉顯然深深地了解人生這種無可逃遁的悲劇性。

【三〇】

在「生命—宇宙」的大語境中，人只不過是到地球上走一回的過客，詩人更是永遠的流浪漢，不會有固定的立足之地，不會有終極的凱旋門。林黛玉比賈寶玉悟性更高，她更早地悟到這一點。因此，當寶玉寫下禪語「你證我證，心證意證，是無有證，斯可云證。無可云證，是立足境」時，黛玉立即給予點破：「無立足境，是方乾淨。」林黛玉補上這八字禪思禪核，是《紅樓夢》的文眼和最高境界。無立足境，無常住所，無所「執」，永遠行走，永遠漂流，才會放下佔有的慾望。本來無一物，現在又不執着於功名利祿和瓊樓玉宇，自然就不會陷入泥濁世界之中。這是林黛玉對賈寶玉的詩意提示。男人的眼睛總是被佔有的慾望和野心所遮蔽而狹窄化了，賈寶玉雖然也是男性，但他在林黛玉的指引下不斷地放下慾望，不斷提升生命和擴大眼界。林黛玉實際上是引導賈寶玉前行的女神。

【三一】

林黛玉真不愧是大觀園裏的首席詩人。她的《葬花詞》，不僅寫出大悲傷，而且寫出大蒼涼。詩中所問，都是摧人心魂的「天問」。「花謝花飛花滿天，紅消香斷有誰憐？」「桃李明年能再發，明年閨中知有誰？」「昨宵庭外悲歌發，知是花魂與鳥魂？」「儂今葬花人笑癡，他年葬儂知是誰？」特別讓人震撼的是問：「天盡頭，何處有香丘？」這是千古絕「問」。天地的始末，生命的歸宿，時間的大空曠，空間的大混沌，全在提問中。林黛玉不僅有「念天地之悠悠」的蒼涼與恢宏，而且還有陳子昂所缺少的蒼涼中的空靈與飄逸。一個弱女子，寫出如此的蒼涼感與空寂感，這才是生命宇宙境界。和這一境界相比，歷史顯得很輕，家國境界顯得很小。李清照的「淒淒、慘慘、戚戚」就是屬於這後一種境界。生命宇宙語境大於家國歷史語境，能在生命宇宙境界中飛馳的詩魂，才是大詩魂。

《葬花詞》是一首美麗生命的輓歌。輓歌的一般境界是淒美，高一些的境界是孤寒，最高的境界是空寂。《葬花詞》由低入高，最後抵達絕頂處。

【三二】

賈寶玉在林黛玉面前顯得很傻很笨，林黛玉的智慧總是高出賈寶玉一籌。但林黛玉卻很愛他，一見如故，一往情深，一路還淚。因為她知道他是一個大愛者，倘若那時基督的名字已進入中國，她一定知道他就是一個成道中的基督；假如那時她能到西方閱讀文學經典，她也一定會知道他就是尤利西斯似的「偉大的流浪情聖」，從靈河岸邊三生石畔一直漂流到地球東方的情癡情聖。賈寶玉雖然傻，但各種道理一經林黛玉點撥就通。大愛者有慈悲心。仁慈的胸懷，不僅最為廣闊，也最為通暢，慈悲與悟性是相通的，愈是慈悲，愈容易接受真理，愈容易悟道。愛能打通心靈，恨卻只能堵塞心靈。被仇恨佔據的頭腦，最難開竅。

【三三】

說林黛玉「多愁善感」，過於平淡。林黛玉的愁，不是一般的愁，而是愁到骨子裏的幽怨；林黛玉的感，不是一般的感，而是深到骨子裏的傷感。人們都知道林黛玉「愁」，但往往不知道她的愁乃是永遠的情感鄉愁。那遙遠的靈河岸邊三生石畔，是她的故鄉，是她和神瑛侍者的「伊甸園」，她和他共享的是甘露灌溉的乾淨歲月，是生命與天地萬物相融相契的澄明時光。現在落到人間，雖然往日的侍者還愛着她，但卻不能整個屬於她，而且這個人間，到處是冷漠與猜忌的目光，她在此處生活太不相宜。愈是感到不相宜，鄉愁就愈深，一直深到無窮無盡處。這種被天國的甘露與現時的淚水泡浸出來又深化到骨子裏的纏綿，是柔美的極致。甚麼可以和這種美相比呢？似乎只有柴可夫斯基的音樂才像她。俄羅斯這位天才創造的音樂，是一種純粹的憂傷和刻骨的纏綿，他把人性的至真至柔推向最深處，苦得讓人感到甜蜜，正如林黛玉憂傷得讓人產生一種難以置信的快樂。

【三四】

黛玉在《葬花詞》中說：「明媚鮮妍能幾時，一朝漂泊難尋覓。」最美的花朵，卻最脆弱，最難持久，這是最令人惋惜的。少女之美，是一次性的美，一剎那的美，它是人間的至真至美，也最脆弱，最難持久。感悟到至美的短暫、易脆與難以再生，便是最深刻的傷感。林黛玉是中國最美的生命景觀。她太稀有，太珍貴，根本無法在爾虞我詐的世上存活。這不是個例。蘇格拉底和基督也無法活在他們的時代。一個最善良、最珍貴的稀有生命被釘在十字架上飽受苦難。中國沒有空間可容納林黛玉這種生命景觀，這是為甚麼？《葬花詞》寄託着曹雪芹的夢：讓稀有的花朵、少女能夠長久存活，能夠免受摧殘。

【三五】

林黛玉和薛寶釵都很美麗，但薛寶釵在安靜外表覆蓋下，其內心卻積澱着許多世俗的塵土。她能適應世俗社會的規範，但沒有深刻的憂傷，更沒有刻骨銘心的纏綿。林黛玉的內心則是一片淨土，她的眼淚，全是淨水。她與世俗社會格格不入，世俗的泥濁也進入不了她的內心。她靠自己的憂傷獨撐高潔的靈魂，也呈現出薛寶釵所沒有的純粹的美。然而，世俗社會的殘酷規律是「適者生存」，她終於活不下來，連詩稿也無處存放。

林黛玉並不要求他人像她那樣生活，也不要求他人具有她那樣的詩情詩心，但是他人卻看不慣她，並要求她和他們過一樣的生活，所以嫌她性格過於古怪。也因為她太特別，太精彩，理解她的人也極少。惟一能理解她的賈寶玉成為支撐生命的支柱。柱子一旦不可靠，她就生病、吐血、死亡，生命就整個崩塌。在大宇宙中，地球是稀有的，人類是稀有的，才貌兼備的女子更是稀有，而林黛玉這種女子，又是稀有中的稀有。曹雪芹深知稀有生命的寶貴、艱辛和無盡的詩意，所以他偉大。

【三六】

用世俗的眼睛、庸人的眼睛看林黛玉，永遠看不明白。她的前身是名叫「絳珠仙草」的女神，到人間來只是來「走一遭」，最後還是要回到她的故鄉。不想帶走人間的各種物色，只是到人間走一走，只是到世上看一看，不求甚麼。最後她悟到一切皆空，連自己用一生的眼淚所灌溉的情愛也不真實，連那些用心血鑄成的詩稿也是幻象。付之一炬，免得留下蒙蔽別人。她來到人間一回，雖然也瀟灑，但失望極了，人間真的不潔不淨、無情無義，連賈寶玉也辜負她的眼淚。她真的把一切都看透了，連情愛也看透，不給人間製造任何假相。林黛玉的絕望是對人間世界最深刻的批判。

【三七】

中國文學史上一些精彩的生命，諸如嵇康、陶淵明、李白、蘇東坡、李商隱等，並不是儒家文化塑造的。儒家講究「秩序優先」，並非「個性優先」。秩序優先自有它的道理，但往往給個體生命帶來屈辱。《紅樓夢》中的林黛玉尚「個性優先」，薛寶釵則崇「秩序優先」。人類永恆的困境，也可說是思慮中最大的一對悖論，是「重天演」還是「重人為」的悖論。前者重自然、重自由、重個體生命；後者重教化、重秩序、重倫理。中國的莊禪屬前者，儒家屬後者。《紅樓夢》中的林黛玉與薛寶釵是曹雪芹靈魂的悖論，也是人類思想永恆的悖論。林薛之爭，不是善惡之爭，也不是是非之爭，而是曹雪芹靈魂的二律背反。

【三八】

賈寶玉對林黛玉和薛寶釵都有愛意，但對林黛玉的愛中還有敬意，而對薛寶釵雖也彬彬有禮卻無深深敬意。因此，寶玉對黛玉的愛更帶精神性，也更有愛的深度。《紅樓夢》第三十六回有一段話描述寶玉在內心劃清了他對林、薛的不同感情態度：「……寶釵輩有時見機導勸，反生起氣來，只說『好好的一個清淨潔白女兒，也學的釣名沽譽，入了國賊祿鬼之流。這總是前人無故生事，立言豎辭，原為導後世的鬚眉濁物。不想我生不幸，亦且瓊閨繡閣中亦染此風，真真有負天地鍾靈毓秀之德』。……獨有林黛玉自幼不曾勸他去立身揚名等語，所以深敬黛玉。」「深敬」二字，是理解賈寶玉乃至《紅樓夢》的一把匙。賈寶玉深敬誰？不敬誰？這便是《紅樓夢》的心靈指向。林黛玉實際上是賈寶玉的「精神領袖」，賈寶玉一直被她領着走，因此精神也一步一步得到提升。

【三九】

《紅樓夢》中有兩個世界：一是少女構成的淨水世界，一是男子構成的泥濁世界。泥濁世界的主體，甚麼也忘不了，甚麼也放不下，甚麼也想不開。《紅樓夢》的主題歌——《好了歌》，嘲諷的就是這種忙忙碌碌的主體，這是一些在名利場上滾打不休，在仕途經濟路上左衝右突的雙腳生物。他們全都沉浸在巧取豪奪之中，惟有賈寶玉走到泥濁世界之外。可是賈寶玉總是被嘲笑、被訓斥，連慈悲故事也被當作笑話。濁泥中人嘲弄濁泥外人，放不下的人嘲弄放得下的人，這正是從古到今的人間社會。惟有到了

《好了歌》，才來了個反嘲弄。

曹雪芹把女子分為未嫁的少女與已嫁的婦女，在兩者之間劃了一條嚴格界線。女子嫁出之後，便從清澈世界走入角逐權力財力的泥濁世界，身心全然變形變質。因此，曹雪芹拒絕讓自己筆下最心愛的女子出嫁。所以林黛玉、晴雯等未婚前便已死亡。少女要保持自己天性中的純潔本體，就一定要拒絕「男人的問題」，站立在泥濁世界的彼岸。「出淤泥而不染」這一古老的蓮境夢境，被曹雪芹表現得極為特別。

【四〇】

《紅樓夢》中的女兒國，立於「大觀園」。大觀，這正是曹雪芹看世界的方式。「先立乎其大者，則其小者弗能奪也」。也可以說，曹雪芹的眼睛是大觀的眼睛，這種眼睛不是「俗眼」，而是「天眼」；不是世俗的視角，而是宇宙的超越視角。曹雪芹用「大觀的眼睛」看人間，不僅看出大悲劇，還看出大鬧劇。《好了歌》就是荒誕歌，就是嘲諷爭名奪利的喜劇主題歌，甄士隱的註解則是主題歌的補充。「世人都曉神仙好，惟有功名忘不了」，「世人都曉神仙好，只有金銀忘不了」，因為這個忘不了，人世間便無休止地演出荒誕劇：亂哄哄你方唱罷我登場。王國維看清了《紅樓夢》的悲劇價值，但沒有看清《紅樓夢》的荒誕劇價值。也許是看清了，但不道破，特留待後人來說明。

【四一】

《紅樓夢》一開始就介紹主人公的來歷乃是被拋入「大荒山無稽崖」中的一塊多餘的石頭。如果把賈寶玉的名字視為人的象徵，那麼，人一開始就帶有「無稽性」，就身處荒誕無稽的境遇之中。二十世紀的荒誕派小説家、戲劇家發現整個世界都是「大荒山」和「無稽崖」，人是大荒山中的荒誕生物，從而叩問人的存在意義。曹雪芹早在二百年前就感覺到，人不僅出身於無稽崖中，而且生活在無稽的鬧劇狀態中：短暫的人生就為功名而活，為嬌妻美妾而活，為金銀滿箱而活。在仕途經濟中，為求一頂桂冠，不僅渾身熱汗冷汗，而且滿身污泥污水。把有價值的撕毀給人們看是悲劇（魯迅語），把無價值的當作高價值而爭得天翻地覆、頭破血流的是喜劇。「風月寶鑑」的正面是美色，背面卻是骷髏。人們追逐物色美色的遊戲，原來是一場歸結為骷髏的荒誕劇。在名利場中打滾的一部份人類，其所謂進化，乃是「更向荒唐演大荒」的「大荒無稽」進程。

【四二】

耶和華（舊約）講神聖意志，尼采講權力意志，叔本華講生命意志（探討意志、慾望、痛苦的出路）。老子講自然，莊子講自然，禪宗講自然。「人法地，地法天，天法道，道法自然」（《道德經》），老子把自然看成最高境界，因此，對意志保持警惕。所謂自然，就是反意志。《紅樓夢》的哲學基礎是自然，不是意志。王國維以叔本華的慾望—意志論解釋《紅樓夢》，只能説明人的情慾追求的部份，不能説明其自然性靈的部份，即其空靈的、飄逸的部份。而對意志的反抗，王國維只講消極解脱（棄慾出家），未開掘書中的積極解脱（詩國中的審美解脱）和自然解脱（回歸生命本真狀態）。

【四三】

賈寶玉最初由一僧一道攜來，最後又由一僧一道帶走。在《紅樓夢》裏，佛、道融合為一。「禪」

是佛教最精緻、最精彩的部份。《紅樓夢》浸透了禪性。禪不立文字，這對曹雪芹的啟迪不是不寫文章，而是超越一切狹隘的命名和意識形態，放逐概念，直面生命。而每一個體生命都是多重體、複合體，其命運都具多重暗示，它不是「好人」、「壞人」、「善人」、「惡人」等本質化概念可以描述和定義的。魯迅稱讚《紅樓夢》打破「寫好人絕對好，寫壞人絕對壞」的傳統格局，其所以能打破，就因為放逐了政治權力和道德權力操作下的機械分類概念。曹雪芹深深悟到禪宗（慧能）的「不二法門」，悟到一切生命個體的人性深處都有佛性因子，他看到的是生命的「整體相」，不是「分別相」。

【四四】

在帶有意象組合的中國語言文字裏，「好」字是「女」和「子」二字組成的（女＋子＝好）。在曹雪芹眼裏，女子就是好。尤其是未出嫁、未進入社會的少年女子，更是天地靈秀、宇宙精華。她們就是真，就是善，就是美。可惜，她們擁有的生命時間與青春歲月太短暫，「好」很快就會「了」。《紅樓夢》就是一曲《好了歌》，一曲青春過早了結的輓歌，一曲至好至美至真至善至柔的詩意生命毀滅的輓歌。《好了歌》具有多重意義與多重暗示，輓歌僅是其中的一重意義。

【四五】

加拿大女權主義批評家瑪格麗特·阿特伍特在《自相矛盾和進退兩難：婦女作為作家》一文中譴責文學藝術評論界的一種數學公式，即「不好女性」的公式。在這種普遍公式之下，看到寫得不好的作品，就說它是「女人氣」，看到不好的繪畫，就說它是「女畫家」。瑪格麗特竭力翻這個案，竭力謀求建立新的公式：「好女性」。

瑪格麗特指出一種習慣性的偏執，這種偏執連恩格斯也在所難免，他在論述十八世紀的德國散文時就用了「女人氣」一詞進行否定性批評。可惜，瑪格麗特沒有發現曹雪芹，整部《紅樓夢》恰恰確立了一個「好女性」的公式。漢語中的「好」字，分解開來恰恰是女子二字。《紅樓夢》正是一曲偉大的好了歌。人類文學史上，還沒有一個作家如此自覺如此緊密地把「好」和「女性」融化為一體，而且寫出一部女子的感天動地的讚歌與輓歌。

但是曹雪芹並不是女權主義者。他在「好女性」的公式下充份發現人性的豐富性與複雜性，女性、女人氣更有説不盡的分別。他尊重女性，是人性立場，不是女人立場，更不是女權立場。而當代的許多女權主義批評家卻常常是以意識形態立場取代人性立場，結果把女權主義變成女人統治的歷史主義和專制主義。

【四六】

曹雪芹關於少女的思索，超出前人的水平，不在於他作了「男尊女卑」的翻案文章，而在於他在形而上的層面，把少女放在廣闊的時間與空間中，表現出他對宇宙本體和歷史本體的一種很深刻的見解。在空間上，女子是與男子相對應的人類社會的另一極。只有兩極，才能組成人類社會。然而，在約伯的天平上，這兩極是永遠傾斜的。在曹雪芹看來，惟有女子這一極才乾淨，才是重心。這一極的少女部份，不僅有造物主賦予的集天地之精華的超乎男子的容貌，代表着文學的審美向度，而且她們一直處於爭名逐利的社會的彼岸，代表着人間的道德向度。道德不是世故的假面，而是不知算計、拒絕世故的嬰兒狀態與少女狀態。即人類的本真本然狀態。人類社會一面創造愈來愈多的知識，另一面則被知識所遮蔽而離生命本真愈來愈遠。惟有在少女身上，才保存着人類早期的質樸的靈魂。這一靈魂，才是天地之心。

【四七】

曹雪芹幾乎賦予「女子」一種宗教地位。他確認女子乃是人類社會中的本體，把女子提高到與諸神並列的位置，對女子懷有一種崇拜的宗教情感。——「這女兒兩個字，極尊重、極清淨的，比那阿彌陀佛，元始天尊的這兩個寶號還更尊榮無對的呢！」寶玉把女兒尊為女神，有女子在身邊，他才獲得「靈魂」。他說：「必得兩個女兒伴着我讀書，我方能認得字，心裏也明白；不然我自己心裏糊塗。」賈雨村對冷子興介紹寶玉，說他「其暴虐浮躁，頑劣憨癡，種種異常，只一放了學，進去見了那些女兒們，其溫厚和平，聰敏文雅，竟又變了一個」。賈寶玉原先只是一塊頑石，獲得靈性來到人間之後具有雙重可能，完全可能被濁氣所污染而重新變成冰冷的石頭，然而，林黛玉的眼淚柔化了這塊石頭，讓它沒有走向鄙俗暴虐而保持溫厚與溫馨。可以說，賈寶玉的心靈在很大的程度上被林黛玉所塑造。和但丁仰仗女神貝亞特麗絲的導引走訪地獄一樣，賈寶玉靠着身邊女神的導引，帶着大慈悲，走訪了中國華貴而齷齪的活地獄。

【四八】

《紅樓夢》通過「愛」與「智慧」的視角去發現婦女，所以發現了林黛玉、史湘雲、晴雯、妙玉、鴛鴦等精彩女性。而「五四」則通過「壓迫、反抗、鬥爭」的視角去發現婦女，所以發現了娜拉，發現了祥林嫂，發現了子君。曹雪芹的發現是發現婦女中的少女乃是人上人，即人中最精彩的人；而「五四」則發現「婦女不是人」，是「人下人」，即男人是奴隸，而女人是奴隸的奴隸。《紅樓夢》的發現，是真正的對美的發現。《紅樓夢》的感覺，是純粹的審美感覺。

【四九】

西方有位哲人說，死亡沒有種類。而曹雪芹卻看到死亡的無數種類和死亡所具有的不同的質。賈敬、賈瑞這些男人的死和晴雯、鴛鴦這些小女子的死是完全不同質的死。晴雯、尤三姐和鴛鴦，都把死亡看得很輕，不怕死，一旦受辱，便不顧一切為守護人格而奔赴死亡，或用一把劍，或用一條繩子，斷然把自己了結。她們很像《山海經》時代的英雄，沒有死亡恐懼，或撲向太陽，或撲向大海，決不猶豫。美的死亡是美的最後顯現，它比美本身更美。人們看到的不僅是美的死亡，而且是死亡的美。哲學家或把死亡視為存在後的虛無，或視為虛無後的存在。尤三姐等的行為，乃是以死創造了一個虛無後的美麗存在，在「無」中實現「有」，在「死」中實現「美」。

【五〇】

日本武士道對自殺有一種特別的見解，它認為這一生命的「總了」可以創造美的極致，正如櫻花，瞬間的燦爛，卻給世界留下美的永恆。「花為櫻花，人為武士」（日諺），武士們把死的本身作為目的，以至一生都在策劃一種東西，也可說致力於一個目標，這就是死的輝煌。因此，他們不僅沒有死的恐懼，而且像迎接櫻花季節一樣地迎接死的到來。著名作家三島由紀夫在自殺之前，就在《新潮週刊》刊登廣告，徵求有關切腹自殺規則的書籍，認真做了準備，自殺之時，又嚴格遵守切腹的規定，完全保持了這一傳統行為的形式。他曾對友人說，他要自編一部「死的形式美學」，果然如此，只是這部美學，不是文學語言所書寫，而是血色行為語言所書寫。

《紅樓夢》中的尤三姐也用自己的行為語言創造了一部美學。尤三姐是瓶烈酒，又是一瓶極純粹的酒，她的自殺，剛烈、莊嚴、乾脆利落，猶如毅然舉起杯盅，把酒潑灑在地，一點也不拖泥帶水。只是她沒有日本武士那種以「自殺為美」的意識。她的死亡抉擇，只是因為情的幻滅。因此，她也沒有像三島由紀夫那樣，刻意去設計死亡的盛典儀式。但她在瞬間所作的果斷的自我了結，悲憤之情完全壓倒死亡恐懼，也死得如櫻花燦爛，於片刻中也給世界留下永恆。

【五二】

在主奴結構的社會中，主人要保持人的驕傲不容易，因為他們還必須向更高的主子卑躬屈膝；而奴僕要保持人的驕傲就更難，也很稀少。晴雯所以被曹雪芹讚為「心比天高」，而且被無數讀者所喜愛，就是她身為女僕卻保持了人的驕傲。當寶玉為了一把扇子而有所微詞時，她立即藉此警告寶玉：「二爺近來氣大得很，動不動就給臉子瞧。前兒連襲人都打了，今兒又來尋我們的不是，要踢要打憑爺去。就算跌了扇子，也是平常的事。」之後又以撕扇子這一行為語言發出心靈的冷笑，這不僅為自己，也為其他奴僕。這一行為語言告訴寶玉兩點：一是人比物（扇子）貴；二是奴僕不可欺。寶玉當時雖然氣得渾身打顫，但過後卻顯然欽佩她。而她在臨終之前對寶玉所說的「早知今日，何必當初」的一番話和贈送兩根葱管一般的指甲，當寶玉要把指甲藏起時，晴雯對他說道：「回去他們看見了要問，不必撒謊，就說是我的。既擔了虛名，越性如此，也不過這樣了。」這是晴雯生命的結束語，告別人間的最後宣言。這些語言，恰恰是教導寶玉要保持人的驕傲的語言。兩根指甲放射的光輝和這席話放射的光輝，不僅穿刺黑暗的王國而且也照亮寶玉的靈魂。如果說林黛玉是引導寶玉走向精神高山的第一女神，那麼，晴雯則是第二女神。

【五二】

中國的史書，包括最優秀的如《史記》這樣的史書，都見不到偉大的女性。許多美麗能幹的女人，無論是身為皇后還是王妃，往往都是黑暗政治的「替罪羊」，為男人承擔歷史罪惡。從妲己到呂后到慈禧太后均是如此。在史家的筆下，功勞屬於男人，罪過屬於女人，男人創造歷史，女人污染歷史。《紅樓夢》中林黛玉卻一反老調，她所作的《五美吟》，為女人歌功頌德，為西施、虞姬、明妃、綠珠、紅拂等「尤物」樹碑，也為東施說話，着意破歷史之執。在她的清明的目光中，許多帝王將相，其實都不如一個小女子。陳寅恪先生作《柳如是別傳》，也暗示明末清初的許多名儒風流，其人格卻不如一個妓女。

《紅樓夢》中的「薛小妹」薛寶琴，屬曹雪芹尚未充份描寫、充份展開的人物，但她聰明過人已被賈母所發現，所以賈母格外寵愛她（讓她睡在自己的寢室裏），她作十首懷古絕句，從「赤壁沉埋水不流，徒留名姓載空舟」的調侃開始，質疑男人的歷史業績，但對馬援、張良、韓信、王昭君、楊貴妃等歷史人物充滿同情的理解，用的完全是一雙中性的眼睛。這種眼睛裏沒有功利的雜質，具有一種純粹、一種天然的公平與合情合理，比書齋裏的歷史學家更準確。歷史學家雖有知識，可惜眼睛常常被概念和利益所堵塞而狹隘化了。一狹隘就不合事實，也不合事理，其所謂「史識」，反而不是真見識。

【五三】

拙著《面壁沉思錄》中曾說：孟子留給中國人最寶貴的精神遺產是教中國人如何面對苦難、面對幸福和面對壓迫。苦難中高潔的品格不能改（「貧賤不能移」）；富貴安逸中美好的人性不能墮落（「富貴不能淫」）；權勢壓迫下則要挺直人格的脊骨和保持人的驕傲（「威武不能屈」）。可是我們當今的中國人好像既不懂得面對苦難，也不懂得面對幸福。在繁榮富裕的今天，慾望無限膨脹，讓金錢麻醉全部神經，甚至連做人的心靈原則都沒有；至於在權勢面前，多數的世相是羊相和奴才相。然而，在《紅樓夢》中，我們卻見到了「威武不能屈」的女僕，這就是鴛鴦。當闊老爺賈赦企圖納她為妾的時候，她直面權勢，站立在榮國府的大廳之中當着眾人發出宣言：「就是老太太逼我，一刀子抹死了，也不能從命。」之後又以斷然一死向權勢者發出浩浩然的抗議。此宣言，此行為，此氣概，此人格，此「不自由毋寧死」的生命景象，正是專制黑暗王國裏的一道輝煌的閃電。中國當代知識人千百萬，不知能有幾個人能及這個小丫鬟。

【五四】

《紅樓夢》中的女子一個一個自殺，有的伏劍自刎（尤三姐），有的吞金自盡（尤二姐），有的投井自墜（金釧），有的觸柱自亡（瑞珠），有的撞牆自毀（司棋），有的掛繩自縊（鴛鴦）等等。晴雯之死和林黛玉之死，雖不是自殺，但也是被自己的憂鬱與悲傷所殺，其重量也與自殺相等。

曹雪芹筆下的這些未被世俗塵埃所腐蝕的少女，都比男性更熱烈地擁抱生命自然，更愛生命本身。

她們之中有的也很有文化，但對文化保持警惕，她們不受文化所縛，卻個個為情為生命自然而死。而《紅樓夢》中的男子除了潘又安這個「小人物」之外，沒有一個鬚眉男子為愛殉身。賈寶玉和柳湘蓮為愛遁入空門，已不簡單。和女子相比，男人在死亡面前，心情要複雜得多。他們有文化，不死的理由也「豐富」得多，包括「天生我材必有用」、「天將降大任於斯人也」等等理由，男人總是被慾望所牽制，被功名利祿所誘惑，對世俗世界有太多的迷戀，加上善於用各種主義、理念製造「精神逃路」，自然就不肯輕易赴死，而女子則不同，尤其是少年女子，她們對世界的迷戀往往簡化為對情感的迷戀，對情一旦絕望，就會勇敢面對死亡，該了就了。《紅樓夢》以死亡為鏡，更是照出女子為清、男子為濁的世界真面目。

【五五】

《三國演義》、《水滸傳》、《封神演義》都把女人寫得很壞。《封神》把妲己寫成妖精，把女子的美貌視為罪惡，其「美麗有罪」的理念真是貽害無窮。而《三國》中的女子幾乎都是陰謀權術的工具，連最迷人的貂蟬也佈滿心機，奴性完全壓倒人性。更甚者是《水滸傳》，書中的潘金蓮、潘巧雲、閻婆惜等不僅是髒水，而且是禍水；不僅是禍水，而且是禍根；不僅是萬惡之首，而且是萬惡之源。更令人困惑的是，這之前的偉大歷史著作《史記》，也把女人寫得很壞，巨卷中的秦姬、呂后、竇太后等都是一肚子毒水壞水。這些著作都設置一個道德專制法庭，對女子進行殘酷的審判。《紅樓夢》與前人不同的是，它撕毀了這個法庭並批判這個法庭。賈寶玉、林黛玉的觀念行為不符合儒教倫理，但符合個性創造倫理，不合道德專制，卻合道德真情。因此，林黛玉既是「美」的極致，「才」的極致，又是「好」的極致。俄國卓越的思想家別爾嘉耶夫在名著《人的使命》中確立「個性創造倫理」，肯定自由嚮往的合理性，他的思想與曹雪芹的思想完全相通。倘若他讀《紅樓夢》，那他將找到最偉大的例證。

【五六】

《紅樓夢》的人物個個活生生，都不是理念的化身，但是，一些主要人物，卻折射着中國諸種大文化的生活取向與精神取向。以女子形象而言，林黛玉折射的是莊禪文化，薛寶釵折射的是儒家文化，史湘雲折射的是名士文化。賈母表面上是儒家文化，內心深處則不以儒為然，她很會偷閒很會及時行樂，人情練達又活得瀟灑，心裏深藏着對自由的認同，所以她與其子賈政（賈府中的孔夫子）常有衝突，倒是十分寵愛甚至理解孫子賈寶玉。與上述取向不同，王熙鳳和探春倒是有點法家氣概，尤其是探春，一旦讓她「執政」（一度與李紈、寶釵共理家政），便着手改革，做出了興利除弊的事來。她給王善保家的一個巴掌，是典型的法家文化的一巴掌。與「參政」一極相反的佛家文化則由妙玉所折射，但是，佛家流派眾多，妙玉崇尚的經典，大約屬於唯識宗。曹雪芹對此宗並不太以為然，所以說她「云空未必空」。賈寶玉和其他女子形象的文化含量，不僅其他文學作品難以比擬，即使是四書、五經，也難以比擬。中國文化的大礦藏並不在四書五經中，而在《紅樓夢》中。

【五七】

中國的女人（不是少女）也罷，男人也罷，最後都變得太聰明，太伶俐。王熙鳳的悲劇就是變得太聰明的悲劇。儘管她很能幹，也很有趣，但不可敬可愛。對於她的死，人間不會痛惜。與王熙鳳相比，賈寶玉、林黛玉、晴雯、鴛鴦等也很聰明，但他們的心靈中卻保留着質樸的東西，這就是生命之初的那一片「混沌」，那一派天真、天籟與傻氣，那一副遠離世故、遠離機謀、遠離偽善的赤子心腸。老子呼喚要復歸於樸，從表層上説，是呼喚從奢華的追求回到簡樸的生活；從深層上説，則是呼喚心靈要回到沒有機謀的狀態，守住質樸的內心。王熙鳳雖聰明，但歸根到底是小聰明。秦可卿臨死之際託夢給王熙鳳，告訴她「盛宴必散」的道理，但王熙鳳不可能對此大徹大悟，因為她只有生存的小技巧與小算計，只知「小道」，不知「大道」。

【五八】

妙玉與林黛玉、晴雯等女子相比，似乎有一層朦朧的包裝，缺乏天真天籟，不如黛、晴率性可愛，但她畢竟也是生命一絕。她冷而不冷，熱而不熱，自稱「檻外人」，卻有無限情思，對賈寶玉心存一片暗戀之情。她有「潔癖」，高潔的品性是無可懷疑的，她出身讀書仕宦之家，是個知識分子，也預示着知識分子的普遍命運：檻外的地位是保不住的。你想守身如玉，但強權所主宰的世道人心不允許。最高潔的身軀，最終被最骯髒的蒙面盜賊所姦污。世界那麼大，但不給「檻外人」一點存活的空間。

然而，妙玉總是有一種精神優越感。她把寶玉、黛玉、寶釵請到櫳翠庵品茶，説：「一杯為品，二杯即是解渴的蠢物，三杯便是飲牛飲騾了。」在她的內心裏，不僅是「甚麼為品」，而且是「甚麼為極品」。她正是一個以極品自居即自視為人群之極品的人。所以當黛玉隨便問一句「這也是舊年的雨水？」她便冷笑道：「你這個人，竟是大俗人，連水也嚐不出來？」沒説上幾句話，就讓人感到她把自己淩駕於他人之上，難怪黛玉在她面前渾身不自在，「不好多話，亦不好多坐」，喝完茶，便約寶釵走了。其實，不僅是妙玉，凡是把自己定位為「極品」的人，無論是定位為道德極品還是定位為學問極品，都有一種居高臨下的專制人格和專制心理，動不動就說別人不行。許多知識分子都有這種壞脾氣。

【五九】

賈寶玉面對晴雯的亡靈，寫了《芙蓉女兒誄》。其面對晴雯的心境與聶赫留道夫（托爾斯泰小說《復活》的主人公）面對瑪絲洛娃的心境大致相同。儘管瑪絲洛娃當了妓女而晴雯還是一身乾淨，但是賈寶玉與聶赫留道夫一樣，也意識到自己給一個純正的女子造成巨大不幸，自己負有罪責。聶赫留道夫在瑪絲洛娃面前下跪請求寬恕，而賈寶玉在晴雯亡靈面前也熏香禮拜，抒發一片負咎之情。《芙蓉女兒誄》的悲情痛徹肺腑，感天動地。詩人的悲情與罪感不是留在口裏，而是深深切入了生命。聶赫留道夫的罪感與不安也進入了生命，惟有切入進入生命的痛苦才是具有詩意的痛苦。

曹雪芹通過打開林黛玉的內在生命進入永恆。賈寶玉在創作《芙蓉女兒誄》時也通過打開晴雯的心靈進入永恆。托爾斯泰則通過瑪絲洛娃這個具象，實現了慈悲、仁厚、謙卑這些永恆的情感。他在打開瑪絲洛娃這一生命的瞬間踏入了永恆的天國。抽象的永恆沒有意義，失去當下的個體生命，永恆就失去基石。人道、人權、自由、解放、烏托邦等很容易變成空話與謊言，就因為在大概念之下往往沒有對當下個體生命的充份尊重與關懷。

【六〇】

賈寶玉從哪裏來？到哪裏去？一塊石頭發源何處，又將被拋向何處？宇宙無終無極，浩瀚中的一粒塵埃，如何考證它的去處？它應當也是無終無極。賈寶玉與甄寶玉，哪個是真、哪個是假？假（賈）的說着真話，真（甄）的說着假話。假作真來真作假，原是無真無假。林黛玉的悲劇是善的結果，還是惡的結果？王國維問：是幾個「蛇蠍之人」即幾個惡人的結果嗎？回答說：不是，是共同關係的結果，即共同犯罪的結果，在「共犯結構」中，所有榮國府的人都在參與製造林黛玉的悲劇，榮國府內外的一些大文化也在參與。連最愛林黛玉的賈寶玉和賈母，也是「罪人」。然而，這是無罪之罪，無可逃遁的結構性之罪。這種罪是惡還是善？應是無善無惡。說無善無惡、無是無非，不是說曹雪芹不知有善惡不知有是非，而是說，小說呈現社會人生時，作者超越了是非、善惡等世俗認識的糾纏，不作善惡裁決者，只作冷觀者與呈現者。

【六二】

文學中因果報應的模式，代聖賢立言的模式，都是通過一個情節暗示一種道德原則。《金瓶梅》的色空，是因果報應的色空。西門慶為色而亡，也是一種暗示。這是世間因緣法的暗示。而《紅樓夢》的色空則超越此法，無因無果。它悟到一切都是幻相，一切都會過去，一切都歸於空無，惟有真情真性是最後的實在。《紅樓夢》有哲學感，《金瓶梅》則沒有。

從精神內涵說，《紅樓夢》具有「慾」、「情」、「靈」、「空」等四個維度。而《金瓶梅》只有「性」與「情」二維，而且向着「慾」傾斜。在傾斜中雖也暗示「生活無罪」（也可說「慾望無罪」）的意念，但「情」的維度很微弱，「靈」與「空」的維度則幾乎沒有。王國維發現《紅樓夢》的宇宙境界，可惜他的《紅樓夢評論》未充份開掘此一境界的內涵，也未充份開掘「靈」與「空」的內涵，反而把注意力放到較低層面的「慾」。這不能不說是王國維「評紅」的缺陷。

【六二】

卓越的文學作品，其人物都是一座命運交叉的城堡，其命運總是有多重的暗示。不管是名教中人還是性情中人，都本着自己的信念行事，做的本是無可無不可的事，善惡該如何判斷？名教賦予薛寶釵以美德，但美德也帶給她不幸。她有修養，會做人，甚麼事都順着他人，這本是一種善，然而，善也會帶來不善。金釧兒投井死了，這是王夫人的責任。當王夫人訴說此事時，薛寶釵如果不加附和而讓王夫人難受，是不孝；而如果順着王夫人而附和，則是不仁：對死者沒有同情心。賈寶玉也是命運交叉，他是性情中人，愛一切美麗的少女，又特別愛林黛玉。愛得博本是好事，然而一旦博就難以專。林黛玉則只愛一個，專是專深了，可就愛得不博，那麼，到底是「博愛」善還是「專愛」善呢？其實各有各的暗示。賈寶玉性情好，好到無邊就可能懦弱，高鶚寫他反抗不了老祖母和父母親的婚姻安排，導致林黛玉的悲劇命運，未必不妥當。

【六三】

政治閱讀者追究「誰是兇手」，一會兒追到賈政，一會兒追到薛寶釵與王夫人，這種追究全是白費力氣。以往的佛典用因果觀念解釋萬物萬有，世界無非一因緣；今日的「紅學」用階級因果法解釋萬物萬象，又說世界無非一根源（階級根源）。解釋《紅樓夢》的悲劇全用世間法、功利法，非得找出是非究竟不可，就像訴諸法庭，非判個勝負、非查個水落石出不可。可是賈寶玉早已看透這世間法庭，他逃離恩怨糾葛，出家做和尚，身出家，心更出家，而且早就出家。曹雪芹比所有筆下的人物都站立得更高，他揚棄世俗視角，用宇宙遠方多維的大觀眼睛看世界。只觀看，只呈現，不作裁決者，不設立任何政治法庭與道德法庭。

【六四】

賈寶玉、林黛玉和大觀園女兒國裏的少女，好像是來自天外的智能生物，美麗的星外人。她們嘗試着到人間來看看玩玩，但是，她們最後全都絕望而返。這個人間太骯髒了！所有的生物都在追逐金錢、追逐權勢，這一群吃掉那一群，竟滿不在乎，甚至還在慶功、加冕、高歌。於是，美麗的星外人終於感到自己在人間世界生活極不相宜。她們在天外所做的夢在地球上破碎了。於是，她們紛紛逃離人間，年紀輕輕就死了。賈寶玉雖然活着，可是眼睛常發呆常迷惘，發呆的內涵大約也是：這個地球怎麼像是地獄？到地球走一回怎麼像是到地獄走一回？

【六五】

賈寶玉原先不徹不悟，喜聚不喜散，喜「好」不喜「了」，喜色不喜空，到了後來，就悟到「了」就好，色即空，人間沒有不散的宴席。能對「了」有所領悟，便有哲學。中國的禪宗，便是悟的哲學。沒有佛教的東來，就沒有禪，就沒有《紅樓夢》。禪宗哲學，正是曹雪芹和古代中國許多聰慧知識分子的世界觀。黛玉死後，寶玉不與寶釵同床而在外間住着。他希望黛玉能夠走進他的夢境。但兩夜過去，「魂魄未曾來入夢」，寶玉為此感到憂傷。夢是幻相，不是色。斷了色，卻斷不了生之「幻相」。斷了塵緣並不等於斷了生緣。這與武士道的「一刀兩斷」不同：武士道斷了色，也斷了空。

人生成熟的過程就是「看破紅塵」的過程，即看破一切色相的過程。把各種色相都看破，把物色、財色、官色、美色、器色都看穿，從色中看到空，從身外之物中看到無價值，便是大徹大悟。《紅樓夢》的哲學要旨就在於看破色相。看破色相，是幻滅，又是精神飛升。活着有無意義？存在有無意義？倘若有意義，這意義便是徹悟，便是對色世界的清醒意識。

【六六】

無求亦就無傷。有所求便有所傷。賈寶玉原來甚麼都有，無所需求，也就無可傷害。而他一旦求愛，便被愛所傷。當他失去了林黛玉時，傷心傷感得又癡呆又迷惘。林黛玉也是有所求，熱烈追求知己，反被知己所傷。她求愛求得最真摰，最專一，結果被愛傷得最慘重，最徹底。不僅傷了身體，還傷了靈魂。她最後焚燒詩稿而死，連最真純的詩句也受了傷。

【六七】

當歷史把賈寶玉拋入人間大地的時候，他也許還不知道，這片大地是一片汪洋，他是找不到歸宿的。在汪洋中，林黛玉是惟一可以讓他寄託全部情思的孤島。然而，這一孤島在大洋中是不能長存的。滄海的風浪很快就迫使她沉沒。這一孤島消失之後，賈寶玉的心靈再也沒有地方可以存放。於是，他生命中便只剩下大孤獨與大徬徨，最後連徬徨也沒有，只能告別人間。

【六八】

因為有死亡，時間才有意義。有死亡，才有此生、此在、此岸。假如人真的可以永垂不朽、萬壽無疆，真的沒有死亡之域，那麼，壽命的多寡便沒有意義。因為人的必死性才使生命的短暫成為人的遺憾。林黛玉在葬花時意識到生命必死，所以她才有那麼多憂傷和感嘆。如果林黛玉是個基督教徒或佛教徒，大約就沒有這種感嘆。基督教徒彷彿為死而生，即生乃是為死後進入天堂作準備，林黛玉不是為死作準備，因此總是感慨人生的短促、無望、寂寞，沒有知音。林黛玉的骨子裏是熱愛生活的。

【六九】

鴛鴦之死與瑞珠之死表面上都是殉主的忠孝行為，其實兩人的死亡卻不同質。瑞珠純粹是盡孝，完全屬於「道德死」；而鴛鴦的死，則是情的幻滅，屬情感的「絕望死」。她儘管受賈母的寵愛，但身份畢竟低微，賈母在世，賈赦要她作妾，她還有避風港。賈母一死，她肯定逃不出賈赦的妄念妄為；而她所暗戀的那個人，則只能永遠埋在心底，絕無出頭之日，這樣，還不如以死了斷一切。她的這種悟，通過死前靈魂與秦可卿的魂魄相遇而表現出來。秦可卿此時已不是「蓉大奶奶」，而是警幻仙子，她對鴛鴦說：「因我看破凡情，超出情海，歸入情天，所以太虛幻境癡情一司竟自無人掌管。今警幻仙子已經將你補入，替我掌管此司，所以命我來引你前去的。」鴛鴦之魂道：「我是個最無情的，怎麼算我是個有情的人呢？」秦氏道：「你還不知道呢？世人都把那淫慾之事當作『情』字，所以作出傷風敗化的事來，還自謂風月多情，無關緊要。不知『情』之一字，喜怒哀樂未發之時便是個性，喜怒哀樂已發便是情了。至於你我這個情，正是未發之情，就如那花的含苞一樣，欲待發洩出來，這情就不為真情了。」鴛鴦聽了點頭會意，便跟了秦可卿而去。鴛鴦之死，與其說是盡孝，不如說是盡「情」。鴛鴦之情真如含苞之花，而這種含苞待放的感情未被泥濁世界所污染，倒是獲得永遠的真純。她以死而及時終了自己的人生，反而保持了含苞的情感美。此時，自我毀滅乃是自我保護，滅乃是不滅，這是另一形式的「生死同狀」（莊子語）。

【七〇】

《紅樓夢》人物的死亡，除了如賈母等的「自然死」之外，還有其他幾種不同的情狀。最低級的死亡是「虛妄死」，也可稱為誤死兇死，如賈瑞的思淫虛脱而死，趙姨娘的中邪而死，夏金桂的誤毒自身而死，這些人都是妄人，死得很慘也很醜。賈瑞死時沒有人樣，「汗津津的，身子底下冰涼漬濕一大灘精」；金桂死時「鼻子眼睛都流出了血，在地上亂滾，兩手在心口亂抓，兩腳亂蹬，話說不出來，只管直吐亂叫」；趙姨娘死時跪在地上叫饒叫疼，「眼睛突出，嘴裏鮮血直流，頭髮披散，而且聲音也啞起來，居然如鬼嚎一般」。與「虛妄死」完全不同的是自覺死。這種死亡具有三種不同境界：一是「道德死」，即殉主而死，如秦可卿的丫鬟瑞珠。二是「情意死」，即殉情而死，如晴雯、司棋，其死不是「道德」，而是反道德——抗議道德專制。三是「徹悟死」，即看透人生憂鬱而死，如林黛玉、尤三姐。尤三姐不是殉情，而是「恥情而覺」，有一種看透情的覺悟；林黛玉更是如此，她死時看透一切假相，燒掉詩稿，不僅看透，而且也不給人間製造新的假相。既然稱第一類為「道德死」，第二類不妨稱為「文學死」，第三類則可稱為「哲學死」。最後這兩種死亡都是詩意死亡。依據這種分類，鴛鴦是屬於殉主死，還是殉情死？王熙鳳是屬於自然死還是虛妄死，則必定會有爭論。但把鴛鴦視為殉主死，肯定是荒謬。

【七一】

《聖經》的《雅歌》中說：「愛，如死亡一般強。」到底是愛比死亡更強，還是死亡比愛更強，這始終是個爭論不休的哲學問題。說死亡比愛強，這是對的；說愛比死亡強，也是對的，兩個命題都符合充份理由律。我們很難回答這個問題：是朱麗葉與羅密歐的愛戰勝了死亡還是她與他的愛被死亡所戰勝？從表面上看，曹雪芹的回答是死亡才是最強者，一死甚麼都「了」，一死一切皆空，包括愛也是空的。但從深層上看，曹雪芹所經歷、所體驗的愛又是不朽的，他的所有最美麗的人生感慨全在愛之中，他所寫的愛的故事又是天長地久的，而他本身也相信，這些女子的故事是不朽不滅的。閱讀《紅樓夢》，最後會覺得：死亡固然剝奪了林黛玉、晴雯等少女的生命，表現為強者，但林黛玉、晴雯生命終結之後又遠離了死亡，她們的愛仍在生命長河中流動，死亡並未止住這一流動。這，也許正是絕望中的希望。

【七二】

黑格爾認為，死亡是向「土」的要素回歸，死者回到要素的簡單存在之中。林黛玉在葬花時意識到自己將像落花一樣向「土」回歸，賈寶玉不知道能否意識到自己將向「石頭」回歸。能向簡單要素回歸的生命才正常。一些偉人拒絕向簡單要素回歸。所以他們死後就建金字塔、皇陵，幻想回歸到另一天堂。但他們的屍首畢竟也是僵冷的石頭。回歸豪華只是幻相，「復歸於樸」（老子）才真實，才美好。

復歸於簡樸的生活不容易，復歸於質樸的內心更難。林黛玉的「質本潔來還潔去」，最難的是回到高潔的心性，回到絳珠仙草那種原始的純樸。

【七三】

形體是暫時的，盛席華宴是暫時的。圓滿與榮耀在時間的長河中留居片刻的可能性是有的，但僅僅是片刻。時間本身是最大的敵人，一切都會被時間所改變、所掃滅，包括繁榮與鼎盛。曹雪芹在朦朧中大約發現了時間深處的黑暗內核，這一內核有如宇宙遠方的黑洞，它會吞食一切。《紅樓夢》寫盡了虛榮人生的荒誕性。人必死，席必散，色必空，也就是最後要化為灰燼與塵埃。明知如此，明知沒有另一種可能，卻還是日勞心拙地追逐物色、財色、女色，追求永恆的盛宴，幻想長生不老（如賈敬），於是，就構成一種大荒誕。夢醒，就是對這一大荒誕的徹悟。

秦可卿死前就有這種徹悟，所以她託夢給王熙鳳，告訴她「盛筵必散」的道理。並警告她「萬不可忘了」。這是秦氏給她曾經寄寓的貴族府第的「盛世危言」，也是給王熙鳳的「喻世明言」，但王熙鳳聽不懂，更不能領悟，所以她最後的下場很慘。秦可卿死時享盡「哀榮」，葬禮有如「鮮花着錦之盛」，王熙鳳死時則淒淒切切，只有被鬼糾纏的恐懼與託孤給劉姥姥的極端淒涼，真是「昏慘慘似燈將盡」。

【七四】

作家李鋭發現：中國兩百多年來三個大作家有絕望感。這三個作家是曹雪芹、龔自珍、魯迅。曹雪芹確實感到絕望。他除了看到人性中不可救藥的虛榮與其他慾望乃是空無之外，還看到一切均無常住性，所有的「好」都會「了」，所有的聚都會散，所有嬌艷的鮮花綠葉都會凋謝，所有的山盟海誓都會瓦解。在他的悟性世界中，沒有「相」的永恒性，連賈寶玉與林黛玉這種「木石良緣」也非永恆，「天長地久」的願望在他鄉，唯其有限生命的悲劇永遠演唱着。時間沒有別的意義，只有向「了」、向「散」、向「死」固執地流動。曹雪芹從這種流向中感受到一種根本性的失望，也就是絕望。在當代學人們的直線時間觀中，這種流向裏還蘊涵着「進步」的意義，於是，他們總是滿懷希望。而曹雪芹看不到「進步」，只看到一切無常無定的變動之後，乃是白茫茫一片真乾淨。然而，曹雪芹也有「反抗絕望」的另一面，他的寫作，他的「花不要謝，少女不要落入泥潭」的夢，便是反抗。

【七五】

《紅樓夢》的人物，最後遁入空門的有賈寶玉、柳湘蓮、妙玉、惜春、紫鵑、芳官等，但「入空」的境界則不同。賈寶玉屬於「大徹大悟」，他經歷情感與心靈的巨大折磨後，悟到一切色相皆是空，即色世界既是泥濁的「有」又是白茫茫一片的大虛「無」，他自己只是色世界中的一個過客和陌生人，始於癡，止於悟，由色入空。而柳湘蓮、妙玉、紫鵑三人，則是「小徹小悟」。他們雖「看破紅塵」，走出世俗泥濁世界，但卻未像寶玉那樣悟到世界的本體就是空無，走入空門仍是對故鄉（精神本源）的回歸。而惜春「入空」則幾乎是「不徹不悟」，她的出家完全是功利打算，屬於「不得已」。且聽她的心裏獨白：「父母早死，嫂子嫌我，頭裏有老太太，到底還疼我些，如今也死了，留下我孤苦伶仃，如何了局？想到：迎春姐姐折磨死了，史姐姐守着病人，三姐姐遠去，這都是命裏所招，不能自由。獨有妙玉如閒雲野鶴，無拘無束。我能學他，就造化不小了。但我是世家之女，怎能遂意。這回看家已大擔不是，還有何顏在這裏。」惜春出家的理由，全是推諉責任及守住面子等世俗理由，而且全是被動的理由，與「悟」沾不上邊。

紫鵑隨惜春進了櫳翠庵，卻比惜春看得透，黛玉死後她對寶玉總是冷冷的，更不必説其他人間熱情。她遁入空門，比惜春更主動、更真實。雖説她的徹悟不能算深，但可算「真」。而惜春仰慕的妙玉，雖如閒雲野鶴，但她的出家也只是因為自幼多病，為了擺脱病魔的糾纏。出家之後，雖極清高，卻沒有寶玉的大慈悲。她只看得起像寶玉這樣的貴族公子，而對劉姥姥，則連她碰過的杯子也趕緊扔掉。曹雪芹評她「云空未必空」，十分恰當。所以不能算「大徹大悟」。

【七六】

《紅樓夢》對少女的謳歌毫無保留，對少年男子則有很多保留。在那個崇尚名位的社會裏，少年男子即使未婚，也得從小就被訓練成善於追名逐利的社會動物。他們要為踏進仕途之門而準備，接受早已成為社會「通識」的人生理念，難以像少女們那樣，天然地站在名利場的彼岸。寶玉出家之前，最後一次給他心靈以沉重打擊的是兩個優雅的貴族少年，一個是與他同名同貌的甄寶玉；一個是他的小侄兒賈蘭。未見甄寶玉之前，賈寶玉滿心希望，以為這個同貌同名的少年一定也與自己同心同質，可以引為知己。哪知道一見面，便發現甄寶玉滿口飛黃騰達的酸話套話，而年紀輕輕的賈蘭則拚命附和，與甄寶玉一拍即合。少年男子尚未進入國賊祿鬼之列，身上就已開始生長濁物的纖維和細菌。少年預示着社會的未來，聰慧的寶玉自然會從他們身上看到無底的泥濁世界的深淵，由此，他更是得及早逃亡。

【七七】

基督教有拯救，所以死亡便失去它的鋒芒；佛教有涅槃，所以死亡也失去它的鋒芒；近代的烏托邦設計倘若有天堂，死亡也會失去它的鋒芒。曹雪芹沒有拯救的神聖價值觀念，也沒有涅槃的確認，警幻仙境也不是烏托邦的理想國，因此，他筆下的死亡仍有各種鋒芒。死亡依然是沉重的，死亡後有大哭泣與大悲傷。《紅樓夢》有慈悲情懷，但無救世情結，說賈寶玉是未成道的基督，是說他是大愛者，不是說他是救世主。所有的眼淚都流入大愛者心中，因此，《紅樓夢》是中國最偉大的傷感主義作品。

【七八】

只要人生存於非人性的物質世界之中，他（她）就注定要處於黑暗之中。因為物質世界與人性是對立的，它總是要按照自己的尺度來規範人性、剪裁人性。即使這一物質世界是瓊樓玉宇，富麗堂皇得如宮廷御苑，賈元春還是準確地告訴自己的父母兄弟：那是不得見人的去處。宮廷不是人的去處，榮國府、寧國府何嘗就是人的去處？幸而有個大觀園，可讓賈寶玉和乾淨的少女們有個躲藏之所，然而，生活在大觀園裏的林黛玉、晴雯，還是一個一個死亡。人生本就無處逃遁，注定要在黑暗中掙扎。真摯的友情與愛情所以重要，就因為它是無可逃遁的世界中惟一可以安放心靈的家園與故鄉。這一故鄉的毀滅，便會導致絕望。林黛玉絕望而死，是她發現惟一的家園——賈寶玉，丟失了。

【七九】

李澤厚在《論語今讀》中說：中國的「聞道」與西方的「認識真理」並不相同。後者發展為認識論，前者為純粹「本體論」：它強調身體力行而歸依，並不重對客體包括上帝作為認識對象的知曉。因而，生煩死畏，這種「真理」並非在知識中，而在於人生意義與宇宙價值的體驗中。「生煩死畏，追求超越，此為宗教；生煩死畏，不如無生，此為佛家；生煩死畏，卻順事安寧，深情感慨，此乃儒學」。[1]《紅樓夢》的哲學觀念偏重於佛家禪宗：生煩死畏，一切皆空，早知今日，何必當初？何必當初讓石頭通靈，到人間來走一遭，還不如回到大荒山中或茫茫無盡的宇宙深處。《紅樓夢》裏佛光普照。然而，《紅樓夢》在反儒的背後卻有「深情感慨」的儒家哲學意蘊，它畢竟看重人，看重人的情感，把情感看作人生的最後的實在：一切都了情難了。

【八〇】

每次閱讀描寫秦可卿隆重的出殯儀式，就想起死的虛榮。人類幾乎不可救藥的虛榮不僅化作生的追逐，也化作死的顯耀。由此，又想起托爾斯泰的《戰爭與和平》。安德烈在奧茲特里茨的戰場上負了傷之後，凝望着高高的天空。天空既不是藍色的，也不是灰色的，只是「高高的天空」。托爾斯泰接着寫道：「安德烈親王死死地盯着拿破崙，想到了崇高的虛榮、生命的虛榮，沒有人能理解生命的意義，

1 《論語今讀》，第一零六頁，香港，天地圖書有限公司。

他還想到了死亡那更大的虛榮，沒有一個生者能夠深入並揭示它的意義。」然而，曹雪芹揭示了它的意義，這就是虛榮的空無與虛無，如同高高的天空並非實有。曹雪芹描述死者生前生活在大豪華的權貴家族裏，然而，寂寞、虛空、糜爛，沒有意義。與失去生的意義相比，隆重的出殯儀式，更是失去死的意義：屍首還在被利用——被虛榮者製造假相。於是，死的虛榮便有雙重的不和諧。

【八一】

賽珍珠從小生活在中國，並貼近中國社會底層。她敏鋭地發現，中國婦女生活在兩道黑暗之中，後邊是黑暗，這是傳統的輕蔑婦女的理念；前邊也是黑暗，即等待着婦女的是生育的苦痛、美貌的消失和丈夫的厭棄。曹雪芹早已發現這兩道黑暗，而且還發現，天真的少女可以生活在這兩道黑暗的夾縫之中，於是，他一面鼓動少女反叛背後的那一道黑暗，不要理會三從四德的説教，應讀《西廂記》；一面則提醒她們不要走進男人的污泥社會。所以他心愛的女子林黛玉就在這一夾縫中度過，既反叛後邊的黑暗，又未進入未來的黑暗。

【八二】

夢是黑暗的產物。黑夜裏的夢五彩繽紛。白日夢也是在閉上眼睛、進入黑暗之後才展開的。人處於無望與絕望中時，主體的黑暗被一束來自烏托邦的美妙之光所穿透，於是，黑暗化作光明，絕望被揭示為希望。警幻仙境、女兒國，就是烏托邦的光束。曹雪芹在所有的夢都破滅之後還留着這最後的一夢。

中國的夢是現實的。仙境也是現實的，只不過是比現實更美好一些。秦可卿死時寄夢給王熙鳳，林黛玉死後賈寶玉希望她能返回他的夢境，這都是現實的。中國只有現實的此岸世界，沒有西方宗教文化中的彼岸世界。

【八三】

人生很難圓滿。出身再高貴，氣質再高潔，總難免要走進世俗濁流世界。曹雪芹最惋惜的是那些冰清玉潔的少女，最後也得落入男人社會的泥潭。人間的女強人，世俗社會在恭維她，但詩人則暗暗為之悲傷。文學最怕姑娘變成「鐵姑娘」，女人全是「女強人」。女子的強悍與雄性化，足以毀滅文學的審美向度。女權主義於社會學有意義，於文學則危害極大。

【八四】

《紅樓夢》中最多情的女子是林黛玉，但她憂憤而死。《紅樓夢》中最單純的女子應是晴雯，也憂憤而死。《紅樓夢》中最清高的女子應是妙玉，但她被玷污而死。最美的生命獲得最壞的結果，這就是中國社會。黛玉、晴雯、妙玉，都是心比天高的詩化生命。她們追求詩化的生活，並不要求他人也如此生活，可是世俗社會卻看不慣，要求她們如多數人一樣生活，於是，衝突發生。《紅樓夢》正是一部詩化生命在僵化社會中活不下去的悲劇。

《紅樓夢》寫情的美好，也寫情的災難。寶玉滿懷人間性情，他愛一切人，特別是愛至真至美的少女，但一切和寶玉相關的女子，無論是關係深的（如黛玉、晴雯），還是關係淺的（如金釧）都蒙受災難。賈寶玉的大苦悶與大煩惱正是因為他面對人間苦難而愛莫能助。所謂良知，就是意識到他人的苦難與自己相關，即意識到自己對苦難負有責任。寶玉的「發呆」，是意識到責任又不知道如何是好。

【八五】

林黛玉到人間，只是為了償還眼淚。淚是她的生命本體，也是她的另一形式的詩篇。她的故鄉在遙迢的青埂峰下，而不是在中國江南。在人間她是一個異鄉人，一切都使她感到陌生，極不相宜。卡繆《異鄉人》中的默爾索，生活在故鄉也如同異鄉，與社會格格不入。他對周圍的一切，對所謂信仰、理想甚至母親、情人都極為冷淡。他的母親死了，他照樣尋歡作樂，滿不在乎。林黛玉對世俗世界也冷漠到極點，但她不同於默爾索，她對情感執着、專注，把真情真性視為至高無上，是一個「情感先於本質」的存在主義者，情感就是她的存在根據和前提，而且也是存在的全部內涵。除此之外，一切都是虛空，一切都無價值，而且可能是負價值。

【八六】

林黛玉為自己舉行了兩次精神祭奠：一次是「葬花」，一次是「焚稿」。這既是林黛玉的行為語言，又是曹雪芹的宇宙隱喻。葬花除了行為語言之外，還有精神語言，這就是《葬花詞》，兩者構成悲愴到極點的心靈告別。行為是葬禮，《葬花詞》是輓歌。「焚稿」也可作如是解釋，詩稿如花，焚如葬。葬花只是排演，焚稿則是真的死亡儀式。她是純粹的詩人：詩就是生命本身，詩與生命共存共亡，作詩不是為了流傳，而是為了消失——為了給告別人間作證。

【八七】

葬花，是林黛玉對死的一種解釋。她固然感慨生命如同花朵一樣容易凋殘，然而，她又悟到，花落花謝的性質是很不相同的。因此，她選擇一個瞬間及時而死，並選擇「質本潔來還潔去」的潔死，在走入男人世界的深淵之前就死。「潔死」，是對男人社會的蔑視與抗議。既然人生只是到他鄉走訪一趟，既然只是匆匆的過客和漂泊者，怎能在返回遙遠的故鄉時，帶着一身污垢？如果說，賈寶玉還欠着林黛玉的債，那麼，林黛玉則甚麼都不欠，也不再欠寶玉的債了（淚已盡了）。她無愧是潔來潔去，來時是玉，去時還是玉。

【八八】

人終有一了、一散、一死。死後難再尋覓，難再相逢，所以相逢的瞬間才寶貴。也正是人必有一了、一散、一死，所以生前對身外之物的追求，才顯得沒趣。生命的瞬間性、一次性，少女青春的無常駐性，使情感顯得珍貴，卻為人生注入無盡的憂傷。

林黛玉因為感悟到生命之美的絕對有限，所以很悲觀。她不信任青春，也不信任愛情。在人間，賈寶玉是她「惟一的知己」，這是絕對的「惟一」。但她知道，寶玉雖然愛她，卻不像她只愛一個人。他是個博愛者，僅有的一顆心分給許多女子，即使沒有她，他也還有許多寄託。二十世紀張愛玲寫《傾城之戀》，也表明自己對愛情的不信任。對愛傾注全部生命全部心靈全部眼淚卻無法信任愛，這才是深刻的悲哀。

【八九】

青埂峰下的一塊石頭，獲得靈魂之後，不知穿越過多少時間與空間，才來到人間。賈寶玉在本質上是個宇宙的流浪漢。林黛玉告訴他「無立足境，是方乾淨」，乃是對他的根本提醒。接受林黛玉提醒的寶玉，終究要走向與泥濁世界拉開長距離的遠方，沒有人能留住他，薛寶釵的溫馨美貌，襲人的殷切柔情，都不能留住他。他的生命一定要向前運行，在如煙如霧的神秘時空中運行，在絕望與希望的交替中運行，他注定要辜負許多愛他的人。流浪漢和漂泊者的生命注定不屬於任何一個人。

【九〇】

《紅樓夢》沒有譴責。包括對那個被紅學家們稱為「封建主義代表」的賈政也沒有譴責。對賈母、王熙鳳、王夫人等也沒有譴責。作者以大愛降臨於自己的作品，即使對薛蟠、賈環這種社會的劣等品，也報以大悲憫，諷刺與鞭撻中也有眼淚。大作家對人只有理解與關懷，沒有控訴、仇恨與煽動。然而，曹雪芹並不迴避黑暗，他揭露、書寫種種人性的黑暗狀態。賈府裏的一群老媽子，嘰嘰喳喳，窺伺大觀園裏的動靜，渴望抓住一個「姦夫淫婦」以立功受賞。只要她們掌握一串匙或一扇門戶，就會利用手中這點最卑微的權力頤指氣使，吆喝擺佈他人。她們也講道德，可惜這是奴才道德。這些人雖處於社會底層，也是社會黑暗的一角。賈府的專制大廈，也靠她們支撐。

【九一】

現實主義、浪漫主義無法說明《紅樓夢》。《紅樓夢》作為偉大的小說，首先打破「法執」，決不執於一念一說一種「主義」。它是一個任何概念都涵蓋不了的大生命、大結構。它是大現實，每一個人物的出路都安排得那麼周密，以至後人無法改變。它是大浪漫，其大憂傷、大性情、大夢境全都超越世間。此外，它又是大荒誕：美好生命沒法活，醜陋生命很快活。

《紅樓夢》的文學方式，不是「聖人言」的方式，而是「石頭言」、「賈雨村言」（假語村言）和所謂「滿紙荒唐言」的方式。作者把自己嘔心瀝血寫成的絕世文章，稱為荒唐之言，不是自虐，而是為了解構聖人的話語權威與自我權威，揚棄濟世色彩與訓誡色彩，使小說滿紙全是個人的聲音，內心的聲音。《紅樓夢》是偉大的文學，又是低調的文學。

【九二】

誤以為宮廷是天堂，便削尖腦袋進入宮廷，忘記宮廷也是地獄。賈元春省親時對着自己的父老兄弟說了一句心底的大實話：宮廷是「見不得人的去處」。那個地方擁有最高的權力，但也燃燒着最高的慾望和生長着最高的野心。皇帝重臣且不說，連被閹了的太監也慾望燒身。去勢後還是充滿權勢慾，以至形成爭權奪利的「閹黨」，形成魏忠賢一類的畸形統治。閹人尚且如此，更何況其他重臣權貴。沒有一個朝代的宮廷不是佈滿刀光劍影並留下血腥的故事。用男人的慾望眼睛看宮廷是看不清的，賈元春用的是女子眼睛，於是看出那是一個正常人無法生存的地方。

【九三】

戰爭，是人發動的；歷史，是人推動的。這個「人」，歷來都是男人，至少可說絕大多數是男人。沒有見過女子發動過大規模的征戰，也沒有見過女人自誇是世界的救世主。那些刻意創造歷史，刻意在歷史上立功、立德、立言的都是男子，甚至最重要的歷史書籍也是男子寫的。由此，可見女子乃是歷史中的自然，尤其是少年女子，更是歷史的「檻外人」。因此，用女子的眼睛看歷史，便是用生命自然的眼睛看歷史。女子自然的眼睛沒有被野心與慾望所遮蔽，眼光更合人性，也更為中立中性，更合事理與事實，不會像把持歷史的男人們那樣作假作偽作弊。

【九四】

在榮國府、寧國府金碧輝煌的貴族府第裏，多數人都覺得自己生活在金光照耀的大福地中，惟有兩個人感到不相宜，感到自己是異鄉人，這就是林黛玉和賈寶玉，他們沒有説出「異鄉人」的概念，但有異鄉的陌生感。曹雪芹在《紅樓夢》的第一回中就嘲諷人們「反認他鄉是故鄉」，正是異鄉感。西方文學中的主人公來到地球，感到處處不相宜的，先是歌德筆下的少年維特，然後是卡繆筆下的「局外人」，曹雪芹在他們之前就發現自己是異鄉人，發現自己本是泥濁世界彼岸的異類生命。所謂「異端」，就是異鄉人，就是名利場上的「局外人」。妙玉自稱自己是「檻外人」，所謂「檻外人」，也是「異端」，從這個意義説，妙玉和寶玉、黛玉是心靈相通的。即都是無法接受常人狀態，不適合在人類社會生活的異類。

【九五】

屈原的《天問》是關於宇宙和關於大自然的提問，而《紅樓夢》的提問則是關於存在意義的提問。它的總問題是：在充滿泥濁的世界裏，愛是否可能？詩意的生活是否可能？倘若可能，詩意生活的前提是甚麼？《紅樓夢》中的林黛玉，貴族府第中的首席詩人，在臨終前焚燒詩稿，以其行為語言說明詩意存在不可能。詩意存在的前提是生命自由，但所謂家園卻沒有自由。林黛玉的悲劇是最深刻的悲劇，造成悲劇的是林黛玉身邊那些朝夕相處的至親者與至愛者，他們每個人都沒有錯，但每個人都有錯。所謂「對與錯」的判斷背後是文化，每個人都是文化載體；這些載體，全是毀滅自由的共謀與共犯。

【九六】

《紅樓夢》不僅蔑視宮廷、功名、金錢，而且對國家、故鄉、愛情、人生等神聖之物也都打了一個大問號。絳珠仙草到人世間走一遭，知道人生沒有意義，但她還是用詩、用愛、用眼淚努力創造意義。結果最後是絕望。眼淚流盡了，愛意消失了，詩稿燒燬了，乾乾淨淨來，乾乾淨淨去，惟一真實的乃是一片白茫茫真乾淨。對人生的叩問彷彿消極，其實也有積極處：人生最後既是空，生前就不必太執着於色。美女、功名、金錢是俗色，典籍、故鄉、國家是雅色。不管是哪種色，最後的實在都是空。

所謂色空，最流行的說法是：色即物質，色空即一切可見的物質現象均是幻覺。然而，我們要問：由色入空，難道僅僅是由物質進入幻覺嗎？其實，所謂色，也可解釋為瞬間。所謂空，也可解釋為永恆。由色入空，便是由瞬間進入永恆。永恆在瞬間中獲得具象性，呈現為色，而悟者在色中感受到永恆的缺席，這便是空。天才的特徵大約正是他們能由色悟空又能以空觀色，即能在捕捉瞬間、深入瞬間中感悟到永恆的神秘與浩瀚，又能在浩瀚處看透色的本質。林黛玉便是通過「情」和智慧，由色入空，愈來愈空靈，最後走向「廣寒」的永恆，可惜高鶚的續書未寫出其「空」的極致。

【九七】

《紅樓夢》不僅書寫過去，而且預示未來，它包含着未來的全部信息。未來，應當是走出泥濁深淵的淨水世界；未來，應當是詩意生命可以自由呼吸、可以自由選擇的逍遙世界；未來，應當是以審美代替專制、代替宗教的詩情世界；無論是民間還是宮廷，該都是「人的去處」。而未來的文化，也該是用真與美去開闢道路的文化。《紅樓夢》告知人的歷程是從「石」→「玉」→「空」的過程。「石」是靠水柔化、靠水淨化的，所謂「空」，就是懸擱泥濁世界而讓淨水自由流淌的世界。賈寶玉本來是一塊多餘的石頭，獲得靈魂來到人間後身上也有許多濁泥污水，所以老想吃丫鬟的胭脂，但是林黛玉的淚水洗淨了他，使他的「慾」轉化為情，這才是真的玉。唯其真玉，它才通靈，才與萬物的本真本然相融相契，才不被常人的各種習性理念所隔而讓靈魂完全敞開，才最後進入空的狀態。

【九八】

賈寶玉、林黛玉等，都是到人間來「走一遭」，一遭而已。匆匆一遭之後，該回去的都早早回去了。晴雯作為芙蓉天使回到宇宙中去，林黛玉作為絳珠仙子回到無限中去。惟有不知滿足的男人們還在泥濁世界中繼續爭奪財富和權力。賈寶玉初次見到秦鐘，就為他的秀神玉骨而傾倒，覺得在他面前，自己如同豬狗。可是，天使般的人物卻年紀輕輕就夭折了，過早地消失在縹緲之鄉（消失前還否定自己的本真存在）。潔者遠走，惟有雙腳鬚眉生物還在人間一代一代繁殖，所以泥濁世界愈來愈髒愈擁擠，人類愈來愈深地被色慾所糾纏、被習慣所牽制。《紅樓夢》暗示人們，人間並非愈來愈有詩意，情況正好相反。

【九九】

大觀園建成時，賈政請了一群文人學士給各館命名，可是賈政卻不得不全部採用賈寶玉的富有新意的名稱而否定清客們的平庸之見。賈政有點詩識。可是，當賈元春省親而比詩時，賈寶玉卻顯得才力不足，幸有林、薛幫忙，才得到貴妃姐姐的誇獎。在泥濁世界裏賈寶玉是第一才子，在淨水世界裏賈寶玉則是一般的才子。兩個世界如此不同，所以賈寶玉傾心於淨水世界，而其他人卻都在恭維泥濁世界，並削尖自己的腦袋往這個世界的小洞裏鑽。賈寶玉了解林黛玉和其他少女，也了解自己。因此，他作為大愛者，其愛從未帶有居高臨下的憐憫，只有仰慕的謙卑。即使對於晴雯、襲人等奴婢少女，也是如此。

【一〇〇】

及時死，果斷「了」，顯示出人對自我生命的一種駕馭力量，這就是「好」，就是「美」。美好既可以表現於生命的生存形式之中，也可以表現在生命的死亡形式之中。一個拔劍自刎的形象和一個跪地求饒的形象自然有美醜之分。死亡形式可以表現為勇敢、崇高、尊嚴和對人生意義的肯定，也可以表現為醜陋、怯懦和對人生意義的否定。該了就了，這就意味着有強大的力量主宰生命，能把握生，也能把握死。尼采在《查拉圖斯特拉如是說》中講了許多「死得及時」的話，他說：「我要告訴你們完成圓滿的死亡——這對生者是一種刺激和期望。掌握生命的人，為希望與期望所圍繞，乃能獲得一個勝利的死亡。……凡是願意享受名譽的人，必須及時從光榮中離去，學習如何在適當的時候離去。」一個人在最富有韻味的時候，應當知道如何防止自己被品嘗盡。尼采談「及時死」的理由是給世界留下最有韻味的生命印象，尋思的也是片刻的永在。曹雪芹不是理論家，他沒有尼采似的邏輯表述，但他的潛意識顯然與「及時而死」的意念相通。所以他讓自己最心愛的人物秦可卿、林黛玉、晴雯、尤三姐、鴛鴦等都及時而死。除了秦氏，其他的均未嫁時就死。及時死，便及時從男人世界的糾纏中解脫，便保持青春生命的永恆韻味。

【一〇一】

魯迅的《狂人日記》用狂人的眼睛看世界；福克納的《喧嘯與騷動》用白癡（班吉）的眼睛看世界；曹雪芹在《紅樓夢》用「鹵人」賈寶玉的眼睛看世界。眼睛似乎很不同，但都是赤子的眼睛。這種眼睛放下流行的大理念、大概念，從常人的眼光中走出來，反而看到世界的真面目。德國作家君特·格拉斯《鐵皮鼓》的主角奧斯卡·馬策拉特，三歲時自行決定不再生長，便故意自我摔傷，以保持玩鐵皮鼓的孩子狀態。他的智力雖比成年人高出三倍，但始終有一雙兒童的藍眼睛。人們以為他是孩子，一切隱私都不迴避他，於是，他看到納粹極權下德國國民性的種種醜態，也看到種種面具掩蓋下的一個最真實的荒誕時代。賈寶玉的智力比周圍的男性不知高出多少倍，但他寧肯讓人視為「呆子」和長不大（不成器）的孩子，以便用赤子的本真眼睛觀看人間。

【一〇二】

當年顧炎武滿腔愛國情懷，力倡經世之道，讚賞「清議」（談家國天下事），反對「清談」，認為永嘉之亡、大清之亂，完全是清談的流禍。可惜他太片面，只知「國」，不知「人」，只着眼家國興亡，不重個體生命自由。其實，任何個體生命，既有參與社會的自由，也有不參與社會的自由，即逍遙的自由，這才算具有真的社會自由。赴湯蹈火往往比隱逸山林更具道德價值。但是，如果沒有隱逸山林的自由，就產生不了陶淵明、曹雪芹這樣的大詩人大作家。他們雖未赴湯蹈火，但精神則似山高海深。我們敬重赴湯蹈火的拯救者，也敬重在山水之間領悟宇宙人生的思想者，既尊重清議者，也尊重清談者。既尊重參與的權利，也尊重逍遙的權利。自由的前提大約需要這種「雙重結構」和多元意識。

【一〇三】

如果借用《紅樓夢》的語言把世界分為泥濁世界與淨水世界，那麼，王國維肯定是屬於淨水世界。這位老實人是淨水世界裏的一條魚，他無法活在渾水中，可是，從清末民初之際一直到他臨終之前，中國卻是一片渾水。在此渾水中，像王國維這種「呆魚」不能活，其赤子之心很難呼吸，所以他只好自殺。自殺對他來説，是通過絕對手段實現從泥濁世界到淨水世界的跳躍與自救。污泥濁水中，有兩種魚類可以活得很好：一種是泥鰍；一種是鱷魚。惡質化了的社會也是一潭污泥濁水，能在這種社會裏活得好的，也只有兩種人：一種是像泥鰍一樣油滑的騙子與流氓；一種則是長着堅嘴利牙的惡棍與猛人。前者在社會中鑽營，後者在社會中稱霸。如果正常人要適應這種社會，就得像泥鰍滿身油滑或像鱷魚滿嘴利牙。

【一〇四】

俞平伯先生晚年奉勸年輕朋友要領悟《紅樓夢》的哲學、美學，不要作煩瑣考證。他特別推崇《好了歌》。這《好了歌》正是曹雪芹的哲學觀。天下事，人生事，了猶未了。整個歷史進程、人生進程是個無限的永無終了的過程，而人的能力卻是有限的，總有一了的時刻。死就是總了。有限的生命既然不能完成無限的使命，只好該了就了或不了了之。及時了便及時好。了才能空，了才能不隔——不為他物他人所隔，不被自我所隔，不被名利所隔，不被幻相所隔，不被概念語言所隔，這才有自由，才有人性的健康與廣闊。俞先生的考證帶給讀者許多情趣，但他期待聰慧的生命別忘了情趣之外還有極大的人性寶藏。

荷爾德林在致黑格爾的信中這樣禮讚歌德：「我和歌德談過話，兄弟：發現如此豐富的人性蘊藏，這是我們生活的最美的享受！」[1] 歌德是大文學家，他被荷爾德林所仰慕的不是思辨的頭腦，而是「人性的蘊藏」。作家詩人可引為自豪的正是這種蘊藏，而像歌德的蘊藏如此豐富，卻是極為罕見的。在中國，能讓我們借用荷爾德林的語言作衷心禮讚的作家，只有一個，就是曹雪芹。我們要對曹雪芹的亡靈說，你在《紅樓夢》中提供如此豐富的人性蘊藏，這是我們生活的最美享受。還要補充說，我們活着，曾受盡折磨，但因為有《紅樓夢》在，我們活得很好。

1 《荷爾德林文集》，第三六七頁，北京，商務印書館。

【一〇五】

清代的歷史，很多歷史家都記錄過，寫作過。但是如果沒有《紅樓夢》，我們對清代的認識就不完整。這部偉大小說把愛新覺羅統治時代的生活原生態保留下來，也將這個時代的全部生活風貌和社會氛圍整個保留下來，保留得非常完整，非常準確。因為準確完整，所以真實。此外，小說還保留了作者對時代的感受（這是史家所辦不到的），有此感受，歷史顯得活生生。概念的東西過眼煙雲，鮮活的生命卻永恆永在。一部作品對一個時代的容納量，《紅樓夢》幾乎達到了飽和狀態。《紅樓夢》真了不起，它超越時代，又充份「時代」。

【一〇六】

心靈，想像力，審美形式，此三者是文學最根本的要素。《紅樓夢》一開始就批評千篇一律的諸種小說，其致命的弱點是想像力的萎縮，內心維度的失落（包括個體生命價值的沉淪）和審美形式的僵化。《紅樓夢》的偉大，是對這三者的修復與重新建構。它擁有屈原《天問》的想像力，又有禪宗的內心深度和明末諸子的個體真性情，而且打破以往的小說格局，把小說敍事藝術推向極致，從而集中了中國文學的所有優越處。《紅樓夢》正是中國近代文藝復興的偉大開端和偉大旗幟。

【一〇七】

論才氣，李漁有可能成為曹雪芹，但他終於沒有成為曹雪芹，也遠遜於曹雪芹。這原因很多，但最根本的一點，是他的生活太安逸，太精緻（讀讀他的《閒情偶記》就明白），未經歷過曹雪芹那種家道中衰、大起大落的苦難，心靈未受過大震盪與大折磨。磨難可以把作家推向內心，推向生命深處。文學的「殘酷性」常常表現在要求作家要吃盡苦頭之後才能大徹大悟。在此意義上，真作家正像孫悟空，必須經歷煉丹爐的殘酷，才有超凡脱俗的大本領。儘管李漁有很大的創作量，但始終達不到曹雪芹的「質」點，始終不能像曹雪芹那樣創造出具有大靈魂、大性情的詩意生命。筆下角色充份的內心化，正是曹雪芹充份內心化的折射。

【一〇八】

《金瓶梅》作為現實主義作品，相當典型。它逼真地描寫現實生活，十分冷靜。既不煽情，也不作道德判斷，寫的是生活的原生態。現實的人際關係如此實際，如此殘酷，全透徹地呈現於小説文本中。其主人公西門慶，和《水滸傳》中的西門慶不同，他並不被描寫成一個魔鬼，一個壞蛋。在《水滸傳》裏，西門慶與潘金蓮都坐在道德審判台下，在《金瓶梅》中卻不是這樣，兩人皆活生生，都有慾望，都有人性的弱點。作者對其弱點，並不誇張。《金瓶梅》的最後結局是因果報應，用的是世間因緣法，這是它的敗筆。為了給世俗社會心理一個滿足，一個可接受的交代，在現實找不到出路，找不到平衡，就只能仰仗因果報應了。這是世俗大眾的意識形態，《金瓶梅》的作者沒有力量超越這種意識，只好畫蛇添足。這一點，它遠不如《紅樓夢》。《紅樓夢》無因無果，來去無蹤，自成藝術大自在。

【一〇九】

中國最卓越的詩人陶淵明、李煜、曹雪芹等，進入寫作高峰時，在世俗世界中都處於零狀態。也就是世俗世界中的一切權力、地位、榮耀都被剝奪或自己放下的狀態。零狀態，不是對前人與自身的否定狀態，而是對世俗負累和世俗觀念的放逐狀態。在物質世界中接近零度的時候，他們卻處於精神的巔峰狀態，抵達藝術世界的最高度。

【一一〇】

周作人在「五四」時高舉人文旗幟，倡導人的文學。退隱後潛心寫作，極為勤奮。但他的散文知識性強，藝術鑒賞力則不高。他可以讚美《兒女英雄傳》的十三妹，卻不會欣賞《紅樓夢》中的「林妹妹」和大觀園中的詩意少女。他罷黜百家，獨尊晴雯，並以詩評說：「皎皎名門女，矜貴如蘭茝。長養深閨裏，各各富姿態。……名花豈不艷，培栽費灌溉。細巧失自然，反不如蕭艾。」一概否定之後，只讚美晴雯：「反覆細思量，我愛晴雯姐。本是民間女，因緣入人海。雖裹羅與綺，野性宛然在。」（《知堂雜詩鈔·丙戌丁亥雜詩·紅樓夢》）他簡單地把大觀園女兒分為貴族女和民間女，只看到貴族女的「富姿態」，未進入她們的內心，不知其內在的豐富世界，主觀地說她們的細巧失自然，不知人性精緻的價值，真是大錯特錯。周作人讀書破萬卷，可是審美眼睛卻如此粗淺，讀後真讓人感到意外。難怪他在張揚人文思想時，不懂得把《紅樓夢》這部人書作為人文旗幟。

【二二】

托爾斯泰在《復活》的女主人公瑪絲洛娃面前，就像賈寶玉在晴雯的亡靈之前一樣，感到這位落入風塵的女子「身為下賤，心比天高」。曹雪芹和托爾斯泰都有一雙長在心靈裏的偉大眼睛，這種眼睛沒有被蒙上世俗的灰塵，它能穿越人間的各種身障、語障、色障、物障，直接抵達人的靈魂最深處。至善的內心，才真的是光芒萬丈。

巴爾扎克還想擠入貴族行列，曹雪芹則不然。他出身貴族，天生帶有貴族氣質，然後又看透貴族，最後則走出貴族豪門。他看透豪門之內那個金滿箱、銀滿箱的世界充塞着物慾色慾權力慾，但並不快樂。曹雪芹告別豪門之後再回過頭來看貴族，便進入超越貴族的高境界。

中篇（寫於二零零五年）

【一一二】

福克納的眼睛與陀思妥耶夫斯基的眼睛很相像：眼底留着天生的渾沌，接近神性，與理性格格不入。陀思妥耶夫斯基《白癡》中的主角梅思金公爵，用癡眼看世界，實際上是用嬰兒的眼睛看世界。常人眼裏的「白癡」，其癡，其呆，其木訥，其實正是眼睛深處還保留着一片未被污染的質樸與高潔。福克納《喧嘯與騷動》中的班吉，也是個白癡，小說一開始就用他的眼睛看世界，他的本能，他的沒有理念雜質與世俗偏見的原始眼光，反而照出美國精神世界沉淪的真實。曹雪芹筆下的賈寶玉，也是俗人眼中的白癡、呆子，連他的父親賈政都說他是「無知蠢物」，但他的眼睛最明亮，這眼睛不僅是發現詩情少女至善心性的審美眼睛，而且是正直判斷一切的赤子眼睛。此外，又是空空道人式的俯瞰人間荒誕的神性眼睛。

【一一三】

賈寶玉被父親往死裏痛打，打得傷筋動骨，皮破血流。但他被打後除了感激姐妹丫鬟們的關懷之外，沒有訴苦，沒有譴責，沒有控訴，也沒有自憐，沒有常人的「怨」和「畏」，更沒有「怒」和「恨」。他是一個不會產生仇恨的生命，一個不知報復的心靈。所以可稱他為準基督、準釋迦。《金剛經》中載釋迦的前世曾被哥利王砍斷手腳，但他沒有因此產生仇恨。能寬恕一個砍掉自己手腳的人，還有甚麼不可寬恕的呢？其實，賈寶玉正是尚未出家的釋迦牟尼，而釋迦牟尼則是出家了的賈寶玉。不過，一個出家之後修成佛，一個則尚未出家時就已是文學中佛光四射的偉大靈魂。

【一一四】

賈寶玉把與生俱來、價值無量的「通靈寶玉」摔到地上時，稱它為「勞什子」，把常人頂禮膜拜的稀世寶物視為廢物。無論是說出「男人泥作女子水作」，還是說出這震撼賈府的「勞什子」三個字，都屬童言無忌。但一般的兒童少年說不出這種話，因此可稱他的話語是天外語言。這種語言，拒絕迎合大眾意見，拒絕俯就世間的價值尺度。在賈寶玉的頭腦裏，沒有算計性思維，因此也沒有貴賤之分、貧富之分、尊卑之分，更不知道常人朝思暮想的金銀財寶是甚麼，為它爭得你死我活又是為甚麼？魯迅說王國維老實得像火腿，他投湖自殺，真是傻透了。這位天才傻到甚麼地步？傻到「寧為玉碎，不為瓦全」，寧肯死，也「義無再辱」。他所評論的賈寶玉，和他是一路呆物，也是傻透了，他寧肯玉碎，也要向黛玉表現一個情字。他身上的純粹性，正是把情感視為人間惟一的實在，無可爭議，無可妥協。

【一一五】

賈寶玉面對世俗世界時，特別是面對一群清客文士，就如同鶴立雞群，清脫，飄逸，氣宇非常。可是一旦面對小女子世界尤其是面對林黛玉時，卻很謙虛，自愧不如。這正是賈寶玉的不同凡俗之處：他能發現身邊有一個常人看不見的靈性世界，一個其品格、其智慧、其心性都比自己高出一層的清純世界。這一點對賈寶玉的人生起了決定性作用，使他最終守住了生命的天真天籟而未陷入常人的卑污狀態。能發現身邊有一個他人視而不見、由少女呈現的美好世界，這說明他的眼睛不屬於《金剛經》中所說的「肉眼」，而屬於「天眼」、「慧眼」（《金剛經》界定的五眼是「肉眼」、「慧眼」、「法眼」、「佛眼」、「天眼」）。

【一一六】

賈元春被皇上晉封為「鳳藻宮尚書」，還加封為賢德妃。喜訊傳來，寧榮兩府上下裏外，欣然踴躍，言笑鼎沸不絕。對於這等榮華富貴到極點的「大事」，賈寶玉卻無動於衷，心裏只牽掛着受了父親笞杖的朋友秦鐘。「賈母等如何謝恩，如何回家，親朋如何來慶賀，寧榮兩處近日如何熱鬧，眾人如何得意，獨他一人皆視有如無，毫不曾介意。因此，眾人嘲他越發呆了。」（第十六回）在如此光榮的盛大喜慶之中，他是個局外人，難怪人們要說他「呆」。賈寶玉「與眾不同」，這裏僅是一例。賈寶玉之所以是賈寶玉，就因為他不被眾人的習常觀念所糾纏，包括不被眾人以為是天大的功德榮耀所糾纏。眾人關於世界，關於價值的一切認識都在他心中化解，包括皇帝皇妃父母府第至尊至貴的大光環也被化解。一切轟動性事件都不能把他拖入眾人狀態，所以他才守住了本真己我的赤子狀態。

【一一七】

在神瑛侍者與絳珠仙草相戀的洪荒時代，還有一位後來也通靈的「姐姐」，這就是賈元春。進入人間之後，賈元春成了賈寶玉的第一位真正的老師，形同「教母」，情誼非同一般。她被選入宮廷後封為妃子，之後回到賈府省親，看到榮華富貴的極景，竟然也有所心動，遠離了青埂峰下那個本真的自我。書中寫道：「元春入室，更衣畢復出，上輿進園。只見園中香煙繚繞，花彩繽紛，處處燈光相映，時時細樂聲喧，說不盡這太平氣象，富貴風流。此時自己回想當初在大荒山中，青埂峰下，那等淒涼寂寞；若不虧癩僧、跛道二人攜來到此，又安能得見這般世面。」元春省親的瞬間，遙遠的記憶突然閃現，那是大荒山寂寞的記憶，相比之下，她對於能夠享受人間這一番富貴風流，竟產生對癩僧、跛道的感激之情。可見，此時此刻，作為女神的元春也滑到俗人心態之中。相形之下，賈寶玉從未產生過對榮華景象的陶醉。可見，賈寶玉對本真自我的守衛力量比姐姐強得多。有賈元春這一節非本真狀態的暴露，更顯示出賈寶玉靈魂的力度。

【一一八】

賈寶玉身上有貴族氣質，有書生個性，又有平民情懷，所以既高貴，又迂腐，又博大。他是性情中人，又是精神中人，而且還是宇宙中人。他大智若愚，大巧若拙，又大制不隔。他的貴族氣質進入到骨子裏，但心胸卻與奴婢相通。他才華很高，但不知其才，總是誇獎別人。有貴族氣，使他不俗，有書生氣，使他不偽；有基督釋迦氣，又使他不隔不傲不着公子哥兒相。所以，可稱賈寶玉為最可愛的人。

【一一九】

賈寶玉身在賈府，在精神上並不屬於賈氏家族。他屬於詩人部落與思想者部落，屬於普世性精神家族。從十八世紀到二十世紀，在小說詩文中與賈寶玉屬於同一精神大家族的，有身為作家詩人的荷爾德林、雪萊、濟慈、普希金等，有身為音樂家的莫扎特、蕭邦等，有大畫家梵·高等，有身為作品主角的少年維特等。這些赤子家族，都是除了詩和藝術之外，甚麼也不在乎的純粹嬰兒。男性之外，屬於這一精神家族的女性則有弗吉尼亞·伍爾夫（Virginia Woolf）和艾蜜利·狄津生（Emily Dickinson）等，這些人追求詩意地棲居在大地之上，但缺少詩意的大地並不能珍惜他們。這一部落的天才們使用不同的語言，但發出的聲音都屬天籟，其創造的形式不同，但都如同嬰兒的呢喃。

【一二〇】

賈寶玉在晴雯死後以《芙蓉女兒誄》作了一次痛哭，詩與淚混合為一的痛哭。祖母（賈母）和鴛鴦死後他又作了一次痛哭，不是哭祖母，而是哭鴛鴦。這種痛哭，不是貴族府第裏公子少爺的聲音，而是本真自我的聲音。賈寶玉並不隸屬賈府，也不隸屬於賈府牆外的社會，而是隸屬於大觀園的女兒國，隸屬於那個不可名，不可道的存在。他的痛哭是一種呼喚，不是呼喚那些被人間概念與人間慾望所編排、所規定的所謂「親人」，而是那些與本真自我息息相通的美麗靈魂。他在呼喚晴雯、鴛鴦的時候，肯定的是人的本真狀態，否定的是賈赦這些侯門權貴的偽善狀態。海德格爾把這種來自天性並向本己自身的呼喚稱作良知，賈寶玉的痛哭正是守衛人類赤子狀態的良知呼喚，在呼喚的同時，他把泥濁世界的主體及其種種戲劇推入無意義。

【一二一】

曹雪芹設置心愛的人物，從賈寶玉、林黛玉到秦可卿等等，他們來到人間，只是做一次試驗性的人生旅行，都是離開自身的本然狀態到功利社會與概念社會試走一趟。賈寶玉在試驗性旅行中，心靈依然向宇宙敞開，也向全人間敞開，不分貴賤尊卑地全面敞開，拒絕接受人間的各種分類命名，拒絕鄙薄下層的生靈。所以當他的姐姐賈元春作為王妃回家省親而父親賈政按習常的概念向女兒稱「臣」時，他無法跟隨父親去稱「臣弟」。總之，在大旅行中，他雖然身到地球並活在社會的等級框架之中，但心靈並未從本真之我那裏逃開。

【一二二】

《紅樓夢》第一百一十五回中同貌同名的甄寶玉與賈寶玉的相逢，是續書中最精彩的故事。假（賈）作真（甄）來真亦假，哪個是寶玉的真我，哪個是寶玉的假我，哪個才擁有真性情，真靈魂，不難判斷。此處相逢，對於甄寶玉來說，是千載難逢的機會，因為在他眼前這個啣玉而降的賈寶玉，正是他的本真自我，正是那個赤子狀態的未被世塵污染的本然的自身；可惜他不僅全然不認識，還覺得這個真我走入迷途，忘了立功立德事業，於是還給了一番勸誡，發了一通「酸論」。一塊石頭，一半化作「玉」，一半化作「泥」。化為泥的部份總是在教訓開導化為玉的部份，這是常見的人間邏輯。

德國現代大哲學家海德格爾曾經斷言，人類已不能與本身相逢，即已不能和原初的本真自我相逢。《紅樓夢》的作者在兩百多年前已意識到這一點，其甄、賈寶玉的故事也說明，即使相逢也不相識（如蘇東坡語：縱使相逢應不識）。那個甄寶玉便是當今人類的一個象徵符號，他早已遠離本真的非功名非功利的赤子之我，已深深陷入世俗世界的慣性與習性之中。可是他們卻誤認為這才是正道，而那個守住本來意義的自我反而是走了邪路。此次甄寶玉的表現，說明人類早已不認識自己，完全被自己所造的各種物質、概念和權力結構所遮蔽，離生命的本真本然已經很遠。

【一二三】

《紅樓夢》中有三個外貌類似賈寶玉的美少年：水溶（北靜王）、秦鐘、甄寶玉。最後一個不僅同貌而且同名。然而，雖然形似，神卻相去萬里。三個形似者都有一個悔過自新的過程，即開始時都天真爛漫，到了後來才知道仕途經濟乃是根本。甄寶玉見到賈寶玉時發了一通「酸論」，要他淘汰少時的迂想癡情，做一番立德立言的事業（這已是賈寶玉出家的前夕）。而最早勸誡賈寶玉的是北靜王，他在秦可卿的殯儀式中見到寶玉時雖衷心稱讚，卻對賈政說：「只是一件，令郎如是資質，想老太夫人、夫人輩自然鍾愛極矣；但吾輩後生，甚不宜鍾溺，鍾溺則未免荒失學業。昔小王曾蹈此轍，想令郎亦未必不如是也。若令郎在家難以用功，不妨常到寒第。小王雖小才，卻多蒙海上眾名士凡至都者，未有不另垂青目，是以寒第高人頗聚。令郎常去談會談會，則學問可以日進矣。」最讓人困惑的是賈寶玉平常特別愛慕的秦鐘，在臨終前竟然向鬼判們請求還魂片刻而對寶玉鄭重囑咐：「並無別話。以前你我見識高過世人，我今日才知自誤了。以後還該立志功名，以榮耀顯達為是。」（第十六回）連處於生命最後一刻的知己秦鐘都作如此勸誡，都要他「浪子回頭」，可見賈寶玉要守住本真狀態，拒絕榮耀顯達是何等艱難。

水溶、秦鐘、甄寶玉除了外貌相似之外，還有一個共同點，就是都想拯救賈寶玉。可是，他們想當救主，卻不知道到底誰真的陷入泥濁深淵，誰才應當拯救。他們沒想到，他們面前的那個自稱頑愚也被人視為呆子傻子的人，正是即將出家的釋迦牟尼。對於他們，重要的不是去救人，而是「自救」。

【一二四】

寶玉對府內的幾個「優伶」都有傾慕之情。聽到芳官唱「任是無情也動人」時，癡呆了一陣。遇到齡官在地上寫「薔」字，見她「眉蹙春山，眼顰秋水，面薄腰纖，裊裊婷婷，大有林黛玉之態」，也「癡」了一陣，「寶玉早又不忍棄她而去，只管癡看」。這是本能的對美的嚮往與傾慕，也正是曹雪芹所說的「意淫」。說寶玉是「天下第一淫人」，其實是說對天下美好女子全都有這種審美態度，並無佔有之念。曹雪芹當時未能使用近代美學概念來描述這種生命現象，但可知道，他所說的「意淫」乃是純粹精神性、審美性的心理活動與想像活動，全是非肉慾、非功利、非算計的真性情。由此，也可說，所謂天下第一淫人，正是對才貌雙全之少女的天下第一審美者與衷心傾慕者。如果說，賈寶玉到地球上來走一回可謂「不虛此行」，那就是他能在人間看到天地鍾靈毓秀所造就出來的如此讓人癡迷的生命景觀。

【一二五】

老子所說的「復歸於嬰兒」，即返回生命的本真狀態，這是很難的。人類的多數是回不去、歸不了的。即使是偉大詩人如李白、杜甫、白居易等也回不去，更不用說施耐庵、羅貫中等。惟有曹雪芹復歸了，回去了。他寫賈寶玉，把人格亮光投射給賈寶玉，足以證明他的回歸。寶玉的本質是一個嬰兒，一個赤子。他最聰明，又最渾沌，最豐富，又最簡單；他是生命的本真存在。他的父親用棍子狠打他，想打破他的渾沌以讓他「開竅」，但他始終像莊子所寫的那個不可開竅的渾沌。所謂渾沌狀態，就是本真狀態。中國文學中最完整的赤子形象就是賈寶玉。曹雪芹通過賈寶玉實現了偉大的回歸。

【一二六】

賈寶玉身上有神性，所以他才有廣博的、愛一切人寬恕一切人的大慈悲。但他又不是神，所以又有充份的人性，而且有比一般人（包括婢女）更低的侍者（服務員）心態：無事忙的公僕心態。對神是需要敬畏的，但作為人的賈寶玉只獲得「敬」，未獲得「畏」。沒有人怕他，連小丫鬟都不怕他。然而，他卻獲得所有不怕他的人深深的尊敬，包括贏得林黛玉內心的愛意與敬意。

【一二七】

正如賈寶玉自己所言，他本是一塊頑石，獲得性靈之後來到地球上，其願望是按照自身的本真狀態棲居在地球上，然後自由地展開詩意人生。但是，除了林黛玉和女兒國的幾個性情少女之外，其他人都要他在社會中扮演一種立功立德的重要角色。連他的姐姐賈元春也不得不扮演一個名為「鳳藻宮尚書」的世俗角色。顯赫的世俗角色可以帶來利益，所以世人都要去爭去奪，而賈寶玉偏偏拒絕扮演任何角色。他被稱為無事忙，便是沒有角色但有忙碌的性情中人。

【一二八】

都認為賈寶玉有病，都認為賈寶玉迷失，所以才有對他的不斷勸說、提醒、訓誡。在賈政、薛寶釵、襲人及常人眼中，賈寶玉迷失在不知榮華富貴為何物，不能「留意於孔孟之間」，不能委身於經濟之道。然而，在賦予賈寶玉靈性的一僧一道（癩頭和尚、跛足道人）看來，寶玉到世間後已開始「被聲色貨利所迷」，其象徵着純樸生命的玉石開始中邪，所以「通靈寶玉」也隨之不靈，惟有喚醒他的記憶，幫助復歸於淳樸，通靈寶玉才會重新靈驗。兩種價值觀的衝突，是《紅樓夢》的精神框架。賈寶玉的靈魂之路是從樸出發進入色而復歸於樸的路。在賈寶玉素樸的眼裏，凡勸他追求功名的，都在把他推出生命的本真本然，這便是讓他去「中邪」。趙姨娘請馬道婆要弄道術讓他中邪，薛寶釵、襲人等的規勸，其實也是讓他去中邪。

【一二九】

從詩品上說，《紅樓夢》中詩的極品都出自瀟湘妃子林黛玉之手。從人品上說，賈寶玉卻可稱為極品，可貴的是，賈寶玉從來沒有妙玉似的極品觀念，也不知道何為人品的極致。他的絕對的善，完全出乎於天性。他的極品呈現在他自己無法意識到的平常心、平常事之中。僅從結社比詩一事中就可看出他有怎樣的心靈。每次詩歌評比，他都幾乎名落孫山，不僅在林黛玉之後，也在薛寶釵等眾女子之後。第三十八回中記敘由李紈作評判人對大觀園海棠社詩人們的菊花詩進行評判排名次，結果筆名稱作「怡紅公子」的賈寶玉所作的兩首（《訪菊》、《種菊》）全不入圍，連史湘雲（枕霞舊友）、探春（蕉下客）也不及，等於最後一名，但他不僅不嫉妒，反而為勝己者拍手鼓掌，口服心服。李紈宣佈評選結果，「等我從公評來。通篇看來，各有各人的警句。今日公評：《詠菊》第一（林黛玉），《問菊》第二（林黛玉），《菊夢》第三（林黛玉），題目新，詩也新，立意更新，惱不得要推瀟湘妃子為魁了；然後《簪菊》（探春）、《對菊》（史湘雲）、《供菊》（史湘雲）、《畫菊》（薛寶釵）、《憶菊》（薛寶釵）次之。」李紈宣佈之後，「寶玉聽說，喜的拍手叫『極是，極公道』。」出自內心喜形於色，為勝利者鼓掌叫好，還稱讚把他排在最後一名的評判者「極公平」。這一瞬間，賈寶玉的心靈和盤托出，顯得非常純，非常美。此時，他的菊花詩雖落後於姐妹們，但其心靈，卻又是一首價值無量、美不勝收的詩，不立文字的精彩詩篇。中國人常常不能為失敗者鼓掌（所以魯迅才倡導要為跑在最後但堅持跑到終點的運動員叫好），也不能為成功者鼓掌，心胸真如「怡紅公子」的並不多。

【一三〇】

拙著《人論二十五種》描述了「肉人」，這是文子所界定的二十五種人的倒數第二名，排列在「小人」之前。所謂肉人，乃是只有肉沒有靈、只有慾望沒有精神的人。與肉人相對的另一極的人，是只有精神、沒有慾望的人，即被莊子稱為「真人」、「至人」的那一類。賈寶玉雖然具有「天地與我並生」的真人特徵，但還不是真人至人，而是性情中人。他有人的真精神，又有人的真情感。這其實更難更實在。賈寶玉被父親打得皮肉橫飛之後，姐妹與丫鬟們去安慰、照料他，他完全忘記肉的傷痛，卻為少女們的關心而感動不已，就像後來的大畫家梵·高，割了耳朵而不知疼痛，對「肉」缺少感覺，對情卻極為敏感。這種氣質正是詩人氣質。

【一三一】

脂硯齋透露《紅樓夢》稿本最後有一「情榜」，以「情情」二字界定林黛玉，以「情不情」三個字界定賈寶玉。情情二字，第一個情字為動詞，第二個情字為名詞；情不情三字，第一個情字為動詞，不情則為動名詞。林黛玉只把情感投注於她專一所愛之人，即情感完全相通相契相依相屬之人，其他人幾乎不存在。而賈寶玉則是個博愛者、兼愛者，他愛林黛玉，也愛一切人，包括薛蟠、賈環等「不情」人。唯能「情不情」才有菩薩心腸，才有基督釋迦胸襟。其實，賈寶玉是先「情情」而後才「情不情」。在他的靈魂層面與情感深處，最愛的只有林黛玉一個人，其次也愛晴雯等「真情」者，心中並無其他「不情」人。在此前提下，他才身不殊俗，關懷人間一切生命，情泛普世。

【一三二】

高鶚續《紅樓夢》，有許多可挑剔處，例如最後讓寶玉妥協到與賈蘭去赴考場，還中了一個中等成績的舉人，等等。儘管如此，但他還是深刻地把握住一個「真諦」：在精神智慧的層面，林黛玉高出賈寶玉一籌，她是指引賈寶玉實現精神飛升的女神。第九十一回（《縱淫心寶蟾工設計　佈疑陣寶玉妄談禪》）中，賈寶玉聽了林黛玉關於「原是有了我，便有了人」的一段話之後，豁然開朗，回應了一段衷心敬佩之言：「很是，很是。你的性靈比我竟強遠了，怨不得前年我生氣的時候，你和我說過幾句禪語，我實在對不上來。我雖丈六金身，還借你一莖所化。」這段表白一是承認自己的性靈比林黛玉差得遠，二是說自己雖有菩薩之性，但還是要借助林黛玉這一淨潔的蓮花才得以成道。捕捉林、賈這一精神差別，才可看見林黛玉所呈現的《紅樓夢》的最高境界。

中國的藝術家們常把逸境看得高於神境，因一般神境還有痛苦、憂慮、興奮，還有悲情，而逸境則超越了悲情。但佛家的蓮界，卻又在神境與逸境之上，它既有神境的大慈悲，又有逸境的清雅與淡泊，達到冷觀世界又關懷世界的天地大圓融。賈寶玉原有釋迦、基督的善根慧根，經林黛玉眼淚的滋潤和精神上的點化，便逐步走向佛家蓮界。

【一三三】

林黛玉的《葬花詞》和賈寶玉的《芙蓉女兒誄》是中國輓歌史上的千古絕唱，兩者都是詠嘆調，但林黛玉唱低調，賈寶玉唱高調（高昂）。《芙蓉女兒誄》濃詞艷語，近賦；《葬花詞》淡泊自然，近詞。兩者都抒寫色，一寫花色，一寫女色，但《葬花詞》境界更高，其功夫在於由色入空。《芙蓉女兒誄》只是以色泣色，空尚不足。所以前者顯得蒼涼、空寂，後者顯得激越、亢奮。《紅樓夢》因為由色入空，所以成為擁有空靈境界的大悲劇，又因為由空觀色，即用空的眼睛冷觀各種色，所以看出色世界的混濁與荒誕，成為大荒誕劇。悲劇喜劇兼備，使《紅樓夢》的內涵豐富浩瀚，他者無可匹敵。

【一三四】

世俗世界可以接受薛寶釵，但很難接受林黛玉。歷來的「擁薛」與「擁林」之爭，乃是兩種不同的生命指向之爭。這裏有率真與世故之爭，有重倫理重秩序與重自然重自由之爭，有重儒與重禪之爭。多數的中國人甚至多數的中國女子都無法面對林黛玉，因為她的精神境界太高，高到與世俗世界格格不入。她的「無立足境，是方乾淨」精神制高點，只有賈寶玉一人可以仰望。說「高處不勝寒」，也只有林黛玉體驗得最為深切。她孤寒到極點，孤寒到從血脈深處迸出「冷月葬詩魂」的詩句，孤寒到預感「人向廣寒奔」的生命結局。這種孤高冷絕的靈魂，也只有賈寶玉才能理解。寶玉之外，其他人可以跟她交往，但無法面對，一旦面對就會發現自身的鄙俗、世故與蒼白。

【一三五】

賈寶玉的生命有一個生長與昇華過程，他開始還迷戀脂粉，迷戀肉的豐滿，後來揚棄這些，回歸於赤子。林黛玉的生命則沒有過程，她一到人間，心靈就比賈寶玉冷靜、成熟，一開始就得道。率性之謂道。她的天性率真純潔，直接入道得道，無師自通。（那個名叫賈雨村的所謂「老師」，與道無關，不算「真師」。）她不沾男人泥濁世界，賈寶玉要把北靜王贈送的禮物轉送給她，被她斷然拒絕：「是哪個臭男人摸過的。」林黛玉說此話時不經思索，她好像是個不必思考的天才，天生放逐概念，只用生命的真性真情感知世界、感知人間，其所感所悟皆不同凡響，處處新鮮新奇，所以成了大觀園的首席詩人。中國文化史上，似乎惟有陶潛、慧能也屬於不必思考而能明心見性的生命奇蹟。

【一三六】

林黛玉身上有一種絕對性與徹底性，也可說是一種純粹性。這種純粹性呈現於人間社會，便是無任何世俗之求、世故之態；呈現於情愛，便是無任何功利之想，無分裂之心；呈現於書寫中，則是無任何迎合之影，虛妄之聲。生命中除了詩與愛，不知世間還有何物，除了真性真情，一無所有；除了所依戀的那顆靈魂，一切都不存在。她說「無立足境，是方乾淨」，這正是她自身的寫照：純粹到一切世俗的概念都無法解釋，無法支持。

【一三七】

弗吉尼亞·伍爾夫筆下的奧蘭多，從十六世紀活到一九二七年，跨越四個世紀，她時而男性，時而女性，開始出現時是個貴族美少年，最後消失時是個三十七歲的女作家。奧蘭多是個詩人，詩沒有時間邊界，詩性沒有生死邊界。伍爾夫本身的人生就只知詩，不知其餘，她投水自殺，但她的詩文卻不會死。伍爾夫生命的純粹性與現實世界的險惡性無法相容。美國把伍爾夫的生平拍成電影，但多數美國人恐怕無法理解她。一個被實用主義覆蓋的國度，很難面對一種純粹的詩性的生命。林黛玉是更早問世的伍爾夫。她只有如蠶吐絲的純粹功能，只有伍爾夫似的純粹感覺，純粹到身上除了詩，甚麼也沒有（其愛情，也是詩情）。而世俗世界，甚麼都有，就是沒有詩。可惜詩生命太弱小，非詩世界太強大，其悲劇結局就不可避免。

【一三八】

林黛玉的《五美吟》和薛寶琴的《懷古十絕》，都翻歷史大案，都對男人構築的歷史提出質疑，思想極為犀利，咄咄逼人，但一點也沒有暴力傾向，不傷害任何一個人，真是境界極高的詩。「詩」的質疑比「論」的質疑更有力量。不過，相比之下，我們會發現，薛小妹的詩還是人間之聲，而林黛玉的詩則是宇宙之聲。所謂宇宙之聲，乃是「此曲只應天上有」，如同天樂。世上常人都讚美西施而嘲笑效顰東施，但黛玉寫道：「一代傾城逐浪花，吳宮空自憶兒家。效顰莫笑東村女，頭白溪邊尚浣紗。」這又是天外眼光與天外語言。人間都為西施的美色而傾倒，黛玉卻說，一代美人演完政治戲劇後隨波消失了，只留下永遠的寂寞，而那個被嘲笑的醜女，倒是能在溪邊浣紗直到白髮蒼蒼，永存永在的還是質樸的生命，還是內心那些清溪般的天真。詩歌名句必須有文采，但最要緊的還是應該抵達常人抵達不了的境域。

【一三九】

用本能（性）閱讀《紅樓夢》，境界最低，可能會導致《紅樓夢》不如《金瓶梅》的荒唐結論。用頭腦（知識）閱讀《紅樓夢》，境界次之，其誤區可能是只知四大家族不知女兒國。用性情閱讀《紅樓夢》才可把握住《紅樓夢》的基本風貌，進入《紅樓夢》的生命世界，其境界才進入審美層面。用性靈去閱讀，則可把境界推向高峰，把握住《紅樓夢》的精神之核。賈寶玉是一個成道中的基督、釋迦，林黛玉的靈氣從古至今無人可比。跟蹤林黛玉的靈氣、靈性、靈魂，才可能走上《紅樓夢》的精神制高點。

【一四〇】

魯迅說過，猴子社會的猴子們，原都是在地上爬着走，如果有一隻猴子率先站立起來，其他猴子就會把牠咬死。尤奈斯庫的《犀牛》，寫所有的人都變成了瘋狂的犀牛，若干未能變成犀牛的，反而被視為異類而讓周圍的變形變態者所不容。《紅樓夢》中的林黛玉、賈寶玉其實就是率先站立起來的猴子和拒絕變成犀牛的人，但被世俗社會所恥笑，不僅被視為「蠢物」，還被稱作「孽障」。林、賈私自閱讀討論《會真記》（《西廂記》），在四書五經覆蓋一切的社會中，就如同拒絕爬着走路的猴子，社會豈能容得下他們。

【一四一】

俗境，人境，神境，逸境，人文境界由低而高。中國知識人崇尚逸境，把不見人間煙火視為理想境界，但陶淵明獨闢蹊徑，隱逸之所不離「曖曖遠人村，依依墟裏煙」，結廬在人境，身心卻進入逸境，所以走上詩歌的精神高峰。佛教進入中國之後，特別是到了禪宗慧能，崇尚的卻是空境，這是比逸境更深廣的蓮界。它把人的逍遙提高到「空」中，連逸境裏的色都沒有，連陶淵明的桃花源都加以揚棄，於是，境界便從淡遠進入空寂。《紅樓夢》中的《葬花詞》境界最高，它在吟色之後揚棄一切外在之境而進入空境。

【一四二】

有實才有空。人愈充實愈容易進入空境。精神擠掉物質，智慧達到飽滿狀態之後才能走入空。孫悟空的名字暗示：空是精神主體悟出來的。主體先有精神的高峰體驗，然後才有空的感覺。對於空的最大誤解是以為空乃是精神匱乏與精神空虛。其實，空是放下各種妄念、執着後的大充盈。音樂在達到最純粹、最有力量的時候，突然中止，這一瞬間的沉默，是充盈的無，是飽和的空，是超越語言概念而對最高精神層次的把握。賈寶玉最後的出走，不是匱乏，而是對人生宇宙領悟到飽和狀態之後的精神飛升。出走的那一刻，他的貴族府第與他生活過的色世界全都放下，但正是這一刻，他進入充盈的精神狀態。這是由色入空的大飛躍。

【一四三】

林黛玉與賈寶玉有一節最深的相互愛戀的對話卻是無聲的。不能開口，一開口就俗。心靈之戀只可用心靈，使用的語言是純粹心靈性的，精神性的，禪性的，不可立文字，只能以心傳心，所以兩人都沒有說出口，更沒有立下文字，這是心靈之戀的「無立足境」，至深的「情」入化為「神」，至深的「色」入化為「空」。這是第二十九回（《享福人福深還禱福　癡情女情重愈斟情》）所表述的一節：

……即如此刻，寶玉的心內想的是：「別人不知我的心，還有可恕，難道你就不想我的心裏眼裏只有你！你不能為我煩惱，反來以這話奚落堵我。可見我心裏一時一刻白有你，你竟心裏沒我。」心裏這意思，只是口裏說不出來。那林黛玉心裏想着：「你心裏自然有我，雖有『金玉相對』之說，你豈是重這邪說不重我的。我便時常提這『金玉』，你只管瞭然自若無聞的，方見得是待我重，而毫無此心了。如何我只一提『金玉』的事，你就着急，可知你心裏時時有『金玉』，見我一提，你又怕我多心，故意着急，安心哄我。」

看來兩個人原本是一個心，但都多生了枝葉，反弄成兩個心了。那寶玉心中又想着：「我不管怎麼樣都好，只要你隨意，我便立刻因你死了也情願。你知也罷，不知也罷，只由我的心，可見你方和我近，不和我遠。」那林黛玉心裏又想着：「你只管你，你好我自好，你何必為我而自失。殊不知你失我自失。可見是你不叫我近你，有意叫我遠你了。」如此看來，卻都是求近之心，反弄成疏遠之意。

這段對話既無聲，也無言；既無心證，也無意證；完全是超越語言、超越文字、超越邏輯、超越是非等世俗判斷的心靈交融。林、賈的對話，往往是靈魂的碰撞，此段對話，更是靈魂的共振。倘若用「此時無聲勝有聲」的話語來形容，林、賈的無聲對話，恰恰比許許多多有聲的對話音強百倍。老子說「大音稀聲」，曹雪芹則抵達到「大音無聲」。心靈中最深刻的對話反而沒有聲音。

【一四四】

林黛玉與賈寶玉來自無數年代之前的大荒山無稽崖。遙遠的三生石畔靈河岸邊才是原初的故鄉。他們來自大自然、大宇宙，生命與自然沒有隔，與宇宙沒有隔，所以容易由色入空，由人間進入宇宙。林黛玉時而問：「天盡頭，何處有香丘？」時而說：「人向廣寒奔」，都是生命和宇宙直接相連。賈寶玉也是如此，一聽到「赤條條來去無牽掛」的歌唱，便激動不已。賈寶玉的朋友秦鐘，雖然形如白鶴，可惜心靈與自然與宇宙還是相隔萬里，所以臨終前還是留下「功名」的遺言。其他功利社會中人，生命與大自然、大宇宙之間更是隔着名位、權勢、財富、概念等等，所以要回歸本真本然狀態就很難。

【一四五】

薛寶釵與賈寶玉關於人品根柢的辯論，其特點是薛寶釵引經據典，打着的是「古聖賢」的旗幟，論證的理由乃是倫理概念，而賈寶玉卻揚棄經典只取古聖賢所說的「赤子之心」，用的是生命理由。這是一場概念與生命的精神較量。薛寶釵仰仗的是聖人，賈寶玉仰仗的是生命本真。賈寶玉與赤子（嬰兒）之間沒有隔，薛寶釵與赤子之間卻有許多障礙，首先是聖人概念的障礙。賈寶玉雖然也欣賞薛寶釵的豐美，但心靈總是難以相通，就因為之間還有觀念之隔。賈寶玉與林黛玉的關係，在靈魂上如同亞當與夏娃的關係，乃是赤子的關係，所以才有其揚棄世俗羅網的心戀。

【一四六】

《春江花月夜》是讓人讀後就難以忘懷的情愛詠嘆調，也是青春生命的詠嘆調。腔調是刻意造成的，而詠嘆調則自然、清新、流麗，全從生命中流出。把《春江花月夜》的生命詠嘆，推向巔峰的，是林黛玉的《葬花詞》和賈寶玉的《芙蓉女兒誄》。雖是詠嘆調，但因為切入心靈和投入大悲情，便轉入深邃，變成中國文學史上最動人心肺的輓歌。詠嘆調倘若未能切入心靈，就容易變成小浪漫的淺吟低唱。

【一四七】

文化跟着人走。中國最優秀的文化匯集在《紅樓夢》之中，曹雪芹的名字走到哪裏，中國的文化精華就會跟到哪裏。托爾斯泰即使被流放到中國，俄國最優秀的文化也會跟着到中國。《紅樓夢》這部書帶在身上，中國最好的文化就不會離開自己。文化的未來無法知曉，但可預測，千萬年後，只要曹雪芹的名字和書籍在，只要中國人還認它作經典，熱愛它，那麼中國文化就不會沉淪，中國人的精神幸福就還有寄託之所。

【一四八】

歷史變成一種原則之後，後人很難感受到歷史傷痕的疼痛，即使歷史化為記憶，這記憶也被抽象化了，很難讓人覺得痛。惟有文學能使人心疼，使人從情感深處感到傷痛。《紅樓夢》讓人痛惜，痛惜那些詩意生命永遠消逝了，永遠不會再度出現了。痛惜那些如蠶抽絲的詩人在地球上只生活了一個很短的瞬間，而這一瞬間不能複製，不會再來。兩百多年過去了，我們發現大觀園女兒國裏的詩人一個個都是人詩，連不作詩的晴雯、鴛鴦等也是人詩。這些人詩的生命只有一次，在大地上的出現只有一次。在曹雪芹心中和我們心中，歲月的哀傷、歷史最深的悲劇，不是帝王將相的消失，而是這些人詩的毀滅。

【一四九】

最偉大的文學作品，如《紅樓夢》，既有文采，又有靈魂的亮光。人的感覺器官，不僅可以感受到它的美，而且可以聞到其靈魂的芳香。嵇康雖然消失一千多年了，但我們還可以聞到《廣陵散》的芳香。曹雪芹去世兩百多年了，但我們不僅可以聞到賈寶玉祭奠晴雯時的「群花之蕊、冰鮫之縠、沁芳之泉、楓露之茗」的芬芳，而且可以聞到林黛玉提示「無立足境，是方乾淨」的禪味。這禪味，便是靈魂的芳香。功利的感官可以聞到脂粉的「味道」，審美的感官卻可以聞到精神的「道味」。讀林黛玉的詩，聽林黛玉的說禪，都可聞到「道味」。處於人間而能享受心靈的最高幸福，便是能聞到美麗靈魂散發出來的沁人心脾的形上芳香。

【一五〇】

《紅樓夢》為文學也為人間確立了一種大精神與大靈魂，這是對人、對生命、對青春、對情愛的無條件尊重，以及對真、對美的無條件景仰，任何政治理由、道德理由、家族理由、國家理由、傳統理由都不可損害這種尊重。它還明顯暗示：追求錦衣玉食，追求榮華富貴，追求金銀滿箱，追求聲色貨利，靈魂就會沉淪，文學也會沉淪。《紅樓夢》精神內涵的縱深度是由此大精神與大靈魂建構的。中國其他長篇小說，都沒有確立這種大靈魂。《三國演義》、《水滸傳》離這種大精神最遠，《金瓶梅》雖然也暗示情慾無罪，但沒有呈現情愛的美與無限詩意。如果能把《紅樓夢》確認為人生的基本精神之源，生命狀態就全然不同。

【一五一】

王國維發現《紅樓夢》的宇宙性。可惜他未能對其宇宙境界進行更深的開掘。他評論《紅樓夢》基本上還是用人間角度，即用人間的悲情眼睛來看人間，沒有跳出人間的大框架，因此，他只看到《紅樓夢》的悲劇。可是，悲劇只是《紅樓夢》的一個層面。《紅樓夢》的整體意象不僅是悲劇，它還大於悲劇。曹雪芹的偉大，恰恰是他不僅用人間角度看人間，還用宇宙角度看人間，也只有這種高遠的角度才看到人間生命不僅演出大悲劇，而且也在不斷地演出大鬧劇，大荒誕劇。

【一五二】

對《紅樓夢》的閱讀，開始時感到賞心悅目，之後則常有情感起伏，最後則驚心動魄。僅僅空空道人的《好了歌》，就愈讀愈感到震撼。這位「道人」，對人類世界的認知如此清醒，每一句話既像家常的笑話，又像天外的驚雷警鐘。這首歌，是哲學歌，是曹雪芹的「存在論」，它把人類世界的金錢崇拜、權力崇拜、色慾崇拜推向荒誕，推向幻境，推向顛倒夢想，推向無意義。它告示人間：只有從各種色相的包圍中走出來，「存在」之門才能向大宇宙充份敞開。

【一五三】

心靈不是社會，不是國家，不是歷史。心靈沒有時間維度，只有空間維度，而且是無邊界的空間維度。心靈的幅度與宇宙同一。文學是心靈的事業。文學所有的要素中，心靈屬第一要素。因此，不能切入心靈的文學，不是最好的文學。《封神演義》雖然情節離奇，但文學價值很低，就因為它與心靈無關。晚清譴責小説雖鞭撻社會黑暗，但未切入心靈，所以文學價值也有限。《金瓶梅》與《紅樓夢》的差距，關鍵是心靈切入度的差距，其心靈的粗細之分、深淺之分、雅俗之分，幾乎可以一目了然。

【一五四】

但丁的《神曲》，不愧是與荷馬史詩、莎士比亞戲劇並列的文學經典。但經典也有局限，仔細讀《神曲》，就會發覺其中的各層地獄，有許多道德專制法庭。被判為荒淫罪而入地獄的不少是多情婦女。她們有點私情便放入地火中煎烤，這倒是與中國的《水滸傳》的作者思路相通：情慾有罪，生活有罪。經典是整體成就的結果，並非每一細節都是範例，更非每一理念都是真理。與但丁相比，曹雪芹對多情婦女則無條件尊重，他筆下「養小叔子」（焦大語）的秦可卿，不是被送入地獄，而是被送入天堂。

【一五五】

《紅樓夢》中的女兒國是現實社會的參照系。有女兒國這面鏡子，才能看清名利國的虛空，煉丹國的荒誕，金銀國的蒼白，才能看清賈珍、賈璉、薛蟠們的花花世界沒有詩意。女兒國是曹雪芹的理想國。這種理想國不同於柏拉圖的理想國，柏氏把詩人逐出國門，因為這是理性的國度，實用的國度，而詩人卻沒有理性也沒有用處。與此相反，曹雪芹的理想國，其主體卻是詩人，而且是女性詩人。這個國度，只求詩性，不求理性，只求美，不求用，這是詩意生命自由存在的烏托邦，是守護人類本真狀態的審美共和國。

【一五六】

美國有一部《紅》：《紅字》；中國也有一部《紅》：《紅樓夢》。相同點是兩者都揚棄道德專制法庭，支持慾望的權利和呼喚情愛的自由，尊重個體生命超過尊重神靈，尊重性情超過尊重理念。《紅字》是對清教道德專制的批判，《紅樓夢》是對儒家道德專制的批判。但是，《紅字》的女子只有一個，她能守衛情愛秘密，卻未能開放情愛的大門。《紅樓夢》的女子則有一群，而且都在黑暗的鐵門裏放射着情愛的光澤。《紅字》的基點是理念的，《紅樓夢》的基點是生命的。

【一五七】

《唐吉訶德》是塞萬提斯的一個大夢，這也許是他童年時代的一個記憶。這位騎士一路打過去，其出發點與歸宿點都離不開他想像中的美貌無雙的公主、朝思暮想的意中人：杜爾西內婭·台爾·托波索。《紅樓夢》中的賈寶玉，實際也是一個唐吉訶德，潛意識中也是知其不可為而為之。不過，他所戰的風車，是儒教條，是煉丹術，是薩滿教，是假菩薩，是千百年一貫的才子佳人文學模式。而他的出發點與歸宿點也總是和一個名叫林黛玉的心愛女子相關。這一切也是曹雪芹童年、少年時的記憶。人類的精神在深層裏如此相通，真是不可思議。偉大的作家往往得益於對人生人世兩端的捕捉：一是人之初童年的記憶；二是人之終末日的預感。《紅樓夢》兩者都呈現得極為精彩。

【一五八】

夢是潛意識的浮現。《紅樓夢》是中國集體無意識最健康的一次浮現。有意識的敘事只有進入潛意識並呈現為夢，才顯示為靈魂的一角。或者說，集體無意識通過夢才能得到充份展示。《紅樓夢》是中華民族通過詩意個體所做的一次最偉大的夢。荷馬的《伊利亞特》、《奧德賽》，但丁的《神曲》，都進入很深的無意識層面，都接觸到無意識的本原（神話），相比之下，歌德的《浮士德》意識太強。潛意識的深度是文學的尺度之一。愈是好作品，進入潛意識層面就愈深。《紅樓夢》擁有最強的靈魂維度。它既是文學的坐標，也是生命的坐標。

【一五九】

按照弗洛伊德的說法，文學就是夢。每部文學作品都可視為作家的一場夢。《水滸傳》夢的是窮人翻身做皇帝，《三國演義》夢的是皇統宗室子弟當皇帝，可惜都夢得不健康，夢裏都帶着中華民族經歷了戰亂、飢餓後的創傷。而《紅樓夢》卻跨越創傷地帶，懸擱智慧果，直接與《山海經》的孩子之夢相連。那麼，《紅樓夢》夢的是甚麼？可說是「夢夢」，夢的還是夢。《山海經》裏的女媧補天、精衛填海本來就是夢，《紅樓夢》開篇就緊連《山海經》，夢的還是遠古中國人天真的夢，知其不可為而為之的夢。《紅樓夢》的第三十八回說「夢有知」，恐怕是做夢者知其不可能。曹雪芹通過自己的作品表達的正是不可能的理想，這理想是只要花開不要花謝，有花謝便有葬花人的大悲傷。少年女子恰如天地精英凝聚的花朵，也應當只有花開花放而不要有花謝花落。辛棄疾曾經呼喚「春且住」，夢想留住春天。曹雪芹的夢也是「春且住」的夢，是最真最美的詩意生命不要落入泥潭（不要出嫁）、不要落入死亡深淵的夢。世界上自古到今的作家詩人做着各種夢，但沒有一家像曹雪芹這樣強烈地做着淨水不流入泥濁世界，花朵不進入「香丘」（墳墓）的大夢。

【一六〇】

曹雪芹建構的世界，由兩個對立的國度構成：一是女兒國，淨水世界；一是荒誕國，泥濁世界。《紅樓夢》既書寫女兒國的毀滅（悲劇），又寫荒誕國的興衰（荒誕劇）。於是，小說成了悲劇與喜劇並置的藝術整體。賈寶玉站立在兩個國度中間，但心向女兒國，憎惡荒誕國。女兒國是非功名、非功利的世界，野心、慾望、權力、功名這些男人追逐的東西進入不了這個國度。詩是這個國度的通行證。荒誕國正相反，重功名、重權勢，生活在野心與慾望之中，權力與金錢才是通行證。賈寶玉的赤子之性是寧為女兒國的侍者與小人物，也不願意充當荒誕國的王子與大人物。所謂女兒國，其實就是詩國。賈寶玉正是詩國的公僕（侍者）。

【一六一】

曹雪芹給《紅樓夢》設置了一個「太虛幻境」的故事框架，表面是説天上之境，實際影射人間之境，它暗示人們，你爭我奪的現實世界也是太虛幻境，並非實在。能意識到金錢世界、功名世界、慾望世界乃是太虛幻境，能暗示人們削尖腦袋想鑽入的榮國府、寧國府、金鑾殿也是虛幻之所，很了不起。本是一種幻境，人們卻殫精竭慮地爭個身心俱碎，這便是荒誕。所謂荒誕，正是把幻相當作實相的顛倒夢想。

【一六二】

《紅樓夢》嘲弄許多宗教。通過趙姨娘的作惡（加害賈寶玉與王熙鳳）嘲弄薩滿教；通過煉丹煉到走火入魔以致吞金服砂而亡的賈敬，嘲弄道教；通過王夫人的手不離珠（唸佛）卻心性殘忍而嘲弄有口無心的假菩薩（佛教），甚至還揭露饅頭庵的黑暗和質疑妙玉的修道形式（「云空未必空」）。但是，整部巨著從不嘲弄禪宗，而且林黛玉和賈寶玉最深的精神交往，恰恰都在談禪中。無論是關於「無立足境」的交流，還是關於「瓢之漂水」的討論，都是最深刻的對話，這種對話，不是口頭派對，而是靈魂互證。林賈之戀，是深邃的靈魂之戀，又是一種曠古未有的禪性之戀。

【一六三】

《紅樓夢》第五回中警幻仙子所製的十二支曲，從《終身誤》到《飛鳥各投林》，既是「十二釵」女子的命運預告，又是賈府乃至整個人間世界的末日預言。收尾一曲《飛鳥各投林》更是一首末日歌：「為官的，家業凋零；富貴的，金銀散盡；有恩的，死裏逃生；無情的，分明報應。欠命的，命已還；欠淚的，淚已盡。……看破的，遁入空門；癡迷的，枉送了性命。好一似食盡鳥投林，落了片白茫茫大地真乾淨。」這首仙子歌乃是末日歌，整部《紅樓夢》更是末日歌。它展示人間世界最善良的詩意生命沒有立足之地，最美麗的詩意心靈一個個如「水止珠沉」，最後幾乎主宰門庭的竟是個名叫賈環的「凍貓子」

似的劣種，而名叫「巧兒」的還算優良種子的貴族苗裔，只好送到尋常百姓之家。盛宴只是一個瞬間，盛宴之後是末日廢墟。

【一六四】

用哲學的大觀眼睛看文學，可以看到中國文學多數作品的精神內涵屬於「生存」層面，而非存在層面。卡繆曾說：「哲學的根本問題是自殺問題，決定是否值得活着是首要問題。世界究竟是否三維或思想究竟有九個還是十二個範疇等等，都是次要的。」（《西西弗斯神話》）莎士比亞的《哈姆雷特》，其主人公的主要焦慮是「生存還是毀滅」？是選擇生，還是選擇死？如果選擇生，這生的意義何在？這便是存在問題。如果說，《哈姆雷特》和許多西方經典的基調是生與死的二重變奏，那麼，中國文學的基調則是個人「仕或隱」及國家「興與亡」的二重變奏。但是，中國也有對存在意義提出叩問的大詩人，如屈原、曹操、李煜、蘇東坡、曹雪芹。屈原自沉汨羅江的行為語言提出的便是自殺問題。但真正探討如何詩意地棲居於地球之上的存在問題的是曹雪芹。

【一六五】

處於貴族階層中的人不一定有貴族精神與貴族氣質。賈府中的賈赦，純粹是一個滿身朽氣的官僚空殼。而賈珍、賈璉、賈蓉等則幾乎是一些包裝着華貴衣衫的流氓，至於賈環，更是劣種。只有貴族階層中的優秀個體，才能具備貴族氣質與貴族精神。像曹雪芹這樣的優秀者，即使貴族階層崩潰了，他仍然是富足的精神貴族。其精神也超越貴族制度與貴族家庭。貴族精神變成一種審美範疇，就因為這種超越性而成為高雅精神的概述。《紅樓夢》偉大，並不在於它描述貴族家庭的興衰，而在於它一方面完全蔑視貴族特權，一方面又用高貴的精神審視生命個體，結果它發現許多非貴族家庭出身的個體生命卻擁有貴族精神的內核——具有人的尊嚴感，晴雯、鴛鴦、尤三姐都有人的驕傲，她們均以抗爭與死滅來捍衛自身的尊嚴。

【一六六】

貴族出身的作家詩人們，通過不同途徑去體現其脱俗的高貴：有的用心靈的單純去體現，如普希金；有的用品格的高潔去體現，如屈原；有的以精神的雄健去體現，如拜倫；有的用氣質的高傲去體現，如屠格涅夫；有的用道德的完善去體現，如托爾斯泰；有的通過形式的典雅去體現，如高乃依、拉辛；有的用藝術的精緻去體現，如柴可夫斯基等；而曹雪芹則兼有心靈的單純，品格的高潔，精神的雄健，氣質的驕傲，道德的完善，形式的典雅，藝術的精緻，並且還有一樣是特別的，他通過一種對下層詩意生命的肯定與禮讚，呈現出一種既超拔又平等的最優秀的貴族精神。

【一六七】

尼采給貴族精神的定義是「自尊」。這是確切的。貴族的一大行為模式是「決鬥」，身為貴族的偉大俄國詩人普希金也決鬥而死。決鬥的行為呈現的精神是：有一種東西比生命更加寶貴，這就是人格尊嚴。但是尼采卻在崇尚貴族時宣揚一種蔑視「下等人」、反對「同情心」的貴族主義。他把人絕對地分為上等人與下等人，認定尊貴者的使命就是向下等人宣戰，同情下等人便是弱者道德、奴隸道德。他反對基督，就因為基督代表着悲憫下層民眾的奴隸道德。而曹雪芹作為貴族，他所作的《紅樓夢》在最完整的意義上體現着人的尊嚴，其主人公賈寶玉作為貴族子弟，他的內心與世俗的功名功利世界拉開最長的距離，其精神氣質之脫俗、之高貴，超乎一切上等人。但是，他卻又是一個準基督，不僅不蔑視下等人，而且是奴婢的知己、情人與侍者，那些身為下賤的人，他卻看到她們「心比天高」。他兼有貴族的高精神和基督的大慈悲，是人世間內心最豐富、最美麗的「貴族少年」。曹雪芹實在比尼采偉大得多。

【一六八】

屈原與曹雪芹，一先一後，形成中國貴族文學並峙的兩座巔峰。他們中間也出現過六朝大謝（謝靈運）、小謝、沈約的貴族文學，可惜這段文學形貴神俗，玩聲律、玩語言、玩形式玩得走火入魔，但精神內涵卻顯得蒼白。而屈原、曹雪芹則是形貴神也貴。屈原以精神的高潔體現貴族精神；曹雪芹以精神的空寂體現更高級的貴族精神。有佛性、有禪性，才有空寂。林黛玉的「人向廣寒奔」、「冷月葬詩魂」，是在人間孤獨到極點之後而產生的空寂。空寂不是牢騷，不是怨怒，而是超越世俗之地而向宇宙深處的飛升，是與常人狀態拉開遠距離後的高度清醒意識。

【一六九】

莊子散文與《紅樓夢》都有奇麗的想像力，都是中華民族文學的極品。但兩者相比，莊子骨子裏是冷的，《紅樓夢》則是熱的。莊子缺少曹雪芹那種愛的熱忱。儘管小說中的人物，其情愛都失敗了，但生命的激情還在愛的失敗中，最高的詩意處處與愛的失敗相連。所以曹雪芹滿紙是淚，而莊子沒有眼淚，妻子死的時候也沒有淚。

【一七〇】

陶淵明因擁抱大自然而獲得解脫，但就境界而言，他還未進入大宇宙。他之前的莊子有宇宙感，但也太沉醉於自然。老子的《道德經》崇尚自然，又有宇宙之聲，不可道之道與不可名之名乃是宇宙的神秘。慧能更是一個奇蹟，他的心靈沒有過程，一步就把握事相之核，直達宇宙之心。王國維說《紅樓夢》具有宇宙境界，是自始至終都有一個宇宙語境在，賈寶玉、林黛玉的潛意識中就有一個宇宙在。林黛玉說「無立足境，是方乾淨」，暗示的正是人只有站在比人更高的宇宙高處才能了解自身，她的大化之境不僅是山林田園的自然之境，而且是山林田園之上的無限浩瀚的宇宙之境，比陶淵明的大化更為遼遠。遠到「天盡頭」，遠到有名如同無名的三生石畔與靈河岸邊，遠到女媧補天時的鴻濛之初即大化之始。

【一七一】

文學藝術家用全生命創作，包括投入意識與無意識。天才的創造特點，是無意識的創造，即神的創造與靈感的創造。楊慎說：「莊周、李白，神於文者也，非工於文者所能及也。文非至工，則不可神；然神，非工之所可至也。」[1] 這裏所說的「工」是人為的刻意的努力，而「神」則是自然的無意識的湧流。中國文學家中能「神於文」者的天才除了莊子、李白外，還有曹操、陶淵明、李煜、李賀、蘇東坡等。

1 《總纂升庵合集》卷二十一，轉引自《中國美學史資料選編》下冊，第一零九頁。

唐代詩人中，李白與杜甫的區別，李賀與賈島的區別，便是「神於文」與「工於文」的區別。而曹雪芹則是又神又工，既是天才又是嘔心瀝血的巨匠。

【一七二】

西晉末年，政治異常黑暗，貴族知識分子紛紛南遷，文化重心也隨之南移。此時，出現中國文學的一次大「玩貴族」的現象。漢賦屬「玩宮廷」，玩出了一番氣象，而六朝的謝靈運、周顒、王融、沈約、江淹、徐陵及梁武帝父子等「玩貴族」，也玩出一番聲色。玩貴族與玩宮廷一樣，都是玩形式。司馬相如的「一宮一商」，到了謝、沈手中，變成「五色相宜，八音協暢」，玩聲律玩得入迷。「貴族」不是不可玩，《紅樓夢》就大有貴族精神，曹雪芹在《紅樓夢》裏寫盡各種文學形式，小說中有詩，有詞，有賦，有誄，有詠嘆調，有散曲；詩中又有五律、七律、排律等，形式極豐富；然而，全書最豐富的不是形式，而是靈魂，是情感。《紅樓夢》可說是「富貴」到極點，但這是精神的富貴，極為豐富又極為高貴。

【一七三】

《紅樓夢》中有一性情與性靈世界，這個世界未確立之前，人的身體只是女媧捏成的具有人形的一團泥。泥一旦有了性情與性靈才昇華為人。人是歷史積澱的結果，心理則是文化積澱的結果。薛蟠沒有文化，只有慾望。他還只是一團泥，一個慾望體，不是精神存在。水溶（北靜王）、秦鐘和甄寶玉，自然是另一種氣象，非薛蟠們可比。可惜表面是玉，內裏還是泥。《紅樓夢》中關於人的問題是石頭要化為泥本體還是化為玉本體或是心本體的問題。石頭伴隨着水，水可以把石化作泥，也可以把石洗煉成玉。賈寶玉通過林黛玉眼淚的洗煉而保持玉的光輝和心的質樸。如果沒有林黛玉，賈寶玉就可能變成水溶、秦鐘或甄寶玉，形象還是清清脱脱，內裏卻渾渾濁濁，至少也是一肚子「酸水」。

【一七四】

前文説過，《紅樓夢》的精神內涵有「慾」、「情」、「靈」、「空」四個維度，王國維的「評紅」運用叔本華的學説，太偏重闡釋「慾」的一維。此處還應補充説，《紅樓夢》中「慾」的執着和「慾」的拒絕，其衝突是很激烈的。泥濁世界的主體角色們（國賊祿鬼色鬼名利之徒等）是執着派；賈寶玉和淨水世界的女兒們是拒絕派與反抗派。《紅樓夢》的悲劇正是反抗派歸於寂滅。王國維説「慾」是悲劇之源，把「玉」等同於「慾」，只看到「慾」的執着，未看到「玉」對「慾」的反抗，顯然是偏頗的。

【一七五】

「五四」新文化運動發現孔夫子所代表的儒家舊文化扼殺中國人，發現禮教「吃人」，但沒有發現真正可怕的、大量殺傷中國人的美好心性與美好靈魂的文化，是《三國演義》文化與《水滸傳》文化。這兩部所謂典籍，其刀刃伸進了中國人的潛意識深處，把中國人好的基因全都毒害和腐蝕了。「五四」新文化運動發現明末散文與明末三袁的文學思想與「五四」相通，但沒有發現與「五四」新文化靈魂最相通的而且是真正的先驅者是曹雪芹，所以未能把《紅樓夢》作為人的旗幟及婦女、兒童的旗幟。

【一七六】

中國文學史寫作者，動不動就說中國古典小說的「四大名著」，把《紅樓夢》和《三國演義》、《水滸傳》同日而語，分不清《紅樓夢》和《三國演義》、《水滸傳》的巨大差別。這種差別可以用天淵之別與霄壤之別來形容，而最關鍵的是《紅樓夢》係生命之書，而後兩者則是反生命之書。曹雪芹在生命之中又發現詩意生命，所以才寫出如此動人的生命讚歌與生命輓歌。而中國人進入《三國》、《水滸》之後，生命便發生全面變質。有人說《三國演義》很有詩意，其實，它恰恰沒有詩意。權謀、心機最沒有詩意。《紅樓夢》中的生命，賈寶玉、林黛玉、晴雯、鴛鴦等最有詩意，因為他們遠離心術權謀。所有的詩意都來自沒有變質變形的生命本真狀態，都來自那種不被污染的質樸的內心。

【一七七】

《紅樓夢》與《三國演義》，其精神內涵的對立，是自由心靈與變態心機的對立，兩部小說主題的對峙本身就是中國文化的一大寓言。《紅樓夢》讓人走向嬰兒狀態即生命的本真狀態，《三國演義》讓人走向狼虎狀態即人心的黑暗狀態。《紅樓夢》中的女兒國是與《三國》對立的另一種質的精神國度。《三國》所崇尚的是謀略，女兒國崇尚的是詩。詩國全然不知「謀略」為何物，甚至不知「機智」為何物。生活在女兒國中的賈寶玉是一個離《三國》最遠，在心靈上與之對立最深的男性。他拒絕功名，拒絕權力，拒絕世故，拒絕心機，更是拒絕損害他人，整個人生中沒有發出一句傷害他人的話。在《紅樓夢》與《三國演義》中作選擇，其實是在作靈魂方向的選擇。

【一七八】

在《三國演義》中，女子好像是馬戲團裏的動物，全被所謂英雄任意驅使。儘管表演得相當精彩，但畢竟只是美麗的動物，其中令人讚賞不已的貂蟬與孫夫人也不過是高級動物與高級工具而已。《水滸傳》中的女人命運更慘，她們不僅是動物，而且是英雄任意屠殺的動物。潘金蓮、潘巧雲等都是被宰割肢解的動物。惟有《紅樓夢》中的女子，特別是少女，她們才是人，即使被摧殘過，但在摧殘中她們也放射出生命的光輝。《三國演義》和《水滸傳》對女子沒有審美意識，只有政治意識與道德意識。《紅樓夢》對女子卻全是審美，而且審到心靈深處。

與《三國演義》、《水滸傳》相比，《紅樓夢》就如佛光普照，陽光普照，這兩種光芒照亮黑暗社會所蔑視的一切：女子，孩子，戲子，尼姑，特別是丫鬟——處於社會底層的奴隸。作者的慈悲心覆蓋一切：它不是歌頌社會光明，而是用光明覆蓋社會。

【一七九】

羅素在《西方哲學史》的第二十三章裏專門論述拜倫，並論述貴族叛逆者與農民叛逆者完全不同。他說：「拜倫在當時是貴族叛逆者的典型代表，貴族叛逆者和農民叛亂或無產階級叛亂的領袖是十分不同類型的人。餓着肚子的人不需要精心雕琢的哲學來刺激不滿或者給不滿找解釋，任何這類的東西在他們看來只是有閒富人的娛樂。他們想要別人現有的東西，並不想要甚麼捉摸不着的形而上好處。」羅素這一分別如果借用來觀看《紅樓夢》與《水滸傳》倒是很有趣味的。賈寶玉這個貴族叛逆不同於李逵、武松這些農民叛逆。後者沒有形而上的反抗。賈寶玉的反叛，其深刻意義在於他的反叛是比政治反叛、經濟反叛更為深刻的美學反叛，因此，他的目標不是有飯大家吃的經濟平等和低級自由，而是存在方式、思維方式、審美方式的選擇自由，即心靈的高級自由。武松、李逵只有道德意識，沒有審美意識，賈寶玉卻有極高的審美意識。《紅樓夢》的道德法庭（賈政所代表）是被審美法庭批判的低等法庭；而《水滸傳》中的道德法庭卻是一個比政治法庭還要可怕的、黑暗無所不在的法庭，它把審美法庭壓迫到無處可以藏身。武松、李逵這些政治反叛者同時又是道德法庭中最殘酷的劊子手。因此，《紅樓夢》是爭取生活、追求生活，而《水滸傳》則是破壞生活，審判生活。

【一八〇】

讀了《三國演義》與《水滸傳》，常常覺得中國很奇怪，不僅窮人生活在地獄之中，而且富人也生活在地獄之中。窮人沒有安全感，富人也沒有安全感，甚至帝王將相也沒有安全感。《三國》中人曹操多疑，就因為他覺得太不安全。與他同時代的漢獻帝、劉備、孫權，哪個心裏不緊繃一根弦？《三國》中人如此，《水滸》中人也是如此。梁山英雄被逼上梁山，因為山下有一座難以安生的地獄。可是，「替天行道」的旗號一打出來，「劫富濟貧」一旦成為公理，富人也就沒有地方可以安生。那個時代，富人如祝家莊的財主們不安全，而具備萬夫不當之勇的盧俊義也不安全。他在牢中陷入地獄，在牢外何嘗不是地獄。《紅樓夢》雖也展示人間地獄，但也展示地獄中的一線光明，那就是賈寶玉與林黛玉等少女們的生命之光。

【一八一】

《水滸傳》的理念，一是造反有理（凡替天行道使用任何手段皆合理），二是慾望有罪，生活有罪，尤其是不給婦女慾望的權利。《金瓶梅》的理念正相反，它是慾望無罪、生活無罪，婦女擁有慾望的權利。林黛玉、賈寶玉欣賞《西廂記》，就因為它展示情愛生活的美好與詩意。《紅樓夢》把少年女子提高到歷史本體的地位，不僅林黛玉是歷史本體，她用詩所評論的王昭君、綠珠、虞姬等女子，也擁有歷史本體的地位。歷史本體不是事件，而是人，尤其是女子，這是《紅樓夢》的歷史觀。

【一八二】

文學生存於權力之外。但中國大眾文學卻往往跟着統治者跑，甚至向統治思想低頭。《三國演義》就是一個例證。它既體現皇統（皇統的原教旨），又迎合市場。知識分子俯就大眾而創造的大眾文學，並非民間文學。大眾文學與民間文學是兩個完全不同的概念。民間文學是相對於權力話語空間的一種自由空間，遊俠文學、山林文學均是民間文學。它常常滋養作家的精神創造。《紅樓夢》與其他中國小說不同，它不是來自大眾文學，而是來自個體心靈。曹雪芹生活在貴族與平民之間。《紅樓夢》既是貴族文學，又是民間文學，既是生命個體的孤獨創造，又是相對於權力話語的一種民間寫作。《三國演義》從隸屬於大眾文學的話本演變而成，《紅樓夢》卻與話本完全無關，它拒絕皇統，又拒絕市場（話本必須符合大眾口味才有市場）。

【一八三】

《金瓶梅》與《紅樓夢》都寫人性，但前者寫的是粗糙人性，後者寫的是精緻人性。《紅樓夢》即使寫奴婢（如襲人、晴雯、鴛鴦等），其人性也精緻之極。《芙蓉女兒誄》禮讚晴雯「其為質則金玉不足喻其貴，其為性則冰雪不足喻其潔，其為神則星日不足喻其精，其為貌則花月不足喻其色」。質貴，性潔，神精，貌美，四者兼有，一個丫鬟的人性尚且如此精美，更何況林黛玉等貴族少女。在曹雪芹眼裏，身份有尊卑，人性卻無貴賤，這是他所把握的人性「不二法門」。《金瓶梅》人物最賢惠的是西門慶的妻子吳月娘，她寬厚而不嫉情，能容納西門慶諸多小妾，維持其家庭的「安定團結」，確實不簡單，但其人性，卻只有道德價值，沒有審美價值，「精緻」二字，還是和她連不上，更莫論潘金蓮、李瓶兒等。

【一八四】

中國的放逐文學可分為三類：被國家放逐（如屈原、韓愈、柳宗元、蘇東坡）、自我放逐（如陶淵明）、放逐國家。第三種的代表是曹雪芹。在他身上，沒有國家概念，《紅樓夢》的第一回就重新定義故鄉，批評「世人」不知故鄉何處，「反認他鄉是故鄉」。他先放逐國家概念，而後又放逐國家實體，即放逐朝廷。所以才讓賈元春說出宮廷是「見不得人的去處」。至於文化，那就在他身上，但不是國家文化，而是禪宗文化、隱逸文化、自然文化等中國各種文化精華。《紅樓夢》既是個體心靈文化，又是普世文化。他只有文學立場、人性立場，沒有國家立場與民族立場，也沒有家族立場。林黛玉流了那麼多眼淚，沒有一滴是為國家而流的，更不用說流一滴血；賈寶玉則身在王爺府，心在女兒國。

【一八五】

歷史具有暫時性與積累性兩大特點。文化是積累性的結果。人性是通過文化的積累而形成的。積累才是根本。人離開積累、離開社會就剩下兩條出路：一是退回動物界；二是走向絕對神秘（或宗教）。把《紅樓夢》視為「反封建」，只講到歷史暫時性的一面，而未觸及永恆性的一面。唯其人性（包括潛意識）與現實規範（包括禮教規範）的衝突，才是永恆的衝突。《紅樓夢》寫出被壓抑的真情真性，即找不到出路、陷入困境的真性真情，這才是《紅樓夢》的永恆之源。

【一八六】

王國維說「太白純以氣象勝」（《人間詞話》）。氣象，確實可以作為一種文學標尺。然而，李白真正的「勝」處是他的奇麗想像。氣象只是奇麗想像力的表徵而已。李白筆下的氣象乃是自然氣象，而精神氣象則遠不如曹操、李煜、蘇東坡，更不如曹雪芹。精神氣象產生於內心空間，它不是自然圖畫，其恢宏難以察覺，只可感受與領悟。尤三姐、鴛鴦的自殺和林黛玉、晴雯之死，都展現了一番奇麗的精神氣象。

【一八七】

《世說新語》不寫帝王功業，只寫日常生活，它記錄了許多逸聞趣事，呈現了許多人物的音容笑貌，從而奠定了中國小說的喜劇基石。《儒林外史》可以說是《世說新語》的伸延與擴大。中國小說有輕重之分，「重」的源於《史記》，「輕」的源於《世說新語》。《三國演義》、《水滸傳》都太「重」，學《史記》學得走樣。《紅樓夢》則輕重並舉，而且舉重若輕，有思想又有天趣情趣，極深刻的思想就在日常的談笑歌哭中。

【一八八】

如果借用佛教的「大乘」與「小乘」兩大概念來劃分與描述，「小乘」式作家側重於獨善其身，弘揚個性，追求生命自由；「大乘」式作家則偏重於擁抱社會、關心民瘼，富於大悲憫精神。能兼二者的長處更好。但二者都可能「走火入魔」。前者走火入魔則孤芳自賞、我行我素、冷漠人間；後者走火入魔則以救主自居，把自己的良心標準化和權威化，並以此號令社會。魯迅說自己常在「個人主義」與「人道主義」中起伏，也可解說是在「大乘」與「小乘」的兩種傾向中搖擺。托爾斯泰的晚年二者兼得，既自我完善又關懷民瘼。曹雪芹也是二者兼得的天才：個體自由精神與大慈悲精神全在《紅樓夢》中。

【一八九】

立意要緊，立境更要緊。立足於生命語境與立足於家國語境歷史語境，很不相同。在精神層面上個體生命比一個星球還大，它可以伸延到無限的浩瀚。個體生命不是白駒過隙，它可以進入神秘的永恒。生命與宇宙可視為一個概念的兩面。普世性的寫作離不開家國、歷史題材，但立足之境則一定是生命—宇宙語境。文學中的普世理念是「生命—宇宙」語境大於家國—歷史語境的理念。王國維說《紅樓夢》不同於《桃花扇》的家國境界，乃是宇宙的境界，就因為它放逐了世俗的故鄉、國家理念，賈寶玉的「出走」便是否定家國而回歸無邊界的感情故鄉，承認有一種比家國更根本、更永恆的存在。

【一九〇】

曹雪芹出身於漢裔的滿清貴族，他在漢文化中生長，具有漢文化的巨大底蘊，但他的家庭又是滿族皇帝的寵臣，這使他身上又天然地帶有異族的野氣。這種野氣注入漢文化，便產生活力，也產生大氣。《紅樓夢》不僅有佈滿詩意的細節描寫，還有宏大的史詩構架，其內外視野又直逼天地之初，這正是野氣、大氣使然。僅有漢族的文人氣，恐怕產生不了《紅樓夢》。清代的著名文學家李漁，身上就缺少曹雪芹的大氣，只有文人氣，因此，雖有才氣，卻沒有作品的大格局。

【一九一】

禪入文學，給文學帶來巨大活力，文學的本性是自由，禪的本性也是自由。禪進入蘇東坡，蘇東坡就不同於韓愈、柳宗元、歐陽修等。受禪影響，就是受自由精神影響。對於人，對於文學，禪均是偉大的啟迪力量與解放力量。沒有禪宗的「不二法門」，可能就不會有如此慈悲的賈寶玉。身份有高低，但佛性無差別；公子王爺會有貴族氣，奴婢丫鬟也會有貴族氣。賈寶玉天生擁有愛的法門，這是打破分別相、超越尊卑之分的不二法門，對一切生命不分、不割、不偏的整體相法門。老子所說的「大制不割」，也是不二法門，在賈寶玉眼中，所謂大制，就是生命。

【一九二】

禪宗要打破的我執，是假我之執，並非真我之執。倘若讓慧能來解《紅樓夢》，他要打破的是甄寶玉的世俗妄念之執，而不是賈寶玉的本真之執。賈寶玉的本真狀態，愈執愈好，愈執愈明心見性。賈政痛打賈寶玉，其棒喝的錯誤，是要打垮兒子身上的真我，從兒子身上呼喚出甄寶玉（假我）。秦業痛打秦鐘，也是想打掉真秦鐘，呼喚出假秦鐘。賈政與秦業都是通過專制的手段，強迫自己的子弟按照常人的慾望標準重新編排生命。

【一九三】

秦鐘的父親秦業得知秦鐘與智能的情愛信息後，怒不可遏，不僅痛打，而且打得元氣大傷以致死亡。賈政也差些把賈寶玉打死。但是賈政、秦業面對兒子的纍纍傷痕，只有愧對祖宗即沒有培養出光宗耀祖之後代的罪感，而沒有摧殘兒子、破壞後輩心靈的罪感。賈政文化是面向過去、面向門第（祖宗）的文化，不是面向未來、面向生命的文化，他即使把賈寶玉打死，也不會有恐懼感，只有當賈母出現時，他才誠惶誠恐。中國人被科場、官場抓住心靈之後價值觀念全然顛倒，人類的基本價值觀念——生命擁有最高價值的觀念，全然消失。

【一九四】

禪不立文字，其思想卻經得住一千多年的風吹浪打，即經得住歷史的嚴酷篩選，留了下來。它不喧嘩，不膨脹，不自售。但默而不沉，經久而不滅，可見思想的真金子是不怕時間的沖洗的。禪宗六祖慧能，一個不識字的宗教領袖，慈悲仁厚，但其心靈的力度卻力透金剛，他拒絕任何偶像崇拜，拒絕進入一切權力構架，甚至拒絕唐中宗和武則天召他入宮的聖旨。賈寶玉的性格雖然至溫至柔，但心靈也有強大的拒絕力量。他拒絕世俗世界關於人生編排的種種認識，也拒絕皇統道統所規定的道路。《紅樓夢》中林黛玉與賈寶玉談禪時，言語很簡單，但意思很豐富又很有內在力量。甚麼才可稱為「以心傳心」，林、賈的禪性派對，便是典型。

【一九五】

與「空」相對立的概念是「色」。與「色」相連的概念是「相」。「相」是色的外殼，又是色所外化的角色。去掉相的執着和色的迷戀，才呈現出「空」，才有精神的充盈。《金剛經》所講的我相、人相、眾生相、壽者相等，都是對身體的迷戀和對質（慾望）的執着。中國的禪宗，其徹底性在於它不僅放下我相、人相、眾生相、壽者相，而且連「佛相」本身也放下，認定佛就在心中，真正的信仰不是偶像崇拜，而是內心對心靈原則的無限崇仰。深受禪宗思想影響的《紅樓夢》，其所以有力度，便是它拒絕一切權威相、偶像，包括佛相、道相。賈寶玉說：「這女兒兩個字，極尊貴，極清淨的，比那阿彌陀佛、元始天尊的這兩個寶號還更尊榮無對呢！」（第二回）有此力度，也才有整部巨著的全新趣味：蔑視王侯公卿和醉心於功名貨利的文人學士，惟獨崇尚一些名叫「黛玉」、「晴雯」、「鴛鴦」的黃毛丫頭，以至視她們為最高的善，勝過聖人聖賢。要說離經叛道，《紅樓夢》離得最遠，叛得最徹底。

【一九六】

林黛玉與賈寶玉談禪，並藉此探情：「寶姐姐和你好你怎麼樣？寶姐姐不和你好你怎麼樣？寶姐姐前兒和你好，如今不和你好你怎麼樣？今兒和你好，後來不和你好你怎麼樣？你和他好他偏不和你好你怎麼樣？你不和他好他偏要和你好你怎麼樣？」面對這一問題，寶玉最好的回答也許是「好就是了，了就是好」，但他還是表白自己專一的戀情。小說文本寫道：寶玉呆了半晌，忽然大笑道：「任憑弱水三千，我只取一瓢飲。」黛玉道：「瓢之漂水奈何？」寶玉道：「非瓢漂水，水自流，瓢自漂耳！」黛玉道：「水止珠沉，奈何？」寶玉道：「禪心已作沾泥絮，莫向春風舞鷓鴣。」黛玉道：「禪門第一戒是不打誑語的。」寶玉道：「有如三寶。」黛玉低頭不語。

這是高鶚續書寫得最好的章段。「弱水三千，只取一瓢飲」，表示一往情深的專一；「水自流，瓢自漂」，表示一切取決於自己，點破的是禪的「自性」要義；最後一個問題是水止珠沉悲劇發生了怎麼辦？寶玉的回答是出家。寶玉最後的結局是歸宿於僧寶、法寶、佛寶，他真的出家了。《紅樓夢》的要點，高鶚畢竟有所領悟。禪宗六祖慧能作為一個不識字的思想家，他實現了另一種思想方式的可能，即揚棄邏輯、實證、概念、範疇而進行思想的可能。這是西方理性思想家難以想像的。慧能不僅實現了思想，而且抵達理性、邏輯無法抵達的地方。林黛玉、賈寶玉談禪時，借禪說愛，把愛推向無限的時間與空間的深淵。愛的過去，是女媧補天渾沌初鑿的時刻，是類似亞當、夏娃的神瑛侍者與絳珠仙草的天國之戀時刻，愛的今天，則是「弱水三千，只取一瓢飲」，真正相愛並愛入靈魂的只有一個。這種愛不能實證，不能分析，其情意的遙深、悠長、厚重，邏輯無法描述，理性概念無法企及。

【一九七】

《紅樓夢》中有一個奇女子，名為平兒，她口中沒有禪，腦中可能也沒有禪，恐怕壓根兒不知甚麼叫做禪。然而，禪卻在她的潛意識中，在她的骨子裏。她沒有任何我執與他執，也非逆來順受，天生能以平常之心去接受生活和接受命運。所有的女子都可能嫉才或嫉情，她卻沒有。作為賈璉之妾，她與最難相處的王熙鳳相處得很好，連王熙鳳都服她。這一切都不是刻意安排，而是寬容的天性與平常的心性使然。她身處人際關係之中，又抽身於關係之外，遠離人間那些根深蒂固的無休止糾纏，也遠離狹隘，遠離嫉妒，遠離心機，遠離善惡好壞判斷的世俗法庭，理解一切人與厚待一切人，包括丈夫外遇，王熙鳳暴跳如雷時，她也以平常心對待。她身處俗境卻心創奇境，這奇境便是人際關係中的禪境。因此，平兒也可算是《紅樓夢》諸多生命奇觀中的一絕。

【一九八】

《紅樓夢》的永恆性來自人性，不是來自民族性、階級性、時代性、黨派性等。作家的基本立足點立於人性，立於生命，才能永久。人性不是概念，不是普遍性範疇，而是個案。人性通過個案而呈現。所以人性難以用善惡、是非去裁判，只能通過無概念的性格、命運去呈現。說《紅樓夢》無是無非、無善無惡，便是說，它充份人性，充滿性格，又全是個案。用階級性或普遍性等概念去分析，注定是徒勞的。概念用得愈重，離《紅樓夢》就愈遠。

【一九九】

孔子的《論語》是言論集，沒有文學審美價值。但它卻開闢了中國文學的兩個傳統：第一個是家國關懷；第二個是仕途經濟。把家國關懷表現到極致的是杜甫。「國破山河在，城春草木深，感時花濺淚，恨別鳥驚心。」這是關懷美的極品。但是，孔子的第二個傳統卻帶來功名心，杜甫的詩是儒者詩，正面是家國關懷，負面則是太多不得志的焦慮，總是放不下「致君堯舜上」的抱負和功名心。儒者詩雖有家國關懷，卻缺少個體生命關懷。《紅樓夢》則質疑儒家意識形態，全是個體生命關懷，呈現的是個體生命美的極致。它創造的生命系列，尤其是女子詩意生命系列，全在家國關懷與仕途經濟的彼岸；然而，中國的自由精神，卻是從這一彼岸開始發生。

【二〇〇】

《紅樓夢》與明末的散文相比，都有真性情，但明末散文的性情止於性情，而《紅樓夢》則從性情進入性靈。不僅性情豐富，性靈更豐富。林、賈兩個主角雖屬癡絕，卻非癡迷，兩個都以天生的靈性拒絕落入迷途，其悟性、靈性旁人難以企及。《紅樓夢》中的性情與性靈之間有一中介，這是大自然與大宇宙。性情超越世俗世界進入宇宙才產生性靈。與《紅樓夢》相比，《金瓶梅》缺少性情向性靈的昇華，李漁也沒有，兩者都太沉迷於感官世界的快樂，走進去而出不來，更是飛升不起來。《紅樓夢》與《金瓶梅》的區別，不僅有雅與俗的大區別，還有天與地的大區別。

【二〇一】

《史記》中的列傳（也包括一部份本紀），帶有很大的文學性，它的成功，使後人產生一個大誤解，以為文學可以塑造歷史，甚至認為文學應以塑造歷史時代為基本使命。其實，文學只可塑造心靈，不可塑造歷史。即使描述歷史，也是在塑造心靈。離開歷史，文學還是文學；離開心靈，文學就不是文學。《紅樓夢》雖寫歷史，其實是借歷史而抒寫心靈，它的無限之美在於描述了詩人、詩情與詩心。

【二〇二】

中國的史書《資治通鑒》及二十四史，是沒有詩的歷史，與文學無關。《史記》則有詩意，特別是其中的人物傳記，更有詩意。但《史記》沒有史詩意識也沒有史詩構架，因此它終於沒有成為史詩。史詩的重心是詩，不是史。《紅樓夢》顯示了這個重心，它把生命詩化，把歷史審美化。它尊重一切詩意的生命存在，既有宏偉的史詩構架，又有細部的詩意描寫；既有外在的宇宙視野，又有內在的大觀視野。曹雪芹和司馬遷都有不幸的個人遭際，但司馬遷把此遭際僅上升為個人發憤意識，而曹雪芹卻上升為宇宙意識，使作品超越了社會形態。發憤，可成為一種動力，但也可能變成一種情緒而失去冷靜與冷觀。司馬遷是史學家，曹雪芹是文學家，但曹雪芹對人生對世界的觀察比司馬遷更冷靜。這種冷靜使他產生空空道人的冷觀，冷觀下才看出世界的鬧劇。因此，不能只把《紅樓夢》視為愛情悲劇，還應視為叩問存在意義的生命史詩。

【二〇三】

原創的文學本是一次性的。正如不可能兩次涉足絕對相同的一條河流，創造性經驗更是一次性，不可能遺傳，不可能複製。《紅樓夢》更是一次性的，這是曹雪芹不可複製的人性經驗與審美經驗。因此，從嚴格意義上說，續寫《紅樓夢》不可能。高鶚所作的只是知其不可為而為之，其精神不簡單。他通過《紅樓夢》頭幾回的命運預告硬是續了下來，可謂續書奇才。續中有許多精彩篇章，但也有不少敗筆，其中最大的敗筆是讓賈寶玉與賈蘭一起奔赴科舉考場，還中了舉。賈寶玉可能會有妥協，但此種妥協已越過其精神邊界，高鶚把常人指向的可能性放到寶玉身上，以為寶玉也可能從本真自我那裏突然溜到常人那裏，結果損害了這個赤子的純粹性。

【二〇四】

《紅樓夢》續書最難把握的是主要人物的結局。賈寶玉、林黛玉應止於何處？是消失在現實世界中還是返回遠古家園？是投湖自盡還是飛向超驗世界中？如果是回到靈河岸邊三生石畔，林、賈會不會有另一種形式的相會？而最重要的是他們告別人間時，心境會是怎樣？是痛哭（如續作所寫，林黛玉唸着「寶玉，寶玉，你好……」）還是愉悅？陶淵明告別官場回到田園農舍時有一種回歸故鄉的大快樂（「羈鳥戀舊林，池魚思故淵」）。林黛玉、賈寶玉告別泥濁世界，返回絳珠仙草與神瑛侍者初戀時的故鄉就僅有苦痛嗎？如果林、賈有「哪裏自由，哪裏就是故鄉」的意念，他們走出人間應有比悲傷更複雜的情感。按照曹雪芹在第七十六回的預告，林黛玉的最後結局是「冷月葬詩魂」和「人向廣寒奔」。這個結局雖有死亡的冷寂與孤寒，但即便如此，其狀態也未必只有眼淚或拉奧孔式的恐懼。她抽離人間時雖然絕望，但可能也有最終擺脱蛇身糾纏的愉悅。纏住拉奧孔的蛇，對於寶黛而言，不是世俗意義上的蛇蠍之人（壞人），而是社會關係共同編織的巨大羅網。

下篇（寫於二零零七年）

【二〇五】

寫作，有的是為了立功立德，有的是為了立言立名，有的是為了製作一把匙去打開榮華富貴的大門。而最高境界的寫作，是為了消失。林黛玉的《葬花詞》，是最感人的傷逝之詩。她寫這首詩，就是為了消失，為了給生命的消失留下一聲感慨，一份見證，一種紀念。曾有一個生命如花似葉存在過，她也將如花凋殘，如葉消失，為了紀念這一存在的消失，她才寫作。消失的歌，唱過了，消失的方式，準備好了，那是簡樸乾淨的還原：「質本潔來還潔去」，沒有奢望，沒有遺囑，只留下一個曾經發生過的高潔的夢。「為了忘卻的紀念」（魯迅語）是痛，「為了消失的紀念」是更深的痛。消失不是目的，不是世俗的有，但它合更高的目的——澄明充盈的無。曹雪芹著寫《紅樓夢》也是為了消失，為那些已消失的生命留下輓歌，為將消失的生命（他自己）留下悲歌。

【二〇六】

溪壑分離，紅塵遊戲，真何趣？名利猶虛，後事終難繼。（第五十回）

這是元宵節遊戲中，史湘雲編的燈謎，實際上是一首牌名為《點絳唇》的詞，讓人猜一俗物。李紈、寶釵等都不解，倒被寶玉猜中是「猴子」。眾人問：「前頭都好，末後一句怎麼解？」湘雲道：「那一個耍的猴子不是剁了尾巴去的？」連一俗物都可作如此藝術提升，連一燈謎都寫成真詩真詞，每一精神細節都如此精緻而有詩意，這便是文學作品「質的密度」。這部巨著永遠說不盡的原因也在於此：既有廣度、深度，還有密度。這則謎語，除了把猴子用詩語準確地描摹之外，還把《紅樓夢》的哲學觀與人生觀也表現出來。曹雪芹觀物觀人觀世界是莊子的《齊物論》和禪宗的不二法門，是把握整體相而揚棄分別相，所以不喜歡紅塵遊戲中的「溪壑分離」。而在人生觀中則斷定名利乃是幻相，它只有暫時性而無實在性與永恆性，所以是「後事終難繼」。寫小說只講故事只鋪設情節容易，但創造這種詩意的精神細節卻有很大的難度。

【二〇七】

貴族府中的富貴人並非人人都貴族化，其精神氣質、風度形態可謂千差萬別。倘若加以區別，大約可分為四類：一是形貴神俗，如王熙鳳、王夫人姐妹等；二是形俗神貴，如尤三姐等；三是形神俱俗，如賈赦、賈璉、賈蓉、薛蟠、賈環、趙姨娘等；四是形神俱貴，如賈寶玉、林黛玉、秦可卿、史湘雲、妙玉、李紈、三春姐妹等，賈母也屬於此。如果以此尺度劃分，有些人物可能會有爭論，如賈政，有人會把他劃入「形貴神俗」，也有人會把他劃入「形貴神貴」。我替他作了辯護，是認為他雖是賈府中的「孔夫子」，父權專制的體現者，但其品質及道德精神仍可界定為高貴者，不像他的兄長賈赦，身內身外皆是一大俗物。薛寶釵也是如此，雖然她老是勸誡寶玉要走仕途經濟之路，但她畢竟滿腹經綸，氣質非凡，也屬形神俱貴之人，不可輕易把她劃入「封建」俗流。曹雪芹的美學成就，是塑造了一群形至貴、神也至貴的詩化生命，為人間與文學大添光彩。

【二〇八】

中國門第貴族傳統早就瓦解，滿清王朝建立之後的部落貴族統治，另當別論。雖然貴族傳統消失，但「富貴」二字還是分開，富與貴的概念內涵仍有很大區別。《孔雀東南飛》男主角焦仲卿的妻子蘭芝，出身於富人之家但不是貴族之家，所以焦母總是看不上，最後還逼迫兒子把她離棄。《紅樓夢》中的傅試，因受賈政提攜，本來已發財而進入富人之列，但還缺一個「貴」字，所以便有推妹妹攀登貴族府第的企圖。三十五回寫道：「那傅試原是暴發的，因傅秋芳有幾分姿色，聰明過人，那傅試安心仗着妹妹要與豪門貴族結姻，不肯輕意許人，所以耽誤到如今。且今傅秋芳年已二十三歲，尚未許人。爭奈那豪門貴族又嫌他窮酸，根基淺薄，不肯求配。那傅試與賈家親密，也自有一番心事。」

曹雪芹此段敍述，使用「暴發」一詞，把暴發戶與貴族分開。暴發戶突然發財，雖富不貴，還需往「貴」門攀援，然後三代換血，才能成其貴族，可見要做「富」與「貴」兼備的「富貴人」並不容易。賈寶玉的特異之處，是生於大富大貴之家，卻不把財富、貴爵、權勢看在眼裏，天生從內心蔑視這些耀目耀世的色相。他也知富知貴，但求的是心靈的富足和精神的高貴。海棠詩社草創時，姐妹們為他起別號，最後選用寶釵所起的「富貴閒人」，寶玉也樂於接受。他的特徵，確實是「富」與「貴」二字之外，還兼有「閒」字。此一「閒散」態度，便是放得下的態度，即去富貴相而得大自在的態度。可惜常人一旦富貴，便更忙祿，甚至忙於驕奢淫逸，成了慾望燃燒的富貴大忙人。

【二〇九】

秦可卿的乳名為「兼美」，歷來的讀者與研究者都知道她身兼黛玉與寶釵兩種美的風格。其實，兼美正是曹雪芹的審美情懷與美學觀，而兼美、兼愛、兼容則是曹雪芹的精神整體與人格整體。無論是黛玉的率性、妙玉的清高，寶釵的矜持、湘雲的灑脱、尤二姐的懦弱，尤三姐的剛烈、晴雯的孤傲、襲人的殷勤，各種美的類型，都能兼而愛之。除此之外，對於薛蟠、賈環等，也能視為朋友兄弟，更是難事。人類發展到今天，多元意識才充份覺悟。但在二百年前，曹雪芹早已成為自覺。曹雪芹是中國「多元主義」的先知先覺。《紅樓夢》不是宗教，但有宗教情懷，這種宗教情懷便是兼美、兼愛、兼容的大寬容與大慈悲。

【二一〇】

數千年中國文學史上有兩個最偉大的「藝術發現」者：一個是陶淵明，一個是曹雪芹。兩人的發現有一共同點，都是在平凡中發現非凡，在平常中發現非常。一個在身邊的日常的田園農舍裏發現大自然的無盡之美；一個在身邊的日常的貴族府第中發現小女子甚至是小丫鬟的無窮詩意。兩位天才都在常人目光所忽略之處發現大真大美大詩情。這兩項發現，與愛因斯坦發現相對論一樣，具有劃時代的意義。

【二一一】

一九二九年清華大學為王國維樹立碑石，陳寅恪先生在其所撰的碑文中用「自由之思想，獨立之精神」十個字概括王國維的人格主旨。如果按照陳寅恪先生的語言方式讓我們在曹雪芹的碑石上概括《紅樓夢》的精神主旨，也許可用「尊嚴之生命，詩意之生活」來概述。曹雪芹顯然有政治傾向，也必定熟悉宮廷裏的血腥鬥爭，但他超越了政治理念和政治話語，不把《紅樓夢》寫成政治小說，而賦予小說以個體生命的旋律，叩問生命存在的意義，在此主旋律之下，《紅樓夢》表達的便是兩大主題：一是追求生命的尊嚴；二是追求生活的詩意。後者便是德國詩人兼哲學家荷爾德林的那一著名提問：人類如何能夠詩意地棲居於大地之上。而只有這樣的主題才經得起歲月急流的沖洗顛簸。處在最堅固最黑暗的封建王朝專制眼皮下卻最有力量地寫出千古不朽的偉大作品，這原因不能歸結為「勇敢」，而是他的天才選擇：從基調、主題到筆觸。

【二二】

讀了《紅樓夢》第五十四回《史太君破陳腐舊套》，便知賈母倘若年輕，也是大觀園女兒國的灑脱女子。她聽了女説書人講了《鳳求鸞》的故事之後，批評道：「這些書都是一個套子，左不過是佳人才子，最沒趣兒。把人家女兒説的那樣壞，還説是佳人，編的連影兒也沒有了。開口都是書香門第，父親不是尚書就是宰相，生一個小姐必是愛如珍寶。這小姐必是通文知禮，無所不曉，竟是絕代佳人。只一見了一個清俊的男人，不管是親是友，便想起終身大事來，父母也忘了，書禮也忘了，鬼不成鬼，賊不成賊，那一點兒是佳人？便是滿腹文章，做出這些事來，也算不得是佳人了……」賈母所要破的陳腐舊套，首先是才子佳人的舊套。把文學理解為只是子建文君這類淺薄的故事，的確水準太低。賈母這一文學觀，在第一回小説的開篇就已揭示，石頭在與空空道人的對話中就嘲笑「歷來野史」、「風月筆墨」，特別指出「佳人才子」等書千部共出一套，且其中終不能不涉於氾濫。以致滿紙潘安、子建、西子、文君……小孫子（寶玉）和老祖母（賈母）共破熟套老套，這是值得注意的情節。《紅樓夢》的基調是輕柔的，但其文化批判的鋒芒卻處處可見。這種鋒芒是雙向的：一面指向「文死諫」、「武死戰」的皇統道統文化和「仕途經濟」的功名文化；一面則指向淫穢汙臭、壞人子弟的庸俗文化及才子佳人的陳腐文化。上層文化和下層文化的糟粕老套，曹雪芹都給予拒絕。要說「文化方向」，曹雪芹所呈現的路徑，才是真方向。

【三一三】

《儒林外史》的開頭，先寫王冕隱逸拒仕的故事，還有一點放任山水的清潔情懷。《三國演義》和《水滸傳》裏則只有抱負與野心，沒有美好情懷。《紅樓夢》之美是它不僅揭露了泥濁世界的黑暗，而且呈現了人間最美好最有詩意的大情懷。賈寶玉的慈悲情懷如滄海廣闊，如太初本體那樣明淨。而其他少女林黛玉、妙玉、湘雲、香菱、晴雯、鴛鴦乃至寶釵、寶琴等，都有各自的高貴情懷，這些情懷或呈現於詩，或呈現於歡笑，或呈現於歌哭，或呈現於傷感，或呈現於怨恨，都讓人看到黑暗地獄中的一線光明，也都讓人感到人有活着的理由。《紅樓夢》中的少女，每一美的類型，都是一種夢，一卷畫，一片生命景觀。賈寶玉對人間的依戀，便是對這些生命風景的依戀。

【三一四】

中國人到了唐代，才真正把「國」看得很重，「國破山河在」的沉重嘆息也因之產生。相應地，作家文人也把功名看得很重。到了《紅樓夢》時代，賈政等仍然把國視為天，把家國之事視為「頭等大事」。自己的女兒（元妃）省親，簡直是天搖地動，因為這不僅是家事，而且是國事。然而，賈寶玉對此無動於衷。而晴雯之死，他卻視為「第一件大事」。第七十七回寫寶玉知道晴雯被逐後喪魂失魄，回到怡紅院時的情景是：「……一面想，一面進來，只見襲人在那裏流淚，且去了第一等的人，豈不傷心，便倒在床上，大哭起來，襲人知道他心裏別人猶可，獨有晴雯是第一件大事。」賈寶玉把晴雯放在價值塔上的最尖頂，把晴雯視為第一等人，把晴雯被逐視為第一件大事，這是《紅樓夢》的價值觀，把個體生命看得比家國更重的價值觀。賈政父子兩代人的衝突，不是封建與反封建的衝突，而是重個體還是重家國的價值觀念的衝突。曹雪芹很了不起，他在二百多年前就把五四運動旗幟上重個體重自由的內容率先在小說中有聲有色地展示於天下了。

【二一五】

漂亮並不等於美。長得漂亮的男子女子很多，但能稱得上美的並不多。王熙鳳長得漂亮，但不能算美。倘若不漂亮，賈瑞就不會那樣死追她。形貴神俗之人不能算美。所謂美，是形貴神也貴。林黛玉、晴雯顯得美，就是形神兼備。《紅樓夢》塑造了一群至情至性也至美的人，其外貌超群出眾，其內質又超凡脫俗，內外皆有熠熠光華，才、貌、性、情之優秀集於一身。兼美之名屬秦可卿，其實，黛玉、寶釵、湘雲、妙玉等女子都是稀有的兼美者，個個都結晶着大自然與大文明的精萃精華。最美的黛玉，不僅具有傾城之貌，而且擁有詩化的內心，她是至美的花魂，又是至真的詩魂，至潔的靈魂。王熙鳳缺少這種內在光彩，只能稱作漂亮女人。

【二一六】

蘇東坡到了晚年，其大觀眼睛愈加明亮，在此宇宙的「天眼」下，「人」為何物也愈清楚。因此，便有「茫茫太倉中，一米誰雌雄」的詩句（寫於一零九七年）。此詩說，在茫茫大千茫茫宇宙中，人不過是微小的一粒米，不過是萬物萬有生生滅滅中的一粒沙子，在此語境下，決一雌雄爭一勝敗究竟有多少意義？蘇東坡的太倉境界到了《紅樓夢》發展到極點，成為小說的基本視角。

用洞察天地古今的「天眼」看世界日夜忙碌的人，一個個只是天地一沙子，滄海一米粒，星際一塵埃。曹雪芹也把主人公界定為悠悠時空中的一石頭，而且是多餘的石頭，連補天的資格也沒有的石頭。因為有這一界定，所以他通靈幻化進入人間之後，雖然聰慧過人，但不與人爭，不與鬼爭，不與親者爭，不與仇者爭，不進入補天隊伍，也不加入反天隊伍，自然而生，欣然而活，坦然而為。

【二一七】

人類在生存壓力愈來愈重的時候，其生存技巧也隨之發達發展，而生命機能也會在對環境的適應中增長增進，王熙鳳的算計機能（機心）就生長得超群出眾。但《紅樓夢》的主人公賈寶玉，他自始至終沒有常人常有的一些生命機能，例如，他沒有嫉妒的機能，沒有恐懼的機能，沒有貪婪的機能，沒有虛榮的機能，沒有作假的機能，沒有撒謊的機能，沒有設計陰謀的機能，沒有結黨營私的機能，沒有奉迎拍馬的機能，沒有投機倒把的機能，甚至沒有訴苦叫疼和說人短處的機能。賈府上下的常人（黛玉例外）都笑他傻，笑他「呆」，笑的恐怕正是他的身心缺少這些機能。美國的大散文家愛默生說，個性比智力更高貴。賈寶玉的個性，天地間沒有第二例，也不可能出現第二次。他的個性是種心靈的本能，不必學、不必教而形成的至真至善的本能。《石頭記》中的石頭，是通靈的磁石，其磁力又是心靈的磁力，至真至善的磁力。因此，賈氏這座貴族府第中所有美麗的心靈都向他靠近。這種靠近不是世俗的對貴族榮華的攀援，也不是對翩翩公子形體的傾慕，而是被心靈的磁力所吸引。曹雪芹通過這部偉大小說所創造的心靈磁場，不僅被書中的詩意生命所環繞，也被我們這些異代讀者所環繞，千萬年之後，人間美好的生命還會向它靠近。

【二一八】

柳湘蓮、蔣玉菡、馮紫英等，有的是戲子，有的是商客，有的是閒士，都是社會的「邊緣人」，人世間的浪子。在貴族豪紳眼裏，他們都是不可交往的三教九流之輩。可是，身處貴族社會中心位置的賈寶玉，不僅沒有瞧不起他們，而且和他們結成深厚的情誼，敬重他們，關注他們，把他們引為知己。俗語說，物以類聚，人以群分，可是賈寶玉不接受權力操作下的分類，他不是「有教無類」，而是有情無類。真情所至，類別全消，完全打破中心人與邊緣人的界線，完全化解尊卑概念，心靈覆蓋全社會。這種「不二法門」與「不二情懷」被理解為「同性戀」，實在是對其悲情與世情的褻瀆。

【二一九】

對曹雪芹，筆者總是心存感激。如果不是他的天才大手筆，我們可能永遠不會知道人間有賈寶玉這樣一種至善心靈，這樣一種至真品格，人的性情性靈之美可以抵達到這樣的水準。這是屬於宇宙最高層面上的心靈與品格。無機謀的思想，無摻假的心性，無作戲的情感，無偏邪的目光，無虛妄的目的，無計較的頭腦，無嫉妒的胸懷，每一樣都找不到它的開始與結束，但可以見到它活生生的形態與光澤。人類無法理解和無法保存這種心靈和品格，說明世界有着巨大的缺陷。他的生身父親不知道他的價值，不知道他的出走是喪失一位怎樣高貴的兒子，而如果再把這種心靈與品格視為「廢物」與「孽障」，那更是人類世界的一種恥辱。

【二二〇】

林黛玉、賈寶玉既是詩人，又是哲人；既有形而下生活，更有形而上思索。他們的生命富有詩意，正是基於此。他們與王熙鳳的生命質量之別，也在於此。這種抽象區別如果用具象語言表述，便可以說，王熙鳳等只知「味道」，不知「道味」；而林黛玉、賈寶玉則不知「味道」，而知「道味」，其精緻的心靈對於「道味」有特殊的敏感。味道是色，是香味色味，是感官享受，是生存意識；道味則是空，是莊禪味，釋迦味，是存在意識。王熙鳳只知輸輸贏贏，不知好好了了；而賈寶玉、林黛玉則不知浮浮沉沉，只知空空無無。《金瓶梅》、《水滸傳》、《三國演義》中的人物，全是一些只知「味道」不知「道味」的角色，這些小說沒有形而上維度。

【二二一】

賈寶玉與陀斯妥耶夫斯基的《卡拉馬佐夫兄弟》中的阿廖沙神形俱似，都極善良、單純、慈悲，都像少年基督。但是，其深層心靈的方向卻不同。東正教以苦難本身作為苦難的拯救，靈與肉絕對分開，其拯救便是通過肉的受罪達到靈魂的昇華，或者說，是通過肉的淨化達到神的純化，從而在受難中得到崇高的體驗與純潔的體驗，因此，磨難也是快樂，苦痛也是甜蜜。賈寶玉則不承認苦難的合理性，更不是禁慾主義者。他愛少年女子，不僅愛她們的性情，也愛她們的身體，是靈肉的雙重欣賞者。他不斷追求新的精神境界，但不是通過肉的淨化，他自稱「淫人」，實際上又與世俗的淫蕩內涵相去萬里。他是一種面對「肉」而不肉化的奇特生命，也是一種把審美等同於宗教的地上「聖嬰」，從文學形象而言，阿廖沙顯得更為「崇高」，但賈寶玉比阿廖沙，顯得更有血有肉，而且也更富有人性的光彩。

【二二二】

賈寶玉本是天外的「神瑛侍者」，來到人間後，屬於天外來客。在天外，在雲層之外，他更靠近太陽，更靠近星辰，也被多重光明照耀得更加透明透亮。他沒有吃過蛇蟲爬過和被現代理念嫁接過的果實，未曾呼吸被塵土與功名污染過的空氣，身上帶着宇宙本體的單純，因此，來到地球之後，他便給人一種完全清新的感覺。這種清新，是太極的明淨，是鴻濛的質樸，是混沌初開的天真。老子所說的「復歸於樸」，「復歸於嬰兒」，在曹雪芹看來，便是復歸於類似賈寶玉這種天外來客的本真狀態。

【二二三】

賈寶玉的兼愛，是情，又是德，更是一種慈悲人格。他的高貴、高尚、高潔舉世無雙，但他並不要求自己和他人淨化生命或聖化生命。在他的潛意識裏，大約明白，要求淨化生命就是剝奪慾望的權力與生活的權利。所以當秦鐘與智能兒偷情被他「抓住」時，他沒有譴責，只是開一個善意的玩笑而已。品格高尚的賈寶玉是一個至善者，但不是一個道德家，更不是道德法庭的判決者。應當尊重聖人，可惜中國太多高唱「存天理、滅人欲」的聖人，太多道德裁判者。在這些裁判者的眼中，情愛有罪，慾望有罪，生活有罪，而開設宗教、政治、道德法庭剝奪生的權利與愛的權利，卻沒有罪。

【一二四】

古希臘時代的藝術家對人的完美形體有一種衷心的迷戀，所以才創造出維納斯、扔鐵餅者等千古不朽的雕塑。賈寶玉也有希臘藝術家的慧目與情結，他對人的完美體態也有一種癡情的迷戀，所以才為秦可卿、秦鐘姐弟而傾倒。但他全身心投入與全身心迷戀的實際上是完美形體與完美性情和諧為一的青春之美。林黛玉、晴雯、鴛鴦便是這種和諧的化身。因此，當鴛鴦隨同祖母的逝世而自殺時，他真正痛惜並為之痛哭的是青春之美的喪失。因為有愛入骨髓的迷戀，才有痛徹肺腑的悲傷。

【一二五】

莎士比亞筆下的哈姆雷特是宮廷王子，曹雪芹筆下的賈寶玉是貴族王子，兩者都有焦慮。哈姆雷特所焦慮的，一是復仇，二是重整乾坤。賈寶玉卻遠離這兩項焦慮，他從根本上不知復仇為何物，天生不知記恨與仇恨。他更沒有改造乾坤的念頭，完全拒絕「治國平天下」的立功立業抱負。但他也有高貴的焦慮，這就是個體生命為甚麼屢遭摧殘？天大地大怎麼就保護不了那些弱小的美好生命？

晴雯被逐之後，寶玉發出痛徹肺腑的大提問：「我究竟不知道晴雯犯了甚麼彌天大罪？」這是寶玉發自靈魂深淵的「天問」，也是曹雪芹在整部《紅樓夢》中的最根本的焦慮：一個美麗、善良、率真的女子，一個在貴族府第裏服侍主人的整天忙忙碌碌的生命，她沒有傷害任何人，也沒有向社會謀求任何權力與功名，更沒有貪贓枉法或擾亂人間秩序，卻招引出如此無端的敵視，以致被剝奪愛的權利與生的權利，偌大的世界不給她半點立足之所，這是為甚麼？寶玉的天問，是對人類世界的質疑與抗議。可惜，他是一個比哈姆雷特更猶豫更沒有行動能力的貴胄子弟，連哈姆雷特身上的佩劍都沒有。

【三二六】

專制，與其說是制度，不如說是毒菌。中國男人身上佈滿這種毒菌，所以到處是專制人格。連反專制制度的戰士也帶着專制人格，於是一旦贏得權力，又是新一任暴君。甚至知識人與道德家也不例外，韓愈的文章寫得好，但他作為一個大儒，身上也有這種毒菌。佛教文化作為外來文化傳入中國，皇帝尚能接受，但他卻不能接受，刻意加以打擊排斥，比皇帝還專制。五四反舊道德，不得不拿韓愈開刀，因為他是文學家，又是道統專制者。曹雪芹塑造一個沒有任何專制毒菌的人格——賈寶玉人格。他是離專制最遠的靈河岸邊人，是連進入補天隊伍都沒有資格的大荒山人，是天生帶着天地青春氣息、黎明氣息的自然人。因此，哪怕對加害過他的趙姨娘，也從不說她一句壞話。寶玉疏遠趙姨娘和一些小人，是出於本能，不是仇恨。

【三二七】

老子說「大制不割」，大生命一定是完整的。人之美首先是完整美。即使形體有殘缺，但靈魂也應是完整的。一旦戴上面具，哪怕半副面具，人格就會分裂。《三國演義》中的一些主要人物，如劉備、曹操、孫權、司馬懿，都是極善於戴面具的英雄或梟雄，都很會裝。裝得愈巧妙，成功率就愈高。劉備至少有一百副面具。連諸葛亮也戴面具，也很會裝，他哭周瑜就裝得特別像，其謀略是完整的，其人格是破碎的。《紅樓夢》中的主要人物賈寶玉和林黛玉以及晴雯等，都是完整人，真實人，情愛雖失敗，但很美，這是完整的人格美。

高級的文化是超越任何權力分割和世俗分類的文化。它高於政治文化與道德文化，對人不作政治分類與道德分類，因此，它才徹底地打破紅與黑的界線和尊卑、貴賤、內外等區別。《紅樓夢》正是這樣一種文化，它致力於對生命整體的把握，拒絕對生命進行權力分割與權力運作，拒絕割裂生命「大制」的任何理由。

【三二八】

《紅樓夢》不僅有詩的無比精彩，還有人的無比精彩。宇宙雖大，物種雖多，最美的畢竟是人。可惜人類中精彩者太少。古今中外，有哪部著作像《紅樓夢》匯集這麼多精彩生命而構成燦爛的星座？黛玉、寶玉、晴雯、湘雲、寶釵、妙玉、元春、探春等等，哪一顆不輝煌？即使有黑點，哪一顆不燦爛？林黛玉之死，讓我們感到星辰殞落，山川減色；晴雯之死，讓我們感到人間已耗盡了幾個世紀真純的眼淚；尤三姐一劍自刎，又讓我們感到大地灑盡高貴的鮮血。在這些星光般的詩意生命之前，權力微不足道，財富微不足道，功名微不足道，賈赦等「世襲的蠢貨」更微不足道。

【二二九】

《三國演義》中的主要英雄一個個都有治國平天下的抱負，一個個都覺得可以佔地為王、奪冠為帝，全是一些高調的生命存在；《水滸傳》中的英雄，也都覺得自己不僅武藝超群，而且都在替天行道，連沒有文化的李逵也口口聲聲要奪皇帝的「鳥位」，充滿豪言壯語，也全是高調。惟有《紅樓夢》的賈寶玉是低調的生命存在。他沒有任何立功立德的宣言，也沒有改天換地的吶喊，更沒有拯救世界的妄念。他只想過自己喜歡過的生活，只希望生活得有尊嚴有詩意。他沒有任何先驗性的生活設計和預設性的反叛。他對傳統理念的一些非議與質疑，都是生命的自然要求，他的言行挑戰了舊秩序，但他並不是自覺的反封建戰士。

【二三〇】

無論是在屋裏與小丫鬟廝混，還是在家中與姐妹們戲笑，或是在詩社中與才女們比詩賽詩，甚至是在學堂裏打鬧，在寺廟裏度過一夜時光，賈寶玉都充份享受生活，或者說，都活得很快活，很自在。似乎只有他，才真正了解青春的短暫，生命的一次性與片刻性，才真正了解應當熱烈擁抱當下，擁抱生命。但是，和薛蟠、賈璉等兄弟哥兒們不同，他又不安於世俗的快樂。在他的意識或潛意識裏，大約知道僅僅滿足於吃喝玩樂，不過是高級動物的生活。人的生活確實離不開這一面，但是，人也可以跳出這一面，可以跳出物質的牽制，可以跳出財富、功名、色慾的限制，儘管常常跳不遠或跳出後又跌回，但有跳出的意識，才有別於動物，才有另一種質的生活。寶玉既快樂又苦惱，那苦惱的一面便是想跳出又佈滿障礙。

【一三一】

第三十九回的回目叫做《村姥姥是信口開合　情哥哥偏尋根究底》，說的就是寶玉的認真勁。劉姥姥胡謅一個在雪地裏抽柴的標致姑娘的故事，還說祠堂裏為她塑了像。他聽了之後竟深信不疑，按劉姥姥說的地點去找祠廟，想見見這個小姐，結果只見到一尊青臉紅髮的瘟神。賈寶玉沒有泛泛的戀情，泛泛的悲情，也沒有泛泛的世情。他有真切的情愛感，真切的友誼感，真切的生活感，而且還有真切的關懷。他知道泛泛之情，口蜜心疏，便是世故。

真的性情總是認真的，並非泛泛。哪怕對一個不熟悉的小丫鬟，哪怕只有一次偶然的相逢，他也不會敷衍。他知道敷衍便是作假。

【一三二】

林黛玉、薛寶釵、史湘雲、探春、李紈還有賈寶玉，他們組織海棠社，作詩寫詩，都是為詩而詩，即只有詩的動機，沒有非詩的目的與企圖。這些詩人們寫詩全都如同春蠶吐絲，除了抽絲的本能之外沒有非絲的絲外功夫。詩的動機及作詩進入非功利的遊戲狀態，這正是天才狀態，也正是康德所說的「不合目的的合目的性」。海棠社的詩人們給後人留下啟迪：詩意生活和詩意寫作，最重要的是首先要有詩的動因。有詩的動因，有蠶的純粹，才有作詩的大快樂。

【二三三】

王熙鳳是《紅樓夢》世界裏的第一女強人。她的強是因為她具有男人性。第五十四回（《史太君破陳腐舊套》）特別穿插一個小情節，讓兩位女説書人講了一個金陵男生赴考遇佳人的故事，此生的名字也叫做「王熙鳳」。説故事時鳳姐也在場，但她並沒有不高興。強勢性格與超人才幹使她扮演雄性角色，這本無可非議，但她卻因此陷入男人的泥濁世界，相應地，便進入你爭我奪的絞肉機，絞殺別人，也絞殺自己。

在男人的泥濁世界裏，女子要佔上風，必定要比男人更用心機，因此，不可能用原心靈去生活，只能用尖嘴尖牙尖爪去拚搏。婚後她第一次變性，成了「死珠」（賈寶玉語），掌權後第二次變性，成了獅虎。變性後的女強人比男強人更兇狠更惡毒，這是宿命。她的鐵爪殺死了賈瑞與尤二姐。所以瀟湘館鬧鬼時最害怕的是她——女強人在機關算盡之後變成最膽小的人，這也是宿命。

【二三四】

中國女人，尤其是中國的世俗女人，可以面對薛寶釵，但不敢面對林黛玉。薛寶釵世故，善於應付各種關係，又可以贏得賢慧的美名。面對她，不僅不會感到壓力，反而會感到欣慰。而林黛玉卻純粹真實得令人不安，尤其是她心靈巨大的文化含量和她背後深刻的精神性，更是靈魂水平的坐標。面對她，等於面對魂的高尚，情的高潔，詩的高峰。面對她，不免要感到生命的蒼白、庸俗和生存技巧的醜陋。所謂「高處不勝寒」，在這裏也可以解釋為面對精神高山不免要產生羞愧感與恐懼感。

【二三五】

賈環為賭輸了錢而哭，作為兄長的寶玉如此教訓他：「大正月裏，哭甚麼？這裏不好，到別處玩去，你天天唸書，倒唸糊塗了！譬如這件東西不好，橫豎那一件好，就捨了這件取那件，難道你守着這件東西哭會子就好了不成。你原是要取樂兒，倒招的自己煩惱，還不去呢！」

禪講自性、自救，要緊的是自明，即不要自己陷入無謂的煩惱中。寶玉開導賈環，一席平常話，卻是至深的佛理禪理：世界那麼大，那麼廣闊，任你行走，任你選擇，條條大路通羅馬，這路不通那路通，東方不亮西方亮，南方不明北方明，沒有甚麼力量能堵死你的前行。天地的寬窄，道路的有無，完全取決於自己，人生的苦樂也取決於自己，煩惱都是自尋的。

【二三六】

賈寶玉作為「人」活在人間之後，一直帶有「天使」的特點（他本就是天使，隨身來的寶玉就是物證）。所以他不食人間煙火，不知天下大事，完全沒有人間生物的生存技巧和策略，也不懂得說那些人們滾瓜爛熟的謊話、大話、套話、廢話和髒話，更不知人們追逐的權力、財富、功名的重要。他惟一敏感的是生命之美與性情之美，是靈魂天空中那種種奇麗的如同天外雲霞的景觀。更有意思的是，他有一種超人間的天賦價值尺度，這一尺度打破了世俗的等級之分，凡是生命，凡是美，他都一律尊重與欣賞。其他一切尊卑標準、成敗標準、得失標準全都進入不了他的眼睛與心胸。

【二三七】

賈寶玉厭惡任何關於仕途經濟、求取功名的勸誡，哪怕這種勸誡是最溫柔的聲音，是來自才貌雙全的少女薛寶釵之口。他不能容忍自己走到發着臭味酸味腐味的科舉場裏去鬼混，去在那裏裝模作樣地做着沒有靈氣的文章，然後又用這些文章去換取一頂無價值的烏紗帽。他比誰都清楚，這將導致生命在垃圾堆裏活埋的災難。這位來自靈河岸邊的貴族子弟，習慣呼吸大自然的清新空氣和少男少女的青春氣息，來到人間走一回，當然不會愚蠢地和世人爭奪一頂八股編製而成的虛假桂冠。《紅樓夢》續作者最大的敗筆是讓寶玉走進了科場，還莫名其妙地中了舉。

【二三八】

《紅樓夢》第九回寫賈寶玉忽然上書房，其父賈政竟火上心頭，冷嘲熱諷起自己的兒子：「你再提『上學』兩個字，連我也羞死了。依我的話，你竟頑你的去是正經。看仔細站醃髒了我這個地，靠醃髒了我這個門。」說得很絕，罵得很尖刻很徹底。

賈寶玉有善根，有慧根，有靈性，有悟性，既聰明又善良，甚麼問題都沒有。但在賈政看來，他的問題很大很嚴重。只知詩詞，不知文章，只重自由，不愛事功，完全沒有豪門遺風。因此不僅處處看不順眼，而且還把他往絕處罵，往死裏打。賈寶玉，一向與世無爭，與國無涉，與人無傷，但變成巨大的「問題人物」，難以生存。明明是人類精英，在一部份人眼裏，卻是廢物蠢物，這正是人類社會的一種巨大荒誕現象。

【二三九】

孔子喜歡「剛毅木訥」性格的人（如顏回），而不喜歡「巧言令色」之徒。然而，「剛毅」與「木訥」二者兼而有之卻不容易。《紅樓夢》中的迎春十分木訥，可是剛毅全無，結果成了賈府第一懦弱者。而探春卻剛毅有餘而木訥不足。她是興利除弊的幹才，鋒芒畢露，但也未免過於精細，性情中缺少一點必要的「渾沌」。惜春貌似剛毅木訥，可是她的木訥不是憨厚，而是冷漠。賈府中人物數百，真正能稱得上剛毅木訥者的，只有賈寶玉一人。他木訥得讓人稱作呆子，自始至終不失憨厚。而他的剛毅不是形剛而是神剛，其絕對不入國賊祿鬼之流的人生信念植根於心底，一點也不動搖，但因為形態太柔，常被人誤解，以為他是個弱者。

【二四〇】

任何典籍經書，都是人寫的，而不是神作的。即使是佛經、聖經也是人寫的。把釋迦基督的原始話語變成人的紀錄，這中間至少要削弱原創思想的一半；而從紀錄到整理成籍，又可能再丟失其半；再從印度傳到中國，從梵文譯成中文，其原意又可能再減其半。所以讀經典，無須尋章摘句，只要捕捉典籍的基本信息。因此禪不僅要破我執，去我相，而且要破法執，去法相，掃法塵。賈寶玉厭惡經書教條，其實是天然地拒絕法執，把八股文章、陳腐說教視為遮蔽心性的法塵。八十二回寶玉對黛玉說：「還提甚麼念書，我最厭惡這些道學語。更可笑的是八股文章，拿他誆功名混飯吃也罷了，還要說代聖賢立言，好些的不過拿些經書湊搭還罷了，還有一種更可笑的，肚子裏原沒有甚麼東西，東扯西扯，弄得牛鬼蛇神，還自以為博奧，這那裏是闡發聖賢的道理？」寶玉在他「看破紅塵」之前，就「看破法塵」。讀書能看破書塵法塵，才算真能讀書。

【二四一】

在大觀園裏負責買辦花草、年已十八歲的賈芸，是個乖覺的伶俐人。比他小四、五歲的寶玉，見到他長得出挑，就說了句「倒像我兒子」的笑話，賈芸敏銳地抓住這句話順杆而爬，居然要拜認寶玉為乾爹。為了往豪門門縫裏鑽，竟如此縮小自己與矮化自己。對於賈芸這種行徑，常人只會覺得噁心。寶玉也知道他的心思，雖未應允但也不傷害賈芸，只說「閒着只管來找我」。此時寶玉本可以嘔吐訓斥，本可以得意揚揚，但他卻以平常心看待這一世相。不驚也不喜。不寵也不拒，既不引為親信，也不踢上一腳。沒有眾生相，也沒有貴族相，只有大悲憫之心。菩薩難當，便是面對君子容易，面對小人（遠小人）很難。賈寶玉的慈悲人格是理解一切人性弱點的菩薩心腸。

【二四二】

寶玉的困境可視為現代基督、現代釋迦的困境。他擁有絕對的善，其善根慧根植於內心最深處，卻被人視為禍根。他愛父親，但父親不愛他；他愛兄弟，但兄弟（賈環等）不愛他；他愛作為奴隸的少女們（丫鬟），但被他所愛的都跟着倒霉；他沒有任何邪念，但被視為色鬼淫人。至善被視為「孽障」，至慧被視為「呆子」，至情被視為「至淫」。如果有十字架，首先想把他送上十字架的是他的父親、兄弟和姨娘。他誰也不得罪，卻無端得罪許多人。他在晴雯被逐後，發出「晴雯到底犯了甚麼滔天大罪」

這一悲天之問，那也是他自己心靈困境的吶喊。

當今世界縱橫複雜的人際關係，被更加膨脹的慾望變成無所不在的絞刑十字架，想關懷人間的現代基督，一旦進入關係網絡，不僅救不了他人，反而會變成他人眼中的孽障和絞殺的對象。這就是現代基督的困境。

【二四三】

賈寶玉到地球上來一回，對人間滿意不滿意？如果返回青埂峰下靈河岸邊，如果讓他再來人間走一回，肯不肯？實際他已作了回答。第三十六回中，他說：「自此不再託生為人了。死了隨風化去，了無痕跡，死時只求有些女人的眼淚的送別。」

黛玉去世前，賈寶玉就決定不再託生，更不必說黛玉去世之後。到「地球」來一回，對於寶玉來說，也許正是到「地獄」來一回。地獄中固然有少女們呈現的天堂之光，讓他享受了生活，但他也看到，這個人間，豪門不得安生（他親眼看到父母府第裏一個接一個的死亡），寒門不得安生（他到過晴雯家，連那個嫂嫂也使他害怕），佛門不得安生（妙玉的下場就是鐵證），還有那個讓人嚮往讓人削尖腦殼往裏鑽的宮廷大門，也不得安生（元春就說那是見不得人的去處）。地球雖大，但安生無門。原來，這個有山有水的大地並非門門通向天堂，而是門門為地獄敞開。

【二四四】

寶玉隨祖母到寧國府，在秦可卿臥室裏，於唐伯虎《海棠春睡圖》畫下眼餳骨軟，入睡入夢。這是

《紅樓夢》的夢中之夢，可謂大夢中的小夢，但又是極重要的夢。在夢中寶玉見到太虛幻境和警幻仙姑。寶玉和秦可卿這一節情事，在俗人眼裏簡直是不堪的偷情。但在曹雪芹筆下，卻寫成寶玉邂逅仙子，詩意綿綿，有如曹子建的《洛神賦》，是詩人與女神的邂逅。這裏除了具有想像力之外，在審美形式上又是化腐朽為神奇，化俗為雅，以最典雅的筆觸去駕馭最世俗的情節。無論讀者如何好奇地猜想世俗場景，但都無法破壞這幅生命相逢的至美圖畫。這幅圖景，不宜用「心比天高」去描述，卻可用「情如天高」去形容，是《紅樓夢》情感宇宙化的一個極好例證。

【二四五】

在賈寶玉的主體感覺中，宇宙的存在只是為了滿足人類愛美的天性，而少女的存在，即宇宙精華的存在，又只是為了確認美的真實和滿足他愛美的眼睛。於是，太虛幻境、大觀園便是他的宇宙，他的審美共和國。黛玉、寶釵、晴雯、湘雲等女子就是他的星空、黎明與雲彩。他生來沒有世俗的焦慮，惟一焦慮只是星空的崩塌，黎明的消失，雲霞的潰散。因此，每一個少女每一個姐妹的死亡出嫁都會讓他傷心至極，不知所措。他的癡情，既是細微的人間之情，又是博大的宇宙天性；他的審美觀，既是生命觀，又是宇宙觀。

【二四六】

寶玉和妙玉都是人之極品。但寶玉比妙玉更可愛，這是因為妙玉身為極品而有極品相，而寶玉雖為極品卻無極品相。妙玉云空而具空相，寶玉言空而無空相。一有一無，一個有佛的姿態而無佛的情懷，一個有佛的情懷而無佛的姿態，境界全然不同。

妙玉與黛玉都氣質非凡，都脫俗。不同的是黛玉脫俗而自然，而妙玉雖脫俗卻又脫自然，言語行為都有些造作。因此，她雖在庵中修道，卻不如黛玉無師自通、未修而得道。「率性謂之道」，果然不假，真正得道的還是率性的黛玉，而不是善作極品狀的妙玉。

【二四七】

《紅樓夢》中的少男少女，多數是「熱人」，極少「冷人」。其中第一號熱心人當然是賈寶玉。而薛寶釵卻被視為「冷人」（第一百一十五回），其實，她的骨子裏是熱的，內心是熱的，但她竭力掩蓋熱，竭力壓抑熱，只好常吃「冷香丸」。林黛玉也吃藥，但絕對不會吞服冷香丸，即便心灰意冷，也掩蓋不住身內的熱腸憂思。黛玉任性而亡是悲劇，寶釵壓抑性情而冷化自己也是悲劇，甚至是更深的悲劇。《紅樓夢》中真正可稱為「冷人」的，恐怕只有「惜春」。她過早看破紅塵，過早在自己心中設置防線。尤氏稱她：「可知你是個心冷口冷心狠意狠的人。」她也不否認，只回答說：「不作狠心人，難得自了漢。」如果說，薛寶釵是「裝冷」，那麼，惜春倒是「真冷」，徹頭徹尾，徹裏徹外的冷。所以她的心，只有煙塵，只有灰燼，沒有光焰，沒有和暖氣息。而薛寶釵雖然有時也冒出煙塵與灰燼，但畢竟還有冷香丸控制不住的生命亮光，所以才能「任是無情也動人」。

【二四八】

林黛玉與王熙鳳都是極端聰明的人，但林黛玉的聰明呈現為智慧，而王熙鳳的聰明則呈現為機謀

（「機關算盡」）。如果說王熙鳳兼得三才：幫忙、幫閒、幫兇；那麼，林黛玉則兼有三絕：學問、思想、文采。也可說是史、思、詩三者兼備。王熙鳳沒有學問，也無文采，一輩子就寫過一句詩（「昨夜北風起」）。至於思想，更是了無蹤影。心機、主意、權術等雖多思慮，卻非思想。要是讓她與林黛玉談歷史、談禪、談詩，她只能是一個白癡。所以儘管機關算盡、聰明絕頂，處處盛氣淩人，卻不敢面對林黛玉豐富無比的內心。林黛玉是大觀園詩國裏的首席詩人，文采第一，而其學問，與「通人」薛寶釵不相上下。寶釵特別擅長於畫，黛玉則特別擅長於琴。至於思想，其深度則無人可及，也不是寶釵可及的。有此三絕，再加上她性情上的癡絕，便構成最美最深邃的生命景觀。

【二四九】

探春是寶玉姐妹中最有才幹的人，但寶玉對探春的「改革」（整頓大觀園）卻頗有微詞。他說：「這園子也分了人管，如今多掐一草也不能了。又觸了幾件事，單拿我和鳳姐姐作筏子禁別人。最是心裏有算計的人，豈只乖而已。」（第六十二回）寶玉極少發洩不滿，這裏的不滿是美和功利的衝突。探春只想到花草的「經濟價值」，想到稱斤論兩賣園裏的花草可以賺錢。寶玉則把花草視為「美」，視為可以觀賞之物。一個想到「利」，一個想到「美」。所謂「美」，乃是超功利，難怪寶玉要對探春進行批評了。寶玉與探春的區別是他完全沒有探春式的算計性思維，或者說，「算計」二字是寶玉最大的闕如。他一輩子都不開竅，便是一輩子都不知「算計」，一輩子都不知何為「吃虧」，何為「便宜」，何為「合算不合算」，難怪聰明人要稱他為「呆子」、「傻子」。探春要稱他為「鹵人」（第八十一回）。但是，不可以對探春寶玉之爭作善惡、是非、好壞的價值判斷，不能說探春「不對」，因為她要持家齊家，肩上有責任，而寶玉則純粹是「富貴閒人」。不過，文學藝術世界天然是屬於賈寶玉。這個世界是心靈活動的世界，它不追求功利，只審視功利。

【二五〇】

儘管寶玉與探春性情有很大差別，儘管寶玉也知道探春的缺點，但是探春遠嫁時，他還是傷心傷情，大哭一場。第一百回寫道：「忽然聽見襲人和寶釵那裏講究探春出嫁之事，寶玉聽了，啊呀的一聲，哭倒在炕上。唬得寶釵襲人都來扶起說：『怎麼了？』寶玉早哭的說不出來，定了一回子神，說道：『這日子過不得了，我姐妹們都一個一個散了！林妹妹是成了仙了。大姐姐已經死了，這也罷了，沒天天在一塊。二姐姐呢，碰着了一個混帳不堪的東西。三妹妹又要遠嫁，總不得見的了。史妹妹又不知要到哪裏去。薛妹妹是有了人家的。這些姐姐妹妹，難道一個都不留在家裏，單留我做甚麼。』」在寶玉的情感系統裏，戀情大於親情，但兩者都是真的。戀情是真的，親情也是真的。秦可卿、晴雯、鴛鴦之死讓他痛哭，姐姐妹妹的分別也讓他痛哭。寶玉的人性是最完整的人性。連悲情也很完整。有真性情難，有完整的真性情更難。賈寶玉既不仕，也不隱，沒有中國傳統男人的生存目的和人生框架。情，生命個體的存在與快樂，就是他的目的，他的框架。他厭惡「仕途經濟」，反感儒家意識形態，但傷別探春的親情，骨子裏卻是儒家深層的心理態度。賈寶玉非常特別，所以無論是儒是易是道還是釋，哪一家文化理念都不能完全涵蓋他。

【二五一】

王熙鳳與妙玉相比，精神氣質差異很大。王熙鳳可以成為秦可卿的知己，卻很難成為妙玉的知己。一個是俗世界的頂尖人物，一個是雅世界的雲端人物。在精神層面上，妙玉自然要比王熙鳳高尚高貴得多。但是，在人性底層，其複雜多姿卻不是雅俗二字可以概括的。俗人也往往有雅人所不及之處，這不是指王熙鳳比妙玉能幹百倍千倍，而是說，即使在心靈層面，王熙鳳也並非一無可取，例如對社會底層的鄉村老太太劉姥姥，就沒有染淨之辨，沒有勢利之心。她熱情地確認這門窮親戚，並引見給賈母。而妙玉卻從心底裏把這個農家老婦視為髒人。她對賈母那麼殷勤，卻把劉姥姥喝過的杯子視為髒物，立即扔掉。清高中不免顯得勢利。可見，王熙鳳的人性底層並不全黑，妙玉並不全白。人的豐富往往在這種細部上顯現。對待劉姥姥一事，令人反感的不是王熙鳳，而是人之極品妙玉。

【二五二】

一個心愛生命的死亡，對另一個生命造成的打擊是如何沉重，用語言很難表達。晴雯之死，對賈寶玉的打擊何等沉重，難以表達。賈寶玉儘管寫出《芙蓉女兒誄》，也只能表達傷痛之萬一。語言很難抵達終極的真實，也很難抵達情感最後的真實，所以林黛玉才說「無立足境，是方乾淨」。對於林黛玉的死亡，賈寶玉就無法再用語言表達了。高鶚沒有讓寶玉寫輓歌是聰明的選擇。此時的至哀至痛只有無言才是至言。只有「無」才能抵達「有」的最深處，或者說，只有無聲的行為語言才是表達傷痛的最深邃語言。賈寶玉最後的出走，是比《芙蓉女兒誄》更深更重的哀輓。正如他第一次見到林黛玉時，便認定靈魂早已相逢，至情無法言傳，只有把與生俱來的玉石砸在地上，以此行為語言表達自己與黛玉無分無別。行為語言是「無」，又是「大有」。

【二五三】

寶玉有一種特別的記憶，其「忘」與「不忘」皆不同凡俗。他被父親打得頭破血流，幾乎被置於死地，但他沒有怨恨，依然孝順父母，至死不忘父母之恩之情。最後離家出走，還不忘在雲空中對父母深深鞠了一躬。

「恩」不可忘，「怨」卻不可不忘。這是寶玉的記憶特點。人生坎坎坷坷，恩恩怨怨，腦中的黏液只有黏住美好情感的功能，沒有黏住仇恨的功能，這是寶玉的記性與忘性。有這種記憶特性，才有大愛與大慈悲，也才有內心的大空曠與大遼闊。

【二五四】

寶玉敬重黛玉，把她視為先知先覺者，所以黛玉悟道所及之處他雖尚未抵達，卻不會因此而抱愧。第二十二回寶玉回答不了黛玉的問題後獨自沉思：「原來他們比我的知覺在先，尚未解悟，我如今何必自尋煩惱。」黛玉問他：「寶玉，至貴者是『寶』，至堅者是玉。爾有何貴？爾有何堅？」寶玉答不出來，黛玉只開玩笑，並不替寶玉回答，但她以自己有始有終的愛情和人生證明自己是至貴者與至堅者。她比寶玉不幸，但比寶玉更高貴更有力量。她的行為語言回答了人的至貴至堅並非來自門第，也非來自財富、功名、權力，而是來自心靈的自我徹悟，即自貴自堅。高貴與否完全取決於自身。是貴是賤，操之在我；為玉為泥，也操之在我。在賈府裏，最高貴最有力量的人並非貴族王夫人、邢夫人等，而是女奴隸晴雯與鴛鴦，她們正是寶玉心目中的「寶玉」。晴雯、鴛鴦等卑賤者最終變成至貴至堅者，也是取決於她們自己。

【二五五】

賈寶玉與林黛玉都是率性之人。「率性謂之道」，他們無師自通而活在道中，便是由於率性。一旦率性，便無面具，無心術，無媚俗之心。可是，與他朝夕相處的襲人卻如此勸說寶玉：「……第二件，你真喜歡讀書也罷，假喜也罷，只是在老爺跟前，你別只管批駁消謗，只作出個喜讀書的樣子來，也教老爺少生些氣，在人前也好說嘴。」（第十回）襲人居然勸寶玉要學會偽裝，她知道情意很重的寶玉捨不得她贖身返家，便要求他答應三點要求，其中「作樣子」的一項，對於一個赤子是最難的。作樣子，裝扮出另一副面孔，便是心術，便是俗氣。錢鍾書先生在《論俗氣》一文中說，愚陋不是俗，呆板不是俗，愚陋而裝聰明，呆板而裝伶俐才是俗。晴雯與襲人都「身為下賤」，但晴雯不會裝，所以高貴；襲人會裝，還教寶玉裝，所以庸俗。襲人因為有「術」的堵塞，便永遠無法悟道入道，永遠是個不知不覺者。但人間的荒誕現象之一，是不覺不悟者總要教導大徹大悟者，或者說，是小聰明總要指揮大智慧。

【二五六】

賈寶玉作為貴族社會的「富貴人」與「中心人」，卻和薛蟠、蔣玉菡、馮紫英等「俗人」、「邊緣人」及錦香院妓女雲兒一起在馮家聚會飲酒作曲，他居然還當令官。酒後情慾翻動，薛蟠唱的又俗又「黃」：

「女兒悲，嫁了個男人是烏龜；女兒愁，繡房躥出個大馬猴。」眾人都要罰他酒，但寶玉笑道：「押韻就好。」比誰都寬容「開放」。他自己唱的：「女兒悲，青春已大守空閨。女兒愁，悔教夫婿覓封侯。女兒喜，對鏡晨裝顏色美。女兒樂，鞦韆架上春衫薄。」俗中透雅，有分有寸，毫無狎邪氣味。身為貴族公子，豪門後裔，卻沒有架子，自然而然地和三教九流交朋友，而且非常真誠。更寶貴的是戲笑作樂中，並不胡作非為，寫詩作詞也守持心靈原則。寶玉這番表現，正符合嵇康所說的「外不殊俗，內不失正」。他尊重一切人，包括妓女與大俗人。寶玉的行為語言正好說明：慈悲沒有邊界。

【二五七】

寶、黛的情愛因為太深太重，所以言詞無法把握，兩人一談就吵就鬧就崩就落淚。面對「愛」這種異常豐富的生命存在物，概念注定沒有力量，語言注定無法抵達它的深淵。禪宗的不立文字（放下概念）和以心傳心的方法，的確是最聰明的方法。面對宇宙整體，面對心靈整體，尤其是面對戀情這種豐富的整體，愈是急於把握，急於表達，就離真實愈遠，離本然愈遠，其宿命總是誤解與爭吵不休。「愛」與「道」一樣，只能模糊把握，難以明確把握，正如道不可名不可言說，「愛」也無法訴諸分析與邏輯。關於愛的誓言與許諾往往都離性情的核心很遠而變成空話，其原因也許就在這裏。

【二五八】

林黛玉雖有智慧，卻沒有起碼的生活常識。她活在世俗社會中卻完全不知道怎樣活法。作為一種特殊的生命，她面對生活的惟一觸角，是心靈。除了心靈功能之外，似乎沒有別的功能，連頭腦的功能也沒有。她好像是一個不必用腦的詩人，寫詩作詞只憑心靈直覺一揮而就，對外部事件的反應也只憑心性「一觸即跳」。她的心靈之精緻，舉世無雙，但只有心思、心緒、心境，完全沒有心機、心術和心計。她的任情任性耍脾氣發脾氣，也只是心靈的自我煎熬和自我掙扎，並非算計他人的心術。對於《紅樓夢》人物，理解林黛玉最難。林黛玉所呈現的《紅樓夢》之道，乃是無謀無術無生存技巧的生命大道。

【二五九】

在偌大賈府的上上下下，除了賈母特別憐愛之外，林黛玉幾乎是貴族府第的異端。多數人不喜歡她。她的超群才情，詩國裏的眾詩人是知道的，但是她的無比高潔深邃的心靈，卻只有寶玉一人能夠理解。她不像寶釵那樣會做人，那樣善於遊走於人際之間，林黛玉從根本上就不懂「做人」，不管是在意識層面還是潛意識層面，她都全然沒有做人的技巧和策略。她是一個只能在天際星際山際水際中生活而不宜於在人際中生活的生命，從根本上不適合於生活在人間。她到世間，是為情（還淚）而來，為情而生，為情而抽絲（詩），為情而投入全部身心，惟有她，才是真正的徹頭徹尾、徹裏徹外的孤獨者。

【二六〇】

在潛意識層，林黛玉的鄉愁，是重返三生石畔「伊甸園」的鄉愁，是絳珠仙草與神瑛侍者獨往獨來的記憶。她嚮往的「潔」，是伊甸園時代的無為無爭與無垢，是只飲甘霖露水不食人間煙火的高潔高高潔。西方的聖經沒有亞當、夏娃「返回伊甸園」的情節與經驗，只有荷馬史詩之一的《奧德賽》告訴人們，回歸原始家園是一個非常艱難的旅程，需要戰勝各種誘惑與恐懼。林黛玉的回歸，也是內心的憂鬱與煎熬。最後她放下世俗世界的一切，包括她的詩稿——連最後一點世俗的立足之境也還給人間，做到「質本潔來還潔去」。

【二六一】

林黛玉給賈寶玉一種最根本的幫助，就是幫助寶玉持守生命的本真狀態。她是寶玉的人生嚮導，也是守護女神，守護的是寶玉的自然生命。如果沒有林黛玉而只有薛寶釵，如果發生影響的只有後者，那麼，寶玉可能會丟失那份從天外帶來的天真與「混沌」，還會進入常人秩序的編排邏輯之中，變成只會說「酸話」的「甄寶玉」。石頭不是鋼鐵，它是脆弱的，它可能變成玉也可能化成泥。賈寶玉顯然感受到林黛玉的內心呼喚，所以格外敬重她。

幫助乃是互動。賈寶玉也給林黛玉許多啟迪。他確認所有的人都有一份尊嚴，應當無條件地尊重這種尊嚴。不僅人才天才有尊嚴，非人才非天才也應有尊嚴；不僅詩人有尊嚴，非詩人也應有尊嚴。他敬愛黛玉，但也不薄寶釵和其他小女子，態度有別而尊重不二，這正是寶玉人格。

【二六二】

魯迅先生評《紅》時說：「悲涼之霧，遍被華林，然呼吸而領會者，獨寶玉而已。」這一界說，就感知黑暗和承擔罪責而言，確乎如此。賈府中沒有別人能像寶玉那樣（包括林黛玉）感受到那麼多死亡的痛苦，承擔那麼多好女子毀滅的罪責。所有死去的那些女子，從秦可卿到晴雯、鴛鴦，都是他生命的一角。然而，就「悲涼」而言，魯迅則不要。其實真正感到人間的大悲涼的是林黛玉。她父母雙亡，寄人籬下，身世本就悲涼，加上她的心思高到極點，情愛深到極點，卻沒有人能夠了解，除了賈寶玉，幾乎所有的人都把她視為異端怪種。但又是寶玉這個知己，最後在婚事中讓她走向更深的絕境。她既是「癡絕」，也是「孤絕」，既是「悲絕」，又是「涼絕」。其《葬花詞》正是悲涼的絕唱。惟有她，才最深地體驗到人間的寒冷與悲涼。

【一六三】

妙玉在《紅樓夢》眾女子中氣質非凡，沒有任何罪、任何「問題」，只想過自己願意過的生活，她雖然過於清高，但沒有侵略性，進攻性。但這樣一個知識女子，卻被社會所不容，隱居在櫳翠庵裏仍不安寧，最後還是被盜賊所摧殘。她受難之後，與她素不來往的賈環拍手稱快，幸災樂禍，也折射了社會對她的不容。妙玉到底犯了甚麼罪？她犯的是魯迅所說的那種莫須有的「可惡罪」、「可厭罪」、「特異個性罪」、「不入俗罪」。獲此罪者，無可辯解，無處哭訴，只能默默承受。許多獨立的知識人被權貴所不容，被社會所不容，被身處的時代所不容，犯的正是妙玉似的莫須有之罪。

【一六四】

探春的親生母親是趙姨娘，並非王夫人，因此她的親舅舅是趙國基，並非擔任高官的王子騰。可是，當趙姨娘讓她去禮待親舅舅時，她卻大哭大鬧，顛倒親緣：「誰是我舅舅？我舅舅年下才升了九省檢點，那裏又跑出一個舅舅來？我倒素習按理尊敬，越發敬出這些親戚來了。」（第七十三回）只認王舅舅，不認親舅舅，趙姨娘固然是混帳東西，但畢竟是自己的親娘。親娘親舅是天鑄的事實，無可選擇，王子騰雖然身居高位，但不能因此就否認趙國基是自己的親舅舅。這種顛倒有悖情理也太勢利。連趙姨娘也說她：「你只顧討太太的疼，就把我們忘了」，「如今沒有羽毛，就忘了根本。只揀高枝飛了。」真說對了，我們不可因人廢言，包括趙姨娘之言。像探春這種性情，寶玉絕對不會有，儘管趙姨娘加害過他，但他從不說一句姨娘的壞話。翻遍全書，也找不到一句對趙姨娘的微詞。寶玉與探春，不僅有性情之別，還有心靈之別。

【二六五】

老年人像孩子，內心守持一片天真天籟，顯得可愛。反之，如果少男少女活像老人，內心一片枯枝冷葉，則顯得可怕。《紅樓夢》中的惜春，就是太少年老成，身內身外均有一種可怕的成熟，尤其是那種珍惜自己羽毛的精明老練，更讓人害怕。尤氏和她爭論一場後又氣又好笑，因向眾人道：「難怪人人都說這四丫頭年輕糊塗，我只不信。你們聽剛才一篇話，無原無故，又不知好歹，又沒個輕重。雖然是小孩子的話，卻又能寒人的心。」眾嬤嬤笑道：「姑娘年輕，奶奶自然要吃些虧的。」惜春冷笑承認道：「我雖年輕，這話卻不年輕。」一個年輕少女，卻言語老氣，心思老成，應對老道，的確很不可愛。在賈府貴族女子中，惜春是一個心理年齡最老的人，賈母史太君在她面前，顯然年青得多。這種世故少女，在西方現代文學中也有。納博可夫（Nabokov）筆下的洛麗塔就是著名的一個。這個年僅十二歲的姑娘，老練得驚人，心理年齡比她的五十多歲的情人亨伯特老得多，因此也圓滑得多。納博可夫似乎在警告美國：你雖年輕，但太實用主義，當心你會喪失從歐洲帶來的天真浪漫。洛麗塔雖世故，卻還有一股小巫似的情慾，而惜春卻完全是個冷人。少女過早衰老的青春，讓曹雪芹惋惜嘆息，所以給她命名為「惜春」。

【二六六】

紫鵑對賈寶玉總是冷冷的，有所防範，刻意不讓寶玉靠近。她把身心全部投給黛玉，寶玉也知道她是黛玉的知己與投影，因此，紫鵑的態度與話語總是強烈地刺激着他。第五十七回，紫鵑本意是想試探寶玉對黛玉的情感，但說得太絕，便引起寶玉的大悲傷。紫鵑說：「姑娘……大了該出閣時，自然要送還林家的，終不成林家女兒在你賈家一世不成？所以早則明年春，遲則秋天，這裏縱不送去，林家必有人來接了。前日夜裏姑娘和我說了，叫我告訴你，將以前小時玩的東西，有他送你的，叫你都打點出來還他！你也將你送他的打點在那裏呢？」這麼一說，寶玉便發呆不知所措了。給寶玉最大的打擊，也是最大的挫傷，並非是父親無情的棍棒，而是晴雯這些知己的失落，是黛玉對他的冷遇，是紫鵑的一聲「別靠近」的警告。寶玉這種特殊的挫折感，可引申出政客與詩人的基本分別：對於政客，被敵人打敗最傷面子；對於詩人，被朋友知己遺棄，最傷自尊。屈原的《離騷》那麼傷感，就因為他是被兄弟所拋棄（他把楚懷王視為兄弟），而不是被敵人所打擊。

【二六七】

《紅樓夢》描寫隆重的葬禮，但從不寫隆重的婚禮。按照寶玉的人生觀，女人出嫁並非好事，這是女子從淨水世界走到泥濁世界的開始，也是生命敗謝的開端。寶玉說：「（女子）嫁了人，不知怎麼就變出許多的不好的毛病來，雖是顆珠子，卻沒有光彩寶色，是顆死珠了。」（第五十九回）

曹雪芹有幾次描寫婚禮的機會，迎春出嫁、探春出嫁、湘雲出嫁、寶琴出嫁等，但他都不寫。如果寫起來，寶玉又會有另一番傷感，在他的潛意識世界裏，這是少女從此喪失本真狀態，其心底的大悲憫，語言很難表述。青春永在，少女永存（不要出嫁），是《紅樓夢》諸夢中最深的癡夢。在此夢裏，包含着曹雪芹一種非常清醒的大思想：中國少女一旦出嫁，勢必進入嚴酷的倫理系統，勢必喪失個體生命的獨立自由而成為男人的附屬品。即使丈夫憐愛，嚴酷的公婆也會剝奪其青春的活力。西方的女子出嫁後命運不同，獨立性未必喪失，所以她們大約不會對曹雪芹的「死珠論」產生共鳴。

【二六八】

兩百年前，曹雪芹就通過《紅樓夢》唱出《好了歌》——人間爭奪權力、財富、功名的荒誕歌，就道破人類不知停止的貪婪慾望，就說出了那麼深刻的貧富懸殊的不公平。也就是說，在兩百年前，曹雪芹對世界的認識和對人性底層的認識就如此深刻。這真是奇蹟。《好了歌》的時代至今沒有結束，歌中所指出的荒誕戲劇不僅沒有完，而且愈演愈烈。人們愈「好」，愈不知「了」。愈是擁有權勢財勢，慾望就燒得愈旺。《紅樓夢》既是生命的輓歌，又是人類末日的序曲。

賈寶玉作為貴族子弟，他的特別處正是看穿「世人」所追求的一切（金銀、嬌妻、功名等）並不高貴。《紅樓夢》的基調不是「憂國」，也不是「憂世」，而是憂生，和《桃花扇》、《水滸傳》、《三國演義》的基調全然不同。憂世是家國群體關懷，憂生則是個體生命關懷。《好了歌》是憂生歌。正方向憂的是「好」——女子、女兒這些詩情生命太易「了」；負方向憂的是「好」——色相、色慾這些慾求妄念太難「了」。

【二六九】

在基督的眼中，世界並不是「太虛幻境」，而是上帝創造的實在；人生也並非「太虛幻境」，而是上帝安排的實在。在釋迦（佛家）的眼中，世界與人生倒是太虛幻境，沒有實在性。《紅樓夢》受佛教的思想影響很深，整部小說都在暗示：無論是大觀園內或大觀園外，都是真虛幻，沒有實在性。一切如夢如幻如泡影，轉瞬即逝。權力是虛幻，財富是虛幻，功名是虛幻。但是，來到人間的過客們（寶玉、黛玉等）卻也發現詩國，發現淨水世界。世界中的眼淚，人間中的真情誼，又非虛非假。倘若全是假，全是虛，為甚麼又要思念它，呈現它，描述它。曹雪芹畢竟是人，不是佛，他的內心有矛盾、有徬徨、有解不開的世界之謎和人生之謎。真真假假，虛虛實實。《紅樓夢》即便是人文科學著作，也無法提供世界與人生最後的謎底。

【二七〇】

柳湘蓮在尤三姐拔劍自刎後，知道自己犯了致命的錯誤。在江津渡口上，他遇到道士，便仰首問道：「此係何方，仙師何歸？」道士笑道：「連我不知此係何方，我係何人，不過暫來歇腳而已。」這番話，令柳湘蓮大徹大悟，他拔出劍來，斬斷煩絲，隨道士遠行。

道士所說的話，可視為曹雪芹人生觀的要義：人到地球走一回只是到地球上歇腳而已，用現代學術語言表述，人生只是一種暫時性存在，瞬間性存在，過客性存在。確認這種存在形態之後，「我是何人」即扮演何種世俗角色便不重要。道士的話啟迪我們：世俗角色的意義並非人生的意義，「我是誰」的問題不可由世俗的理念和編碼來規範與確定。大道士也不可能用他者的命名來界定自己。他的回答是角色的空化無化。曹雪芹也是經歷了世俗角色的空化才能創作出《紅樓夢》之無上境界。

莎士比亞筆下的奧賽羅，他一旦發現自己誤殺妻子，便立即拔劍飲恨自刎。西方許多「大丈夫」和貴族王侯，可以寬恕別人，但不能寬恕自己。中國的士大夫甚至普通老百姓，似乎正相反，總是能寬恕自己，但不能寬恕別人，「恕道」只歸自己。但《紅樓夢》中的柳湘蓮，他發現自己誤解了尤三姐之後，也不能原諒自己，於是斷髮出家，了結塵緣，這固然受到道士的啟迪，但也因為無法寬恕自己。巴金在《隨想錄》中說他曾經寫過文章批判胡風，此事別人可以原諒自己，但自己無法原諒自己。能正視自己的錯誤與罪責，才有人生的嚴肅。

【二七二】

「風月寶鑒」暗示：軀殼再美也要化作骷髏。色是暫時的，虛幻的，表象的。人死後甚麼也沒有，惟「無」是真的，惟活着時所感悟的宇宙本體是真的，惟太初的單純是真的。還有，「骷髏」也是真的。肉體變成骷髏，看得見，靈魂變成骷髏，看不見。人們常說：人死了，靈魂還在。以為這是正題。其實反題更真實、更普遍：靈魂先變成骷髏而後才是肉體變成骷髏。即神死先於形死，心死先於肉死。拚命追求王熙鳳的賈瑞，在「風月寶鑒」面前，不知骷髏的暗示，終於無法自明與自救，死得很慘。薛蟠、賈環、賈蓉、賈赦等「行屍走肉」者，其肉還在，其靈早已成了骷髏，只是他們不可能意識到這一層。骷髏是「此在」的參照系，寶鑒中有這一面在，我們才知道另一面——色的真相。活人如果明瞭骷髏的真實，存在的清明意識就會產生。

【二七二】

禪的棒喝痛打的首先是教條主義，是經院哲學，是種種對本本和權威的執着。它的思想方式是避開語言概念直達心靈的一種方式。胡塞爾的現象學也是懸擱概念而探究事物本相的方式。人的心性很容易被概念所遮蔽所覆蓋，知識愈多，遮蔽層與覆蓋層愈厚。二十世紀的讀書人紛紛變成概念生物，也是因為在概念的包圍中迷失與變異，賈寶玉喜歡詩詞而不喜歡經濟文章乃是拒絕天性被概念所覆蓋所抹煞。這也說明，禪已進入寶玉生命，他不僅破了我執（完全沒有貴族子弟相），而且破了法執，沒有被經濟文章的正統法規所掌握。「至人無法，非無法也。無法之法，乃為至法。」寶玉可算是領悟到生命至法的至人。

【二七三】

東西尋求，內外尋覓，求道覓道。到底道在哪裏？我喜歡莊子的回答：「道在瓦罐瓶杓中。」面對瓦罐瓶杓尚可悟道，更何況面對碧空之廣、滄海之闊、宇宙之渺遠。處處有道，時時可以悟道，道就在日常生活中，就在眼前，就在附近，就在身邊。秋花秋葉在秋風中飄落，多麼平常，林黛玉卻悟出《葬花詞》那一篇生滅「大道」。而賈寶玉，面對齡官在地上書寫一個「薔」字，看得發呆，此一瞬間，哪裏僅僅是驚訝於癡情，他悟到的應是天地間的根本，時空中的永恆，陽光下最後的真實了。晴雯臨終前留下的那一片指甲，有如《卡拉馬佐夫兄弟》小說中那棵拯救靈魂的「葱」，它除了激發賈寶玉寫出了《芙蓉女兒誄》的千古絕唱，一定還給寶玉留下永遠的良心的鄉愁。

【二七四】

各種宗教、哲學都有其徹底性。基督教主張愛一切人，包括愛罪人，愛敵人。佛教主張尊重一切生命，包括非人的虎豹魚蟲。禪更徹底，不樹偶像，不立文字，不崇尚經書典籍，只相信覺悟的一剎那、一瞬間。千經萬典，不如一點。無數說教，不如明心見性、大徹大悟的那一時間點、質變點，即所謂「眾裏尋他千百度，驀然回首，那人卻在燈火闌珊處」。千部經書，萬部典籍，不如悟到真理的那一片刻。禪宗實際上是以「悟」替代「神」的無神論。所以它才說悟即佛，迷即眾。

寶玉和寶釵關於人品根底的辯論中，寶釵引了許多聖賢之語，但寶玉答道：「……甚麼是聖賢，你可知道聖賢說過，不失赤子之心。」寶玉在這裏擁有哲學的徹底性，他穿越聖賢的千經萬典，穿越萬水千山，穿越覆蓋層，直達深淵之底，只取一點，就是不失赤子之心，就是保存生命的本真狀態。喪失人之初純樸的內心，還有甚麼聖賢可言，寶玉與黛玉談禪時也說：「弱水三千，只取一瓢飲。」千經萬典中只取一點明徹的真理。這種徹底性，是老子、莊子、慧能的徹底性，也是曹雪芹哲學的徹底性。

【二七五】

賈敬只求「術」，不求道，只求末，不求本，對煉丹術走火入魔，其實連「術」也不行，最後吞砂過量而身亡。求道而不「知道」，既是悲劇又是荒誕劇。老子所說的「復歸嬰兒」，賈敬就是煉一千年丹也復歸不了。

賈敬求道而離道很遠。王夫人則唸佛而離佛很遠。金釧兒跳井而死，是她逼死的，但她不敢面對罪惡，卻要利用菩薩來掩蓋自己的罪惡。手中的佛珠沒有一顆連着誠實與誠心。佛早已進入寶玉的心靈，卻從未進入她的心靈。慧能的心性——自性本體論（明心見性），正是看透人間有太多假菩薩：只有菩薩相，沒有菩薩心。所有的道，無論是宗教之道、哲學之道還是文學之道，未能切入心靈者，皆非大道與正道。

【二七六】

日本大作家三島由紀夫把他最不喜歡的文章稱作「娘娘腔」，而歷來評論家把「女人氣」也視為敗筆。如果這是強調寫作的力度，守護文章的骨骼，倒是沒甚麼可非議的。但是這種比喻在骨子裏深藏着對女子的蔑視。《紅樓夢》發出另一種相反的信念，敲下另一種警鐘，這就是小心「男子氣」的污染。在寶玉眼裏，男人世界是泥濁世界，「男人氣」往往連着泥濁氣，銅臭氣，方巾氣，功名氣，甚至是霸氣、酸氣。王熙鳳有男人氣魄，可是也染上男人的霸氣，結果變得心狠手辣，一副鐵石心腸。探春想作一番男人的事業，結果也染上男人世界的勢利毒菌，連自己的親舅舅（趙國基）都不認。在寫作生涯中，女作家有氣魄自然好，但不可染上「男人氣」，一有這種泥濁氣息，則陷入功名深淵，喪失女作家的柔性魅力。女作家雄性化，只會埋葬文學的審美維度。

【二七七】

《水滸傳》的主人公兼主要英雄，如李逵、武松等，均有兩個特徵：一是不近女色；二是善於殺人，尤其是善於殺女子。《紅樓夢》的主人公，也是另一意義的英雄賈寶玉則有兩個相反的特點：一是近女色；二是不傷人更不傷女子。中國文化呈現於小說中的天差地別，僅從這一分殊，就可知大半。

【二七八】

通過寫女子而呈現人的高貴，西方文學早已有之。希臘悲劇中的《特洛依婦女》就是傑出的例證。它呈現的是亡國之後宮廷女子不屈的人格與生命的尊嚴，希臘的軍隊可以消滅一個國家，但消滅不了一群女子的高貴本性。中國最早注意到這一戲劇的是周作人，他讚美此劇代表了美學上的深度。而在中國，女子顯示高貴的作品很少。《杜十娘怒沉百寶箱》及《聊齋誌異》中的《細侯》等作品雖有，但無法與《紅樓夢》相比。林黛玉、妙玉其高貴不必說，就連晴雯、鴛鴦、尤三姐也極高貴，也有不可征服的生命尊嚴。貴族少女「質如日月」，平民少女（丫鬟）「心比天高」。《紅樓夢》的女子與希臘女子精神中都有一種「硬核」：如同鷹鷲（遠離家禽）的貴族精神。所謂貴族精神，其對立項，不是平民精神，而是奴才精神。

【二七九】

影響中國歷史最大、最深刻的，不是革命，不是戰爭，而是文化。換句話說，革命與戰爭的影響是一時的，文化的影響才是久遠的。禪文化帶給中國歷史的大變動是真正的大變動。把禪劃入一種學派，一種教類，太貶低禪。它是一種大文化，大世界觀，大方法論。《紅樓夢》最精彩地體現這種世界觀。它否定爭名奪利的存在方式，否定向物慾、向權力傾斜的世界圖式。它是人生本真本然的文化導向。論者可嘲笑這只是夢，但無法否認它確立了大靈魂的坐標，確立了賈寶玉式的非功名、非功利、非算計的立身態度。

【二八〇】

說生命在進化是對的，說生命在退化，也是對的。就精神生命而言，曹雪芹和他的靈魂投影賈寶玉顯然覺得生命在退化。他在與寶釵的辯論中說：「既要講到人品根柢，誰是到太初一步的地位的。」在寶玉看來，人的品性誰也不及天地草創之初即《山海經》時代的水準，也就是說，人離太初愈來愈遠，其品性也愈來愈醜陋。他和老子一樣，是生命退化論者。（老子復歸於樸、復歸於嬰兒的命題，正是建立在退化論之上。）在賈寶玉來看，儘管產生無數古聖賢教你怎樣生活，怎樣生長進步，但人類的生命怎麼也不及太初的單純與質樸。人一面在學知識，一面在脫離生命之初的本真本然。林黛玉對寶玉的啟迪，是呼喚他向原生命靠攏，向生命本真靠攏。寶釵的呼喚與黛玉相反：黛玉呼喚他走向生命，寶釵呼喚他走向功業。兩者雖然都有理由，但曹雪芹顯然認為，功業派生功名的爭奪，它可能腐蝕人性，所以他讓自己的人格化身賈寶玉把最深的愛投向林黛玉。

【二八一】

《紅樓夢》不僅有「親愛」之情，而且有「親親」之情。親愛之情是賈寶玉和林黛玉、薛寶釵、晴雯等女子的情感糾葛；親親之情則是賈寶玉與祖母、父母及兄弟姐妹的血緣眷戀。兩者都有溫馨。與西方的個體本位文化相比，中國文化固然較少對個體生命權利的支持力量，但是這份深厚的人際溫馨則是西方文化的闕如。《紅樓夢》所以經久不衰，不僅被少男少女所愛悅，也為其他成年的天下父母所愛悅，就因為它除了有戀情之外，還有一份濃厚的親情。《紅樓夢》雖然厭惡儒家的治國平天下之思，卻有儒家的親情意識。除了戀情、親情之外，賈寶玉還有一份也很真的世情。他在府內尊重丫鬟戲子是世情，在府外與邊緣人柳湘蓮、蔣玉菡、馮紫英等交往也是世情。他的戀情有「癡」之美，親情有「憨」之美，世情有「誠」之美，三者相通則是真之美。

【二八二】

歷代官修的歷史都是權力的歷史，也都是勝利者的歷史，男人的歷史，大人物的歷史；少有失敗者的歷史，女人的歷史，兒童的歷史。這是史書的老人化、男人化與權力化。《紅樓夢》不刻意書寫歷史，但它留下的歷史卻是最真實的歷史，這是女子、兒童、心靈的歷史，是非權力化非老人化非男人化的歷史。在《紅樓夢》中我們看到的歷史，才是歷史的真相與真髓。一萬年十萬年之後，要了解十八世紀的中國，最可靠的版本不是官修「二十五史」和各種歷史教科書，而是《紅樓夢》。曹雪芹是清代歷史乃至中國歷史最偉大的見證人與呈現者，他不僅見證歷史的表層，而且見證歷史的深層。

【二八三】

德國哲學家謝林（Schelling）說藝術勾銷時間。但他沒有說，藝術可以勾銷空間。不論是文學還是藝術，其永恆性都是站立在空間向度上而不是站立在時間向度上。也就是說，在人的內心深處與人性深處，時間沒有意義，一瞬間與一萬年沒有區別。對於作家，不僅是萬物皆備於我，而且是千秋萬代皆備於我。真正的詩人把王朝的更替不當作一回事，也把家國一時一地的分別推向無意義。惟一有意義的是捕住瞬間，深入瞬間，通過瞬間而抵達時空的無限。《桃花扇》與《紅樓夢》之境界的重大區別就在於此：

《桃花扇》執着時間，執着於一朝一夕之事；《紅樓夢》則勾銷時間，放逐時間，把生命的血脈與宇宙本體互相連結，把小說的語境推向無限。

【二八四】

明末散文抒寫個人日常生活確有真情真性。它的功勞是告別唐宋八大家那種與國家權力合謀的思路，把文學內涵的重心從家國情懷轉入個人情懷。它的缺點是其散文均未切入大靈魂、大關懷，所以顯得太輕。《紅樓夢》則承繼其長處，把真性情的抒寫推向極致，又在性情中切入大靈魂與大悲憫。於是，它除了具有明末散文的人性氣息之外，還有橫貫天地古今的神性氣息。它不僅高於歷史，高於道德，也高於性情。所以它抵達宗教般的天地大境界，但又不是宗教，或者只能說，它是把審美推向天地境界的另一類質的「宗教」，沒有偶像、沒有崇拜，但有對真與美之神仰的「宗教」。說《紅樓夢》是文學聖經，其中的一項意義也在於此。

【二八五】

詩人的氣質差別很大，李賀與賈島在詩歌史上都似鬼才，但兩者氣質迥然不同。李賀雖家道中落，但畢竟出身於皇族（遠支），身上還有貴族氣，天然地看淡功名。所以他的詩，很有天地宇宙的渾然大氣。「遙望齊州九點煙，一泓海水杯中瀉」，「骨重神寒天廟器，一雙瞳人剪秋水」，「眼大心雄知所似，莫忘作歌人如李」，隨手拈來，句句是氣宇非凡，不同凡響。賈島與之相比，氣與質都顯得微弱。賈雖善於經營技巧，善於推敲詞句，但缺少李的恢宏，顯得匠氣有餘，大氣不足。《紅樓夢》中的詩，尤其是其代表作《葬花詞》、《芙蓉女兒誄》等，詞采斐然，但沒有匠氣，倒是有李賀的貴族氣與「眼大心雄」的乾坤氣。從精神氣質上說，曹雪芹與李賀相同，與賈島卻相去很遠。

【二八六】

文學最根本的要素之一是想像力。文學的特殊功能可說是對人類想像力的極限進行挑戰，也可說是對人類的心靈深度的極限進行挑戰。卓越的作家在挑戰面前不斷轉換視角。中國的詩人屈原、李白、陶淵明、蘇東坡、曹雪芹等都展示了想像力的奇麗。荷馬、但丁、莎士比亞、歌德都打破了天上人間之隔。這些大作家大詩人創造的作品，外在形式不斷變換，但內在形式即內在大視野則是一致的，這就是不斷地突破想像的極限。

屈原的《天問》是先秦時代最有想像力的詩歌，在寫作上抵達了兩項時代制高點：（一）叩問終極真實；（二）開放自由心靈。屈原在當時已走得很遠，走到與古希臘的荷馬相近。屈原之詩與荷馬史詩的相同點是想像力，但屈原的重心是抒情，是心靈的直接吟唱；荷馬的重心是敍事，是歷史場面的書寫。而《紅樓夢》則兼備屈原與荷馬，其抒情、敍事、想像力都幾乎到達人類才華的極限。

【二八七】

袁枚曾說，「大觀園，即余之隨園。」然而，隨園是現實世界中的「有」，而大觀園的本質卻是「無」。《紅樓夢》第十七回描寫賈寶玉隨同父親初見大觀園時的感覺：「寶玉見了這個所在，心中忽有所動，尋思起來，倒像在那裏見過一般，卻一時想不起那年那日的事了。賈政又命他題詠，寶玉只顧細思前景，全無心於此了。」可見，大觀園是夢境，是虛境幻境，是曹雪芹的烏托邦，也是他的詩意棲居的澄明之境；而袁枚的隨園則是個體棲居的「人境」，這是實境，俗境，常境，兩者有質的不同。隨園建構得再富麗堂皇，再迷人耀目，也只能形似，不可能神似。《紅樓夢》裏的大觀園，其境界不是山石草木所構築的，而是詩和詩情生命所構築，它是一個詩化的理想國。今天的《紅樓夢》研究者，可以尋找大觀園的堂址屋跡，但是永遠找不到大觀園的神意詩韻，那種早已化入永恆的奇彩夢痕。

【二八八】

荷爾德林提出「詩意棲居」的理想，曹雪芹做的也是「詩意棲居」的大夢。兩者不約而同。而曹雪芹還提供了「詩意棲居」的具體形式，這就是大觀園形式。大觀園是地獄中的天堂，他鄉中的故鄉，色世中的空界，瞬間中的永恆，是「黑暗王國裏的一線光明」。人類的「世俗棲居」形式千種萬種，每天都有新的設計，新的廣告，新的時尚品牌，熙熙攘攘，目不暇給。但詩意棲居的形式卻很稀少，它是嚮往，並非現實。大觀園呈現的詩意棲居形式是詩人合眾國，青春生命共和國，國度主體全是詩意生命。《紅樓夢》的悲劇是詩國的瓦解，詩稿的焚燒，詩意生命的毀滅，最後只剩下詩的灰燼與廢墟。《紅樓夢》的荒誕劇意義，則是「詩意棲居」被視為「癡人説夢」、愚人犯傻，做夢者全是無知的蠢物與孽障，而聰明人則全都去追逐黃金的好世界，最後剩下的只是灰燼與廢墟，骷髏與「土饅頭」。

【二八九】

中國小説經歷了三個歷史階段，即故事—話本—敍事藝術等三段。《山海經》已有故事，雖簡單，但有力度。話本到了宋明才發達起來，可惜發達後就媚俗、媚眾，而且媚的是舊道德之俗，所以還不是成熟的小說。到了明代，出現了短篇「三言二拍」，長篇《三國》、《水滸》，小說才成為敘事藝術。故事之外，有結構，有人物刻劃，有語言技巧，而到了《紅樓夢》，藝術才走向巔峰。小說中的詩是真詩，不是打油詩；人是真實人，不是臉譜人。到了曹雪芹，文學的三大要素——心靈、想像力、審美形式才告齊全，並形成藝術大圓融的整體。

【二九〇】

中國的散文出現過多次高潮：先秦諸子散文，唐宋八大家散文，明末散文等。唐宋八大家散文技巧極為成熟，文采斐然。但是，除了蘇東坡之外，其他散文都沒有先秦散文的那種「元氣」，就是天地混沌之氣，太初草創之氣。先秦諸子各家，都有自己的一套原創的大思路蘊含於文字之中。到了唐宋八大家，雖有文采，卻太多腔調，沒有先秦時的大氣勢，也沒有孔、孟、莊、老的大境界。明末散文雖有性情，但多數失之太輕，也無元氣。《紅樓夢》雖是小說，但其筆觸，恰恰揚棄一切腔調，深含宇宙底韻，既有連接《山海經》的混沌之力，又有俯仰人間世界的天地血脈。

【二九一】

中國的詩歌文體到了唐代才完全成熟。杜甫是唐詩的第一文體家，其律詩、絕句均寫到了天衣無縫的完美地步。他雖有關懷民瘼的同情心，但也有很強的功名心。從精神內涵上說，他的詩是典型的儒家詩，因此，總有「致君堯舜上」的儒味。其「朝扣富兒門，暮逐肥馬塵」的酸楚更是儒者在人生面前的不瀟灑，折射到詩中，便是脱不了家國境界。《紅樓夢》中的詩，沒有儒味，卻有道味。這裏説的道味，不是道家味，而是形而上之味。寶玉嘲諷文死諫、武死戰的儒統道統，而杜甫的「致君堯舜上」，正是儒者的諫味。《紅樓夢》的詩雖沒有杜甫那種「沉鬱」，卻有杜甫所闕如的超拔與空靈。

【二九二】

政客聽不懂詩人的聲音。有政客心態就不可能真正懂得《紅樓夢》，正如宋太宗就讀不懂李煜詞。李後主博大的人間關懷之聲被他聽成「怨氣」，聽成亡國復仇之音，最後他把李煜毒死了。宋代皇帝消滅一個小朝廷（後唐）沒有罪，但殺害一個偉大詩人，卻是千古大罪。一個偉大的詩生命，其重量、份量往往超過一個朝廷。屈原的生命重量超過楚王朝，蘇東坡的生命重量超過宋王朝，莎士比亞的生命重量遠不是伊麗莎白王朝可比。可以斷定，如果人性底層連一點詩心詩意也沒有，就永遠無法進入《紅樓夢》那一片神意的深海。

【二九三】

知其所止，是中國的道德律令，又是大乘佛教重要法門。《中庸》第三章，確定做人應「止於至善」：為人君，止於仁；為人臣，止於敬；為人子，止於孝；為人義，止於慈；與同人交，止於信。老子另有「止」的內涵，《道德經》曰：「知足不辱，知止不殆。」

知其所止，也是《紅樓夢》哲學思考的主題之一。但它不是儒家「止於至善」的直接告誡，而是對生命止處的連綿叩問。它不説止於何處，只説必有一止，並要「知止」。秦可卿告訴王熙鳳「盛筵必散」，正是「止」的提示。縱有千好萬好，總有一「了」。《好了歌》，既是荒誕歌，又是觀止歌。「好」是觀，「了」是「止」。閱盡人間諸色，應當知止，應當放下。那麼，應當止於何處？有小止處，有中止處，有大止處。放下日常慾念，是小止；激流勇退，是中止；「大造本無方，云何是應住，既從空中來，應向空中去」（惜春之偈語），是大止。來自空，止於空；源於潔，止於潔；始於癡，止於悟。儒家止於道德境界，曹雪芹則是止於大徹大悟的澄明境界。

【二九四】

賈母最疼愛的是賈寶玉與林黛玉，但對於寶玉的婚姻，她選擇了寶釵，而不選擇黛玉。賈母不是沒有理由，她的尺度是「生存」尺度，不是「存在」尺度。她雖然通脫，但家族的命運、家族的生存與發展畢竟是她的天職。她雖愛黛玉，但賈府的興亡更加要緊。而寶玉自始至終熱戀着黛玉，在林、薛這一情感天平上，他的心一直放在黛玉這邊。其選擇的原因卻不是生存原因，而是存在原因。即只有在黛玉面前，寶玉「存在」的意義才能充份敞開。存在的原因便是靈魂的原因，便是心靈從相逢、相知到相融相契的原因。賈母雖聰明，但太重家族的興衰，忽略個體心靈的歸宿。她看不到寶玉與寶釵的靈魂之間有一段無法拉近的距離，面對寶釵，她的心愛的孫子無法打開生命的深層世界。賈母與賈寶玉的衝突，也是世界原則與宇宙原則的衝突。

【二九五】

最深的感悟往往無法表達。靈魂所抵達的神意深淵和愛意深淵很難描述。再高明的作家寫出來的文字也比不上大智者悟到的精神頂點和深淵底部。許多作家對自己已寫出的文字不滿，以至像卡夫卡臨終時囑託朋友燒掉他的稿子，林黛玉死前燒掉詩稿，除了情愛的幻滅之外，還可能有這個原因。「人向廣寒奔」，「冷月葬花魂」，已經夠精彩了，但在林黛玉眼裏，這與她心靈中的萬千感受相差太遠，浩茫的心事豈是語言所能表達？托爾斯泰最後的大著作是他的出走，沒有文字，但這是用生命本身的行為寫下的大著作，那個瞬間，他對於宇宙人生最深的感悟已無法用小說、詩歌、散文表達。

【二九六】

「五四」新文化運動的理由是青春的理由，也是女子與孩子的理由。它選擇孔子作為靶子，不是說孔子一無是處，而是因為孔子的學說是老人化的學說，不是青春的學說。婦女與兒童在他的學說中沒有地位，個體生命主權在他的體系中沒有得到確認。中國幾千年歷史中，男人欠女人欠兒童的債太多，「五四」是個討債運動。《紅樓夢》是「五四」的先驅，它的理由也是青春的理由，也是女子與兒童的理由，也是對老人化的反動與反思。《紅樓夢》給少女青春作了一次驚天動地的請命，也給中國山河大地帶來一股青春氣息。中國要成為擁有靈魂活力的「少年中國」（梁啟超語）、「青春中國」，最需要的是《紅樓夢》和「五四」新文化，而不是孔夫子和儒學老道統。但孔夫子確實是聖人，他的思想也是多層面。賈寶玉討厭儒家的「無人」文化——無個體生命獨立主權的文化，討厭它表層的典章制度與意識形態，拒絕充當治國平天下的工具，但心內又接受儒家深層的「有人」文化——重親情、重人際溫馨的文化。寶玉既是逆子，又是孝子。他和賈府中的孔夫子（父親賈政）既衝突又懷有敬意，但這個孔夫子，畢竟是個喜歡擺姿態、戴面具、壓制青春的老古董。「五四運動」正是賈寶玉們批判賈政們的一次大「審父運動」。

【二九七】

「五四」新文化運動高舉「文學革命」大旗，除了攻擊貴族文學、山林文學之外，還攻擊古典文學。可惜沒有分清古典文學的精華與糟粕，也沒有分清中國古代文化的精華與糟粕。如果那時不是選擇孔夫子為主攻對象（雖然有充份理由，其批判內容至今也沒有過時），而是選擇《三國演義》和《水滸傳》等兩部危害中國人心最巨的作品為主攻對象，並把《紅樓夢》作為精神坐標，那就會更準確更有力地高舉人的旗幟，從而變成一場最基本的啟蒙，一場關於生命尊嚴與詩意棲居的啟蒙，一場純化生命、提升生命的啟蒙，也是一場關於拒絕暴力與拒絕權術的啟蒙。「少不看水滸，老不看三國」，是中國老百姓自救的至理明言。一個老人，如果不知「復歸嬰兒」，而是繼續積澱「三國」權術心術，就會變成老妖老狐狸。中華民族太古老，心思本就太複雜，更不該老品三國，老是熱中於權力遊戲。《紅樓夢》所提示的大觀大止，就文化上說，可以說是提醒應當終「了」，終止「三國」式的慾望、權謀與爭奪。

【二九八】

深邃的思想贏得質樸的表述，顯得很美。「千里搭長棚，沒有個不散的筵席」（第二十六回，小紅語），就很美。文章不怕拙，指的便是真理無須裝飾，思想一旦刻意作出學問姿態，也是媚俗。愈急於把思想說得完備，愈想說得頭頭是道，就愈是畫蛇添足，愈是可疑。許多賣弄學問的人，最後顯出思想的貧困也與此有關。曹雪芹的學問大得不得了，其筆下的寶釵是個博古通今的「通人」，而黛玉、寶玉這些癡人，也都是滿腹詩書，史、識、詩三者皆備。但整部《紅樓夢》沒有任何一點賣弄，完全沒有作家相與學者相，更沒有文人腔與名人腔。大輝煌與大質樸和諧到如此地步，真是舉世無雙。

【二九九】

賈政與王夫人都想控制寶玉，但方式不同。賈政直接訴諸棍棒，怨恨只放在兒子身上；而王夫人卻遷怒他人，以為兒子的「問題」來自晴雯、金釧兒等「狐狸精」、「尤物」，因此不惜剝奪她們的生存權利。相比之下，賈政沒有王夫人那種陰柔的毒手。曹雪芹時代，權力與財富已控制思想，甚至還控制身體和愛戀。《紅樓夢》自由筆觸所表現的力度之一，是揭露權力控制下的人性困境。這種控制除了造成暴力（如賈政痛打寶玉）、造成苦難（如金釧兒之死）之外，還會造成詩化自由心靈的毀滅（如黛玉之死）。難怪俄國流亡詩人布洛斯基要說，詩本能地與權力帝國對立。寶玉最後逃離家園，乃是逃離權力對其心靈的控制，這一行為，與其說是反叛，不如說是自救。

【三〇〇】

一打開《紅樓夢》，就會見到全書的哲學綱領，也是全書的哲學難點，這就是空空道人所呈現的十六字訣：「因空見色，由色生情，傳情入色，自色悟空。」如果說色空是佛教哲學，那麼，它卻不是《紅樓夢》的全部哲學，因為在色與空之間還有一個巨大的中介物，這就是「情」，由色生情和傳情入色之後才能自色悟空。在十六字的循環中，情既是中介，也是本體。如果說，「空」是終極存在，那麼，情則是通向終極存在的並非虛幻的惟一真實。《金瓶梅》最後加了一個色空尾巴，可惜全書沒有類似十六字訣的精神歷程——形而下與形而上的轉換提升過程。它的色太重，情太輕，空更說不上。十六字訣中的四段哲學環節，它一個也沒有。

【三〇一】

賈寶玉和林黛玉在《紅樓夢》中的特殊性是兩人都具有自由意志。所謂自由意志並不是薛蟠式的自由濫情，而是對生命當下存在路向的選擇與把握。薛蟠的吃喝嫖賭，無須選擇，與是否具有自由意志無關。寶玉和黛玉的生活則充滿選擇，從讀書、寫詩、談禪和人生道路的確立都需要選擇，徘徊、徬徨、苦惱、迷惘、憂傷，也都在選擇的過程中，正因為需要選擇，才有傳統父權意志和自由意志的衝突，才有自由意志的光輝。薛寶釵雖然美麗，但缺少這種光輝。

二十世紀著名思想家以賽亞·柏林把自由分為積極自由與消極自由。前者是指奮鬥、挑戰、抗爭的自由，後者則是拒絕、迴避、有所不為的自由。賈寶玉與林黛玉的自由意志屬於消極自由範疇中的意志。這兩位小說主人公爭取的只是逍遙的自由，戀愛的自由，吟詩的自由，閱讀《西廂記》的自由，拒絕科舉的自由，迴避權力追逐和功名追逐的自由。但是，道統正統的代表（賈政等）不給他們這種自由。連消極自由都不給，更不用說積極自由。把寶玉黛玉解說成反封建的爭取積極自由的自覺戰士，未免過於拔高。

【三〇二】

《紅樓夢》貴族女子的復歸之路有兩種路向：一是林黛玉式的向「天」回歸；一是巧姐兒式的向「地」（即向「土」）回歸。前者「人向廣寒奔」的暗示，便是向天宇回歸的暗示。也許奔向明月，也許奔向太虛幻境，也許奔向曾與神瑛侍者相戀過的靈河岸邊。後者則無須暗示，巧姐兒經劉姥姥的因緣，最後嫁給周氏莊稼人家，從貴族豪門走向庶民寒門，真正是「舊時王謝堂前燕，飛入尋常百姓家」，巧姐兒生於七月七日，最後也有一個與「牛郎」相逢的結局。果然回歸於土。《易經》說，「安土敦乎仁，故能愛」，有土才能安寧，才能敦篤，也才有人性的真實與溫馨。林黛玉式的回歸是夢想的，巧姐兒的回歸是現實的，但兩者都不悖「質本潔來還潔去」。倘若用佛教語言解說，林黛玉乃是回歸於無，而巧姐兒則是回歸於「有」。前者是真諦，後者是俗諦，但兩者都是「諦」，都帶真理性。俄國十二月黨人的貴族理念，正是巧姐兒式的向土回歸的民粹理念。

【三〇三】

曹雪芹的價值邏輯鏈，可作四段表述：（一）生命價值為最高價值，不承認有比生命價值更高的神聖價值，所以只有「女兒」偶像，沒有「元始天尊」和釋迦牟尼等神聖偶像。（二）最高價值系統中的核心價值是少女青春生命。美即青春生命。《紅樓夢》是對青春生命進行審美的大書。書中惟一的牽掛便是青春生命。《聖經．新約》中的基督十二門徒全是男性。作為「文學聖經」的《紅樓夢》，其天國——太虛幻境中的眾仙姑和金陵十二釵，則是清一色的女性。青春天國是曹雪芹的絕對價值與終極真實。（三）生命的毀滅是悲劇，青春生命的毀滅則是最深的悲劇。因此，至真至美的輓歌只屬於林黛玉、晴雯，而不屬於賈母等；（四）所謂荒誕，便是價值顛倒。一切把外在價值，虛幻價值（如權力、財富、功名）放在青春生命、內在心靈之上的編排都屬價值顛倒，都屬《好了歌》抨擊的荒誕現象。《紅樓夢》既呈現價值極限，又呈現價值顛倒，因此，既是悲劇又是荒誕劇。

【三〇四】

就人文環境而言，先秦戰國時期、漢唐時期、明末時期，是中國知識人相對比較自由的年代，到了清朝的乾隆王朝，則是絕對的黑暗期，其文字獄也是最為猖獗的年代。魯迅的《買〈小學大全〉記》、《病後雜談》、《病後雜談之餘》等文章就揭露了這個血腥帝國的血腥歲月。可是中華民族最偉大的文學作品《紅樓夢》恰恰在此時問世。曹雪芹這位天才在大黑暗中悄悄下沉，沉得很深，如同沉入海底，但他不是沉淪，而是沉浸——在沉浸狀態中面壁寫作，最後推出中國的第一文學經典。曹雪芹的成功，不是時代的成功，更不是清王朝的成功，而是個案的成功。《紅樓夢》的大放光彩，不是時代的閃光，而是個體心靈的閃光。文學事業是天才的事業，是偶然的事業，它不是時代所決定，而是作家自身所決定。文學既是時代的產物，又是反時代的產物——反潮流、反風氣的產物。若說文學是時代的鏡子，那麼，這一鏡子往往是面反光鏡。

第二輯　《紅樓夢》論

論《紅樓夢》的永恆價值

一、人類精神水準的坐標

在文明史上，有一些著作標誌着人類的精神高度。就文學而言，《伊利亞特》、《奧德賽》、《俄底浦斯王》、《神曲》、《哈姆雷特》、《唐吉訶德》、《悲慘世界》、《浮士德》、《戰爭與和平》、《卡拉馬佐夫兄弟》等，就屬於這樣的精神坐標。在中國，有一個作家的名字和一部作品，絕對可以和這些經典極品並立，也同樣標誌着人類的精神水準和文學水準，這就是誕生於十八世紀的曹雪芹和他的《紅樓夢》。這位永遠的大師和這部偉大的小說，站立在人類審美創造乃至整個精神價值創造的最高水平線上，它既反映中華民族的靈魂高度，又反映人類靈魂的高度。

對於上述這些經典極品，時間沒有意義。換句話說，它們就像埃及金字塔一樣，是一個永恆性的審美對象，而不是時代性的標記。馬克思說希臘史詩具有「永久性魅力」。[1] 就是說，《伊利亞特》與《奧德賽》，作為巨大的文學存在，沒有時間的邊界。它屬於當時，也屬於現在，更屬於今後的無盡歲月。《紅樓夢》正是荷馬史詩式的沒有時間邊界的藝術大自在。在《紅樓夢》研究中，索隱派之所以顯得幼

1 《政治經濟學批判》導言，《馬克思恩格斯選集》第二卷，第八二—八三頁，人民出版社。

稚，就因為他們把這部巨著的無限時空簡化為不僅有限而且狹小的時空，從而使《紅樓夢》產生巨大的「貶值」。

只要閱覽藝術世界，觀賞一下達·芬奇、米開朗琪羅、拉斐爾、梵·高等巨人的畫，就可了解，大藝術家的全部才華和畢生心力所追求的，乃是一種比自身生命更長久的東西，這就是「永恆」。他們苦苦思索探索的是如何把永恆化為瞬間，是如何把永恆凝聚成具象，或者說，是如何捕捉瞬間然後深入瞬間，最終又通過瞬間與具象進入不知歲月時序的幽遠澄明之境。他們的精神創造過程，是一個叩問永恆之謎的過程。無論是西方還是東方的天才藝術家、文學家，他們都具有同樣的焦慮。「文章千古事」，杜甫的焦慮正是一切卓越詩人最內在的焦慮。

《紅樓夢》問世已二百四十年左右。頭一百四十年，它經歷了流傳，也經歷了禁錮。不知天高地厚的禁錮者，其權力早已灰飛煙滅，但巨著卻真的如同天上的星辰永存永在。進入二十世紀下半葉之後，《紅樓夢》更是從少數人的刻印、評點、閱讀的狀態中走了出來，奇蹟般地大規模走向社會，走向課堂，走向戲劇、電影、音樂、美術等藝術領域，尤其寶貴的是正在走進深層的心靈領域，書中的主人公賈寶玉、林黛玉、晴雯等正在成為中國人的心靈朋友。可惜在最後這一領域中的實際影響，《紅樓夢》仍然遠不及《三國演義》和《水滸傳》。這種錯位，最明顯不過地反映出中華民族深層文化心理的巨大病症。

《三國演義》是一部權術、心術的大全。其中的智慧、義氣等也因為進入權術、陰謀系統而變質。而《水滸傳》則是在「造反有理」（「凡造反使用任何手段都合理」）和「情慾有罪」（實際上是「生活有罪」）兩大理念下造成暴力崇拜和造成殘酷的道德專制法庭，尤其是造成審判婦女的道德專制法庭。儘管這兩部小說從文學批評的角度上說，都是精彩的傑出作品，但從文化批評（價值觀）的角度上說，則是造成中華民族心理黑暗的災難性小説，可謂中國人的兩道「地獄之門」。無論是《紅樓夢》還是《三國演義》、《水滸傳》，都很集中地折射着中華民族的集體無意識，但是《三國演義》、《水滸傳》折射的是集體無意識中受傷的病態的一面，而《紅樓夢》則反映着健康的、正常的一面。斯賓格勒（Oswald Spengler）在其名著《西方的沒落》（*The Decline of the West*）中曾提出「原型文化」和「偽形文化」這兩個概念。[1] 明明是某一種岩石，卻表現了另一種岩石的外觀，礦物學家稱此現象為「偽形」或「假蛻變」。所謂偽形文化，指的正是一種古老的本真文化，在一片土地上負荷過大，從而不能正常呼吸，不但無法呈現其純粹而獨特的表現形式，而且無法充份發展其自我的本然意識。中國的遠古神話《山海經》是中國最本真本然的文化，即原型文化，《紅樓夢》一開篇就與《山海經》相接，承接的正是中國原始的健康的大夢。而《三國演義》和《水滸傳》，其英雄已不是女媧、精衛、夸父這種天真的、建設性的英雄，而是充滿暴力、佈滿心機的偽英雄。因此，可以説，《三國演義》、《水滸傳》是中華民族的偽形文化，而《紅樓夢》則是中華民族的原型文化。（關於《三國演義》、《水滸傳》，筆者另有專論進行闡釋。）可以預料，隨着時間的推移，《三國演義》和《水滸傳》的偽型將被淘汰——其精神內涵不代表人類的期待。而《紅樓夢》恰恰代表着中國和人類未來的全部健康信息和美好信息。這是關於人的生命如何保持它的本真、人的尊嚴如何實現、人類如何「詩意棲居於地球之上」（荷爾德林語）的普世信息。這些遠離暴力、遠離機謀的信息永遠不會過時。

1 《西方的沒落》第十四章：「阿拉伯文化的問題之一——歷史的偽型」，台北，桂冠圖書公司，一九八五年。

二、《紅樓夢》的宇宙境界

一九零四年王國維發表《〈紅樓夢〉評論》，至今已整整一百年。百年來《紅樓夢》研究在考證方面很有成就，但就其美學、哲學內涵的研究方面並沒有出其右者。王國維是出現於中國近代的先知型天才，他五十歲就去世，留下的著作不算多，但無論是史學上的《殷周制度論》等，還是美學、文學上的《〈紅樓夢〉評論》、《人間詞話》、《宋元戲曲史》都是當之無愧的人文經典。他的天才不是表現在嚴密的邏輯論證，而是表現在眼光的獨到、準確與深邃。他創立了真正屬於中國學說的「境界」說，啟發了二十世紀的中國文學評論者、作家、詩人與藝術家。對於《紅樓夢》，他也正是用境界的視角加以觀照，從而完成了兩個大的發現：

（一）發現《紅樓夢》的悲劇不是世俗意義上的悲劇，即把悲劇之源歸結為幾個壞蛋（「蛇蠍之人」）作惡的悲劇，而是超越意義上的悲劇，即把悲劇視為共同關係之結果的悲劇。也就是說，造成悲劇不是現實的某幾個兇手，而是悲劇環境中人的「共同犯罪」，換句話說，是關係中人進入「共犯結構」的結果。[1]（二）發現《紅樓夢》屬於宇宙大境界和相應的哲學、文學境界，而非政治、歷史、家國境界。這兩點都是《紅樓夢》的永恆謎底。現在我們從第二點說起。

王國維在《〈紅樓夢〉評論》第三章《〈紅樓夢〉在美學上之價值》對《紅樓夢》有一個根本性的論斷。他說：

1 參閱林崗和筆者合著《罪與文學》第七章，香港牛津大學出版社，二零零二年。

《桃花扇》，政治的也，國民的也，歷史的也；《紅樓夢》，宇宙的也，哲學的也，文學的也。此《紅樓夢》之所以大背於吾國之精神。

這是一個極為重要的發現。孔尚任的《桃花扇》只是一例，這一例證所象徵的政治、家國、歷史境界，也正是《三國演義》、《水滸傳》直至清代譴責小說的基本境界。中國文學的主脈，其主要精神是政治關懷、家國關懷、歷史關懷的精神，其基調也正是政治浮沉、家國興亡、歷史滄桑的詠嘆。《桃花扇》在其《小引》中提出的問題是明朝「三百年之基業，隳於何人？敗於何事？消於何年？歇於何地？」這些全是形而下的問題。何人何事，是現實政治以及相關歷史階段的人事；何年何地，是現實時間與現實地點，這便是所謂時代性與時務性。最後雖然侯方域與李香君在祭壇上相逢並經張道士一語點撥而入道，但也正如王國維所言，並非「真解脱」，只不過是在他人的推動下覺悟到無力回天不得不放下國仇家恨而走入空門麻痹自己而已，並不是《紅樓夢》似的對人生的大徹大悟。

《紅樓夢》也有政治、家國、歷史內涵，而且它比當時任何一部歷史著作都更豐富地展示那個時代的全面風貌、更深刻地傾注作者的人間關懷。然而，整部巨著叩問的卻不是一個王朝何人、何事、何年、何地等家國興亡問題，而是另一層面的具有形上意義的大哉問。如果説，《桃花扇》是「生存」層面的提問，那麼，《紅樓夢》則是「存在」層面的提問。它問道：世人都認定為「好」並去追逐的一切（包括物色、財色、器色、女色等）是否具有實在性？到底是這一切（色）為世界本體還是「空」為世界本體？在一個沉湎於色並為色奔波、為色死亡、為色你爭我奪的泥濁世界裏，愛是否可能？詩意生命的存在是否可能？那麼，在這個有限的空間中活着究竟有無意義？意義何在？這些問題都是超時代、超政治、超歷史的哲學問題。還有，賈寶玉、林黛玉與侯方域、李香君全然不同。賈、林從何處來？到何處去？女媧補天的鴻濛之初是何年何月？神瑛侍者與絳珠仙草的天國之戀是甚麼地點？甚麼時間？「質本潔來還潔去」，何方何處尚不清楚，何性何質又如何明白？林、賈這些稀有生命到底是神之質還是人之質？是石之質還是玉之質？是木之質還是水之質？一切都不清楚，因為來去者本就無始無終，無邊無涯，這就是宇宙大語境，生命大語境。人們常會誤解，以為家國語境、歷史語境大於生命語境。其實正好相反，是生命語境大於家國、歷史語境。侯方域、李香君的生命只在朝代更替的不斷重複的歷史語境中，而賈寶玉、林黛玉的生命則與宇宙相通相連，她（他）們的生命語境便是宇宙語境，其內在生命沒有朝代的界限，甚至沒有任何時間界限，因此，賈、林的生命語境便大於家國語境。《紅樓夢》在作品中有一個宇宙境界，而作者則有一個超越時代的宇宙視角。《紅樓夢》中的女兒國，棲居於「大觀園」。「大觀」的命名寄意極深。我們可以從「大觀園」之名抽象出一種「大觀眼睛」和「大觀視角」。所謂大觀視角，便是宇宙的高遠的宏觀視角。釋迦牟尼和他的真傳弟子們擁有這一視角，便知偌大的地球在大千宇宙中不過是恆河的一粒沙子（參見《金剛經》）。愛因斯坦作為宇宙研究的旗手，他也正是用這一視角看地球看人類，因此也看出地球不過是寰宇中的「一粒塵埃」。釋迦牟尼、曹雪芹、愛因斯坦都有一雙大慧眼或者說都有一雙「天眼」，這就是宇宙的大觀極境眼睛。曹雪芹的「大觀」眼睛化入作品，便造成《紅樓夢》的宇宙境界。在「大觀」眼睛之下，所有的世俗概念、世俗尺度全都變了。一切都被重新定義。所以《紅樓夢》一開篇就重新定義「故鄉」（參見第一回甄士隱對《好了歌》的解註），而通篇則重新定義世界，重新定義歷史，重新定義人。故鄉在哪裏？龜縮在「家國」中的人只知地圖上的一個出生點，「反認他鄉是故鄉」，不知道故鄉在廣闊無邊的大浩瀚之中，你到地球上來只是到他鄉走一遭，只是個過客，怎麼反把匆匆的過處當作故鄉、當作立足之處呢？把過境當作立足之境，自然就要反客為主，自然就要慾望膨脹，佔山為王，佔地為主，自然就要夜以繼日地爭奪金銀滿箱、妻妾成群的浮華境遇。

「無立足境」，這才是大於家國境界的宇宙境界。《紅樓夢》中的人物，第一個領悟到這一境界的，不是賈寶玉，而是大觀園首席詩人林黛玉。《紅樓夢》第二十二回《聽曲文寶玉悟禪機》記載了這一點。賈寶玉悟是悟了，他聽到了薛寶釵推薦《點絳唇》套曲中的《寄生草》（皆出自《魯智深醉鬧五台山》）有「赤條條來去無牽掛」一句，聯想起自己，先是喜得拍手畫圈、稱讚不已，後又「不覺淚下」，「不禁大哭起來」，感動一下，便提筆立占一偈禪語：「你證我證，心證意證。是無有證，斯可云證。無可云證，是立足境。」而次日林黛玉見到後覺得好是好，但還未盡善，便補了兩句：

無立足境，是方乾淨。

林黛玉這一點撥，才算明心見性，擊中要害，把賈寶玉的詩心提到大徹大悟大解脱的宇宙之境，也正是《好了歌》那個真正「了」的大自由、大自在之境。《紅樓夢》是一部悟書，沒有禪宗，沒有慧能，就沒有《紅樓夢》。而《紅樓夢》中的最高境界——「無立足境」，首先是林黛玉悟到的，然後才啟迪了賈寶玉。一個赤條條來去無牽掛的生命，來到地球上走一回，還找甚麼「立足之境」？自由的生命天生是宇宙的漂泊者與流浪漢，永遠沒有行走的句號，哪能停下腳步經營自己的溫柔之鄉，迷戀那些犬馬聲色，牽掛那些耀眼桂冠？一旦牽掛，一旦迷戀，一旦經營浮華的立足之境，未免要陷入「泥濁世界」。

在「大觀」的宇宙視角下，故鄉、家國的內涵變了，而歷史的內涵也變了。甚麼是歷史？以往的歷史都是男人的歷史，權力的歷史，帝王將相的歷史，大忠大奸較量的歷史。《三國演義》以文寫史，用文學展現歷史，不也正是這種歷史麼？但《紅樓夢》一反這種歷史眼睛，它在第一回就讓空空道人向主人公點明：

空空道人遂向石頭說道：「石兄，你這一段故事，據你自己說有些趣味，故編寫在此，意欲問世傳奇。據我看來，第一件，無朝代年紀可考；第二件，並無大賢大忠理朝廷治風俗的善政，其中只不過幾個異樣女子，或情或癡，或小才微善，亦無班姑、蔡女之德能。我縱抄去，恐世人不愛看呢？」

從這段開場白可以看出曹雪芹完全是自覺地打破歷史的時間之界，又完全自覺地改變「世俗市井」和帝王將相的歷史框架。後來薛寶釵評論林黛玉的詩「善翻古人之意」，其實也正是《紅樓夢》的重新定義歷史。第六十四回中，林黛玉「悲題五美吟」，寫西施，寫虞姬，寫明妃，寫綠珠，寫紅拂，便是在重寫歷史。古人視帝王將相為英雄，視美人為英雄的點綴品，其實，女人才是真英雄，歷史何嘗就不是她們所創造。五美吟，每一吟唱，都是對以男人為中心的歷史成見的質疑。以虞姬而言，林黛玉問道：像黥、彭那些原項羽手下的部將，英勇無比，降漢後又隨劉邦破楚，立功封王，可是最後卻被劉邦誅而醢之（剁成肉醬），這種男子漢大丈夫，怎能與虞姬自刎於楚帳之中、為歷史留下千古豪氣相媲美呢？還有，史學家與後人都在歌吟李靖，最後甚至把他神化，可是，當他還是一介布衣時，小女子紅拂不顧世俗之見，以巨眼識得窮途末路中的英雄，並以生命相許，助其英雄事業，這豈不是更了不起嗎？

然而，歷史向來只是項羽李靖的歷史，並無虞姬紅拂的半點歷史位置，這是公平的嗎？一千多年過去了，虞姬、紅拂在林黛玉的大觀眼睛中，才重現她們至剛至勇至真至美的生命價值。總之，在「大觀」的眼睛之下，一切都不一樣了。《紅樓夢》的特殊審美境界也由此產生。

三、悲劇與荒誕劇的雙重意蘊

在宇宙境界的層面上，《紅樓夢》的美學內涵（或稱美學價值）就顯得極為豐富。本文要特別指出的，也是以往的《紅樓夢》研究者包括王國維所忽略的，是在宇宙「大觀」眼睛下，《紅樓夢》不僅展示人間的大悲劇，而且展示人間的大荒誕。因此，《紅樓夢》不僅是一部偉大的悲劇作品，而且也是一部偉大的喜劇作品。如果說，《唐吉訶德》是在大喜劇基調下包含着人類的悲劇，那麼，《紅樓夢》則是在大悲劇基調下包含着人類的大荒誕。所謂荒誕，指的是喜劇的極端形式。它從傳統喜劇中產生，又不同於傳統喜劇，它把現實的無價值、無意義推到不可理喻的地步。中國古代文學早就有「怪誕」的手法，最典型的例子便是《西遊記》。但「荒誕」不同於「怪誕」。怪誕只是一種藝術手法。荒誕則不僅是種手法，而且是一種藝術大範疇，它帶有現實的屬性，又是極端否定現實的藝術精神。作為一種大美學範疇，它與浪漫主義、寫實主義、象徵主義、古典主義等並列，不是與諷刺、幽默、隱喻、誇張等手法並列（儘管它也包含着諷刺、幽默、變形、誇張等）。二十世紀的西方文學，其突出的成就是荒誕文學的成就。卡夫卡是西方荒誕文學的偉大草創者，他把但丁、歌德以來的浪漫基調轉變成荒誕基調，完成了一次扭轉乾坤式的文學變革。卡夫卡之後，卡繆、貝克特、尤奈斯庫等又創造出別開生面的荒誕戲劇與荒誕小說經典，並成為世界現代文學最重要的一脈。西方荒誕文學的崛起與勃興，從主觀上說，與世紀初尼采宣佈「上帝死亡」之後所產生的精神信仰的危機密切相關。對上帝的懷疑導致傳統精神家園的喪失，也導致對生命無着落、無意義的發現和焦慮。從客觀上說，現代資本社會的急速發展，人被自身創造的外在之物（機器、制度等）所奴役。機器等物質與物質市場對人進行精神壓迫甚至剝奪人的靈魂，存在失去意義，社會現實帶上了荒誕無稽的巨大特徵。

《紅樓夢》產生於十八世紀中葉，它的荒誕意識不像卡夫卡那樣強烈、集中、突出，也不像卡夫卡、卡繆、貝克特、尤奈斯庫等所呈現的那種信仰崩潰後不知去向（「上帝之死」）的特點，更不像這些荒誕作家那麼自覺地意識到自己正在創造和實踐一種嶄新的大文學藝術形式（如卡繆不僅進行荒誕寫作，而且屢次對荒誕進行定義）。但曹雪芹憑着他的天才直覺，同樣完成了對現實世界荒誕屬性和人生無意義的發現，而且同樣有一種不同於浪漫、寫實的對荒誕存在的透視精神和極端否定精神。《紅樓夢》作為偉大的小說，它是中國文學中獨一無二的大悲劇與大荒誕劇並置的作品。

閱讀《紅樓夢》後會發現，這部巨著的情節一開端就有一個悲劇與荒誕劇並置結構的暗示，它講述故事主人公的前身（石頭）一誕生就落在名為「大荒山無稽崖」的荒誕環境中：

> 原來女媧氏煉石補天之時，於大荒山無稽崖煉成高經十二丈、方經二十四丈頑石三萬六千五百零一塊。媧皇氏只用了三萬六千五百塊，只單單剩了一塊未用，便棄在此山青埂峰下。誰知此石自經鍛煉之後，靈性已通，因見眾石俱得補天，獨自己無材不堪入選，遂自怨自嘆，日夜悲號慚愧。

《石頭記》即石頭（賈寶玉前身）的傳說，是從大荒山無稽崖開始的。這一命名具有很深的象徵意蘊。無論是大荒山還是無稽崖，都是荒誕的符號，這可視為荒誕架構的隱喻。而這塊石頭因為被補天者女媧所遺棄，獲得靈性之後悲號慚愧，這又可視為悲劇情致的預告。《紅樓夢》這一神話式開端，給悲劇和荒誕劇同時創造了氛圍。

《紅樓夢》的悲劇，倘若用佛教語言來表述（《紅樓夢》第一回所用的語言），乃是「傳情入色，自色悟空」的結果。而其荒誕劇則是「由空見色」觀照的結果。無論是由色入空，還是由空見色，中間都有一個「情」字。或由色生情，或因情入色，一切人間的悲劇都是情的毀滅，情愈真愈深，悲劇性就愈重。情不是抽象物，它是人的本體即人的最後實在，可是它天生就與色糾纏一起並落入人際關係中，最平常而最深刻的悲劇便是情被無可逃遁的人際關係所毀滅。王國維發現《紅樓夢》乃是「悲劇中之悲劇」，就是發現這種悲劇乃是共同關係的結果因而無可逃遁。《紅樓夢》抒寫各種形態的情最後都殊途同歸：全都歸於毀滅，歸於空。《紅樓夢》中的肉人們（如薛蟠、賈蓉等），只有慾，沒有情，更沒有靈，他們的生滅不帶悲劇性。而像賈敬這種「道人」，表面上是靈，實際上是妄，他求的是肉的永生，沒有性情，他的死也幾乎沒有悲劇性。林黛玉、秦可卿、尤三姐、晴雯、鴛鴦等的死亡，則都與情相關，她們的毀滅便帶悲劇性。《紅樓夢》中的女子與《金瓶梅》中的女子最大的區別是前者的情帶有詩意，除了性情之外還有性靈，而後者的情卻少有詩意，其性情不是向性靈昇華而是向性慾傾斜，所以李瓶兒、潘金蓮的悲劇含量，遠遠不能與林黛玉等同日而語。她們的悲劇性不僅顯得輕，而且幾乎無境界可言，距離林黛玉那種由色入空的境界很遠。《葬花詞》這首詩悲愴感特別濃，它象徵着林黛玉的由色入空，抵達「空寂」這一悲劇最高境界。

與「由色入空」的方向相反，荒誕則是由空觀色。具體地說，是站在超越人間的宇宙極境上觀看人間的種種生態世相的結果。也就是說，它是站在比人更高的地方來看人與看人的世界。這是一個關鍵。為了說明這種視角的關鍵意義，此處不妨借助俄國著名的哲學家別爾嘉耶夫的類似思想來參照。別爾嘉耶夫說：

> 人對於自己而言是個偉大的謎，因為他所見證的是最高世界的存在。……人是一種對自己不滿，並且有能力超越自己的存在物。……只有在人與上帝的關係上才能理解人。不能從比人低的東西出發理解人，要理解人，只能從比人高的地方出發。[1]

別爾嘉耶夫是個宗教哲學家，他的論證必須放在宗教的語境中才能得到深刻的理解。曹雪芹不是宗教哲學家，他不是在人與上帝的關係上去理解人的問題，但他與別爾嘉耶夫一樣感悟到一個大道理：要解開人這個巨大的謎，不能從與人平行的高度上去理解，更不能從比人更低的平面上去理解，只能站在比人更高的高度上去理解。換句話說，是人對人的觀照不能用常人的眼睛（與人平行），更不能用動物的眼睛（比人低），而應當用超越這兩種眼睛的眼睛。這種眼睛在別爾嘉耶夫那裏是上帝之眼，那麼，在曹雪芹的筆下是甚麼呢？他不是理論家，沒有明白說破，但是，《紅樓夢》中卻透露出這種眼睛便是上文所說的「大觀」眼睛，即宇宙之眼。用《金剛經》的語言表達，「大觀」眼睛不是五眼中的「肉眼」，而是「天眼」、「佛眼」、「法眼」、「慧眼」。空空道人的眼睛就是這種眼睛，他用這種超越小知、

1 《論人的使命》，第六三—六四頁，上海，學林出版社，二零零零年。

小觀的「天眼」觀看世界，就看出世界的荒誕。他所唱的《好了歌》，就是荒誕歌：

世人都曉神仙好，惟有功名忘不了！
古今將相在何方？荒冢一堆草沒了。
世人都曉神仙好，只有金銀忘不了！
終朝只恨聚無多，及到多時眼閉了。
世人都曉神仙好，只有姣妻忘不了！
君生日日說恩情，君死又隨人去了。
世人都曉神仙好，只有兒孫忘不了！
癡心父母古來多，孝順兒孫誰見了？

在「大觀」（天眼、佛眼）的視角下，人不過是恆河中的一粒沙子，而恆河在宇宙巨構中又只是一粒沙子，恆河沙數，沙數恆河，在此天眼中，人生不過是無量時空中的一閃爍，生命的本質不過是到地球上來走一回的「過客」。在如此短促、如此短暫、如此匆匆的一次性旅行中，為功名而活、為嬌妻而活、為兒孫而活，即為色而忙，為色而爭，為色而死，甚麼都想不開，甚麼都放不下，這不正是空空道人所嘲諷的無意義的「甚荒唐」即我們所說的「荒誕」嗎？

而甄士隱「徹悟」之後，也用天眼、佛眼來觀照人間，也看到無價值、無意義，他給《好了歌》作註解，又給人世的荒誕景象作了另一番描述：

陋室空堂，當年笏滿床；衰草枯楊，曾為歌舞場。蛛絲兒結滿雕樑，綠紗今又糊在蓬窗上。說甚麼脂正濃、粉正香，如何兩鬢又成霜？昨日黃土隴頭送白骨，今宵紅燈帳底臥鴛鴦。金滿箱，銀滿箱，展眼乞丐人皆謗。正嘆他人命不長，哪知自己歸來喪！訓有方，保不定日後作強樑。擇膏粱，誰承望流落在煙花巷！因嫌紗帽小，致使鎖枷扛；昨憐破襖寒，今嫌紫蟒長：亂烘烘你方唱罷我登場，反認他鄉是故鄉。甚荒唐，到頭來都是為他人作嫁衣裳！（第一回）

《紅樓夢》的荒誕意識由《好了歌》作了揭示，其天眼下的荒誕集中地呈現為虛妄，即世人生活在虛妄幻覺之中而不知虛妄幻覺，以為脂正濃、粉正香、笏滿床、金滿箱、紫蟒長等等物色、器色、財色、官色、女色具有實在性，不知道「萬境皆空」，不知一切色相全是虛妄。因為看不透、放不下，便為功名利祿榮華富貴爭得頭破血流，把世界變成泥濁世界，這個泥濁世界正是荒誕世界。在《紅樓夢》裏，荒誕首先是現實屬性，是諸色世界的無限膨脹，以至膨脹到「賈不假，白玉為堂金作馬。阿房宮，三百里，住不下金陵一個史。東海缺少白玉床，龍王來請金陵王。豐年好大雪，珍珠如土金如鐵」（第四回）。這個色世界的一門富豪所佔有的是這樣一番氣象：「別講銀子成了糞土，憑是世上有的，沒有不是堆山積海的。」（第十六回中趙嬤嬤語）貴族豪門尚且如此，更不用說宮廷御室了。慾望無盡，佔有無數，這個權貴統治的黃金世界乃是一個貪婪無邊的世界。可是這個世界金玉其外卻敗絮其中，內裏是爭奪、欺騙、虛偽、荒淫，一片泥濁似的骯髒和腐敗，除了門前的兩隻石獅子乾淨的之外，黃金世界的主體沒有一個是清白的，不必說賈珍、賈璉、賈蓉、薛蟠這些色鬼，就是那個「正人君子」的豪門支柱賈政，不也在保護走私舞弊嗎？至於賈敬和賈赦，一個煉丹煉到走火入魔，一個無恥到想要納老母親身邊的小丫鬟為妾，哪個不是荒誕角色？世界的現實如此荒誕，可是，現實中人個個都在嚮往，都在追逐，以為這個世界是真黃金世界，這就更為荒唐。《紅樓夢》所說的「太虛幻境」，表面上說的是警幻仙子們的處所，實際上也影射人世間正是一個「太虛幻境」——一個被各種色相塗抹、裝扮、製造的虛妄之境。人們把幻境當作實境，把幻相當作真相，把生命全部投入其中而不能自拔，這就決定了人生的荒誕。正如第八回詩云：「女媧補天已荒唐，又向荒唐演大荒。失去幽靈真境界，幻來親就臭皮囊。好知運敗金無彩，堪嘆時乖玉不光。白骨如山忘姓氏，無非公子與紅妝。」這又是一首嘲弄虛妄的荒誕歌。表面上寫的是賈寶玉，實際上寫的是世人的追逐正是一個「又向荒唐演大荒」的荒誕戲劇，無非是一副臭皮囊在「太虛幻境」中的表演而已，到頭來也是金玉無彩也無光，虛妄一場而已。《紅樓夢》有一首荒誕主題歌，還有一個荒誕象徵物，這就是「風月寶鑒」。寶鑒的這一面是美色，另一面是骷髏。賈瑞死在美女的毒計之下是慘劇，而追逐骷髏似的幻影幻相則是幾乎人人都在經歷的荒誕劇。難道只有賈瑞擁抱骷髏？在仕途經濟路上辛苦奔波、走火入魔的名利之徒，哪一個不是生活在幻覺之中的賈瑞？總之，揭示世道人生「又向荒唐演大荒」的荒誕性，是《紅樓夢》極為深刻的另一內涵。

在荒誕文學的創作中，法國卓越作家卡繆創造了《局外人》（也譯為《異鄉人》）的形象，這一形象既有極深的悲劇性又有極深的荒誕性。而這種「局外人」、「異鄉人」的概念與形象，二百年前就出現於曹雪芹的筆下。妙玉被稱為「檻外人」，所謂「檻外人」便是世俗眼中的異端，走出正統理念、正統規範、正統習俗而爭取一點個體生命獨立權利和自由權利的異端。除了妙玉，賈寶玉、林黛玉更是十足的異端，十足的「檻外人」、「異鄉人」、「局外人」，他們與現實世界處處不相宜。賈寶玉具有最善的內心和最豐富的性情（也有很高的智慧），但僅僅因為不喜歡八股文章，不走科舉之路，就被世人視為「怪異」、「孽障」、「傻子」、「蠢物」，這是何等荒唐無稽？而林黛玉比賈寶玉智慧更高，其悟性無人可比，其才華無人可及；但是，這位美麗的天才詩人，就因為有自己的個性，也總是被視為怪異，在自己親外祖母的貴族府第，最後還是找不到自己的位置，泣血而亡，這是何等荒誕。泥濁世界的局內人個個活得很快活，泥濁世界的局外人卻沒法活，這是何等顛倒。

如果說，林黛玉之死是《紅樓夢》悲劇最深刻的一幕，那麼，賈雨村的故事則是《紅樓夢》荒誕劇最集中的一幕。《紅樓夢》的大情節剛剛展開（即第四回），就說賈雨村「葫蘆僧亂判葫蘆案」。熟悉《紅樓夢》的讀者都知道賈雨村本來還是想當一名好官的。他出身詩書仕宦之族，與賈璉是同宗兄弟，當他家道衰落後在甄士隱家隔壁的葫蘆廟裏賣文為生時，也是志氣不凡才會被甄氏所看中並資助他上京赴考中了進士，還當了縣太爺。被革職後浪跡天涯又遇到偶然機會當了林黛玉的塾師。聰明的他通過林如海的關係和推薦，在送林黛玉前去賈府時見了賈政，便在賈政的幫助下「補授了應天府」，到金陵復職。可是一走馬上任就碰上薛蟠倚財仗勢搶奪英蓮（香菱）、打死馮淵的訟事。賈雨村開始不知深淺面對事實時也正氣凜然，大怒道：「豈有這樣放屁的事！打死人命就白白的走了，再拿不來的！」並發籤差公人立刻要把兇犯族中人拿來拷問。可是，正要下令時，站在桌邊上的「門子」（當差）對他使了一個眼色，賈雨村心中疑怪，只好停了手，即時退堂，來到密室聽這個聽差敍述訟事的來龍去脈和保烏紗帽的「護官符」（上面寫着大權勢者的名單，地方官不可觸犯），而訟事中的被告恰恰是護身符中的薛家，又連及有恩於他的賈家，甚至王家（薛蟠的姨父是賈政，舅舅是京營節度使王子騰），這可非同小可。最後，他聽了「門子」的鬼主意，雖口稱「不妥，不妥」，還是採納了「不妥」的處理辦法，昧着良心，徇情枉法，胡亂判斷了此案，給了馮家一些燒埋銀子而放走兇手，之後便急忙作書信兩封給賈政與王子騰邀功，說一聲「令甥之事已定，不必過慮」。為了封鎖此事，又把那個給他使眼色、出計謀的門子發配遠方充軍，以堵其口。

王國維在評說《紅樓夢》的悲劇價值時，指出關鍵性的一點，是《紅樓夢》不把悲劇之因歸罪於幾個「蛇蠍之人」，而是「共同關係」的結果。如林黛玉，她並非死於幾個「封建主義者」之手，而是死於共同關係的「共犯結構」之中。而「結構中人」並非壞人，恰恰是一些愛她的人，包括最愛她的賈寶玉與賈母。他們實際上都成了製造林黛玉悲劇的共謀，都有一份責任。這種悲劇不是偶然性的悲劇，而是人處於社會關係結構之中成為「結構人質」的悲劇。《紅樓夢》的懺悔意識，正是作者及其人格化身賈寶玉感悟到自己乃是共謀而負有一份責任的意識。《紅樓夢》正因為有此意識而擺脫了「誰是兇手」的世俗視角，進入以共負原則為精神支點的超越視角。可惜王國維未能發現《紅樓夢》美學價值中的另一半——荒誕劇價值同樣具有它的特殊的深刻性，即同樣沒有陷入世俗視角之中。賈雨村在亂判葫蘆案中扮演荒誕主體的角色，但他並不是「蛇蠍之人」的角色。當他以生命個體的本然面對訟事時，頭腦非常清醒，判斷非常明快，可是，一旦訟事進入社會關係結構網絡之中，他便沒有自由，並立即變成了結構的人質。他面對明目張膽的殺人行為而發怒時，既有良心也有忠心（忠於王法），可是良心的代價是必將毀掉他的剛剛復活的仕途前程。一念之差，他選擇了徇私枉法，也因此變審判官為「兇手的共謀」。可見，馮淵無端被打死，既是薛蟠的罪，也是支撐薛蟠的整個社會大結構的共同犯罪。說薛蟠仗勢殺人，這個「勢」，就是他背後的結構。賈雨村在葫蘆戲中扮演荒誕角色表面上是喜劇，內裏則是一個士人無處可以逃遁、沒有選擇自由、沒有靈魂主體性的深刻悲劇。總之，《紅樓夢》的內在結構，是悲劇與荒誕劇兼備的雙重結構。也可以說，《紅樓夢》的偉大，是大悲劇與大荒誕融合為一、同時呈現出雙重精神意蘊和雙重審美形式的偉大。一百年來的《紅樓夢》研究只注意其悲劇價值，忽略其荒誕劇價值，未能開掘極端喜劇形式的荒誕內涵，今天正需要做一點補充。

四、詩意生命系列的創造

王國維說《紅樓夢》是哲學的，指的恐怕不是理念，而是生命哲學意味和審美意味，即由《紅樓夢》的主人公賈寶玉、林黛玉及其他女子等美麗生命所呈現的生命形上意味。歌德曾說，理念是灰色的，惟有生命之樹常青。《紅樓夢》的永恆魅力不在於理念，而在於生命。正如荷馬史詩的永恆魅力，不在於它體現希臘時代的民主理念，而是它象徵着人類文明初期生命體驗模式的某種普遍性意味。《伊利亞特》蘊涵的是人類生活的「出征」模式，即那種為美而戰鬥而犧牲而捍衛尊嚴的永恆精神；而《奧德賽》則意味着「回歸」模式，即那種出征之後返回自身、返回家鄉、返回情感本然的永恆眷戀。馬克思在闡釋希臘史詩時，最有啟發性的是提示我們要把握住理解希臘史詩的難點即打開史詩永久魅力的關鍵點。他說：

> 困難不在於理解希臘藝術和史詩同一定社會發展形式結合在一起。困難的是，它們何以仍然能夠給我們以藝術享受，而且就某方面說還是一種規範和高不可及的範本。[1]

1 《政治經濟學批判》導言引自《馬克思恩格斯列寧斯大林論文藝》，第四九頁，人民文學出版社，一九七四年。

馬克思在指出這個難點之後，自己作了初步的回答。這一回答的要點是，成熟的作品產生於未成熟的社會之中並不奇怪，因為賦予史詩以永久魅力的不是社會，而是人，是帶着兒童天性的人。這種本真本然的人，這種帶着原始詩意的生命，便是美感的源泉，便是使我們享受不盡的「永久魅力」的秘密。馬克思並不是文學藝術家，但他天才地感悟到文學作品的永恆之謎不可能通過社會意識形態的匙去打開，只可能從生命形態這一匙去打開。事實上也正是這樣，《伊利亞特》所展示的希臘與特洛依的戰爭，並非不同社會制度、不同社會形態的你死我活的較量，也無所謂正義與非正義，而是兩個城邦國家的英雄們為一個名叫海倫的絕世美人而戰。僅此一個原因，卻不能通過和談解決，而是傾盡全國兵將血戰十年，這種戰爭，本身就是小孩脾氣。海倫這位美人並無複雜精神內涵，她在作品中只是美的象徵。但為她而戰的英雄們卻展示出可以為美流血、為個人和城邦國家尊嚴而犧牲的生命激情。所有的英雄都不是被理念所掌握，而是被命運推着走，而決定命運的是性格，是帶着天真氣息的生命形態。偉大的史詩作者荷馬，對所有的英雄和美人，都不設置政治法庭與道德法庭，史詩中沒有政治道德判斷，沒有是非、善惡、功過的裁決，只有審美意識，只有生命所負載的美、尊嚴、智慧和雄偉的大精神。而這種美和精神，卻一代又一代地讓不同地域的人們引起共鳴並從中得到藝術的大愉悅。

《紅樓夢》與希臘史詩相似，它的魅力，它的美感源泉，不在於它折射某種社會發展形態，也不在於抽象的哲學理念，而在於它呈現了一群具有宇宙感與哲學感的生命，一群空前精彩的詩意生命。這些生命，充滿兒童的天真和原始的氣息，在你爭我奪的功利社會裏都在內心保持着一種最質樸、最純正的內心。

曹雪芹出生於十八世紀上半葉（或一七一五年，或一七二四年），卒於下半葉（一七六四年前後）。他去世後不久，在西方（德國）誕生了一位大哲人、大詩人，名叫荷爾德林（Johann Christian Friedrich

Hölderlin, 1770-1840），他有一個著名的期待，被二十世紀的大哲學家海德格爾推崇備至，並成為人類的一種偉大嚮往，這就是「人類應當詩意地棲居在地球之上」。現在看來，曹、荷這兩位誕生在十八世紀東、西方的天才，奇蹟般地不謀而合，都具有一種偉大的憧憬，這就是人應是詩意的生命，人的存在應是詩意的存在，人的合理生活應是「詩意棲居」的生活。不同的是，荷爾德林通過詩與哲學直接表述他的理想，而曹雪芹則把他的理想轉化為小說中的詩意生命形式，即塑造了一群千古不滅的至真至善至美的詩意形象，這就是賈寶玉以及林黛玉等女性形象。只要留心閱讀，讀者就會發現，《紅樓夢》中那些光彩照人的女子，都是詩人，賈元春、林黛玉、薛寶釵，妙玉、史湘雲、探春、李紈等全是詩人，連香菱也一心學詩。她們組織詩社，其實，這詩社，正是人間詩國，正是處於泥濁世界中而不染的淨水國。所以男子不可靠近，惟一例外的是對淨水國充份理解的被稱為「無事忙」和「混世魔王」的賈寶玉。這一詩國在泥濁世界的包圍之中，但在精神上則站立於泥濁世界的彼岸。這些詩人都是詩意的生命。還有一些是「身為下賤」的奴婢丫鬟，她們來自社會底層，不會寫詩，但她們卻用自己的行為語言寫出感天動地的生命詩篇。晴雯之死，鴛鴦之死，都是千古絕唱。還有寄寓於貴族之家的奇女子尤三姐，也一劍了結自身，用滿腔熱血寫出卓絕千古的愛戀詩篇。與其說，這是「癡絕」，不如說是「美絕」，詩情之絕。

《紅樓夢》塑造林黛玉等一群至真至美的詩意女子形象，是中國文學前無古人、後啟來者的奇觀，也是世界文學的奇觀。在世界文學之林中，只有莎士比亞、托爾斯泰創造過這種奇觀。莎士比亞以他的朱麗葉、苔絲德蒙娜、娥菲莉亞、克莉奧特佩拉、鮑細霞、薇奧娜等詩意女性，為人類文學的天空綴上了永遠閃光的星辰。托爾斯泰則以娜塔莎、安娜·卡列尼娜、瑪絲洛娃為世界文學矗立了三大女性永恆形象。而曹雪芹則為文學世界提供一個詩意女性的燦爛星座。可惜，只有少數具有精神幸福的人才能看清和理解這一星座。人類世界要充份看到這一星座的無比輝煌，還需要時間。

《紅樓夢》女性詩意生命系列中最有代表性的幾個主要形象，如林黛玉、薛寶釵、史湘雲、妙玉、晴雯、鴛鴦等有一特點，不僅外貌極美，而且有奇特的內心，這便是內在詩情。賈寶玉稱她們由水做成即屬於淨水世界，這不僅是概括她們的「柔情似水」的女性性別特點，而且概述了她們有一種天生的與男子泥濁世界拉開內心距離的極為乾淨的心理特點。她們的乾淨，是內心最深處的乾淨，她們的美麗，是植根於真性真情的美麗。因此，曹雪芹給予她們的生命以最高的禮讚。他通過賈寶玉作《芙蓉女兒誄》，禮讚晴雯說：「其為質則金玉不足喻其貴，其為性則冰雪不足喻其潔，其為神則星日不足喻其精，其為貌則花月不足喻其色。」這一讚辭，既是獻給晴雯，也是獻給其他所有的詩意女子，《芙蓉女兒誄》出現於《紅樓夢》的第七十八回，至此，曹雪芹的眼淚快流盡了。他借寶玉對所愛女子的最高也是最後的禮讚，其中包含着絕望，也包含着希望。那個以國賊祿鬼為主體的泥濁世界使他絕望，但是，那個如同星辰日月的淨水世界則寄託着他的詩意希望。《紅樓夢》的哲學意味正是，人類的詩意生命應當生活在泥濁世界的彼岸，不要落入巧取豪奪的深淵之中。人生只是到人間走一遭的瞬間，最高的詩意應是「質本潔來還潔去」，如林黛玉、晴雯、鴛鴦、尤三姐等，返回宇宙深處的故鄉時，不帶地球上的濁泥與塵埃，依然是一片身心的明淨與明麗，依然是赤子的生命本真狀態。《紅樓夢》之所以是最深刻、最動人的悲劇，正是因為它是這樣一曲悲絕千古的詩意生命的輓歌。

上一世紀下半葉大陸《紅樓夢》研究最致命的弱點，恰恰是過於強調《紅樓夢》與社會形態的結合，太強調它的時代特徵（封建時代的末期與所謂資本主義萌芽期的特徵），太強調它的政治意味以至把它視為四大家族的歷史和反封建意識形態的形象轉達，其實，《紅樓夢》的特質，恰恰在於它並非如此政治、如此歷史、如此意識形態，而在於它是充份生命的，並且是充份詩意的。

《紅樓夢》的生命哲學意味不僅體現在詩意女子身上，還體現在主人公賈寶玉身上。筆者曾指出：「《紅樓夢》的偉大之處，正是它並非性自白，也不僅是情場自白，而是展示一種未被世界充份發現、充份意識到的詩化生命的悲劇，而這些詩化生命悲劇的總和又是由一個基督式的人物出於內心需求而真誠地承擔着。於是，這種悲劇就超越現實的情場，而進入形而上的宇宙場。」[1] 這裏所説的基督式人物，就是賈寶玉。在茫茫的人間世界裏，惟有一個男性生命能充份發現女兒國的詩化生命，能充份看到她們無可比擬的價值，能理解她們的生命暗示着怎樣的精神方向，也惟有一個男性生命能與她們共心靈，共脈搏，共命運，共悲歡，共歌哭，並為她們的死亡痛徹肺腑地大悲傷，這個人就是賈寶玉。這個賈寶玉，本身也是一個詩人，在世俗世界中的酸秀才們面前，他如鶴立雞群。在題「大觀園」各館的匾額時儘管賈政對他存有偏見，但也不得不採用他的命名。但他的智慧水平總是遜於林黛玉一籌。然而，他卻有一顆與林黛玉的心靈相通相知的大詩心。這顆詩心甚至比林黛玉的詩心更為廣闊、更為博大。這顆詩心愛一切人，包容一切人，寬恕一切人。他不僅愛那些詩化的少女生命，也包容那些非詩、反詩的生命，尊重他們的生活權利，包括薛蟠、賈環，他也不把他們視為異類。賈環老是要加害他，可是他從不計較，仍然以親哥哥的溫情對待他、開導他。薛蟠這個真正的混世魔王，賈寶玉也成為他的朋友，和他一起玩耍打酒令。他被父親痛打，實際上與薛蟠有關，可是薛寶釵一詢問，他立即保護薛蟠説：「薛

1 《罪與文學》，第二零五頁，香港牛津大學出版社。

大哥從來不這樣的，你們不可混猜度。」（第三十四回）賈寶玉心裏沒有敵人，沒有仇人，也沒有壞人，他不僅沒有敵我界線，沒有等級界線，沒有門第界線，沒有尊卑界線，沒有貧富界線，甚至也沒有雅俗界線。這是一顆真正齊物的真人至人之心，一顆天然確認人格平等的大愛大慈悲之心，一顆拒絕仇恨、拒絕猜忌、拒絕世故的神性佛性之心。正是具有這樣的心靈，所以他「外不殊俗，內不失正」（嵇康語）。在外部世界裏，他不擺貴族子弟的架子，不刻意去與三教九流劃清界線，不對任何人拉起防範的一根弦，沒有任何勢利眼；而在他的內裏卻有熱烈而真摯的情感，更有絕不隨波逐流的心靈原則與精神方向。因此，薛蟠們那些卑污的慾望進入不了他的身心，影響不了他。薛蟠只知慾望而不知甚麼是愛，而寶玉則只知愛而不知慾望為何物。寶玉敢與薛蟠交往，純屬「童心無忌」，也可以說是他已修煉到「我不入地獄誰來入」的境地——即使入地獄也不怕，在地獄之中他也五毒不進，百毒不傷，也不會變成地獄黑暗的一部份，反而會以自己的光明照亮地獄的黑暗。賈寶玉的心，正是這樣一種大包容、大悲憫、大關懷的基督之心，也是一種無分別（把人刻意分類的權力操作）、無內外、無功利的菩薩之心。這種心靈，負載着人間最高、最豐富的詩意，它正是《紅樓夢》擁有永恆魅力的一種源泉。

賈寶玉與林黛玉的愛情是《紅樓夢》的主要故事線索，這一線索的詩意與美感，是永遠說不盡的。林、賈的情愛是一種天國之戀，即完全超世俗的心靈之戀。他們的戀情早在天地之初就開始了。從前生前世的「神瑛侍者」與「絳珠仙草」的相濡以沫，到今生今世的還淚流珠，這一寓言隱喻着他們的情愛「天長地久」，永遠與日月星辰同生同在。與這一天國之戀相比，賈寶玉與薛寶釵的情感故事，則只能算是地上之戀，或者說是世俗之戀。所以薛寶釵會勸寶玉迎合世俗的要求去走仕途經濟之路。林、薛之別，恰恰是從這裏劃出界線。《紅樓夢》第三十六回有一段關鍵話語：

或如寶釵輩有時見機導勸，反生起氣來，只說「好好的一個清淨潔白女兒，也學的釣名沽譽，入了國賊祿鬼之流。這總是前人無故生事，立言豎辭，原為導後世的鬚眉濁物。不想我生不幸，亦且瓊閨繡閣中亦染此風，真真有負天地鍾靈毓秀之德」。……獨有林黛玉自幼不曾勸他去立身揚名等語，所以深敬黛玉。

賈寶玉對林黛玉的愛裏有「敬」的元素，而且不是一般的「敬」，而是「深敬」。這就是說，賈寶玉從內心的深處敬愛林黛玉，深知惟有這個異性生命的心靈指向和自己的心靈指向完全相通。這種相通，意味着他們都站立在沽名釣譽的泥濁世界之外，身心中都保留着從天國帶來的那一脈未被染污的淨水。在潛意識的世界裏，寶玉必定在說：寶釵雖身在瓊閨繡閣，很會做人，卻並非詩意的存在，而林黛玉愛使性子脾氣，其心靈卻是一首天地鍾靈毓秀凝結成的生命詩篇。

從表面上看，林黛玉是個專愛主義者，只愛一個人，而賈寶玉是個泛愛主義者，愛許多女子以至愛一切人，實際上，賈寶玉全心靈、全生命深愛的也只有林黛玉一個人。他和林黛玉互為故鄉，互為心靈，因此，當一方失掉另一方時，便會覺得喪失生命的全部意義，林黛玉便陷入絕望而焚燒詩稿，而賈寶玉則喪魂失魄，出走家園。林黛玉對賈寶玉一往深情，其實也有一種「深敬」的生命元素埋在情感底層。她的智慧比賈寶玉高出一籌，但她仍然深深地愛寶玉，因為她知道她所愛的人是一個釋迦牟尼式的人，倘若她認識基督的名字，便是知道她所愛的人是一個正在成道中的基督式的人物。釋迦牟尼、基督的大生命詩意不在文字之中，而在大慈大悲的行為語言與心靈語言中。正如賈寶玉能讀懂林黛玉的詩篇一樣，林黛玉也完全是賈寶玉行為詩篇與心靈詩篇的知音。在表象世界裏，林黛玉尖刻、好嫉妒，具有許多世俗女子的弱點（作為文學形象，這才生動），但在內心世界，她也是一個觀音式的大愛者。她作為大觀園裏的首席詩人，了解賈寶玉生命的全部詩意。所有好的文學作品，都寫情。但《紅樓夢》的情卻不是一般的情，而是大靈魂所支撐的情。《紅樓夢》永恆的詩意，既來自「情」，也來自「靈」，既來自人性，也來自佛性。而這兩種性，均非存在於「時代」中，而是存在於永遠的「時間」中。

五、高視角與低姿態的藝術和諧

王國維說《紅樓夢》是宇宙的、哲學的，又說是文學的。這種說法認真推敲起來，會讓人感到困惑，難道《桃花扇》乃至《三國演義》、《水滸傳》等就不是文學的嗎？這裏涉及關於文學本體意義的認識。在王國維心目中，顯然只有《紅樓夢》才是充份文學。可惜王國維沒有對此進行闡釋。

儘管沒有闡釋，但可知道，《紅樓夢》是一部比《桃花扇》具有更高文學水準的作品，屬於另一文學層面。關於這點林崗和我在《罪與文學》裏已用許多篇幅進行了論述。在論述中，我們說明一點：《紅樓夢》的視角不是世俗的視角，而是超越的視角。所謂超越，就是超越世間法（世間功利法、世間因緣法等）。《紅樓夢》的方式不是追逐現世功利性與目的性的方式，而是審美的方式。從閱讀的直接經驗可以感受到，《紅樓夢》對女子的審美意識非常充份，無論是外在美還是內在美都充份呈現。在人類文學中，一般地說，男子形象體現力量的維度，女子形象則體現審美維度。在《紅樓夢》中，女子所代表的審美維度發展到極致。以《紅樓夢》為參照系就會發現，《三國演義》、《水滸傳》對女子沒有審美意識，只有道德意識，換句話說，只有道德法庭，沒有審美判斷。不必說被道德法庭判為死刑的妖女「淫婦」潘金蓮、潘巧雲、閻婆惜等，就是被判決為英雄烈士的顧大嫂、孫二娘等也沒有美感，甚至作為美女形象出場也被放入法庭正席中的貂蟬，也不是審美對象，而是政治器具。《桃花扇》的李香君雖是美女，但也是道德感壓倒美感，其生命的審美內容並未充份開掘，和林黛玉、晴雯、妙玉等完全不能同日而語。

放下直接的閱讀經驗，從理論上說，正如康德所點破的那樣，審美判斷是「主觀的合目的性而無任何目的」的判斷。[1] 他說的無目的，便是超越世間的功利法，即超越世俗眼光的目的性，進入人類精神境界的更高層次。這個層次，乃是敍述者站立的層次，比筆下人物站得更高的層次。在這層次上，功利的明確目的性已經消失，悲劇的目的不是去追究「誰是兇手」，自然也不是一旦找到兇手，悲劇衝突就得以化解。《紅樓夢》不是這樣，它讓讀者和作者一樣，感悟到有許多無罪的兇手，無罪的罪人，他們所構成的關係和這種關係的相關互動才是悲劇難以了結的緣由。林黛玉的悲劇，正是「無罪之罪」作用的結果。包括最愛她的賈寶玉、賈母也是共謀，也有一份責任，都無意中進入「共犯結構」。即使是薛寶釵，她也不是「蛇蠍之人」，她成為製造林黛玉悲劇的一個因素，並非她主觀上去使用甚麼毒計，而是因為她也是「關係中人」，被那個無法更改的「共犯關係」所決定。「他們本着自己的信念行事，或為性情中人，或為名教中人，或為非性情亦非名教僅是無識無見的眾生，這本是無可無不可的事情，可不幸的是他們生在一起，活在一個地方，不免發生衝突，最後一敗塗地。對於這種悲劇，若要做出究竟是非的判決，或要問起元兇首惡，真是白費力氣。因為敍述者對故事的安排和人物設置的本身就清楚地告訴讀者，他企圖敍述的是一個『假作真來真亦假』的故事，矛盾諸方面在自己的立場是真的，但看對

1《判斷力批判》上卷，第五九頁，宗白華譯，商務印書館，一九六四年。

方是假的，真假不能相容，真真假假中演出一齣恩恩怨怨的悲歡離合的悲劇。敘述者比他筆下的人物站得更高，給讀者展示了一個像謎一樣的永恆衝突。」（參見《罪與文學》）

這種衝突是雙方各自持有充份理由的衝突，是靈魂的二律背反，是重生命自由與重生活秩序的永恆悖論，只要人類存在着，生活着，這種悲劇性的衝突與悖論，就會永遠存在。它不像世間的政治衝突、經濟衝突、道德衝突可以通過法庭、戰爭、理性判斷加以解決，也不可能隨着現實時間的推移或找到兇手而化解。它也不像《三國演義》那樣，一方是「忠絕」、「義絕」、「貞絕」，一方是「奸絕」、「惡絕」、「淫絕」，善惡分明，然後通過一方吃掉一方而暗示一種絕對道德原則。魯迅先生說《紅樓夢》在藝術上了不起之處是沒有把好人寫得絕對好，沒有把壞人寫得絕對壞。這便是拒絕忠奸、善惡對峙的世俗原則。筆者曾多次說，《紅樓夢》是一部無真無假（「假作真來真亦假」）、無是無非、無善無惡、無因無果，因此也是無邊無際（沒有時空邊界）的藝術大自在。這是對《紅樓夢》超越世俗價值尺度的一種表述，也是《紅樓夢》能夠成為永恆審美源泉的秘密所在。馬克思所說的解開荷馬史詩永恆之謎的難點，我們從《紅樓夢》對世俗眼光的超越中，也可以得到一些解釋。

這裏筆者還要強調《紅樓夢》另一文學特點是，無論其悲劇敘述風格或荒誕劇敘述風格均不同於莎士比亞悲喜劇，也不同於塞萬提斯小說或貝克特《等待戈多》境遇劇。雖然他們都是站立在超越世俗眼界的很高的層面，在精神上都有一種對人間生命的大悲憫感，但是，在敘述方式上，上述西方這些經典作家都有一種貴族姿態，作家主體在描述中皆是以自身的高邁去照臨筆下人物，所以讀者明顯地感到唐吉訶德的可笑。而曹雪芹作為創作主體則是一種低姿態，反映他的「大觀」眼睛並不是他自身的貴族眼睛，而是另外兩種眼睛：（一）跛足道人的眼睛；（二）賈寶玉的「侍者」（僕人）的眼睛。兩者全是高視角而又低姿態，是《紅樓夢》獨一無二的敍述方式。

跛足道人拄着拐杖，瘋癲落拓，麻屣鶉衣，沒有任何聖者相、智者相、權威相、神明相、先知相、貴人相、導師相，但他「口內念着幾句言詞」卻是許多賢者聖者權勢者永遠領悟不到的真理，他所唱的《好了歌》，雖是寥寥數語，卻道破人間荒誕的根本處：在短暫的人生中被各種色慾所迷所困而不自知，而不自覺，而不能自拔。不知為之瘋狂、為之顛倒的「世上萬般」均非最後的實在，以為權力、金錢、美色是意義卻無意義。那一切虛幻的「好」終究只有一了。跛足道人沒有「聖人言」形式，只是唱着輕快的嘲諷之歌，這是最低調的歌，又是最高深的歌，是大悲劇的歌，又是大喜劇的歌，也是沒有邏輯形式的哲學歌。《紅樓夢》沒有「聖人言」的方式，也沒有三言二拍那種因果報應的「誡言」形式（即不是世間功利法與世間因緣法），而是「真事隱言」、「假語村言」、「石頭言」等一些與讀者心靈相契相交的平常形式。關於這一點，筆者在《共悟人間——父女兩地書》與劍梅談論「《紅樓夢》方式」時就說：「我國的古代小說，大體上都是一個情節暗示一種道德原則，惟有《紅樓夢》是多重暗示。每一個人物的命運，都有多重暗示……中國文化史的經典著作，從孔子到朱子，其思維方式其實都是『聖人言』的方式，即『聖人道出真理』的方式，並未把真理『開放』。後來形成獨尊的話語權力，與此有關。而《紅樓夢》則用『假語村言』娓娓敍述故事的方式，沒有『告誡』氣味，而且又用完全開放的方式去看待被各種人尊為真理的古代經典，並敢於提出叩問。」[1]

在《紅樓夢》裏，賈寶玉是真正的聖者，他的天性眼睛把人間的污濁看得最清，所以才有「女兒是

1 《共悟人間》，第二三零頁，香港，天地圖書有限公司。

水作的骨肉，男人是泥作的骨肉」的驚人之論。他也把人間的殘忍看得最清，所以才為一個個美麗生命的死亡而發呆而哭泣，別人都為失去權力、財產而痛苦，他只為丟失少女生命而悲傷而心疼。他的價值觀是真正的以人為本、以人為天地精華的價值觀，但他在世俗的眼睛裏卻是個未能成為棟樑之才的蠢物，而他自己也甘於做傻子、呆子和他人眼裏的蠢物，以最低的姿態生活於人間並觀看人間，他的姿態比奴婢丫鬟的姿態還要低。他的前身名叫「神瑛侍者」。所謂侍者，就是僕人，就是奴隸。而他來到人間之後，仍然是個侍者，身份雖是豪門府第中最受寵的貴族子弟，可是精神上卻是侍者心態、侍者眼光，第三十六回這樣描寫他的位置：

> 那寶玉本就懶與士大夫諸男人接談，又最厭峨冠禮服賀弔往還等事，今日得了這句話，越發得了意，不但將親戚朋友一概杜絕了，而且連家庭中晨昏定省亦發都隨他的便了，日日只在園中遊臥，不過每日一清早到賈母王夫人處走走就回來，卻每每甘心為諸丫鬟充役，竟也得十分閒清日子。

一個貴族子弟，竟然給自己僕人「充役」。地位如此顛倒過來，以至把自己的地位放得比僕人還低。賈寶玉正是擁有這種侍者的眼睛與姿態，所以他能看清常人眼裏無價值的生命恰恰具有高價值，也因此才對這些生命的毀滅產生大悲情——不是自上而下，居高臨下的同情，而是自下而上的深敬深愛的大傷感與大痛惜。他為晴雯作《芙蓉女兒誄》，傾訴得如此動情，原因就在於此。其實，晴雯在世人的眼裏，不過是一個女僕，在王夫人的眼裏，不過是個下賤的僕人與「妖精」，但在賈寶玉眼裏，她卻是「心比天高」的天使。因此，在她生前，他尊敬她，在她死後，則仰視她。於是，便寫下了感天動地的千古絕唱。康德對美的經典定義是美即超功利。而《芙蓉女兒誄》這首祭詩，便是超越人間功利眼睛的最美最乾淨的輓歌。這就是《紅樓夢》的方式，最高的精神與最低的姿態相結合的方式，無訓誡、無權威、無虛妄的文學方式。而只有這種方式才能贏得無數後代知音。

曹雪芹出身貴族，其在《紅樓夢》中的人格化身賈寶玉更是十足的貴族子弟，但是，賈寶玉身上所折射的貴族文化，不是貴族特權意識，而是貴族的高貴精神氣質，而且是叛逆性的精神氣質，恰似拜倫與普希金的精神氣質。這一點，和尼采所張揚的貴族觀念很不相同。尼采自命為貴族的後裔，以身上擁有貴族血統而自傲。在「重估一切價值」中重新定義貴族，重新定義道德，重新定義基督精神，強調貴族與民眾的等級差別與精神差別。他把道德分為兩種涇渭分明的基本類型，即主人道德和奴隸道德。而道德的區別又是產生於等級區別，產生於上等人與芸芸眾生的區別，因此「好」與「壞」的對立實際上就是「高貴」與「下賤」的對立。按照這一理念，他認為，代表主人道德的貴族應向代表奴隸道德的民眾開戰，向下等人與弱者開戰，反對貴族對底層大眾的悲憫。因為基督教同情、憐憫「下等人」，所以尼采便認定基督教正是集中地體現奴隸道德。因此，他宣佈「上帝死了」，熱烈攻擊基督。尼采的貴族定義和兩種道德的劃分是典型的貴族特權主義。[1] 而曹雪芹完全不同於尼采，他有貴族的高貴精神和高級審美趣味，反映在賈寶玉形象上正是這種精神與趣味。整部《紅樓夢》的高雅情趣也是貴族化的。然而，曹雪芹不僅不蔑視平民和奴隸，而且給晴雯、鴛鴦等一群女僕以「身為下賤，心比天高」的最高禮

1　尼采《善惡之彼岸》第九章：「甚麼是貴族？」，灕江出版社，二零零零年。

讚。而賈寶玉身上負載的正是對底層奴隸和人間社會的大慈悲精神。這種貴族精神和基督情懷的結合，形成了世間一種最偉大、最寶貴的人格與最有獨創性的審美形式。

六、呈現內在視野的東方史詩

關注中國文學的人總是遺憾中國文學沒有出現「史詩」，沒有《伊利亞特》與《奧德賽》似的史詩。其實，《紅樓夢》正是一部偉大史詩，而且由它確立了一個極為精彩的中國的史詩傳統。「史詩」是一個來自西方的概念，它原是指古代記載重大歷史事件、英雄傳說並具有神話色彩的長篇敘事詩，後來又伸延到泛指具有上述內涵並有宏大結構的卓越敘事作品，包括長篇小說作品。此時，我們說《紅樓夢》是一部偉大史詩，是指：（一）它具有荷馬史詩式的宏偉敘事構架和深廣視野；（二）它和中國原始神話《山海經》直接相連，塑造了具有神話色彩和別樣英雄色彩的系列；（三）它寄託着人類「詩意棲居」、「詩意存在」的形上夢想，從而使濃厚的詩意覆蓋整個作品。

上述三點，還需作些補充。首先應說明的是，《紅樓夢》的史詩構架打通天上人間，這與《伊利亞特》相似，但其深廣視野則與《伊利亞特》不同，這是一種更深邃的內在視野，它挺進到人的內心深處，展示更豐富的內在生命景觀。這種史詩性的內在生命景觀，在人類文學史上極為罕見，它是曹雪芹了不起的創造，也是《紅樓夢》史詩的特徵。林黛玉一見到賈寶玉就覺得「眼熟」，內在視野一下子就伸延到靈河岸邊。她在《葬花詞》提問：「天盡頭，何處有香丘？」在大蒼涼的叩問中呈現的又是無邊無垠的大視野。其次，說《紅樓夢》有英雄色彩，這是另一種意義的、具有平常之心的英雄。難道賈寶玉基督式的情懷不是英雄情懷？難道賈寶玉拒絕立功立德、拒絕榮華富貴、拒絕功名利祿不是英雄的氣概？難道尤三姐、鴛鴦一劍一繩自我了斷，把泥濁世界斷然從自己的生命中拋卻出去，不是英雄悲歌？難道林黛玉的焚燒詩稿的大行為語言，不是對黑暗人間英雄式的抗議？如果說，《伊利亞特》的英雄是剛性的，那麼，《紅樓夢》的英雄則是柔性的。因此，也可以說，《伊利亞特》是剛性史詩，《紅樓夢》是柔性史詩。

史詩不是歷史，而是文學。史詩的起點是詩，是審美意識，而不是年代時序，不是權力意識與道德意識。因此，它雖然具有歷史時代內涵，但重心則是超越歷史時代的生命景觀與生命哲學意味。也就是說，史詩的重心是「詩」而不是「史」。它是史的詩化與審美化，但不是歷史。《資治通鑒》、「二十四史」等規模再大，也不是史詩。《三國演義》、《水滸傳》雖塑造了許多英雄，也有歷史感，但缺乏史詩的起點，即審美意識，讀者感受到的是權力意識與道德意識絕對壓倒審美意識，因此，不能稱為史詩。中國的《史記》，以文寫史，以文學筆調塑造歷史英雄，顯然有史詩傾向。其中有些描繪英雄人物的篇章，也很有詩意。可以說，《史記》早已提供了史詩創造的可能性，可惜司馬遷自己沒有意識到這一點。他不是用審美意識去重新觀照歷史和重組歷史，因此，也沒有賦予《史記》以史詩的宏偉框架。它對個人不幸遭際進行反彈的發憤意識顯然大於審美意識，這一點限制了他的「大觀」眼睛，使他未能像曹雪芹如此透徹地悟到人間的詩意所在。總之，《紅樓夢》有神話，有英雄，有歷史，有超越歷史的大詩意和宏偉的文學架構，不愧是一部偉大史詩。筆者確信，《紅樓夢》這一特殊的審美存在，它和誕生於西方的荷馬史詩一樣，將永遠保持着太陽般的魅力並永遠放射着超越時空的光輝。

寫於二零零三年十二月
美國科羅拉多州

論《紅樓夢》的懺悔意識

《紅樓夢》是中國古代小説惟一具有深刻懺悔意識的作品，曹雪芹通過他筆下的人物性格、悲劇故事、情節安排的隱喻以及敍述者聲音等不同層面滲透着懺悔情感。小説問世以來，各種研究批評汗牛充棟，但是，真正有自己閱讀心得和學術發展的還是王國維和魯迅等少數幾家。他們的批評能夠把握住《紅樓夢》的悲劇性質，而且這種把握是建立在對文學之所以為文學的深刻見解之上。本文打算在他們的批評的基礎上專題討論《紅樓夢》中的懺悔意識問題。這不僅是因為相比繁複的紅學研究，這個問題涉足者不多，更重要的是藉此可説明這部不朽小説的感人之處和美學魅力的關鍵之點。談《紅樓夢》不談它的「共犯結構」，不談它的懺悔意識，就不能透徹。因此，本文便從這一關鍵點切入，以對這部偉大小説的藝術價值作點新的説明。

一、悲劇與「共犯結構」

近百年來，對《紅樓夢》悲劇領悟得最深最透徹的是王國維。換句話説，在二十世紀的《紅樓夢》研究史上，就其對《紅樓夢》悲劇的闡釋，其深度還沒有人超過王國維。這種深刻性集中表現在一點上，就是它揭示了造成《紅樓夢》悲劇的原因不是幾個「蛇蠍之人」，即不是幾個惡人、小人、壞人造成的，也不是「盲目命運」造成的，而是劇中人物的位置及關係的結果。他說：

《紅樓夢》一書，徹頭徹尾的悲劇也。……由叔本華之說，悲劇之中，又有三種之別：第一種之悲劇，由極惡之人，極其所有之能力，以交構之者。第二種，由於盲目的命運者。第三種之悲劇，由於劇中之人物之位置及關係而不得不然者。非必有蛇蠍之性質與意外之變故也，但由普通之人物，普通之境遇逼之，不得不如是。彼等明知其害，交施之而交受之，各加以力而各不任其咎，此種悲劇，其感人賢於前二者遠甚。何則？彼示人生最大之不幸，非例外之事，而人生之固有故也。若前二種之悲劇，吾人對蛇蠍之人物，與盲目之命運，未嘗不悚然戰慄。然以其罕見之故，猶信吾生之可以免，而不必求息肩之地也。但在第三種，則見此非常之勢力，足以破壞人生之福祉者，無時而不可墜於吾前。且此等慘酷之行，不但時時可受諸己，而或可以加諸人。躬丁其酷，而無不平之可鳴，此可謂天下之至慘也。若《紅樓夢》，則正第三種之悲劇也。茲就寶玉、黛玉之事言之，賈母愛寶釵之婉嫕，而懲黛玉之孤僻，又信金玉之邪說，而思壓寶玉之病；王夫人固親於薛氏；鳳姐以持家之故，忌黛玉之才而虞其不便於己也；襲人懲尤二姐、香菱之事，聞黛玉「不是東風壓倒西風，就是西風壓倒東風」之語（第八十一回），懼禍之及，而自同於鳳姐，亦自然之勢也。寶玉之於黛玉，信誓旦旦，而不能言之於最愛之元祖母，則普通之道德使然；況黛玉一女子哉！由此種種原因，而金玉以之合，又豈有蛇蠍之人物，非常之變故，行於其間哉？不過通常之道德，通常之人情，通常之境遇為之而已。由此觀之，

《紅樓夢》者，可謂悲劇中之悲劇也。[1]

王國維的論述，除了王熙鳳忌林黛玉之才的説法值得商榷之外，總的思想非常精闢。他富有真知灼見地道破《紅樓夢》的悲劇，乃是共同關係即「共同犯罪」的結果，也就是與林黛玉相關的人物進入「共犯結構」的結果。造成寶黛愛情悲劇乃至林黛玉死亡的悲劇的，並不是幾個「蛇蠍之人」，而是與林黛玉關係最為密切、甚至是最愛林黛玉的賈母等，連賈寶玉也參與了悲劇的製造。換句話説，從襲人、王熙鳳到賈母、賈寶玉，他們都是製造林黛玉死亡悲劇的共謀。這裏找不到哪一個人是謀殺林黛玉的兇手，也無法對某個兇手進行懲處，但人們卻會發現許多「無罪的兇手」，包括賈寶玉也是「無罪的罪人」之一。所謂「無罪」，是指沒有世俗意義或法律意義上的罪；所謂「有罪」，是指具有道德意義和良知意義上的罪，懺悔意識正是對「無罪之罪」與「共同犯罪」的領悟和體認。賈寶玉正是徹悟到這種罪而最終告別父母之家。王國維説，賈寶玉對林黛玉本來是信誓旦旦，然而當賈母決定「金玉良緣」時，他卻不能拒絕、反抗最愛他的祖母。服從祖母，遵循「孝道」，在世俗意義上甚至在傳統文化意義上他是無罪的，然而，對於林黛玉，他卻負有良知之罪。如果賈寶玉對林黛玉的情愛具有徹底性，那麼，他對林黛玉的良知關懷就應當在此刻表現為良知拒絕。但他沒有拒絕賈母的選擇。沒有對賈母的拒絕便是對林黛玉的背叛。叩問這種靈魂深處的罪意識，才有文學作品深刻的精神內涵。王國維所説「劇中人物之位置及關係」造成的悲劇，完全可以翻譯為劇中人物共同犯罪的悲劇。

1 王國維：《〈紅樓夢〉評論》，見《王國維文學論著三種》，第一四、一五頁，商務印書館，二零零一年。

共同犯罪所以是無罪之罪，乃是因為這種罪並非刻意之罪，而是自然之罪，即「通常之道德，通常之人性，通常之境遇」導致的罪，也可以說是無意識之罪。同為持有通常之道德，通常之人性，因此，犯有這種罪的罪人，其犯罪也符合充份理由律，即其罪也無所謂「不可」。賈寶玉與林黛玉是性情中人，賈母、寶釵、鳳姐、賈政、王夫人、襲人等是名教中人，他們雙方的衝突，乃是他們本着自己的信念行事。他們的行為本無甚麼可或不可。莊子用「知通為一」解釋「自然」之勢，其意思就是說，道路是人走出來的，事物的名稱是人叫出來的。可有它可的原因，不可有它不可的原因；是有它是的原因，不是有它不是的原因。為甚麼是，自有它是的道理。為甚麼不是，自有它不是的道理。為甚麼可，自有它可的道理。為甚麼不可，自有它不可的道理。一切事物本來都有它是的地方，一切事物本來都有它可的地方。沒有甚麼東西不是，沒有甚麼東西不可。所以小草和大木，醜陋的女人和美麗的西施，以及一切稀奇古怪的事物，從道理上都可以通而為一。萬物有所分，必有所成；有所成必有所毀。所以，一切事物從通體來看就沒有完成與毀壞，它們都復歸於一個整體。莊子說，「唯達者知通為一」。[1]只有通達之士能夠了解這個「通而為一」的道理。真正深刻之悲劇，就是衝突的雙方都擁有自己的理由，都從某一角度符合充份理由律，也就是說，都在不同程度上確認這種「通而為一」的道理。這一美學原則放在《紅樓夢》的闡釋中，就是說，林黛玉的自由性情，本無「不可」；而薛寶釵的遵循名教，賈母、賈政的維持名教，也無不可。要問個是非究竟，追究誰是兇手，完全是徒勞無益的。《紅樓夢》的偉大之處，正是它超越了人際關係中的是非究竟，因果報應，揚善懲惡等世俗尺度，而達到通而為一的無是無非、無

1 《莊子·齊物論》，註釋可參見陳鼓應《莊子今注今譯》，第六二頁，中華書局，一九八三年。

真無假、無善無惡、無因無果的至高美學境界，從而自成一個區別於中國傳統戲曲小說模式的藝術大自在。

《紅樓夢》評論史上，對林黛玉與薛寶釵的褒貶一直爭論不休。當然，從心靈的傾向上，《紅樓夢》作者曹雪芹在他作品中的人格化身賈寶玉是更愛林黛玉的。但是，在構成賈林的愛情悲劇中，我們看到林、薛雙方乃是代表着愛情悲劇中的二律背反。林、薛二人，不是善惡之分，而是愛情悖論的兩端。如果林、薛真的是善、惡的代表，那麼賈寶玉就無須如此猶豫、徬徨，他只要做一個除惡揚善的英雄，便可解決一切爭端與矛盾，求得一個婚姻的大美滿與大團圓。然而，恰恰是兩個美麗女子所代表的悖論，她們各有可愛的理由，使得賈寶玉內心充滿緊張與分裂，最後卻都辜負了她們的深情，而承受着雙重的罪惡。所以，林薛的衝突，也可視為賈寶玉靈魂的悖論乃至曹雪芹靈魂的悖論。

對王國維的悲劇論，我們還可藉助黑格爾關於悲劇的著名論斷來理解。從哲學體系上說，王國維運用的是叔本華的意志論，並非黑格爾的絕對理念論。但在悲劇美學上，兩者卻有一些相通之點。在黑格爾的悲劇論中，抽象的倫理力量分化為不同的人物性格及其目的，導致不同的動作和對立衝突，否定理想的和平統一。衝突必須解決，這解決就是否定的否定。衝突否定了理念的和平統一，悲劇最後解決又否定衝突雙方的片面性。實際結局是悲劇人物的毀滅或退讓，這便是「和解」。而結合到悲劇人物的罪責問題，黑格爾認為，就其堅持倫理理想來說，他們是無罪的；但就其所堅持的只是片面的理由，因而是錯誤的理想來說，他們又是有罪的。黑格爾從他的「正、反、合」哲學總公式出發，認為悲劇的結局毀滅了堅持片面的倫理力量的個別人物，從而恢復了倫理力量的固有力量，這就是理性或永恒正義的勝利，所以，它在觀眾中引起的不是悲傷而是驚嘆和心靈的淨化。這種理性勝利的悲劇之「合」，實際上是一種精神團圓式的理性團圓，並不能說明人類文學史上最深刻的悲劇，也不能說明《紅樓夢》。但是，他在闡述悲劇中「正」、「反」雙方的對立衝突時強調，衝突雙方並非善惡的兩極，反之，雙方都具有為自己辯護的理由。他在說明悲劇的動因乃是倫理力量分化為不同的人物性格及其目的而導致不同的動作和對立衝突之後，便作出如下判斷：

這裏基本的悲劇性就在於這種衝突中對立的雙方各有它那一方面的辯護理由，而同時每一方拿來作為自己所堅持的那種目的和性格的真正內容卻只能是把同樣有辯護理由的對方否定掉或破壞掉。因此，雙方都在維護倫理理想中而且就通過實現這種倫理理想而陷入罪過中。[1]

這就是說，本來對立的雙方各有自己行為的理由，但是，對立的雙方都要堅持自身片面的倫理立場，都要否定對方才能肯定自己，所以都有罪過。黑格爾所論述的正是性格悲劇的二律背反：對立雙方都有理由，但雙方都掌握不了關係的「度」，因此造成關係的破裂和悲劇。王國維所說的由人物的位置及關係所造成的悲劇，與黑格爾的這一論述是相通的。因此，王國維所批評的由於惡人造成的悲劇和由於盲目命運造成的悲劇，也早已受到黑格爾的批評。黑格爾認為：

悲劇糾紛的結果只有一條出路：互相鬥爭的雙方的辯護理由固然保持住了，他們的爭端的

1　黑格爾：《美學》，朱光潛譯，第三卷下冊，第二八六頁，北京，商務印書館，一九九七年。

片面性卻被消除了，而未經攪亂的內心和諧，即合唱隊所代表的一切神都同樣安然分享祭禮的那個世界情況，又恢復了。真正的發展只在於對立面作為對立面而被否定，在衝突中企圖否定對方的那些行動所根據的不同倫理力量，得到了和解。只有在這種情況之下，悲劇的最後結局才不是災禍和苦痛而是精神的安慰，因為只有在這種結局中，個別人物的遭遇的必然性才顯現為絕對理性，而心情也才真正地從倫理的觀點達到平靜，這心情原先為英雄的命運所震撼，現在卻從主題要旨上達到和解了。只有牢牢地掌握這個觀點，才能理解希臘悲劇。因此，我們也不應把這種結局理解為一種善有善報，惡有惡報那種單純的道德上的結果，如常言所說的，「罪惡在嘔吐了，道德坐上筵席了」。這裏的問題絕對不在反躬自身的人格的主體方面怎樣看待善與惡，而在衝突如果已完全發展了，人們就會認識到互相鬥爭的兩種力量獲得了肯定的和解，雙方還保持住原有的價值或效力。這種結局的必然性也不是一種盲目的命運，即古代人常提到的那種無理性的不可理解的命運的主宰，而是命運的合理性……[1]

黑格爾確認：第一，悲劇的結局不應是除惡揚善的單純的道德結果（王國維所說的第一種悲劇便是這種結果）；第二，悲劇的結局不應是盲目命運的結果（王國維所說的第二種悲劇）。這兩點顯然與王國維的悲劇論相通。但是黑格爾認為，悲劇的結局應是「對立面作為對立面而被否定」（否定之否定），這就是承認凡是存在都是合理的，所謂和諧，也就是對存在合理性的肯定。

1 黑格爾：《美學》，朱光潛譯，第三卷下冊，第三一零頁，北京，商務印書館，一九九七年。

黑格爾這種對存在合理性的絕對肯定，能夠說明希臘悲劇，但不能充份說明《紅樓夢》。《紅樓夢》與希臘悲劇一樣，它不是作者（反躬自身的人格主體）裁決善與惡的結果，也不是盲目命運的結果，它讓雙方都有辯護自身的理由，也寫出雙方性格的「片面性」；但是，曹雪芹卻有賦予雙方片面性不同的比重，心靈上支持一方的片面性，並對這一方的片面性的毀滅給予同情。悲劇最後也無法完全「和解」，無法完全肯定原先的道德秩序，無法肯定現實存在的合理性；反之，它的無法和解的結局否定了存在的合理性，從而引起讀者的震撼和悲傷。這一判斷還可從合理性前提的角度來闡釋。即曹雪芹確認在中國傳統觀念的文化前提下，悲劇衝突雙方的選擇都是合理的，但是在尊重人間真情的人性前提下，賈母一方的選擇則是不合理的。在這裏，曹雪芹並不承認凡是存在的（衝突雙方所處的環境秩序和觀念存在）都是合理的，只確認凡是符合人性的存在才是合理的。正因為有這種區別，因此，《紅樓夢》全書便顯示出一種與傳統的儒家價值觀不同的人性指向與心靈指向，使悲劇的總效果達到一種對人的肯定——對人性解放與情愛自由的肯定。《紅樓夢》實際上包含着西方幾個世紀文藝復興的基本內容，它的精神內涵足以成為中國個體生命尊嚴與個體生命解放的旗幟。

二、懺悔者的性格與心靈

《紅樓夢》是一部悟書。曹雪芹和他的人格化身賈寶玉的罪責承擔意識，雖然在某些字面上也透露出來，但主要卻不是通過直接言說，而是通過行為、情感、氣氛等方式而加以表現的。因此，要說明賈寶玉的罪感，不可能求諸西方學者習慣使用的邏輯實證方法，而只能用感悟的方式。所謂感悟的方式就是直觀把握的方式，曹雪芹寫了一個直觀領悟「悲涼之霧」的賈寶玉，我們也應該以感悟性的方式閱讀這個賈寶玉。

賈寶玉確實能感他人之未感，集他人之悲劇於一身。這一點確實是特殊的。賈寶玉在感受到最大悲哀的時候，都是無言的，或者說表現出最大悲哀的不是語言形態，而是一種特殊的悲情形態，這種形態包括吐血、發呆、迷惘、病痛、喪魂失魄、出走等。當他在夢中聽見秦可卿死的消息時，「連忙翻身爬起來，只覺心中似戳了一刀的不忍，哇的一聲，直奔出一口血來」（第十三回）。金釧兒投井死後，他又是無言地悲傷。書中寫道：「寶玉素日雖是口角伶俐，只是此時一心總為金釧兒感傷，恨不得此時也身亡命殞，跟了金釧兒去。」他的父親賈政訓斥他，他還是發呆，「如今見了他父親說這些話，究竟不曾聽見，只是怔呵呵的站着」（第三十三回）。晴雯被逐，對於他更是「第一等大事」，晴雯死後他寫了《芙蓉女兒誄》仍不足以宣洩悲傷，最後終於病倒。第七十九回描寫道：寶玉「睡夢之中猶喚晴雯，或魘魔驚怖，種種不寧。次日懶進飲食，身體作熱。此皆近日抄檢大觀園、逐司棋、別迎春、悲晴雯等羞辱驚怖悲淒之所致，兼以風寒外感，故釀成一疾，臥床不起」。第八十回後高鶚的續作大體上保持了賈寶玉的罪感形式。當「金玉良緣」的消息傳開後，賈寶玉和林黛玉，一個「瘋瘋傻傻」，一個「恍恍惚惚」，賈寶玉只是「傻笑」（第九十六回）。當他迎親揭蓋頭後見到彷彿是寶釵時，便又「發了一回怔」，「呆呆的只管站着」，「兩眼直視，半語全無」（第九十七回）。而當林黛玉病亡後，他則更是發呆，「把從前的靈機都忘了」，別人說他糊塗，他也不生氣，只是「嘻嘻地笑」（第九十九回）。到了得知鴛鴦死訊。他便「雙眼直豎」，直到襲人提醒他「你要哭就哭，別憋着去」，「寶玉死命的才哭出來了」。最後賈寶玉以「出走」的形式告別一切。這是巨大的行為語言。在世俗的眼裏，賈府雖然不如當年繁華，但寶玉身邊畢竟有嬌妻美妾，而且還中了榜，日子可說是美滿的。那麼，為甚麼他還是整天感到不安不寧，感到有許多美麗的亡靈的眼睛看着他，就是因為他還有負咎感。他辜負了林黛玉，辜負了許多愛他的美麗而天真的女子。她們都死在他的父母府第裏。他「不忍」看到她們的死亡與屈辱，覺得自己對她們的死亡負有責任。他的發呆發傻，眼睛發直，正是他的大迷惘，這種大迷惘，隱含着千言萬語，像魯迅這樣的讀者就讀出眼神迷惘的內涵，讀出「自愧」與「懺悔」的內涵（魯迅的話請參見本文第四節）。所以他必須出走，必須離開那個有罪的地方。但他並不責怪父母，仍然向父母作揖告別，悲喜交織，沒有怨恨，他實際上也辜負了父母。他的悲劇重量確實是一切悲情的總和，其罪感正與這一總和相等。

筆者曾說，王國維從李煜的詞中感悟到這個被俘君主的作品裏有一種「釋迦基督擔荷人類罪惡之意」，乃是《人間詞話》的精神之核。王國維這一判斷，並不是邏輯實證和語言實證的結果。王國維不是引述李後主的某首詞或某一行為去證明這一判斷，而是把握住李後主詞的整體精神。我們判斷賈寶玉具有擔荷罪惡之意，也不是以賈寶玉的某句話和某項聲明，而是從賈寶玉的整體精神狀態與整體心靈狀態去把握的。沒有一個人具有他那種特殊的大呆傻、大迷惘、大悲哀的狀態，沒有一個人像他那樣，總是為一個女子個體生命的消失而身心震顫，也沒有一個人像他那樣，愛每一個人和寬恕每一人，只是不寬恕自己。曹雪芹在小說的前言中所說的「自愧」，也正是表明不能寬恕自己。他的寫作過程是投下全部生命、全部眼淚的過程，這種生命傾注，正是對感情之債的償還。寫作的過程本身，正是一個「還淚」過程（留待下文論述），平衡負咎感的過程。

曹雪芹在小說中寫了一個基督式的人物，他就是賈寶玉。他具有愛心、慈悲心，處處為別人擔當恥辱與罪惡，這是一個未完成的基督，或者說，還只是一個尚在成道過程中的基督，但在他身上，已經初步形成基督的一些精神特徵。在第七回中，賈寶玉初次見到秦鐘，在秦鐘面前，賈寶玉突然覺得自形污穢，產生一種強烈的自譴自責的心理。此時的寶玉，尚處少年時代，但他有擔當家庭乃至貴族社會上層的恥辱與罪惡的精神。這段心理自白，可作為理解寶玉精神的匙：

> 那寶玉自見了秦鐘的人品出眾，心中似有所失，癡了半日，自己心中又起了呆意，乃自思道：「天下竟有這等人物！如今看來，我竟成了泥豬癩狗了。可恨我為甚麼生在這侯門公府之家，若也生在寒門薄宦之家，早得與他交結，也不枉生了一世。我雖如此比他尊貴，可知錦繡紗羅，也不過裹了我這根死木頭；美酒羊羔，也不過填了我這糞窟泥溝。『富貴』二字，不料遭我荼毒了！」秦鐘自見了寶玉形容出眾，舉止不凡，更兼金冠繡服，驕婢侈童，秦鐘心中亦自思道：「果然這寶玉怨不得人溺愛他。」

賈寶玉在秦鐘面前有「泥豬癩狗」、「糞窟泥溝」的感覺，在其他少女面前自然更有這種感覺。所以他才有「女子是水，男子是泥」的世界觀。賈府鼎盛時驕奢淫逸，貴族們享受着人間的錦繡紗羅，對此，滿門的公子少爺、夫人老爺個個都覺得理所當然，意滿志得，都在自傲、自炫、自誇，只知享受，不知罪惡，只知奢侈，不知恥辱；惟獨寶玉這個最乾淨的少年公子，感到不安，感到自己的醜陋，感到家族的齷齪，人間的荒唐。這種意識，是一種精神奇蹟，帶有神性的奇蹟。賈寶玉這種感覺，正是老子所講的「受國之垢」、「受國不祥」（承擔國家的恥辱與罪惡）的大悲憫。從這裏可以看到，賈寶玉在少年時代就揹上承擔恥辱與罪惡的十字架。這也是《紅樓夢》所以會成為其偉大懺悔錄的精神基礎。

賈寶玉的這段自我反思與曹雪芹在《紅樓夢》開篇上的自白，其思想完全相通：

> 今風塵碌碌，一事無成，忽念及當日所有之女子，一一細考較去，覺其行止見識皆出於我之上。何我堂堂鬚眉，誠不若彼裙釵哉？實愧則有餘，悔又無益之大無可如何之日也！當此，則自欲將已往所賴天恩祖德，錦衣紈絝之時，飫甘饜肥之日，背父兄教育之恩，負師友規談之德，以至今日一技無成、半生潦倒之罪，編述一集，以告天下人：我之罪固不免，然閨閣中本自歷歷有人，萬不可因我之不肖，自護己短，一併使其泯滅也。

「閨閣中歷歷有人」，這七個字，包括多少美麗的詩化生命，這些詩化生命與秦鐘一樣，像一面一面的鏡子使賈寶玉看到自己的不肖，自己的醜陋。曹雪芹著寫一部大書，正是通過他的自我譴責（對「我之罪」的承擔）而讓這些詩化生命繼續生存於永恆的時間與空間之中，以免和自己的形骸同歸於盡。中國最偉大的作家的「忽念」，即在一個神秘的瞬間中的靈感爆發，使他重新發現罪，也重新發現美。沒有對「我之罪」的感悟，沒有對男子世界爭名奪利之齷齪的感悟，不可能理解那些站在此一世界彼岸的詩意生命是何等乾淨。只有心悅誠服地感到自己處於泥濁世界之中的醜陋與罪惡，才能衷心讚美那些與泥濁世界拉開距離的另一些生命的無限詩意。懺悔意識、罪責承擔意識之所以有益於文學，就在於作者一旦擁有這種意識，他就會贏得一種「良心」，一種「自愧」，一種大真摯，一種對美的徹底感悟。

俞平伯先生雖然發現《紅樓夢》的「懺悔」，但歸結為「情場懺悔」卻顯得狹窄。其實，《紅樓夢》既不是現實倫理關係上的「悔過自新」，也不是簡單的情場懺悔，而是在對詩化生命的毀滅感到無限惋惜的同時又對自己無力救贖的衷心自責。《紅樓夢》的作者及其人格化身與「閨閣中歷歷有人」的關係，與秦鐘、蔣玉菡、柳湘蓮這些詩化生命的關係，有真情在，但不能簡單稱作「情場」，這是一種真正的詩化生命場，一種超越泥濁世界的童話場。福柯在《性史》中說西方人都是懺悔的動物，他們從中世紀開始的懺悔主題都是性真相的自白，盧梭的《懺悔錄》也有此餘緒。「五四」時期中國的著名作家郁達夫的《沉淪》，也是性自白。懺悔文學被某些學者稱作自白文學，就在於此。這種作品的長處是敢於撕下假面具，正視人性自身的弱點，但它卻把自白的勇敢本身視為寫作的目的和策略，未能進入更高的精神境界。《紅樓夢》的偉大之處，恰恰在於它並非性自白，也不僅是情場自白，而是展示一種未被世界充份發現、充份意識到的詩化生命的悲劇；或者說，是一曲詩意生命的輓歌，而這些詩化生命悲劇的總和又是由一個基督式的人物出於內心需求而真誠地承擔着。於是，這種悲劇就超越現實的情場，而進入形而上的宇宙場，換句話說，就是超越現實的語境而進入生命宇宙的語境。王國維以《桃花扇》和《紅樓夢》代表中國文學的兩大境界，前者是國家、政治、歷史之境，後者是宇宙、哲學、文學之境，曹雪芹的懺悔意識正是附麗在宇宙之境中。

賈寶玉的基督承擔精神，還可以從他的愛伸延這一角度來說明。從世俗的批評視角看，會覺得賈寶玉情感不專，愛了那麼多女子，是個泛愛主義者。實際上，他在情愛上注入全生命、全人格的只有一個，這就是林黛玉。林黛玉是同他一起從超驗世界裏來的惟一伴侶，他對她的感情深不見底。對其他女子，他也愛，而且也愛得很真，也很動人，然而，所有的愛幾乎都是精神之戀性質的所謂「意淫」。他愛一切美麗的少女，也愛其他美麗的少男，如對秦鐘、棋官（蔣玉菡）、柳湘蓮等。這不能用世俗的「同性戀」的概念去敘述，這是一種基督式的博大情感與美感，是對人間最美的生命自然無邪的傾慕與依戀；

因此，其中任何一個生命自然的毀滅，都會引起他的大傷感與大悲憫，都會使他發呆。他尊重任何一位女子，儘管在林黛玉與薛寶釵之間，他更愛林黛玉，但是，當家庭共同體把他推到薛寶釵面前時，他絕對沒有力量損害薛寶釵，也正是這樣才造成了林黛玉的悲劇。他對林黛玉有負罪感，對薛寶釵也有負罪感。

更值得注意的是賈寶玉不僅愛屬於淨水世界的冰清玉潔的少女，而且對那些屬於泥污世界的男人，儘管不能不與他們為伍，但他對他們也沒有仇恨，甚至也是以大悲憫的心情對待他們。他的異母弟弟賈環，是個鼠竊狗偷、令人討厭的劣種，常常和他的母親一起加害寶玉，但是寶玉從不計較，仍然給予兄弟的關懷。有次賈環賭博輸了，大哭大鬧，惟有他去安慰說，「大正月裏，哭甚麼？這裏不好你別處頑去。你天天念書倒念糊塗了。譬如這件東西不好，橫豎那一件好，就棄了這件取那件。難道你守着東西哭會子就好了不成？你原是要取樂頑的，倒招自己煩惱。」在這種開導中完全是兄弟的摯愛與溫馨。還有，對那個粗暴又粗鄙的霸王、無惡不作的薛蟠，賈寶玉也可以成為他的朋友，和他一起打酒令。從表面上看，是俗。實際上是賈寶玉齊物之心與平常之心的另一種表現。尤其是他被父親痛打之後，因寶釵知道與她哥哥薛蟠有關，正要詢問，賈寶玉說：「薛大哥從來不這樣的，你們不可混猜度。」（第三十四回）居然為薛蟠承擔過錯。

更加類似基督的是賈寶玉身上有一種捨身忘己的精神。他處處都先想到別人。他與基督出身於貧賤之家不同，是一個貴族子弟，而且是最受寵的子弟，但他總是忘記自己的身份，一點也不覺得比別人優越。他第一次見到林黛玉時，問黛玉身上有沒有一塊寶玉，黛玉說沒有時，他就扯下自己的玉石往地下摔。他身邊的丫鬟，在世俗的眼中，只是一些奴婢，但在他心目中，和他完全平等，甚至比他還高貴。

他不像其他貴族子弟那樣，認為奴婢為自己服務是理所應當的，而是對她們充滿感激。當他被父親打得皮肉橫飛的時候，聽到襲人一席悲情的話，就感動不已，覺得自己被打沒甚麼，而她們的愛憐之心才可珍惜。《紅樓夢》第三十四回描寫他被打之後見到黛玉的哀戚，他「不覺心中大暢，將疼痛早丟在九霄雲外，心中自思：『我不過捱了幾下打，他們一個個就有這些憐惜悲感之態露出，令人可玩可觀，可憐可敬。假如我一時竟遭殃橫死，他們還不知是何等悲感呢！既是他們這樣，我便一時死了，得他們如此，一生事業縱然盡付東流，亦無足嘆惜，冥冥之中若不怡然自得，亦可謂糊塗鬼祟矣。』」在疼痛中，玉釧兒給他端來蓮子羹，不慎將碗碰翻，將湯潑到寶玉手上，寶玉自己燙了手倒不覺得，卻只管問玉釧兒：「燙了那裏了？疼不疼？」屋裏的兩個婆子議論此事，一個笑道：「『怪道有人說他家寶玉是外像好裏頭糊塗，中看不中吃的，果然有些呆氣。他自己燙了手，倒問人疼不疼，這可不是個呆子？』另一個又笑道：『我前一回來，聽見他家裏許多人抱怨，千真萬真的有些呆氣。大雨淋的水雞似的，他反告訴別人『下雨了，快避雨去吧』。你說可笑不可笑？』」賈寶玉就是這樣一個「忘我」、「忘己」的人，一心惦念牽掛別人的人，這確實是「呆」、「傻」、「糊塗」，但恰恰是這種性情接近神性。人的修煉，不是修煉到事事洞明，極端精明，而是應當修煉到如賈寶玉似的「呆」和「傻」。

基督出身平民之家能有愛天下平民之心自然寶貴，而賈寶玉出身貴族之家卻能對奴婢充滿摯愛，更為難得。康德說，所謂美，就是超功利。賈寶玉的精神之美，正是這樣一種超越等級之隔尊卑之隔的純粹感情之美。《紅樓夢》中的《芙蓉女兒誄》，正是這種美的千古絕唱。這是一首可以和《離騷》比美甚至比《離騷》更美的絕唱。《離騷》吟唱的還是個人不被理解的悲情，而《芙蓉女兒誄》卻是一個貴族子弟對奴婢的謳歌。這曲子，完全打破人間的等級偏見，把女僕當作天使來加以歌頌，這是一項劃時代的了不起的文學創舉。它禮讚這位名叫晴雯的奴婢為最純潔的芙蓉仙子：「其為質則金玉不足喻其貴，其為性則冰雪不足喻其潔，其為神則星日不足喻其精，其為貌則花月不足喻其色。」這首長詩，不是「國」的主題，而是人的主題，個體的主題，生命的主題，是對宇宙的精英與人間的精英最真摯、最有詩意的肯定，它打破千百年來中國文學的「政治、國民、歷史」的主題傳統，開闢了「神聖詩篇屬於美麗的個體生命」的審美格局。可把這首詩視為聖詩，它是真正的文學經典與美學經典。

雖說賈寶玉與基督的精神是相通的，但是，兩者仍然有差別。這個差別最根本的一點是基督已經成道，而賈寶玉卻只是在領悟中與形成中，他還未成道，還是一個「人」，不是神。換句話說，他還是一個正在形成中的基督。一個完成，一個未完成。未完成的基督開始還沉浸在色慾之中，他與秦可卿、秦鐘的關係都是一種暗示。所以，他還必須徹悟。而引導他從世俗色慾昇華到愛情的是林黛玉，是林黛玉的眼淚淨化了他，柔化了他。林黛玉是把賈寶玉從「泥」世界引導到「玉」世界的女神。

三、「還淚」的隱喻

筆者曾把基督教的「原罪」概念引申到「欠債—還債」的責任情感：人既然被確定為生而有罪，那麼畢生的無限救贖就是必要的。每一個行動，包括日常的瑣事和職業活動，都可以看成是贖回先前「原罪」的活動。因此，生命就是一個懺悔和救贖的過程，就是一個「還債」的過程。換句話說，有罪的另一種非宗教的表述方法就是負有對他人和社會的義務。只有傾聽良知的呼聲，感到自己對他人、對社會欠了點甚麼，才會努力彌補這個欠缺。努力的過程也可以描繪成歸還—歸還欠債—的過程。這就是說，從原罪的引申意義上説，懺悔的過程就是確認債務和還債過程。

《紅樓夢》的懺悔意識很形象地表現為「欠淚—還淚」意識。還淚——還淚意識首先表現在小説文本中的故事結構：男女主人公的前身神瑛侍者（賈寶玉）與絳珠仙子（林黛玉）曾有過一段因緣際會。仙子原是西方靈河岸邊三生石畔的一株絳珠仙草，赤瑕宮神瑛侍者，日以甘露灌溉，這絳珠草始得久延歲月。既受天地精華，復得雨露滋養，遂得脱卻草胎木質，得換人形，僅修成女體。後來得知神瑛侍者下凡，她也跟着下凡，並抱定在凡間用眼淚還清「甘露」之債。第一回就有「還淚」之説：

> 那絳珠仙子道：「他是甘露之惠，我並無此水可還。他既下世為人，我也去下世為人，但把我一生所有的眼淚還他，也償還得過他了。」因此一事，就勾出多少風流冤家來，陪他們去了結此案。那道人道：「果是罕聞，實未聞有還淚之説。」

在「還淚」的隱喻框架下，作為「人」的林黛玉便是眼淚的化身。她的一生是一個哭泣的過程，她的死，不是世俗概念所形容的「斷氣」、「閉眼」、「心跳停止」等，而是「淚盡而亡」。所以小説文本暗示林黛玉從生到死的故事乃是一個「欠淚的，淚已盡」（第五回「飛鳥各投林」之曲）的故事。林黛玉本身也並不是用世俗的眼睛來看自己身體的衰落的，不用「消瘦」、「蒼白」等詞，而用「淚少了」來形容，即以眼淚的多少來衡量生命的興衰。第四十九回中，林黛玉拭淚道：「近來我只覺心酸，眼淚卻像比舊年少了些的，心裏只管酸痛，眼淚卻不多。」寶玉道：「這是你哭慣了心裏疑的，豈有眼淚會少的。」這是典型的《紅樓夢》的精神細節，與「還淚」的隱喻緊緊相連：眼淚既是生命的源泉，又是生命的尺度和坐標。因此，《紅樓夢》的主要情節，儘管紛繁複雜，但也可以簡化為「欠淚—還淚—淚盡」的眼淚三部曲。

文本中女主人公林黛玉的「還淚」故事是《紅樓夢》的內在結構，而《紅樓夢》的懺悔意識還表現在作者曹雪芹本身的創作也是一個「還淚」動機，屬於外在結構的另一層大隱喻，這是理解《紅樓夢》懺悔情感的關鍵。《紅樓夢》一開篇，作者就毫不隱瞞自己的作品滿紙都是眼淚：

> 滿紙荒唐言，一把辛酸淚！都云作者癡，誰解其中味？

這就是說，曹雪芹寫作《紅樓夢》的過程正是一個十年還淚的過程。前世心愛女子的「欠淚」也許只是一個形而上假設，那麼，今生今世的寫作傾訴，倒是作者欠了心愛女子的眼淚，而還債的形式只能是以淚還淚，所以作者要聲明，寫在紙上的，字字都是淚，都是血。絳即紅，珠即血淚，還以絳珠仙子的還是絳珠。可惜曹雪芹的眼淚流盡時書還沒有寫完，淚盡而生命故事還沒有寫盡，這應當是作者最大的遺憾。

《紅樓夢》的「還淚」隱喻，內外結構相互呼應，融合為一。這一點，《紅樓夢》知音之一脂硯齋看出來了，甲戌本第一回中有條脂評，這樣道破：

> 知眼淚還債大都作者一人耳。余亦知此意，但不能說得出。

這是脂評中最重要、最有見地的一句話，他點明了《紅樓夢》正是作者的「還淚」、「還債」之作，十年寫作過程正是「欠淚—還淚—淚盡」的過程。絳珠者，既是林黛玉，又是曹雪芹。脂硯齋提醒讀者，不僅是林黛玉「淚盡而亡」，曹雪芹也是「淚盡而逝」。他在「滿紙荒唐言，一把辛酸淚」一句上批道：「能解者方有辛酸之淚，哭成此書。壬午除夕，書未成，芹為淚盡而逝。余嘗哭芹，淚亦待盡。」

至此，我們可以看到曹雪芹著寫《紅樓夢》的動因和情感過程與小說文本中林黛玉的下凡的動因和生命過程完全同構。這可證明，曹雪芹寫作《紅樓夢》是為還債而寫的，寫作時充滿欠債感、負咎感，寫作過程是個還債的過程，也就是一個懺悔的過程，即實現良知責任與情感責任的過程。因此，《紅樓夢》無疑是曹雪芹的一部懺悔錄。

應該補充說明的是，曹雪芹還淚的對象主要是林黛玉，但不只是林黛玉。大觀園女兒國裏的小姐丫鬟，一個個哭泣而死。林黛玉淚盡而亡，晴雯、鴛鴦、尤三姐、金釧兒等，包括秦可卿、薛寶釵，何嘗就沒有眼淚，何嘗不是在某種意義上也是淚盡而亡。曹雪芹辜負的不僅是一個心愛的女子，而是一群女子，所謂「閨閣中本自歷歷有人」，其「歷歷」二字，足以說明作者內心還債的不止一人。也正是這樣，《紅樓夢》的懺悔內涵和悲劇內涵顯得更為深廣。於是，我們也感悟到，作者所欠的是一群詩化生命的眼淚，所寫的是這群詩化生命如何被眼淚淹沒而亡，而自己也報以全部淚水，而且每一滴眼淚—每個字，也都詩化，決不敷衍。正是這樣，《紅樓夢》便不是一般的文學懺悔錄，而是具有高度詩意的懺悔錄。

負債感、負咎感通過「欠淚—還淚」的意象隱喻來表達，是曹雪芹的巨大藝術創造。曹雪芹的懺悔意識不是抽象的宗教性的理性判斷，不是道德結論，而是一個還淚的情感過程。這個過程既是小說文本主人公的情感過程，也是浸透於作者整個寫作時間的情感過程。《紅樓夢》情感之所以異常真摯動人，正是欠淚——負債感深入懺悔者內心的深淵，而懺悔者想從深淵中走出來，又用全部生命去努力「贖罪」（還債）。《老殘遊記》的作者劉鶚說，文學的本質就是哭泣，這是對的。文學的事業就是眼淚的事業。但是，簡單的哭泣會使文學變成控訴文學、譴責文學或傷痕文學。這種文學的缺點是宣洩眼淚，排遣痛苦，而沒有欠淚的罪感與還淚的自我救贖意識，因此，也難以展示人性之深與靈魂之深。托爾斯泰的《復活》也有欠淚—還淚的過程，但沒有「淚盡」的大悲傷與大悲劇。盧梭的《懺悔錄》則幾乎沒有眼淚。而最具文學性的喬伊斯的《一個青年藝術家的自畫像》，雖然有詩化的懺悔情感流程，但也缺少《紅樓夢》這種「欠淚—還淚—淚盡」的完整歷程。《紅樓夢》在懺悔文學史上的確是一個奇觀。

四、偉大的懺悔錄

在中國缺少罪感文學的傳統下，十八世紀卻出現了《紅樓夢》這樣一部偉大的懺悔錄，這是中國文學史上破天荒的奇蹟，也是世界文學史上的奇蹟。

說《紅樓夢》是懺悔錄，絕非牽強附會。上文已提到《紅樓夢》的作者曹雪芹在小說開卷第一回的作者自敘。曹雪芹在這段自敘中兩次提到「罪」的概念：「半生潦倒之罪」，「我之罪固不免」，罪感洋溢紙上。也正是據此，「五四」時期胡適在考證《紅樓夢》作者是曹雪芹和《紅樓夢》乃是作者的「自敘傳」之後又確認這部偉大的小說是「懺悔錄」。他說：

《紅樓夢》明明是一部「將真事隱去」的自敘的書。若作者是曹雪芹，那麼，曹雪芹即是《紅樓夢》開端時那個深自懺悔的我！即是書裏的甄、賈（真、假）兩個寶玉的底本！懂得這裏，便知書中的賈府與甄府都可是曹雪芹家的影子。[1]

胡適之後俞平伯又肯定《紅樓夢》是「感嘆自己身世」的書，並確認它是一部懺悔錄。他說：

依我懸想，寶玉的出家，雖是懺悔情孽，卻不僅是由於失意。懺悔的緣故，我想或由於往日的歡情悉已變滅，窮愁孤苦，不可自聊，所以到年近半百，才出了家。書中甄士隱、智通寺老僧，皆是寶玉的影子。[2]

如上所說，俞平伯把懺悔錄說成「懺悔情孽」，把懺悔的廣闊內涵狹窄化了，並不恰當，但他肯定《紅樓夢》的懺悔思路卻沒有錯。五十年代初期，在批判胡適與俞平伯中，懺悔說也遭到批判。一九五四年十二月八日，郭沫若在中國文學藝術界聯合會主席團會上作了《三點建議》的發言，並特別批判了懺悔論。他說：

把反封建社會的現實主義的古典傑作《紅樓夢》說成個人懺悔的是胡適，把宣傳改良主義

1 胡適：《紅樓夢考證》，見《中國章回小說考證》，第二零七頁。上海書店，一九八零年。
2 俞平伯：《俞平伯論〈紅樓夢〉》上冊，第一八三頁。香港，三聯書店，一九八八年。

的封建社會的忠實奴才武訓崇拜得五體投地的也是胡適。

郭沫若把反封建社會的意識與懺悔意識對立起來，顯然不妥。此外，把《紅樓夢》視為懺悔錄的，也不僅僅是胡適，早在一八六七（同治八年）江順怡（字秋珊）在其著述《談〈紅樓夢〉雜記》中就說過：「蓋《紅樓夢》所紀漢記之事，皆作者自道其生平，非有所指如《金瓶》等書意在報仇洩憤也。數十年之閱歷，悔過不暇，自怨自艾，自懺自悔，而暇及人乎哉？所謂寶玉者，即頑石耳！」江順怡的書影響不大。而胡適同時代的、影響了整個中國現代文化的偉大文學家魯迅，其對《紅樓夢》的見解也與胡適相近，他不僅確認《紅樓夢》是一部自敘傳，而且是一部懺悔錄。他在《中國小說史略》中說：

> 然謂《紅樓夢》乃作者自敘，與本書開篇契合者，其說之出實最先，而確定反最後。[1]

在《中國小說的歷史的變遷》中又說：

> 此說出來最早，而信者最少，現在可是多起來了。因為我們已知道雪芹自己的境遇，很和書中所敘相合。雪芹的祖父、父親，都做過江寧織造，其家庭之豪華，實和賈府略同；雪芹幼

1 魯迅：《中國小說史略》，見《魯迅全集》第九卷，第二三五、二三六頁。

時又是一個佳公子，有似於寶玉；而其後突然窮困，假定是被抄家或近於這一類事故所致，情理也可通——由此可知《紅樓夢》一書，說是大部份為作者自敘，實是最為可信的一說。[1]

在確認《紅樓夢》為自敘之書後，魯迅便確認它是懺悔之書，他說：

> 但據本書自說，則僅乃如實抒寫，絕無譏彈，獨於自身，深所懺悔。此固常情所嘉，故《紅樓夢》至今為人愛重，然亦常情所怪，故復有人不滿，奮起而補訂圓滿之。此足見人之度量相去之遠，亦曹雪芹之所以不可及也。[2]

魯迅對《紅樓夢》的評價，這段話是關鍵。他認為曹雪芹所以不可及，高出其他小說家，《紅樓夢》所以受人愛重，就在於書中浸潤着「深所懺悔」之情。魯迅還說，《紅樓夢》比晚清譴責小說成功，就因為它與筆下人物共懺悔，他說：

> 中國之譴責小說有通病，即作者雖亦時人之一，而本身決不在譴責之中。倘置身事內，則大抵為善士，猶他書中之英雄；若在書外，則當然為旁觀者，更與所敘弊惡不相涉，於是「嬉

1 魯迅：《中國小說的歷史的變遷》，見《魯迅全集》第九卷，第三三七、三三八頁。
2 魯迅：《中國小說史略》，見《魯迅全集》第九卷，第二三八頁。

笑怒罵」之情多，而共同懺悔之心少，文意不真摯，感人之力亦遂微矣。[1]

魯迅把「共同懺悔之心」視為一種美學資源，一種達到「文意真摯」而獲得「感人之力」的途徑。在探討晚清文學的得失時，魯迅道破這點是格外重要的。這既指出譴責小說的根本弱點，也說明《紅樓夢》成功的最重要原因。

《紅樓夢》的懺悔意識滲透全書，並構成其大悲劇的精神核心，但其罪意識的主要承擔者則是作者自身和他在小說中的人格化身賈寶玉。魯迅說：

> 頹運方至，變故漸多；寶玉在繁華豐厚中，且亦屢與「無常」覿面，先有可卿自經，秦鐘夭逝；自又中父妾厭勝之術，幾死；繼以金釧投井；尤二姐吞金；而所愛之侍兒晴雯又被譴，隨歿。悲涼之霧，遍被華林，然呼吸而領會之者，獨寶玉而已。[2]

又說：「在我的眼下的寶玉，卻看見他看見許多死亡；證成多所愛者，為大苦惱，因為世上，不幸人多。惟憎人者，幸災樂禍，於一生中，得小歡喜，少有掛礙。」[3] 領略「悲涼之霧」的，除寶玉外，最深刻的應當還有林黛玉。但林黛玉「還淚」是「質本潔來還潔去」，並不承擔罪責。因此，如果從負

---

1 此段評說引自魯迅《中國小說史略》最初的油印講義本《小說史大略》的十四節《清之人情小說》。《小說史大略》後來擴大為《中國小說史略》，並保留「深所懺悔」的見解，但沒有此段話。這裏引述講義稿，僅供讀者作參照用。

2 魯迅：《中國小說史略》，見《魯迅全集》第九卷，第二三一頁。

3 魯迅：《集外集拾遺．〈絳洞花主〉小引》，見《魯迅全集》第七卷，第四一九頁。人民文學出版社，一九五八年。

罪的領悟來說，寶玉確實是獨一無二的承擔者。他看到女子一個一個死亡：秦可卿、金釧兒、晴雯、鴛鴦、林黛玉等，每一個女子的死亡都與自己相關，有的與自己的行為相關，有的與自己的情感相關，有的是自己參與製造其死亡的悲劇（如林黛玉、晴雯、金釧兒），有的雖然沒有直接參與，但也感到無可拯救的迷惘（如鴛鴦、妙玉、尤三姐、尤二姐等）。大慈悲者，總是天然地集人間大苦惱於一身。對於魯迅的這一思想，在後來的紅學研究中，舒蕪發揮得最為精闢，他說，「多所愛者為大悲惱，同為世上不幸者多，這就是賈寶玉的悲劇，就是把一切他所愛者的不幸全擔在自己肩上，比每一個不幸者所承擔的悲惱更多的大悲惱，大悲劇。」他還說：

> 寶玉感受到的還不是他自己的悲劇的重量，加上所有青年女性的悲劇的重量的總和，而是遠遠超過這個總和。因為，身在悲劇當中的青年女性，特別在那個時代，遠不是都能充份自覺到自己被毀滅的價值，遠不是都能充份感受到自己這一份悲劇的重量，更不能充份地同感到其他女性的悲劇的重量。[1]

賈寶玉的負咎感和罪感，首先是來自對林黛玉深情的辜負。《紅樓夢》第二十八回開首一段，直接寫到賈寶玉的負咎感：

1 舒蕪：《說夢錄》，第二四頁。上海古籍出版社，一九八二年。

> 話説林黛玉只因昨夜晴雯不開門一事，錯疑在寶玉身上。至次日又可巧遇見餞花之期，正是一腔無明，正未發洩，又勾起傷春愁思，因把些殘花落瓣去掩埋，由不得感花傷己，哭了幾聲，便隨口念了幾句。不想寶玉在山坡上聽見，先不過點頭感嘆；次後聽到「儂今葬花人笑癡，他年葬儂知是誰」，「一朝春盡紅顏老，花落人亡兩不知」等句，不覺慟倒山坡之上，懷裏兜的落花撒了一地。

林黛玉「花落人亡」之詩，乃是林黛玉富有詩意的死亡通知。倘若別人聽來，也許無所感覺，但對於寶玉來說，卻是一次大震撼，於是，他「不覺慟倒山坡之上」。僅僅死亡的預告就使得寶玉如此驚動，何況以後真的死亡。然而，她年紀輕輕就死了。她的死，正是為愛而死。林黛玉的前世形象是「欠淚」者，現世的形象是「還淚」者，而她的死亡是「淚盡」。一生眼淚為誰而流，為誰而盡？這是不言而喻的。如果說前世的林黛玉是個負債者，那麼今生今世，她已經把債償還。償還之後負債主體發生了轉變，前世付出「雨露」的施惠者變成今世的負債者，賈寶玉是新一輪的欠淚者。所以，《紅樓夢》作者一開篇就聲明，整部著作正是十年「辛酸淚」所凝聚而成的。這就是說，曹雪芹的寫作本身也是一個欠淚——還淚的故事。

林黛玉作為眼淚的化身，她實際上又是眼淚的「女神」。而寶玉的前身，既是灌溉絳珠仙草的神瑛侍者，又是女媧補天淘汰下的頑石。那麼今世的賈寶玉便是以頑石為形的。正是林黛玉的眼淚，淨化了這塊頑石，使它沒有回到泥的世界，而保持了「玉」的品性。曹雪芹在小說開篇所表達的罪感，也正是表明他自己曾陷入深淵之中，但不能忘記引導他走出色慾、昇華情感的女神們。他的罪感，正是自己意識到辜負了這些用眼淚柔化他心靈的女性。這種寫作的動因，這種負咎與自我救贖的出發點，使得整部作品浸滿了人間最真摯的情感，使所有的文字都帶上這份傷感之情，也使得《紅樓夢》成為偉大的傷感主義文學。

對於薛寶釵，賈寶玉也有負咎感。他和寶釵確有心靈的衝突與緊張，這種衝突與緊張，正是名教與性情的衝突與緊張的反映。

《紅樓夢》的人性深度恰恰表現在這裏，曹雪芹把自己的主體靈魂加以對象化，外化為多雙互相衝突的形象，構成了小說中靈魂的雙音和對話。在整部作品中，我們處處可以看到兩種意識的矛盾，兩種心靈方向的碰撞。林黛玉是曹雪芹靈魂的一角，薛寶釵也是他的靈魂的一角，兩者都是曹雪芹靈魂的對象化。她們的不同聲音，她們對禮教與性情的爭論，是曹雪芹靈魂中的爭論，也是賈寶玉靈魂中的爭論。所以，我們可以把《紅樓夢》視為「靈魂對話」和「靈魂辯論」的偉大小說。表現於人物形象，對話與辯論主體是賈寶玉與賈政，是賈寶玉與薛寶釵，是林黛玉與薛寶釵等（即是對象主體的對話），而表現於作家（創造主體）曹雪芹則是他自身靈魂的對話與辯論。論辯的主題就是明末的思想主題之一，即名教與性情。

《紅樓夢》作為真正的文學作品，它與世俗層面上的論辯不同，它不是着意去分清名教與性情的孰是孰非，誰好誰壞。曹雪芹在情感上雖然更傾向於性情中人，但決不是去追究名教中人「兇手」，他理解一切人，愛一切人，寬恕一切人，和一切人共同承擔痛苦與罪責，包括對薛寶釵與襲人這種遵從名教的女子。為了說明這一點，我們不妨解讀一段賈寶玉與薛寶釵的一場論辯性對話。這段對話可以視為《紅樓夢》靈魂衝突的「綱要」之一。對話發生在賈寶玉立志出家做和尚的前夕（第一百一十八回）：

卻説寶玉送了王夫人去後，正拿着《秋水》一篇在那裏細玩。寶釵從裏間走出，見他看的得意忘言，便走過來一看，見是這個，心裏着實煩悶，細想：「他只顧把這些『出世離群』的話當作一件正經事，終久不妥！」看他這種光景，料勸不過來，便坐在寶玉旁邊，怔怔的瞅着。寶玉見他這般，便道：「你這又是為甚麼？」寶釵道：「我意你我既為夫婦，你便是我終身的依靠。卻不在情慾之私。論起榮華富貴，原不過是『過眼煙雲』；但自古聖賢，以人品根柢為重……」寶玉也沒聽完，把那本書擱在旁邊，微微的笑道：「據你説『人品根柢』，又是甚麼『古聖賢』，你可知古聖賢説過，『不失其赤子之心』。那赤子有甚麼好處？不過是無知，無識，無貪，無忌。我們生來已陷溺在貪、嗔、癡、愛中，猶如污泥一般，怎麼能跳出這般塵網？如今曉得『聚散浮生』四字，古人説了，不曾提醒一個。既要講到人品根柢，誰是到那太初一步地位的？」寶釵道：「你既説『赤子之心』，古聖賢原以忠孝為赤子之心，並不是遁世離群、無關無係為赤子之心。堯、舜、禹、湯、周、孔，時刻以救民救世為心；所謂赤子之心，原不過是『不忍』二字。若你方才所説的忍於拋棄天倫，還成甚麼道理？」寶玉點頭笑道：「舜堯不強巢許，武周不強夷齊。」寶釵不等他説完，便道：「你這個話，益發不是了。古來若都是巢、許、夷、齊，為甚麼如今人又把堯、舜、周、孔稱為聖賢呢？況且你自比夷齊，更不成話。夷齊原是生在殷商末世，有許多難處之事，所以才有託而逃。當此聖世，咱們世受國恩，祖父錦衣玉食；況你自有生以來，自去世的老太太，以及老爺太太，視如珍寶。你方才所説，自己想一想，是與不是？」寶玉聽了，也不答，只有仰頭微笑。

賈寶玉與薛寶釵的這段論辯，正是貫穿於《紅樓夢》全書的靈魂衝突——名教與性情的衝突，人倫本體的良知責任與生命本體的良知責任的衝突。薛寶釵講的是名教之理，是儒教的以尊重人倫關係為價值尺度的良知責任，即孟子那種以「四端」意識為價值尺度的道德承擔精神，從這種人倫性的良知立場出發，她指責寶玉「忍於拋棄天倫」，完全違背聖賢之教。這一指責是有道理的，是符合充份理由律的。而賈寶玉講的則是性情，是以人的自由天性為價值尺度的良知責任，即尊重人的生命自然、自由價值的道德精神。在賈寶玉看來，現實的名教和以名教為旗號的種種塵網，恰恰是扼殺了這種本體價值，從而造成許多美麗而無辜的生命一個一個死亡。他的不忍之心，是不忍看到這種死亡。賈寶玉的申辯也是有道理的，也完全符合充份理由律。但是，賈寶玉對薛寶釵指責他「忍於拋棄天倫」，沒有直接反駁，這是很重要的。實際上，一個從內心深處真正尊重個體生命的人，也應該尊重和自己觀念不同的生命，何況是和自己的命運連在一起的生命。賈寶玉最後決心出家，離開塵緣，這種決定，對他的個體生命是一種完成，對自己的靈魂是一種救贖；但對與他密切相關的生命，對他的父母、妻子和將生的兒子，卻是一種「拋棄」，所以他對寶釵的責問，只能沉默，只能「仰頭微笑」。這種沉默與微笑，既是對寶釵責問的無可奈何，又是對自己罪責的一種默認。這場論辯，是賈寶玉在結束塵緣之前和薛寶釵在最深的精神層面上的論辯，是傳統的良知價值觀念與正在覺醒的近代良知價值觀念的一場論辯。《紅樓夢》真了不起，它沒有忘記自己是文學，它不是急忙地給這場論辯做結論，相反，它超越是非善惡的價值判斷，展示人性多層面的衝突和命運的多重暗示。這種多重暗示，不是簡單地譴責薛寶釵，而是把薛寶釵自身靈魂的衝突和人性深度表現出來，而且也把寶玉對她的理解和負咎感切入其中。在曹雪芹筆下，薛寶釵不僅美麗、聰明絕頂，而且很有修養，很會做人，這不是「反諷」的說法，而是寶釵性情中真的有一種可愛的東西，這種美德就是她尊重和她有血緣關係的人，而且為人處世總是不願意使人難受，名教確實賦予寶釵一種美德，一種賢惠的性情，不能不承認這也是一種好性情，也是一種價值。然而，名教在賦予她美德的同時，這種美德又給她帶來困境甚至災難。（賈寶玉的真性情也給許多女子帶來災難。）例如，金釧兒死了之後，王夫人帶着負咎感和她談起，她對王夫人的內心世界是非常清楚的，但她如果要説王夫人的「不是」，就會使王夫人更加痛苦，自己陷入「不孝」；而要使王夫人高興，就要替王夫人開脱罪責，陷入不仁。「四端」中的兩端，本身就有矛盾和衝突。所以她編了那一段安慰王夫人的話。這段話，溫順中有世故，殘忍中又有「不忍」。試想，她已見到王夫人在自責，那還該怎麼辦呢？在《紅樓夢》中這種困境很多，讓我們看到名教似乎是罪惡，但罪惡又通過形象的具體承擔和具體衝突而呈現出名教與性情關係的全部複雜性。

曹雪芹作為一個真正的作家，正是在超越的層面上來看寶釵，所以他儘管寫了寶釵人性的掙扎，但沒有把寶釵放在善與惡、好與壞的框架上，對薛寶釵和林黛玉心靈的差異，他也沒有作任何是與非的價值判斷，偉大文學作品中的人物總是被神秘的命運推着走。是命運，不是是非。因此，曹雪芹也同情薛寶釵。他的人格化身賈寶玉對林黛玉和薛寶釵都懷着愛，他不僅感到欠了林黛玉的債，也感到欠了薛寶釵的債。

五、文學的超越視角

佛典用因緣的觀念解釋萬物萬象，在佛學看來，人生無非一因緣，世界亦無非一因緣，甚至佛教的出現亦為世間一大因緣而起。但是，各人所見不同，各人所悟有異，因而也就各有各的因緣。世間的因緣可以從各處去説。作為現實的人，不得不帶有目的和功利的要求去説因緣，這並非是人類的渺小和卑下，而是因為人類必須通過明確的人與人之間的權利、義務等功利活動，才能建立一個長遠的互惠互利的社會。在生存寄居的世間，繁多的社會慣例、風俗、道德信條和法律規則，都是規範人們建立個人行為的共同準則，這些準則使社會成員之間能夠合作能夠互不侵犯從而保證各自的現實利益。從這一點着眼，世間萬事的因緣都有一個究竟，世間的糾紛亦有一個是非。無究竟無是非便無法説清世間的因緣。儘管佛説世間的因緣無窮無已，萬劫萬世，沒有止境，但因緣在具體情形之下，卻必定有個究竟是非的準則，亦必定有個究竟是非的結局。就像既上了法庭，求諸公訴，就必定有個勝負或者和解的結局。就像雙方發生戰爭，總有道理上的正與反，總有道德上的善與惡，雖然人類不易分辨其中的善惡，或者一時分辨不清。分別現世因緣的究竟是非，是人類説因緣的方式之一。不離究竟是非説因緣，就是憑藉目的和功利説因緣。用佛教的術語來説，這是説因緣的「世間法」。

然而，優秀的文學作品卻有它們對人間世事的別樣的因緣説法，它們超越了上述的世間法。正如康德所説的那樣，審美判斷是「主觀的合目的性而無任何合目的」的判斷。所謂無目的是它超越了世間活動的功利性，超越了世俗眼光的目的性，進入人類精神境界的更高層次。在這個境界裏，世間的無罪便是此間的有罪，世間的有罪便是此間的無罪，反之也是如此。當然，文學的超越性，其意義並不在於和世間法相反，而在於它站在更高的層次看待人的責任問題。這種對人間世事因緣的説法，是世俗視角所不能涵蓋的，因為它其中沒有如同功利性那樣清楚的目的存在，也沒有目的性那樣明確可以把究竟説盡。比如我們在那些真正偉大的作品裏就找不到明確的「兇手」。這不是因為作者故意設置謎局，而是作者超越性眼光所在，也是虛構的小説世界的根本特點。只有這樣的虛構世界，它的「目的性」才能消失，而它的「合目的性」才能顯現。《紅樓夢》裏有一位一無是處的醜陋的「壞人」，就是趙姨娘。她心理陰暗，內心歹毒，相貌醜陋，作者對她毫無寬容（但也沒有仇恨）。這個人物是《紅樓夢》裏與作者的一貫主旨不相符合的惟一人物。也許是由於作者對妾制度極端厭惡卻不能釋懷的反映。幸好她不是一個主要角色，並不介入故事中的核心悲劇，否則就會有嚴重的敗筆。論《紅樓夢》裏的悲劇，林黛玉的死，賈府的被抄，賈寶玉的出家，都跟趙姨娘沒有關係。說到榮寧二府的敗落，也許她也身在其中了，罪不容辭，但平心而論，她不過是大廈崩塌中的一塊朽木，要數元兇，當然不是趙姨娘。與此相反，讀者卻在故事的悲劇中發現許多無罪的兇手和無罪的罪人。例如，賈寶玉、賈政、賈母、薛寶釵等，都是無罪的罪人。他們本着自己的信念行事，或為性情中人，或為名教中人，或為非性情亦非名教僅是無識無見的眾生，這本是無可無不可的事情，但不幸的是他們生在一起，活在同一地方，不免發生衝突，最後一敗塗地。對於這種悲劇，若要做出究竟是非的判決，或要問起元兇首惡，真是白費力氣。因為敘述者對故事的安排和人物的設置本身就清楚地告訴讀者，他企圖敘述的是一個「假作真時真亦假」的故事。矛盾的諸方面在自己的立場上看自己是真的，但看對方卻是假的，真假不能相容，真真假假中便演出一場又一場恩恩怨怨的悲歡離合的悲劇。敘述者比他筆下的人物站得更高，給讀者展示了一個像謎一樣的永恆的衝突。賈寶玉到小說快要結束的時候，才突然悟到：要跳出與生俱來的恩怨糾葛，以出家當和尚來償還現世的罪孽。

相對於現世的目的性和功利性而言，審美判斷是無目的性的。在虛構的敘事作品裏，敘述者對情節事件的因果關係的解釋並不趨向一個究竟誰是誰非的最終的和明確的判斷。正是在這個意義上，敘述者才實現了小說的美學價值，作品才真正擺脫了「世間法」那種功利性和目的性的纏繞，而達到超越的境界。當然，審美判斷最後還是合目的性的，但這種目的性是在無目的的前提下的合目的性。它敍述時對情節事件的因果關係的解釋並不趨向一個究竟是非的判斷，但並非沒有判斷，只是敍述者超越視角帶來的解釋存在着更多的層次和更複雜的眼光，存在着互為因果的纏繞。更重要的是敍述者超越視角帶來的普遍的良知責任意識，從而引導讀者在形而上的層面上思考人生與世間的各種因緣，思考罪與懺悔。賈寶玉最後明白事情真相之後，覺得是他自己害了林黛玉，他自己正是「罪人」，因此，他告別塵緣出家去作靈魂的自我救贖。這種懺悔正是出於良知的懺悔。在奉行綱常名教的家族裏，他並沒有決定自己婚姻的權利，更不用說他人，因而他無須承擔這方面的責任。但不負現世的責任並不等於可以不負良知的責任。他和林黛玉畢竟相愛過一場，林黛玉畢竟是因他而死的。他雖然不可能做他想做的，但他卻可以拒絕他想拒絕的。道德主體所以應該承擔良知責任，就在於它無論在何等被動的情形下，終歸有一個不可剝奪的屬於自身的自由意志。賈寶玉的懺悔充份表現了不可剝奪的道德主體的承擔力量。審美判斷的合目的性，正是表現在它把道德主體當成它自己的目的。如果文學作品缺乏贖罪意識與懺悔意識，缺乏對良知責任的自我體悟，道德主體的合目的性自然就會消失並還原為迎合現世功利的目的。

審美判斷的合目的性並不是指向一個具體的功利目的，指向現世的道德教訓或世俗觀念，而是指向人作為自由意志的存在本身。在虛構作品裏，如何才能體現人是自由意志的存在，如何才能體現人作為最終目的的這種精神？《紅樓夢》就是現成的範例。它回答說：作者對人生必須有形而上的體驗，敍述者對人物的命運的解釋必須不為世間的眼光所囿，必須拋開世間法說虛構小說世界的因緣，刻劃描寫出來的人物有「思我所思」的特點——道德主體反觀自身的良知責任。在不朽的經典名著中，我們通常都可以發現人物具有「思我所思」的特點。《卡拉馬佐夫兄弟》中的阿廖沙，《心》裏的先生，《紅樓夢》

中的賈寶玉，《狂人日記》裏的狂人，敍述者通過刻劃這樣的人物性格，使得小說對人世因緣的解釋完全超脫了世俗的眼光；即人生的悲歡離合，世界的不圓滿，並不完全是幾個小人、壞蛋或罪人在其中搗亂而成，而是與我們人性的不完整性相聯繫的，儘管我們並沒有直接捲入事件的責任。因此，罪意識、懺悔意識，不僅是承擔良知責任的表現，亦是對虛構故事作品的較高的美學要求。

論《紅樓夢》的哲學內涵

《紅樓夢》是一部偉大的文學著作。它不但具有最精彩的審美形式，而且具有最深廣的精神內涵。我今天講的題目，也是《紅樓夢》精神內涵的一部份。以往分析《紅樓夢》的文字雖多，但從哲學上進行專題研究的論著卻幾乎沒有。我今天算是開一個頭，專門講《紅樓夢》的哲學，包括講曹雪芹的哲學觀與浸透於《紅樓夢》文本中的哲學意蘊。

一九八六年一月二十一日，中國社會科學院文學研究所召開紀念俞平伯先生從事學術活動六十五週年會議（此會由筆者主持），俞先生在會上宣讀了自己的紅學近作《舊時月色》和《評〈好了歌〉》。講話的中心意思是希望大家多從哲學、文學的角度研究《紅樓夢》。同年十一月，他應香港中華文化促進中心和香港三聯書店邀請，又作了《索隱派與自傳說閒評》的演講，再次主張研究《紅樓夢》應着眼於它的文學與哲學方面。[1] 俞平伯先生一輩子都在考證《紅樓夢》，但他並不希望人們繼續他的學術道路，而是表達了另一種期待，這是一個很負責任的期待。可是二十年過去了，仍然看不到關於《紅樓夢》哲學的專題研究論著。

在紀念活動之前八十年，二十七歲的王國維發表《〈紅樓夢〉評論》，並作了一個非常重要的論斷：

1 籲悄的《俞平伯傳》（正名：《古槐樹下的學者》）第三四二頁記載此事，《俞平伯傳》由杭州出版社出版。

「故《桃花扇》，政治的也，國民的也，歷史的也；《紅樓夢》，哲學的也，宇宙的也，文學的也。此《紅樓夢》之所以大背於吾國人之精神，而其價值亦即在此。」王國維說《紅樓夢》是宇宙的，是指作品的無限自由時空，不是《桃花扇》那種現實的有限時空。相應的，便是《紅樓夢》具有一個大於家國境界和歷史境界的宇宙境界。更值得注意的是，王國維指出《紅樓夢》是「哲學的也」。即不僅是文學，而且是哲學。為甚麼？王國維雖然引用叔本華哲學來說《紅樓夢》的悲劇意義與倫理意義，但沒有直接說明、闡釋《紅樓夢》的哲學內涵，他之後一百年也沒有人充份說明。事實上，《紅樓夢》不僅具有豐富的人性寶藏、文學寶藏，而且擁有最豐富的哲學寶藏、思想寶藏、精神寶藏。中國文化最精華的東西，中國文學、哲學最精彩的元素都蘊含在這部偉大的小說中。

哲學有理性哲學與悟性哲學之分。理性哲學重邏輯，重分析，重實證；悟性哲學則是直觀的，聯想的，內覺的。《紅樓夢》的哲學不是理性哲學，而是悟性哲學。這種哲學不是概念、範疇的運作，而是浸透在作品中的哲學意蘊。馮友蘭先生到西方深造之後回頭再治中國哲學，便在方法上從一變為二：正方法與負方法同時進行。所謂正方法，便是理性哲學方法，邏輯分析方法；所謂負方法，則是感悟與直觀的方法。前者是西方哲學的長項，後者是中國哲學的長項。禪把直觀、感悟的方法發展到極致。禪宗六祖慧能的不立文字、明心見性的方法，便是放下概念範疇直達事物核心的方法。慧能是一個不識字的天才思想家，他給哲學給思想展示一種新的可能性，即無須邏輯、無須論證分析而思想的可能，這是另一種哲學方式得以實現的可能。作此劃分後，可以說《紅樓夢》的哲學不是理性哲學，而是悟性哲學。與此相關，筆者還想作另一種區分，提出另一種概念，這就是哲學家哲學和藝術家哲學的區分。哲學家哲學是抽象的，思辨的，與藝術實踐是相脫離的；而藝術家哲學則是感性的，具體的，與藝術實踐和審美實踐緊密相連的，甚至是直接由藝術實踐呈現出來的。《紅樓夢》哲學屬於藝術家哲學。老子哲學與莊子哲學雖然精神指向相同，但哲學形態卻有很大區別。老子是思辨性的「哲學家哲學」，莊子則是意象性的藝術家哲學。莊子的文章可稱作散文，莊子也可視為大散文家，老子則不能，但誰也否定不了莊子又是哲學家。一般地說，藝術家哲學與悟性哲學較為相近，但也不能說悟性哲學就是藝術家哲學。例如慧能的哲學可界定為悟性哲學，卻不可以說它是藝術家哲學，因為它固然可以影響作家的藝術實踐，但本身卻與藝術實踐無關，其形態也沒有任何文學藝術性。《紅樓夢》的哲學形態類似莊子，其巨大的哲學意蘊寓於精彩的文學形式與審美形式中，寓於豐富的寓言與意象中，所以既可稱莊子是文學家，也可稱莊子為哲學家。曹雪芹也是如此，兩者兼得。但迄今為止，曹雪芹還沒有莊子的幸運，即還沒有作為文學家和哲學家都被充份認識。在文學史上有《紅樓夢》的崇高位置，在哲學史上曹雪芹則一直是一個缺席者。

把大作家的「藝術家哲學」列入哲學史並不唐突。在中國哲學史上，莊子早被列入；在西方哲學史上，拜倫也早被列入。拜倫是英國的大詩人，也是舉世公認的浪漫主義文學代表人物。羅素的《西方哲學史》就特別開闢了「拜倫」一章，[1]論證拜倫時代的反叛哲學與貴族哲學，區別了貴族性反叛與農民性反叛的不同哲學內涵。與拜倫相比，《紅樓夢》的哲學內涵豐富得多。若與《水滸傳》相比，則也有貴族哲學與農民哲學的巨大差別。農民的反叛與貴族的反叛都對現存秩序和現存理念有所質疑或有所破壞，但貴族的反叛是有理想的，農民的反叛則往往缺乏理想。曹雪芹的哲學帶有永遠保留青春生命之真之美的理想。當然，這不是說《水滸傳》和其他一些含有某些哲學顆粒的作品就可以進入哲學史，例如

1《西方哲學史》下卷，第二篇第二十三章，北京，商務印書館，一九九七年。

《金瓶梅》，就說不上甚麼哲學。《金瓶梅》是很傑出、很嚴格的現實主義小說，它把世俗生活的原生態，特別是人性的原生態呈現得如此真實，如此淋漓盡致，處處可以見到生活與生命的肌理。這部小說大膽描寫性愛，但不對性愛作出價值判斷，在當時也不簡單。然而，《金瓶梅》沒有哲學。小說結尾那點因果報應，只是小因小果，出了一個禪師，也談不上甚麼禪性，這一畫蛇添足的結尾，實際上是一大敗筆。從哲學上說，《金瓶梅》完全不能和《紅樓夢》同日而語。

正因為《紅樓夢》屬於悟性哲學，屬於藝術家哲學，所以它沒有用思辨代替審美，沒有以理念代替藝術，不像當今流行於西方的所謂「後現代主義」，只有口號、主義、觀念，卻沒有真藝術。所以完全可以說《紅樓夢》是一部具有豐富哲學內涵的偉大文學作品。

一、《紅樓夢》的哲學視角

探討《紅樓夢》哲學，首先應注意體現於全書的哲學視角，這是曹雪芹的宇宙觀，也是哲學觀。好的文學作品除了需要審美形式之外，還需要有思想，所以作品總是除了藝術性之外又帶思想性。但是具有思想並不等於具有哲學。這裏所不同的是思想不一定具備特別的視角，而哲學則一定具有某種視角，即某種特別的觀照宇宙人生的方法。這種視角，帶有獨立價值，甚至帶有思想所沒有的永恆價值（思想一般只帶有時代性、當下性）。沒有視角，就沒有哲學。視角一變，哲學的形態與內涵就跟着變。《儒林外史》作為一部文學傑作，可以說它很有思想（對科舉的批判與對知識分子生存困境及人性困境的思索），但不能說它很有哲學，因為整部作品並不具備哲學視角。《紅樓夢》的哲學屬性，首先是它具有自身的哲學視角。

關於《紅樓夢》的視角，筆者在以前的評「紅」文字中，已經說過。此處為了論題解說的完整，不得不再作些簡要的說明並作點補充。

筆者曾說《紅樓夢》中有個大觀園，而「大觀」正是曹雪芹的世界觀和哲學視角，我們可稱之為大觀視角或大觀眼睛。所謂大觀眼睛，用現代的語言表述，便是哲學性的宏觀眼睛，或稱沒有時空邊界的宇宙極境眼睛。《紅樓夢》中幫助主人公賈寶玉「通靈」入世的一僧一道，他們就擁有這種眼睛，即具有天眼與佛眼。《金剛經》把眼睛分為天眼、佛眼、法眼、慧眼、肉眼五種，其中的天眼、佛眼、法眼、慧眼都屬大觀眼睛。與《金剛經》不約而同，《南華經》（莊子）也把眼睛分為多種，其最高的「道眼」，也是大觀視角。《莊子》的開篇《逍遙遊》，其大鵬的眼睛，也近似「天眼」、「道眼」，從九萬里高空上俯瞰人間，便看出「大知」與「小知」的區別。大鵬的視角，也正是莊子的哲學視角。莊子在《秋水》中讓北海若說道：「以道觀之，物無貴賤；以物觀之，自貴而相賤；以俗觀之，貴賤不在己。以差觀之，因其所大而大之，則萬物莫不大；因其所小而小之，則萬物莫不小；知天地之為稊米也，知毫末之為丘山也，則差數睹矣。以功觀之，因其所有而有之，則萬物莫不有；因其所無而無之，則萬物莫不無；知東西之相反而不可以相無，則功分定矣。以趣觀之，因其所以然而然之，則萬物莫不然；因其所非而非之，則萬物莫不非；知堯桀之自然而相非，則趣操睹矣。」莊子在這裏提出了「道觀」、「物觀」、「俗觀」、「差觀」、「功觀」、「趣觀」六種視角，除了其道觀屬於「大觀」眼睛並可與天眼、佛眼同日而語之外，其他五種規則只能歸為世俗眼睛。莊子用道觀物，正是用大觀的眼睛觀物，這就打破了世俗眼睛對萬有萬物的人為分類分割，抵達破對待、空物我、泯主客、齊生死的「齊物」境界。老子也是用道眼看世界萬物，因此也打破俗眼下的各種差別對峙，而抵達「大制不割」（《道德經》）的宇宙生命境界。

無論是《紅樓夢》的天眼、佛眼，還是莊子的道眼，都是比一般眼睛更高的宇宙眼睛。這種眼睛最大的特點是視野無限廣闊，如同宇宙一樣沒有邊界，不知邊界。王國維的天才在於他發現《紅樓夢》的語境乃是沒有邊界的宇宙語境，而《桃花扇》則是具有現實時限的家國歷史語境。所以《紅樓夢》中的生命（角色），其本質並非家國中人，而是宇宙中人。他（她）們並不以為自己此時此刻的生存之所就是故鄉。《紅樓夢》一開篇就重新定義故鄉，嘲笑世俗的常人「反認他鄉是故鄉」。那麼，他們的故鄉在哪裏？他們從何處來，到何處去？全然不可知。「天盡頭，何處有香丘？」這是《葬花詞》中林黛玉的問題，也是曹雪芹筆下的無邊語境。《紅樓夢》第八十七回有一個重要細節，我們不妨重溫一下：

> 惜春尚未答言，寶玉在旁情不自禁，哈哈一笑，把兩個人都唬了一大跳。惜春道：「你這是怎麼説，進來也不言語，這麼使促狹唬人。你多早晚進來的？」寶玉道：「我頭裏就進來了，看着你們兩個爭這個『畸角兒』。」説着，一面與妙玉施禮，一面又笑問道：「妙公輕易不出禪關，今日何緣下凡一走？」妙玉聽了，忽然把臉一紅，也不答言，低了頭自看那棋。寶玉自覺造次，連忙陪笑道：「倒是出家人比不得我們在家的俗人，頭一件心是靜的。靜則靈，靈則慧。」寶玉尚未説完，只見妙玉微微把眼一抬，看了寶玉一眼，復又低下頭去，那臉上的顏色漸漸的紅暈起來。寶玉見他不理，只得訕訕的旁邊坐了。惜春還要下子，妙玉半日説道：「再下罷。」便起身理理衣裳，重新坐下，癡癡的問着寶玉道：「你從何處來？」寶玉巴不得這一聲，好解釋前頭的話，忽又想到：「或是妙玉的機鋒。」轉紅了臉答應不出來。妙玉微微一笑，自和惜春説話。惜春也笑道：「二哥哥，這甚麼難答的，你沒的聽見人家常説的『從來處來』

麼。這也值得把臉紅了，見了生人的似的。」妙玉聽了這話，想起自家，心上一動，臉上一熱，必然也是紅的，倒覺不好意思起來。

在大觀眼睛之下，生命並非生滅於世間地圖上的固定點，而是在大宇宙往往返返的自由點，不知從何處來，到何處去。生命正是具有這種神秘，這種無定與無常，才顯得空曠廣闊。

正因為具有大觀視角，所以《紅樓夢》才有許多獨特的發現。賈寶玉發現世間有兩種世界，一個是以男人為主體的泥濁世界，一個是以少女為主體的淨水世界。他所努力的是站立在泥濁世界的彼岸，保持「玉」的靈性與真純。賈寶玉的眼睛不是肉眼，而是天眼、道眼，所以他才能發現一個遍佈整個人間而且就是你身邊但肉眼看不見的詩意世界，這就是貴族少女和丫鬟們所構成的女兒國。在他的意識與潛意識裏，這些詩意生命，正是世界的本體，歷史的本體，其重要性連佛陀與元始天尊都難以企及。《紅樓夢》之所以是偉大的悲劇，正因為它是詩意生命的輓歌，把最有價值的詩意生命毀滅給人們看，便構成最深刻的傷感主義悲劇。

也正因為《紅樓夢》具有大觀的眼睛，所以才能「由空見色」——用佛眼觀照色世界，也才能看到色空：色世界的虛妄，色世界的荒誕。跛足道人的《好了歌》，是哲學歌，是荒誕歌。泥濁世界的主體（男人）都知道「神仙好」，但他們甚麼都放不下，主宰其生命的只有金錢、權位、美色等等。他們生活在泥濁之中而不自知，是因為他們只能以「差」觀物，以功利的肉眼觀物。與此不同，那些天眼道眼卻發現你爭我奪的「甚荒唐」。這就是說，由色生情，傳情入色，產生悲劇；而因空見色，知色虛妄，則產生荒誕劇。而所謂的「因空見色」，便是用空眼即天眼、佛眼來觀看花花世界。《紅樓夢》看世界、看生命、看人生，全然不同凡俗，就仰仗於大觀哲學眼睛。王國維雖然道破《紅樓夢》是宇宙的、哲學的，卻沒有抓住這個宇宙視角，因此也沒有發現《紅樓夢》的荒誕意蘊，僅止於談論悲劇，這不能不說是這位天才的局限。

關於大觀眼睛，筆者在以往的文章中已經論述過。這裏須作一個重要補充的是，《紅樓夢》除了具有「大觀」視角之外，還有一個讀者也許尚未注意的「中觀」視角。說沒有佛教的東來，沒有禪宗，就沒有《紅樓夢》。從哲學上說，就是《紅樓夢》具有佛教特別是禪宗的中觀視角。所謂中觀視角，乃是大乘佛教的一個重要學派——中觀學派的一種哲學觀。早在公元二至三世紀，佛教大師龍樹及其弟子提婆就創立了中觀學派，龍樹自著《中論》闡釋了中觀學說。這一個學說認為：萬物「自性空」而又「假名有」，這兩者是統一的。「自性空」就存在於「假名有」之中，兩者相互依存，這種關係便是「中道」。用假有性空的中道觀點作為觀察世間萬物的視角和處理一切問題的原則，就是「中觀」。「中觀」的核心意思是說，世間萬物的空與有，無常與常，各是矛盾的一邊，觀照主體不應落入一邊，偏執一方。這一中觀學說後來與大乘如來藏、般若智慧，成為禪宗三大思想來源。慧能的「不二法門」，其源頭之一，便是「中觀」視角。曹雪芹的「假作真時真亦假，無為有處有還無」便是打破兩極對峙的中觀視角。中觀與大觀相通，只有在大觀的眼睛下，才有處理現實問題的中觀態度。大乘佛教的中觀方法以及把這一方法發展到極致的慧能不二法門，便成為《紅樓夢》的哲學基點。

二、《紅樓夢》的哲學基石

過去有人說，莊即禪，禪即莊。禪與莊，確實有共同之處，兩者都講整體相，不講分別相、差別相。兩者都講破對立、空物我、泯主客、齊生死，但仍然有區別。莊子在講「齊物」論時具有相對主義的理性論證和思辨探討，而禪只講眼前的生活境遇。莊子還樹立真人、至人、神人等理想人格，而禪則揚棄了一切偶像只求神秘性質的心靈體驗。這就是說，禪更為內心化、靈魂化。

從哲學上說，禪的內核是心性本體論，也可稱為自性本體論，此外，還有一個「不二」方法論（即不二法門）。《紅樓夢》又把不二法門進一步泛化，推演到宇宙世界，以至物我無分，天人無分，陰陽無分，直通易經哲學。第三十一回史湘雲所表述的陰陽一體，陰陽合一可看作是曹雪芹哲學觀的一項重要內容。史湘雲對翠縷說：「天地間都賦陰陽二氣所生，或正或邪，或奇或怪，千變萬化，都是陰陽順逆。多少一生下來，人罕見的就奇，究竟理還是一樣。」翠縷聽完問道：「這麼說起來，從古至今，開天闢地，都是陰陽了？」湘雲笑道：「糊塗東西，越說越放屁。甚麼『都是陰陽』，難道還有個陰陽不成！『陰』『陽』兩個字還只是一字，陽盡了就成陰，陰盡了就成陽，不是陰盡了又有個陽生出來，陽盡了又有個陰生出來。」最後她做了個比喻，更為透徹：「比如那一個樹葉兒還分陰陽呢，那邊向上朝陽的便是陽，這邊背陰覆下的便是陰。」史湘雲在這裏所作的比喻是說陰陽同一，又陰又陽才是道，陰陽結合才是道，這和《紅樓夢》開篇第一回的空空道人所解的「好」與「了」兩個字實為一體，意思相通。道人說：「……世上萬般，好便是了，了便是好。君不了，便不好；君要好，便須了。」世界萬物，生和死，好和了，陰與陽，乃是相反相成，相互轉化。而每一個生命，也如同豐富的宇宙，都秉陰陽二氣所生，或正或邪，或奇或怪，千變萬化，二氣實為一體，同一生命，不可以簡單把一個豐富生命判定為「好」與「壞」，「仁」與「惡」、天使與魔鬼。《紅樓夢》第二回，曹雪芹借賈雨村之口評人論世，無非是在說明，「天地生人，除大仁大惡兩種，餘者皆無大異」。言下之意是說，大仁大惡是少數的特例，其他生命都沒有太大差別，既不是仁絕，也不是惡絕，而是仁惡並舉的第三種人性。賈雨村特別解說這種人正邪一體，由正邪二氣搏擊掀發後通靈而生，上不能成仁人君子，下不能成大兇大惡；置於萬萬人之中，其聰俊靈秀之氣，則在萬萬人之上；其乖僻邪謬不盡人情之態，又在萬萬人之下；若生於公侯富貴之家，則為情癡情種；若生於詩書清貧之族，則為逸士高人；縱再偶生於薄祚寒門，斷不能為走卒健僕，甘遭人驅制駕馭，必然為奇優名倡。曹雪芹顯然在告訴讀者，他筆下的主人公，正是這種化二氣於一身之人，他大制不割，亦智亦愚，亦聰亦乖，亦柔亦謬，亦巧亦拙，亦靈亦傻，不可用忠、奸、仁、惡這種語言來描述他。這個被視為「孽障」的怪人，實際上是不正不邪，亦正亦邪，在正邪中搏擊遊走、陰陽難分的正常人，也是一個既可以近女性（陰）也可以近男性（陽）、既是至柔之身（情種）又是至剛之身（內心對功名利祿的拒絕力量）的中性人。他拒絕充當世俗社會任何角色，而社會給他的各種命名離他豐富的本色也很遠，一切是非、善惡、好壞、黑白的兩極判斷和概念規定，對他都不合適。他是天然地把握不二法門的中觀、中道、中性之人。這個人就叫做賈寶玉。賈雨村這段開場白之所以重要，是因為它給小說主人公提供一種立足的哲學根據。

作為主人公的賈寶玉，他的愛的法門（情感方式），正是不二法門。這個法門泛化到大自然、大宇宙便是王國維所說的宇宙境界。不僅以情為本體，而且把情推向宇宙以至形成天人合一的情感宇宙化。這確實是《紅樓夢》情感描述的一種巨大特色。《紅樓夢》中有兩個大觀園，一個是地上賈府裏的大觀園，一個是宇宙太虛幻境中的大觀園。金陵十二釵的正冊、副冊、又正冊、又副冊，其中的女子既是天上的女神，又是地上的女子。所以賈寶玉與林黛玉的情愛便成了天國之戀，而不僅是地上之戀。

脂硯齋所透露的曹雪芹在全書結束時排出的《情榜》，給寶玉的考語是「情不情」，給黛玉的考語是「情情」。所謂情不情，便是打破情的世俗規定，把愛推向萬物萬有，把情推到不情物與不情人身上。推向物便是物我不分，推向人則沒有他我之別。寶玉常會對星星月亮說話，把情推向空中的燕子和地上的花草魚兒。賈寶玉沒有好人壞人之分，也沒有君子小人之別。要說壞人、小人，他的同父異母弟弟賈環應當算一個。賈環不僅很壞，而且還常常要加害他，完全是個「不情」劣種。最為嚴重的是出於無端的嫉妒，竟故意推倒蠟油燈，想燙瞎賈寶玉的眼睛。雖沒有擊中眼睛，卻也把寶玉左邊臉上燙起一溜燎泡。即使下此毒手，寶玉還是寬恕他、原諒他，為賈環掩蓋罪責，特別交代母親王夫人不要說出去：「有些疼，還不妨事。明日老太太問，就說是我自己燙的罷了。」（第二十五回）可以肯定，如果寶玉的眼睛真的被燙瞎了，他也會原諒賈環的。對待這種嚴重傷害自己的人，賈寶玉的態度相當於釋迦牟尼。《金剛經》記載：釋迦牟尼的前世修忍辱行，在山中宴坐，正巧遇到摩揭國國王外出遊獵。此王休息睡醒後不見身邊的宮女，入山尋找，見到宮女正圍着釋迦（其時釋迦已接近成佛）禮拜，歌利王大怒說：「為甚麼眼睛看着我妃子宮女。」釋迦（前身）說：「我對女色，實在無所貪戀。」王說：「如何見得你見色不貪。」釋迦（前身）說：「持戒。」王問：「甚麼叫持戒？」釋迦（前身）說：「忍辱就是持戒。」歌利王就用刀割截釋迦的耳朵、鼻子、手足，釋迦心無嗔怒，面不改色。在《金剛經》裏釋迦對弟子說：「我於爾時，無我相，無人相，無眾生相，無壽者相。何以故。我於往昔節節支解時，若有我相、人相、眾生相、壽者相，應生嗔恨。」意思是說如果我因為被傷害而記仇生恨，那我就陷入了世俗世界的「四相」之中了，就與眾人無別了。釋迦牟尼的偉大在此可得到充份呈現：原諒了一個砍掉自己手足的人。能原諒一個割截自己的手足、耳朵、鼻子的「兇手」，還有甚麼不能原諒、不能寬恕的呢？賈寶玉對待賈環的胸襟情懷，正是釋迦式的胸襟情懷。而這種情懷的背後，是一種佛性不二的哲學，即相信每一個人身上都蘊藏着佛性的基因，哪怕是被公眾視為壞人小人的人。只是因為執迷不悟，原有的清淨心被蒙上塵土，才做出遠離佛性的事情來。從賈寶玉對待賈環的慈悲態度，可以看到賈寶玉的「情不情」深邃到何等地步，其不二法門，徹底到甚麼地步。因此，可說賈寶玉是還在修煉中的尚未出家的釋迦牟尼，而釋迦牟尼則是已經修煉成佛的賈寶玉。

作為賈府「無事忙」的「快樂王子」，賈寶玉的釋迦秉性除了上述的「情不情」之外，還有一個特別之處是他的尊卑不二分，徹底打破人際關係中的分別相。他是個貴族子弟，是賈府裏的「主子」，但他卻無貴族相，主子相，少爺相，公子相。他明明是個「主子」，卻偏偏把自己定位為「侍者」——「神瑛侍者」。所謂侍者，便是奴僕。在賈寶玉心靈裏，沒有主子跟奴僕的分別，而這種分別恰是等級社會裏最重大最根本的分別，連這種分別都打破了，還有甚麼分別不能打破？打破這種分別要戰勝多少偏見？要放下多少理念？要有多大的情懷？但這一切對於賈寶玉來說，都是自然的，平常的。他以平常之心穿越了等級社會最森嚴的城牆，做出常人俗人難以置信的行為。這正是黑暗社會裏偉大的人格光明。

正因為這種尊卑不分的不二法門，寶玉的情性才上升為靈性，也可以說才上升為神性。賈寶玉所以會發現一個比帝王將相乾淨得多的奴婢世界，就是心靈中的不二法門在起作用。他寫出感天動地的《芙蓉女兒誄》，把一個女奴當作天使來歌頌，呈現出超等級、超勢利的最高的美，其詩的心靈基石也正是打破尊卑之分的不二哲學。筆者在前不久發表的《論〈紅樓夢〉之永恆價值》一文曾說明，作為貴族文學，《紅樓夢》具有貴族的精神氣質，卻完全沒有貴族的特權意識。尼采在定義貴族與貴族精神時，把人區分為上等人與下等人，把道德相應地區分為主人道德與奴隸道德，主張向下等人與奴隸道德宣戰，蔑視弱者，蔑視擁抱弱者的基督。而《紅樓夢》則完全不是這樣，它不僅有貴族精神，而且有基督的大慈悲精神。它在「身為下賤」的下等人身上發現「心比天高」的無盡之美，因此他不是向下等人宣戰，而是向蘊藏於下等人身心中的大真大善頂禮膜拜。他既不媚俗，也不媚雅，既有高精神，又有低姿態。這種人類文學中最偉大的靈魂亮光，恰恰發源於不二法門。

在筆者以前發表的「評紅」文字中，曾特別注意魯迅關於《紅樓夢》藝術成就的見解。魯迅說，《紅樓夢》沒有把好人寫得絕對好，把壞人寫得絕對壞，從而打破了我國傳統小說的寫法與格局。這是一個非常準確的論斷。過去我在闡釋這一論斷時只是說明這是「性格真實」的藝術成就，今天卻格外分明地看到，《紅樓夢》這一成就，也是來自禪宗的不二哲學。沒有好人壞人之分，其人物的命運才有多重的暗示，才不是一種命運暗示一種道德原則。《紅樓夢》中的兩個女主角雖然有衝突，但這不是善惡之爭、好壞之爭。從精神上說，一者投射重生命、重自然、重自由的文化（林黛玉）；一者投射重秩序、重倫理、重教化的文化（薛寶釵）。兩者都具有充份的理由。因此我把它視為曹雪芹靈魂的悖論。從藝術上看，林、薛是兩種不同美的類型，儘管薛寶釵世故一些，世俗一些，但仍不失為美。這種「釵黛合一」的「兼美」現象，也是「不二法門」的哲學思路。

三、《紅樓夢》的哲學問題

那麼，在大觀視角下，浸透於《紅樓夢》全書的基本哲學問題是甚麼呢？

任何一種哲學都有它提出的基本問題。在《紅樓夢》評論的小史上，意志論（叔本華）的基本問題是決定世界與人生的本質是甚麼？唯物論（延伸為階級論時代論）的基本問題是物質與精神何為第一性的問題。把這種哲學基本問題推入《紅樓夢》，前者便導致王國維關於意志—慾望—痛苦—悲劇—解脱的闡釋；後者則導致大陸紅學論者關於從封建階級主導的時代走向資本主義萌芽時代所決定的兩極衝突（封建與反封建）的闡釋。《紅樓夢》是文學作品，它沒有先驗的哲學框架，但是，只要深切地領悟其哲學意蘊，就會發現，它的基本問題乃是存在論的問題。《紅樓夢》甲戌本一開篇，就有一個大哉問：

浮生着甚苦奔忙？
盛席華筵終散場。
悲喜千般同幻渺，
古今一夢盡荒唐。
漫言紅袖啼痕重，
更有情癡抱恨長。
字字看來皆是血，
十年辛苦不尋常。

「浮生着甚苦奔忙？」人的一生辛辛苦苦到底是為了甚麼？即人為甚麼活？為誰活？怎樣活？活着的意義在哪裏？這正是存在論的根本問題。這首詩的第一句話開門見山地提出一個大哲學問題。如果説，第一句還曾在許多人心中盤旋過，那麼，第二句則是《紅樓夢》自己的哲學語言。《紅樓夢》的第二十六回，由小丫鬟小紅首先説出「千里搭長棚，沒有不散的筵席」（連個丫鬟都有禪思哲理）！而這，正是曹雪芹獨特的哲學提問：既然所有豪華的宴席，終究要散場，終究要成為過眼煙雲，終究要如幻夢一場，總之，終究要化為塵埃，為甚麼浮生還要那麼忙碌那樣追求，這一切到底是為甚麼？

曹雪芹不僅面對「席必散」，而且面對人必死。「風月寶鑒」這一面是色，是美女，而那一面是空，是骷髏。不管你有多少權勢財勢，不管你是帝王將相還是豪門貴胄，你終究要變成一具骷髏，終究要面對死亡。色沒有實在性，骷髏卻絕對真實。妙玉曾對邢岫煙（岫煙雖不是重要角色，卻是妙玉十年的老鄰居，妙玉又教過她認字，有半師之份）說，自漢晉五代唐宋以來，都沒有好詩，只有范成大的兩句可算好詩。這兩句是：

> 縱有千年鐵門檻，
> 終須一個土饅頭。（第六十三回）

所謂鐵門檻，就是鐵皮包着的華貴門檻，這是世家豪族權貴的象徵。所謂土饅頭，那就是墳墓，那就是埋葬屍骨的土丘。正像最終要面對骷髏一樣，每個人最終都要面對這個土饅頭，即面對這個無可逃遁的死亡。《紅樓夢》的基本哲學問題正是面對一個必死的事實之後，該如何生的問題。換句話說，活在世上該為最後這個「無」的必然做好何種準備的問題。曹雪芹的哲學觀不是孔子的「未知生，焉知死」，而是海德格爾的「未知死，焉知生」。在海德格爾看來，存在只有在死亡面前才能充份敞開它的意義。卡繆說哲學的根本問題是自殺問題。明知終有一死，為甚麼此時此刻不自殺，為甚麼還要活？曹雪芹面對「土饅頭」，面對死亡所提出的「浮生着甚苦奔忙」的問題正是海德格爾的問題，卡繆的問題，即存在論的根本問題。

妙玉對死亡的必然如此覺悟，賈寶玉何嘗不是這樣。當他聽到林黛玉《葬花詞》中「儂今葬花人笑癡，他年葬儂知是誰」和「一朝春盡紅顏老，花落人亡兩不知」時，一下子慟倒在山坡上，懷裏兜着的花撒了一地。受到這麼激烈的震撼，顯然是非常在乎「一朝將亡」的無可避免。可見，死亡在他面前具有強大的鋒芒。如果他相信靈魂可以升天而進入永恆的天堂（如陀思妥耶夫斯基），如果他相信「生死同狀」，人死後可以進入大自然的不滅系統（如莊子），如果他真相信人生一場不過是輪迴鏈中的一環（如佛教徒），那他應該不會聽到死亡消息就如此悲慟。顯然，他還有對於不落不亡的期待，還希望自己和林黛玉活着。這也透露，一個心愛的有情人活着，便是意義。人是相關的，與心愛者同在人間，就會產生意義感。這種「情」的理由正是活着的理由，正是「此在」值得珍惜值得延伸的理由。「三春過後諸芳盡」，到了所愛女子都散盡亡盡的時候，死的理由便壓倒活着的理由，此時出家做和尚可以理解，即便死也可以理解。通觀《紅樓夢》，可以看到曹雪芹具有海德格爾式的很強的死亡意識，但他不像海德格爾那樣，既然意識到死的必然，那麼「此在」於此時此刻就有生的設計，就該努力行動，就該揚棄「煩」與「畏」而行動：先行到死亡中的行動。然而，曹雪芹卻有另一大哲學思路與後來者海德格爾相通，這就是：既然在最終要「散」、要「了」、要「死」，就應當選擇避開「與他人共在」的非本真、非本己的存在方式，選擇一種與常人眾人不同的生活方式。換句話說，便是拒絕把自己只有一回的生命交付共在的群體，拒絕讓自己的身體、靈魂、語言、行為進入群體秩序的編排，包括「家與國」的編排。寶玉所以「於國於家無望」[1]，就因為他具有這種柔性的卻是強大的拒絕力量。這一重要哲學意蘊，還

1 《紅樓夢》第三回用《西江月》二詞批評賈寶玉，第二首詞曰：「富貴不知樂業，貧窮難耐淒涼。可憐辜負好韶光，於國於家無望。……」

可以做另一種表述，即曹雪芹意識到「了」（死）的必然後，對於活着時甚麼才是「好」（生的意義）只交給自己來評判和女兒國的戀人們來評判，而不是交給上帝評判（曹雪芹沒有上帝），不是交給釋迦牟尼與元始天尊評判（見第二回，曹雪芹讓寶玉表達了這一個價值位置：「這女兒兩個字，極尊貴，極清靜的，比那阿彌陀佛、元始天尊的兩個寶號還更尊貴無對的呢！」），也不是交給孔夫子的道德法庭去評判，最後這一層，只要看看《紅樓夢》中對「文死諫」、「武死戰」等忠臣烈士的嘲諷就可了解。既然不是把生的價值交給他者去裁決而是由自己來決定，那麼曹雪芹就讓寶玉選擇了一種守持真情真性的獨一無二的方式，一種荷爾德林式的詩意棲居的方式：人類應該詩意地棲居於大地之上。曹雪芹比荷爾德林年長五十歲左右，幾乎生活在同一個時代。這兩個分別位於東方與西方的天才都是大詩人與大思想者，儘管宇宙觀有很大的差異：一個（荷）崇仰上帝，信奉神，充滿承擔苦難之心；一個（曹）沒有上帝，沒有神像崇拜，但也有大慈悲之心，都追求詩意棲居和澄明之境，都追求守護生命的本真本然狀態。荷爾德林的本真狀態緊連着神性本源，曹雪芹的本真狀態則更多的是「無識無知」的生命自然狀態，即赤子狀態，這是嬰兒般的存在方式，老子所呼喚的那種至真至柔至樸的狀態。

因此，展示在《紅樓夢》世界中的是兩種完全不同的存在方式。為論述方便，我們不妨把它稱為賈寶玉方式和甄寶玉方式。他倆相逢時，產生存在方式的衝突，在甄寶玉看來，賈寶玉的方式是「錯誤」的，他希望賈寶玉能「浪子回頭」，所以對之說了一段語重心長的話：「……弟少時也曾深惡那些舊套陳言，只是一年長似一年，家君致仕在家，懶於酬應，委弟接待。後來見過那些大人先生盡都是顯親揚名的人，便是著書立說，無非言忠言孝，自有一套立德立言的事業，方不枉生在聖明之時，也不致辜負了父親師長養育教誨之恩，所以把少時那一派迂想癡情漸漸的淘汰了些。」（第一百一十五回）甄寶玉這一席對賈寶玉的忠告，在世俗社會的眼裏，屬於天經地義。他要賈寶玉顯親揚名，言忠言孝，立功立德，走顯親揚名之路，認為年少時代的那種天真無爭狀態乃是「迂想癡情」，萬萬要不得。而賈寶玉呢？他覺得甄寶玉所講的是一派酸論，對他來說，恰恰要保持少時的本真本然，拒絕走入功名泥濁世界，才是此在的澄明之路。賈寶玉與甄寶玉的衝突，正是《紅樓夢》的哲學問題：既然人生那麼短暫，人必有一死，那麼，該選擇哪一種活法？是如甄寶玉那樣，按照勢利社會所規定的路向行走，生命受「顯親揚名」理念的主宰與編排，還是選擇賈寶玉的活法，按其生命的本真本然與天地萬物相契相容，拒絕進入常人俗人追逐的人生框架？對於這個問題，曹雪芹以他整部小說做了回答，這就是甄不是真，甄寶玉的生活不是詩意的生活；而賈不是假，惟有賈寶玉才是詩意的存在。所以曹雪芹讓賈寶玉迴避進入任何權力框架而生活在大觀園的詩國中。這個詩國，其公民都是淨水世界的主體。這是建構在泥濁世界彼岸的另一個國度，是曹雪芹的理想國。這個理想國，與柏拉圖的理想國不同。柏拉圖把詩人逐出理想國，因為詩人只有情性，沒有理性。賈寶玉所以追逐這個詩國而且深深敬愛詩國中的首席詩人林黛玉，就因為林黛玉從來不勸他走甄寶玉的那種仕途經濟的道路。大觀園裏的詩國，作為曹雪芹的烏托邦，是《紅樓夢》中幾個基本大夢之一。照理說，人間當是一個能夠讓詩意生命自由存在的詩國，但是恰恰相反，詩國只是一種夢。現實世界是一個沒有詩意的名利場，是一個詩意生命無法生存的荒誕國。所以首席詩人林黛玉最後連詩稿也焚毀了。詩意生命一個一個毀滅，最後作為詩國惟一男性的賈寶玉也出家遠走。曹雪芹與荷爾德林一樣，希望詩意地棲居於地球之上，並設計了讓詩意生命立足的詩國，但是最終又了解，這詩國不過是浮生一夢，太虛一境。

看透人必死、席必散、色必空、好必了之後，此在的出路何在？除了這一哲學難題之外，曹雪芹的另一個哲學焦慮是在破對待、泯主客、萬物一府、陰陽無分之後怎麼辦？說：「假作真時真亦假，無為有處有還無。」既然打破一切是非、真假、善惡等世俗判斷，既然一切界線都打破了，那麼，為甚麼還要為「美」的毀滅而傷感？而「慟倒」？為甚麼放不下那些詩意女子，緬懷歌哭閨閣中的歷歷諸人？為甚麼不為薛蟠、賈環等最後如何死亡而操心？正如「空」後是否還得「有」的難題一樣。這個難題是破了一切「對待」之後是否還有最後一種對待是需要持守的？也就是說，倘若世界真是以虛無為本體，一切色相都是幻相，那麼，連林黛玉至真至善至美的生命情感存在也不真實嗎？是不是也要像消泯一切是非、善惡界線一樣最後也消泯美醜界線？不二法門到了這裏是否還有效？曹雪芹在此問題前面顯然是有徘徊、有彷徨、有焦慮的。所以他一方面是那麼喜歡莊子，不斷地閱讀《南華經》，另一方面卻對莊子也做出調侃與質疑。最明顯的是第二十一回所描寫的寶玉與襲人口角之後，於「悶悶」之中讀了《南華經》，看到《外篇．胠篋》，其文曰：

> 故絕聖棄知，大盜乃止；擿玉毀珠，小盜不起；焚符破璽，而民樸鄙；掊鬥折衡，而民不爭；殫殘天下之聖法，而民始可與論議。擢亂六律，鑠絕竽瑟，塞瞽曠之耳，而天下始人含其聰矣；滅文章，散五采，膠離朱之目，而天下始人含其明矣；毀絕鈎繩而棄規矩，攦工倕之指，而天下始人有其巧矣。

寶玉讀後，意趣洋洋，趁着酒興，提筆續道：

焚花散麝，而閨閣始人含其勸矣；戕寶釵之仙姿，灰黛玉之靈竅，喪滅情意，而閨閣之美惡始相類矣。彼含其勸，則無參商之虞矣；戕其仙姿，無戀愛之心矣；灰其靈竅，無才思之情矣。彼釵、玉、花、麝者，皆張其羅而穴其隧，所以迷眩纏陷天下者也。

這一續篇真的僅僅是在宣洩自己一時的悶氣嗎？真的是顯露賈寶玉冷酷冷漠的一面嗎？真的如劉小楓所說的，這是「新人」（賈寶玉）在劫難世界中終歸要變成無情石頭的證物嗎？[1]

筆者的閱讀心得與劉小楓先生的心得不同。我恰恰讀出曹雪芹在續篇中對莊子的調侃與提問，這就是：你在泯滅生死、主客等界線乃至主張「絕聖棄智」的時候，總不能也泯滅美醜界線，總不能也「絕林棄薛」、「焚花散麝」吧?!林黛玉讀了之後也只是輕輕地回了一絕，取笑寶玉「醜語怪他人」（第二十一回），並不真的生氣，她知道寶玉在說些甚麼。曹雪芹在這裏採取把「齊物」推向極端也推向荒謬的文本策略，從而肯定美醜二分的最後界限（否定「美惡相類」）。而這正是一個偉大作家的最後立

1 劉小楓在《拯救與逍遙》中說：當「情」願遭到劫難世界的冷落和摧殘，曹雪芹的「新人」馬上就轉念寂寞林。下面這段冷酷的話出於這位「新人」之口，而且並非在情案結束才說，是相當耐人尋味的：「焚花散麝，而閨閣始人含其勸矣；戕寶釵之仙姿，灰黛玉之靈竅，喪滅情意，而閨閣之美惡始相類矣。彼含其勸，則無參商之虞矣；戕其仙姿，無戀愛之心矣；灰其靈竅，無才思之情矣。彼釵、玉、花、麝者，皆張其羅而穴其隧，所以迷眩纏陷天下者也。」這話出於「補情」者之口，難道不令人目驚口呆嗎？它已經暗含着，人降生到劫難的生存世界中只為了「還淚」是合理的循環。曹雪芹的「新人」終於在劫難的世界中移了「情性」，重新變成了冷酷無情的石頭。夏志清教授曾精闢地指出：寶玉的覺醒含着一種奇特的冷漠。與寶釵相比，他顯得那樣蒼白。寶釵甘願放棄夫婦的性愛，只希望寶玉仍舊仁慈並關懷他人。她最後的驚愕是，一個以對於苦痛過度敏感為其最可愛特質的人，現在竟變得冷漠至極。夏志清教授據此提出的詢問相當有力：「在寶玉精神覺醒這個戲中的悲劇性的困難是：無感情是一個人精神解脫的價值嗎？知道一個人的完全無力拯救人類秩序的愛和同情較好呢？還是知道獲得精神解脫後，一個人只變成一塊石頭，對周圍的悲苦無動於衷仍追求個人解脫好嗎？」（見《拯救與逍遙》，第三三二—三三三頁，上海人民出版社，一九八八年四月第一版。）

場：在消解了一切世俗判斷之後最後還留下審美判斷。沒有這一判斷，文學也就沒有立足之地。其實，莊子、禪宗也守住了審美這一邊界，只是沒有做出告白而已。無論是莊禪還是曹雪芹，他們都從一切現實關係和現實概念中抽離出來，然後對世界萬般採取審美的態度，不做是非判斷者，只做美的觀照者和呈現者。這不是對世界的冷漠，而是對世界的冷觀。

四、《紅樓夢》的哲學境界

筆者曾說，賈寶玉修的是愛的法門，林黛玉修的是智慧的法門，因此最高的哲學境界總是由林黛玉來呈現。小說中有那麼多詩詞，詩國也進行過那麼多次詩的比賽，但寫得最好的詩總是屬於林黛玉。林黛玉無愧是詩國中的第一詩人。她的詩所以最好，是因為境界最高。就長詩而言，《紅樓夢》中寫得最精彩的是林黛玉的《葬花詞》和賈寶玉的《芙蓉女兒誄》。兩者都是輓歌，都寫得極為動人，但就其境界而言，《芙蓉女兒誄》在悲情之中還有許多感憤與微詞，還有許多對惡的斥責與怒氣，而《葬花詞》則完全揚棄世間之情，不僅寫出一般輓歌的淒美之境，而且從孤寒進入空寂。「無盡頭，何處有香丘」的空寂之境，才是最高的美學境界。賈寶玉和林黛玉最深的對話常常借助禪語，這種明心見性而又有撲朔迷離的戀情愛語，不是一般的情感交流，而是靈魂共振。在對話中，林黛玉總是引導賈寶玉的靈魂往上飛升，而賈寶玉也知道，這個林妹妹正是引導自己前行的女神。用他的話說：「我雖丈六金身，還借你一莖所化。」（第九十一回）此處賈寶玉把自己比作佛，把林黛玉比作蓮，佛由蓮花化生。在《紅樓夢》中林黛玉的空寂之境是比神境更高的蓮境。為了更具體地了解上述這一論點，不妨把第九十一回林賈談禪的細節重讀一遍：

只見寶玉把眉一皺，把腳一跺道：「我想這個人生他做甚麼！天地間沒有了我，倒也乾淨！」黛玉道：「原是有了我，便有了人，有了人，便有無數的煩惱生出來，恐怖，顛倒，夢想，更有許多纏礙。——才剛我說的都是頑話，你不過是看見姨媽沒精打彩，如何便疑到寶姐姐身上去？姨媽過來原為他的官司事情心緒不寧，那裏還來應酬你？都是你自己心上胡思亂想，鑽入魔道裏去了。」寶玉豁然開朗，笑道：「很是，很是。你的性靈比我竟強遠了，怨不得前年我生氣的時候，你和我說過幾句禪語，我實在對不上來。我雖丈六金身，還借你一莖所化。」黛玉乘此機會說道：「我便問你一句話，你如何回答？」寶玉盤着腿，合着手，閉着眼，噓着嘴道：「講來。」黛玉道：「寶姐姐和你好你怎麼樣？寶姐姐不和你好你怎麼樣？寶姐姐前兒和你好，如今不和你好你怎麼樣？今兒和你好，後來不和你好你怎麼樣？你和他好他偏不和你好你怎麼樣？你不和他好他偏要和你好你怎麼樣？」寶玉呆了半晌，忽然大笑道：「任憑弱水三千，我只取一瓢飲。」黛玉道：「瓢之漂水奈何？」寶玉道：「非瓢漂水，水自流，瓢自漂耳！」黛玉道：「水止珠沉，奈何？」寶玉道：「禪心已作沾泥絮，莫向春風舞鷓鴣。」黛玉道：「禪門第一戒是不打誑語的。」寶玉道：「有如三寶。」黛玉低頭不語。

寶玉所講的三寶，是一般佛家所講的「佛」、「法」、「僧」三寶，而禪宗特別是慧能的特殊貢獻，是由外轉內，把外三寶變成內三寶，把佛轉為「覺」，把法轉為「正」，把僧轉為「淨」，即把佛事三寶變成「自性三寶」。林、賈的談禪作偈，也都是內心對語，屬於靈魂最深處的問答。賈寶玉在這次禪對中對着林黛玉確認：「你的性靈比我竟強遠了。」還承認兩人在禪語對話中，自己被林黛玉的問題所困，「答不上來」。的確，林黛玉的提問總是在幫助賈寶玉開竅起悟。林黛玉和賈寶玉最重要的一次禪語對話在第二十二回中，這是《紅樓夢》全書哲學境界最集中的表現。此次禪思發生於賈寶玉和姐妹們聽了禪曲之後，寶玉被「赤條條來去無牽掛」的詩意所動，不禁大哭起來，遂提筆立占一偈：

> 你證我證，心證意證。
> 是無有證，斯可云證。
> 無可云證，是立足境。

寫後擔心別人不解，又作一支《寄生草》放在偈後。詞曰：「無我原非你，從他不解伊。肆行無礙憑來去。茫茫看甚悲愁喜，紛紛說甚親疏密。從前碌碌卻因何，到如今回頭試想真無趣！」林黛玉讀了賈寶玉的禪偈與詞註，覺得境界不夠高，便補了八個字：

> 無立足境，
> 是方乾淨。

這真是畫龍點睛的大手筆。這八個字才是《紅樓夢》的精神內核和最高哲學境界，也是曹雪芹這部巨著的第一「文眼」。《紅樓夢》的哲學重心是「無」的哲學，不是「有」的哲學，在這裏也得到最簡明的體現。

賈寶玉的禪偈，意思是說，大家彼此都想得到對方情感的印證而生煩惱，看來只有到了情意滅絕無法再做驗證時，才能算得上情愛的徹悟，到了萬境歸空，放下一切驗證的念頭，才是真正的立足之境。他恐怕別人不解，所作的詞註也是在說，你我互相依存，沒有我就沒有你，根本無須甚麼證明，真情自在心裏，根本無須分析，也無須標榜甚麼悲喜疏密。賈寶玉的禪偈已看透了常人對於情感的疏密是非糾纏，拒絕被世俗的概念所主宰，達到了空境。而林黛玉則進一步把空境徹底化，告訴賈寶玉：連空境不執着，連空境不空境都不去分別，即根本不要陷入情感「有」「無」的爭論糾纏，把人為設置的爭論平台也拆除，抵達「空空」境界，那才算是真的乾淨。林黛玉在補下這八字之前，就提問賈寶玉：

> 黛玉便笑道：「寶玉，我問你：至貴者是『寶』，至堅者是『玉』。爾有何貴？爾有何堅？」寶玉竟不能答。三人拍手笑道：「這樣鈍愚，還參禪呢？」

林黛玉的問題是你內心最強大的力量來自何處？存在的力度來自哪裏？賈寶玉回答不出來。林黛玉便用這八個字提示他：你到人間來去一回，只是個過客，不要反認他鄉是故鄉，不要以為你暫時的棲居處是你的存在之境，不要以為你放下情感的是非糾纏就會贏得自由，也不要以為你在理念上達到空境就得自由，所有這一切，都是妄念。你到了人間，就注定要經歷這些情感的糾纏和煩惱，只有回到「無」的本體，你真正的故鄉，而在暫時路過的他鄉真「無所住」（甚麼也不執着），「質本潔來還潔去」，才能徹底擺脱人間的一切慾念和一切佔有之心，才算乾淨。林黛玉之境，與「空空道人」這個名字的隱喻內涵正好相通。如果説，賈寶玉抵達了空境，那麼，林黛玉則抵達了空空境。空是否定，空空是否定之否定。正如無是否定，無無是否定之否定。無無是無的徹底化，又是經過無的洗禮之後的存有。莊子講無，但他又説「無無才是至境」。《南華經．知北遊》這樣寫道：

光曜問乎無有曰：「夫子有乎？其無有乎？」光曜不得問，而孰視其狀貌，窅然空然，終日視之而不見，聽之而不聞，搏之而不得也。光曜曰：「至矣！其孰能至此乎？予能有無矣，而未能無無也。及為無有矣，何從至此哉？」

在莊子看來，通過「無無」而抵達的「無有」，這才是最高的哲學境界。他借光曜而自白：我能抵達「無」的境界，但不能抵達「無無」的境界，等到了無，卻又未免於有。這種在有無中撲朔迷離、生成幻化的混沌狀態，派生出宇宙的萬千奇妙景象。講到這裏筆者想根據自己的生命體驗補充説「無立足境，是方乾淨」，這一境界是很難企及的。這種無立足境對於一個思想者來，乃是不立足於任何現成的概念、範疇、主義之中，即拒絕外界提供的各種角色規定而完全回到自身。也就是説，當外部的一切精神範疇（精神支撐點）都被懸擱之後，最後只剩下自性中的一個支撐點，一切都求諸自己那含有佛性的乾淨之心，一切都仰仗於自性的開掘，一切美好的事物都只能立足於自己人格基因的山頂上。因此，可以把「無立足境，是方乾淨」視為曹雪芹對個體人格理想的一種嚮往，一種徹底的依靠自身力量攀登人格巔峰的夢想。正是這八個字，曹雪芹把慧能的自性本體論推向極致。

筆者陸續寫作的《紅樓夢》悟語中曾說了這樣一段話：

> 與「空」對立的概念是「色」，與「色」連結的概念是「相」。相是色的外殼，又是色所外化的角色。去掉相的執着和色的迷戀，才呈現出「空」，才有精神的充盈。《金剛經》中所講的我相、人相、眾生相、壽者相等，都是對身體的迷戀和對物質（慾望）的執着。中國的禪宗，其徹底性在於他不僅放下我相、人相、眾生相、壽者相，而且連佛相也放下，認定佛就在心中，真正的信仰不是偶像崇拜，而是內心對心靈原則的無限崇仰。深受禪宗影響的《紅樓夢》其所以有異常的力度，便是它拒絕一切權威相、偶像，包括佛相、道相和其他神像。賈寶玉說：「女兒這兩個字，極尊貴，極清靜的，比那阿彌陀佛、元始天尊的這兩個寶號還更尊榮無對呢。」有此力度，也才有整部巨著的全新趣味：蔑視王侯公卿和醉心於功名的文人學士，惟獨崇尚一些名叫「黛玉」、「晴雯」、「鴛鴦」的黃毛丫頭，以至視她（他）們為最高的善，勝過聖人聖賢。要說離聖叛道，《紅樓夢》離得最遠，叛得最徹底。

這段悟語，想說明兩點。第一，佛講去四相，已是空，連佛相也放下，這乃是空空。這一層是空的徹底化。第二，把一切相都看穿看透後，曹雪芹並沒有陷入虛無，他發現一種最乾淨、最美麗的「有」，這是無中有，無後有，也正是另一意義的空空。《紅樓夢》除了說「假作真時真亦假」，還說「無為有處有還無」，進入了最深的真正的哲學問題：看透一切都是虛幻之後，人生還有沒有存在的意義？關於這一點曹雪芹雖然沒有用文字語言回答，但他用自己的行為即創作實踐做了回答，這種行為語言，包含着巨大的哲學意蘊。下邊，筆者試作解說。

曹雪芹寫作《紅樓夢》這部經典極品，所持的正是「空空」、「無無」的最高哲學境界。《紅樓夢》作為一部卓絕千古的藝術大自在，正是永恆不滅的大有，但它的產生，卻是經歷過一個空的昇華，經歷了一個對色的穿越與看透。關於這一點，我們再回頭重溫禪境三層面的比喻，並作一點與本題相關的闡釋。在禪的眼睛之下，第一景：山是山，水是水；第二景：山不是山，水不是水；第三景：山還是山，水還是水。此喻放入《紅樓夢》語境，第一景：色是色，相是相；第二景則是空，即看透了色的虛幻——色不是色，相不是相。人們所追逐的色相，不過是一種幻影。第三景便是「空空」，即穿越了遮蔽之後，所見的山和水，是另一番山和水，不是原先俗眼肉眼裏的山與水，而是天眼道眼裏的山與水。這是經過空的洗禮之後的「有」，並非原先追逐的「有」。

曹雪芹通過《紅樓夢》質疑立功立德立言的仕途經濟之路，批判爭名奪利之徒，續書延伸他的思想，讓甄、賈寶玉相逢並讓甄寶玉發了一通「立德立言」的酸論，可見曹雪芹對「立言」是看得多麼透。但是，正是這個看得最清最透的曹雪芹，在東方，為中國也為世界立了一部千古不朽的大言，如山嶽星辰永恆地立於天地浩瀚之中。這其中的奧妙就在於功名利祿之徒的所謂功、德、言，不過是色與相，他們不僅沒有看透，而且為之爭得頭破血流。而曹雪芹卻悟到這功、德、言的虛幻，看穿它不過是些夢幻泡影。《紅樓夢》正是看透「言」之後所立的「大言」，看透「有」之後所創的「大有」，於是，他的性情之言便與功名之言天差地別，自創偉大的美學境界。這正是空空，這正是高度充盈的空，也正是真正空的充盈。《紅樓夢》的最高哲學境界，既呈現於作品的詩詞與禪語中，也呈現於曹雪芹偉大精神創造行為的語言中。

五、哲學的兼容與哲學大自在

剛才已經說過，《紅樓夢》是悟性哲學，是藝術家哲學，除了這一哲學特色之外，如果從哲學的內涵上來說，《紅樓夢》又有自身的哲學主體特色。這一特色可以說，它是一種以禪為主軸的兼容中國各家哲學的跨哲學。它兼收各家，又有別於各家，是一個哲學大自在。

因為《紅樓夢》具有巨大的文學內涵，因此用單一流行的文學概念甚至大文學「主義」都無法涵蓋它。例如說，很難用單一的「現實主義」、「浪漫主義」、「傷感主義」來概括它和描述它。說它是現實主義並沒有錯，它確實非常寫實，不僅是一般寫實，而且是「追蹤躡跡」，極為逼真，一絲不苟。《紅樓夢》一開篇就說「閨閣中本自歷歷有人」，他寫這些親自見過的「當日所有女子」，以她們為生活原型，對她們「追蹤躡跡」，不敢稍加穿鑿。所以魯迅說它「因為寫實，轉成新鮮」。巨著所呈現的那個時代的社會風貌和生活細節，其同時代的作家和之後的作家沒有一個可以企及。但它又不僅寫實，又明明是超現實。大荒山，無稽崖，赤瑕宮，通靈寶玉，太虛幻境，空空道人，哪樣屬於現實主義？這明明是大浪漫，是上天下地、天人合一、情感宇宙化的大浪漫（不是《牡丹亭》、《西廂記》式的情愛小浪漫，更不是才子佳人式的老套小夜曲）。然而，把《紅樓夢》界定為浪漫主義又不準確，因為它的天馬行空完全是現實的折射，何妨還有上述的對現實的忠實描寫。用單一的現實主義與單一的浪漫主義不足以概說，那麼，用現實主義與浪漫主義相結合的說法去描述是否就妥當呢？也不妥當。因為除了現實主義和浪漫主義的藝術精神和藝術方法之外，《紅樓夢》又有接近現代意識的荒誕內涵。它不僅是大悲劇，而且是荒誕劇。它既寫出現實的悲情，又寫出現實的不可理喻。與文學的情況相似，《紅樓夢》由於它的巨大哲學內涵和自成一大家的哲學特色，因此很難用釋、易、老、莊、禪、儒的任何一家中國哲學來概述。如果說佛為棄世、厭世、救世，莊為避世、遁世，禪為觀世、覺世，儒為入世、濟世，那麼可以說，《紅樓夢》哲學是一個棄世、厭世、避世、遁世、觀世、覺世、戀世、濟世等各種哲學觀的大張力場。

《紅樓夢》的主要哲學精神是看破紅塵的色空觀念。儒、道、釋三家，曹雪芹哲學觀的重心在於釋，尤其是禪宗。而對於儒則有許多嘲諷。但能否就做出本質化判斷，說《紅樓夢》是絕對反孔反儒反封建？恐怕不能。《紅樓夢》確實有非儒傾向，第五回讓警幻仙子教示賈寶玉應當改悔前情，「留意於孔孟之間」，是一個象徵性的反諷隱喻。之後，貫穿於《紅樓夢》全書的確有一種對孔子的「修身齊家治國平天下」這種濟世主旨的質疑，也確實與儒家的重倫理、重秩序的思想基調格格不入，因此，其主人公賈寶玉對一切關於走仕途經濟之路的勸誡才深惡痛絕。但是，浸透於《紅樓夢》之中的大情感，即那種對情的執着，對喪失美好生命的大悲哀與大痛苦，卻不是莊，不是禪，而是儒。前邊的文字已說過，基督教有天堂的慰藉，死亡便失去鋒芒；佛教看破紅塵，死亡也失去鋒芒；莊子鼓吹破對待，齊生死，認定「萬物一府」、「生死同狀」，死亡更是失去鋒芒，難怪妻子死了他要鼓盆而歌。惟獨儒重情感，重今生今世，堅信親人死亡之後再也難以相見相逢，因此他們感到死的真實，死的沉重，為親者的死亡而悲傷。中國的輓歌特別發達，就因為有儒家的影響在。如果說，賈寶玉是百分百的禪，百分百的莊，他會對秦可卿之死、晴雯之死、鴛鴦之死，如此悲傷，如此痛哭嗎？恐怕不會，因為賈寶玉在意識形態上雖然非儒，但在深層文化心理上還是儒，至少是還有他自身未能察覺到的儒的潛意識。

為了更清晰地說明《紅樓夢》與儒家的關係，這裏不妨借用一下李澤厚先生關於儒家雙重結構的學理。他在《初擬儒學深層結構説》一文中把儒家分為表層結構與深層結構。他説：

……所謂儒家的「表層」的結構，指的便是孔門學説和自秦漢以來的儒家政教體系、典章制度、倫理綱常、生活秩序、意識形態等等。它表現為社會文化現象，基本是一種理性形態的價值結構或知識權力系統。所謂「深層」結構，則是「百姓日月而不知」的生活態度、思想定勢、情感取向；它並不能純是理性的，而毋寧是一種包含着情緒、慾望，卻與理性相交繞糾纏的複合物，基本上是以情—理為主幹的感性形態的個體心理結構。這個所謂「情理結構」的複合物，是慾望、情感與理性（理智）處在某種結構的複雜關係中。它不只是由理性、理智去控制、主宰、引導、支配情慾，如希臘哲學所主張；而更重要的是所謂「理」中有「情」，「情」中有「理」，及理性、理智與情感的交融、貫通、統一。我以為，這就是由儒學所建造的中國文化心理結構的重要特徵之一。它不只是一種理論學説，而已成為實踐的現實存在。[1]

以儒家的表層結構和深層結構這一視角來觀看《紅樓夢》，就會發現，賈寶玉對儒家的表層結構，即儒的政教體系、典章制度、倫理綱常、意識形態等等，確實是格格不入的，尤其是這套體系、秩序、意識形態所派生來的知識者的仕途經濟之路和變形變態的謀取功名利祿之思，更是深惡痛絕。在這個層面上，説賈寶玉以至説《紅樓夢》反儒，是完全正確的。賈寶玉在這個層面上與儒家毫不含糊地決裂，

1　《波齋新説》，第一七七—一七八頁，香港，天地圖書有限公司，一九九九年。

並成為儒的「檻外人」即異端，是《紅樓夢》的精神主旨之一，這是沒有疑問的。然而，在儒家的深層上，即儒對人際溫馨、日常情感、世事滄桑的注重以及賦予人和宇宙以巨大情感色彩的文化心理特徵，卻也進入賈寶玉的生命與日常生活之中與倫理態度中。最明顯不過是這個嘲諷儒家立功立德的賈寶玉，在實際上卻又是一個孝子，一個對父母十分敬畏和尊重的孝子。在他身上，有深厚的血緣倫理，不僅有父子母子親情，而且有深厚的兄弟親情、姐妹親情。他被父親打得皮破血流，傷筋動骨（賈政對他下「死笞楚」），竟然沒有一句怨言，更談不上記仇。打了之後，他照樣敬重父親，其父在面前如此，不在面前也如此。第五十二回，寫他出門去舅父王子騰家，由李貴、周瑞等十個僕人前呼後擁着出府。出門有兩條路，一條從賈政書房經過，當時賈政出差在外，並不在家，但寶玉堅持路過書房時一定要下馬。周瑞對他說「老爺不在家，書房天天鎖着的，爺可以不用下來罷了」。寶玉笑着回答：「雖鎖着，也要下來的。」第五十四回，寫榮國府元宵慶家宴，賈珍賈璉分別奉杯奉壺按序在賈母面前跪下，而平日最受寵愛的寶玉也連忙跪下。史湘雲悄悄推他取笑道：「你這會又幫着跪下作甚麼，有這樣，你也去斟一巡酒豈不好？」寶玉悄笑道：「再等一會子再斟去。」史湘雲的意思是說，像你這麼得寵的人根本用不着多此一舉，但寶玉還是覺得愛歸愛，禮歸禮，還得遵循大家庭的禮儀。賈寶玉這一跪拜行為語言，說明他的情感態度還是尊儒的，或者說其日常生活的行為模式和情感取向，還是屬於儒家的。賈寶玉對待其他親者與兄弟姊妹的態度，包括薛蟠這個呆霸王，也是充滿親情，甚至連仇視他的趙姨娘，他也從未說過她一句壞話。從以上這些例子可以看到，賈寶玉既是「情不情」，又是十足的「親親」，儒的「親親」哲學和以情感為本體的倫理態度也進入他的生命深處。《紅樓夢》之所以感人，正是它看破色相之後仍有大緬懷，大憂傷，大眼淚，即放棄一切身外的追求，但仍有對「情義」的大執着，不僅有愛情的執着，還有親情的執着。因此，籠統地說，《紅樓夢》反對儒家道德和反對儒家哲學，就顯得過於簡單了。至於說賈寶玉是「反封建」，那更是「本質化」了。曹雪芹對儒的態度非單一化，對莊對佛的態度也不是簡單化。他對佛並不迷信，所以才有「女兒兩字比阿彌陀佛、元始天尊兩寶號更尊榮」的思想，才有筆下人物寶釵的調侃：「我笑如來佛比人還忙。」（第二十五回）但浸造於全書尤其是浸造於主人公賈寶玉身心的又是佛教深層的哲學與慈悲情懷。賈寶玉不斷打破我執、法執，但始終有一副菩薩心腸。曹雪芹對道教道家也有表層深層之分，他調侃賈敬的煉丹術，卻又認同莊子的破對待、任逍遙的哲學。雖是認同也有區別。如前邊所講的賈寶玉對莊子《胠篋》篇的質疑，便是一例。臨末還想說，《紅樓夢》的罪感與佛釋又有區別。基督有罪感，特別是有原罪感，而佛則沒有。佛家認定世界的虛無虛幻，人生沒有實在性，因此，人生下來便會產生虛無感。這種虛無感，是錯誤感，並非罪感。而曹雪芹卻不僅有虛無感，而且有罪感，有負債感，有懺悔意識。關於這點，林崗與我合著的《罪與文學》，已有專章分析，此處不再重述。這裏只是想說明，曹雪芹的哲學乃是獨一無二的僅屬於他名字的哲學。

《紅樓夢》非常偉大，不僅其文學內涵說不盡，而且其哲學內涵也說不盡。僅就這部小說與中國哲學各流派的既吸收又超越的關係，就有開掘不盡的意蘊。我今天只是開個頭，真正是「初步解說」，但願這個開始，會對《紅樓夢》的哲學研究產生一點推動。

二零零五年十二月

在台灣中央大學哲學研究所

與東海大學中文系的演講稿

第三輯　《紅樓夢》議

酸論

《紅樓夢》中有一個賈寶玉，還有一個甄寶玉。甄寶玉的父親甄應嘉，是與賈府有老關係的金陵官僚。甄、賈寶玉兩個人不僅同名而且長得一模一樣。甄寶玉在賈府出現時，賈家上上下下都非常驚訝：兩人的身材相貌竟會如此相像。虧得當時賈寶玉身穿孝服，若是一樣的衣服穿着，恐怕就分不出來了。見了這一對寶玉，紫鵑還因此一時癡意發作，想起黛玉來，心裏說道：「可惜林姑娘死了，若不死時，就將那甄寶玉配了她，只怕也是願意的。」

甄寶玉與賈寶玉長得一個模樣，可是心思卻完全不能溝通。甄寶玉到賈府之前，賈寶玉就聽說有一個和他長得一模一樣的甄寶玉，他還為此念念在心。那天一見面，果然竟如舊相識一般，賈寶玉便以為這個與他同名同貌的少年必定也是與他同心同類的朋友，也許還可引為知己。然而，一旦談起來，賈寶玉卻很快地發現甄寶玉說的話味道不對。《紅樓夢》描寫他們兩人談到要緊處，甄寶玉說：「……世兄是錦衣玉食，無不遂心的，必是文章經濟高出人上，所以老伯鍾愛，將為席上之珍。弟所以才說尊名方稱。」聽了這席話後，賈寶玉很不以為然：

> 賈寶玉聽這話頭又近了祿蠹的舊套，想話回答。賈環見未與他說話，心中早不自在，倒是賈蘭聽了這話甚覺合意，便說道：「世叔所言固是太謙，若論到文章經濟，實在從歷練中出來的，

方為真才實學……」甄寶玉未及答言，賈寶玉聽了蘭兒的話，心裏越發不合，想道：這孩子從幾時也學了這一派酸論！

賈寶玉稱甄寶玉和賈蘭所說的「文章經濟」這一番話為「酸論」，真是妙極了。他不敢相信年輕輕的甄寶玉和賈蘭也被「酸論」所掌握，以為甄寶玉是在說應酬話，所以又請甄寶玉不要客氣，朋友之間還是說些有別於「酸論」的性情中話為好。可是，甄寶玉卻連忙說明自己的心思正是在「文章經濟」之上：「弟小時也深惡那些舊套陳言，只是一年長似一年，家君致仕在家，懶於應酬，委弟接待。後來見過那些大人先生盡都是顯親揚名的人，便是著書立說，無非言忠言孝，自有一番立德立言的事業，方不枉生在聖明之時，也不致負了父親師長養育教誨之恩，所以把少時那一派迂想癡情漸漸的淘汰了些。」到了這個時候，賈寶玉才深深失望，把甄寶玉引為知己的夢想終於破滅。

甄、賈寶玉相見而相失的故事，除了說明友道不在臉上而在心上的淺近道理之外，更為重要的是，它使我們看到那個時代的價值觀念確實已發生深刻的變動。原來被視為正道乃至神聖之道的「立德立言」之議，到了賈寶玉心目中，已成為失去任何新鮮感的「酸論」。賈寶玉會產生酸感，說明他對那一套陳腐的說教已厭惡至極。

賈寶玉畢竟有靈氣，會想到「酸論」二字，既精彩又貼切。老一套說教，開始時並不酸，但在時間推移和歲月泡浸之後，拒絕變化，便會發酸發臭。人世間有很多顯學，一旦落入老套，便會變成俗學。而不知俗學為俗學，還煞有介事地把它當成「真才實學」加以鼓吹，就會變成酸學。甄寶玉的言論落俗後而又一本正經地宣講，賈寶玉自然就會產生「酸」感。

賈寶玉和甄寶玉心靈上的「隔膜」，在於對待「酸論」的態度。賈寶玉是性情中人，心靈早已拒絕「酸論」，所有的已經發酸的套話、廢話、昏話，他都討厭。不管這些話出自哪種人，哪怕出自美麗端莊的薛寶釵之口，他也不能接受。正因為他的心靈不被酸論所腐蝕，所以他才保持着人的真性情和靈魂的鮮活力。而甄寶玉津津樂道，被酸論剝奪了靈性而不自知，還把「酸論」作為榮耀，其酸氣和他那如珍如玉的相貌實在是極不相宜的。

不過，細想一下，卻覺得自己在以往很長的一段時間裏，正是甄寶玉。不管有沒有著書立說，總是終日言忠言孝言爭言鬥言徹底言到底，一心想做一番立碑立傳立牌立坊立火辣辣紅彤彤的事業，口中筆下也是一派酸論。那時雖也知道禪宗要打破「我執」，但不知道每個人身上都有一個真我一個假我，該打破的是假我之執而非真我。那時讀《紅樓夢》，未想到自己心中也有甄、賈之爭，假作真來真作假，該打破的是甄寶玉這個假我。因為自己正是甄寶玉，所以見到本真己我（賈寶玉）時也不認識，反而覺得他走了邪路。即使認識，見到「真我」在夢中或在偶然的瞬間中冒出來或一「閃念」出來，也會立即把他「鬥私批修」下去，至少對他發一番「要堅持鬥爭哲學」、「勿忘徹底哲學」的酸論。

賈雨村心態

《紅樓夢》中的賈雨村，是一個很值得玩味的官場人物，他的心態符合所謂「典型」的要求，即這種心態既有個性又帶普遍性。

讀過《紅樓夢》的人都熟知，賈雨村在得到甄士隱的鼎力推薦之後，又得到賈政的賞識，並和賈家連了宗。由於得到賈氏這一豪門的照應，加上他自己熟知官場技巧，生存策略，便官運亨通，很快地由知府擢升轉入御史，之後，又升為吏部侍郎、兵部尚書，後來因為出了事而降了三級，但不久又因賈府幫忙補授京兆府尹，兼管稅務。他因賈家而發達，因賈家而輝煌。他帶着甄士隱的推薦信和賈政見了面，這一見面是他的命運的轉折點，從此以後，他便在仕途上飛黃騰達。但是，當寧榮二府被抄時，他深知自己和賈家的關係非同一般，如果不趕快撇清關係，就難保烏紗帽，甚至還要殃及更多的東西，因此，他便「反戈一擊」，給賈府狠狠地「踢了一腳」。他的這一行為，《紅樓夢》的一百零七回通過賈府奴人包勇之口作了揭露。包勇忿忿不平地說：

> 別人猶可，獨是那個賈大人[1]更了不得！我常見他在兩府來往，前兒御史雖參了，主子還

1　即賈雨村——引者註。

叫府尹查明實跡再辦。你道他怎麼樣？他本沾過兩府的好處，怕人家説他回護一家，他便狠狠的踢了一腳，所以兩府裏才到底抄了，你道如今的世情還了得嗎？

包勇罵的時候，見到賈雨村正好坐着轎子過來，便趁了酒興繼續大聲罵道：「沒良心的男女！怎麼忘了我們賈家的恩了！」賈雨村在轎內，聽得一個「賈」字，便留心觀看，見是一個醉漢，便不理會過去了。

包勇雖然是一個醉漢，卻道破了賈雨村的心態。他的一段話用了三個很準確的動詞：一是「沾」——沾過兩府的好處；二是「怕」——怕人家説他回護賈家；三是「踢」——狠狠地踢一腳，即落井下石。這三個動詞中關鍵是「怕」字，賈雨村「怕人家説他……」，這個「人家説」，可能就會斷他的路，要他的命，毀他的前程。而他所以這樣「怕」，是因為他確實「沾」了好處，並且不是一般的好處，而是當了高官的根本好處。這樣，要人家不説話，要不受牽連，就只有選擇「踢一腳」的法子了。而且，不僅是一般地踢一腳，而是「狠狠」踢了一腳。「狠狠」二字用得好。不狠，就不足以撇清關係；不狠，就不足以保住自己。只有腳上狠狠地踢，頭上的烏紗帽才能牢牢地保住，這是賈雨村的一種心態。

包勇罵賈雨村是「沒良心的男女」，書中寫道賈雨村聽得一個「賈」字，這是很妙的。如果説他全聽到而不發怒恐不合適，寫他聽到了又裝着沒全聽到，姑且當作是醉漢胡説，這又是賈雨村心態的另一端。他不敢發怒，是因為良心在牽制着，但面子畢竟比良心更重要，烏紗帽更比良心有用，讓人咒罵「沒良心」雖然難受，丟了烏紗帽失去了面子面具更難受，所以只好嚥下被一個小奴才臭罵的氣。中國官員這種面子大於良心、烏紗帽重於良心的心態是包含着不少苦衷的。

《紅樓夢》寫賈雨村的反踢一腳，並不是正面鋪開地寫，而是側面地借別人之口說出。曹雪芹並沒有把賈雨村寫成一個簡單的忘恩負義之徒。他踢了一腳，也是暗中行事，聽到包勇的辱罵，也只能裝聾作啞，這比現代某些公開聲明「反戈一擊」的伶俐人，面皮似乎薄一些，心態也複雜一些。現代人如果沾了某大官的好處，而大官一旦倒台，他們為了表示立場堅定和身心乾淨，往往慷慨激昂，咬牙切齒，不僅踢一腳，而且要踩上兩隻腳，甚至踩上一萬隻腳，「叫他永世不得翻身」。這是不是反映現代人面皮愈來愈厚，良心愈來愈薄的傾向，我不太清楚。如果這種趨向屬實，那麼，幾十年之後，賈雨村那種僅僅「踢了一腳」而且踢了之後還有點惻隱之心的形象，倒是很可愛的了。

賈環執政

出身於趙姨娘的賈環，恐怕是賈府公子群裏最不爭氣也最令人討厭的一個。此人不僅長得獐頭鼠目，沒有半點貴族氣，而且生性粗夯，刁頑、褊狹，完全是個「潑皮」。皇親國戚府中也生長出這樣的小「痞子」，人類社會真是麻煩。趙姨娘在《紅樓夢》中，可以說是惟一沒有長處的女性，曹雪芹抒寫人性均有「複性」的特點，也就是「人物性格的二重組合」，惟獨趙姨娘沒有。王夫人罵賈環時說：「趙姨娘這樣混賬的東西，留的種子也是這混賬的！」這雖近乎「血統論」，但賈環確實是混賬東西。

我曾想，賈府的接班人如果選定賈環，也就是說，賈府如果由賈環這樣的混賬執政，將會怎樣？想來想去，覺得很不妙。

其實，《紅樓夢》已預演過一次賈環執政的情景了。那是在賈府被抄之後。賈府被抄，本已大傷元氣，再加上賈母、王熙鳳一死，更是陷入一片混亂。在榮國府裏，賈赦坐牢，賈政扶賈母靈柩南行，賈璉到配所看望病在牢中的父親。賈寶玉、賈蘭又前去赴考，這時，偌大的榮國府就數賈環是男性主子了。真是「山中無老虎，猴子稱大王」，賈環真的佔府為王了。《紅樓夢》第一百一十九回寫了賈環當時的得意：

……不言寶玉賈蘭出門赴考。且說賈環見他們考去，自己又氣又恨，便自大為王說：「我可要給母親報仇了。家裏一個男人沒有，上頭大太太依了我，還怕誰！」

這段話把賈環執政時的心境透露得很清楚。賈環「自大為王」後第一個念頭是「報仇」雪恨。他一闊臉就變，一為王，腦子就膨脹，不承認自己和自己的母親作了孽，只記得曾被人家瞧不起，要進行秋後算賬。像他這種兇狠刁頑的痞子，復起仇來決不是好玩的，肯定會來個鎮壓反動派，在他眼裏，頭號反動派和壓迫者是王熙鳳，二號反動派則是賈寶玉。寶玉可能從輕處理，王熙鳳則一定得從嚴，如果不斬首恐怕也得坐牢。可是那時王熙鳳已死，使他過不了太大的復仇癮。

賈環雖屬混賬，但也刁鑽，他知道賈府的精英死的死，坐牢的坐牢，出走的出走，「家裏一個男人也沒有！」老虎全都沒了，他這猴兒自然是王，雖還有上頭的大太太在，但府中無男人，也不能不依他了。這真是時勢造英雄，變動的時勢使得一個鼠頭鼠腦、未完成人的進化的賈環突然高大起來，而且氣壯如牛：「還怕誰？」

「還怕誰？」這是賈環的意識形態。一旦執政，這種意識形態和權力結合起來可了不得。既然是誰也不怕，那自然就可以無法無天，胡作非為，「無所畏懼」地「胡來」，要甚麼是甚麼，要誰就是誰，當然，要宰割誰就宰割誰。毫無敬畏之心，毫無心靈原則和道德邊界，這是古今中外一切流氓的特點。

《紅樓夢》除了透露出賈環「自大為王」時的念頭之外，還寫了他的行為。小説寫道，賈政、賈璉走後，賈環就趁家政失控之機，偷偷拍賣府裏的東西，甚至還「宿娼濫賭，無所不為」。更嚴重的是在寶玉和賈蘭赴考之後，他趁機去調唆邢夫人，策劃把自己的親姪女、年僅十三四歲的巧姐兒送給外藩王爺做妾。而且用心極毒，要在三天內把巧姐兒送走，以在賈璉回來之前把生米煮成熟飯。出賣巧姐，一可撈到錢財，二可報點王熙鳳之仇，雖不過癮。賈環此舉真令人吃驚，原來不被人看在眼裏的潑皮，一旦為王，竟如此機敏、幹練、有主意。沒有心靈原則的流氓，幹起壞事也沒有任何心理障礙，反而有「效率」了，真不可小看這類痞子。

這樣看來，賈環一旦當權，賈府祖輩的貴族遺風就蕩然無存，原先還有的虎氣、貴族氣和體現於賈寶玉和女兒國中的才氣、人間氣也將一掃而光，剩下的就只有猴子氣、潑皮氣和烏煙瘴氣。幸而賈府在衰敗之際，還留下一條根子賈蘭，賈政大約會選定孫子輩的賈蘭當接班人，否則賈府的未來將不堪設想。

賈環無端恨妙玉

賈環與妙玉素不來往，但是，一聽到妙玉遭劫的消息，他竟高興得跳起來，不但幸災樂禍，還狠狠地「損」了妙玉幾句：「妙玉這個東西是最討人嫌的。他一日家捏酸，見了寶玉就眉開眼笑了。我若見了他，他從不拿正眼瞧我一瞧。真要是他，我才趁願呢！」

賈環如此恨妙玉，除了妙玉對寶玉和他採取「兩種不同態度」而引起醋意之外，還有更重要的原因，這就是賈環和妙玉的精神氣質差別太大了。一屬仙氣，一屬猴氣，這種差別，真可用得上「天淵之別」、「霄壤之別」等詞。說人與人之差別比人與動物之差別還要大，這也許是個例證。如果借用尼采的概念來描述，妙玉屬超乎一般人的精神水平的「超人」，而賈環則在一般人的精神水平之下，似乎是未完成人的進化的人，接近尼采所說的「末人」。

妙玉自稱「檻外人」，她所以超世俗，不僅因為她帶髮修行，更重要的是她的精神氣質格外高貴飄逸。曹雪芹讚美她「氣質美如蘭，才華馥比仙」。確實，她的氣質與才華特異，與俗人有很大的距離，帶有一種超常性。這種超常既反映在她的「潔癖」等外在行為方式，同時（更要緊）也反映在她的內在世界。連大觀園裏最美麗、最有才華的林黛玉、薛寶釵，在她的特異光彩下都覺得不太自在。黛玉在別人面前鋒芒畢露，在妙玉面前卻小心拘謹，她和寶釵到庵裏做客時，剛開口問了一句話，就被妙玉譏笑為「大俗人」，再也不敢多說，坐了一會兒，便起身告辭。妙玉的才華和她的氣質一樣，也有一種壓倒群芳的力量。《紅樓夢》第七十六回，寫她在中秋之夜論詩寫詩，均不同凡響，為林黛玉和史湘雲的長篇聯句作詩時，竟不假思索，十三韻一揮而就，使林、史驚嘆不已，連連稱讚她為「詩仙」。中國小說中寫超凡的女子形象如此精彩，既不是神，又高高地超越於人群，幾乎找不到第二個。

妙玉是脱俗超俗之人，而賈環則比俗人還俗，人是從猴子進化而來的，賈環便是一個猴氣有餘而人氣不足的渾濁生物。《紅樓夢》寫賈政所看到的自己這個兒子的形象：「見寶玉站在眼前，神采飄逸，秀色奪人；看賈環，人物委瑣，舉止荒疏。」委瑣和荒疏，都是缺少人樣。最有意思的要數公眾對他的印象竟然是一隻猴子。第一百一十回中寫了眾人對李紈訴說他們對賈環的印象：

> 眾人道：「這一個更不像樣兒了。兩個眼睛倒像個活猴兒似的，東溜溜，西看看，雖在那裏嚎喪，見了奶奶姑娘來了，他在孝幔子裏頭淨偷着眼兒瞧人呢。」

眾人的眼光和眾人的評論不僅有趣，而且一下子就抓住賈環的要害：眼睛。眼睛最能反映人的精神氣質，而眾人竟看出他的眼睛「像活猴兒似的，東溜溜，西看看」。在眾人眼裏即在普通人眼裏賈環也是猴子，可見他並未達到普通人的水平——在精神氣質上未完成人的進化。

所以他的哭，眾人稱為「嚎喪」。但他畢竟不是猴子，有人的食慾性慾，因此一面嚎喪，一面又在孝幔子裏偷看女人。這種在精神氣質上尚未從猴子界中脱胎出來的人物，和妙玉正好形成兩極。倘若沒有妙玉這一極做參照系，賈環這一極還可以在人群裏混混。有了妙玉做參照，他就顯得更醜陋，也被拋得更遠。賈環在潛意識裏也許本能地感覺到這一點，所以就恨妙玉。如此說來，其恨無端又有端了。

妙玉與賈環，雖處於至優至劣的兩極，可是還得共處於一個社會，可見社會管理多不容易，我常想：如果讓賈環領導妙玉、黛玉和寶玉們，這個世界將會是甚麼樣子？恐怕他就要用其猴性、貓性的面貌來改造一切，包括改造妙玉和大觀園裏的女兒國。

賈府的「斷後」現象

《紅樓夢》賈氏的榮寧二府，落得被抄家，當然是悲慘的。而最悲慘的，還是它的「斷後」。所謂「斷後」，用現代時髦的話説，就是沒有「接班人」或叫做「後繼無人」。這就是説，這個大家族沒有產生出可以伸延其貴族命脈的優秀後代，更沒有產生出足以支撐和光耀這個家族門面的棟樑之才。

這個大家族到了賈寶玉的父輩，還產生了如他父親賈政這樣的符合家國需求的人才。賈政雖無傑出之處，但他幹練、規矩、明白，畢竟是個可靠的人。正是他，清楚地感受到他的家族面臨着「斷後」的危機。這種危機，一是「後」代人丁不旺；二是雖有人丁但不是人才。更嚴重的是第二條。以榮國府來説，他的子輩就沒有他這樣的勤奮勤勉之才。他的兄長賈赦之子賈璉，是一個好色之徒，不堪培養也不成氣候。他自己的三個兒子，最有希望的是大兒子賈珠，卻不幸夭折（這是榮國府「斷後」危機的一個嚴重信號）；二兒子賈寶玉，乃是「混世魔王」，不用説「齊家治國」，連自己的「修身」都成問題，不能有所指望；三兒子賈環，則不僅獐頭鼠腦而且生性夯劣，完全是個敗家子相。其他的均是女流之輩，在當時都不能做接班人。寧國府比榮國府還糟：尚在支撐寧國府的賈珍及兒子賈蓉均是酒鬼色魔，只知享受而不知創業守業，偷雞摸狗的本事有一套，持家治國之事卻全是外行，其祖輩的雄風豪氣早已喪盡。到了最後，榮國府的賈赦一支，只剩下一個巧姐。賈政一支則只剩下一個賈蘭。賈蘭和他的叔叔寶玉去考試，得了個第三十七名，這可以算是榮國府惟一的「好苗子」，但是，這根好苗子是否能夠存活，存活之後是否能重振祖輩基業還是一個問題。即使有出息，那也是很遙遠的事。總之，賈府的「後」，到了賈蘭一代，已像將殘的燭火，奄奄一息。

賈氏豪門裏，還有一個具有賈政似的憂患意識的人，這就是秦可卿，可惜她死得太早，只能在臨終之前託夢提醒自己的知己王熙鳳。這位聰明絕頂的「鳳姐」，雖然風風火火，心裏卻明白賈府中吃飯的人很多，但能槓住大廈的臂膀卻沒有。因此，當探春躍躍欲試時，她告訴平兒不必擔心，並對賈府人事形勢作了準確的分析。她說：「……我正愁沒個膀臂。雖有個寶玉，他又不是這裏頭的貨，縱收伏了他也不中用。大奶奶是個佛爺，也不中用。二姑娘更不中用，亦且不是這屋裏的人。四姑娘小呢。蘭小子更小。環兒更是個燎毛的小凍貓子，只等有熱灶火坑讓他鑽去罷。真真一個娘肚子裏跑出這個天懸地隔的兩個人來，我想到這裏就不伏。再者林丫頭和寶姑娘他兩個倒好，偏又都是親戚，又不好管咱家務事。況且一個是美人燈兒，風吹吹就壞了；一個是拿定了主意，『不干己事不張口，一問搖頭三不知』，也難十分去問他。倒只剩了三姑娘一個，心裏嘴裏都也來的，又是咱家的正人，太太又疼他，雖然面上淡淡的，皆因是趙姨娘那老東西鬧的，心裏卻是和寶玉一樣呢。比不得環兒，實在令人難疼，要依我的性早攆出去了。如今他既有這主意，正該和他協同，大家做個膀臂，我也不孤不獨了。按正理，天理良心上論，咱們有他這個人幫着，咱們也省些心，於太太的事也有些益。」（第五十五回）從這分析中，可以知道，王熙鳳雖無賈政那麼重的憂心，卻也有些清醒意識。

賈政是賈府裏儒者氣味最重，也最有家族責任感的人。簡單地說他是封建衛道者不太公平。正因為他有責任感，所以也就和他的家族命運息息相通。他常悶悶不樂，而且對賈寶玉特別「看不上眼」和特別嚴酷，這種嚴酷，反映出他的很深的「慮後」。他痛打賈寶玉，完全是「怒其不爭」，恨鐵不成鋼。因為他知道「斷後」的嚴重性，所以最迫切地希望賈寶玉能像他那樣支撐起賈家的大廈。然而，賈寶玉偏偏絲毫也沒有「立功立德」的念頭，偏偏是那樣一種拒絕功名、拒絕發達的脾氣。這樣一種不足以支撐大廈的材料，就不能不使賈政朝夕陷入大苦悶之中。我們可以感到，「斷後」的陰影一直籠罩着賈政。

賈政的憂慮是很有道理的。因為中國是「人治」的國家，人存政舉，人亡政息，國如此，家也如此。一家一族一國的興衰，最重要的在於是否「後繼有人」。中國喜歡講「得人」，所謂「得人」就是贏得了延續和發展家國事業的優秀人才。如果得了賈璉、賈環那樣的人，不能算「得人」，所以「得人」主要的意思是指擁有治家治國的人才。賈政憂慮的「斷後」，乃是斷了足以支撐賈府大廈的「家族精英」。屈原在《離騷》裏感慨「國無人」，不是說國家中沒有芸芸眾生，而是國中缺少傑出的脊樑。

清朝最後的衰亡，其中很主要的原因，也是發生了愛新覺羅王族的「斷後」現象。清初康熙是非常強的皇帝，中經雍正、乾隆、嘉慶也還不錯，到了咸豐就不太行了。咸豐是一位倒霉的皇帝，一上台就碰到太平天國革命，平亂治國的本事又不大，僅在位十一年就死了，死時剛三十歲。咸豐之後，皇門便開始發生「斷後」的危機。咸豐的兒子同治皇帝在內憂外患之際，還不顧社稷大業，老是出宮嫖妓女，最後死於花柳病。同治即位十三年，死後更是後繼無人。慈禧太后只好找她妹妹的兒子光緒來充當皇帝，由恭親王輔政，自己垂簾聽政。光緒死後，繼承皇位的溥儀（宣統）只是一個小娃娃，靠這種尚不知事的小孩怎能支撐一個龐大的政權呢？所以，清朝便很快地宣告滅亡。清朝後期的迅速衰落，「斷後」顯然是一個大原因。

無論是家還是國，形成「斷後」現象有三種情況：一是自然中斷，這是老天爺不幫忙，產生不了像樣的「後」；二是有了「後」之後，不能對「後」進行有效培育，即教育荒疏，使得「後」不能成大器；三是產生了「後」尤其是優秀之「後」而不懂得保護與珍惜，甚至加以摧殘和撲滅。對一個現代國家來說，後兩種情況更為可怕。一個有眼光、有政治理性的政治家，至少要有賈政似的敏感，知道「斷後」意味着怎樣的危險。不過，我要替賈政說句公道話，賈府的「斷後」，完全屬於老天爺不幫忙和賈家子弟不爭氣，而不是受他老人家的摧殘，他打寶玉雖出手太重，但內心還是愛子如命，愛才如命。他為賈珠的夭折痛惜不已，就是明證。

彩雲姐妹

滿身猴氣的賈環，自然是不討人喜歡的，但他畢竟是公子哥兒，因此還是有小女子愛他。彩霞和彩雲兩姐妹就是這種小女子。尤其是彩雲，情意相當真。

彩霞是姐姐，彩雲是妹妹。彩雲是王夫人的丫鬟，為了討賈環的喜歡，常常偷王夫人房裏的小東西（如茯苓霜、玫瑰露等）給賈環，算是私贈之物。彩雲其實是正經人，但玫瑰露失竊的事被發覺之後，她卻沒有勇氣承認，還擠兑玉釧兒，窩裏發炮，吵了一架，弄得賈府皆知。幸而寶玉出面保護她們，把這事兜攬起來，說玫瑰露是他偷的，只是為了嚇唬她們倆，玩玩而已。此事賈環知道之後，不僅不感激，還無端起了疑心，認定彩雲與寶玉有私情，便大發其狂，將彩雲的私贈之物，照着彩雲的臉上摔了去，還罵道：「這兩面三刀的東西，我不稀罕。你不和寶玉好，他如何肯替你應！」彩雲見到賈環這個樣子，急得發身賭誓地哭了。但賈環不僅不信，還用無賴口吻對彩雲說，如果不看素日之情，他就要去告訴二嫂子（指王熙鳳），說是「你偷來給我，我不敢要」。見到賈環如此不通情，不明理，連很昏聵的趙姨娘都覺得自己的兒子太混賬，罵了賈環一句實在話：「你這蛆心孽障！」彩雲見到自己的意中人如此混賬，一時生氣，便趁人不見之時，把那些私物扔到河裏，然後躲在被窩裏哭了一夜。賈環對彩霞也是如此，老是懷疑她與寶玉相好。這個彩霞和她的妹妹彩雲相比，對寶玉雖在感情上有點小瓜葛，但對賈環確實很好。但賈環也總是疑心，因此當他見到寶玉和彩霞有點糾纏，便醋意大發，假裝失手，把一盞油汪汪的蠟燈，向寶玉臉上推了去，造成一個轟動賈府的事件。後來，賈環還是把彩霞丟開了。

賈環對彩霞和彩雲兩姐妹老是懷疑，任憑人家怎麼交心發誓，怎麼違背良心（偷東西）作貢獻，他就是不信任。這種病態性的疑心實際上是他自卑心理在作祟。他生得粗夯，知道自己無論是長相還是地位，都遠不如寶玉，因此，他總是疑心兩姐妹喜歡寶玉而對他不忠。這種心理，也是人性中常有的弱點，例如，莎士比亞筆下的那個奧賽羅也是如此。奧賽羅可不像賈環那樣渾身猴氣，他可是英勇善戰很有虎氣的將帥。但他是一個摩爾人，一身黑色的皮膚，不僅沒有貴族的身份和血統，連一般白種人的瀟灑風貌也沒有，這一點使他自卑。因此，當他得到苔絲德蒙娜這個血統高貴、聰慧美麗的貴族女子之後，心中的自卑感就進一步加深，以至使他疑心這個非常純潔的妻子對他不忠。結果，他犯了致命的錯誤，殺死了最可愛的人，最後，他又懲罰自己，拔劍自刎而死。

每想起這兩個故事時，我就胡思亂想，覺得一些知識分子，其實很像彩雲與苔絲德蒙娜。類似彩雲的，自然俗氣一些；類似苔絲德蒙娜的，自然是高貴一些。但都有一個共同點，就是十分忠誠於自己「服務」的對象。可是，他們的對象，雖也有傑出者，開朗、開明、開放，但有的則不然，他們總有奧賽羅心理與賈環心理，對知識分子總有一種由自卑引起的古怪的疑心症。像奧賽羅還好，因為他確實自有一番氣魄，也知道苔絲德蒙娜氣質非凡，只是覺得自己不配當苔絲德蒙娜的丈夫，而沒有賈環那種流氓氣。不過，由於自卑，也總是捕風捉影，為了丟失一塊手帕，就小題大作，要苔絲德蒙娜交心還不行，非追查個水落石出不可。此事如果遇到賈環就更倒霉了。賈環只想彩雲當他的忠心不二的妻子兼奴才，而且總是無事生非。彩雲對他那麼好，甚至不惜冒險去偷東西來討他的歡心，但他還是不信任，所以，倘若不去掉賈環似的心理，彩雲們是沒法辦的，好則躲到被窩裏哭，壞則恐怕只能和私贈物一起投河了。

賈代儒論作詩的時間

賈政狠狠地打了賈寶玉一頓，差點兒讓寶玉喪命。之後，賈政也有些不忍，大約他知道使用暴力不是個好辦法，還是循循誘導為妥。於是，他便從本家族中選擇出一個有年紀也有點學問的賈代儒來掌私塾，以嚴格地彈壓和教導寶玉。寶玉能否走正路而不走歪門邪道，關係到賈府的命運即大家族是否「後繼有人」的大問題，所以賈政格外重視。在寶玉上學之前，他一片苦心，對賈寶玉作了一番分析和教導，這些教導和分析的關鍵點，就是應當把甚麼放在「第一位」的問題：是把「八股文章」放在第一位，還是把詩詞放在第一位。在他們看來，這不僅是程序的先後之分，而且是人生道路的邪正之分。它關係到寶玉的命運特別是整個賈府的命運。

賈政先教導寶玉說：「做得幾句詩詞，也並不怎麼樣，有甚麼稀罕處！比如應試選舉，到底以文章為主，你這上頭倒沒有一點兒工夫。我可囑咐你：自今日起，再不許做詩做對的了，單要習學八股文章。限你二年，若毫無長進，你也不用唸書了，我也不願有你這樣的兒子了。」之後，賈政又把這一意思和賈代儒商量，說：「雖懂得幾句詩詞，也是胡謅亂道的；就是好了，也不過是風霜月露，與一生的正事毫無關涉。」聽了賈政的話之後，賈代儒這位老先生便很冷靜地說出一個很重要的道理：

> 我看他相貌也還體面，靈性也還去得，為甚麼不念書，只是心野貪頑。詩詞一道，不是學

不得的，只要發達了以後，再學也不遲呢。

賈代儒不像賈政那麼衝動和偏激，以為詩詞都是胡謅亂道，作好了也不過風霜月露。他老先生比較客觀，說詩詞不是學不得，關鍵是個時間問題，即要在「發達」之後再學再寫。所謂「發達」，用現代的話說，就是飛黃騰達，即中了科舉並當了大官有錢有勢有地位之後。而為了「發達」，首先自然是要學好八股，作好文章。賈政聽了賈代儒的話，也有所領悟，連忙說：「原來如此。」的確，在「發達」之前，如果把精力用於詩詞，沒有掌握好通向仕途之門的敲門磚，就會永遠處於貧窮之中，然而，如果飛黃騰達之後，再讀點寫點詩詞，以附庸風雅，錦上添花，有甚麼不好呢？所以賈代儒先生說「並不是不可以」，只是一定要掌握好先後主次，就像我們現代人「突出政治」一樣，一定要突出「八股」，把「八股」放在第一位，而吟詩弄詞，一定要在「發達之後」。

我不想對賈政和賈代儒給寶玉的人生導引作評價，但要對賈代儒老先生的觀點提出一點質疑，即詩詞是否應在「發達」之後才作？發達之後是否還能寫好詩詞？如果不加以質疑，詩詞藝術家都接受賈老先生的觀念，那麼，詩詞的命運將是岌岌可危也。

我和賈老先生的主張正相反，覺得詩詞要寫得好，一定要在「發達」之前，不可在發達之後。詩詞要寫得好，詩人必定要有真切的人生體驗，必定要有各種情感上的波動與折磨。發達之前和發達之後，詩人所處的社會地位和人文環境極不相同，精神、心境、性情也會有很大的不同。因為不「發達」，詩人就容易與人間的苦痛相通，人生的體驗就會真切而豐富，作為詩人的真性情也會得到充份表現。詩「窮而後工」，我贊成這種說法。詩人一旦發達，進入宦門、權門、宮廷之門，自然就與廣闊的人間隔起一堵高牆。「一入侯門深似海」，能不被各種桂冠所誘惑而繼續保持自己的真性情並與人間的痛苦相通的人極少。魯迅先生的《詩歌之敵》一文，講的正是這個道理，他的意思也恰恰是認為「發達」乃是詩歌之敵。他認為，博大的詩人之所以博大，就在於他有一種特殊的感覺，可以感受全人間的脈搏，能與天國之極樂及地獄之大苦惱的精神相通。而這種「相通」，必定是在發達之前。發達之後，則不是相通，而是相隔。通的只是豪門權門，詩也就沒有了。他說宋玉、司馬相如之流的教訓，就在於一入權門，就變成了如聲色犬馬一樣的皇帝的玩物。魯迅先生說，連英國皇帝查理九世都知道詩人如馬一樣，不可被養得「太肥」，太肥就跑不動了。「太肥」也就是太「發達」。正如太肥時「肉」就壓掉「靈」一樣，太發達的桂冠就會壓碎詩人的赤子之心，這幾乎是一條「規律」。前人說，「文章憎命達」，這是很對的，其實，詩詞更是「憎命達」。狀元宰相一般都寫不出好詩詞，就是因為他們已經命「達」了。中國的皇帝寫好詩詞的，最傑出的是李後主，但他的好詩詞不是寫在「命達」之時，而是寫在當了亡國之君即「命不達」之時。在中國明代「發達」以至成為「台閣重臣」的詩人楊士奇、楊榮、楊傅，他們的詩寫了不少，並形成一種台閣體。但是，這些頌揚皇帝權威的詩，均屬三流作品，沒有一首可稱得上傑作。如果作一假設，即屈原、陶淵明、李白、杜甫、蘇東坡、李清照、柳永等中國最有代表性的詩人，均是楊士奇一樣的台閣重臣，而且進入宮廷之後也不曾被流放過，那麼，中國的詩史將會面目全非，光彩全無。

中國的現代詩人，有的經歷了「發達」，有的從未經歷過「發達」。經歷過「發達」的如郭沫若，其變化十分明顯。他在發達之前的詩寫得很好（如《女神》），發達之後則寫得很糟。二十世紀下半葉，郭沫若之外的另一些詩人也發達了，但都沒有寫出可以與發達之前的詩比美的任何一首詩。我所作的《中國當代詩文中的新台閣體》一文，就是感慨郭沫若「發達」之後寫的詩乃是一種新台閣體，與他在「五四」

所作的《女神》真有霄壤之別。可見，「發達」對詩人決不是好事。

賈代儒的教導還有一個問題是發達之前只能學八股做八股，如果必須做十年二十年，那麼，腦子就得被八股佔據十年二十年。一個人的真性情被束縛被折磨了十年二十年之後再作詩詞，其詩才詞才是否還存在，也是很值得懷疑的。把八股背得滾瓜爛熟的狀元宰相，有幾個是傑出的詩人呢？幸而賈寶玉在聽到賈代儒的教導之前已寫了不少詩詞，也盡了一點詩興；否則，等到他像他的父親賈政那樣發達之後，就很難作出好詩詞了。大觀園女才子們如林黛玉、薛寶釵等更沒有想到「發達」二字，所以她們的詩詞都寫得好。我們當代的一些年輕詩人，幸而也沒注意到賈代儒老先生的教導，所以也沒有先攻八股或先讀許多文學理論，也沒想到「發達」和「發達」之後再寫，否則，他們就不是詩人了。

賈元春談「頌詩」可以不作

賈府的興盛氣象，在賈元妃省親的時刻，達到了極點。那種榮華富貴的局面，真令人心動，也令人想歌吟一番，寫一點頌詩。連平常只看重文章經濟、瞧不起詩詞的賈政也提筆作詩，作了《歸省頌》。

賈元春進大觀園之後，見園中香煙繚繞、花彩繽紛的一派富麗氣象，甚為感動，也想作一篇《燈月賦》或《省親頌》。然而，她畢竟聰明之極，一轉念頭，覺得寫這種頌體詩，純屬多餘，與其白費力氣，還不如寬下心來觀賞美景。曹雪芹這樣描寫她的心思：

> ……本欲作一篇《燈月賦》、《省親頌》，以志今日之事，但又恐入別書的俗套。按此時之景，即作一賦一贊，也不能形容得盡其妙；即不作賦贊，其豪華富麗，觀者諸君可想而知矣。所以倒是省了這工夫紙墨，且說正經的為是。

賈元春在富貴風流中，頭腦是冷靜的。她有相當高的詩詞修養，也能寫詩，她之所以不寫，是她知道寫頌詩難以擺脫俗調俗套，而詩詞一落俗便無價值。何況眼前這繁榮局面，不寫人家也知道，寫了純屬白費「工夫紙墨」。一個皇妃，能有這種藝術見識，真是難得。

想到五十至七十年代頌體文學那樣發達，頌詩到處都是，實在是消耗了太多心思，不能不感嘆我們這些現代人遠不如賈元妃清醒。如果我們也有她那樣的理性就不會白白蒸發掉那麼多生命的能量。在五、六、七十年代中，幾乎所有的作家都寫頌詩，作謳歌文學。僅歌頌領袖的詩詞，就難以計數。我所以稱大陸當代的頌詩為「新台閣體」，就是有感於頌歌的氾濫已造成中國文學境界的下滑。事實也是如此，想起過去數十年，儘管頌詩汗牛充棟，但能稱得上藝術品留下來的詩詞有哪幾首呢？無論是把領袖比成紅太陽、比成大海、比成東風、比成北斗星，現在讀起來，都覺得空洞。賈政的《省親頌》不知道是怎麼寫的，曹雪芹沒有公佈，我想，一定也是很乏味的，不知道他會不會把自己的女兒也比作太陽或星星來歌頌一番？頌歌的目的一般都是為了「媚上」，歌者為了取媚歌頌對象，總是一面誇大對象，一面矮化自己。為了討好皇帝，把皇妃女兒比作太陽完全是可能的。不過，不一定比作紅太陽，也可能比作金太陽或金月亮。

賈元妃看穿頌詩無價值，但她沒有說出太充份的理由。她不是文學理論家，我們自然也不必這樣要求她。不過，我們這些從事文學的人，倒需要想一想為甚麼頌詩總是寫不好。在大觀園裏從賈寶玉到林黛玉這些才子才女，在元妃省親那天寫的詩，都屬頌詩的範圍，儘管其水平有差別，但都不如平常她們作的詩那麼有意思。從這裏想開去，就知道作頌詩時詩人總是離開自己的生命體驗和本真狀態，缺乏真切的感受。歌頌對象的偉大畢竟不是自己的偉大，歌頌對象的經驗畢竟不是自己的經驗。可是，詩歌這種東西，就是那麼奇怪，離開內心的真情實感就寫不好。藝術貴在它是一種自由而獨特的存在，每一首詩都是不可替代和不可重複的個性，然而，寫頌詩，要作出個性來，實在不容易。不易而要硬寫，寫出來的自然是千篇一律，於是，也就白費氣力。

這麼說來，如果有真切的感受，頌詩也可以寫好，但是，很可惜，寫頌歌的人大多情感不真，總想取悅歌頌對象，說得難聽一點，就是想鑽入對象的心。但是，被頌揚的對象，包括皇帝皇妃，其心地的寬廣度都很有限，所以歌者就得拚命縮小自己，只有縮小了，才能鑽入被頌揚者有限的心口。這樣一來，寫出來的頌歌，境界總是不高，甚至很肉麻，離開文學本性自然也很遠，所以，凡是有一點文學尊嚴感的人，一般都不作頌歌，特別是給皇帝作頌歌。賈元春如果不是皇妃，而是個作家，她大約也不願意老是為皇帝歌功頌德，為宮廷放聲歌唱。

我最喜歡傻大姐

《紅樓夢》問世之後，大觀園女兒國裏哪一位女性最可愛常常引起爭論，有時甚至爭論得非常激烈，以致為林黛玉可愛還是薛寶釵可愛而「遂相齟齬，幾揮老拳」。這種有趣的爭辯到了五十年代批判俞平伯先生之後才被平息下去了。社會穩定，學術也穩定，人們按照階級分析方法，斷定「薛寶釵之流」屬於維持「封建階級」的孝子賢孫，林黛玉等屬於小資產階級或貴族階級「革命派」，已沒有甚麼可爭論的了。如有爭論，就是在私下悄悄地辯護幾句，已不帶辯論性質。然而在民間，女孩子還是會問，你猜，我最喜歡哪一位？我最像哪一位？

當少女們問自己最像哪一位時，自然都希望人們説她像黛玉、寶釵、妙玉、史湘雲，至少得像晴雯、鴛鴦、平兒等，決不會希望人們説她像劉姥姥。然而，有一回聶紺弩和蕭紅談話時，蕭紅問：「你猜，我是《紅樓夢》裏的誰？」聶紺弩卻開玩笑地對她説：「你是誰，你是傻大姐。」而蕭紅卻也含笑接受了。聶紺弩後來為《蕭紅選集》作序時，還寫進這次談話。很奇怪，我老想到他們的這次談話。而且，在思考「我是誰」的問題時，總是想起自己和一些同齡人也像傻大姐。

傻大姐自然是好人。她是賈母的三等丫鬟，生得肥肥胖胖，但人卻也老老實實，長着兩隻大腳，做起粗活來很爽利簡捷，這些都無可挑剔，只是沒有知識，不動腦子，心性愚頑，一説話就露出傻樣，總是讓人笑。她最有名的事跡就是到大觀園去玩耍時，忽然在山石背後拾到了一個五彩繡香囊，上面繡的是兩個人赤條條地相抱，她不認得這「春意兒」，還以為是兩個妖精打架。正要去回賈母，恰好邢夫人來了，她便獻了上去，邢夫人一看，了不得！便恐嚇了她一陣，並要她絕不能告訴別人，她也因此嚇得黃了臉，便磕了頭呆呆地回去。除了這事，還有一件就是把決定寶玉娶寶釵的秘密事，傻乎乎地在黛玉面前洩露了，使得黛玉一時急火燒心，陷入了癡迷。

我說我和一些同齡人像傻大姐，首先是我們在學習英雄模範時，就一直在學習「傻子精神」。由於對英雄的高貴品格領悟得不好，所以常常聽信甘當傻子的說教，以不會動腦筋的傻子自居自得，這種愚頑勁和傻大姐一個樣。二是缺少知識，特別是缺少個人的情感知識，雖然沒有貧乏得像傻大姐那麼嚴重，但認為夫妻就是「一對紅」，認為弗洛伊德就是「反動權威」，認為安娜·卡列尼娜的情人渥淪斯基是「流氓」，此類事還是常常發生。還有一點十分像傻大姐的是，一發現「春意兒」，尚不知道是怎麼回事，就作為發現妖精似的「階級鬥爭新動向」去向「組織」匯報。傻大姐想的是「回賈母」，我們想的是「回組織」，僅此不同而已。我在大學任「幹部」時，就接到好幾封女同學告發男同學寫給她們的普通愛慕信。我自己是不是告發過別人，一時想不起來。不過，如果有幸遇到，也許會告發。

自認是傻大姐，決不是甚麼羞恥事。想想當年，我的姐妹們說像誰都不好。說像王熙鳳，那是「毒蛇」；說像秦可卿，那是「淫婦」；說像薛寶釵，那是封建制度維護者；說像林黛玉，那是哭哭啼啼的「小資產階級」；說像妙玉，那是在製造「精神鴉片」的教徒；說像晴雯，她出身貧下中農而愛封建貴族的公子哥兒，屬立場不穩……一個一個都經不起「階級分析」，一個一個都像不得。所以說自己像傻大姐，也並非沒有道理。我是男性，自然不好說像哪位姑娘小姐，但可以說喜歡誰。然而想到批判俞平伯先生的可怕，想到賈府乃是階級鬥爭之地，該用「階級分析」方法，也只能說：我最愛的是傻大姐，只有她，才算是貧下中農的階級好姐妹。

王熙鳳兼得三才

幫忙，幫閒，幫兇，三者往往難以兼得。在《紅樓夢》裏，兼而得之的惟有王熙鳳一個人。能幫忙的人，至少得肯幹，不懶，而且還得有組織能力或社會活動能力。像賈寶玉這種人，也很忙，但他只能算林黛玉所說的那種「無事忙」，而不能真正「幫忙」。

能幫閒的人，則需要有點才氣，而且還得有湊趣的本事。像賈環這種粗痞子，就不能幫閒。然而，像賈政這樣的人，又太嚴肅，也幫不了閒。

能幫兇的人，就更不容易。這除了性格中需要有殘忍的素質之外，還得有點才幹。像賈環這種幫不了閒的人，似乎可以幫點兇。但從他出賣「巧姐」很快就露出破綻一事看來，也缺少幫兇的才能。至於寶玉，他頂多可幫點閒，絕對幫不了兇。

王熙鳳不識一個字，一生僅作過一句詩（即「一夜北風緊」），卻能三者兼得，真是奇蹟。一提起王熙鳳，就想起她的毒辣、兇狠，直接死於她手下或死因與她有關的就有賈瑞、尤二姐、張金哥夫婦、「鮑二家的」等數人。賈瑞、尤二姐之死，不是她幫兇的結果，而是她直接行兇的結果。能直接行兇的，自然更能幫兇。張金哥夫婦的自盡，可算是她幫兇的一例。賈珍說她：「從小兒頑笑時，就有殺伐決斷，如今出了閣，越發歷經老成了。」對於王熙鳳的「幫忙」，也無須多論證，只要看她應賈珍之請去協理寧國府的秦可卿之喪，就足以說明她幫忙的能力是何等高超。人們也許只記得她善於幫忙、幫兇，忘記她善於幫閒。她的幫閒才能在賈母面前表現得淋漓盡致。賈母是賈府的真正權威，又是一個大閒人，很需要有人陪着她説説笑笑，即幫她的「閒」。她喜歡王熙鳳，就是喜歡她能湊趣，是幫閒高手。幫閒很不容易，要頌揚被幫的權威又要讓權威不覺得太俗氣。像賈政那種缺少幽默感的人，只能在賈母面前表忠心，幫閒就不行了。但像賈政帶去給大觀園題匾額的那些酸秀才，只會迎合只會説奉承話也不行。因為王熙鳳有幫閒的本事，所以總是討得賈母的歡心。

當今幫忙、幫閒、幫兇三者兼得的人固然也有，但本事與王熙鳳相比實在相去太遠。他們也忙，但一幫忙就講「偉大的空話」，不辦實事，結果是愈幫愈忙。他們也努力幫閒，寫了很多頌詩，但大多是一些如賈政那種直接表忠心的奉承話，缺乏幽默感。幫閒就怕乏味，而他們的幫閒常常乏味之極，更糟的是還常帶有奴才味。

王熙鳳雖狠毒，但不容易讓人噁心，而後來的幫兇、幫忙與幫閒者卻令人噁心。我自然不是在頌揚王熙鳳充當幫閒或幫兇，也決無欣賞幫兇文人或幫閒文人的意思，只是説，人的能力是有獨立性的。它固然常常與道義相連，但並不等於就是道義。有的人有道義精神，但能力極差，這種人是好人，而不是能人。有的人則缺乏道義，但有很高的能力，王熙鳳就屬於這一種人。所以人們稱王熙鳳是「能人」，而不會稱她為好人。最糟的是沒有道義，又沒有能力的人，做起壞事也顯得特別醜陋。許多無賴、痞子、潑皮，都屬這一類，他們不像王熙鳳那樣，有一種可供人欣賞的才幹和智慧，只有一肚子的髒水。對王熙鳳的爭論，大約也因為有人從道義上看得多一些，有人從才幹上看得多一些。我在兩年前寫的一篇文章中，曾説王熙鳳也屬賈府中的「新生代」，指的就是她作為「能人」的一面，包括她很會放高利貸，就像現在一些官員學會做生意，也是新現象。我欣賞王熙鳳的才幹，自然不是欣賞她做壞事，只是感慨我們現代社會的大忙人常常缺乏王熙鳳的才幹。言下之意是説，無論標榜甚麼立場，都應當增長才幹，都應當有本事和智慧，決不可因為自己有財富或權力，便安於愚蠢和無能，並無太深的意思。

瀟湘館鬧鬼之後

《紅樓夢》寫道，林黛玉死後，瀟湘館裏一直有哭聲。人們都認為館裏在鬧鬼，非常害怕。但寶玉知道後，一定要去看看，他相信這是他的林妹妹委屈的鬼魂在哭泣。愛到深處，被愛者變成鬼魂也會愛的。

提起這件事，王熙鳳嚇得毛骨悚然，並驚嘆寶玉「膽子真大」。而在旁的史湘雲立即修正說，這「不是膽大，而是心實」。史湘雲說得非常準確。心實處哪有人鬼界限?

這裏有意思的是，王熙鳳本來是賈府裏膽子最大的人，她宣稱自己從不信甚麼「陰司報應」，也就是我們當代人所說的「徹底唯物主義」。她真的無所畏懼地叱咤了好一陣子風雲，可是此時，一說起瀟湘館鬧鬼，她卻變得異常膽小，渾身打戰。王熙鳳之所以會這樣，如果要讓史湘雲也作個評價，那她一定要說，這不是膽小，而是心虛。

心虛就怕鬼，這彷彿也是一條「規律」，看來，膽子的大小與心的虛實確實有關。心實才能膽大，心虛自然膽小。「生平不做虧心事，半夜不怕鬼敲門」，也是這個意思。

王熙鳳不相信報應，便放膽地做了許多壞事，並害了好幾條人命。然而，作孽作得多了，被害者的屍體不斷地在自己面前堆積起來，亡靈的眼睛好像緊盯着，確實會使作孽的人心慌。這些堆積的屍首不以王熙鳳的意志為轉移，沉沉地壓住她的靈魂，使她感到有點喘不過氣。這似乎正是一種報應，只是被報應的人未必能意識得到。我常常喜歡與朋友說：我相信報應。這並不是我相信線性因果關係，而是認為作孽往往會對自己的心理產生微妙的影響。作孽多了，就會有噩夢，噩夢也是一種心理報應形式。聽說瀟湘館鬧鬼，王熙鳳竟會嚇得發抖。好好的一個貴婦人，竟也發抖，這發抖就是一種報應形式。不作孽的人心理坦坦蕩蕩，睡得安穩。坦然就是幸福，這也是對其不作孽的報應。

當然，王熙鳳的「唯物主義」還不夠「徹底」，如果「徹底」，大約就不會害怕報應。但要做到「徹底」，恐怕要修煉很久，一直修煉到眾鬼臨門而無動於衷。王熙鳳自稱不怕陰司報應，其實還是害怕的，她惟一的女兒「巧姐」讓劉姥姥取名，也是為了避災，顯然也是怕報應。可見她還修煉不到家。王熙鳳雖然狠毒，但不會使人討厭，這除了她的才幹、風趣等性格特點之外，可能還因為她這種「狠毒」不到家，即殘存着一點良知。做了壞事還會有所畏懼，這就是殘存的良心在起作用。

現代社會提倡勇敢無畏，這是好的。勇敢自然需要「膽大」。膽大成了價值標準也成了衡量知識分子的標準，我就常被認為是懦弱。一直到了海外，還被某些猛人說成是怯弱。不過，我倒希望這些勇敢的批評家最好是要求人們「心實」，而不要總是要求「膽大」，倘若心不實而膽子大，理性不足而情緒有餘，就會胡來，胡作非為。胡來的人，其實未必敢像賈寶玉那樣希望走進瀟湘館。

賈赦的讀書經

《紅樓夢》中的賈赦，是一個官場的老油子。他沒有甚麼本事，官位是靠世襲得來的（榮國公的世職由他襲着），但非常世故圓滑，很有生存技巧。他已有幾個小老婆了，仍然不滿足，還想要賈母跟前的丫頭鴛鴦。

這個乏味的老官僚，還有一套關於讀書的老油子哲學。他說：「咱們的子弟都原該讀些書，不過比人略明白些，可以做得官時就跑不了一個官的。何必多費了工夫，反弄出書呆子來？」（第七十五回）

賈赦一面是認為書不可一點不讀，但讀一點是為了捕住當官的機會，以免讓「官」帽兒跑掉，一面又認為不可太用功太認真讀書，以避免讀得入迷反而不懂得官場訣竅。總之讀書的用處就是為了做官，書是官場的敲門磚和烏紗帽的捕獲器。賈赦講的道理比我們現代的「讀書做官」論更透徹。許多書呆子不懂得賈赦這些道理，所以總是當不了官或當了官之後又丟官。

中國的大官僚家族，往往敗落得很快，其原因就是有了世襲制之後，很容易出現賈赦這種官油子。官油子既要享受祖輩父輩的光榮和財產，又沒有祖輩父輩的真才實學和其他真本事，更不能像祖父輩那樣艱苦奮鬥創業守業。襲個官位，只想混日子，一輩子坐着蠶食祖宗的遺產。西方一些大企業家的後裔，一二百年後還使自己的家族保持為「旺族」，而中國的大世族則往往敗落得很快，所以才發生「君子之澤，五世而斬」的現象。其實，澤及五世的現象並不多，往往兩三世就完了。我們讀一讀《紅樓夢》，想一想賈赦的讀書經，就知道世襲貴族的迅速破落就因為官油子愈來愈多，人生只靠技巧和遺產，不再靠真才實學了。

像賈赦這種官油子，生活的目的就是求安逸，享受壓倒一切，其他的均為手段。讀書自然也是享樂的手段，不讀不能享受安逸和榮華富貴，讀得太苦，也沒有安逸可言，要掌握好分寸，這就是人生技巧。賈赦安逸了數十年，悟出這一讀書的道理，也不容易。但因為他的讀書是騙人的，所以常常露出馬腳。例如中秋家宴行擊鼓催花令，他說的那個「偏心」的笑話，不僅很乏味，使人一聽就知道他缺乏文化素養，而且還無意中冒犯了賈母，討得個沒趣。可見，官場上的老油子並不是總是那麼「順溜」開心，在某些需要知識的場合，也是很尷尬的。像賈母這種聰明的人，就很不喜歡他的油味和俗味，偶爾讓他碰一點釘子，他也毫無辦法。

可惜，賈赦這套讀書經，很容易被巧人所欣賞。我國當代生活中流行的讀書要「活學活用」、「急用先學」、「立竿見影」等辦法，也和賈赦的讀書經相通，其效果也相同。所謂活學，其實也就是賈赦所說的既要學又不要學得太呆；所謂活用，也像賈赦所說的，做得官時，別讓官兒跑掉。古人和今人的心機常能相通。不過，我擔心，長此以往，人們讀書將愈讀愈油，愈讀愈滑，最後都變成大大小小的賈赦——大大小小的官油子，這種充滿官油子的社會也夠乏味的。

小議賈政

以往不少紅學評論，都把賈政稱為「封建主義衛道者」，把他描述成與賈寶玉、林黛玉對立的另一營壘的代表。

然而，我總是為賈政抱不平。不知道為甚麼，也許是立場問題，我儘管很喜歡寶玉、黛玉這些人物，但也並不恨賈政。儘管那麼多人批判他，但我對他並不產生惡感。沒有惡感、仇恨感，並不等於就喜歡。像對待程朱理學一樣，我雖沒有惡感，也不太傾心。賈政作為一個儒統的載體，我最不喜歡的地方是常常要擺架子和戴面具。在「大觀園試才題對額」時，他明明知道賈寶玉的才華遠在其他秀才之上，寶玉給各館的命名都十分精彩，但他就是不肯在清客們面前說一句誇獎寶玉的話，老是端着一個父道尊嚴的架子，滿臉「壽者相」，實在太不近人情。此時他是一個面具化的人，當然不能讓人喜歡。然而，他畢竟有見識，能擇「美」而從，全採納寶玉的「題名」。賈政此番表現，雖有點裝模作樣，但不能說就是虛偽，所以雖不能讓我敬重，卻也不會讓我厭惡。

賈政是賈府裏的孔夫子，在那個歷史時代裏也算是一個真實的生命存在，正如不能把孔夫子說成是「巧偽人」一樣，也不可把他視為一個偽君子。他雖然也因私情而推薦賈雨村，但總的來說，還算清廉嚴正，品行端莊，是一個不走邪門歪道的人。不能說，這種人就不好，非得像他的哥哥賈赦，到了老邁之年還想討鴛鴦當小老婆才算不偽。他教人盡忠盡孝，也無可非議，而且，他又不是只要求別人「盡」，自己不盡。他確實是個孝子，在事業和情感等各個方面上都盡孝。賈府這座大廈，其實是他支撐着的。他對於母親的任何教導和責罵，都真誠而惶恐地接受，一點也不摻假。不能說玩女人才是真性情，孝順母親就不是真性情。

說他是封建維護者，最重要的根據是說他總是逼迫寶玉注重文章經濟，走仕途之路。但是，這也是賈政親子之情的一種表現形式。他只有三個兒子，大兒子賈珠二十多歲時就夭折，剩下寶玉和庶出的賈環。賈環天生一副痞子氣，明眼人一見就可看出他的一副敗家子相，因此，他自然對賈寶玉寄予希望，但寶玉又偏恨透了仕途經濟，這就不能不成為賈政揪心的遺憾。賈政是一個很有家族責任感的人，他嚴格要求寶玉，甚至嚴酷鞭撻寶玉，其實不是在維護某種制度，只是在盡他的責任，維護其家族的命脈。

以往評價賈政，常常太政治意識形態化。用意識形態的尺度來衡量賈政，自然就會給他戴上種種政治帽子。例如，給他一頂「封建衛道者」的帽子。其實所謂「封建衛道」，完全是評論者把先驗的概念強加給賈政，賈政本人恐怕不知道甚麼叫做封建之道。他打賈寶玉時，決不會認為寶玉的屁股是小資產階級的屁股，而他的棍子是封建主義棍子。他的痛打，完全來源於他的痛切之愛即「怒其不爭」。寶玉的不爭氣所造成的賈氏家族的「斷後」危機，只有他才有痛切之感。痛打時他想的是家，決不是國，也未必是「道」，即未必是「堅持封建主義」或「痛打自由主義」這一類意識形態。

俞平伯先生逝世前兩年，不顧年近九十的高齡到香港，並對紅學研究發表了一個意見，這就是：《紅樓夢》是一部小說，不是政治，應當真正地把它當作小說來研究，多從哲學、文學的角度去領悟。俞先生晚年能說出這種意見，實在是寶貴得很。這一意見的要義，就是希望《紅樓夢》的研究應當從牛角尖裏和意識形態的偏見中解脫出來，真正把《紅樓夢》作為一部小說，對其語言、人物、情節及其哲學、心理內涵，不斷地領悟。我想，這一意思，如果用於賈政，將會洗去他身上的許多不白之冤。

《紅樓夢》不是政治，賈政也不是政客或政治符號，他是一個活生生的人，一個把秩序和倫理放在優先地位的人（不是把生命自由放在優先地位的人）；因此，他也是一個真實的生命存在，既有政治立場，也有道德品格，也有精神取向，也有情感，而每一方面都有其價值。在政治泛化的時代，把政治尺度變成評價人的惟一尺度，一個人只要突出政治，則無論他怎樣惡劣，也無所謂；反之，被認為是封建階級代表人物如賈政者，則無論他如何廉潔盡職如何兢兢業業，也是壞人，這種看人的標準恐怕只能塑造出大唱政治高調而品格低下的怪物。

後記

此次到香港還不到一個月，就能讀到《紅樓夢悟》增訂本的清樣，真是高興。書稿中的多數文字寫於三、五年前甚至寫於十年、二十年前，因此閱讀時總有補充的衝動，但為了不給編輯作業增加負擔，只改動了一些文字。

二零零六年六月結束了台中東海大學的教程之後，便回到落基山下，繼續沉浸於《紅樓夢》中。此次一邊沉下去，一邊則像夸父追日似地追逐曹雪芹展示的精神天空，感悟其文本中那顆「心」的純粹與輝煌。於是，我每天黎明即起，孜孜寫作，終於完成了「紅樓四書」初稿。此四書除了已出版的《紅樓夢悟》之外，還有《共悟紅樓》（與劍梅的長篇對話錄）、《紅樓人三十種解讀》、《紅樓哲學筆記》。四書的組合，使自己的閱讀心得獲得充份的表述。整個過程，不僅幫助自己深化對文學的認知，也幫助自己向哲學靠攏。此外，還有一個大收穫，就是幫助我破一切「執」，包括方法之執。放下考證、實證法之後，自己選擇的悟證，倒是帶給身心許多「禪悅」，幾乎接近莊子的「至樂」狀態。有此心境，書能否出版，便無所謂了。

這回到城市大學，為培凱兄主持的中國文化中心開設中國文化經典閱讀課，並作十二次講座。課程一大半是解讀《紅樓夢》，其中「《紅樓夢》閱讀方法論」、「《紅樓夢》父與子衝突的多重內涵」、「《紅樓夢》的審美圖式」、「王國維評紅的建樹與空缺」等，都說了一些新話，這也是悟證的心得。老莊所說的「道」，佛家所說的「空」，慧能所說的「自性」，基督教所說的「上帝」，康德所說的「自在之物」等等，這些終極的存在、終極的真實，都難以實證。實在性的真理與啟示性的真理畢竟不同，《紅樓夢》文本中充滿啟示性真理和啟示性細節，這些真理與細節，只能以心傳心，靠悟證去抵達。當然，我的方法也只是一種試驗。悟證不可能一次完成，試驗也不可能一次完成。

二零零八年二月二十五日
於城市大學德智苑

《共悟紅樓》

劉再復、劉劍梅

《共悟紅樓》目錄

第三輯

第四輯

第五輯

自序一：天上的星辰 地上的女兒

劉再復

八、九年前，我和劍梅作了第一次長篇的學術與心靈的對話，並結集《共悟人間——父女兩地書》，在香港天地圖書有限公司印刷了五版。之後，又在台北九歌出版社和上海文藝出版社各出了一版。去年秋天，我到馬里蘭探親，她抓住這個瞬間，讓我和她討論《紅樓夢》，並作了錄音和記錄，一年來，分頭整理，便有了我們的第二部對話錄，由我命名為《共悟紅樓》。

劍梅在美國馬里蘭大學東歐與亞洲語言文學系講授中國現代文學課和中國古典詩詞。第一部英文著作《革命與情愛》（*Revolution Plus Love: Literary History, Women's Bodies, and Thematic Repetition in Twentieth-Century Chinese Fiction*）在夏威夷大學出版社出版後，又着手寫作的第二部研究課題也涉及到《紅樓夢》。她和我一樣，不喜歡《三國》、《水滸》，而喜歡《西遊記》與《紅樓夢》。一九九一至一九九二年她在Boulder的科羅拉多大學就讀碩士學位時，就常和我討論曹雪芹。當時她常說，最美的生命也最脆弱，最易凋殘，這不僅是林黛玉的悲劇，也是許多女子的悲劇。到哥倫比亞大學東亞系就讀博士學位後，她熱衷於女性主義批評，用女性視角分析中國現、當代文學，也用此一視角重評「三言二拍」等古典小說，對《紅樓夢》也不例外。她認定曹雪芹及其人格化身賈寶玉是一個「男性的女性主義者」，因此也是一個女性美的偉大發現者。在對談中，我們都確認曹雪芹是別一意義的哥倫布，發現青春生命無盡之美的哥倫布。他把青春生命尤其是少女生命看得比甚麼都重。把青春美視為最高價值，可以說，《紅樓夢》唯一牽掛的就是少女青春生命。一切皆空，唯此實在，套用康德（Immanuel Kant）「天上的星辰，地上的道德律」（the starry heavens above me and the moral law within me）的語言方式，曹雪芹的價值觀之核便是「天上的星辰，地上的女兒」。然而，與我不同，劍梅不像我如此絕對地肯定曹雪芹的審美理想，她從女性主義批評的立場，對曹雪芹作出學術提問：您為甚麼只肯定「女兒性」而不肯定「女人性」？嫁出的女子未必都成「死珠」和「魚眼睛」，婚後的女子也有另一種魅力和美的價值。我喜歡劍梅的挑戰，無論是針對《紅樓夢》文本還是針對我的閱讀。當然，我也不會因為她是自己的女兒就會讓步。我愛女兒，但更愛真理。就上述這一問題而言，我便回應她：重要的不是「女人性」的評估，而是曹雪芹看到中國的青春少女一旦出嫁便進入嚴酷的倫理系統，這一系統足以吸盡少女們生命的活力和個體的獨立權利，從而使活生生的生命變成「死珠」似的呆物和死物，甚至變成怪物和毒物，如王夫人，原來也是「天真爛漫之人」（第七十四回），後來卻變成城府很深的無情物，一手造成晴雯、金釧兒的悲慘劇。

一年來，劍梅在華盛頓城邊，我在落基山下，她每星期都要打幾次電話來和我討論《紅樓夢》。討論之後，總要感慨一番這部偉大作品太奇特、太天才，絕對是中國文學的第一正典。無論用大觀眼睛還是用小觀眼睛，無論從史詩的宏觀結構上看，還是從微觀的詩意細節上看，都是前無古人。我們都確信，這部如同滄海似的作品，一千年、一萬年以後還說不盡，所以我們的對話選擇了《紅樓夢》的大思路、大題旨，側重思索曹雪芹的價值觀、世界觀、美學觀、哲學觀，分清小說文本所呈現出來的第一人生狀態（世俗——生存狀態）和第二人生狀態（詩意——存在狀態），相應地，也特別關注融入文本中世界原則與宇宙原則的衝突。曹雪芹的大思路既區別於《金瓶梅》、《水滸傳》、《三國演義》等長篇的大思路，也區別於《卡拉馬佐夫兄弟》（*The Brothers Karamazov*）（陀思妥耶夫斯基〔Fyodor Mikhailovich Dostoevsky〕）的大思路。它吸收了大乘佛教的基本精神和中國的易、老、莊、禪等各家文化哲學，又超越諸家，自成一座奇峰。我們常一起讚嘆，曹雪芹生活的年代，雖是乾隆盛世，但就人文環境而言，卻是文字獄橫行的最黑暗年代，魯迅的《病後雜談》等雜文就揭露這個時代的殘忍兇險。但是，《紅樓夢》恰恰產生於這一年代。曹雪芹在文臣墨客皆稱「奴才」的時刻，靈魂卻高高地站立於山頂，在最壞的歲月裏創造出太陽般的大輝煌。可見，文學天才都是偶然出現的個案，並非時代的必然、歷史的必然，更非王朝政權的結果。曹雪芹身為貴族，深知宮廷鬥爭內幕，但他沒有把《紅樓夢》寫成政治小說，也不把社會批判作為寫作出發點，而是選擇一條呈現生命多樣狀態、憧憬詩意棲居的創作之路，並獲得超越社會形態和超越時代的永恆價值。劍梅在哥倫比亞大學攻讀博士學位時，就屢次提醒我要注意俄國巴赫金（Mikhail Bakhtin）的經驗，他的理論不是抽象的。他通過對陀思妥耶夫斯基的思索與提升，總結出「複調」小說理念。這一提醒，使我更自覺地通過領悟和分析《紅樓夢》而更深地認知文學的本性。也讓我揚棄建構理論體系的學術姿態，把自己對文學的真切見解，熔鑄在「悟語」中，「談話」中，自由書寫中。這也算是卡爾維諾（Italo Calvino）在《寫給下一個一千年的備忘錄》（*Six Memos for the Next Millennium*）中所期待的「以輕馭重」吧。而我和劍梅此次用討論的形式來把握《紅樓夢》，當然也算是「以輕馭重」的一次實踐。

二零零四年《紅樓夢悟》交稿並先後在香港、北京三聯出版後，近三年我仍然沉浸於《紅樓夢》中，並寫作了《紅樓悟語新作一百則》（已發表於《萬象》、《城市文藝》）和《紅樓人三十種解讀》及《紅樓哲學筆記》。無論是與劍梅的對話錄，還是另外兩本書，都覺得自己是一邊「立」，一邊破。此次的破，是受《紅樓夢》佛教哲學的影響而破一切「執」，化一切「舊套」，放下一切心靈之外的動機，包括在方法論上也不執於一念、一法，更不執着於一種意識形態。大約也是因為能夠不斷破執、化執，所以寫作中常得到一種有所悟、有所覺的「禪悦」，這是一種內心的大快樂。這種快樂以前也有，但這兩三年感受似乎更深切，覺得終極快樂不在別處，就在自己清明的心中和破執破妄的筆下。「破一切執，留一顆心」，這幾個字常常在腦子裏盤旋。心是世界的本質，心之外甚麼也沒有，這是慧能的徹悟，也是賈寶玉最後發表的遨遊人間一回的感想。（寶玉出走前對襲人說：「我有心了，玉有何用？」）慧能與寶玉打破心之外的一切執着，看破身外種種幻相，由色入空，幫助我放下許多雜念，也幫助我走出許多舊套。如果說，這本對話錄和關於《紅樓夢》的其他文章中有些新話的話，也是得益於曹雪芹化了的佛情佛思。

劍梅仍在講授中國現代文學課，言必稱魯迅與張愛玲，此時能回過頭來閱讀《紅樓夢》，真讓我高興。我知道她正在選擇更深厚的文學之路。從事中國文學「事業」的人，必須靠近《紅樓夢》，深入《紅樓夢》，因為它就是文學界的大自然，太陽、星辰、滄海、雲霞、鮮花、草地、山脈、巨鯨、幼魚、黎明、黃昏、雄鷹、飛鳥等一切「美」都在那裏，而在大自然背後的神秘、空靈、飄逸、太虛、太極等形而上的一切「空」也在那裏。向它靠近，就有歡樂，就有思想，就有心靈的充盈，就有文學的真感覺。

二零零七年農曆九月初七

自序二：青春共和國的領悟

劉劍梅

和父親在林間散步，老愛問「《紅樓夢》夢甚麼？」的問題。父親的回應很有趣，也有很多層面。讓我難忘的是他曾説，「曹雪芹夢想一個少年的樂園，一個少女的樂園，一個有詩有畫有情有思想的樂園，一個花朵不落、女兒不嫁的永恆的青春共和國。」父親説得很輕鬆，可落在我心裏卻有點重。這除了感慨自己早已離開了青春共和國，就是陷入了多年來一直沒有間斷的「女性主義」思考：曹雪芹的全部天才都在禮讚少女，全部心靈牽掛的只有青春少女，呈現人間生命一切詩意的只有「女兒」。父親全面認同曹雪芹的審美理想，甚至借用康德「天上的星辰，地上的道德律」的語言範式表述為「天上的星辰，地上的女兒」。《紅樓夢》的這一絕對價值觀、美學觀固然精彩，固然有高度原創性，但是，他認為女兒嫁後會變成「死珠」、「魚眼睛」，這不是太貶低了「女人性」了嗎？女兒性如同天上的星辰，女人性就是地上的泡沫嗎？嫁後的女人就沒有美的魅力嗎？「死珠」是結婚女子的宿命嗎？青年母親、中年母親甚至老年母親就不美嗎？這難道不是以「青春」的名義把女性做了等級之分了嗎？一連串問題推向父親，他卻不像我這麼急，又只是輕鬆地説：「中國古代的女子一嫁出去就沒有自己了，就要從青春自由王國進入三綱倫理必然王國了。即使丈夫憐愛，婆婆也要吸盡她們的活力。這一點與西方文藝復興後的女子不同，她們嫁後還有獨立權利。」又是聽時輕鬆，想時重。我又想起西方文學中的少女們、女人們，想到中西女子命運確有不同，但又想該怎麼繼續挑戰父親。可是，就在想挑戰時，才覺得力不從心，自己對《紅樓夢》讀得不夠、不熟、不透。這一年多，我一邊和父親對話，一邊補《紅樓夢》的課。想一想，覺得今年比去年有所長進。

二零零六年冬季父親到我這裏來的時候，他的《紅樓夢悟》北京三聯版剛剛寄到，我乘着閱讀的熱情還在，就抓住他討論。他喜歡卡爾維諾在《寫給下一個一千年的備忘錄》中所提示的「以輕馭重」的大思想。和李歐梵做文學對話時又說，曹雪芹的寫作也是以輕馭重，所以固然有沉重的眼淚與死亡，卻又有許多歡笑和戲笑，更有一種前人未有的荒誕的筆觸——用荒誕劇駕馭大悲劇，用《好了歌》把握人世的巨大荒誕內容和悲劇內容。人類的生存困境愈來愈沉重，智者除了要面對之外，確實還得有所超越、超脱，拉開一點距離，輕鬆一點，尤其是作家詩人，更需要一點飄逸與空靈，尤其需要一點冷靜的觀照世界也觀照自身的清明意識。我明知「以輕馭重」的思路好，但實行起來卻不容易。《紅樓夢》是一部大書大經典，用對談的方式去把握，實際上是用比較輕的方式去把握，即不像用嚴密邏輯論證那麼沉重。但這畢竟是方法，而《紅樓夢》本身的質量、份量、智慧量、信息量卻很重，以至重如高山、重如滄海，於是，對於我，「以輕馭重」首先必須進入高山、進入滄海，要熟悉這一山高海深的巨大精神存在。與父親對話之後，固然對《紅樓夢》有了多一些的認知，但首先是更加認識自己，明白了自己離《紅樓夢》的深邃世界還很遠，要馭此重，可懶惰不得。父親常説，在《紅樓夢》之前就如同在宇宙的大明淨與大遼闊之前，永遠只能謙卑。父親尚且如此，我更是應當如此。所以，此次與父親對話，固然想挑戰父親，但更重要的是挑戰自己，逼迫自己進入一個更富哲學感、宇宙感的精神大深淵。

父親在國內時，人生狀態和寫作狀態總的説來過於沉重，他的方式常常是以重對重，使得我們一家人也跟着沉重。出國後能悟到應當「以輕馭重」是他的一大變化和一大進步。不僅生活如此，治學也是如此。他現在認識世界首先就有一種超越的輕盈，而且也比以往冷靜得多。觀賞《紅樓夢》，以往常常「以我觀紅」，現在則懸擱自我，「以紅觀紅」，進而則「以道觀紅」，「以空觀紅」。他曾開玩笑似地對我說，以往他是以「癡情人」的心態讀《紅樓夢》，現在則是以「冷眼人」的心態閱讀，有一種拉開距離的冷觀、凝思和審美。我聽了則說：你是以「穎悟人」的心態閱讀，他略點點頭，並不否定。所謂「癡情人」、「冷眼人」、「穎悟人」都是《紅樓夢》文本中出現的「共名」。父親已寫完《紅樓人三十種解讀》，對小說中三十種「共名」進行闡釋，我讀過其中的「鹵人」、「冷人」、「怯人」、「玉人」、「檻外人」、「通人」、「可人」等，覺得很有意思。父親說他的方法除了「以輕馭重」之外，還很喜歡余英時先生所概括的「以通馭專」和「以博返約」的方法。文學研究、文學批評是父親的「專業」，探討《紅樓夢》更是專中之專。但是如果僅僅以專治專，就《紅樓夢》談《紅樓夢》，或僅用小說、詩詞等文學視角來把握《紅樓夢》，就很難跨越前人水準，而如果打通文、史、哲，打通中西方，以更廣闊的視野和更強大的參照系來領悟《紅樓夢》，就會有別於他人前人，就會對紅學之專有所超越。父親和我談論釵黛之爭以及賈政、賈寶玉父子兩代人的矛盾衝突時，用世界原則與宇宙原則的衝突去描寫，用第一人生狀態（世俗狀態）與第二人生狀態（詩意狀態）去解說，還用「重倫理、重秩序」和「重自然、重自由」的靈魂悖論去把握，而這種對「專」把握的背後是「通」。我很喜歡他對妙玉、寶釵的「心靈悟證」（與原典考證、身世考證相應的另一種方法）。他說寶釵是冷而不冷，內心太熱所以才需要用「冷香丸」去調節，情慾太盛才需要冷水去撲滅，這種自我壓抑的生命悲劇，其深刻性決不低於林黛玉的悲劇。而妙玉，她那樣淨染分明，貴賤分明，尊卑分明，把劉姥姥用過的杯子視為已染的髒物，與賈寶玉的不二法門及打破尊卑之界的慈悲心靈全然不同，因此她的意識絕非禪宗意識，倒可能是唯識宗第六識的路數。還有，父親把史家的一老一少（賈母史太君與史湘雲）都歸入名士文化，湘雲的歸類早有人道破，而賈母的歸類則別開生面，並很有道理。在對其他人物的品評中，說起王熙鳳與探春這兩個「法家文化」人物的差別，他認為王熙鳳更符合馬基雅弗利（Niccolò Machiavelli）《君主論》（*The Prince*）的政治標準，即同時擁有獅子般的兇心和狐狸般的狡猾，絕對把道德揚棄於政治之外；而探春雖然也有法家風度，甚至也有點霸氣，但畢竟是「正人」，不搞陰謀，沒有權術，也沒有兇心。父親講完後，我再讀一遍《君主論》，真是不寒而慄，覺得王熙鳳真是馬基雅弗利所期待的那種幹才。父親說余英時先生的「由博返約」與禪宗的明心見性、擊中要害相通。讀了許多書，掌握許多知識，最後還得有所悟、有所穿透性的見解見識，言簡意賅地表述穿透知識之後的真思想。博難，約更難。會讀書的人不在於讀多，而在於讀通，博是因為通之後才進入約的。不通而約，就會變成簡單化。也許是受到「約」的啟迪，父親很喜歡寫簡約的悟語，三、五百字之中總是藏有一點精神之核，我閱讀時一定要找出它的文眼文心。在與他的對談中，我絕對不會走神，因為我一心都在捕捉他的「明心見性」之語。

七、八年前，與父親做了第一次對話，結集為《共悟人間》，此次做第二次對話，父親命名為《共悟紅樓》。兩次對話之間相隔多年。我自己也從「三十而立」之年進入了「四十不惑」之年，可是，正是這個時候，我才悟到孔夫子界定「四十不惑」的不妥。就在這個年歲，我感到不知不覺不悟的書籍和問題太多，即「惑」太多，僅《紅樓夢》，就讓我感到自己永遠只能是一個大海沙灘上撿貝殼的小孩（牛頓〔Isaac Newton〕語）。

二零零七年十二月馬里蘭

第一輯

第一章 《紅樓夢》閱讀法門

一、學與悟的分野

劉劍梅：（以下簡稱「梅」）爸爸，趁您來探親，我又在假期中，抓住這一個多月的時間，我想和您討論《紅樓夢》。我的專業重心雖在中國現、當代文學，但是作為一個學人，如果缺少古典文學修養，那就難以深厚，尤其是作為中國人，如果缺少對《紅樓夢》的深度閱讀和理解，恐怕更是不行的。

劉再復：（以下簡稱「劉」）你有這種認識，非常好。在討論中，你多提點問題。《紅樓夢》你應當「天天讀」。堅持下去，天天有所悟，你就會是一個真正的「文學中人」。你對中國文化、中國哲學、中國思維方式有興趣，也應以《紅樓夢》為基礎地去了解和深化。永遠不要離開《紅樓夢》，永遠不要離開這一偉大的寶藏。

梅：我讀《紅樓夢》，度過一個「玩」的少年階段，到了海外，便進入「學」的階段，把它作為學問對象或學問參照系。您這回提出「悟」的方式，對我觸動很大。我提出的第一個問題是「學」與「悟」是否可以結合？如何結合？

劉：你的這個問題其實在一千多年前就已經提出了，至少可以推到西元第五世紀。著名詩人謝靈運，他死於西元四三三年。在這之前，他寫過《辯宗論》，和當時的佛學大師竺道生所提出的「頓悟成佛」進行論辯。道生這個人很了不起，在一千五百年前就敢指出流行的經典語言文字其實是「筌」，即魚籠子，必須「忘筌取魚」，方可言道。也就是說，語言完全是牢籠，必須首先放下概念，去掉概念之隔，才能悟道。後來慧能的「不立文字」，「明心見性」，也是這個意思。這一點對我啟發很大。謝靈運也信佛，他的意見和道生有相同處也有不同處。他認為釋迦牟尼的「道」不是靠頓悟贏得的，而是靠「學」，靠「積學」，靠「漸修」功夫。後來禪宗分化，南宗（慧能）與北宗（神秀）的分歧也在於此。北宗的觀點與謝靈運相通。謝靈運的《辯宗論》收入《大藏經》第五卷，你可以找來讀讀。他並不是簡單的否定頓悟，而是認為中國的孔子恰恰側重於頓悟，不同於釋迦牟尼善於積學。他把兩者調和起來，認為積學乃是一種準備功夫，最後終須一悟方能把握「無」的真諦。儘管我很不贊成謝靈運把孔子說成是「頓悟」的典範，把釋迦牟尼說成是「積學」成道的佛祖（我的意思是正相反，認為釋迦牟尼是善於頓悟的開山禪師，而孔子則是個以學為本的教育家）。但是我贊成謝靈運化解學與悟的對立和化解「漸」與「頓」的二極化，也覺得頓悟與一個人的「積學」即積累積澱有關。個人天生的悟性固然差別極大，但終究很難憑虛而悟。我們悟《紅樓夢》，也是因為有了廣泛閱讀中西文學經典的基礎，如果我們的記憶中沒有積澱下從荷馬史詩到陀斯妥耶夫斯基的《卡拉馬佐夫兄弟》，如果不是積澱下從《山海經》到《金瓶梅》、《水滸傳》，我怎能會產生關於《紅樓夢》的那麼多思想。

梅：這麼說，「悟」是一種大方法論，是從佛教那裏傳入的，又經禪宗發展的方法論。您對「方法」一直很敏感，此次又想從「方法」上有別於前人，以「悟」法閱讀《紅樓夢》。

劉：「悟」是一種大方法，又不僅僅是大方法。「悟」能產生思想，產生哲學。從這個意義上說，它是方法。但是「悟」在禪宗中地位很高，禪認定「悟則佛，迷則眾」。一旦了悟，也就成佛。禪宗甚至整個佛教，其實是無神論。它以悟代替神，以覺代替上帝。從這個意義上說，悟的位置相當於其他宗教中神的位置。即不僅是方法，而且是本體，是對佛的把握並成為佛本身。但我們還是先把它作為一種大方法論來看待。這是禪宗，尤其是慧能對我的巨大啟迪。高行健把慧能界定為思想家甚至是大思想家，他認為慧能的巨大貢獻是創造了另一種思想可能性，即沒有邏輯、沒有實證與分析也可以思想的可能性，西方思想家未曾意識到和嘗試過的可能性。的確如此。「悟」的方法產生於印度佛教，卻在中國得到很大的發展，它從宗教進入了文學、哲學、思想等領域。從嚴羽的《滄浪詩話》到曹雪芹的《紅樓夢》，都是悟的文學成果。關於悟與學的區分以及禪對佛教方法論上的發展，馮友蘭先生在《中國哲學史》上有一段簡要的說明，我唸給你聽聽：

以同一之觀點言之，則道生頓悟成佛之說，至禪宗之頓門而造極。中國所謂禪宗，對於佛教哲學中之宇宙論，並無若何貢獻。只對於佛教中之修行方法，則辯論甚多。上文謂南北朝時，道生主張「忘筌取魚」「頓悟成佛」之說。謝靈運以為「學」之所得，與「悟」不同。佛教中所說修行之最高境界，可以一悟即得；即積學之人，亦需一悟，方能達此最高境界。此意至後益推橫衍，遂有謂佛法有「教外別傳」。謂除佛教經典之教外，尚有「以心傳心，不立文字」之法。佛教之經典如筌，乃學人所研究。然若直悟本人之本心即是佛之法身，則可不借學而立地成佛。中國之禪宗中之頓門，即弘此說者也。

梅：馮友蘭先生認為禪對佛教哲學的宇宙論沒有甚麼發展，倒是對修行方法論有貢獻，而這一貢獻又影響到中國的治學方法甚至文學方法，這一判斷顯然是正確的。

劉：「悟」作為一種成佛的方法，揚棄「學」、特別是揚棄概念、範疇、邏輯的介入與參與，而直接把握生命的當下存在，這給我極大的啟發。但是，到了今天，禪宗的發展歷史已有一千多年，它本身又成為研究對象，成為一門學問。如果把它作為一門「學」，則必須把握它的兩大要領，一是它的空無本體論；二是它的頓悟方法論。它的心性本體直通宇宙，直通「第一義」。所謂本來無一物，這個「無」是第一義，是天地的第一義，也是人的「第一義」，佛的「第一義」。《紅樓夢》一開篇的十六字訣「因空見色，由色生情，傳情入色，自色悟空」，從「空」到「空」，中介是情，而情存於心。在十六字訣裏，情宇宙化了，心性宇宙化了，這未嘗不可視為對佛教哲學宇宙論的發展。至於方法論，禪宗特別是慧能把悟的方法徹底化了，提出「不立文字」、「明心見性」的方法，把「學」完全懸擱、完全揚棄了。

梅：「學」是必要的準備，必要的積累，但「學」的一切功夫，最後還得有一悟，要有所發現。「眾裏尋他千百度，驀然回首，那人卻在燈火闌珊處」。讀了千部書、萬部書，尋了千百度、千萬度，最後還得有驀然回首的頓悟。

劉：學不一定就能悟。學常常會愈學愈迷，如魚被困在筌中，迷在籠中。知識可能有益於悟，也可能產生概念障、知識障，堵塞通道，讓你落入迷津。所以學之後還得穿越「學」，從「筌」中跳出。這裏的關鍵是學之後走向迷，還是走向悟。就「學」而言，慧能恐怕比不上神秀，但禪的南北兩宗，最後還是南宗高於北宗，贏得了整個時代，也贏得了我們這些後人。慧能不識字，但有天才的悟性。我相信他從根本上啟發了曹雪芹。《紅樓夢》整個文本佛光普照，是一部偉大的悟書。

梅：您剛才說，佛教創始人釋迦牟尼本身就是個大禪師，以前倒未聽說過，您能說明一下嗎？

劉：不錯，他是個大禪師。你再領會一下《金剛經》，想想他到舍衛城中去化緣之後回到孤獨園，食畢，收衣缽、洗足，然後端端正正坐下，大比丘（弟子）們圍繞着他，長老須菩提問他如何抵達「無上正等正覺」的境界。他拈花微笑，說明世上的萬物萬相都是空的，沒有實在性，人們以為實在的東西，不過是概念而已。事物的真相——實相，乃是無相。不迷戀諸相，遠離諸相，便是「無住」。能悟到諸相皆空而放下妄念，抵達「無住」之境，便是解脫。慧能的全部出發點就是聽到「應無所住而生其心」，林黛玉的「無立足境，是方乾淨」，講的就是「無住」之境，便是「無執」之境，即無妄念、無分別、無我執法執之境。無論是慧能還是曹雪芹，他們的大徹大悟，都發端於釋迦牟尼。釋迦牟尼對一千二百五十個大弟子（大比丘）的傳教方法是啟悟方法，不是灌輸經典的方法。所以我說慧能是得了佛教的真髓，而釋迦本身就是第一大禪師，換句話說，釋迦牟尼是以禪的辦法啟迪弟子、啟迪眾生的第一個偉大導師。

梅：您一再說，沒有禪宗，就沒有《紅樓夢》，我領會的意思是說，如果沒有禪宗，曹雪芹就不可能有如此對於悟性的自覺。曹雪芹很有學問，但決定《紅樓夢》的成功的，不是他的學，而是他的悟。

劉：不錯。曹雪芹是百科全書式的作家，他的歷史知識、文學知識、藝術知識、宗教知識、社會風俗知識、傳統文化知識都豐富得非常驚人，但是，如果沒有禪的啟迪，沒有大徹大悟，《紅樓夢》對宇宙人生的認知就不可能如此透徹。禪幫助曹雪芹在自己的作品切入了最根本的東西，這就是「覺」，就是對世界真相和人生真理的徹悟與把握。也正是這樣，對於《紅樓夢》，不能只有學問式的閱讀，還應有感悟式的閱讀。

梅：我慢慢理解您的閱讀法了，不過我在讀《紅樓夢》時，又發現您在悟的過程中，也有「證」，即對悟到的、發現到的「要義」、「要害」、「文心」、「文眼」，您也有一種知識的基礎。我還找不到一個恰當的概念來描述您的方法。

二、心靈悟證與身世考證

劉：這種方法也許可以稱為「悟證」，或者叫做「心靈悟證」。徹底的佛和徹底的禪是不講「證」的。我們是學院中人，不證人家不信，所以我乾脆把自己的方式稱為悟證，與考證、論證等兩種實證方法明確地區別開來。蔡元培先生的索隱法，俞平伯先生的「辯」，胡適的考證，周汝昌先生的新證，都是家世身世考證。劉心武的原型研究和文稿探佚也是考證。他們下了很多功夫，在「學」上有價值。我的興趣不在作者的家族譜系與小說原型的身世，而在小說人物的心靈性情與命運上。但闡釋性情與心靈也不能籠統的用真性情和假性情去加以區別，更不能貼一貼「封建」與「反封建」的標籤就完了事。《紅樓夢》的主要人物賈寶玉及其少女少婦群，其性情都十分精緻，而且差異很大。要準確地說明每個人的心靈真實內涵及其性情特徵，不僅需要悟，而且需要悟證，即說清悟處的理由。

梅：您通過感悟追尋每個人物心靈的深層奧秘，可以說，就在求證每個人物心靈所蘊含的真正的哲學之謎與文化之謎。您也寫過一些闡釋《紅樓夢》的論文，作過論證。現在您把興趣投入悟證，是不是覺得有些難點是考證與論證難以解決的？

劉：不錯。例如「意淫」，這就難以實證，既無法考證，也無法論證。連曹雪芹也通過警幻之口說明：「『意淫』二字，惟心會而不可口傳，可神通而不可語達。」（第五回）意淫是一種想像性的心理活動，其特點是隱秘的，無邊的，反規範的，根本無法找到證據與論據，只能感悟它的內涵。脂硯齋把意淫解釋為「體貼」，這也未必貼切。《紅樓夢》中有許多精神細節和情感細節，都無法實證，例如，第八回寶玉與寶釵並肩坐着時聞到一陣香味，寶釵說這是「冷香丸」的香味，實際上是體香，這是可以實證的。但是，第十九回中寶玉又「聞見一股幽香，卻是從黛玉袖中發出，聞之令人醉魂酥骨。」寶玉問這香是哪裏來的，黛玉道：「連我也不知道。」這一細節是曹雪芹的神來之筆，以往的評紅者也有人注意到，但也只是從實證的思路上想，連脂硯齋也在黛玉所言（「連我也不知道」）之下作這樣的評點：「正是。按諺云：『人在氣中忘氣，魚在水中忘水』。余今日續之曰：『美人忘容，花則忘香』。此則黛玉不自知骨肉中之香耳。」脂硯齋認定這是黛玉的骨肉之香，而我則覺得這是黛玉的靈魂之香。黛玉的前身是絳珠仙草，其靈魂之香也是仙草之香。這是我的領悟，說仙草之香是魂香，這是我的悟證。我說寶玉和黛玉是天國之戀，和寶釵是世俗之戀，這兩種香味的區別：體香與魂香的區別也是一證。我說黛玉身上的「幽香」是靈魂的芳香，既不可證實，但也不可證偽。

梅：這是非常有意思的悟證，我從未想到過這是靈魂的香味。佛教創建之初，釋迦牟尼的「拈花微笑」，也是在啟發信徒們進行的心靈悟證。

劉：悟證不是佛教所獨有，它可以成為一種普遍性方法。即使特別重視道問學的朱熹，他宣揚尊德性也是為了證本心，所以他要求學生半日讀書，半日靜坐，上午讀書，下午領悟，希望學生能跳出章句教條，以聖人之心證己之心。這也不是考證、論證，而是悟證。

梅：「證」是需要邏輯的，無邏輯便無所謂證。論證最講邏輯，我在西方學院裏的訓練也是邏輯的訓練。佛學的方法，悟證的方法是不是刻意反邏輯？

劉：佛學也有邏輯，因果就是它的邏輯。教我進入佛學之門的虞愚老先生就是佛教邏輯學——因明學的專家。但是佛教邏輯太機械，禪宗的功績便是徹底打破佛教的機械邏輯，另立以心傳心、明心見性的方法，這便是悟證。這不是形式邏輯的方法，甚至可以說是反形式邏輯，但還是有一個心靈邏輯、情感邏輯。例如妙玉，她有自己的一套心靈邏輯。

梅：您對妙玉，一直在悟證，她在佛門裏的心靈所屬是禪宗還是唯識宗。這不屬於史學，也不屬於考古學，也絕對無法像考證曹雪芹卒年那樣細密查考，但是，卻也需要求證。她的分別相，她的極品趣味，她的神秘感，背後都有哲學，都有文化，都有自己循行的宗教選擇，這需要悟證。

劉：不錯，像妙玉這樣一個「畸人」、「檻外人」，其內心就極為豐富複雜。寶玉、黛玉其實也是檻外人，他們都是異端，活在正統道統的門檻之外。但寶、黛與妙玉又很不相同。妙玉住在櫳翠庵中，算是進入準佛門之中。可是，她對眾生都充滿了「分別相」，內裏藏着嚴格的尊卑、貴賤界線，所以她把劉姥姥用過的杯子扔掉，認定她是卑賤之人。妙玉的外形如同仙女，氣質非凡，這一點與賈寶玉相似，但她沒有寶玉的慈悲精神，也沒有寶玉的不二法門和平常心。對此，我們就得提問一下，她屬於佛教的哪一宗，遵循哪一法門。這也算求證。如果有「學」的準備，我們大約可悟到她不屬於禪宗，而屬於唯識宗。唯識宗講八識，第六識（意識）是分別識。妙玉的第六識大約特別發達。在佛學中，「妙」字是無分別的意思，妙心即無分別之心。可是妙玉名實不符，分別心很重。寶玉的大慈悲精神恰恰在於他沒有分別心，以平等的態度對待一切人。禪宗對眾生只講「覺與不覺」，不講「貴與賤」，在妙玉的心目中，下層人劉姥姥顯然是卑賤的下等人。

梅：佛教的各派學說，唯識宗最難進入，眼、耳、鼻、舌、身、意、末那、阿耶那等八識。第八阿耶那識，被解為藏識，是不是包括潛意識？至今我還是不懂。

劉：唯識宗係玄奘所創立，他的《成唯識論》集中了唯識要義，唯識宗的致命缺點是概念過於密集，過於繁瑣，其要義恐怕只有玄奘和他的幾個弟子才真明白，所以此宗進入不了社會，與禪宗無法相比。禪宗正是從唯識宗這種經院佛學中解放出來而獲得成功的教派，它把佛推到世俗社會的最底層。我說妙玉可能屬唯識宗，一是寶玉在解釋妙玉為甚麼給他送生日拜貼時說：「因取我是個些微有知識的，方給我這貼子。」這裏賈寶玉說他稍稍有點和妙玉相通的「知識」，不可能是禪的知識。若論禪，寶玉可以滔滔不絕，不會只是「些微有知識」。妙玉掌握一種他人難以進入的知識，即有難度的知識，這恐怕只有唯識宗才算得上。還有一個理由，就是剛才說過的，妙玉太具分別性，太具凡聖尊卑之別。曾有論者質疑唯識論：「若唯有識，都無外緣。由何而生種種分別？」玄奘答道：「頌曰：由一切種識，如是如是變。以輾轉力故，彼彼分別生。論曰：此頌雖無外緣，由本識中有一切轉變差別，及以現行八種識等輾轉力故，彼彼分別而亦得生，何假外緣，方起分別？」[1] 後來天台宗崛起，其要典《大乘止觀法門》（如來藏）才除滅分別性。（即除分別性，入無相性；除依他性，入無生性；除真實性，入無性性。）你不必勉強研讀唯識學，不要被佛學概念所糾纏，但要了解各宗的基本區別。我的悟證，也有這些「學」的基礎。曹雪芹博大精深，他筆下的妙玉，除寶玉外，沒有一個人能與之相通，其心靈帶有很大的神秘性，我的感悟也未必能抵達她的心性深處。

1 《成唯識論》卷七，《大藏經》第三一卷，第三十九頁。

三、悟證抵達深淵

梅：身世考證與心靈悟證，有內外之分。前者屬於外，帶歷史性質；後者屬於內，更帶文學性質。身世考證除了要仰仗檔案資料之外，還得具有研究者的毅力和分析力，而心靈悟證則需要研究者的學識基礎與智慧。兩者都有難點。例如劉心武對秦可卿的身世考證和對妙玉的情愛關係考證已突破了前人的認知，不管你相信不相信，他自圓其說，其解說擁有許多實據。但是秦可卿心靈深處的奧秘，她有怎樣的孤獨感、悲涼感或滿足感？她的心靈屬於誰？她對寶玉有幾分愛？她對賈珍有幾分情？情中幾分真、幾分假？她為甚麼會把王熙鳳引為知己？她的臥室佈置反映了她怎樣的價值觀與人生觀？等等，一切都是謎，都引發我們悟證的興趣。

劉：還有一些人物，如薛寶釵，其內心也非常豐富，如果用某種理念去衡量她、評價她、分析她，總是有點「隔」，作為情感存在、心靈存在，她是很豐富很複雜的存在。以往有些評論者把她劃入封建營壘中，認定她是封建主義者，其實她也是一個被壓抑者，一個被封建理念所壓抑的犧牲者。她那麼美，那麼有學問、有才情、有風度，可是她無法言情，不敢戀愛。她勸寶玉走向仕途經濟之路，在心靈的深處，在潛意識裏，可能只是出於對寶玉的關懷，未必是喜歡那套八股文章和選拔制度。稱她為「冷人」，她的內心，真的冷嗎？如果真的冷了，為甚麼還要吃「冷香丸」？吃「冷香丸」透露出她身心深處怎樣的信息？這種信息無比豐富，難以用概念描述，但完全可以判斷，她的內心，不僅不冷，而且很熱。這種熱，是與生俱來的熱，是青春少女天性人性的熱，是生命自然的熱，但是，她把熱硬是壓抑下去，「冷香丸」便是幫助她壓抑和調節的藥方。一個活生生的、美慧聰穎的詩意生命，來到地球一回，屈服於世俗的目光和理念，就這樣把青春生命的火焰埋藏在心底、壓抑在心底，一燃燒就自我撲滅，這是怎樣的悲劇呢？這是青春生命自我摧殘的悲劇，從某種意義上說，她比林黛玉經受了更深的悲劇。林黛玉還有痛快表露愛、宣洩情的瞬間，而薛寶釵則始終被壓抑，被圍困。在閱讀《紅樓夢》的過程中，我每次感悟薛寶釵這一悲劇性的生命，心情都難以平靜，每次都覺得有一種語言無力表達的極為深刻的悲劇內容。我說寶釵內心是熱的，很難實證，只是我的悟證。

梅：面對薛寶釵，確實心情會十分複雜，很難作「喜歡不喜歡」這種二極性判斷。寶釵姓薛，諧音為「雪」，一聽到她的名字就覺得冷。第五回作者給她的判詞是「金簪雪裏埋」，也暗示她本是火煉出來的金簪，卻被冷雪所包裹。「冷」是她的外殼。脂硯齋評說她「不疏不親，不遠不近」，「可厭之人亦未見冷淡，可喜之人亦未見醲密之情，形諸聲色。」（二十一回評語）天真少女時代，就懂得與人保持距離，失去自然。「好風憑藉力，送我上青雲」，她本來也有一番抱負，卻用「冷香丸」來化解。細究香丸的配製，看到竟是取四季的白色花蕊為藥材，真讓人驚心動魄。花蕊就是花朵之心，就是女兒心靈的符號。這就暗示，薛寶釵是在「抉心自食」（魯迅語），她哪裏是治病，完全是在撲滅自己的青春熱情。最後寶玉離家出走，雖然是一種自救，自我實現，可是卻留下寶釵來承受更大的悲劇。寶釵這麼年輕美麗，就得守活寡，就得獨自養大寶玉和她共同的孩子，這是多麼淒清的結局啊！這是更深刻的悲劇。《紅樓夢》中的許多少女少婦，也有寶釵似的情壓抑與性壓抑，例如妙玉、李紈等，但本有「熱毒」而刻意用藥壓下的則只有寶釵，她的確是另一類型的悲劇人物。通過您的悟證，也許今後我會更深地走進寶釵的心靈深淵，包括潛意識深淵。

劉：《紅樓夢》的人物，尤其是若干主要人物，心靈極為豐富複雜，不可以用簡單的、本質化的概念去描述它，把握它，確實需要不斷去悟；即使是二級主要人物，如襲人、李紈、紫鵑等，其心靈深層的真實，也不是可以一目了然，幾個概念可以説明的。就以襲人來説，她和寶釵一樣，老是勸寶玉用功讀書，走仕途經濟之路，也因此曾被一些學者認為她是女性封建奴才，實際上，她對寶玉的勸導，其思慮也是豐富的、多方面的。這裏面包含着對寶玉無可懷疑的癡情，也包含着對自身未來的考慮。謎底是理性，是功利，還是情感，這確實需要悟證。

梅：悟證不是實證。不可能像自然科學，也不可能像考古學、版本學那樣進行實證，但可以通過對作品文本的細讀和比較，以更加接近對象的深層真實。悟證主要的根據是文本，但也需要與文本相關的知識。例如您説妙玉折射唯識宗第六識文化，當然就需要有佛教各宗的知識尤其是唯識宗、禪宗的知識。您説探春折射法家文化，當然也需要具有法家的歷史知識。但是求證探春的心靈奧秘，卻又不是法家概念可以完全涵蓋的。您説她與寶玉的衝突是功利與美的衝突，一個是算計性思維，一個是非算計性思維，確乎如此。但是，我們對探春又必須有一種理解的同情，或者同情的理解。因為寶玉是快樂王子，不考慮家族的興亡，不承擔任何責任，而探春與寶釵、李紈主持家政時，必須承擔責任，不計算怎麼行？也就是説，這種算計不是自私的，而是對家族命運的關懷，從某種意義上講，也是一種愛，一種對家族對父母兄弟姐妹的愛。至於她是不是想出風頭，想表現自己的才華和抱負，這也可能，因為她自己就宣稱過她如果是男人，定會做出一番事業。總之，推動她興利除弊改革的第一動因是甚麼，她的心底蘊含着怎樣的秘密，不是一下子可以説清的，需要我們不斷悟證。

劉：對《紅樓夢》確實要細讀，不可一目十行，要做文本細讀。用妙玉的話，要「品」，不可「牛飲」。同樣是詩，《三國演義》、《水滸傳》、《西遊記》中的詩都是打油詩，《紅樓夢》中的詩都是真正的詩，每位詩人的詩從語言到境界都不同。所以《紅樓夢》除了具有「質的密度」之外，我還想補充的四個字，叫做「詩的含量」，你可用這四個字去衡量一下其他的文學作品，這不是要求文學作品中都要作詩，而是要有詩的意境，詩的細節。但又不可刻意營造詩相或讓詩的意象過於密集。最近我讀劉心武的《紅樓夢》心解，讀到他對迎春的一個詩意細節的分析，很受啟發。這就是第三十八回寫的「迎春又獨在花陰下拿着花針穿茉莉花」。以往《紅樓夢》的仕女畫都沒有注意這一細節，我也沒有留心過。對於這一細節，心武做了這樣的評論闡釋：

> 你閉眼想想，該是怎樣的一個嬌弱生命，在那個時空的那個瞬間，顯現出了她全部的尊嚴，而宇宙因她的這個瞬間行為，不也顯現出其存在的深刻理由了嗎？最好的文學作品，總是飽含哲思，並且總是把讀者的精神境界朝宗教的高度提升。迎春在《紅樓夢》裏，絕不是一個大龍套。曹雪芹通過她的悲劇，依然是重重地叩擊着我們的心扉。他讓我們深思，該怎樣一點一滴地，從尊重弱勢生命做起，來使大地上人們的生活更合理，更具有詩意。那些喜愛《紅樓夢》的現代年輕女性們呀，你們當中有誰，會為悼懷那些像迎春一樣的，歷代的美麗而脆弱的生命，像執行宗教儀式那樣，虔誠地，在柔慢的音樂聲中，用花針，穿起一串茉莉花？[1]

梅：劉心武的書是《紅樓夢》的原型研究。這是小說學的重要課題，探討作家如何把生活中的「原

---

1 劉心武：《劉心武揭秘〈紅樓夢〉》第二部，第一九零頁，東方出版社。

型」轉變為小說中的藝術形象。這不僅需要史學的考證功夫，而且要有文學的鑒賞功夫，劉心武不僅下了許多考證的功夫，而且做了文本的細讀，因此不僅對原型來歷有新的發現，對文本中的細節也有新的捕捉和闡釋。像迎春這種詩意細節就是以前的研究者忽略的。一個最弱小的生命，都有自己生命的嚮往和尊嚴，這種闡釋也很有詩意。

劉：實證要求一個結論，悟證則很難有一個結論，它應是一個不斷領悟、不斷接近真諦的過程，不可能一次性完成。每個人物在言語和行為中透露着心靈信息，我們通過心靈信息來感悟心靈的存在內容，這一過程才是真正重要的。一般人物的心靈信息相對地說，較為簡單，也較容易把握，而主要人物，尤其是賈寶玉、林黛玉、薛寶釵、史湘雲、妙玉這幾個主要人物，其心靈信息就太豐富太複雜了。他們的心靈信息不僅在言談中，在行為中，而且在詩歌中，在夢遊中，在眼淚中，在情狀中，甚至在無言的沉默中，像賈寶玉，他的呆狀、癡狀、狂狀等都含有信息。開始見到林黛玉時一句「這妹妹我見過」有多少信息，為黛玉起名起號又有多少信息，把玉摔砸於地有多少信息，那塊玉的破碎之聲又有多少信息，更不用說他最後出走的無量信息了。所以，我們才說《紅樓夢》說不盡，光是人物的心靈信息就開掘不盡，闡釋不盡，自然也是任何悟證都無法窮盡。

梅：光是賈寶玉和林黛玉這兩個主要人物最後的行為語言，一個焚燒詩稿，一個離家出走，就包含着無量心靈信息。他們從大荒山無稽崖青埂峰下，從西方靈河岸上三生石畔，來到人間走一遭，現又要回去了。一來一往，一生一世，他們有何感受，心中是愛？是恨？是失望？是絕望？最後的行為語言都告訴我們了，但這些語言是無言。這就留給我們開掘其心靈秘密的無窮可能性。所以才需要悟證，而您所做的其實不僅是悟，也是在證。

劉：《紅樓夢》文本中，本身就有「心證意證」的概念。第二十二回賈寶玉的禪偈，就是「你證我證，心證意證。是無有證，斯可為證。無以為證，是立足境」，講的是情感這種東西要得到印證是很難的。相愛的雙方，如果都要對方拿出愛的證據只能自尋煩惱。只有到了放下這種企圖，無需外在的他物他人檢驗之時，才談得上情感的大徹大悟。這一意思，我們也可以解釋為心靈靠實證是不可能的，只能如我們所說的靠自身去悟證。

梅：《紅樓夢》的主人公林黛玉，其心靈可以說是一個深淵，一個神意的深淵。我們的語言文字永遠也不能抵達她的最深處，從這個意義上說，它是不可言說的。禪宗大約意識到這點，所以乾脆放下文字，追求另一種方法，就是明心見性的方法，這種方法其實是借直覺探索心靈最深處的奧秘。

劉：也可以說是通過直覺進入潛意識深層。林黛玉與賈寶玉相戀時雙方都在猜想對方的潛意識，都刺激對方把潛意識轉化作意識，轉化作言說。但是言說總是無法表達潛意識深淵中無量情感，因此總是不滿意總是要爭吵。我們作為讀者，在閱讀中也可能抵達其心靈的某一層面，感悟到其中的一部份信息，不可能捕捉全部信息。我們說主要人物的心靈是個深淵，而次要人物何嘗就不是一個深淵。例如小紅，這個伶俐人，就被寶釵稱作「眼空心大」，很有心機。據脂硯齋的評點，賈府崩潰落難，最後倒是這個不顯眼的小丫頭幫了大忙。她是大管家林之孝的女兒，極為精明。寶釵說她「心大」，到底有多大？也無法實證。我們也只能從文中有限的描述中去悟證。聶紺弩在世時，寫過評小紅的文章，感慨這個丫頭不簡單，但對她的「眼空心大」，也無法實證。所以還是用悟證的辦法好。在此，所謂悟證，是對文本提供的全部資訊進行歸納和判斷。依據的是文本的已知資訊，並非空想。

四、悟證與知識考古學

梅：福柯（Michel Foucault）的知識考古學，不是通過文物進行考古，而是對已有的知識進行清理、辨別，也算是一種考證。他的知識考古學為我們展示了現代社會的內部規範機制和邊緣地帶的抵制傾向，質疑啟蒙的理性話語，認為這種理性話語壓抑了歷史長河中的多元性、差異性和離散性。不過知識考古學，還是一種實證方法。而悟證卻不是實證，因此也不同於知識考古學，它是另一種方法，一種對心靈信息進行尋覓、追蹤、辨析和判斷而接近心靈實在的直覺方法。這是您正在嘗試的方法論。

劉：以往《紅樓夢》的考證大體上有三大類。第一類是原典考證，這包括文稿探佚和版本考證；二是原作者家世考證及其所派生的曹學研究；三是原典（小說）人物的原型考證。舊索隱派側重於歷史，但確實如胡適所批評：太多附會。沒有進入考古學，也不算知識考證，不屬於福柯的知識考古學的範圍。過去《紅樓夢》研究中，「論」的一脈，倒是涉及一些知識，但太局限於政治經濟學，即只是籠統地說明作品產生的政治經濟狀況，其缺點是只把小說（包括小說中的生命、命運、悲劇、荒誕劇）放在「時代」上，而沒有放在「時間」的永恆維度上。《紅樓夢》把時間視為不割的大制，把過去、現在、未來視為一個整體，不將不迎。社會學批評，未注意到這一特點。放下這一點先不說，就以「時代」而言，也不應只注意政治經濟，還有一些特別的社會情狀可下考證功夫。例如《紅樓夢》所涉足的雙性戀、同性戀問題，就涉及到許多社會知識、人類學知識和心理、生理學知識。《紅樓夢》的同性戀描寫，規模不小，延伸三個區域：一是賈府私塾學堂的同性戀風波；二是薛蟠與柳湘蓮、賈寶玉與秦鐘、蔣玉菡等幾對男性同性戀故事；三是戲班子中的藕官與菂官、蕊官的女同性戀情節。此外，賈寶玉被戴上「絳洞花主」的封號，又是大觀園女兒國的唯一成員，他是不是雙性人？這裏涉及到歷史知識問題。王德威在探討《品花寶鑒》時曾指出：

> 我們必須承認，斷袖餘桃在中國古代豔情文化中，一直是個活躍的組成部份。晚明和清代男伶戲班的突然興盛，並非出於（多書）中國男性性愛好的改變，而是出於政府嚴禁官紳嫖妓的結果。明清兩朝的政治制度都嚴禁士大夫出入教坊，狎妓自娛。男伶因此應時而生，成為妓女的代替。雖然在清朝的法令中，有關雞姦的法律愈益苛嚴，但是卻不曾像嚴禁女子賣淫的律令那樣強制執行。《品花寶鑒》第三十三回，剛剛走馬上任的朝廷命官便因出沒青樓，而遭嚴懲；相形之下，歌舞談笑、調戲男伶者，在通篇小說卻可逍遙法外。[1]

從晚清的《品花寶鑒》等小說看，清代的同性戀尤其是戲子的同性戀，相當盛行，可以說，寶玉、薛蟠等只是風氣中人，並非性變態者。還有，寶玉對「女兒」如此迷戀，怎麼又對秦鐘如此傾倒？對後者的傾倒涉及到怎樣的性與情內容，這是需要考證的。還有一些微觀知識，也可考證，如薛寶釵關於「冷香丸」的製作，關於繪畫中的用墨用水，黛玉的琴譜與琴藝等等，都屬知識考古範圍。我所說的心靈悟證，與禪宗的頓悟有些差別，就是還確認知識對悟證的潛在作用。但我又覺得佛教哲學所說的「轉識成智」很有道理。只停留在知識層面，沒有對智慧的領悟，仍然會離《紅樓夢》很遠。

1　王德威：《被壓抑的現代性》，第一零零頁，台北，麥田出版，二零零三年。

梅：原典、原作者家族系譜考證，我不想去做。但知識考證，還是有興趣。另外，您對《紅樓夢》的研究，除了「悟」之外也有「論」。這是考證、悟證之外的論證。我畢竟是學院中人，能夠選擇的主要研究形態，還是論。

劉：我們當然需要論，除此之外，還需要思想，尤其是需要有哲學視角。找到一個新視角就可開闢一片天地。王國維用叔本華（Arthur Schopenhauer）的哲學視角看《紅樓夢》，看出《紅》是一部被「欲」所造成的悲劇；毛澤東用馬克思的歷史視角看《紅樓夢》，讀出《紅》是一部賈、史、王、薛四大家族的興衰史；如果我們用弗洛依德（Sigmund Freud）的眼睛看《紅樓夢》，則可讀出（引申出）《紅樓夢》是一部「性發動」、「情發動」的大書。全書相當於總序的第一回的第一段話就說明「……以至今日一技無成、半生潦倒之罪，編述一集，以告天下人：我之罪固不免，然閨閣中本自歷歷有人，萬不可因我之不肖，自護己短，一併使其泯滅也。」說得很分明，《紅樓夢》是為閨閣中人而寫，即緬懷閨閣女子的情是小說的第一原動力。書中的戀情又是全書的主脈。弗洛依德認定文學是性壓抑之後所浮現出來的夢。《紅樓夢》以夢作書名，書中有一夢系統，小夢、中夢、大夢，有潛意識的夢，還有審美理想意義上的顯意識大夢。但是，《紅樓夢》也有大悖於弗洛依德之處。小說沒有戀母情結，只有叛父情結。書中固然有親情，有世情，有戀情，但戀情大於親情。男女之愛大於父母之愛。

梅：西方論紅的文章，許多涉及弗洛依德的視角，但我們還可以深化。

劉：不僅可以深化，還可以進行學理性批判。例如曹雪芹寫作的第一動力到底是性還是良心就可以討論。為一些閨閣女子而寫，這是情。說是性發動，似乎無可爭議。可是性發動是否就是情發動？我覺得曹雪芹的情主要是欠債感，欠閨閣女子的情債，寫作是為了還債還淚，也就是說，寫作的第一動力是良知的鄉愁，是良知壓抑。我覺得用「良知壓抑」之說解釋《紅樓夢》的發生更為準確，比「性壓抑」準確。

梅：您和林崗在《罪與文學》中也討論過這個問題，說中國古代作家的寫作動因雖也有性壓抑，但主要是「良知壓抑」。「論」確實需要不斷更換視角。王國維用叔本華的視角解釋《紅樓夢》是一個突破。但是一百年過去了，總不能還是停留在叔本華的悲劇論上。所以我支持您用存在論的視角去審視。

劉：《紅樓夢》蘊含的大乘佛教哲學，尤其是禪哲學，幫助我破一切「執」，也包括幫助我在方法論上破了許多「執」。王國維雖有突破，但畢竟太執於叔本華的一說一念。我們敬佩王國維，也無須執於王國維的悲劇視角，而應當在肯定這一視角時另外開闢新的視角。視角新，論才能新。存在論是我選擇的一種視角，但我也不會執於此論此說。現在海德格爾（Martin Heidegger）很時髦，本想迴避這一時髦，但迴避不了。《紅樓夢》本身有兩大層面，除了生存層面，還有存在層面。如果用海德格爾的存在論去看《紅樓夢》確實可以看出另一番深邃內容。至少可以揭示幾項以往所忽視的意思：（一）曹雪芹和海德格爾一樣，直面死亡，「縱有千年鐵門檻，終須一個土饅頭（墳墓）」。「風月寶鑒」的正面是美色，背面是骷髏。直面土饅頭、直面骷髏，即直面死亡才能把握生的意義，才能把握人生的真實。孔夫子「未知生焉知死」的命題被曹雪芹、海德格爾扭轉成反命題：未知死，焉知生。因為確認死的必然，才有色空的大理念，才有放下追逐財富、功名、權力的終極理由。（二）存在者只有在死亡面前，其存在意義才能充份敞開，這一點，曹沒有直接表述，但與海德格爾相通。但是，《紅樓夢》又不同於海氏，它揭示另一條真理：存在可以在情愛面前才充份敞開。賈寶玉、林黛玉的豐富內心、精彩靈魂、詩意存在全在彼此的愛戀中充份展開，一旦失去相互依存的一方便無意義，連詩稿也可付之一炬。海德格爾的哲學是赴死的哲學，曹雪芹的哲學則是戀生的哲學，兩者很不同。

第二章 《紅樓夢》精神內涵的四維結構

梅：今天想和您討論王國維的《紅樓夢評論》，這是您研究《紅樓夢》的一個出發點。王國維寫作這篇論文時才二十七歲，真是天才。您對王國維的《紅樓夢評論》已作了不少分析，對這篇論文的突破性貢獻作了很高的評價，通過您的評論，現在我已明白《紅樓夢》大於家國境界和歷史境界的宇宙境界，也明白其悲劇是「共同犯罪」（共同關係）的結果，但也明白王國維只講悲劇、未講荒誕劇的闕如。另外，我還特別感興趣的是，您還用類似結構主義的方式，把握了《紅樓夢》的精神內涵是「欲」、「情」、「靈」、「空」的四維結構，王國維太偏重「欲」的維度，對其他維度則有所忽略。我很希望您從這四個維度出發，再評述一下王國維的得失。

一、欲向度

劉：四維結構也可以更明白地說具有四個向度。先講一下「欲」的向度。「欲」是個大概念，二十年前我在《性格組合論》中曾把「欲」作為一個系統加以分解，並作了圖表。日本的竹內實先生特別寫了文章，評介我的情慾論的意義。我們不應當停留在欲的概念上，而應當針對王國維的解說進行再解說。王國維第一次把叔本華的哲學視角引入《紅樓夢》評論，讓人們大開眼界。叔本華哲學受佛學哲學影響很深，而《紅樓夢》又被佛教精神所覆蓋，因此，引入叔本華便顯得很自然，對應度很高，並不是用先驗的哲學框架去硬套《紅樓夢》，這是王國維的《紅樓夢評論》還站得住腳的原因。佛教認為人生的本質就是痛苦，人生之海就是苦海。而痛苦的原因就是人的身體具有無休止的慾望。我講解《金剛經》時就說，《金剛經》發現人的身體是人的終極地獄。身體產生慾望，慾望產生「四相」（我相、人相、眾生相、壽者相），產生種種妄念、煩惱與痛苦。叔本華也抓住這一點，認為人生下來就是個錯誤，就帶有深刻的悲劇性，因為生下來就有慾望，慾望永遠難以滿足，悲劇便永遠無法落幕。王國維發揮叔本華的悲劇論，根據諧音，認為寶玉、黛玉的「玉」便是「欲」，因此他們的悲劇是慾望無可克服的悲劇。其悲劇既是共同關係的結果，也是自作孽的結果。王國維依據佛教原理所作的悲劇解釋，其優點是從人性根蒂去尋找悲劇原因，有很大的真理性。但是，王國維所講的這一面只是佛教對人生本質（也是世界本質）的認識，佛教還有另一面，就是對欲的破除，其破除的內容就是靈的內容，空的內容。王國維雖然也探討「解脫」，但太簡單。尤其是對於「情」，王國維的論述更為薄弱。

梅：「欲」和「情」這兩大範疇，《紅樓夢》的重心是「情」。紅樓中人都有欲，但始終在「欲」裏打滾、迷戀功名、權力、財富、美色的名利之徒、「國賊祿鬼」，如賈赦、賈蓉、薛蟠等，只是一部份人，是泥濁世界的主體，慾望的化身，他們的悲劇倒真的是被慾望燒得執迷不悟的悲劇；而賈寶玉、林黛玉以及那些詩意女子卻是蔑視慾望，看不起名利之徒的淨水世界的主體，他們是從欲昇華了的情感生命。

劉：不錯。《紅樓夢》中有生命昇華的大中心內容。整部《紅樓夢》為甚麼那麼美，正是它有兩種大提升。一是外自然的人化；二是內自然的人化。石頭是外自然，《石頭記》就是一塊石頭通靈後化成人的傳記，這是外自然的人化。而「欲」是人的內自然，動物也有欲，有食慾性慾，但《紅樓夢》又呈現了欲向情提升的詩意過程。賈寶玉週歲時別的不要，就抓住胭脂釵環，這是欲。他喜歡吃丫鬟臉上的脂粉，也是欲。他見到寶釵的身體豐滿，想到她的肉移一點給林妹妹就好，也是欲。但是，寶玉在黛玉的精神與情感的導引下，不斷把欲提升為情，也從泛情逐步轉向專情。這是《紅樓夢》的根本性內容。李澤厚一輩子講美學，講美的根源和美的本質，就講自然的人化，講人與自然關係的變遷，特別是講內自然（慾望）的人化。王國維講欲時，未講欲向情提升即未講內自然的人化，是一個很大的不足。

梅：李澤厚的美學書我也讀，卻沒想到石頭的人化，欲的情化，您這樣解說，我覺得很新鮮，也很有道理。《紅樓夢》的重心確實在於欲向情的轉化和提升。林黛玉、賈寶玉的悲劇並不是「欲」不能滿足的悲劇，而是「情」無處存放的悲劇。

劉：出國之後這十七、八年，我一直迷戀《紅樓夢》，並覺得它佛光普照，從根本上幫助了我，不是別的，恰恰是這部巨著破欲、破執、破妄的大精神啟發了我。賈寶玉、林黛玉的形象光輝乃是看透慾望、看透色相的生命光輝。尤其是賈寶玉，我說他是知識分子至少是我的「救星」，是因為在他身上有一種破一切執，化一切迷，放下一切世俗慾望即功名、財富、權力等慾望的大超脫精神。他和林黛玉的悲劇不是放不下慾望的悲劇，而是放下而讓人視為傻子視為異端的悲劇，是反抗慾望而失敗的悲劇。破一切執着，這才是《紅樓夢》的偉大之處。王國維未能充份地看到這一點，只講「欲」，未講破欲，只講執，未講破執，這是他的局限。

梅：您把破欲、破執、破妄這一點道破了，講透了，《紅樓夢》的精神意義就突顯出來了。賈寶玉作為一個貴族公子，他沒有貴族相，沒有公子相，沒有仕途功名慾望，全因為他天生就有一種佛性。他對性慾也追求，但能夠把「欲」向「情」提升，而且最後能夠看破。

二、情向度

劉：欲的情化使人成其為人，而欲的靈化空化則使人成其為佛。欲是色，不是情，但情又是一個很複雜的系統，它也有兩個方向，一是通過「濫情」沉迷於色慾；一是通過靈——感悟而上升為空，即所謂始於癡，止於悟，情必須有情悟，有提升，才有境界。脂硯齋透露《紅樓夢》遺稿中有一情榜，說明情有許多類型也有許多不同的境界，這中間有靈的作用。靈是慧根、慧眼，它幫助人走向空，即幫助人看破、放下、解脫，這也是《紅樓夢》的大內容。

梅：「欲」、「情」、「靈」、「空」四個層面在《紅樓夢》中融合為一個大整體。為了闡釋，我們不得不分解。王國維說生活之本質，乃是欲，把欲視為本源，視為悲劇之因。認為賈寶玉、林黛玉等都有「自作孽、自加罰」的悲劇原因。這種解釋如果放在世俗生活狀態中，可以涵蓋很多現象，像賈瑞、王熙鳳以及泥濁世界中的主體，確實是慾望燃燒的主體，確實為欲所左右，所主宰，「欲」確實是他們根本，他們的生命動力與生命目的，也就是我們在上邊所說的他們是為生存而活着。但是，《紅樓夢》的基調，它的心靈指向，精神指向卻是對「欲」的嘲諷、對「欲」的冷觀、對「欲」的荒誕呈現。而小說中的主人公賈寶玉、林黛玉恰恰是對「欲」的超越，對欲的蔑視，您說賈寶玉有一個擺脫「欲」的提升過程，開始還想吃鴛鴦的胭脂，嚮往寶釵豐滿的「肉」，但在林黛玉的「指引」下，他不斷向「情」向「靈」向「空」飛升。他並沒有把「欲」視為生活的本質，而是把情把靈視為根本。這一點王國維確實忽略了。

劉：「欲」帶有動物性，食慾性慾都是動物本能，而人的確立，文化的產生，則是欲的文化，有了情，人才與動物拉開距離。我說「石頭記」是石頭這一自然「人化」的史記，更具體些說，是石頭被情化、靈化的詩意故事。過份強調欲，把「欲」的位置放到太根本的位置上，認為欲才是悲劇之源，這顯然是不妥當的。王國維顯然沒有看到《紅樓夢》呈現兩種不同質的生命狀態，沒有看到生存狀態向詩意狀態的提升。王國維在百年前能用叔本華哲學來解釋《紅樓夢》，很了不起，我們不能苛求他。只能沿着他的發現往前走。當年他看到欲的痛苦，未看到欲的提升，今天我們則要充份看到並充份闡發情和靈對欲的超越，這種超越才是《紅樓夢》的詩意源泉。但是，在曹雪芹的筆下，「情」也有很多層面，情本身也有衝突，也有困境。以往的《紅樓夢》的論述，多數是看到「愛情」強調其愛情悲劇。周汝昌先生則注意到，《紅樓夢》的「情」內涵，是大於「愛情」的「親情」、血緣之情、世俗之情。李澤厚似乎對此特別欣賞，他很少談《紅樓夢》，但也談了這一點。他說：

> 我曾一再徵引納蘭性德「當時只道是尋常」：你的日常世俗生活中的種種滋味，其實並不尋常。一部《紅樓夢》之所以為中國人百讀不厭，也就因為它讓你在那些極端瑣細的衣食住行和人情事故中，在種種交往活動、人際關係、人情冷暖中，去感受那人生的哀痛、悲傷和愛戀，去領略、享受和理解人生，它可以是一點也不尋常。[1]

《紅樓夢》確實不僅是寫愛情生活，而且還寫大量的日常生活，大量的衣食住行和人情世故，這裏面也確實蘊涵着人際溫馨和不尋常的情感。「儒」的親親、親情佈滿整部小說，這也許是中國人超越年齡

1　李澤厚：《實用理性與樂感文化》，第八五頁，北京，三聯書店，二零零五年。

界限都愛《紅樓夢》的原因。如果它僅是一部愛情小說，那它就只是年輕人的文學了。但是，我總是覺得，《紅樓夢》的卓越，《紅樓夢》的深度，不是它對尋常世俗生活世俗情感的呈現，而是它跳出了這一層面的生活。用我們此次討論的核心概念來表述，就是它不僅精彩地描述第一狀態的生活即世俗狀態的生活，而且精彩地呈現了第二狀態的生活即詩意狀態的生活。

梅：我比較靠近您的說法。李澤厚這一見解也很有啟發，《紅樓夢》中的日常生活狀態中本身也蘊含着詩情，哪怕猜猜燈謎，吃吃螃蟹，也有詩情。但世俗生活（包括世俗親情）中也有很黑暗的一面，也包含着專制、嫉妒甚至血腥的一面，包括愛戀，也有太多的自私與排他性。其實，《金瓶梅》的人情世故、衣食住行等日常狀態也寫得很逼真，其人際的緊張，殘酷關係也寫得很有功力，那裏也有人生的痛苦與哀傷。但是《金瓶梅》呈現的只有現實生活的第一狀態，沒有《紅樓夢》的超越日常的靈性詩意狀態，更缺少《紅樓夢》那種形而上思索。

三、靈向度

劉：《紅樓夢》中的情本身是一個異常豐富複雜的系統，其中有愛情，有友情，有親情，有世情，有悲情；還有情的溫馨，情的災難，情的困境，情的衝突。情產生歡樂、產生詩意、也產生嫉妒，產生邪惡。王熙鳳設計謀殺尤二姐，是邪惡，但她何嘗不是為了爭一個「情」字。即使像林黛玉這種詩意生命，為了一個「情」字，也總是要吃醋，要與他者產生衝突。《紅樓夢》了不起之處，是在充份地展示性情之後，又呈現出情的各種風貌與境界。「靈」的維度，便是從性情上升為「性靈」的維度。說賈寶玉和林黛玉的情愛，不是世俗之情，而是天國之戀，這一方面是說他們的前身——神瑛侍者與絳珠仙草在無數年代以前就有一個類似「伊甸園」時期的戀情；另一方面是說他們的戀情是靈魂相通、靈魂共振的愛情，帶有某些神秘性甚至可以說帶有某些神性。「木石之盟」和「金玉良緣」相比，前者顯然是對後者的超越，它帶有更多的性靈。賈寶玉為甚麼對黛玉懷有比對寶釵更深邃的情感，也懷有出自內心的敬意，這是理解《紅樓夢》精神內涵的關鍵。換一種說法，木石之盟與金玉良緣乃是兩種不同質的戀情，為甚麼寶玉把木石之盟看得比金玉良緣重要得多，並以整個身心投入其中？這裏的奧秘便是木石之盟是靈魂之盟，是比情高一個層次的靈的內心契約。這也是儘管寶釵美麗端莊溫柔敦厚但寶玉更愛黛玉的原因。寶玉自己說得很清楚：「戕寶釵之仙姿，灰黛玉之靈竅。……戕其仙姿，無戀愛之心矣；灰其靈竅，無才思之情矣。」（第二十一回）與寶釵也有情，但未能進入靈的精神高度與深度。「靈竅」的向度是《紅樓夢》精神內涵的強大維度，是《金瓶梅》、《水滸傳》、《三國演義》等小說望塵莫及的。所以我們應當把靈向度作為《紅樓夢》精神結構的重要一維。這不是我們杜撰的，而是小說文本中固有的。

梅：寶玉也愛寶釵，但愛的深度不同。這裏確有「仙姿」與「靈竅」之別。「心有靈犀一點通」畢竟是最重要的，寶玉與黛玉是真的心靈息息相通，靈魂處處共振。寶玉見到寶釵雪白豐澤的肌膚，不覺動了羨慕之心，暗暗想到，這個膀子若長在林姑娘身上多好。（第二十八回）這是寶玉的慾念，但也可知寶玉愛戀的重心還是在林姑娘身上。第二十九回說，寶玉和黛玉從幼時開始就耳鬢廝磨，「心情相對」，「兩個人原是一個心」。您曾對我說，《紅樓夢》比王陽明的「心學」還心學，大約也是指小說的靈魂維度。

劉：不錯。靈魂維度就是心維度，心靈深處的內在維度。我說《紅樓夢》也是心學，是說它是有血有肉的心小說，其中蘊藏着比王陽明還徹底的心哲學，靈哲學。曹雪芹和王陽明一樣，把心看作世界的本質，「心外無物」，心之外甚麼也沒有。情如果不進入心的深淵，不抵達心的真處，情便是假的。在《紅樓夢》中，心覺是最高的覺。應當特別注意的是，《紅樓夢》的靈並非抽象之靈，它是充滿生命氣息的歌哭，是血肉之身軀的喜怒哀樂，其心覺，是活生生的覺。

梅：如果泛泛講情，或只講情不講靈，忽略靈的維度，就難以把握《紅樓夢》最深刻的內在意蘊。林黛玉的「靈竅」，除了她的心靈指向之外，是不是還有一種來自天國的神秘？她和寶玉的前身之戀以及還淚之說都相當神秘。

劉：確實還有這一面，這是「靈竅」的縱深度，有點神秘。中國哲學本身就有許多神秘經驗，只可體悟不可言說的意會，本身就很神秘。「道可道，非常道，名可名，非常名」，這種道，就很神秘，很難定義，「恍兮惚兮」，似有似無，林黛玉和賈寶玉的戀情有世俗的一面，有大悲情，但又有超世俗的一面。他們的第一次見面，兩人似乎都有點天國的記憶。林黛玉用禪語對賈寶玉的提示，都是不可言說的啟悟，難以用概念與邏輯去把握，非常神秘。賈寶玉與晴雯的情，也超越了世俗之戀。《芙蓉女兒誄》把晴雯當作芙蓉仙子，把晴雯的性情提升為性靈，使晴雯帶上了神性。還有那些警幻仙子、警幻仙姑，也是有情有靈。《紅樓夢》的「靈」是中國哲學中那些模糊的「靈」，不是西方宗教世界中那種「純靈」、「神靈」。總之，不是神。我說林、賈有天國的記憶，這天國也只是形而上的假設，並不是西方聖經世界裏的那種絕對天國——與人世完全不同質的天國。所以，《紅樓夢》的靈，只能說是性靈，是性情飛升後切入了靈魂的形上情感，帶有宗教性質的情感。

梅：與《紅樓夢》相比，《金瓶梅》中的女子潘金蓮、李瓶兒、孟玉樓、春梅等，性慾很強，性情也不能說沒有，但性靈就說不上了。

劉：《金瓶梅》中的人物固然有性慾、性情，但都未能切入靈魂；明末的散文也有真性情，但也是靈魂的維度不夠強大，它所以無法與先秦諸子的散文相比，關鍵就在於此。文學中的人物形象，性情寫得很豐富，便可成功。《紅樓夢》中的王熙鳳雖談不上性靈，但很有性情，儘管性情中太多邪惡。性情之外還有性靈，這種人物就更有深度，更為「立體」。秦可卿、林黛玉、薛寶釵、史湘雲、妙玉等都屬於有性靈層面的女子。晴雯、鴛鴦、尤三姐也有。我很喜歡莎士比亞（William Shakespeare）筆下的女子，諸如苔絲德蒙娜（Desdemona），屈力奧特佩拉（Cleopatra）、莪菲莉亞（Ophelia）等，都有性靈的光輝。托爾斯泰（Lev Nikolayevich Tolstoy）的《復活》（*Resurrection*），在一個被世俗眼睛視為妓女的情慾化身瑪絲洛瓦（Katyusha Masiluowa）身上開掘出尊嚴與性靈，使這部偉大的懺悔錄具有巨大的深度。《紅樓夢》中的少女們多半兼詩人，其實，詩就是性情加上性靈。有性情的女子不一定會作詩，有性靈才可以成為詩人。不過，非詩人也可以具有性靈，如平兒，她不是詩人，但有性靈，晴雯也是如此。

梅：《紅樓夢》的性靈不僅體現在林黛玉等少女身上，也體現在賈寶玉身上。他真是通靈寶玉，既通情又通靈。視他為多情種，有真性情，這還只是看到表層。他的堪稱偉大的齊物之心、平等之心，他的大慈悲、大同情心，才是他的深層存在，這便是他的性靈。

劉：不錯，賈寶玉滿身佛性，不僅是性情中人，而且是性靈中人。他的性靈，不是小性靈，而是大性靈。性靈小則表現為聰慧靈氣，大則表現為與天地相融，與萬物同心的浩然之氣、齊物之氣、大慈悲之氣。《紅樓夢》的性情、性靈都呈現為一種精神氣象，領悟《紅樓夢》就要領悟出這種看不見的但可以意會到的大氣象。賈寶玉身上就是有這種氣象，所以我把他視為準釋迦、準基督。賈寶玉的「性靈」內涵異常豐富，永遠開掘不盡。

梅：說《紅樓夢》是另類人間宗教，有一個理由，就是其中有一個基督、釋迦似的人物。

劉：不過，你要注意，我說的是準基督、準釋迦，是未成道的基督與釋迦牟尼，是不負拯救使命的基督與釋迦牟尼，並不是真的神，也未成佛。釋迦牟尼出家前是甚麼樣，就是寶玉這個樣。寶玉修煉成道後是甚麼樣？就是釋迦牟尼這個樣。我說寶玉是準基督，準釋迦，這只是比喻性說法。王國維在《人間詞話》中稱李後主（李煜）「如釋迦基督負荷人間罪惡」，也是比喻性說法，指涉的是大慈悲，並非認定李煜就是釋迦基督。我講第三類人間宗教，也是比喻性說法，指涉博大的精神境界，而大性靈也正是由性情提升起來的博大精神境界。

四、空向度

梅：欲、情、靈、空四維度，那麼「空」的內涵是甚麼？

劉：《紅樓夢》空的力度很強，這是前邊講的破一切執的力度。《紅樓夢》的哲學是色空，是對色的破除。但「空」的維度又有很複雜的一面，這涉及到有和無的認知。「空」本是佛教大概念，也可以說是佛教哲學的基本範疇。佛認定，人的出生等於人掉入無邊苦海，沒有意義。其立足的世界，萬有萬物萬相，也沒有實在性，一切「色」都是假相，都是幻影，色即是空，四大皆空。王國維借用的叔本華哲學，也深受佛學影響，也認為人最大的錯誤是你出生了。叔本華把佛教的觀點哲學化也徹底化，所以就認定人一出生便注定被慾望所糾纏，也注定陷入無休無止的痛苦。王國維受叔本華影響，也用「色空」的觀念來讀《紅樓夢》。他的《紅樓夢評論》一開篇就引述老子、莊子的話。老子說：「人之大患，在吾有身。」莊子說：「大塊載我以形，勞我以生。」這一思想與佛釋思想相通，都認定生即錯誤，生即痛苦，惟有出家修行，斷其痛苦的輪迴才是出路。《紅樓夢》受佛家、莊禪思想影響很深，確實以一切皆空的理念來對待生死，因此便生死無分（輪迴而已）、善惡同體。這種世界觀、人生觀涉及到賈寶玉、林黛玉等幻化入世，到地球上來走一回對不對，是不是一個根本的錯誤，是不是有意義等哲學問題。《紅樓夢》是文學，不是宗教，它不重結論，而重過程，因此，它沒有結論，但我們可以在過程中感悟到它的暗示，靠近結論。《紅樓夢》通過茫茫大士、空空道人的隱喻，通過主人公的入世與遁世，通過妙玉、惜春、紫鵑、芳官的遁入空門，構築了《紅樓夢》的大精神框架，也形成了《紅樓夢》的巨大哲學內涵。《紅樓夢》不僅有欲、情、靈三維，還有「空」這一維度，它才成其「哲學的」、「宇宙的」。（王國維語）

梅：您在「紅樓悟語」和「哲學論綱」中說色空也未能概括《紅樓夢》的全部哲學內涵，空之後還有空空，無之後還有無無。無無乃是「妙有」，潛在之有，是看破之後、幻滅之後的有，經過「空」洗禮後的「大有」，所以賈寶玉對晴雯、林黛玉、鴛鴦等的死亡才有大悲傷。既然有悲傷，就說明還有對生的依戀，就不能說生是個錯誤。賈寶玉到地球上來走一回，當然非常失望，看透了那些榮華富貴背後的大黑暗、大荒誕，但也看到了天地精華凝聚成美好生命，對她們的消失總有大哭泣，這說明他是矛盾的。

劉：所以我在講《紅樓夢》哲學時說不能簡單地把《紅樓夢》哲學等同於佛家哲學。應當說，佛家的「色空」是這部小說的哲學基調，但它還容納中國各家哲學而鑄成獨一無二的哲學大自在。例如對「儒」哲學，《紅樓夢》就有雙重態度，一方面完全拒絕儒的治國平天下的仕途經濟之路，拒絕「文死諫」、「武死戰」的忠君道統，但是，在重親情這一點上又與儒相通。從哲學上說，儒與釋不同，儒認為否定生是不對的，明明生了，只能正視生，擁抱生，它的主要哲學問題是如何生。《紅樓夢》把情看得那麼重，把死看得那麼重，説明曹雪芹不是百分百的「釋」，也不是百分百的莊禪，它明明還有儒的那種對生的依戀。我説《紅樓夢》的內涵包括四個維度，第四維度的「空」，便是指小説的把握「有」與「無」、叩向終極真實的哲學內涵。對於讀者來説，閱讀時不僅要關注欲、情、靈，還要從整體上對《紅樓夢》進行哲學把握。

梅：世界的本源是「有」還是「無」，人生是虛幻的還是實在的，這些大哲學問題在《紅樓夢》中縱橫交錯，夠我們思索一輩子。我很想借助對《紅樓夢》哲學的思索，把中西文化的基本區別弄得更清楚一些，相通點也能有所把握。就是説我們剛剛討論的世界與人生的虛幻感，中國的老、莊還有從印度傳入的釋都有。這世界就像大虛幻境，我們到地球上走一回，就像「寶玉神遊太虛境」，所見的金陵十二釵正冊、副冊、又副冊，好像是真又好像是假。生下來的錯誤感、虛幻感，屬於東方哲學。猶太教、基督教就不是這樣。您説是嗎？

劉：不錯。猶太教、基督教是「有」的宗教。在它們的教義裏，世界並非虛幻，而是上帝創造的實在。不能説人生下來是錯誤的。不是錯誤，而是先天帶有罪（在伊甸園裏背離父親的意旨偷吃智慧果）。是罪感，是恐懼感，不是錯誤感、虛幻感。罪是先天的，即使最優秀的人，生下來也帶有原罪。因此，為了贖罪，必須受苦，必須揹上十字架。《舊約》特別強調原罪，認定肉身帶着罪，情慾是最大的罪。你讀讀奧古斯丁的《懺悔錄》，就知道他把肉慾視為最大的罪。他把靈與肉嚴格分開，認定為了靈的得救，就要忍受肉的痛苦。受苦受難的過程，就是救贖的過程。這種思想發展到極致，便是把苦難本身當作拯救本身，於是，受難者便在受難中得到崇高的體驗，純潔的體驗，甚至得到高亢的快樂。理解這一基本教義，我們才能理解陀思妥耶夫斯基，才能理解他的忍從的哲學。他的肉是實實在在的「有」，他腦中的天堂也是實實在在的有。魯迅所以無法走入陀思妥耶夫斯基的世界，就是他無法接受這種把苦難作為通向天堂階梯的哲學。他無法忍受肉的折磨、地獄的折磨，無法忍受在天堂名義下的壓迫。如果以陀思妥耶夫斯基為參照系，我們就能更深地了解曹雪芹的思想。通過《紅樓夢》，我們便會明白，曹雪芹顯然認為情慾無罪，肉的歡樂無罪，至少是無是無非，無善無惡。也可明白，他不能忍受地獄般的苦難，不能忍受對生命的摧殘。曹雪芹的解脱之路是遁入空門的路，而不是忍受折磨的路。他對任何詩意生命的毀滅都不能忍受，都為她們傷感和痛哭。

梅：「解脱」是不是也是一種救贖，或者説是一種自我救贖？

劉：佛教既然認定「空」是萬物萬有的本體，那麼，其他的一切「色」都是「空」，都是瞬息生滅的幻象。情慾、情感，也是幻象。既然一切皆空，得救不得救，就沒有意義。所以佛教只講看破，破一切執、一切妄，破了就解脱。我認為這包含着自救的意思。《紅樓夢》受佛家思想影響很深，「色空」觀念很重。小説一開始就講十六字訣「因空見色，由色生情，傳情入色，自色悟空」。這是作者的主題宣言，也是哲學宣言，我們不能迴避。但是，我們要問，既然你認為「情」也是「空」，那麼，你為甚麼對情還那麼執着？那些可愛的少女死了，你並非無所謂，並不「鼓盆而歌」，而是大哭泣、大傷心、大流淚，這是為甚麼？從這種矛盾現象中我們可以知道《紅樓夢》的哲學基調雖是色空，但又有中國儒家的情深情重夾在其中，全書的哲學並非單一的佛家哲學。

梅：清楚地意識到人必有一死，進入墳墓變成骷髏是任何力量無法改變的必然，相應地，人生的盛宴終有一散，再多的榮華富貴也終會煙消雲散，《紅樓夢》這些哲學意蘊，這些喻世明言，是不是説，活着沒有意義？如果有意義，這意義又是甚麼？

劉：這是一個真哲學問題。讀《紅樓夢》很可能會讀出人生的無意義。「浮生着甚苦奔忙？盛席華宴終散場。」我們日日夜夜這麼辛苦，這麼繁忙，到底為了甚麼？為了誰？意義何在？曹雪芹這一詩句是對人生意義的終極叩問？值得我們思索一輩子，但曹雪芹並沒有作出理性的、邏輯性的回答，只是叩問。對於這一真問題，曹雪芹以著作作了回答，這答案說，意義便是意識，便是清醒意識、清明意識，便是清楚地意識到權力、財富、功名色慾等乃是幻象，並非人生的根本。意識到這一點就是意義，如果進而能把所感所悟充份表達甚至轉化為審美形式，那就更有意義。所以我們看到，賈寶玉的人生本身和他的詩，少女們的人生與她們的詩，個個都在呈現意義。這就是說，意義之有乃是對天地萬物本體之無的大徹大悟。我閱讀《金瓶梅》與《紅樓夢》明顯地覺得前者所描述的功利棲居與後者的詩意棲居極不相同。《金瓶梅》用現實主義手法把當時男男女女的功利棲居描寫得淋漓盡致，但缺乏對這種生存狀態的反思，這就是它缺少「空」的眼睛，未能以空見色，只能以色見色，由色通色。

梅：《金瓶梅》就沒有「空」的維度，沒有哲學。儘管全書充滿因果報應的味道，儘管西門慶的遺孤入佛門清修，但都是世俗的功利算計。瘋狂享樂是功利追求，求助佛門也是功利追求，離「空」很遠。《紅樓夢》中的賈敬，煉丹煉得走火入魔，只求「長生」的功利，並不「空」，他是曹雪芹嘲諷的對象。這種修道其實是否定道，歸根結蒂還是對生死沒有徹悟。《金瓶梅》最後還要來個果報的結局，想贏得「勸善」的美名。這種果報觀念離「空」十萬八千里。

劉：作為一個文學批評者，我給《金瓶梅》相當高的評價，確認它是現實主義的真正傑作，但還是覺得它與《紅樓夢》相去很遠。而作為生命個體的審美需求，我並不喜歡《金瓶梅》，這大約是我生來就有一種精神潔癖，不會欣賞粗糙的男人與女人，並覺得人生的詩意絕對不在無休止的情慾中。

第三章　《紅樓夢》的題旨選擇

梅：今天想和您討論一下《紅樓夢》的大主題大基調的選擇，不是人們常說的微觀性的敘事藝術，而是宏觀性的藝術選擇。

劉：哲學和大文化，帶有宏觀性質。微觀是入乎其中，宏觀是出乎其外，兩者都需要。王國維說《桃花扇》是家國、歷史境界，《紅樓夢》是宇宙、哲學境界，這是宏觀把握。我對王國維作了補充，說《紅樓夢》不僅是悲劇，而且是荒誕劇，這也是宏觀把握。但這種把握又是建立在微觀閱讀的基礎之上，並非杜撰。無論是「文心」還是「文體」，都有宏觀方法與微觀方法之分。文心的宏觀內容是主題、主旨，微觀內容則是作品的精神細節；文體的宏觀內容是作品框架，微觀內容則是敘事方式和表達技巧等等。你說的大主題、大基調即作品立甚麼「心」，確立甚麼大主旨，這是作品成敗的關鍵。這不是主題先行，而是寫作方向、寫作題旨的基本選擇。例如，要把作品寫成政治小說，還是人性小說？是寫成社會批判小說，還是寫成個體命運小說？都是屬於「立心」範圍。選擇好文心，就必須有相應的框架。在這方面，曹雪芹提供了巨大的藝術經驗。

一、立名的選擇

梅：那就從立名即書名的確立講起吧，這涉及到大主題大基調。

劉：《紅樓夢》一開篇就有「作者自云」，說「因曾歷過一番夢幻之後，故將真事隱去，而借『通靈』之說，撰此《石頭記》一書也。」一番苦心，僅文中提到的名字除了《石頭記》之外，還有《情僧錄》、《風月寶鑒》、《金陵十二釵》。乾隆四十九年甲辰（一七八四年）夢覺主人序本正式題為《紅樓夢》。在此之前，一般都稱作《石頭記》。上個世紀《紅樓夢》的版本研究非常發達，你不必陷入其中。但要了解版本的兩個脈絡，一是有「脂硯齋」作評點的「脂本」系統，這是八十回抄本。二是由程偉元於乾隆五十六年（一七九一年）以活字排印的「程本」系統。我們現在所談的一百二十回本，便是以程本為底本。這種本子的後四十回，到底是誰寫的？眾說紛紜，但有兩種意見較為重要：一是認為高鶚所續；一是認為曹雪芹寫到一百一十回（或一零八回），因為八十回《石頭記》中脂批說到「後三十回」。好了，我不再多嘴多舌了，一說下去就會沖淡我們的論題。我所以要簡單地說一下書名與版本，歸根到底是要說明《紅樓夢》所立的書名和主旨。小說的主題、主旨，基調與全書標題有關。從第一回作者的自敘中，曹雪芹所揚棄的《情僧錄》、《風月寶鑒》、《金陵十二釵》等三個書名都顯得太輕。惟有《石頭記》、《紅樓夢》兩個名字最切合全書主題主旨。一是「記」，一是「夢」，即一是「傳記」，二是夢幻。有實有虛。首先是「記」。《紅樓夢》是部家譜式的小說，也可說是傳記式的小說（魯迅稱為自敘傳），其傳記固然有家族身世的外部傳記，又有作者內在的靈魂傳記，即既是家族史，又是心靈史。這是「記」

的大概意思。但《紅樓夢》是小說不是報告文學，也不是傳記文學，它又以「記」為基礎而進行虛構，把「真事隱去」，賦予「夢幻」的構架，尤其重要的是，帶入了作者關於人間世界的「夢」，即審美理想。《紅樓夢》的立題有「記」又有「夢」，這是《紅樓夢》的雙向宏觀構架。

梅：余英時教授所作的《〈紅樓夢〉的兩個世界》，講的也是地上的兩個世界，大觀園是曹雪芹的夢世界，理想世界；大觀園外是曹雪芹的俗世界，現實世界。

劉：余先生講得很好。《紅樓夢》寫了以男人為主體的泥濁世界，也寫了以少女為主體的淨水世界。淨水世界就是大觀園裏的女兒國，這個女兒國是詩國，是曹雪芹的「理想國」，也可說是曹雪芹的「烏托邦」，曹雪芹的「夢境」。太虛幻境、警幻仙境是夢境，大觀園也是夢境。人生本是一場夢，整部小說所寫的一切，也可以說全是夢境。

梅：從柏拉圖的「理想國」到莊子的「烏有之鄉」到陶淵明的「桃花源」到康有為的「大同世界」都是夢境，都寄託着作者的憧憬和理想。您覺得曹雪芹的理想國與柏拉圖的理想國有甚麼相同之處與不同之處？

劉：我在《紅樓夢悟》中已簡略說過。今天可以說得更詳細一點。柏拉圖（Plato）的「理想國」（The Republic）是古希臘貴族的社會理想，但它是一個等級社會。這一國度由三種不同等級的人員組成，一是用金子造的統治者；二是用銀子造的武士；三是用鐵造的自由民。統治者具有智慧之德；武士具有勇敢之德；自由民具有節制之德；三者各安其本位，形成理想結構。在此設計中，哲學家因為有智慧有理性可以成為統治者，詩人卻因為喜歡歌吟慾望對柔弱心靈會產生不好的道德影響而不受歡迎。於是，詩人和戲劇家都應受到貶斥甚至應被驅逐出理想國。馬克思（Karl Marx）在《資本論》（*Capital*）第一卷中曾說，在柏拉圖的共和國中，分工是建立國家的基本原則，因此，這種共和國不過是埃及的等級制度在雅典的理想化。曹雪芹出身貴族，卻是另一種理想。他的理想同柏拉圖理想相比，有三點巨大區別：（一）它拒絕等級劃分，完全嚮往平等國度；（二）它是非功利的國度，不排除詩人，反而以詩人為主體；（三）它沒有統治者，即沒有權力運作系統。

梅：您曾稱大觀園裏的詩國為詩意生命合眾國，是一個完全詩化的國度，沒有任何權力角逐、任何心機心術，也沒有柏拉圖那種金、銀、鐵之分的等級。國家主體少女少婦所作的詩，都是金子。

劉：我們一開始就說兩種棲居狀態，一種是詩意棲居，一種是世俗棲居。大觀園的詩國，是詩意棲居狀態。基督教的理想國是天國。但天國在彼岸，而《紅樓夢》的天國既在天上，也在現實的地上。大觀園裏的詩社詩國便是地上的天堂，是泥濁世界中的淨土，黑暗中的一線光明。

梅：柏拉圖的理想國，也是此岸的理想國，但它是哲學家的理性理想國，所以要排斥非理性的詩人與戲劇家。而曹雪芹的理想國則是詩人的感性情性理想國。也可以說，柏拉圖的理想國還是現實功利性的國度，而曹雪芹的理想國則完全是心靈性的國度。要說夢，這才是真正的夢。

劉：曹雪芹的理想國也可以說是審美國度，完全超功利的審美國度。它除了排除功利，也排除神和任何偶像。要說信仰，惟有「美」是詩人們的信仰。因此，又可以說，這是一個以審美代替宗教的國度。如果要稱它為另一類宗教，那它就是美的宗教，崇尚美感、美德、美才華的宗教。人類社會的終極理想和終極快樂，也許就是這個樣子。

梅：您是說，大觀園的女兒國、詩國包含着人類未來的信息？終極理想信息？

劉：對。《紅樓夢》有兩種預示，一種是末日的預示，這就是「盛宴必散」的預示，「骷髏」與「土饅頭」死亡必然的預示，還有第五回的收尾「飛鳥各投林」的總離散總消失的命運預示（「為官的，家業凋零；富貴的，金銀散盡；有恩的，死裏逃生；無情的，分明報應。欠命的，命已還；欠淚的，淚已盡。冤冤相報實非輕，分離聚合皆前定。欲知命短問前生，老來富貴也真僥倖。看破的，遁入空門；癡情的，枉送了生命。好一似食盡鳥投林，落了片白茫茫大地真乾淨！」），還有一種便是未來的預示。黛玉的「人向廣寒奔」，飛向天宇深處，是未來預示；巧姐兒的返回鄉村淨土，也是未來的預示。《周易．繫辭上》說：「安土敦乎仁，故能愛。」巧姐兒的復歸於土，也是一種出路。如果說，賈寶玉是佛式的出路，那麼，巧姐兒可以說是儒式的出路。俄國貴族的民粹主義理想，不是寶玉的方式，而是巧姐兒的方式。這一點，以往的《紅樓夢》評論未曾論及，其實非常重要。作為人物形象，巧姐太單薄，但作為一種理念載體，一種未來象徵，她很重要。總之，《紅樓夢》有警鐘，也有曙光；有絕望，也有希望。

梅：讀《紅樓夢》不會消沉，原因大約也在此。還是有出路，有未來。儘管泥濁世界讓人窒息，但淨水世界和人間詩國又讓人感受到黎明新鮮的氣息。

劉：人無論處於何等艱難困苦的環境，無論命運給予多大的打擊，都得有點夢，有點審美理想，這是支撐生命、支撐靈魂的火把，這是誰也剝奪不了的內心火把，除了我們自己把它撲滅。

梅：可惜人間的詩國只是夢，它最終瓦解了，消失了。

劉：《紅樓夢》的悲劇也正是詩意生命的毀滅，詩國的毀滅，夢的破滅，儘管毀滅，但它留下永恆的夢痕。《紅樓夢》的荒誕意旨則是詩國難以生存，泥濁世界則依然存在。

梅：第五回的題目叫做《遊幻境指迷十二釵　飲仙醪曲演紅樓夢》。《石頭記》是大標題，《紅樓夢》

也是大標題。曹雪芹真是暢飲了仙酒的天才，才「曲演」、「筆寫」出《紅樓夢》，它的立名除了「記」之外，還有特別重要的「夢」。

劉：《紅樓夢》的夢，是一個系統，有大夢，有中夢，有小夢，有夢中之夢。我們剛才所說的是「詩意棲居」的總夢，展望「理想世界圖式」的總夢，也是詩國長在、女兒長在、詩意生命長在的大夢、根本夢。大夢、總夢之外，還有許多具體的夢。第四十八回香菱學詩，苦心琢磨一天之後，夜裏夢得八句，之後還請教林黛玉，在沁芳亭裏，寶釵告訴姐妹們，說香菱「夢中說夢話」。脂硯齋在此句下便說「夢」乃是小說的大題旨（見庚辰本）：「一部大書起是夢，寶玉情是夢，賈瑞淫是夢，秦之家計長策又是夢，今作詩也是夢，一併風月鑒亦從夢中所有，故曰《紅樓夢》也。余今批評亦在夢中，特為夢中之人特作一大夢也。」脂硯齋的說法可作旁證，說明《紅樓夢》的大框架擁有雙重支柱：「記」與「夢」。

梅：脂硯齋說「一部大書起是夢」，與弗洛依德的學說不謀而合。可惜東方偉大文學不在弗洛依德的視野之內，如果他閱讀過《紅樓夢》，這部小說便是他最好的例證。弗洛依德把文學定義為夢，這是與曹雪芹相通的第一項；弗洛依德把「性壓抑」視為文學的起源，也與曹雪芹相近。《紅樓夢》的第一頁就說他的寫作是為了紀念「閨閣中歷歷諸女子」，類似性壓抑；不過，正如您所說，曹雪芹的緬懷主要還是良知壓抑，覺得欠了債，為還債還淚寫作。

劉：你不妨寫寫文章論證一下。

梅：對「女兒」的緬懷，對心愛者的思念，為放下良知的負累，這絕對是曹雪芹寫作的第一推動力。心愛者已消失，只能作夢了。曹雪芹很偉大，他讓夢超越了個人的情愛，賦予夢極為深廣的內涵。

二、立旨的選擇

梅：昨天我們討論了《紅樓夢》實（記）與虛（夢）的宏觀構架，講的是小說的立名。曹雪芹選擇《石頭記》與《紅樓夢》作為書名，即小說總題目，是很費苦心的。今天再討論一下「立心」，看看曹雪芹如何確立大題旨。

劉：一個作家在經歷了磨難與滄桑之後，身心感受的經驗極為豐富。當他決定要寫一部家譜式的、回憶式的自敍小說時，就面臨第一個最重要的選擇，那就是把小說寫成甚麼類型的小說。是寫成譴責性小說？宣洩性小說？控訴性小說？還是寫成唯美性小說？閒散性小說？可以有許多種選擇。曹雪芹極為敏感，對當時宮廷內外的政治鬥爭一定非常了解，當時最根本的選擇是不是要寫成一部政治小說？或一部社會批判小說？曹雪芹經歷了家庭的大動盪、大變故、大敗落，親自目睹政治、家族、朝廷殘酷的滄桑浮沉，也一定有自己的政治立場和政治態度。在當時的境遇下，他很可能選擇寫一部政治譴責小說或社會批判小說。如果曹雪芹作此選擇，那麼，就沒有偉大的文學作品《紅樓夢》。但是，曹雪芹很了不起，他一開篇就聲明，自己不寫政治小說，用他的語言表述，便是不作「理朝廷、治風俗」的書。這是一個天才的抉擇，關鍵性的抉擇。不干預政治，不以社會批判為寫作前提，那麼要寫甚麼、怎麼寫呢？他接着又極為明確地聲明，就寫「幾個異樣女子」，也就是說，不寫政治而寫個體生命。這一選擇，由空空道人總結出來，這恰恰是小說之「心」，曹雪芹選擇的大主旨。這段話，我再完整讀一遍：

空空道人遂向石頭說道：「石兄，你這一段故事，據你自己說有些趣味，故編寫在此，意欲問世傳奇。據我看來，第一件，無朝代年紀可考；第二件，並無大賢大忠理朝廷治風俗的善政，其中只不過幾個異樣女子，或情或癡，或小才微善，亦無班姑、蔡女之德能。我縱抄去，恐世人不愛看呢。」

梅：這是空空道人的「讀後感」，也是《紅樓夢》的「真面目」。的確，如果曹雪芹選擇以政治為基調，那就可能全盤皆輸。

劉：晚清《官場現形記》、《二十年目睹之怪現狀》、《孽海花》等譴責小說，首先就是在「立心」、「立旨」上離開了文學。曹雪芹這位天才，沒有落入政治陷阱，沒有預設社會批判前提，揚棄「春秋筆法」。他在經歷了家族興衰與苦難磨練之後，對人生人世有了透徹的了解，但他沒有因此而陷入是非功過判斷，也不陷入善惡倫理判斷和其他社會功利判斷，而是從這些世俗判斷中抽離出來，超越出來，以一個旁觀者的身份，冷眼地看過去看人生看世界，不作裁判者，只作觀察者和歷史見證人，不憤不怒，不褒不貶，「從容道來」，把要寫的人物恰如其份地放在適當的位置上，沒有甚麼大好大壞，也沒有大奸大惡。第二回開頭有首詩云：

> 一局輸贏料不真，香銷燊盡尚逡巡。
> 欲知目下興衰兆，須向旁觀冷眼人。

你看，這「旁觀冷眼人」，既是冷子興，也是曹雪芹自我界定的角色。一個作家就應當是這樣的角色，冷眼旁觀者的角色，藝術呈現者的角色，而不是政治活動家角色，社會造反派角色，也不是道德裁判者角色。

梅：作冷觀者的角色，才能超越黨派，超越是非，也才能避免濫情、煽情。這種「旁觀冷眼人」，實際上就是我們現在常說的「邊緣人」，作家詩人本就是邊緣人的角色。一旦想進入中心，想扮演中心角色，就會失去冷靜，削弱藝術。

劉：曹雪芹的冷眼旁觀，使他超越了許多層面，超越政治，超越意識形態，超越道德法庭，超越壓迫者與被壓迫者的劃分，大忠與大奸，大仁與大惡的劃分，勝利者與失敗者的劃分。他站在高處，用道眼、天眼即大觀的眼睛看世態看世人，揚棄習慣性的世俗尺度，把握人性整體和世界整體，真實地呈現歷史，真實地見證人生的困境。

梅：他揚棄的習慣性尺度，就是功利的尺度。文學藝術一旦和功利連在一起，就很難有深邃的心靈活動。曹雪芹真的打破許多我們習以為常的理念壁壘，真正是文學觀照、文學呈現。

劉：我們是從事文學事業的人，對文學的本質本性應當有一個真切的了解。以前我為了向習慣性思維做些讓步，說得不夠透徹。今天必須說，文學決不是功利活動，更不能是介入現實的政治功利活動。文學的本性是心靈活動，是對功利活動的冷觀、審視、反省。作家不是功利活動、政治活動的裁判者，而是審視者、反思者與呈現者。

梅：以往的《紅樓夢》論述，曾有不少人認為《紅樓夢》的主題是對「四大家族」（賈、史、王、薛）的批判，是對封建社會和封建文化的批判，也就是說，他們認為這才是《紅樓夢》的「文心」、「文旨」，這種說法有道理嗎？

劉：《紅樓夢》確實呈現四大家族的興衰，確實觸及中國封建社會制度與封建文化，對其中的許多內容也確實提出質疑，所以，從精神內涵上說，《紅樓夢》是一部異端之書，不是正統的書。但是，曹雪芹的天才選擇，恰恰是他不把《紅樓夢》寫成四大家族的政治史小說，不觸及宮廷的政治鬥爭，只把四大家族作為小說的背景。他不把暴露政治黑暗作為創作的出發點，也不把社會批評與文化批評作為創作出發點。一旦以此作為創作出發點，整個作品的重心就會發生倒置，就可能發生晚清譴責小說那種嚴重的教訓：在政治情緒和社會批判激情的駕馭下，要麼溢美，要麼溢惡，只有義憤，沒有真摯之情，結果只能轟動一時，卻沒有永恆價值。

梅：二十世紀的很多中國作家把政治介入與社會批判當作創作前提，也以此為作品立心立旨。在《紅樓夢》研究中，也用這種眼光來閱讀，但《紅樓夢》的基本點確實不是造反的，革命的，它雖有對正統的挑戰，但畢竟是一部充份個人化、情感化的小說。

劉：文學應當介入政治，應以社會批判為前提、為主旨，幾乎成為文學界的「通識」，甚至成為文學公理，不幸的是《紅樓夢》也被「拉下水」，被作為證據。其實，《紅樓夢》恰恰在立心、立旨上為我們作出偉大範例。曹雪芹不把《紅樓夢》寫成政治小說和社會批判小說，而寫成人的小說，呈現人類生存困境、人性困境和心靈困境的小說。它只呈現兩大題旨，一是人的尊嚴；二是人的詩意棲居。它為天地立的心是「女兒」，立的旨是青春生命的美與尊嚴。

梅：也就是說，《紅樓夢》的主題並非政治與社會批判，而是個體生命的命運。

劉：不錯，曹雪芹選擇以個體生命的命運為軸心，而不是選擇政治興衰為軸心。魯迅說《紅樓夢》是自敘傳，不是說曹雪芹與賈寶玉的身世完全相等，但賈寶玉確實是曹雪芹的人格投影。小說寫的主人公命運史，又是作者的心靈史、情感史。這種史裏有深刻的社會文化內容，有挑戰性，有異端性，但「這一個」是獨異的、活生生的，並不是時代的號筒，也不是社會批判與文化批判的號筒。

梅：曹雪芹沒有把《紅樓夢》寫成政治小說，也沒有寫成歷史小說，王國維說《桃花扇》是政治的，歷史的，國民的，《紅樓夢》與這三種性質都不同。

劉：王國維講的是大歷史，不是小歷史。我說《紅樓夢》是個體的命運史、心靈史，這是小歷史。而大歷史，是指現實的政治史、權力鬥爭史，《紅樓夢》不是這種歷史，也不是四大家族的歷史。它揚棄了現實的有限時間，把現實時間變成自由時間。《紅樓夢》的時空是內心時空，沒有邊界，這才是真正的文學時空。除此之外，王國維說它不是「歷史」，也可理解為它不僅超越了政治，而且超越了流行的歷史觀念。中國的所謂「歷史」，從來是權力者的歷史，勝利者的歷史，男人的歷史。而《紅樓夢》超越了這種「大歷史」的眼光。曹雪芹眼中的歷史，是「人」的歷史，尤其是女子的歷史。中國宮廷、官方所作的二十四史，都是權力歷史。歷史中沒有心靈，沒有具體的生命。文學家不是歷史家，但他卻留下心靈史、生命史，卻是最真實、最可靠的歷史。《紅樓夢》也留下最可靠最豐富的時代痕跡、歷史痕跡。

梅：文學「見證」才真正可信，也最有生命力。官方權力操作下的史籍，一個版本接着一個版本，但那不是活的歷史，也不是真的歷史。高行健在《靈山》裏說歷史是「鬼打牆」，大約正是指這種權力話語。福科所說的歷史是權力者話語的歷史，意思也相近。曹雪芹見證的那個時代的人的生存條件與生存狀況，正如《伊利亞特》（*Iliad*）見證的古希臘時代歐洲的狀況，最真實，也最經得起時間的沖洗。

劉：中國的歷史書，我指的是欽定的史籍，那是無「人」之史。在這種史書中，人不是具體的，有血有肉的個體生命，不是賈寶玉、林黛玉、薛寶釵、王熙鳳、賈母、賈政這種具體的生命。欽定史書中的「人」，是秩序中人，結構中人，被權力掌握者（包括政治權力與話語權力）打扮改裝過的人，是大忠大奸大賢大惡等被兩極化描述的人，也就是忠孝仁義道德體系中被編排好位置的人。這種被「大歷史」大寫的人，並不真實。

梅：不僅中國的欽定史書，其實，中國的若干大文化也是無人文化。以儒文化而言，其孔孟的原典，雖把人的位置提得很高，但是到了程朱理學，到了「存天理、滅人欲」、「餓死事小，失節事大」等理念統治一切的時候，「人」就被消解了，婦女更是被消解，被消解在三綱五常的價值體系中。「子」消失在「父綱」中，妻消失在「夫綱」中，臣消失在「君綱」中，在這種文化體系裏，哪有個體生命的位置？這種文化確實是無人文化。魯迅在《狂人日記》中說這種文化是吃人文化，雖然尖銳，但也道破了中國文化消解個體生命的真理。您現在說得溫和一些，也在說明中國文化的大缺陷。

劉：中國文化的精華，其偉大性我們要有一個透徹的了解。從《山海經》、《道德經》、《南華經》（莊子）、《六祖壇經》到《紅樓夢》都有說不盡的寶藏，儒家、法家中也有精華；但有些大文化理念和它所派生的行為模式及道德模式，確有問題，這就是沒有對個體生命尊嚴的無條件尊重。五四新文化運動的不朽意義，正是它打破國家偶像和其他文化偶像，呼喚個體生命的尊嚴，把無人文化變成有人文化，因此，它的歷史功勳不可抹煞。而曹雪芹恰恰是「五四」文化改革的先驅者，是先知先覺，大智大覺。《紅樓夢》的立旨，既超越政治，又超越權力操作的大歷史，而立足於個體生命，立旨於呼喚生命尊嚴。它寫的重心是個人的命運。從《山海經》寫起即從中國文化源頭寫起，然後寫個人命題和生存條件，又把中國文化最重要的東西凝聚其中，即集中國文化精華的大成，加以消化昇華，這樣，我們一面讀到偉大的小說，一面又讀到偉大的文化經典、思想經典，而且是有人有心靈有生命尊嚴的經典。

梅：通過《紅樓夢悟》，您把《紅樓夢》的定位提高了，提高到人類文學世界經典極品的地位，提高到超小說的哲學與文化集大成者的地位。我想，這不是拔高《紅樓夢》，而是它確實如此重要。

劉：《紅樓夢》本來就處於中國文學和人類文學的制高點，也處於中國思想和哲學的制高點，只是我們並未充份發現，今天發現了，還以它本來制高點的地位，這不是拔高，而是還原。

梅：聽您這麼一講，我便了解您前不久所寫的紅樓悟語了。您說《紅樓夢》的主旨可用「尊嚴生命，詩意生活」八個字來概括，也就是兩大主題：一是追求生命的尊嚴；二是追求詩意的生活。這便是《紅樓夢》的主旋律。

劉：不錯，這就是曹雪芹的偉大智慧下的根本選擇：不把《紅樓夢》寫成政治小說，而寫成生命小說，充份開掘個體生命的人性內涵和精神內涵。正是這樣，我們不應當用政治價值尺度來丈量《紅樓夢》和它的人物，不應當把賈寶玉、林黛玉解釋成具有先驗意識形態的反封建主義的自覺戰士。實際上，主人公賈寶玉完全沒有預設性的反叛。他喜愛一些人，疏遠一些人，甚至厭惡一些人，完全是天性或者說是潛意識的導引，並不是根據某種理念去劃分營壘，去打擊一些人，團結一些人。他作為個體生命，有幸來到地球上走一回，便珍惜這一回。自然地用好奇的、單純的眼睛觀看人間。他只想過自己想過的生活，只想親近自己想親近的人。他珍惜每一天每一瞬間，從少女少男到星辰花卉，他都一往情深；對於不喜歡的個別人，他也尊重，包括有嚴重缺點的人。他自己並不完美，也不要求別人完美。即使對於在我們看來是「惡人」的人，他也從不刻意去和他們鬥爭或劃清界限。他是一個沒有任何侵略性、進攻性的人。賈寶玉讓我們感受到生命的詩意，生命的尊嚴。這種生命內涵非常豐富，不像只會劃分敵我的政治生命那麼簡單。

梅：文學的意義恐怕也正在於此。文學內涵大於政治內涵，文學所指大於政治所指，文學中的生命境界大於政治中的家國或階級境界。王國維說《紅樓夢》是文學的，不是政治的，乍聽起來，覺得很簡單，細度深想之後才覺得曹雪芹的根本選擇，是文學的選擇而不是政治選擇。過去索隱派的紅學研究，以為它是在反清復明，解釋得太政治、太牽強，離文學太遠，離《紅樓夢》的題旨也太遠。

劉：說《紅樓夢》描寫了賈、史、王、薛四大家族的興衰，也是有見解的一家之言，但這種解釋也太政治化。四大家族的豪強權勢，確實是政治權力的一個側影，也是《紅樓夢》的一大背景，但它不是《紅樓夢》的基調和主要題旨。也就是說，反對四大家族為象徵的封建主義、封建制度不是《紅樓夢》的基本點。

三、立境的選擇

梅：今天是否可討論一下《紅樓夢》的立境問題。關於《紅樓夢》的哲學境界，您在《紅樓夢的哲學內涵》中已作了闡釋，並把「無立足境」視為《紅樓夢》的最高境界，也就是說，最高的境界是在「無」中而不是在「有」中；是在形上思索之中，而不是在形下之中。但是《紅樓夢》寫的畢竟是一個「家」，是佈滿親情、愛情、世情的日常生活。寫了這麼多的日常生活，世俗生活，又讓人感到它和《金瓶梅》不一樣，確有《金瓶梅》難以企及的境界，這可能就有一個「立境」的問題。

劉：王國維在文學理論上的一大貢獻，就是引入「境界」這一審美視角。儘管他沒有哲學、美學體系，但他提出的視角卻是衡量文學的一種關鍵性尺度。按照王國維的定義，他把能否寫出「真景物」視為檢驗境界有、無的最重要尺度。也就是說，文學作品，不管它是詩還是小說，它堪稱有境界，首先要有真景物、真感情。他那麼高地評價李後主的詞，就因為李後主有真感情，有赤子之心。而《紅樓夢》首先也正是在「真情感」這一點上立境。《人間詞話》把作家分為兩大類，一是客觀詩人，一是主觀詩人。所謂客觀詩人其實就是敘事性的作家，包括敘事詩人也包括小說家。李後主屬於主觀詩人，曹雪芹屬於客觀詩人。他由此還提出一個著名論點，認為「客觀之詩人，不可不多閱世。閱世愈深，則材料愈豐富，愈變化，《水滸傳》、《紅樓夢》之作者是也。主觀之詩人，不必多閱世。閱世愈淺，則性情愈真，李後主是也。」王國維還說過「天才者，不失其赤子之心也。」天才必定是性情極真。那麼我們可以說，李後主是「主觀詩人」中的天才，曹雪芹是「客觀詩人」中的天才，兩人的共同點是不失赤子之心，兩人的作品都是真感情的凝結。但是，主觀詩人因為閱歷淺，要保持赤子之心比較容易，而客觀詩人閱歷深又要保持赤子之心更不容易。曹雪芹經歷了家庭變故、人世滄桑，感受到各種世態炎涼之後仍然不失赤子之心，更不容易。尤其了不起的是，整部小說，就以回歸赤子之心，即回歸生命本真狀態為作品的境界追求，從而使全書之境立於真情感之上，沒有任何偽裝，也沒有任何矯情、煽情，而這，正是《紅樓夢》境界最堅實的基石。

梅：王國維《人間詞話》的原稿有這樣一句話：「後主之詞，天真之詞也。」借用這一判斷，我們可以說，曹雪芹之小說，天真之小說也。《紅樓夢》可說是在泥濁世界守持赤子之心之情之思的天真之書。

劉：在這一基本境界確立之後，曹雪芹與李後主一樣，面臨着第二個選擇。換句話說，境界有、無確立之後，面臨着境界大、小的選擇。王國維説，中國的詞到李後主「眼界始大」。大在哪裏？王氏把李後主的詞與宋徽宗的詞相比，這裏的境界就有大、小之別。兩人都是從皇帝變為囚徒，生命之落差太大太懸殊，在這種狀況下宋徽宗寫的是「自道個人身世之感」，而李後主的詞則有「釋迦、基督擔荷人間罪惡之意」（《人間詞話》）。這兩種境界，用馮友蘭先生的境界説來定位，一是屬於功利境界，一是屬於天地境界。曹雪芹的身世雖沒有從帝王到囚徒的落差，也有從貴族快樂王子到布衣書生的落差。但他選擇的是李後主的大境界，即從個人身世的悲涼中超越出來，打破我執，而以釋迦、基督的忘我眼睛重新審視人生，其主人公賈寶玉又正是一個具有大慈悲之心的準釋迦、準基督，賈府裏所有罪惡和苦難他都承擔。

梅：曹雪芹經受了苦難之後沒有陷入苦難，沒有苦難情結，更沒有個人的牢騷哀怨。他在《紅樓夢》中所立的境界不僅比宋徽宗高，也比屈原《離騷》的境界高。

劉：《離騷》的境界還是家國社稷境界，不是天地境界、宇宙境界。按照馮友蘭先生的界定，宇宙境界相當於天地境界。赤子的內心世界，可稱內宇宙，天地可稱外宇宙，兩者是相通的。李後主之詞和《紅樓夢》都不是家國關懷，而是天下關懷、普世關懷。

梅：中國文論中講「大樂與天地同和」，「文者，天地之心哉」，也是宇宙境界。《紅樓夢》的故事，石頭的經歷，從天上講到地上，天上人間打成一片，大觀園與太虛幻境相映成趣，人物的立足之境也是廣闊無邊的宇宙之境。

劉：《紅樓夢》主人公賈寶玉的情感具有兩個特徵：一是普遍化、泛化，即把情推向一切人兼愛一切人；二是宇宙化，即把情感推向天上、推向宇宙。所以我説寶玉和黛玉是天國之戀。情感的宇宙化，也是中國人間情感的一種特點。天人合一，也是人間情感的宇宙化。這裏我還想讓你以後和我一起思索「宇宙境界」的定義問題。我認為，宇宙境界比天地境界更深邃。按照老子《道德經》的說法，天地並非終極存在。天地是可名之物，是「二」。如果說是「一生二，二生三，三生萬物」，那麼生天地這個「二」的是不可名的「一」，也就是不可名不可道的「無」。無才是終極存在，才是終極真實。老子說：「人法地，地法天，天法道，道法自然。」（《道德經》第二十五章）老子的自然和馮友蘭的自然，概念內涵大不相同。馮友蘭的自然是低於人的原始境界，而莊子的自然則是比天更高的終極境界，是無的境界。所以我們可以把天地境界視為宇宙境界的第二義，把「無」視為宇宙境界的第一義。是無產生天地，產生萬物萬有。無不是實體，卻是境界，而且是最高境界。林黛玉的「無立足境」，便是這個「無」境，便是「無」這個終極之境。賈寶玉說「無以為證，是立足境」，也是很高境界，但還是宇宙境界的第二義。禪宗講心性本體，佛就在我們自己清靜的心性中，但這個佛還是第二義本體，第一義的本體是「無」。因此，真正、徹底回到「故鄉」，抵達不可言說的終極存在，就不僅要破我相、人相、眾生相、壽者相，而且要去佛相，離四相已是空，再離佛相，便是空空，也就是無。「本來無一物，何處染塵埃」，到了這一最高境界，也就沒有甚麼可遮蔽的了，也真正達到破一切執。《紅樓夢》通過林黛玉道破這一最高境界，全書叩向的也正是這種第一義的宇宙境界。這些說法，靠近「道先天地生」（老子）、「無極而太極」（周敦頤）的思路，有些玄乎，只要領會即可，不必求證。你的學術背景不同，甚至可以提出質疑，從反方向（有生無）去想想。

梅：您今天講的天地之境和宇宙之境的區別對我來說很有新意。能進入這個問題，就能靠近《紅樓夢》的哲學深淵。

劉：《紅樓夢》的第一回重新定義故鄉，實際上是在探討存在之家，存在的終極之鄉。在曹雪芹看來，任何實體，任何色相，任何世間的歸屬，都不是故鄉不是存在之家，即都不是最後的、第一義的永恆家園。

梅：《金瓶梅》也寫一個家，但不是存在之家。現代文學中也有寫一個大家族的，如巴金的《家》，也不是存在之家。

劉：《紅樓夢》不是「生存」境界，而是「存在」境界。巴金寫的「家」，是家的日常生活，是生存境界，小說中沒有形而上性質的叩問，沒有存在之思。無論是曹雪芹筆下的「家」，還是巴金的「家」，都有個體生命對家庭藩籬的反抗，都有個體生命自由的要求，都涉及個體生命尊嚴的主題，但《紅樓夢》比巴金的《家》多了一個形而上的「存在」層面，即不斷地叩問「浮生作甚苦奔忙」與何為終極之鄉等存在問題的層面。巴金的《家》抒寫的是個人與家庭的生存困境與現實出路問題，而曹雪芹雖然也有這一面，但更為重要的是個體生命的心靈困境和精神出路的問題。前者偏重於社會性，後者偏重於心靈性，後者比前者帶有更高更豐富的哲學意味。《紅樓夢》提出的問題，是人像一塊石頭被拋到人間之後經歷一次生命之旅，這次旅行的意義何在？行止於何處？賈寶玉常常發呆，常常無故尋愁覓恨，常常無端胡愁亂恨，但他所「煩」（海德格爾哲學大概念）的不是吃飯問題（他早享盡榮華富貴），也不是父母之家的興衰問題，更不是朝廷國事問題，他煩的是幻化入世、託生為人後怎樣按照自己的意願去生活。他不想改變和干預他人的生活，為甚麼他人總是要干預和改變他的生活，他為甚麼不能愛其所愛，棄其所厭？即為甚麼不能讓其存在充份敞開？地球上常人的歸宿都不是他的歸宿，那麼他的歸宿在哪裏？這是哲學性的靈魂大苦惱，是存在性苦惱。賈寶玉「煩」的境界和覺新、覺民、覺慧「煩」的境界不同。曹雪芹很了不起，他的小說一開篇就討論色空問題，就唱《好了歌》，就討論財富、功名、權力有沒有實在性，而全書情節展開的過程又不斷地提問。

梅：您在紅樓悟語中說《紅樓夢》中有一種比神境、逸境更高的蓮境。是不是曹雪芹設立的最高境界？

劉：在我國的畫論裏曾討論神品、逸品孰高孰低的問題，我把它移入境界說。王國維講李後主如釋迦、基督，這當然屬於神境，不屬於逸境。王國維也讚賞陶淵明的逸氣，但最推崇的還是神境。這是《人間詞話》的思想之核，抓住這一核心，才能讀透《人間詞話》。而《紅樓夢》的境界，則不是用「逸境」或「神境」可以概括的，它太豐富太多層面也太多暗示。就主要人物而言，賈寶玉呈現的大約是神境，史湘雲和妙玉呈現的大約是逸境，而林黛玉則呈現最高品級的蓮境。蓮境這一概念雖是我的杜撰，但不是沒有根據。在《紅樓夢》第九十一回中，賈寶玉和林黛玉談禪說愛時，講了一句非常重要的話：「我雖丈六金身，還需你一莖所化。」丈六金身，就是佛；一莖，則是蓮花。佛教傳說，佛由蓮花化生。賈寶玉把自己比作佛，而且他也確實呈現神境，但他覺得林黛玉的境界比他還高，屬於蓮境。這才有黛玉的「質本潔來還潔去」。蓮境正是最高潔之境。按照賈寶玉的說法，男人世界泥濁世界，那麼，林黛玉便是處污泥而不染的屬於淨水世界的高潔之身，所以他稱男人為「臭男人」。林黛玉的心靈體現的境界是「一莖」所隱喻的比佛還高的境界。

梅：「蓮境」之說，我以前還未曾聽過。宇宙本體的大明淨、大純正很難描述，蓮境可算是一種描述。林黛玉的境界，用神境或逸境去描述都顯得勉強，倒是「蓮境」二字貼切。賈寶玉對林黛玉說，「你的性靈比我竟強遠了」，這不能視為謙卑之語或溢美之詞，事實上正是這樣，林黛玉的境界比賈寶玉還要高。

劉：曹雪芹如果落入仕或隱的一般性思路，最高的境界只能達到逸境，不可能進入蓮境。中國的隱逸文學追求的正是逸境。曹雪芹雖然是隱逸了，但又有大慈悲與大關懷，所以《紅樓夢》在某種意義上說，也可稱作「血書」（《人間詞話》的概念），至少是「淚書」，但他又有超越血淚的一面，所以我們用「蓮境」來形容了。不過，正如我剛才和你探討的，《紅樓夢》所叩問的終極境界是「無」的境界，是不可名即破一切名的境界，所以我們也不必執於一念或執於一些名相。我講「蓮境」，本意是說不必執於佛境、神境、逸境，連「丈六金身」的佛相也不必執。寶玉說佛身乃是「一莖所化」就是說，佛似乎是第一義，但還有產生佛的「一莖」，一境高於一境。境界沒有邊際，境界無限，人的存在意義恰恰是以有限的身心去體驗、嚮往、追求無限，最後與無限融合為一，從「無」產生出來又歸於無的深淵，抵達與宇宙同體的終極家園。杜甫的詩說：「會當凌絕頂，一覽眾山小。」《紅樓夢》站立於哲學境界的絕頂，便把萬物萬有的真實看清看破，我們也應當了解、把握這個至高點，才能了解《紅樓夢》不同於「眾山」的巔峰意義。

第二輯

第四章 《紅樓夢》的女性主義批評

一、女性主義的多元立場

梅：今天我想專從女性主義的視角來和您討論《紅樓夢》。曹雪芹並沒有提出「女性主義」、「女權主義」等概念，但是，我覺得曹雪芹是女性主義的先知和曙光。當代女性主義、女權主義思想的精華，都在這部偉大小說中。但曹雪芹又不同於當代的女權主義者。過去官修的史書都把歷史寫成男人的歷史，權勢者的歷史，以男性為中心的歷史，曹雪芹通過自己的作品改變了歷史。

劉：這是一個非常好的角度。你一直用女性主義視角觀察文學，理應能更自覺、更有意識地從這一視角觀察《紅樓夢》，也一定會產生一些新思想，說出一些新話。只是我對女性主義批評本身有所保留，覺得它常常用意識形態立場取代人性立場，太多造反姿態。

梅：我能理解您的立場，您反對用任何「主義」來闡釋《紅樓夢》，我覺得這種「提醒」是很有必要的。國內的批評家崔衛平就曾經寫過一篇文章，題為《我是女性，但不主義》。她在文中寫道：

> 彷彿從一開始，那種有關「主義」的感情就不太適應我。……我不喜歡一種與人的思想頭腦活動有關的「主義」，由它提供並教會人們一道眼光，要求人們從某個指定的方向和立場看

> 問題，並由此發展了一種世界觀，一種「放之四海而皆準」的那種東西。思想啟蒙未必不導致新的思想專制，啟發別人的覺悟有可能讓別人變成思想奴隸。

崔衛平對女性主義的批評跟您上述的觀點是一致的，她不僅不喜歡在女性後面加上「主義」二字，也不喜歡區分所謂「男性話語」和「女性話語」。她質疑風靡一時的女性的身體寫作，對學院派流行的女性主義理論也很不喜歡，在文中談道：「我對埃萊娜．西蘇（Hélène Cixoux）在《美杜莎的笑聲》（*Medusa's Laughter*）中所表達出來的思想一點也不欣賞，她宣稱以書寫肉體建立『飛地』（類似『革命根據地』）的說法，令我想起她的雅各賓黨人的男祖先，那些精神上的極端甚至恐怖分子。」好在崔衛平本人是位女性，不然這番言論會引起眾多女權主義者的猛烈攻擊。雖然我能夠理解您的看法，以及崔衛平的觀點，可是我覺得當代的「女權主義」批評理論其實是豐富與複雜的，有很大差異性的。比如說，英美女性主義文學批評比較注重社會、歷史批評，重視文學的社會功能，要求文學反映婦女的生存狀態，強調作者及其人物的女性主體與社會、歷史和文化語境之間的相互依存關係；而法國女性主義文學批評則借助拉康（Jacques Lacan）和德里達（Jacques Derrida）的理論，比較注重話語和文本的研究，努力把婦女從「語言的牢籠」中解放出來。前者比較注重文學的社會歷史語境；後者則比較重視話語本身。可以說，女性主義的文學批評模式是多元的，有馬克思主義的女性文學批評，有精神分析的女性主義文學批評，有後殖民主義的女性文學批評，還有雙性同體（或雌雄同體）的女性文學批評以及生態女性主義文學批評等不同方式。我在哥倫比亞大學讀書時，正在流行後殖民主義，講究女性主體的差異性，把階級、宗教、種族等差異紛紛列入考慮範圍，把白人中產階級婦女與具有邊緣者身份的「第三世界」的女性加以區分。所以，注意女性主義的多元，區分不同歷史時期和不同社會政治語境的不同意義，吸收這一「主義」的思想成果，又避免落入政治意識形態框架，可能就會好一些。

劉：我知道你受過西方學院的女性主義的薰陶，在這方面比我熟悉，《紅樓夢》確實有明顯的女性立場、女性視角，甚至可以說，有種前無古人的女性優越。我願意用「女性優越」的視角和你討論。《紅樓夢》是一部女性的、柔性的史詩，它的女性內涵太豐富、太特別，尤其是它的「女兒性」。在人類世界文字寶庫中，除了莎士比亞，恐怕找不到第二個作家的作品，其女兒性的豐富內涵能與曹雪芹相比。

梅：《紅樓夢》確實是為女兒立碑立心的大書。我讀《紅樓夢》，一是認定這是文學專業者的必修課；二是衷心喜愛喜歡，但不屬於「紅學中人」。所以可能有些怪想，講出來也不怕您笑。我讀後的第一感覺，是《紅樓夢》世界乃是一個陰盛陽衰的世界。整個賈府，包括榮國府與寧國府，從賈母到巧姐，四代同堂共存，男性除了賈寶玉父子和賈蘭之外，其他的都不像人樣。而賈寶玉，雖屬男性，卻是一個女性主義者，所以我稱他為「男性的女性主義者」，等會再討論他。而他的父親固然可算是個「正人」，是賈府中「孔夫子」與棟樑之才，但太刻板，愛擺架子，沒有武功，文功也一般，不算傑出人才。與他同一代的寧國府的賈敬，是與賈政這個「儒」對立的「道」家，更是不行。道家本應索本求道，他卻逐末求術，沉迷於煉丹術，走火入魔，幾乎成了廢人。第三代，本可以支撐貴族大廈的賈珠，卻夭折而亡，其他的都是很會享受生活而全然不知生活意義的紈絝子弟，從賈赦到賈璉、賈珍、賈蓉、賈環等，都只有慾望，沒有精神。倒是女性精彩，寶玉的祖輩僅存一個賈母史太君，倒是德、才、慈三者兼備，年紀雖老邁，思想卻很開放，破文化舊套嘲笑才子佳人小說真是見鮮獨到，不同凡響。對待寶玉，也拒絕賈政那種「立功立德」的世俗標準，只給予慈情與至愛，賈府上上下下的男性老爺公子，有哪個比得過她的性情才情？與寶玉同一代的女性，從外來的林黛玉、薛寶釵、史湘雲、妙玉、秦可卿、王熙鳳到府生府長的四春姐妹，個個精彩，連晴雯，芳官等丫鬟戲子也精彩非常。您說這是不是陰盛陽衰？

劉：你真是個女性主義者，長的是一雙「狡猾」的女性眼睛。你說的是事實。只是你別忘了，賈府社會還是個男權社會，王夫人等女性使用的權力仍然是男權社會專制的體現。你所說的陰盛陽衰現象，從個體生命角度說是很有道理的。賈赦，賈政在賈母面前，全然失色，賈璉在王熙鳳、平兒面前，確無人樣；賈蓉在尤二姐、尤三姐面前只能是吃其唾沫星子的劣種，更不用說在才貌雙全的秦可卿面前。外來的，同是一家兄妹，薛寶釵、薛寶琴才貌雙全，而薛蟠則只是個吃喝嫖賭的廢人。黛玉、寶釵等女性都是詩人，而且組成了詩社，建立了「詩國」，而男性除寶玉之外，皆離詩情詩性詩心很遠。你用陰盛陽衰四個字形容賈府的生命生態，並不冤枉那些公子哥兒們。

梅：我知道您不喜歡用「主義」給人貼標籤，也不會喜歡給曹雪芹貼上「偉大的女性主義者」的標籤，但是不可以否認，曹雪芹在中國文學史上，確實是一個很特殊的現象，他確實具有前無古人的最明確的女性立場，女性眼光，女性情懷。我認為《紅樓夢》一開始提到的女媧補天就很有意思，通過這個古老的神話原型，曹雪芹似乎想重新恢復「女性崇拜」、「女神崇拜」的文學母題，女媧是人類的始祖，作為男性的寶玉只是女媧補天後留下的一塊多餘的石頭，而整部《紅樓夢》中女性也是優於男性，不再是男性的附庸和性工具，在此，中國傳統中的男權中心主義和男性價值觀統統受到了全面的挑戰。身為一名女性讀者，我在讀《水滸傳》時，心裏充滿了恐懼感，因為那裏面時時透露出「厭女症」的惡氣，而讀《紅樓夢》時卻充滿溫馨感，因為它是一部關於「女性崇拜」的作品。

二、騎士精神與女兒崇拜

劉：我們通常講女性，一般是指涉母性、妻性、女兒性。《紅樓夢》突出的是女兒性。他所指的女兒，不是女孩，而是未出嫁的「少女」，即處於青春妙齡的少女。在曹雪芹看來，人世間最美的就是少女，萬物萬有最美的是青春生命。天地的鍾靈毓秀凝結在哪裏？就凝結在「女兒」身上。寶玉說：「原來天生人為萬物之靈，凡山川日月之精秀，只鍾於女兒，鬚眉男子不過是些渣滓濁沫而已。」（第二十回）在第二回中，賈雨村轉述寶玉的話說：「這女兒兩個字，極尊貴、極清靜的，比那阿彌陀佛、元始天尊的這兩個寶號還更尊榮無比的呢！你們這濁口臭舌，萬不可唐突了這兩個字，要緊，要緊！但凡要說時，必須先用清水香茶漱了口才可；設若失措，便要鑿牙穿眼的。」在中國傳統理念中，少女要是嫁到豪門貴族之家，便是一登龍門則身價百倍，但曹雪芹的看法正相反，「女兒」無論嫁給誰，哪怕嫁給皇帝，其身價則一落千丈，美麗全失，變成「死珠」、「魚眼睛」，包括賈元春也難以逃出這一命運。曹雪芹把青春生命推向價值塔的頂峰，從而創造出人類文學最燦爛的女兒系列形象。要說曹雪芹是個女性主義者，不如說他是「女兒主義者」，即青春少女的偉大謳歌者與審美者。

梅：十八世紀末十九世紀初的李汝珍，在他的小說《鏡花緣》中曾經塑造了一個女兒國，在那裏，女人和男人的位置被對換，男人也嚐到了「被壓迫」的滋味。胡適在《鏡花緣》的引論指出——

> 他（李汝珍）是最早提出婦女問題的人，他的《鏡花緣》是一部討論婦女問題的小說。他對於這問題的答案是，男女應該受平等的待遇，平等的教育，平等的選舉制度。這是《鏡花

緣》的本旨。……三千年的歷史上，沒有一個曾大膽的提出婦女問題的各方面來作公平的討論。直到十九世紀初年，才出了這個多才多藝的李汝珍，費了十幾年的精力來提出這個極重大的問題……他的女兒國一大段，將來一定要成為世界女權史上的一篇永垂不朽的大文。他對於女子貞操、女子教育、女子選舉等等問題的見解，將來一定要在中國女權史上佔一個很光榮的位置。

李汝珍也是一個少有的「男性的女性主義者」，在他筆下的女兒國裏，女性的權利得到國家法律的保護。他把男人放在女人的位置上，讓他們也體會一下不平等的待遇。不過，他只是從社會和政治權力的角度來討論女性問題，還沒有像曹雪芹那樣把女性提升到歷史本體和類似宗教的地位。《鏡花緣》中的女兒國只是男性社會的「翻版」，或者說，只是把男女的地位翻轉過來而已。您很早就注意到曹雪芹的女兒本體論，他把女兒視為世界的本體，歷史的本體，美的本體，您在《紅樓夢悟》中說，曹雪芹關於少女的思索，超出前人的水準，不在於他作了「男尊女卑」的翻案文章，而在於它在形而上的層面，把少女放在廣闊的時間與空間中，表現出他對宇宙本體和歷史本體的一種很深刻的見解。（悟語第四十六則）又說「曹雪芹幾乎賦於『女子』一種宗教地位。他確認女子乃是人類社會中的本體，把女子提高到與諸神並列的位置，對女子懷有一種崇拜的宗教情感。」（悟語第四十七則）您這兩段話，已經把女兒在曹雪芹價值系統中的地位說明得很清楚了。不過，西方學者愛德華茲（Louise P. Edwards）跟您的看法不同，她寫了一本關於《紅樓夢》的性別政治的專著，題目是《中國清朝的男人與女人：〈紅樓夢〉中的性別》，認為女性在《紅樓夢》中還是充當附屬角色，只是主人公寶玉的陪襯：

《紅樓夢》中女人所扮演的，都是附屬角色……讀者雖然讀到的大多是「大觀園」中的女孩子們的故事，但是事實上小説從根本上是關於寶玉的掙扎，而這些女性們的存在只是為了更有效地幫助這位男性的掙扎。所以，黛玉和寶釵的形象之所以能夠在小説中定型，主要是因為她們能夠烘托寶玉的問題，尤其是中國社會中性別的意義。在她們與寶玉的多角關係中，黛玉引發的是女性的價值，而寶釵則更側重男性中心。所以，當文本創造了一位男性，必須在困境中抉擇，必須在男性和女性的社會結構中抉擇時，兩位女主人公被降到邊緣的位置，就像是一面鏡子來反射男主人公的抉擇。

(The role given to women in the novel is, then, subsidiary...The audience reads mostly of the life in the "World of Girls" but in actual fact the novel is "fundamentally" about Baoyu's struggle and the women exist only in so far as they help further project this singularly make struggle...Thus, Daiyu and Baochai are valorized primarily for their potential to reflect Baoyu's problem with, among other issues, the signification of gender in Chinese society. In their tumultuous relationships with Baoyu, Daiyu invokes the more feminine values and Baochai the more masculine. So while the text creates a male protagonist that holds the dilemma of the choice forced upon him, between masculine and feminine social constructs, his two female protagonists are relegated to the margins as mirrors of his male choice.)[1]

---

1 Louise P. Edwards. *Men & Women in Qing China: Gender in The Red Chamber Dream*. Honolulu: University of Hawaii Press, 2001, P.44-45.

余國藩先生不同意愛德華茲的觀點，他認為「不管男性或女性，他們的情慾都是我們閱讀時的批評指標，僅把重點放在男角的選擇或男角的苦難上，必然會排擠女主人公的情感和經驗的重要。」[1]不過，余國藩先生認為廖朝陽先生的觀點值得我們認真對待。廖先生認為《紅樓夢》中的絳珠仙子的化身說可能來自道教的「謫仙」傳統故事模式，在這一模式中，仙女無權過問自己的命運，而「石兄」則有選擇自己命運的權利。[2]如果《紅樓夢》中的女性是遵從「謫仙」的傳統模式，那麼她們的地位就沒有寶玉高。比如，林黛玉和薛寶釵都無法選擇「由愛而被啟蒙」的道路，只能忍受悲慘的命運，一位傷心而死，一位到頭來寂寞苦守空房，只有寶玉可以達到真正的大徹大悟，選擇自己的命運，把自己提升到更高的層次。不知道您是怎麼看待這個問題的？

劉：《紅樓夢》太豐富、太特別，其人物關係的內容具有多重暗示。性別關係僅僅是多重關係中的一重。如果從性別這一特定的視角看，說「黛玉引發的是女性的價值，而寶釵則更側重男性中心」，也說得過去。但以此說明兩位女主人公被降到邊緣的地位，就像一面鏡子來反射男主人公形象，女主人公只是男主人公的烘托，則不妥當。因為在男主人公從情癡到情悟以至大徹大悟的過程中，林黛玉一直是引導他贏得精神飛升的「女神」。她的情比寶玉專也比寶玉深，這是一；她的才能比寶玉高於一籌，所以比詩時寶玉總是在黛玉之下，這是二；而最重要的是，她的靈，她的「覺」總是在寶玉之先。談禪時，寶玉抵達「無以為證，是立足境」，而黛玉則抵達「無立足境，是方乾淨」，後者境界才抵達佛界的第

1　見余國藩（Anthony C. Yu）著，李奭學譯，《〈紅樓夢〉裏的情慾與虛構》，三一四頁，台北，麥田，二零零四年。

2　見廖朝陽，《異文與小文學——從後殖民理論與民族敘事的觀點看〈紅樓夢〉》，《中外文學》，第二十二卷第二期，六—四五頁，一九九二年。

一義，境界高得多。寶玉也承認自己是「丈六金身」（佛身）還需黛玉的「一莖所化」。蓮不是佛的烘托，而是佛的根源和本質。第二十二回中寶玉直接説黛玉是「先覺者」，自己是後覺者，認為黛玉比自己強是理所當然的。因此，從作品的整體特別是從性靈角度上説，把黛玉説成是寶玉的附屬角色，就大有問題。從「謫仙」的角度上説，恐怕也很難説明釵黛的附屬地位。《紅樓夢》從整體結構上説，確有一個類似《西遊記》的「謫仙」的道家思想框架，即在天上出了問題，被貶謫到地上，然後經過一番贖罪立功，再返回天上。孫悟空如此，賈寶玉也如此。從這個意義上説，男主人公寶玉經過情感的波折苦難，最後徹悟人生，返回原處，當然比較完整地體現道家思想，但黛玉在天上欠淚，入世「還淚」，最後淚盡而返，也很完整。她和寶玉離開人間返回天上時，就充滿悲情，並無大歡喜，這與道家的「謫仙」套式不同，這種差異正是曹雪芹的原創處。

梅：您説得很好。寶玉最後得道證悟，黛玉所扮演的角色並不是他得道證悟的工具而已。黛玉有自己豐富的情感，有自己獨特的思想和靈性，主體智慧很強，並不是寶玉的簡單附屬。寶釵和史湘雲在某種程度上還中了男性話語的「毒」，有時充當男性話語的「喉舌」和「傳聲筒」，勸寶玉要走仕途經濟的道路，而黛玉則有自己強烈的主體意識，她敢於質疑男性價值觀，敢於成為男性權力結構中的「異類」，並敢於把同樣是「異類」的寶玉引為知己。她選擇「死亡」的這一行為語言，在我的眼裏，跟寶玉的出走一樣有意義，因為這一行為語言不僅體現了她的「叛逆」和異端，也體現了她對「無立足境，是方乾淨」的感悟，最後達到了「質本潔來還潔去」的回歸。

劉：曹雪芹把「女兒」提到歷史本體甚至宇宙本體的地位，是一種巨大的原創性。我們也看到一些大作家，把少女的地位提得很高，甚至提到近乎神或近乎聖的地位，如但丁（Dante Alighieri）《神曲》

（*La Divina Commedia*）中的貝亞特麗齊（Beatrice），她原是但丁的戀人，此時變成女神並委託大詩人維吉爾（Virgil）引領但丁來到地獄門口。還有莎士比亞的茱麗葉（Juliet），幾乎可稱「情聖」。歌德稱「永恆之女神，引導我前行」，也把少女提高到神的地位。二十世紀的福克納（William Faulkner），也有曹雪芹似的理念，認為少女最美，青春女兒愈成熟離美愈遠。與西方的經典作家相比，曹雪芹的原創性表現為兩方面：（一）他把「女兒」徹底地放在歷史中心和宇宙中心的位置，完全改變男人創造歷史的觀念，林黛玉所作的《五美吟》和薛寶琴所作的《懷古十絕》都在說明：世界史不僅是男人的世界史，而且是女人尤其是青春女子的世界史，《紅樓夢》的整個結構，也都呈現這種歷史觀和宇宙觀。（二）曹雪芹塑造女兒的大形象系列，其數量和質量的總和舉世無雙，尤其是切入少女內心的深度更是無人可比。也就是說，少女的神性高度前人已有，但少女的人性深度心靈深度則世所未見。我這樣說，完全是站在文學立場上說話，與任何「中國立場」無關。

梅：您說《紅樓夢》關於女子的思索並不是刻意造「男尊女卑」的反，這是對的。但不能否定他對這種傳統理念進行根本性的挑戰。我特別喜歡您的「紅樓悟語」第四十五則，您給女作家馬格麗特·阿特伍特（Margaret Atwood）提供一個正面大例證。揭示曹雪芹顛覆了一個舊公式：「不好／女性」，確立了一個新的公式：「好／女性」。您發現「好」本是由「女」+「子」所構成，並說明《紅樓夢》是一部好了歌，即詩意女子毀滅的輓歌，這很有意思。瑪格麗特·阿特伍特的這篇文章，被英國人瑪麗·伊格爾頓（Mary Eagleton）收入她編選的《女權主義文學理論》（*Feminist Literary Theory*）論文集中，這部書的中譯本在八十年代又收入您主編的《文藝新學科建設叢書》中。我讀過集子中的所有文章，但沒有把瑪格麗特·阿特伍特所批評的「不好／女性」的公式和曹雪芹「好／女子」的公式聯繫起來。一旦聯繫起來觀照，不能不說曹雪芹為女性翻了個大案，從根本上奠定了女子的「好」地位，一掃把女子視為「尤物」、「禍水」的男性陳腐偏執話語。

劉：我說曹雪芹不是作翻案文章，是指他不像五四運動中的啟蒙家那樣，從被壓迫到反抗壓迫、從奴隸解放到婦女解放等角度作革命文章，而是從審美角度真正發現女子尤其是少年女子的無盡價值，即不是認識論上的發現，而是本體論上的發現，也可以說，不是倫理學上的發現，而是美學上的發現。女子是宇宙的中心，是世界的精華，是美的價值源頭，這是本體論。女媧是本體，警幻仙境的眾仙姑是本位，是美的本質，美的根源。這不是一般地作翻案文章。但他也確實翻了歷史大案，把「女子——禍水」翻成「女子——淨水」，代表世界的淨與潔的是女子，不是男子。

梅：曹雪芹翻案翻得痛快，令人拍手稱快。「五四」啟蒙者如魯迅發現祥林嫂，是確認女子具有與男人同樣的位置與價值，而曹雪芹則確認女兒具有最高存在價值，一切價值的中心價值，這一點真了不起。

劉：歌德（Goethe）曾稱讚溫克爾曼（Johann Winckelmann，他著寫過《古代藝術史》〔*History of Ancient Art*〕），整理出著名的《歌德談話錄》是個新哥倫布，肯定他重大的考古發現。言下之意是，老哥倫布是發現新大陸，而新哥倫布則發現在權力、財富覆蓋下古代藝術遺產不朽的美和人性絕對的美。實際上，曹雪芹正是一個新哥倫布，他發現人性普遍發生變異的時代裏仍有一種純粹美、絕對美，這就是被他稱作「女兒」的青春少女的美。

梅：我相信，一切當代真摯的女性主義者一旦了解曹雪芹的發現都會感到歡欣鼓舞。

劉：不過，對於曹雪芹的發現，我們這些後世讀者，理應再發現，就以夢來說，紅樓大夢，有其意識的層面，也有潛意識層面，兩個層面都值得我們重新開掘，尤其是曹雪芹自己未意識到的潛意識層面。

例如，你曾把賈寶玉比作唐吉訶德，説他在潛意識中也是知其不可為而為之，要不，他怎麼去戰「儒教條」、「煉丹術」、「薩滿教」，「文死諫，武死戰」道統等大風車。唐吉訶德（Don Quixote）是過時的騎士。騎士時代已經死亡還硬要充當騎士的荒誕騎士，塞萬提斯（Miguel de Cervantes Saavedra）也藉此嘲弄騎士文學。但賈寶玉還真是具有騎士精神，也有點唐吉訶德精神。要説賈寶玉是個男性的女性主義者，意思應是説，他是一個鍾情女性，保護女性，崇拜女性的騎士。西方的騎士不就是女性的崇拜者嗎？

梅：我雖然看到賈寶玉身上有些唐吉訶德的精神，注意到他的行為出發點與歸宿點都不是家國朝廷，而是林黛玉等少女，正如唐吉訶德，一切都是為了他想像中那個鄉村少女，美貌無雙的公主——杜爾西內婭（Dulcinea），但還沒有充份意識到寶玉的騎士精神。您這一點破，倒使我想到，這可能是曹雪芹對中國文化的一項重要補充，或者説，是他給中國文化傳統注入一種新鮮的東西。大約在十一世紀，西歐形成了騎士階層，以後又因為十字軍東征而提高了騎士的社會地位並形成騎士傳統。當時盛行的騎士文學就呈現了騎士精神。騎士精神大約有兩種最重要的內容，一是對貴婦人的衷心愛慕與崇拜，他們忠實於愛情，願意為所愛者去冒險，並以此視為最高榮譽；二是扶持弱者，騎士們沒有勢利眼，他們總是以鋤強助弱為樂。這兩個特點，形成歐洲的騎士傳統。

劉：這個傳統最為寶貴的核心精神是正直。儘管《唐吉訶德》採用「戲擬」騎士小説的形式，抨擊一律化的騎士小説，並終結了騎士小説，但主人公唐吉訶德仍然留下極為「正直」的性格。唐吉訶德也把自己想像為一個舉世無雙的騎士，也給一個鄉村姑娘換上公主貴婦的名字，然後騎馬出外遊俠，就像中國的俠客。中國雖沒有騎士傳統，但有俠客傳統。俠客也正直，也扶助弱者。金庸筆下的俠義英雄，多數也愛美人。中國的俠客本來也是路見不平，拔刀相助，具有正直性格。可是在中國大文化語境中形成的俠客傳統和歐洲的騎士傳統還是有很大區別，歐洲的騎士把愛情看得至高無上，愛情不僅重於國家之情，也重於兄弟之情。中國的俠客其義氣則是兄弟之情第一，大體上是「兄弟如手足，妻子如衣服」的價值觀。中國的文化是親情大於愛情，西方的文化是愛情大於親情，而西方這種文化特點與騎士傳統有很大的關係。《紅樓夢》精神內涵的首創性，正是它打破了中國的傳統理念，把愛情置於親情之上，在賈寶玉的心目中，林黛玉、晴雯、鴛鴦等全在王夫人、賈母之上，這是對傳統的巨大挑戰。但是，《紅樓夢》的親情仍然很重，兄弟姐妹之情也很重，只是情感的位置發生變化了。賈寶玉非常個人化的情感，把戀情視為第一生命的情感，更接近歐洲的騎士傳統。中國的一些俠客，雖然也愛美人，但在其價值系統中，真正把愛情放在兄弟情之上的極為少見。何況中國的俠客傳統後來又發生變質，正如魯迅在《流氓的變遷》中所描述的，開始是俠，後來變為「盜」，再後來則變為流氓。正直變為兇殘或狡猾，真是不可思議。金庸對俠客的變質也作了許多嘲諷與批評。你看《水滸傳》中的那些英雄，本來也是一些路見不平、拔刀而起的俠客，也確有正義感，但最傑出的英雄如武松、李逵等，都有不近女色的特點，對女子不尊重，而且仇視，這與歐洲的騎士大不相同。

梅：賈寶玉的精神確實更加接近歐洲的騎士，雖然他也有俠氣，但絕對把「女兒」看得比兄弟重要；雖然他對朋友也很講義氣，但戀情畢竟是他生命的核心。他把晴雯被逐視為「第一等大事」，而不把姐姐賈元春省親視為第一件大事，賈府上下均視為頭等大事，唯獨他例外。《紅樓夢》把個體生命、個人尊嚴放在家國朝廷之上，這一點您以前就一再說明，今天您又講，這部小説愛情大於親情，兒女戀情大於兄弟之情。這樣看來，曹雪芹在無意識中真把歐洲的騎士精神注入賈寶玉身上了。賈寶玉對「女兒」們的愛慕與崇拜在中國真正前所未見，警幻仙子稱他為「天下第一淫人」，其實是史無前例的美女子的第一傾慕者與欣賞者。賈寶玉扶助弱者的騎士精神更是舉世無雙。賈府裏的丫鬟、戲子全是弱者，別人不看在眼裏，他可視為天地精華，恨不得為她們兩肋插刀。難怪他的前身叫做「神瑛侍者」，他正是這些弱女子的「服務員」和護衛者。

劉：唐吉訶德外出行俠，其口號是「障護弱女，保護孤孀」，未忘騎士風度。他癡、呆、傻、瘋，實際上卻負載着作者的人文主義理想。唐吉訶德雖然無現實感，也無判斷力，但身上卻有一種無可爭議的「正直」秉性，這是最為重要的。賈寶玉身上也有一種天生的正直。這一點與他的父親賈政不同，賈政熟讀四書五經，想當孔夫子似的聖人，這也是傳統中國士人士大夫的人格理想，但是賈寶玉不崇尚「神聖」，也不想當聖人，只想活在真情真性真生活中。探春笑他是個「鹵人」，寶玉並不反感，他就是一個始終保持愚魯、保持渾沌狀態也就是守持一份天真和正直的真人。我這樣說，是三年前受俄國思想家別爾嘉耶夫（Nikolai Berdyaev）的《俄羅斯靈魂》（*The Russian Idea*）一書的啟發。別爾嘉耶夫在批評故國俄羅斯的民族性格時分清了追求神聖和追求正直的巨大區別。他借助另一思想家康．列昂季耶夫（Konstantin Leontiev）的話說，「正直是西歐的理想，俄羅斯的理想是神聖」。他說：「正直對於每個人都是必需的，與人的榮譽相關，鑄造人的個性，而俄羅斯人對此缺乏足夠強烈的意識。我們從來不把道德自律看成一個獨立的最高課題。我們的歷史中缺乏騎士的元素，這對於發展和錘煉個性是不利的。」[1] 別爾嘉耶夫批評在東正教影響下所形成的俄羅斯民族性格，他認為「神聖太過崇高，高不可及，它已經不是人的狀態」，[2] 而對「神聖」價值的崇拜，結果是導致馴順，缺乏人的驕傲感和榮譽感，以至認為不正直不是

1 《俄羅斯靈魂》中譯本，第七三頁，上海學林出版社，一九九九年。
2 同上，第七五頁。

大惡，不馴順才是大問題。別爾嘉耶夫特別指出，這種民族文化性格與俄羅斯缺乏騎士元素有關。騎士崇尚的是榮譽和心中的美麗女子，為此他寧肯冒險。別爾嘉耶夫的論證，提醒我更清楚地追求正直和追求神聖這兩種道德理想的巨大區別，也更深地了解神聖價值與個性價值的悲劇性衝突。很自然地，別爾嘉耶夫也引發我再次對我國民族靈魂的思索以及對《紅樓夢》靈魂取向的思索。中國沒有典型的宗教，沒有東正教這種大背景，因此也沒有俄羅斯那種把神聖價值視為絕對價值的追求，但是，中國卻有自己的神聖理想，這就是「內聖外王」的追求，換句話說，雖無「神」的崇拜，卻有「聖」的崇拜。所謂道統，就是崇尚聖賢的傳統。賈寶玉所嘲弄的「文死諫」，「武死戰」就是對道統的忠誠。中國的士大夫正是以忠於皇統道統作為自己的理想，一心想當忠臣聖人。「王者師」理想就是忠臣加聖人的理想。這種理想也逃不出別爾嘉耶夫所指出的「神聖導致馴順」的邏輯，其結果往往只有忠心而沒有正直，只有聖人姿態而沒有騎士心腸，賈政就是這樣的人。賈寶玉在中國大文化中的嶄新意義，便是他改變了這一邏輯，不作道統的奴隸，或者說，偏偏做道統的「檻外人」、局外人，即超越聖人價值和聖人道德框架的「騎士」，自由自在地愛其所愛，戀其所戀，全身心牽掛的是他的「夢中人」，而不是像他父親只惦記「心上王」。

梅：賈寶玉作為一種邏輯性的女性主義者，作為一個鍾情於「女兒」的騎士，他們行為語言本身就帶極大的挑戰性。寶玉正直地面對一切生命，真就是真，美就是美，他絕對不會因為這一生命處於卑微地位而否定其真，或否定其美。他在《芙蓉女兒誄》中，把最高的禮讚獻給晴雯，說她「其為質則金玉不足喻其貴，其為性則冰雪不足喻其潔，其為神則星日不足喻其精，其為貌則花月不足喻其色」，這種至高的讚美，多數讀者只看到「情」，這當然是至情，但是，您還看到「正直」，看到超越傳統價值理念、超越等級理念的正直，也就是情之外的一種品格。用別爾嘉耶夫的語言表述，便是一種「騎士元素」。想想王夫人把晴雯當作「狐狸精」，想想在等級社會裏人人都是把丫鬟當做「下人」，當作「奴隸」，想想賈赦這種達官貴人企圖佔有鴛鴦時所說的狠話，再看看賈寶玉的祭辭竟是投入全生命、全靈魂，這不能不承認，曹雪芹確實是女性價值的偉大發現者，十八世紀中國的人文哥倫布。您用別爾嘉耶夫的兩大概念來談論《紅樓夢》，我覺得很有道理。聖人是一種超人狀態，並不是人的狀態。達不到超人狀態又要裝成超人，當不了聖賢又要裝聖賢，就只好擺姿態，戴面具，裝模作樣，走向偽善。「五四」批判舊道德的理由正在於此。舊道德變成偽道德，就在「裝」字。賈寶玉不願意當聖人，寧可當一個正直的人。我說他是一個男性的女性主義者，又想說他是一個帶神性的人性主義者，但他的神性不是神聖光環，而是靈魂中的善良、正直、平等之心，不僅不歧視丫鬟、戲子，連妓女雲兒，他也可以與她坐在一起吃飯唱曲，他顯然確認妓女也是人。他的這種行為是聖人絕對做不到的。不必說那些高喊「存天理，滅人欲」的後聖人，就是孔夫子這個先聖人，也聲明「唯女子與小人為難養也」，（《論語．陽貨第十七》）把女子與「小人」並列，這未免缺少正直。

劉：「五四」批到傳統時雖矯枉過正，對孔夫子的聲討雖過於激烈，但發現舊道德缺乏道德健康並壓抑人性個性，這一點卻非常正確。一個最講道德的國家，卻缺乏道德健康與精神積極性，這是為甚麼？這就是缺鈣，缺乏正直，缺乏面對真理、面對事實的品格。阿Q病就是這樣產生的。大觀園初成時賈政帶了寶玉和一群清客去各館題匾額。那些清客個個只會阿諛奉承，卻沒有真才能更談不上創造性，賈政雖然口口聲聲對寶玉充滿訓斥，卻不能不採用他的方案。寶玉的精神創造性超乎清客們十倍百倍。而在社會現實中，這些清客全都是滿口聖人聖賢。與清客相比，我們不僅看到寶玉的才華出眾，而且看到他的正直，雖然有嚴父的可怕臉孔在，但他還是該說就說，該否就否，不會為了給清客們面子就拋棄藝術的真理。賈政作為賈府裏的「孔夫子」，明知道寶玉的才華在清客之上，而且最後也都擇寶玉之優而從，但自始至終一副「壽者相」，「嚴父相」，「聖人相」，死也不肯給寶玉一句表揚的話，倒是滿嘴「孽障」，歸根結蒂，也是缺乏正直。在賈政看來，寶玉最大的問題就是不規矩、不馴順，缺少對聖賢的崇拜，而寶玉的精神個性和詩賦才華倒是不值一提，甚至是一種罪過。尤其是他週歲時，面前那些東西，他竟抓住脂粉釵環，預告這小子是個好色之徒，全然不解寶玉敬重女子的積極內涵。中國的「聖人」，把接近脂粉即接近女子視為不幸、不祥，當然也是天大的不孝。賈政賈寶玉這對父子的衝突，最初就是發生在對待「脂粉」的態度上，最後也是結束在對待「黛玉」的選擇上。中國儒家思想系統的致命傷，就是在他的價值體系中，沒有「女子」的位置。

梅：中國由儒家經典派生出來的五倫道德模式，婦女只進入一倫，即夫為妻綱。夫為綱，妻為目，夫為本，妻為末，女人不過是男人的附屬品。幾千年的中國歷史，一路上都有聖賢的宗廟與紀念碑，但一律是男性，女子能當聖賢的附屬品便了不得。附屬品當不成，還得充當聖人節烈觀的祭品。給女人立的牌坊，不過是女人為男人無條件犧牲的見證，表彰的是為男人獻身的模範，即女奴模範，完全把可憐當作神聖。孔夫子「唯女子與小人為難養也」（《論語．陽貨第十七》）的話，一句頂一萬句，一句管兩千年，現在這句話還在中國男人的意識和潛意識深處當寶貝，一說起「脂粉氣」，就掩鼻子，裝聖人；幸而有《紅樓夢》的新坐標在，否則中國人就得裝下去，虛偽下去，女人就得永遠苦下去，低頭彎腰下去。您說得對，對人性腐蝕得最厲害的就是「虛偽」二字了。

劉：曹雪芹把女子推向中國文化價值系統的中心位置，確實功德無量。就群體而言，「五四」運動首先發現婦女，但就個體而言，第一個發現婦女，肯定婦女當然是曹雪芹了，所以我們要說曹雪芹是哥倫布，是發現女子無量價值的哥倫布。

梅：您在《紅樓夢悟》中說，希臘史詩《伊利亞特》，雙方為一絕世美人而戰爭，表面上看，很重視女人，實際上雙方都不過是把美人海倫當獵物，當男性英雄的戰利品和點綴品。海倫不過是高級戰俘罷了，這不是對女子真正的尊重。《紅樓夢》對女子的尊重才是真的。連丫鬟和戲子的生命尊嚴也不可侵犯，每個生命個體的尊嚴都是不可侵犯的，這才是曹雪芹的大思想。貴族府裏的小女子可以對最聰明的貴族公子進行挑戰，進行論辯，進行補充，進行批評。晴雯可以在賈寶玉面前撕扇子，指出寶玉的「不是」，這就是尊嚴，小女子的生命尊嚴，而曹雪芹又熱烈肯定這種尊嚴，這種尊重具有劃時代的意義。我覺得當代的女性主義者，應當把《紅樓夢》當作最好的思想文本，甚至可以當作女性主義的旗幟。

劉：完成《紅樓夢悟》寫作之後，我又進入《紅樓人三十種解讀》的寫作，對小說文本中提到的人物共名如「冷人」、「通人」、「鹵人」、「正人」、「乖人」等進行解說。我發覺，《紅樓夢》對甚麼是「可人」，即「誰是最可愛的人」做了劃時代的重新定義。曹雪芹把中國舊道德眼睛裏的「尤物」、「狐狸精」、「狐媚子」、「妖精」的壞女人倒轉過來，界定為可人，界定為最可愛的人，於是，秦可卿、晴雯、芳官都成了最可愛的人，金玉不足喻其貴，星日不足喻其精的最可愛的人。這是天翻地覆的大變動。你昨天說，從女性主義視角出發，有些問題你想與曹雪芹商榷，我願意聽聽你的意見。

三、女兒性與女人性的衝突

梅：我也熱烈地肯定曹雪芹的天翻地覆，只是覺得，女性至少應包括母性、妻性、女兒性，但曹雪芹只禮讚女兒性。作為作家的文本策略，突出女兒性，把女兒的青春之美推向極致，我能理解，但從尊重女性的理念出發，我則認為三性都應欣賞，都應尊重。母性母愛的偉大性缺少浪漫，但包含着說不盡的艱辛。林黛玉青春少女的眼淚，純潔美麗，母親的淚水同樣也純正美麗，而且包含着女性人生的全部艱辛與痛苦。妻性也並非醜陋，為人妻後並不注定就會失去生命之美。曹雪芹認為女兒為人妻後就像死珠、魚眼睛，似乎說得太絕對。西歐十一、二世紀的騎士愛慕和崇拜的貴婦人，既有未婚少女，也有已婚的貴婦人，尤其是後者，她們都是已婚女子。

劉：你是不是覺得我的閱讀，也缺少對曹雪芹的質疑，無保留地肯定他的女兒本體論？

梅：不錯，今天我要和您討論女性問題，也許可以對您的《紅樓夢悟》作點補充。您所強調的曹雪芹的女兒本體論，實際上也是您的「女性觀」和審美理想的一個折射。在我們的《共悟人間——父女兩地書》中，您就提到喜歡純潔的未被世俗塵土污染的女性，喜歡能夠天然地站立在「泥濁世界」彼岸的女性，只有這樣的女性才能引導男性飛升。對您來說，這一「女兒本體論」最好的代表人物是林黛玉，您的這種解讀提升了女性「神性」的一面，而不是人性一面。人性總是有缺點，總是不純粹。林黛玉確實可愛，有您說的「天使」的不被世俗污染的一面，但我也喜歡她的有缺陷的一面，喜歡她的過於敏感，她的直率，她的好妒，她的愛使小性子，以及她的「病態美」，還有她對死亡的癡迷和眷戀，以及她內心的「瘋狂」。這正是一些「非天使」的表現，這些弱點使她這一人物形象顯得更真實，更像一個真正的女子，而不是女神。我覺得曹雪芹建構的少女「大觀園」，基本上把上了年紀的婦女都排斥在外，在曹雪芹筆下，她們全被男性社會污染，極不可愛，甚至可厭可惡。比如，《紅樓夢》有這樣的一段話：

寶玉又恐他們去告舌，恨得只瞪他們，看已去遠，放指着恨道：「奇怪，奇怪，怎麼這些人只一嫁了漢子，染了男人的氣味，就這樣混帳起來，比男人更可殺了！」守園門的婆子聽了，也不禁好笑起來，因問道：「這樣說，凡女兒個個是好的了，女人個個是壞的了？」寶玉點頭道：「不錯！不錯！」

小說中描寫的「嫁了漢子」的女人都「染了男人的氣味」，變得俗不可耐。但是曹雪芹為了提升少女的純潔和美麗，好像故意「妖魔化」上了年紀的女人。當然古往今來，上了年紀的女性歷來就不是文人作家所歌詠的對象，除了她們身上的「母性」得到稱頌之外，她們的「女人性」常常是中國文人既利用又鄙薄的對象，其主要原因是她們已經變得年老色衰，不再美麗了。而且不僅是上了年紀的女人，就連美麗而嫁了人的「少婦」也不是曹雪芹心目中「理想的女性」。比如賈寶玉的寡嫂李紈除了善良和教子有方之外，似乎也成了枯木和死珠；王熙鳳的精明能幹，最後只落得「機關算盡太聰明，反算了卿卿性命」；而秦可卿雖然美麗無比，可是其「擅風月，秉月貌，便是敗家的根本」。

劉：你的質疑很有意思，我還想聽聽你的進一步論證。

梅：「女兒本體」的思想，確實有極大的原創性，以「女兒」為審美理想，也有極大的詩意和美學的內涵。以後我們還可再論。但是我總覺得曹雪芹在充份肯定「女兒性」的時候。卻未能充份肯定「女人性」的價值。女人婚否的魅力不是只有王熙鳳似的邪惡魅力，她們往往還有另一種成熟的情慾的魅力。相對而言，西方文學對現實中充滿情慾的複雜的女性則給與較多的理解和同情，極少用道德尺度來衡量這類女性。像托爾斯泰《安娜·卡列尼娜》（*Anna Karenina*）中的安娜（Anna），福樓拜（Gustave

Flaubert）的《包法利夫人》（*Madame Bovary*）中的愛瑪（Emma），凱特·蕭邦（Kate Chopin）的《覺醒》（*The Awakening*）中的愛德納（Edna）等女性，雖然都有舒適的生活環境，但是精神苦悶，視家庭和孩子為束縛她們的囚牢，於是大膽走出家庭，尋求真正的愛情。她們出走後的悲劇結局，是一種人性的悲劇，而不是道德的悲劇。我最近重讀哈代（Thomas Hardy）的小說《還鄉》（*The Return of the Native*），也非常喜歡其中的女主人公游苔莎（Eustacia）。她是一個美麗聰慧、充滿魅力、熱情奔放、特立獨行的女性，荒原人視她為「女巫」。她嫁給姚伯，不僅因為愛情，也因為世俗的「目的性」：她希望通過嫁給姚伯而離開荒原，擺脱沉悶無聊的生活，去巴黎享受城市的快樂。可是偏偏姚伯厭倦了城市的生活，返回家鄉，想投身於鄉村的教育事業。於是兩個人在人生嚮往與道路選擇上便有了巨大的衝突，最終導致悲劇。表面上看，游苔莎似乎是個輕浮虛榮的女人，嚮往城市的物質生活，其實她是一個有獨立思想、勇於冒險的女性。丈夫的理想不是她的理想，她不想委曲求全、苦苦等待，而是出走、私奔、尋找自己的道路。哈代對她沒有任何道德的譴責，而是把她塑造得很美，很有生命光彩，不僅有強烈的慾望和激情，而且有豐富的內心世界和精神追求，絕對不是簡單的為丈夫而活着的女人。她不像「女神」，倒像是一個讓世人恐懼和害怕的「女巫」，但重要的是，她是一個實實在在的充滿活力的女人。雖然曹雪芹是一個男性的女性主義者，可是他還做得不夠徹底，只謳歌了「女兒性」，而忽視了「女人性」。女兒性優美而單純，而女人性則具體而現實，甚至有時候是叛逆的。曹雪芹以「清」和「濁」來區分和定義「女兒性」和「女人性」，説明他在追求詩意的審美王國的過程中，在純淨化的過程中，過濾掉了真實的有關女性的定義。我認為，這恰恰是這位「男性的女性主義者」有局限性和值得爭議的地方。

劉：女性主義者總是為女性整體説話，你也是這樣。曹雪芹確實把婚姻視為女子的分水嶺，區分出嫁前的青春少女與已婚婦人。但這種劃分屬於自然分際，不是人為的分別，即不是好與壞、善與惡的兩極劃分。以少婦而言，秦可卿、王熙鳳、平兒、李紈等，其人性比青春少女更為多面，對此曹雪芹也有理解的同情，並沒有把她們描述成死物邪物。而對王夫人、邢夫人、趙姨娘等，倒確實有許多微詞。寶玉在《芙蓉女兒誄》中說：「剖悍婦之心，忿猶未釋！」直接鞭韃的應是在王夫人面前挑撥的王善保的妻子等一群婦人，還不至於直指王夫人，但王夫人卻是謀死晴雯的第一兇手，用「悍婦」稱之，也無不可。王夫人、邢夫人等在賈府中屬貴族夫人，但心腸已變黑。邢夫人成了丈夫賈赦的一條走狗，竟然為賈赦納妾（鴛鴦）奔走，形同小人；而王夫人的雙手則直接沾上金釧兒、晴雯的鮮血，形同忍人。不過，即使對王夫人，曹雪芹也沒有把她寫得「絕對壞」，他特別寫道：「王夫人原來天真爛漫之人，喜怒出於胸臆，不比那些飾詞掩意的人。」（第七十六回）這句話固然有少女出嫁後變質的意思，但也有為她們的行為辯護的意思，即她驅逐金釧兒和晴雯，只是一時憤怒，並非刻意謀殺。從對王夫人的這一護辭中，可看出曹雪芹對已婚婦人也沒有「抹黑」，沒有仇恨。不過，應當承認，曹雪芹關於兩個世界的劃分是很清楚的，以男人為主體的泥濁世界和以少女為主體的淨水世界是不可混淆的。在他的世界觀中，女性只有在她們的青春年少時期才站在泥濁世界的彼岸，一旦出嫁，就走出淨水世界而進入泥濁世界，就難保原先的本真狀態了。所謂變成「死珠」與「魚眼睛」，也是喪失本真狀態的一種形象表述而已。像王夫人這樣，成為貴婦人後就完全丟失了天真爛漫，甚至完全容不得其他少女的天真爛漫。男人社會的污泥濁水確實腐蝕了她的人性。

梅：希望青春少女不要出嫁，永遠站立在淨水世界之中，就像花朵永遠含苞開放，但不要凋謝，這是曹雪芹的夢，我能理解。但是，少女出嫁後是不是一定落入「死珠」的宿命，即是否注定要喪失美，對於這一點我一直想與曹雪芹的偉大亡靈商討。我承認，《紅樓夢》文本並沒有把已婚婦女完全「妖魔化」，未嫁少女和已嫁婦人並沒有形成「天使與魔鬼」的兩極，無論是少女形象還是婦人形象都具有性格的豐富性。王夫人與晴雯的衝突，我也寧肯把她們視為性格的衝突而非階級偏見與善惡鬥爭，但是，說走入男人社會就會喪失美、喪失本真狀態卻未必。您曾經和我講過托爾斯泰的轉變。他在《戰爭與和平》（*War and Peace*）中，觀念與曹雪芹相似，少女娜塔莎（Natasha）在未嫁時天真爛漫，非常美麗可愛。嫁給彼爾（Pierre）後，特別是生了孩子後卻臃腫肥胖，失去了原先的美。可是到了《安娜．卡列尼娜》，觀念就不同了。主人公安娜出嫁後仍然非常美，非常有魅力，而且雖然心理複雜，但心性仍然非常單純，如果不是單純，她就和渥倫斯基（Vronsky）一走了之算了，可是，她卻放不下兒子，具有母親的責任感，結果便在情愛與母愛中掙扎，女兒性與母性都在，都美。我覺得托爾斯泰筆下的安娜，其女性美很有深度，而且是已婚女人的女性美。

劉：曹雪芹筆下的秦可卿，何嘗就不是安娜．卡列尼娜？我覺得曹雪芹與托爾斯泰的女性立場並沒有質的區別，他們對女性的整體都是同情的。但是，托爾斯泰的女性觀在三部代表作《戰爭與和平》、《安娜．卡列尼娜》、《復活》中確實有變化，他開掘了所有女性的美，包括在當時被視為「墮落女性」（《復活》中的瑪絲洛娃）的美，呈現了他的偉大的人道曙光。他沒有出嫁女子如「死珠」、「魚眼」的理念，這是因為他首先沒有曹雪芹「兩個世界」的理念。你從女性主義視角質疑這種理念，我則更多地從批判男性泥濁世界這一視角理解這一理念，認為曹雪芹的這一理念：一是在持守他的理想世界——淨水世界；二是在呼喚對於泥濁世界的警惕。我覺得曹雪芹關於淨水世界與泥濁世界的劃分是受了佛教分清「淨性」與「染性」思想的影響，也屬於自然分際。玄藏在《成唯識論》中講「八識」，其中的阿賴耶識，有「淨」和「染」兩種子。染法種子，自能生染法；淨法種子，自能生淨法，兩者可以互「熏」互動，甚至可互相依存。人身上才有二類種子，佛身上就沒有。《紅樓夢》的思想基點是禪，並非唯識，它打破認為分別，貫徹不二法門，打破尊卑等級之分，但還保留自然分別，例如男女之分、天地之分，就屬於自然分際，不屬於分別心。曹雪芹把男女的自然分際加上「女兒水作，男人泥作」的思想，也不全然算分別心。分別心是指不平等之心，這種心違反佛教眾生平等的基本教義，而清濁之分，是在確立眾生平等的前提下，對生命自然性質的觀照，正視其質的不同。曹雪芹太獨特，採納各種思想又超越各種思想。他把少女看作是淨水世界的主體，少女便代表淨性，而男人則體現染性，他們追求金錢、權力、功名，便是染性的外射。賈寶玉處污泥而不染，在泥濁世界中未被染性所毒化的唯一男性生命。在曹雪芹看來，天生具備淨性的少女本來也是處污泥而不染，可是一旦出嫁，就未免要被男性世界所同化，所污化，因此，要做到「質本潔來還潔去」，惟有守住青春生命。曹雪芹讓自己最心愛的林黛玉、晴雯、鴛鴦、芳官等在未出嫁前就死亡或去當尼姑，便是不忍心讓她們喪失淨性。這當然只是曹雪芹的大夢。《紅樓夢》不僅有真切的現實感，而且有如此真摯的理想性，這是黑暗中的人性憧憬，很了不起。

梅：用淨法染法解釋部份《紅樓夢》內容，我還是第一次聽到。不過，染性並不只會作用於已婚女子，也可作用於青春少女，例如薛寶釵與襲人，在曹雪芹看來，也染上男人社會「功名」的毒菌，所以才會勸寶玉走仕途經濟之路。按照禪的原理，人的自性原是一片淨土，人人都有淨性佛性，「本來無一物」，只是進入了社會功利場，才會染上各種塵土。其不二法門，是指定、慧不二，人的原始本體不二，即本來只有淨性，但我也要提問，既然染性也會影響薛寶釵、襲人等青春少女，即男人氣也會浸入少女的「女兒性」，那麼為甚麼還要那麼強調婚嫁是女子的一種質變點？

劉：除了佛，除了神，人人都有淨、染二種子，都有淨染二性，不僅男子如此，女子也是如此。你說得不錯，已婚女子會受男子氣所染，少女也是如此。我用淨、染二法試作解釋，不過是在說曹雪芹的女性立場和守持青春生命純粹性的審美理想。也就是說，曹雪芹如果沒有女性立場而是男權主義立場，思路可能就會完全相反，例如王夫人就可能持相反立場。用你的語言說，寶玉是個男性的女性主義者，而王夫人則是女性的男權主義者，在王夫人看來，不是女子被男性所污染，而是相反，是男性（她兒子）被女性所污染，恰恰金釧兒、晴雯、芳官等少女才是「污染源」，這些下等丫鬟奴婢戲子，才是「尤物」、「狐狸精」，寶玉就壞在她們身上。她的乾淨兒子完全中了晴雯的狐狸精之毒。中國歷來的「女人即禍水」的觀念正是確認女性對男性的污染。用淨、染二性視角看，便會發現曹雪芹從根本上打破傳統的「女人——不好」，「女人——尤物」，「女人——禍水」的觀念。從禍水到淨水，從尤物到天物，從染性到淨性，這是多麼巨大的變動?!對青春少女婚嫁的擔憂，也是對人性污染源頭的一種認知。講淨、染二法時把握了這一點很要緊。不過，應當強調的是，曹雪芹認為少女出嫁後會變成「死珠」，「魚眼睛」，還包括着曹雪芹對中國社會、中國文化的一種深刻認識，或者說，是對中國倫理體系的一種深刻認識。他有一種天才的清明意識，比中國任何一個作家都更清醒地意識到：青春少女的樂園是個極為短暫的時空，她們的美與活力，全寄寓在這段時空中，一旦出嫁，她們將進入無所不在的中國大倫理系統，將進入包括「夫為妻綱」的三綱五常系統，由此也將無可選擇地成為男人的附屬品、點綴品，完全喪失個體生命的獨立性，以至變成「死珠」似的喪失靈魂活力。生活在西方文化尤其是美國文化中的女子，未必能深刻地意識到這一點。西方的學者，尤其是西方的女性學者也不一定能理解曹雪芹這一清醒意識。西方現代女性都活在文藝復興後個人尊嚴、個體生命價值充份覺醒的大語境中，她們在婚前具有獨立性，在婚後也具有獨立性，嫁前嫁後都可以獨立地放射人性的光輝，這一點在中國倫理系統中不可能實現，即使丈夫不剝奪你的獨立，公婆也要剝奪你的自由。你再讀讀《孔雀東南飛》，看看蘭芝那麼好的一個女子，婆婆就硬是容不得她，非得把她整出家門不可。

梅：這是真的，西方的人文主義傳統確實雄厚，即使是古希臘、古羅馬，雖是奴隸社會，但又是公民社會，除了奴隸，其他人，包括女人，都有相對的獨立性。

劉：中國很不同，君臣之間，父子之間，夫妻之間，婆媳之間的關係，其等級層次非常森嚴。説得嚴重一些，便是女子一出嫁便沒有自我了，沒有自己的個性，沒有自己的獨立地位，甚至沒有自己的人格。曹雪芹正是意識到青春少女婚嫁後將喪失自己，沒有自己。我覺得，在十八世紀的中國，能有這種意識，實在太特別，太難得，也極有深度。可惜西方女子，包括西方知識女子很難產生共鳴。

梅：東、西方女性生活在很不相同的文化大背景中，您的這一點提醒對我很有啟發。東、西方的女性確實有不同的生存條件，不同的人文條件，不同的倫理條件。像「節烈」、「殉夫」等觀念只能產生在中國的封建社會。

劉：中國不僅與西歐不同，與俄羅斯也不同。彼得大帝改革後帶入了西方的異質文化，女性也沒有像中國如此被戴上沉重的倫理枷鎖。我們看到的安娜·卡列尼娜，並沒有以丈夫為綱，她擁有比中國婦女大得多的自由生活空間，婚後並沒有完全喪失自己，她可以獨自在彼得堡與莫斯科之間往來，可以在丈夫缺席的情況下獨自參加上層社會的某些交往活動，這在中國是難以想像的。我不知道你有沒有讀過A·N·奧斯特羅夫斯基的劇本《大雷雨》（*Thunderstorm*）（一八六零），其女主人公卡捷琳娜和她的婆婆卡巴諾娃的衝突反映出俄國也有封建宗法制度對婦女的壓迫，也有女子婚後的困境。但從整個劇情看，我們發現卡捷琳娜的丈夫奇虹沒有夫權的意識，他的思緒與中國男子濃厚的夫權意識大不相同。他在母親的壓力下有時也羞辱卡捷琳娜，但那是性格原因，並非夫權意識。與中國婦女出嫁後同時蒙受夫權、族權、神權、政權的四重壓迫不同。卡捷琳娜受其婆婆的氣，嚴格地説，也不是宗法權的壓迫。《紅樓夢》的「嫁後死珠」思想，其深刻性就在於曹雪芹看到中國女子嫁後完全進入中國倫理系統，而這一系統的極其嚴酷，必定要榨乾青春少女的全部生命活力。嫁後的女子如果真像卡捷琳娜還好，如果像《水滸傳》中的潘金蓮、潘巧雲，那就要遭到最殘暴的殺戮，連潘巧雲的丫鬟都難逃被株殺的命運。曹雪芹對中國婦女所處的社會環境，有一種超人的清醒意識，所以他才會做少女別出嫁的癡夢。

梅：您剛才強調大觀園的女兒國「淨」的一面，其實您在《紅樓夢悟》中還強調了女兒國「靈」的一面。像黛玉這樣充滿了性靈的女性，在古典文學中是極少見的。我很喜歡張愛玲《紅樓夢魘》用細節區分黛玉和寶釵的做法。她注意到「寶釵出場穿水綠色棉襖」，而寫到黛玉時則幾乎不寫衣裙裝飾，只有唯一的兩次，一次是「披着大紅羽縐面」，還有一次是「外面罩着大紅羽緞對襟褂子」，而這兩次描寫，用張愛玲的話來説，「也是下雪，也是一色大紅的外衣，沒有鑲滾，沒有時間性，該不是偶然的。『世外仙姝寂寞林』應該有一種縹緲的感覺，不一定屬於甚麼時代。」張愛玲還寫道，「寫黛玉，就連面貌也幾乎純是神情，唯一具體的是『薄面含嗔』的『薄面』二字。通身沒有一點細節，只是一種姿態，一個聲音。」相對而言，寶釵因為比較世故，受時代的禮教的束縛，就連她的衣裳和神情都很具體，與現實生活聯繫得比較緊密。從衣服裝飾的角度來看《紅樓夢》真是典型的「張看」，是張愛玲的女性式獨特視角，不過，從這一視角我們也看到，《紅樓夢》對黛玉的性靈方面的塑造是極有開創性的。

第五章　女性的歷史視角

一、父性向上之眼與母性向下之眼

梅：也許是學院的習性，我讀《紅樓夢悟》時很喜歡您所提醒的各種視角，曹雪芹具有不同於其他作家甚至不同於人文學者的各種視角，比如獨特的審美視角，獨特的哲學視角，獨特的歷史視角。我覺得這些視角的獨特性，恰恰是它融入了女性視角。就歷史視角來說，曹雪芹就有一種女性的歷史視角。以往都把歷史描述成男人的歷史，權力的歷史，而曹雪芹卻扭轉了這種歷史視角，把歷史視為也是女人的歷史，人性的歷史，甚至是兒童的歷史。

劉：這確實是曹雪芹非常了不起的地方。「歷史」在《紅樓夢》中呈現為兩種很特別的內涵，一是呈現在文本中的作者生活時代的歷史真相，那是一種活的歷史，活的時代見證。描述清代的史籍很多，但是，千萬年之後，人們要了解清代的歷史，要了解這個時代的政治、經濟、文化、心理，哪一部史書都比不過《紅樓夢》。這是因為它提供的歷史，不是死歷史，而是活歷史，是有血有肉有情有淚的歷史，是最本真、最本然的歷史。曹雪芹是清代歷史真相的最偉大的見證人。除了提供一個時代的「歷史真相」之外，還有一點極為寶貴的就是提供了一個你剛才說的全新的「歷史視角」。中國的歷史框架，好像是兩個人奠定的：一個是孔子，他所作的《春秋》是第一經典史籍；還有一個是司馬遷，他的《史記》，更是公認的史書經典極品。但是，他們所描述的歷史也是大寫的歷史，即男人與權力的歷史，都是揚棄女人與兒童的歷史，即使有女人出現，也都是如呂后一類的很壞的女人。曹雪芹確實扭轉了這種歷史眼睛，他把女人也視為歷史主體，也參加創造歷史。我很高興你還注意到兒童。歷來的史家眼裏哪有兒童？孩子哪有資格進入史冊？沒有人提出過這個問題：兒童是不是注定要在史書上缺席？可是《紅樓夢》展示的歷史，卻一大半是兒童的歷史。賈寶玉週歲時抓脂粉釵環，那就是文化史。他和黛玉第一次見面，年齡也只有七、八歲，他們談論《四書》，談論《古今人物通考》，也是歷史。他們的戀愛經歷多半是少年時代，也是廣義的兒童。兒童對文化對人的感受最真實。這是官修史冊永遠闕如的。

梅：歷史應該包括兒童的歷史，您在《紅樓夢悟》裏也說過。我只是想在闡釋上做些發揮和補充。關注兒童，這是母性的眼光，也是女性的普遍眼光。男性的眼光總是向上，總是把目光只投向宮廷、投向社會的塔頂，而女子的目光總是向下，特別是母性的目光，更是關注在地上爬動的嬰兒。我說曹雪芹觀看歷史是用女性的眼睛，有一個意思便是說，他並不是眼睛朝上，不是把目光投向宮廷，而是把目光投向「下人」，既投向丫鬟戲子，也投向孩子。《紅樓夢》的主角其實是少男少女。寶玉、黛玉、寶釵、史湘雲等，出身貴族，從小就讀詩詞文章，心性早熟。常被誤認為是青年或成年，其實都是少男少女，是廣義的兒童。母性的眼光投向他們，他們又用兒童的眼睛看世界，童言無忌，兒童對世界對歷史的評價都不遵循習慣性思維原則，有啥說啥，寶玉說「女子水作，男子泥作」，這是兒童眼裏的世界。他還說，「除四書之外，杜撰的也太多了」，這是他對史書的評價。兒童的目光是母性女性的目光所派生的，率直、率真，沒有先驗的框架，沒有知識的雜質。

劉：你講得很好。母性的眼光是朝下的，這一點以前我沒有發現。男性的目光確實容易朝上，只看到宮廷、桂冠、帝王將相，只關注大人物，大寫的人，不關注小人物，小寫的人，不關注女子與兒童。《紅樓夢》用女子的眼光看歷史，還用兒童的眼光看歷史，這一點是你的發現。你應抓住再做些閱讀和開掘。年少時，我讀安徒生的童話《皇帝的新衣》，他也是在說用兒童的眼睛看世界看歷史會看出許多學問家與達官貴人看不到或看到不願意正視的歷史。其實，這種本真本然的眼睛恰恰是最好的歷史眼睛。《紅樓夢》中有這種眼睛，我以後也要多留心。

梅：觀察歷史的心障、眼障、語障都是發生在有知識之後。有知識本是好事，但太迷信知識，反而會把知識變成先驗的知識框架。《紅樓夢》的女子看歷史，也揚棄「從來如此」的框架。您在《紅樓夢》中談林黛玉的《五美吟》與薛寶琴的《懷古十絕》，說她們眼裏沒有雜質，這種雜質，其實是概念，也就是佛家所說的法塵。

二、男人的中心眼睛和女子的中性眼睛

劉：你再看看林黛玉的《五美吟》和薛寶琴的《懷古十絕》，就會發現這兩個女子共同有一種柔性的、中性的眼睛。她們超越了帝王將相的眼光，也超越了史家的宮廷中心的眼光。中國史家的眼光很難擺脱以宮廷為中心的道統的眼界。薛寶琴的十絕從「赤壁沉埋水不流，徒留名姓載空舟」開始，全都超越功過、輸贏、得失而評價歷史人物，在她眼裏，無論是勝利的英雄或失敗的英雄，都帶深刻的悲劇性。女子對歷史的介入，更是悲劇，只是她們在悲劇中往往閃射一些男子所沒有的光澤，不為功名功業所遮蔽的光澤。

梅：宮廷中心，就是男權主義中心，從來的歷史書，都是男人寫的，都擺脱不了男權中心眼睛，但林、薛超越了。林黛玉的《五美吟》寫得很特別，我非常喜歡。比如寫西施，通常史家們都讚「西施」而貶「東施」，只看到西施美麗的外表，卻無視西施內心的痛苦和掙扎；但黛玉把「東施效顰」反寫，讓西施反去羨慕東施，因為後者雖然相貌醜陋，可是不必充當男人政治權力遊戲中的棋子和政治工具，可以擁有自由自在的平實的生活，這是她的幸福，比西施幸福。黛玉的這個角度就不同於以往的男性文人，她關注的是女性的真實生命。寫王昭君和綠珠時，黛玉針對的是把女人當作可以交換的「物件」的男權社會，女性無論是「瓦礫」還是「明珠」，在男人眼裏都只不過是「物件」而已，早已被男權中心主義「物化」和「工具化」了，並沒有做人的尊嚴。黛玉對這些被男權話語利用的女性們充滿同情，對不平等的性別觀念提出了尖鋭的批評。寫虞姬時，黛玉把她和項羽的部將黥布及彭越對比，雖然身為女子，可是虞姬為了愛情敢於慷慨自刎於楚帳，遠遠勝於苟且偷生、投降劉邦而最後慘遭極刑的黥布和彭越。在黛玉的眼裏，虞姬既不是「禍水」也不是「節婦」，而是能夠把握自身生命的女子。黛玉寫紅拂時，非常讚賞她的勇氣，雖然身為隋朝大臣楊素的侍女，卻很有自己的個性，敢於選擇自己的丈夫，敢於支配自己的身體和掌握自己的命運，敢於追求自我的價值和尊嚴，很像現代的「新女性」，有自己的獨立人格。寶釵評論説：「今日林妹妹這五首詩，亦可謂命意新奇，別開生面了。」其實，所謂「命意新奇」，就是從女性主義的角度重新闡釋中國歷史，真切地關注女性的命運與情感，批判男權政治對女性的「奴化」與「物化」。從《五美吟》中，我們也可以看到黛玉強烈的女性主體意識。她自己就是一個才華橫溢的女詩人，在「大觀園」的所有女詩人中，她的詩最富有個性和靈性，有自己的語言和風格，從不隨波逐流，從不做男權話語的傳播者、佈道者和應聲蟲。平日裏，她也很有自己的見解，絕不會像寶釵那樣，刻意地討好王夫人，決不扭曲自我而依附男權社會的傳統價值。她和寶玉的愛情也是建立在男女平等、心靈相通、互相尊重的基礎之上，是對舊式的男尊女卑的婚姻模式的否定，跟現代的愛情觀是相通的。除了她病怏怏的身子不像現代女性以外，她的才情和主體意識其實已經有了現代女性的影子。

劉：黛玉寫的《五美吟》實際上是為中國歷史上的女性「正名」，是用女性的視角來重新看歷史中的女性。尤其值得我們稱道的是，她們都很自然地揚棄「國家目光」和「國家立場」，而用個體生命的目光與立場。用帝王將相的國家眼睛看女子是看不見東施的，只會看見西施，包括官方史學家們也只會讚賞西施，因為西施能做國家的工具，為國賣命；但在黛玉眼裏，這未必是楷模。我每次讀《五美吟》、《懷古十絕》，或通讀《紅樓夢》，都想到當代女性、女權主義者應當把《紅樓夢》作為第一經典閱讀。關於女性主義的書籍，我沒有你讀得多。在有限的閱讀中，給我印象很深的一些文章中，有蒂利．奧爾森（Tillie Olsen）的《沉默》（*Silences*），她曾描述許多國家多數婦女的處境即社會對她們的印象與定位：

> 不潔；禁忌；鬼門關。……陪葬、祭葬、作為巫婆以大刑處、因通姦被石頭砸死。被拷打、被強姦、被當作商品。被買賣、做小老婆、當妓女、做白奴。被獵取、被蹂躪……深閨制度。文盲。沒有地位。排斥在外、排斥在國會、儀式、活動、學問、語言之外，卻既沒有排斥她們的生物上的原因，也沒有經濟原因。[1]

1 引自《女權主義文學理論》，第九三頁，湖南文藝出版社。

蒂利・奧爾森所描述的狀況，在宗法制度統治下的中國尤其嚴重，如果用她的語言方式描述，中國的婦女的情況大約也是，「不潔；禁忌；鬼門關」，還可以再加上「禍水，妖精，狐狸精」等等。我所以要引述奧爾森的話，更重要的是她點破婦女的「沒有地位」，被「排除在外」。不過她只看到被排斥於現實政治文化活動之外，還沒有看到被排斥在歷史記錄之外：在官方著寫的大歷史書中，沒有婦女的地位，彷彿女人壓根就沒有參與歷史的創造，倘若有（如呂后、武則天），也是禍害歷史。曹雪芹不僅把女子從「不潔」變為最潔，把少女世界視為淨水世界，而且完全拒絕「排除在外」的偏見與專制。他把女子放入歷史的中心，第七十八回《老學士閒徵姽嫿詞 癡公子杜撰芙蓉誄》，寫賈政、賈寶玉父子謳歌林四娘的故事，是非常重要的情節，這說明曹雪芹不是把女子看成歷史的配角，而是把女子看作歷史的主角，包括大歷史——戰爭史的主角。

梅：薛寶琴的《懷古十絕》中有一首寫王昭君的詩，居然把漢元帝諷刺成無用的「樗櫟」，真是一絕，大膽地批評了當時把女性作為政治工具的「漢家制度」，實在令人稱快。《懷古十絕》的最後兩首詩，更是重新界定男性規定的關於「歷史」的定義，吟唱了不屬於正統文化歷史中的《西廂記》和《牡丹亭》。這是典型的女性歷史視角，從邊緣人眼光來看所謂的主流文化。寶琴詩發表後眾女性的一段討論，也非常有意思：

> 眾人看了，都稱奇道妙。寶釵先說道：「前八首都是史鑒上有據的；後二首卻無考，我們也不大懂得，不如另作兩首為是。」黛玉忙攔道：「這寶姐姐也忒『膠柱鼓瑟』，矯揉造作了。這兩首雖於史鑒上無考，咱們雖不曾看這些外傳，不知底裏，難道咱們連兩本戲也沒有見過不

成？那三歲孩子也知道，何況咱們？」探春便道：「這話正是了。」李紈又道：「況且他原是到過這個地方的。這兩件事雖無考，古往今來，以訛傳訛，好事者竟故意的弄出這古蹟來以愚人。比如那年上京的時節，單是關夫子的墳，倒見了三四處。關夫子一生事業，皆是有據的，如何又有許多的墳？自然是後來人敬愛他生前為人，只怕從這敬愛上穿鑿出來，也是有的。及至看《廣輿記》上，不止關夫子的墳多，自古有些名望的人，墳就不少，無考的古蹟更多。如今這兩首雖無考，凡說書唱戲，甚至於求的籤上皆有批註，老小男女，俗語口頭，人人皆知皆說的。況且又並不是看了《西廂》《牡丹》的詞曲，怕看了邪書。這竟無妨，只管留着。」寶釵聽說，方罷了。

這段討論實際上質疑了「正史」的真實性。即使連關羽這樣能夠入正史的人物，後來也多出了這麼多的墳，也一樣是無法查考。曹雪芹從女性的視角來看歷史，完全跨越了歷史和文學、正史和民間記憶的嚴格壁壘。

劉：這段討論，可看到黛玉的思想比寶釵更加「開放」，也符合禪的不執於一念、不執於一說的精神。禪破一切執，包括對關羽評價的文字之執。她不執於「因」，也不執於「果」，支持寶琴用自己的心靈所把握的歷史。整部《紅樓夢》都在破妄破執，以求精神上的解脱，這段討論也是此一核心精神的一種表現。剛才我提到《紅樓夢》改變官方大歷史的「國家眼光」，把女子提升到歷史主體的地位，這一點以後你可以留心一下。

三、歷史之質在女子身上

梅：謳歌林四娘這一情節，我也注意到，但還是解不開一些困惑。賈政、賈寶玉的理念處處衝突，可是，對待林四娘卻一致，賈政本是賈府中的儒家代表，骨子裏也是女子「最難養也」，可是，他卻讓自己的子弟寫讚美林四娘的詩，很不尋常。

劉：寶玉讚美詩的第一句話是「恆王好武兼好色」，這個恆王本來是明代的衡王朱祐揮，於弘治十二年鎮守青州。而林四娘，據清代陳維崧《婦人集》、王士禎《池北偶談》和蒲松齡《聊齋志異》記載，她本是明代青州衡王府宮人。賈政在命題作詩之前介紹說：「當日曾有一位王封曰恆王，出鎮青州。這恆王最喜女色，且公餘好武，日習武事。每公餘輒開宴連日，令眾美女習戰鬥攻拔之事。其姬中有姓林行四者，姿色既冠，且武藝更精，呼為林四娘。恆王最得意，遂超拔林四娘統轄諸姬，又呼為『姽嫿將軍。』」賈政在講述林四娘的故事裏作了「歷史掉包」，把恆王、林四娘置放到漢末「黃巾」、「赤眉」起義的年代，以遮耳目。其實，林四娘恰恰是明末青州的抗清英雄。賈政突然與幕友清客緬懷這段歷史，也許是曹雪芹內心深處漢族文化良心的一次躍動，其深層內涵尤其是深層政治內涵不是我們一時可說清的。但從女性批評視角上說，歷史上此次青州戰爭，是一場以女子為先鋒為中心的戰爭。「紛紛將士只保身，青州眼見皆灰塵」，在男性隊伍狼狽逃竄、江山蒙難之時，女將軍突起，「不期忠義明閨閣，憤起恆王得意人……恆王得意數誰行，姽嫿將軍林四娘，號令秦姬驅趙女，豔李穠桃臨戰場。」這些女子不像男性將士只知保身，而是奮不顧身，不怕粉身碎骨，「賊勢猖獗不可敵，柳折花殘實可傷。魂依城廓家鄉近，馬踐胭脂骨髓香」，她們最後全都戰死沙場，義無反顧。戰報傳到天子皇帝那裏時，只剩下一個大問題：

何事文武立朝綱，
不及閨中林四娘。

滿朝文臣武將，一律男性，但是所有這些所謂「國家棟樑」，在危難面前，全都束手無策，反而是一個女子，肩扛社稷安危的重擔，毅然獻身救國。《紅樓夢》這一節真正在寫歷史，寫一段戰爭史，流血史，這種歷史場合向來沒有女性的位置，但曹雪芹偏偏設置這樣一個場合和舞台，在這個舞台上，女子不但不缺席，而且表現出一種壓倒所有男子的英雄氣概。這是女子從歷史邊緣走向歷史中心的一個大情節。第七十八回，上半節寫寶玉謳歌林四娘，下半節寫寶玉祭頌晴雯，異曲同工，晴雯也是別一意義的巾幗英雄，也有一種男子所沒有的氣概。

梅：林四娘與晴雯的共同點是不怕死，尤三姐、鴛鴦也是不畏死。沒有對死的恐怖，沒有對功名、財富、權力的迷戀與牽掛，就會有勇敢。滿朝百官不及林四娘的背後是不及林四娘的心靈狀態。林四娘能放下功名之思，也就會放下膽怯。

劉：不錯，林四娘的傑出之處，不是她的力量，而是她的精神。她是一個失敗的英雄，她戰死了，「柳折花殘」了，但她為人間留下一種精神，一種男子所沒有的精神，滿朝文臣武將所沒有的精神。曹雪芹很了不起，他寫這段歷史，不是謳歌力量，而是謳歌精神，他禮讚的不是歷史的「量」，而是歷史的「質」，世界的「質」，這種質是真價值，大價值，但這種質並不在力量之中，而在精神之中。在力量的競爭中，勝利者並不一定代表歷史之質，當然，失敗者也不一定代表質，那些潰逃的紛紛將士能有甚麼質？但林四娘和她率領下的女性隊伍，她們的不怕「血淋白骨」、「馬踐胭脂」的精神，卻是一種永恆的美，永恆的價值。不管是林黛玉的《五美吟》，還是賈寶玉這首歌頌林四娘的《姽嫿詞》，都是在讚美女性於歷史活動中表現出一種男子所沒有的生命「質」與歷史「質」。因此，她們的犧牲死亡，她們所代表的「質」的毀滅，帶有更深的悲劇性。相對於林黛玉和賈寶玉，薛寶琴的《懷古十絕》就差一些，她的詩尚未寫出女性的質來。

梅：整部《紅樓夢》很偉大的地方，正是寫出中國女性特別是少年女性無與倫比的生命之質。她們的生命之質，又是歷史之質，宇宙之質。代表世界之質的是少女。進士、探花、榜眼、狀元以及功名，皇冠、爵位、門第等都不代表世界的質，惟有人的心靈、人的精神、人的品格、人的才華能代表世界的質。質不在「物質」中，不在色中，質在精神中，生命中、靈魂中，這是曹雪芹的基本價值觀，我覺得這是最正確、最偉大、最永恆的價值理念。剛才您對林四娘的價值闡釋，給我很大啟發，真的，勝負判斷、成敗判斷並不等於價值判斷。從力量上說，女子是弱者，但從精神上、性情上，女子則往往是強者。像晴雯這樣的小丫鬟，社會地位最低，最沒有力量，但她卻代表天地人間中最高的質，所以寶玉在《芙蓉女兒誄》中說她「其為質則金玉不足喻其色。」質、性、神、貌都是質。世界、宇宙的質不在金玉、冰雪、星日、花月之中，而在人的生命精神品性之中。讀《紅樓夢》，真該讀出這種「質」來。

劉：青春少女，勇敢少女，正是歷史之質的代表。這便是曹雪芹的歷史觀。曹雪芹確實了不起。他通過小說確立了一種偉大的價值觀。在功利的世界裏，總是權力、財富的力量壓倒精神的力量。人們只有權力崇拜、金錢崇拜、物質崇拜、力量崇拜。像晴雯所呈現的「質」，總是不被世界所承認，正如基督開始時不被世界所承認，蘇格拉底不被雅典公民所承認。由於認識不了歷史真正的「質」，所以社會便被暴力、權力與財富所支配，而真正的世界之質反而成為世界的罪人，或被毒死，或被送上十字架，或被當作狐狸精被逐出家園。功利的世界，金錢、暴力統治一切的世界，實際上是一個變質的世界，價值顛倒的世界，更向荒唐演大荒的世界，但是，人們習以為常，普遍認可。在兩百年前曹雪芹就對這種價值顛倒和世界變質具有最清醒的意識。《紅樓夢》的巨大悲劇意義，正是林黛玉、晴雯這種最高生命品質毀滅所蘊含的意義。

第六章　通觀美學與青春圖式

一、曹雪芹的通觀美學

梅：我讀過一些談論《紅樓夢》美學的文章，至今還未抓住要領。這部小說的語言藝術、敘事藝術、審美形式說不盡，但從美學上說，甚麼是曹雪芹的美學觀，換句話說，在曹雪芹看來，甚麼是美的本質、美的根源，他沒有直接回答。我們能不能討論一下這個問題。

劉：我在《紅樓夢的哲學內涵》已說過，曹雪芹的哲學是藝術家哲學，不是哲學家哲學，同樣可以說，曹雪芹的美學不是哲學家美學，而是藝術家美學。哲學家的美學，從柏拉圖（Plato）到康德（Kant）的美學，都是抽象的，脱離作家藝術家的具體實踐（只有總體的歷史實踐），而藝術家美學則是藝術家創作實踐中的美學。哲學家美學，用柏拉圖的話說，探討的是「美的共同理式」（普遍理式），是「美本身」，而不是具體的審美對象，也不是日常的審美經驗，即不是漂亮的小姐，不是美麗的珠寶、花瓶等等。他們的問題是美和美感如何成為可能。而藝術家美學則離不開具體的審美對象，它的重心不是回答「美是甚麼」，而是如何實現美、創造美，如何把可能變成現實，把審美理想轉化為審美形式。曹雪芹美學不是思辨美學，所以不能界定為哲學家美學。但是，他的巨大藝術實踐和巨大藝術成果，在客觀上卻回答了「美是甚麼」，美的本質和美的根源在哪裏。所以在探討曹雪芹美學時，絕不能用現有的美學概念去「套」，而應多從他的巨大藝術實踐總結出新的美學思想。只有這樣做，我們的探討才是有意義的，才不是多餘的。

梅：《紅樓夢》具有巨大的原創性，其小說敘事藝術在人類的文學創造史上，完全是一種巔峰現象。小說文本的原創性的背後是哲學觀、美學觀的獨一無二。我這麼講，雖是邏輯的語言，但我相信，它的美學觀需要我們開掘和表述。我迫切想聽您說說它的美學。

劉：把曹雪芹的美學界定為藝術家美學，並不是說，曹雪芹把美學等同於藝術，也不是說，曹雪芹的美學觀等於曹雪芹的藝術觀，這一點極為重要。雖然他的美學是藝術家美學，但他的美學觀卻大於藝術觀，或者說，他的美學觀是一種通觀美學，觀萬物萬有的美學。它是對宇宙、人類、世界尤其是對生命——包括人的生命和自然界生命的審美把握，不僅是對藝術的審美把握。因此，也可以說，曹雪芹的審美觀，就是他的世界觀、生命觀、宇宙觀。我們說他不是哲學家的美學，只是說他的把握方式不是哲學家的邏輯方式，而是藝術家的感性方式，他的審美觀不是由抽象的理性的語言表述，而是由具體的、感性的語言表述。等會兒我們一定會討論到曹雪芹最崇尚的少女，這是曹雪芹的主要審美對象，但這不是藝術，而是生命。「女兒」是曹雪芹眼中的世界之核，宇宙之心。他「為天地立心」，立的是「青春少女」這個美麗之心。

二、女兒本體論

梅：作家的思想，除了直接表述之外，主要還是通過作品表述。即不是直說，而是曲說，是通過作品中的人物、情節、結構、細節等方式呈現，與哲學家的哲學相比，作家的思想一般都深藏於作品深處，更須開掘。甚麼是美？哲學家可以直接回答，直接定義，而作家則只能曲折回答。按照您剛才的說法，曹雪芹的審美觀大於藝術觀，這就是說，《紅樓夢》中的詩學（林黛玉、薛寶釵、賈寶玉都有關於詩的見解，李紈也有）不等於就是曹雪芹的美學。但是，無論是哲學家美學，還是藝術家（作家、詩人）美學，都必須直接或間接地回答甚麼是美，您能不能說說，曹雪芹是怎麼回答的？

劉：《紅樓夢》美學，本可以作為一個學術專題認真研究。也許你可以做。今天我講的也許可作為你的思考提綱。我覺得，美是甚麼？美的本質與根源在哪裏？《紅樓夢》的全書已作了回答。答案異常明確：美是生命，美是青春生命，尤其是少女的青春生命。「女兒」二字，就是美的根源，美的本質。可以這麼說，曹雪芹的美學論就是女兒本體論，即青春生命本體論。少女，既是曹雪芹的「美的本質」，又是曹雪芹的根本審美對象。

我用如此徹底的語言來論說曹雪芹的美學之核，仍然覺得尚未盡意。所以我想借用康德的那個全世界都知道的表述方式來說明。他的形上倫理學最後的結論是從天上到地下，只有兩樣東西是最燦爛的，這是「天上的星辰，地上的道德律」。那麼，我們現在就該作這樣的表述，曹雪芹的審美宇宙圖式是：

天上的星辰，
地上的「女兒」。

康德的倫理宇宙圖式，強調的是道德的純粹形式和絕對性，因此導引出道德律令與內心的絕對命令；而曹雪芹的審美宇宙圖式則強調少女的純粹美感，結果導引出青春生命的絕對價值和女兒不要嫁不要死的癡情大夢。

梅：這樣表述真的徹底了。康德強調的是道德理性，曹雪芹強調的是生命價值。但他們都把人視為目的王國的成員而非工具王國的成員，在賈寶玉眼裏，「女兒」就是目的，他到人間來一回，就是為了觀賞女兒的美，領略女兒的情，他說他只託生一回，而這一回結束時（死時）只求有女兒眼淚的送別，這顯然既是美學觀，又是人生觀。以前您也說過美即生命，今天您把《紅樓夢》的美學觀作此表述，美的定義也更為徹底。《紅樓夢》確實洋溢着青春生命，把少女生命放在至高無上的價值塔尖上。

劉：表述得徹底，是因為曹雪芹的美學觀本身非常徹底。在價值塔上，他把「女兒」放在阿彌陀佛與元始天尊之上。在審美塔上，他用曲筆通過賈雨村描述甄府中的那個學生——甄寶玉時說得很透徹。尚未「浪子回頭」的甄寶玉，就是賈寶玉。甄、賈寶玉二而一，是一體的兩面，「假作真來真作假，無為有處有還無」。甄寶玉本真時這樣說：「必得兩個女兒伴着我讀書，我方能認得字，心裏也明白；不然我自己心裏糊塗。」又常對跟着他的小廝們說：「這女兒兩個字，極尊貴，極清淨的，比那阿彌陀佛、元始天尊這兩個字型大小遠更尊榮無對呢！」這就是曹雪芹的價值觀，女兒至上、青春生命至上的價值觀，這一價值觀也是美學觀。極尊貴者極清淨。唯識宗講淨染二法，曹雪芹主要是呈現禪宗思想，全書浸造禪宗的不二法門，唯獨對人世間卻用淨染二法加以自然分際，分為以男子為主體的泥濁世界和以女兒為主體的淨水世界。我說曹雪芹打破一切尊卑、貴賤、善惡、好壞、內外的界線，貫徹不二法門，卻守住了美醜之分，也就是淨染之分，泥濁之分，這不是「分別」，而是「了別」，即自然分別。曹雪芹很特別，他的哲學不屬於既有的某一家。因此，七、八歲時的賈寶玉也才說出與童年甄寶玉同樣意思的話：「女兒是水作的骨肉，男人是泥作的骨肉，我見了女兒，便清爽；見了男子，便覺濁臭逼人。」（第二回）《紅樓夢》在開篇第二回中，就把「女兒」這一核心價值確立起來，即把美之核心確立起來。所謂「女兒」，既非嫁出的女子，也非混沌未鑿的女嬰，而是指青春少女，即已萌動了戀情的「姑娘」。在曹雪芹的審美系統中，正是這種「女兒」，被放置於美的巔峰，被視為集天地精華的奇觀。曹雪芹也把花卉草木星星月亮等大自然的美視為審美對象，但他特別把人的生命景觀尤其是少女的青春生命景觀視為天地間第一美景，確認這是美的根本。女兒是美的軸心，萬物、萬有都跟着這一軸心轉，也都在這一軸心面前黯然失色。

梅：中外古今的作家藝術家，好像找不到第二個像曹雪芹這樣徹底地把青春生命提到這麼高的地位，提到美的本質的高度上，提高到超乎神聖價值（阿彌陀佛等）的高度。

劉：沒有，絕對沒有。沒有一個如此徹底。大哲學，精彩的哲學，都應具有徹底性。我們應當特別注意的是，曹雪芹的美學觀，又是曹雪芹的價值觀、世界觀、宇宙觀。也就是說，曹雪芹的美學是一種大觀美學，是用大觀的審美眼睛看一切，包括看世界看宇宙看人生看生命。李紈作為詩社的批評家，她評詩判決詩的水平，這也是審美，但此時的審美對象只是詩，只是藝術。賈元春省親時看弟妹們的詩，也是面對藝術的審美。賈政率領寶玉和一群清客給大觀園各館命名，他的選擇也是藝術批評，也是審美，然而，這都屬於小觀美學。大觀美學的審視範疇大於藝術美學與藝術批評範疇，美學大於藝術學。美學如果僅以藝術為對象為主題就會變成小觀美學。曹雪芹的大觀美學以世界、宇宙、人生為審美對象。他審視人，審美「女兒」，審視世界、宇宙的一部份，所以他把這部份視為天地精英毓秀的結晶，視為世界淨水領域的主體。

梅：中國的詩說、詞說、小說評點都屬小觀美學，但孔子、老子、莊子、慧能的思想中則有大觀美學。我正在做莊子的課題，覺得莊子的《逍遙遊》，也有一種大觀眼睛，他的審美觀也是他的世界觀。

劉：中國的通觀美學實際上是以審美的態度去立身去知人去論世去把握宇宙真諦。《紅樓夢》可視為中國美學的正典，它呈現了中國大觀美學的全部特色。《紅樓夢》中一切夢境，都是他的美學觀的對象化，無論是地上的大觀園與詩園還是天上的太虛幻境、警幻仙境都是其美學觀的對象化，但也是他的世界理想，他的理想國。曹雪芹的審美理想與人生理想、社會理想幾乎是同一的。

梅：曹雪芹夢境中的核心是少女，是清一色的少女，也就是說，他的世界之核是少女。他的大觀美學並非籠統的美學，而是非常具體、非常感性、非常獨特的美學。

劉：曹雪芹唯一牽掛的就是那些可愛的青春生命。賈寶玉只為她們發呆、流淚、痛哭，只為她們的消失而悲傷。《紅樓夢》的審美是對生命的審美，對青春的審美，對少女的審美，對女兒國的審美。《紅樓夢》的藝術魅力就在這裏，它的詩意源泉就在這裏。毫不含糊，毫不搖擺，唯一牽掛、唯一欣賞的就是少女的美貌、心靈與青春活力。

梅：曹雪芹把美的根源定位在青春生命，除了女性，應當也包括男性，即除了少女，也包括美少年，如秦鐘、水溶、蔣玉菡等，當然，少女是第一位的。

劉：不錯，凡是青春生命他都欣賞，只是真正美的源泉是少女。秦鐘所以也讓寶玉傾心，是他帶有少女的柔美和多情之美。賈寶玉本身也是如此，帶有少女的柔性美。

梅：賈寶玉是個男性的女性主義者。要說「男人的一半是女人」，他倒是典型的一個。

劉：你用「男人的一半是女人」來形容賈寶玉，十分貼切。寶玉在自然生命的層面上是男性，但在性情層面上則幾乎是女性，在心靈層面上更屬於淨水世界。他不是「花」（女性），卻又是花主（絳洞花主），女性之王。因此，他的審美也超越性別。你記得賈寶玉第一次見到秦鐘的印象嗎？他簡直在秦鐘的美貌之前嚇呆了，只覺得相形見絀，覺得自己雖然出身豪門貴冑，但在美之前，顯得污濁不堪，只有羞愧，可見他對美是何等醉心，何等傾倒。對秦鐘如此，更不用說對秦可卿，也更不用說在林黛玉、晴雯等少女面前是何等崇拜了。賈寶玉不在乎權勢、財富、功名，也不在乎各種偶像，唯一拜倒的就是青春生命，這是對美的投入，對美的傾倒。很特別、很徹底的一種審美態度。

梅：對秦鐘的一見鍾情，見到的只是身體，只是外表形體，賈寶玉就如此傾倒。他好像不考慮我們現在所說的內在的心靈美。

劉：賈寶玉對人的形體美貌有種特別的敏感。青春生命首先是貌美，是肌體的美，賈寶玉天然地醉心這種外在美。古希臘的審美何嘗不是如此。希臘和特洛依為海倫而戰爭，還不是為海倫的絕世美貌！希臘雕塑中，無論是女性的維納斯還是男性的擲鐵餅者，都是形體的魅力。曹雪芹並不知道希臘的審美歷史，但他的天性與希臘的審美天性相通。然而，這並不意味着曹雪芹的審美觸角不進入生命的內部。相反，曹雪芹更為傾倒的是那些既有形體之美而且擁有精神之美與心靈之美的生命，如林黛玉的生命。也因此，他才有對黛玉的特別依戀。不管是貴族還是「下人」，只要美就好，身為下賤，並不影響其身體之美，更不用說心比天還高的心靈之美了。曹雪芹對生命的審美，是真正打破尊卑、打破貴賤、打破等級等功利界線的審美，是純粹的審美。

三、質美·性美·神美·貌美

劉：曹雪芹美學觀的徹底性自然會呈現為審美的純粹性，如同大畫家梵高那種不知市場和世俗評價的純粹性。他看芳官看呆了，也是一種純粹性，並沒有任何佔有欲。其實對晴雯、鴛鴦等都沒有佔有欲。所謂「意淫」，便是沒有佔有慾望與佔有行為的對美女子的醉心，這便是審美。意淫，也可以解釋為通過想像實現對審美對象的愛欲。這是曹雪芹很特別的一種思想，不同於柏拉圖的精神之戀。可是曹雪芹的時代還沒有「美學」一說，自然也不會使用審美這個概念。其實，曹雪芹是以對少女的審美關注代替宗教偶像崇拜的第一人，是近代以美育代宗教的真正先驅者。他那以「女兒」生命代替阿彌陀佛元始天尊的勇敢設想，正是近現代審美理想的偉大曙光，也是青春生命在大地上站立起來的偉大號角。在曹雪芹的價值圖式裏，站在第一級位置的竟是青春少女，不是神靈偶像。換句話說，神靈的權威與啟示，還不如少女生命的青春氣息。因此，在《紅樓夢》中代表至真至美至善的，不是神，不是佛，不是帝王將相，不是聖人聖賢，而是少女生命的純粹主體，不為世俗功利所污染的純粹主體。賈寶玉對林黛玉的愛，其深度超過對寶釵也在於此。林黛玉完全超功名、超功利，雖有小脾氣，卻有赤子之心，帶有更多的天真天籟，因此，在寶玉心目中就顯得更可愛更美。寶釵的形體是少女中最完美的，但因為心存世故，而且總是要勸說寶玉走仕途經濟之路，擺脫不了功利之思，這就削弱了她的美。可見，賈寶玉所體現的曹雪芹的審美觀，是進入人的內心的，那是曹雪芹的另一個本體性宇宙，那裏的無盡靈性與無盡之美，曹雪芹顯然也激賞不已。賈寶玉在《芙蓉女兒誄》中謳歌晴雯之美，包括內外四維：「質」、「性」、「神」、「貌」。（其為質則金玉不足喻其貴，其為性則冰雪不足喻其潔，其為神則星日不足喻其精，其為貌則花月不足喻其色。）四項中惟有貌屬形體之美，其他的質、性、神三項皆屬內在的靈魂之美。曹雪芹的夢中人，情癡情聖，應具有內外相應的四維完整的美。四美兼而有之，是曹雪芹的審美理想。

梅：要說美即超功利，曹雪芹倒是一個範例。只要青春生命在，他就懸擱世俗的一切概念和一切功利尺度，直觀生命之美，顧不得其他了。最高的美，不是物，也不是神，而是人，是人的年輕生命，這種徹底的美學觀給我們以巨大的啟迪。我們不要到天上到彼岸世界去尋找美，也不應該在此岸世界的功利場上和珠寶堆中去尋找美，而應當在人的生命尤其是青春生命中去尋找、去發現。這些美就在我們身邊，就在我們附近。

劉：不錯，美就在附近，美的資源就在附近，就在你的友人、你的學生身上，就在你的小寶寶身上。所以我在悟語中說，中國文學史上有兩隻天眼，兩個美的大發現家：一個是陶淵明，他發現身邊的田園農舍，舊林南山這些平凡之地的無盡之美；一個是曹雪芹，他發現身邊的姐妹、丫鬟、戲子這些平常閨閣女子的無盡之美。陶淵明的審美對象是大自然，曹雪芹的審美對象是青春的生命。兩人都把自己的發現推向極致，都呈現為高度的藝術美，舉世無雙的純粹美。

梅：曹雪芹對青春生命之美的發現，真是驚天動地。所以他用十年的日日夜夜，辛苦耕耘寫作，塑造出不同類型的美，建構了生命美的系列。這真是奇蹟。在中國文學乃至全世界的文學史上，我們似乎找不到如此豐富、燦爛的至真至美生命系列。中國古典長篇小說中也塑造女子形象，但多數都只有美麗的外表，不能在質、性、神、貌等四個維度上全面讓人傾心。《三國演義》形體最美的要算貂蟬與孫夫人，卻都成了政治工具。《水滸傳》的女子多數被歪曲，要麼是魔女，要麼是尤物，惟有扈三娘武藝高強又漂亮，但是看不到她的性情。《金瓶梅》的婦人系列，多半慾望壓倒性情，談不上精神品質和高貴氣質。《西遊記》雖有童心，有天真，但其中最可愛的觀音菩薩，是神而不是人，至於其他女子形象，則多半是妖精。吳承恩好像也不會欣賞少女青春之美。倒是《聊齋誌異》中有些深情女子可愛，雖然被賦予「狐精」的外殼，但仍然可感受她們的青春氣息和生命之美，像那個笑個不停的嬰寧、就顯得非常可愛。但與《紅樓夢》的「女兒」們相比，其生命的文化含量和詩意含量，就顯得單薄。

劉：在人類文學史上，可以和曹雪芹比美的是莎士比亞，他也塑造了詩意女子生命系列，美不勝收。其中也有讓世界傾倒的少女形象，青春生命形象，如茱麗葉，成了世界公認的「情聖」，還有《哈姆雷特》中的娥菲莉亞，都是質、性、神、貌四者兼備。莎士比亞的美學觀與曹雪芹不同，他並不認為女子嫁人之後就成了死珠子，像埃及女王屈力奧特佩拉（Cleopatra），嫁給兩個羅馬英雄，仍然充滿生命魅力。我們不能要求文學作品都要具備莎士比亞和曹雪芹的美學觀。有些作品，例如但丁的《神曲》和塞萬提斯的《唐吉訶德》，他們通過另一種方式呈現美，也無不可。但不可否認，曹雪芹確實創造了美的奇觀，青春生命之美的奇觀。

梅：在《紅樓夢》眾女子中，能體現曹雪芹最高審美理想的大約是林黛玉與晴雯。這兩個形象兼有質美、性美、神美、貌美。曹雪芹的審美理想是兼美的理想。是兼有形美與神美，內在美與外在美的理想。到美國來讀書，接受較多西方說法，所以我在許多文章中都特別注意女性身體，喜歡分析身體語言，但是，完整的深邃的美畢竟應當是內美外美兼有，時間沒法剝奪的、最為珍貴的畢竟是心靈之美。林黛玉與晴雯內心都有一種高傲，一種沒有奴顏媚骨的高傲。這種高傲，正是人的尊嚴。曹雪芹的審美，有一個不可忽略的要點，便是對這種尊嚴美的欣賞。您在「悟語」中說，林黛玉是引導賈寶玉的「第一女神」，晴雯是引導賈寶玉的「第二女神」，真是這樣。晴雯臨終時剝下指甲贈給寶玉並對賈寶玉說的一席話，真是人權獨立宣言，美極了。沒有這篇宣言的激發，寶玉可能就寫不出《芙蓉女兒誄》這篇千古絕唱。

劉：曹雪芹把青春生命視為美的根本，把生命的質美、性美、神美、形美視為美的內涵，這是生命美的四個維度。把握四大維度，再加上天才的大手筆訴諸形象，便形成完備的審美理想。第二十三回，寶玉剛搬進大觀園，興奮之餘寫了幾首即興詩，其中有句「枕上輕寒窗外雨，眼前春色夢中人」。所謂「夢中人」，就是理想中人，小說中的十二釵都是夢中人，而寶玉身心深處的第一、第二夢中人應是林黛玉和晴雯，她們倆的特點確實是四美兼有，尤其是內心遠離世俗的泥濁。兩人都被界定為芙蓉仙子，即處污泥而不染，自有一番高潔高貴。在中國，要守持內心的驕傲與尊嚴是很難的事，但她們兩個，都用生命護衛了自己的驕傲，實現了「質本潔來還潔去」的人生之旅。在《紅樓夢》諸女子中，她倆抵達了美的制高點。在曹雪芹的審美眼睛中，黛、晴兩人正是四維空間的生命宇宙。美極了！

梅：曹雪芹把青春生命的景觀視為美的根本，但他似乎並不要求這種生命的絕對完美，例如，晴雯就有許多缺點。

四、情癡．情毒．情悟

劉：這是很重要的一點。曹雪芹呈現的是人之美，不是神之美。神可以完美無缺，沒有缺點弱點，但人之美總是有缺陷的美。有缺陷才是人，才是真實的美。分析曹雪芹的人性系統與審美系統，我們可以歸納出他對於人，包括對於青春生命的三點最重要的見解：（一）人，尤其是青春生命的每一個體都是珍貴的，無論何種出身，何種地位的生命都是價值無量的；（二）人，包括很可愛的青春女子，都無須盡善盡美，她們可以有缺點，甚至有嚴重缺點，這些缺點並不影響美；（三）應當給這些美好生命以生命尊嚴，傷害她們的身心乃是人間的第一等大事。曹雪芹筆下最可愛的人物林黛玉、晴雯等都有許多缺點。賈寶玉本身也是如此。

梅：林黛玉屬於「情癡」、「情絕」、「癡絕」，一旦癡到了絕，就會產生嫉妒。我把嫉妒視為「情毒」。在《論金庸小說的性別政治》中，我特別提到《紅樓夢》的「情癡」、「情毒」描寫。我唸一遍給您聽：「《紅樓夢》以來的中國古典浪漫文學傳統，有關『情癡』與『情毒』的描寫比比皆是。似乎情不癡不毒，就不足以達到一定的美學效果。中了情毒的女子，如《紅樓夢》中的林黛玉不惜自殘、自傷和自毀，把自己義無反顧地投入死亡的懷抱中。晚清的狎邪小說把『情毒』移植到青樓的風月言情中，產生了一批黛玉的忠實追隨者，如《花月痕》的劉秋痕毅然以身殉情，《海上花列傳》的李淑芳不惜慢性地摧殘自己的身體，直至死亡。民國時期的鴛鴦蝴蝶派，如徐枕亞的《玉梨魂》也延續了這種充滿病態與死亡的情癡與情毒。」我還談到金庸筆下的梅超風、李莫愁等自虐型的情毒。不知您同意不同意我的這些看法。

劉：你在一九九八年金庸的小說討論會上講了這一觀點，我至今還有印象。但是，我覺得以「情癡」來描寫林黛玉當然是對的，但用「情毒」則未必妥當。《紅樓夢》中有情毒，那是沾上男人的毒素所造成的病態，如王熙鳳、夏金桂就是，她倆在形體都很漂亮，前者且不說，後者在寶玉眼裏「舉止形容也不怪勵，一般是鮮花嫩柳，與眾姐妹不差上下的人」。（第八十回）一個形體如鮮花嫩柳的人，一旦為人性的毒液所侵蝕，內心失去天真寧靜，便會如蛇蠍狼虎，遠離青春生命之美。這種人性的崩潰，正是美的崩潰。曹雪芹的審美眼睛除了對青春的審視，也對青春變質的審視。從美學大範疇上劃分，林黛玉等青春生命的毀滅屬於悲劇；夏金桂等生命的變形變態屬於荒誕劇。

梅：王熙鳳、夏金桂屬於「惡之花」，金庸筆下的梅超風、李莫愁也屬於「惡之花」。林黛玉則是至真至柔的美之花，是完全不同的質。但王熙鳳、夏金桂的童孩時代、少女時代或許也擁有真純。金庸的梅超風，開始也是一個「天真浪漫的女孩子」，因為懼怕師父黃藥師，和丈夫私奔，並練就「九陰白骨爪」。可是，師父的名字成了她的符咒和重壓，用「情毒」二字描寫梅超風、李莫愁是很恰切的。用在王熙鳳身上也是貼切的。賈璉的一切外遇都使她產生「情毒」，特別是對尤二姐，她更是以其毒而加以殺害。這之前，她「毒設相思局」（第十二回）把賈瑞置於死地，也是一種情毒陰謀。《紅樓夢》中還有一個典型的「情毒」是薛蟠的妻子夏金桂，她作踐香菱、作踐一家，連寶玉都想不通怎麼會有「這等樣性情」、「奇之至極」（第八十回）。王熙鳳和夏金桂都是中了嫉妒之毒而變成虐待狂。林黛玉雖也會嫉妒，但與王熙鳳、夏金桂這種嫉妒完全不同。黛玉的嫉妒沒有任何侵略性、攻擊性，不傷害他人。她的嫉妒「止」於自愁，「止」於嘲諷，不過是深情的一種表現形式而已。嫉妒時的情感仍然很真很美。曹雪芹的審美理想，是古典式的純情美，林黛玉的嫉妒也體現着這種審美理想。

劉：這樣解釋就更有説服力了。林黛玉和夏金桂的嫉妒有質的不同，這是情癡與情毒的區別。你能給林黛玉摘掉「情毒」的帽子，我很高興。林黛玉和賈寶玉都有一個從情癡到情悟的過程。尤三姐「恥情而覺」，也是因情而悟。黛玉燒詩稿，寶玉出家，也是悟到人間沒有情愛的自由，最該執着的最美好的東西，也歸於空。這是曹雪芹的悲觀主義。但由此悲觀，才有對世界人生困境清醒的認識。

第三輯

第七章　父與子的衝突

一、賈政的焦慮

梅：您常和我談起《紅樓夢》父與子（賈政與賈寶玉）衝突的多重內涵，但我沒有記錄。這個題目是小說的主旨之一，我想再深入一些和您討論。

劉：父與子的衝突，是文學的重大母題之一。但是，往往是指父輩與子輩兩代人由於時代的推演而形成的矛盾，即兩代人的代溝，例如屠格涅夫的《父與子》就是這樣的主題。但《紅樓夢》中賈政與賈寶玉的衝突，其意義要廣泛與深邃得多。他們不是兩個時代的代表，而是時間長河中兩種人性、兩種價值觀、兩種立身態度、兩種生存狀態的衝突。正是涉及到如此普遍性的課題，才值得我們認真思索。

梅：兩種人生觀、世界觀，兩種人性與兩種立身態度，不是時代性問題，而是時間性、永恆性問題。

劉：不錯，有些父與子的衝突，其內涵是非常膚淺的，例如賈赦與賈璉、賈珍與賈蓉之間也有衝突，但只是皮毛的、情緒性的、面子性的小利益的衝突，其矛盾沒有靈魂的內涵，不值得我們去多費心思；但賈政與賈寶玉的衝突不同，其矛盾涉及到社會學、文化學、倫理學、美學、哲學等多重內涵。

梅：賈政與寶玉的衝突，有靈魂的層面，人生觀的層面，但又有利益的層面。賈政恨寶玉，恐怕也是從家族的利益出發，恨鐵不成鋼。

劉：首先當然是利益的衝突。這對父子的衝突非常激烈，從寶玉滿一週歲時，賈政要試他的將來志向，便把世上所有之物擺了無數，讓他來抓取，寶玉偏偏一概不取，伸手只把些脂粉釵環抓來，那一時刻，賈政就大怒地叫喊「將來酒色之徒耳」，可見衝突是從寶玉有知覺就開始了。後來賈政那樣毒打寶玉，實在是積恨太久，對寶玉太失望了。賈政如此失望、如此憤怒，當然是家族利益問題。第二回冷子興介紹賈府時說：「有一件大事：誰知這樣鐘鳴鼎食的人家兒，如今養的兒孫，竟一代不如一代。」這種「一代不如一代」、後繼無人的危機，即「斷後」的危機，在賈府中感受最深最痛切的是賈政，秦可卿、王熙鳳也敏感到，但痛徹肺腑的是賈政，只有他才真正明白這是「頭等大事」，致命大事。在中國宗族社會中，無後是天大的事，賈政不是無後，而是大兒子賈珠夭折，賈環是個劣種，本可期待的賈寶玉卻完全是個「好色之徒」，一個拒絕「齊家治國平天下」的異端孽障。這樣，賈府到了寶玉這一代，就沒有接班人了。

梅：賈氏是世襲貴族，寶玉雖然痛恨科舉，不也可以承襲爵號嗎？

劉：賈政是個叫做「員外郎」的部員，中等官銜。他的胞兄賈赦世襲榮國公爵號。但是並不是所有的貴族子弟都封爵，例如賈蓉，他只能買了個虛銜。而且，宋代之後，由於科舉的充份發展，出現許多白衣卿相，社會風氣也隨之變化，人們愈來愈瞧不起只靠門第沒有功名的貴族子弟，在那種歷史場合中，具有家族責任感的賈政，其焦慮是可以理解的。他焦慮的是「家族」，而不是制度。寶玉不是反封建的自覺戰士，賈政也不是維護封建制度的自覺衛士，他只是一個有責任感的家族優秀子孫。

二、正統與異端

梅：所以您一直不贊成把賈政和賈寶玉這對父與子的衝突界定為封建與反封建的衝突。

劉：這種界定太意識形態化，也太本質化。我和你說過，本質化就是簡單化。我不認為賈寶玉有預設性的反叛。他的思想與行為雖有挑戰性，但不是刻意造反，不是刻意把父親當作封建主義的代表人物加以抗爭。賈寶玉拒絕正統所設置的道路和「從來如此」的理念，是個異端性人物，但不是一個反對封建制度的自覺戰士。如果把寶玉界定為「戰士」，以為他也企圖改造社會、改造世界，那就變成一種妄念，一種強加給賈寶玉也是強加給曹雪芹的妄念。

梅：您把賈寶玉視為異端性人物，那麼，賈政與賈寶玉的衝突，是否可視為正統與異端的衝突？

劉：可以這麼看。賈政的「政」與「正」字相通。王熙鳳稱探春是「正人」，第一個意思是嫡系正統子孫，第二個意思是指正派、正經之人。賈政的名字也可作此解讀。如果我們再把意思伸延一下，則可認為賈政乃是儒家正統代表，他和兒子賈寶玉的衝突，是正統人與檻外人的衝突，也就是道統與異端的衝突。妙玉稱自己是「畸人」、「檻外人」，其實，《紅樓夢》中最大的檻外人是賈寶玉和林黛玉。這個「檻」，既是狹義的鐵門檻，又是廣義的文化理念之檻。在賈政眼裏，寶玉這個「孽障」，走得太遠了，家門之檻、族門之檻、道統之檻、道德之檻、聖賢之檻、科場之檻，全都走出去了，甚至連貴賤有別、尊卑有別、男女有別等檻也跨越過去了，完全是個逆子。檻外人就是異端，《紅樓夢》是中國文學、文化史上最偉大的異端之書。

梅：賈政正如您所說，是賈府裏的孔夫子，崇尚孔孟等聖賢之書，也把孔孟的儒統視為正統、道統，而賈寶玉恰恰在這個根本點上與賈政衝突。

劉：不錯。當時讀甚麼書，崇尚甚麼典籍，不是小事，而是人生道路的選擇。一個非常有趣也非常重要的細節是第七十八回，曹雪芹在描寫賈政對兩個兒子（寶玉和賈環）的印象時，對寶玉做了如此評價：「那寶玉雖不算讀書人，然而他天性聰敏，且素喜好些雜書……」今天我們會覺得很奇怪，寶玉那麼有才氣，讀了那麼多書，賈政竟然認為他「不算讀書人」。我們覺得怪，但在賈政看來，讀詩詞讀雜書不算讀書，惟有讀聖賢書和八股文章才算讀書，而所謂聖賢書和八股文章，其實都是謀取功名和官位的敲門磚而已。寶玉天性酷愛自由，拒絕走仕途經濟之路，當然也就不喜歡閱讀那些枯燥無味、沒有靈性的「文章」。第二回《西江月》詞對他的描述中有「潦倒不通世務，愚頑怕讀文章」，正是他的寫照。寶玉這種「乖張」，在當時的貴族侯門之家，是很嚴重的事，完全背離正統規定的人生道路，從根本上違反「修身齊家治國平天下」的儒家目標。這不能不使賈政大失所望。最讓賈政傷心的便是寶玉遠離聖賢遠離正道、「於家於國無望」的選擇。這種選擇完全是異端的選擇。

梅：賈政對寶玉的拒絕聖賢、「怕讀文章」非常憤怒，是從家族的利益原則出發，這還屬於形下層面，如果從形上層面看，賈政是不是覺得寶玉違背儒家倫理、儒家哲學，太偏於禪莊哲學甚至是整個佛釋哲學？

劉：賈政的儒家立場是比較徹底的。儒家有形上層面，也有形下層面，但基點是形下。這一點，幾十年前張君勱先生在《儒家哲學之復興》中就已指出。這就是說，賈政更關注的是現實利益，但是，他並沒有毀僧謗佛。儒與佛有矛盾。唐代韓愈站在儒的極端立場，作《諫迎佛骨表》，反對迎供佛骨，惹怒了唐憲宗，差點被處死，幸而宰相裴度等人竭力求情，才免於一死，改貶放潮州刺史。在韓愈的道統眼睛看來，佛是異端。但是，除了韓愈的這種極端立場外，許多士大夫並不覺得儒、釋不可調和，韓愈的同時代人柳宗元就覺得兩者可以互通。宋明之後，許多崇儒的士大夫也追求「禪悅」，以禪味為雅味，有的甚至一面當儒士，一面當居士，最後甚至是儒、道、釋合一。魯迅先生在《吃教》一文中說過這樣一段話：「中國自南北朝以來，凡有文人學士，道士和尚，大抵以『無特操』為特色的。晉以來的名流，每一個人總有三種小玩意，一是《論語》和《孝經》，二是《老子》，三是《維摩詰經》，不但採作談資，並且常常做一點註解。唐有三教辯論，後來變成大家打諢；所謂名儒，做幾篇伽藍碑文也不算甚麼大事。宋儒道貌岸然，而竊取禪師的語錄。清呢，去今不遠，我們還可以知道儒者的相信《太上感應篇》和《文昌帝君陰騭文》，並且會請和尚到家裏來拜懺。」我們看到賈府裏也是三教並存，賈寶玉丟了那塊口啣的寶玉，賈政也不會反對請和尚道士來唸佛唸咒。賈母到清虛觀祈福，妙玉在賈府的櫳翠庵當帶髮尼姑，賈敬煉丹，迎春讀《太上感應篇》，可以並舉並置，因此，不能籠統地說，靠近佛就是異端。賈寶玉的異端性，是不僅不把孔孟之道看在眼裏，一直未能聽信警幻仙子關於「委身孔孟之道」的勸誡，而且也不迷信釋、道偶像，以至把「女兒」二字放在阿彌陀佛和元始天尊之上。一個公然宣稱「女兒二字比阿彌陀佛和元始天尊還尊貴」的人，不是佛道的異端是甚麼？可是，也沒有那麼簡單。賈寶玉是禪宗式或者說是慧能式的異端，他沒有任何偶像崇拜，也不熱衷於釋道的表相文章，但對於儒、道、釋三家深層的文化內涵、哲學內涵，他還是敬重的。例如他反對儒的典章制度與意識形態，卻仍然是個孝子，很重親情，很孝順父母；他調侃佛、道的表面文章，卻不排斥「心誠」的信仰。特別是對於禪宗的超脱態度和大乘佛教破一切執的深層啟迪，他比任何人都更深地心領神會，因此，他才能破一切「檻」的限制，包括破「文死諫」、「武死戰」的道統之檻以及八股取士的科場之檻，成為一個徹裏徹外的檻外人。賈政與賈寶玉的衝突，不是籠統意義上的儒與釋的衝突，而是正統的檻內人與異端的檻外人的衝突。當然，對於賈政來說，寶玉最不該的是打破了道統、學統這個大檻。曹雪芹筆下這個主人公，其異端內涵非常特別，很難用某種文化衝突、哲學衝突去概括。

三、世俗貴族與精神貴族

梅：寶玉週歲時就本能地抓住胭脂釵環，這不是意識層面的行為，而是潛意識層面的行為，本能的行為。這說明日後他的選擇，包括「愚頑怕讀文章」、乖張拒絕科場之路，都是天性使然。

劉：出自天性的東西更難變動。理念可以變，但天性難變。寶玉的自然性情，女兒傾慕，平等情懷都不是觀念，所以父親的棍棒打不掉。同樣，一個基督教徒，具有天生的慈悲心靈與入教後才接受慈悲理念是有區別的，後者容易變。能修煉到不變就很了不起。賈寶玉具有天生的善根、慧根，他的選擇是他的根性所決定的，這讓他的父親母親特別氣惱。

梅：寶玉的對人平等態度、兼愛泛愛精神恐怕也是善根使然。他那麼自然地打破貴賤、尊卑、內外等級森嚴的界線，呈現一種感天動地的平民精神，也使固守貴族等級觀的父母大為惱火。賈政痛打寶玉，雖是兩個個體生命的衝突，雖不能說是兩代文化代表的衝突，但也包括着很深的文化內涵。

劉：賈政痛打寶玉，把父子的衝突推向高峰，幾乎接近你死我活。這一事件值得剖析一下。賈政的兇猛出手，固然是長期積恨的結果，但導火線的兩個原因值得注意，一是忠順王府的長史官來討親王的寵伶琪官，暴露了寶玉私藏蔣玉菡的秘密。二是賈環進讒誣陷，說金釧兒跳井自殺是寶玉「強姦不遂」

造成的。兩件事在賈政看來都是極為嚴重的大事，都損害賈家面子，大壞門風，尤其是第一件事，還涉及到與其他王公權貴的關係，更是生死攸關。因此，他在氣頭上罵那些勸阻的人說：「你們問問他幹的勾幹可饒不可饒？素日皆是你們這些人把他釀壞了，到這步田地還來幫助。明日釀成他弒君殺父，你們才不勸不成。」（第三十三回）這裏賈政罵出「弒君殺父」四個字才是要害。換句話說，賈政已認定寶玉犯了不忠不孝的違背儒家最高倫理道德的罪，絕對不可饒恕。這種判斷，是道統法庭的判斷。在我們今天看來，寶玉只是做了兩件出自自然天性的性情之事，任何一個具有自由天性的人都可能做出的事。至於金釧兒跳井，那倒是大事，但這是王夫人一手造成的。賈政不分青紅皂白，如此給賈寶玉「上綱上線」，不作任何「調查研究」，倒真正是一種殘酷的父權專制。只是他的棍子不能簡單地意識形態化為封建專制棍子，倒是一種以忠孝為本的儒文化棍子。賈寶玉私匿戲子和片刻調情，也不是甚麼反封建。

梅：寶玉是有越軌行為，有悖於儒家「非禮勿視、非禮勿動」的聖賢遺訓，但不是預設性的對封建意識形態和封建制度的反抗。這場衝突，我們寧可視為兩個個體生命的衝突，自然生命與道德生命的衝突。這樣闡釋也許比那種「封建與反封建的鬥爭」的解說更合理。

劉：不過，這場爆發性的激烈衝突，也輻射多方面的內容，其中有一項是貴族等級觀念與平民精神的衝突。寶玉作為一個貴族子弟，他身上卻有一種很了不起的打破貴族與平民界線的精神。不僅齊物，還齊人，這是莊子的齊物精神，也是慧能的不二法門。我說寶玉具有基督、釋迦式的大慈悲，就體現在這種無分別的立身待人態度中。在賈政心目中，皇上與臣子、上等人與下等人，涇渭分明，不可混淆。而寶玉偏偏內與丫鬟戲子廝混，外與蔣玉菡、柳湘蓮等三教九流的「邊緣人」鬼混，這還了得！

梅：蔣玉菡這些戲子，的確都屬「邊緣人」，但寶玉視他們為朋友。寶玉的平等心性，非常徹底。

曹雪芹用「身為下賤，心比天高」形容晴雯。寶玉也是如此看人，不看人在世俗社會上的位置，而觀其心靈是否高尚純正。只有濁淨的自然分野，沒有等級的高低分別。他書寫《芙蓉女兒誄》是把一個奴隸抬到天使的高度上，當然也遠比貴族老爺太太們高尚高潔。寶玉這種心性真是一種生命奇觀。可惜賈政完全不明白。

劉：寶玉天然具有平民精神，但他又天然具有貴族精神。五四運動陳獨秀在《革命文學論》中提出要「推倒貴族文學」，沒有分清貴族特權與貴族精神的概念，在大概念上發生錯位。反對貴族特權有其歷史合理性，但不可籠統反對貴族精神，貴族精神的核心是「自尊」，很講人的尊嚴，人的驕傲，嚴守做人的道德邊界。像賈赦、賈璉、賈蓉這些人已完全喪失貴族精神，沒有道德底線，反而是寶玉具有貴族精神，他尊重下人，也尊重其他一切人，包括非常尊重他的父母，沒有任何野蠻與下流行徑。尼采的問題是維護貴族等級偏見，宣佈要向下等人開戰，但他概括的貴族精神卻是對的。曹雪芹既從根本上揚棄貴族等級觀念又持守貴族的高貴精神，體現在寶玉身上也是如此，他「外不殊俗，內不失正」（嵇康語），就是在世俗社會中他沒有等級觀念，不與眾生分別分殊，但內心卻保持貴族的尊嚴和心靈準則。賈政相反，他在外頭很擺貴族姿態，內裏卻也會走私舞弊，如對賈雨村放縱薛蟠一案，他實際上是同謀。

梅：《紅樓夢》本身也是貴族文學，或者說是具有平民精神的貴族文學。賈寶玉和林黛玉、薛寶釵及大觀園詩社中的女詩人們不僅是一般的貴族，而且是精神貴族。父與子的衝突，是否也可視為世俗貴族與精神貴族的衝突？

劉：你的這一看法很好。寶釵稱寶玉為「富貴閒人」，富貴而且閒散。這閒散態度，就是放得下的態度，富貴閒人也就是精神貴族。從賈母到黛玉、寶玉、史湘雲等，都是精神貴族。精神貴族的特點是與現實社會功利拉開距離，擁有自己的心靈時空。賈政是富貴大忙人，缺少這種時空，即使有，心性上也放不下，無法超越權力、財富、功名的羈絆。賈政那麼蔑視詩詞、小說，未能看透八股文章便是骨子裏被功名所牽制，自然也當不上精神貴族。但世俗貴族也有其存在的理由。他們遵循的是世俗生活原則和社會性倫理，而精神貴族則是想跳出世俗原則。賈政與賈寶玉的衝突，用當代哲學語言把握，便是世界原則與宇宙原則的衝突。如果用佛教哲學語言去把握，則是俗諦與真諦的衝突。佛教講真俗二諦，諦是真理。真理有「世俗的真理」與「超越的真理」之分。世界原則講的俗諦，宇宙原則講的是真諦。兩諦都有充份理由。

四、世界原則和宇宙原則

梅：您和林崗在《罪與文學》關於《紅樓夢》的一章，指出林黛玉與薛寶釵所呈現的不同精神理念是曹雪芹靈魂的悖論。林黛玉負載的是中國文化中重自然、重自由、重個體生命的一脈；而薛寶釵負載的是重倫理、重教化、重秩序的一脈。曹雪芹在當時的歷史語境中心靈的天平傾向於前一脈，呼喚的是對個體生命尊嚴與自由的尊重，但並不攻擊後一脈。看來寶釵很認同賈政的俗諦即世界原則。

劉：是的，抓住悖論，也許可以更深地探索曹雪芹靈魂深處的奧秘。我和林崗所講的這對悖論，不僅是中國文化的悖論，應當也是人類世界大文化的悖論，這是永恆的兩種大原則、兩種基本價值觀的矛盾與衝突。前者屬於世界原則，強調國家價值、群體價值、生存秩序價值，後者屬於宇宙原則，強調超越價值，個體生命的價值，兩者都有充份理由。但是偉大的文學家一定是強調國家是人的公僕，不會強調人是國家的公僕。俄羅斯文學在十九世紀創立了兩座無可爭議的文學巔峰：托爾斯泰和陀斯妥耶夫斯基，正是他們倆打通了文學與宗教，把握了世界原則與宇宙原則的悖論，特別強調了高於世界原則的宇宙原則。世界原則就是賈政、薛寶釵遵循的秩序、倫理、教化等，而宇宙原則則是賈寶玉、林黛玉所強調的與天地獨往獨來生命自由的原則。

梅：世界原則與宇宙原則的衝突，麵包原則（社會功利）與心靈原則的衝突，您和林崗在闡釋《卡拉馬佐夫兄弟》中的大法官寓言時說得格外清楚。宗教大法官在政教合一的世界裏，他代表麵包和秩序，因此，當代表自由和個體生命尊嚴的基督出現在面前時，他反而驚慌失措，請求基督走開，不要來影響正在運作中的世界秩序。

劉：賈政就像那個大法官，他遵循世界原則，當基督似的賈寶玉出現時，他覺得不自在，覺得影響賈府的世界秩序，因此總想讓寶玉走開。薛寶釵毫無疑問也愛寶玉，但也明白寶玉的言行有礙貴族生活秩序，因此，她在衝突中是認同父輩的原則的。黛玉和寶玉的這種情愛則符合宇宙原則，但不符合世界原則，或者說，符合心靈原則，但不符合功利原則。作為貴族之家的責任承擔者賈政和他的母親是不能不把功利原則放在優先地位的。而作為偉大的文學家的曹雪芹，他可以理解賈政、賈母的立場，但不能認同這種立場。他只能把心靈原則、宇宙生命原則放在至高無上的地位從而確立他的精神坐標。

梅：但是，薛寶釵與賈母不同，她本身是個年輕、美麗的生命，難道她不考慮自身生命的價值嗎？

劉：這正是薛寶釵的悲劇所在，她是個活生生的青春生命，但她不像林黛玉那樣去努力實現自己的生命要求和情愛要求，而是努力遵循世界原則而壓抑生命原則，把生命激情壓向內心深處。她不是無情，而是把情壓抑下來，壓到秩序之中，壓到道德裁判所允許的範圍內。她服從的秩序，包括社會秩序、家族秩序、道德秩序，並不是最高的價值，支配這種價值背後的那種力量，並非宇宙間最高的質。在曹雪芹看來，最高的質應是超越這種力量的另一種永恆的東西，那就是情。把情撲滅下去，符合世間原則，但不符合宇宙—生命原則。薛寶釵是服從秩序原則對情進行自我消解與自我撲滅的悲劇，而林黛玉則是被秩序與道德的合力所撲滅。林、薛兩者都帶有很深刻的悲劇性。

梅：說寶釵「任是無情也動人」，可作表層閱讀，解釋為她雖冷然，但還是美麗動人；也可作深層閱讀，解釋為您剛才所說的是一種自我壓抑，一種很深的悲劇美。不過，寶玉對於寶釵未必理解到這一層吧。

劉：也許是。但寶玉對寶釵最為反感的是她有時甚至作為秩序的代言人來教導他。也就是說，自我壓抑也就罷了，還要去壓抑別人。這就是說，寶釵並沒有意識到她在自我壓抑，而是感到自己具有順從的美德。因此，她在批評、教導寶玉時是具有道德的優越感的，這也說明，重倫理，重秩序這套世間原則已進入寶釵的潛意識層面，這實際上是更深的悲劇。寶玉感到困惑，怎麼好端端的一個乾淨「女兒」，也染上國賊祿鬼的病毒，勸他走仕途經濟之路。我覺得王國維了不起，在德國哲學中，他選擇了康德、叔本華，沒有選擇黑格爾，黑格爾認定精神是在國家歷史的力量中實現，自由是必然之果，是認識了的必然。康德則強調人乃是目的王國的成員，並非實現國家目的與歷史目的的工具。精神也應當通過自由個體的人去實現，王國維確認《紅樓夢》不是政治的、歷史的、國民的，而是宇宙的、哲學的，意義非常重大，這就為《紅樓夢》的評論奠定了最正確、最堅實的基礎。曹雪芹通過賈寶玉這一形象的人生選擇，也是在說明，精神與智慧只能通過自由個體去完成，不是通過國家機器的組織力量去完成。科舉，仕途經濟之路不是產生智慧的道路而是堵塞智慧的道路。當所有的讀書人都被科舉被八股的概念抓住了靈魂的時候，這個民族與組成民族的生命個體必定失去活力。《紅樓夢》受佛教的影響很深，但作品中沒有菩薩相，釋迦牟尼相，他把「釋」內在化了，變成人身上的一種比常人狀態更高的也更美的神性。賈寶玉、林黛玉身上都有神性、靈魂性。這是因果報應等低級說教無法相比的。《金瓶梅》最後那點因果說教，放在《紅樓夢》這一靈魂鏡子之下，顯得十分粗淺粗陋，完全是畫蛇添足。

梅： 與賈寶玉、林黛玉相比，賈政、薛寶釵就缺乏神性，而更多地表現出世俗性，其生活原則是世俗原則。您說寶玉、黛玉是天國之戀，寶釵和寶玉則是世俗之戀，真是這樣。所以王熙鳳病的時候，主持賈府家政的是寶釵、探春和李紈，她們三個人做人的態度遵循的都是世界原則，即功利—道德原則，要維持賈府的利益和秩序，要有所「算計」，除了擁有「詩」的頭腦，還得有數學的頭腦。不能像寶玉那樣全然不管得失興衰。寶玉也愛探春這樣能幹的姐妹，但對探春的精打細算甚有微詞。對於賈寶玉來說，守持生命本真和守持靈魂活力才要緊，不可追逐功利，更不可走仕途之路，所以當薛寶釵勸她走這條路時，他的反應異常強烈，強烈到失去對寶釵的敬意，強烈到幾乎在罵人（他從不罵人，沒有罵人的生命機能）。

劉： 雖說林黛玉（包括賈寶玉）與薛寶釵是曹雪芹靈魂的悖論，但其靈魂的傾向、靈魂的重心還是清楚的。靈魂的傾向不是政治傾向。我不喜歡文學的政治傾向性，但喜歡超越政治傾向的靈魂傾向。這裏有內外之別。靈魂的傾向總在內心中。政治傾向往往要表露在口號、概念和淺露的態度上，因此也往往損害文學。宗教傾向也有這種危險，太外露就變成對上帝的闡釋，變成說教。托爾斯泰和陀斯妥耶夫斯基兩人都有很強的宗教感，但都很了不起地把上帝內在化了，上帝變成人身上的一種神性與靈魂性。

曹雪芹也是如此，其實，寶玉和賈政的矛盾也可以視為曹雪芹靈魂悖論的一部份，也就是，此一衝突，也是靈魂中生存原則與存在原則的衝突，世俗原則與超越原則的衝突，功利原則與審美原則的衝突。這種衝突不是「是與非」、「善與惡」、「天使與魔鬼」的衝突，而是人的靈魂走向的衝突。與此相似，賈寶玉和甄寶玉的衝突，賈寶玉和秦鐘的分別，都屬於世界原則與宇宙原則的悖論。甄寶玉在賈寶玉面前所發的那一番「酸論」，其實是符合世界原則、符合人間世俗法的，正像探春持家時認為每一朵鮮花，每一根蘆葦都值錢的理念也都符合人間世俗法，並不是惡，也不是「非」。在甄寶玉、探春看來，即在世界原則的價值眼睛看來，賈寶玉乃是不知生活，不懂生活，不曉得生活的編排與秩序；而在賈寶玉看來，即在宇宙原則的天眼看來，甄寶玉、探春則是不知生活的根本，不知生命的深度，不知有比財富價值、權力價值、名位價值更高的價值。

梅：賈寶玉作為在人間生活的一個人，他的心靈雖然擁有宇宙原則，但他畢竟也得生存，因此又不能不遵循世界原則，因此，他其實又是一個孝子，對祖母、父親、母親都很敬重，並不違背孝道。對兄弟姐妹都很有感情，親情很重，他雖然挑戰「文死諫」「武死戰」的道統，挑戰仕途經濟之路，但並不是造反者，也沒有「反封建」的意識形態，他只是反抗那種束縛生命自由，妨礙性情自然發展的理念和制度。

劉：賈寶玉的確也遵循世界原則，但不是循規蹈矩者。他的性格之核不是順從，而是正直，他並不追求神聖，因此也不是道德家，但他追求真實，天生一副正直心腸，這種性格使他遠離虛偽，遠離一切面具，也遠離一切腐儒酸論，因此，也構成對道統儒統等世界原則的挑戰，其身心也負載着變革文化舊套的意義。遵循世界原則並不是賈寶玉的特徵，超越世界原則才是賈寶玉的特徵。

梅：中國的世界原則比西方可能更為完善。由賈政所體現的世界原則不僅是意識形態與典章制度、家族制度、國家制度，而且是人的行為模式與情感態度。這種原則經過二千多年的浸染和推行，甚至已進入我們的深層心理。中國人的世間原則對人的規定，是嚴格的宗教位置和家族位置的規定，這種規定使人首先不是個體，自由人，而是體制人，關係人。因此，人首先是臣子、兒子、妻子、侄子，然後才是獨立的人。五四運動反對孔夫子，說到底是反對這種規定。在這種規定中，男人不是人，婦女更不是人，兒童也不是人。所以大家才公認五四是發現人的運動。曹雪芹在思想層面上早已完成了這種發現。他無法接受儒家對人的規定，在孔子的世界原則，唯女子與小人最難養也，曹雪芹正好給他翻個個：認定唯少年女子最聰明、最美麗、最可愛。對於我，作為「女兒」，我能接受孔夫子，能把「親情」看成很高的價值。但作為一個個體生命，我永遠無法去當一個《論語》的鼓動者。作為一個女性主義者，本身就是《論語》的異端。《紅樓夢》永遠讓我感到親切，但《論語》絕對不可能讓我感到親切。

劉：你只能接受林黛玉，不可能接受薛寶釵。這是從文化立場上說。但是，你的日常生活態度，並沒有完全拒絕薛寶釵，你很重親情，很重家庭倫理，心理上靠近孔夫子。曹雪芹可能也有這種矛盾與困境。人是很豐富的存在，所以我才要講悖論，不用單一的政治意識形態來界定薛寶釵、林黛玉，也不要把曹雪芹及人格化身賈寶玉界定為反封建的革命者。

梅：用世界原則與宇宙原則的衝突來看待《紅樓夢》比用封建與反封建的衝突來看待，更能接近《紅樓夢》的真實。您曾講述陀斯妥耶夫斯基的《罪與罰》，乃是天上原則即宇宙上帝原則與地上原則即世俗法律原則的衝突——殺掉那個苛刻、貪婪的房東老太太，如同除掉一個反上帝的惡魔，似乎無罪，而殺人無論如何是觸犯世間的法律的，是絕對有罪的。最後在他的善良的、天使般的戀人面前，承認自己的罪，因此他聽到了良心的呼喚。

劉：《紅樓夢》很主要的衝突是父與子的衝突。這對父子衝突的內涵極為豐富，它是重秩序、重倫理、重教化的文化理念與重自然、重自由、重個體的文化理念的衝突。也是道統與非道統的衝突，又是走仕途經濟之路與反仕途經濟之路的衝突，但最深刻也是最永恆的衝突是世界——世俗原則與宇宙——生命原則的衝突。賈政代表世界原則，因此他尋求在世界上的權力、地位、財富、榮耀，遵循維護世俗世界的基本秩序與規範，包括政治秩序、道德秩序與文化秩序。他讀的書，說的話，走的路都與此相關。而賈寶玉則超越世界原則，他不願意讓有限的生命被捆綁在世界規範裏，託生到地球走一回，他仍然帶着天使的特點與眼光來尋覓他在地上最美的事物，結果他發現最美最有價值的不是常人眾人所沉醉的權力、財富與功名，而是如詩如畫的青春女子。他瞧不起那些汲汲於名利的國賊祿鬼，而傾心於那些遠離名利爭奪的淨、潔生命，他不喜歡那些發着朽味的八股文章，而喜歡那些散發青春氣息的詩詞歌賦。在賈政看來，自己的兒子大有問題，太不爭氣，從世界原則上說，這是有理由的，因為寶玉的這種性格與脾氣將導致賈府的沒落與崩潰，喪失在世俗世界的存身之所。陀斯妥耶夫斯基《卡拉馬佐夫兄弟》最後一節，那位宗教大法官，代表的正是世界原則，也可以說是麵包原則，過日子原則，因此，當他看到基督出現時，他不僅不歡迎，而且請基督離開，祈求基督不要來影響他們已經編排好的生活秩序。大法官知道，基督身上負載的是宇宙原則，這一原則勢必與世界原則衝突。陀斯妥耶夫斯基通過宗教大法官的寓言，深刻地揭示了人類功利活動與心靈活動的悖論，相應地，也揭示支撐功利活動的世界原則和支撐心靈活動的宇宙原則的悖論。林崗和我合著的《罪與文學》，講的正是這對悖論，文學藝術是心靈活動，它無法完全按照世界原則進行思考與寫作，它必定對世界原則有所超越與反思。《紅樓夢》之夢，

《紅樓夢》之審美理想，都是宇宙原則的光澤。

梅：《三國演義》、《水滸傳》、《儒林外史》、《金瓶梅》等長篇小說，好像都沒有世界原則與宇宙原則的衝突。

劉：沒有。這些小說只有不同的世界原則的衝突，沒有宇宙原則介入後的衝突。換句話說，都只有世間因緣法，沒有宇宙超越法。《桃花扇》也沒有，所以王國維才說它是國民的、政治的、歷史的，不像《紅樓夢》，是宇宙的。

第八章　兩種人生狀態

一、人生的本與末

梅：讀《紅樓夢悟》，老想到書中的核心概念：悟，悟證，本真，詩意狀態，無立足境，文學聖經等等，想和您談論的問題很多。在討論之前，我先告訴您一則讀者很好的評價，您不上網，可能還不知道。這是廣州一位讀者的評論：

> 這是我近日讀到的一本好書。但現在我沒有時間做一個詳細的讀書筆記，而且也覺得實在無法「筆記」，因為劉再復是用一顆豐富的心靈對《紅樓夢》進行深度的閱讀、感悟、審美、思考，因此全書高度凝煉，句句點睛。任何解讀，都是畫蛇添足。
>
> 從本書的開篇，就徹底顛覆了我從前對紅樓夢的認識。就好像自己從來沒有讀過一樣。也終於明白，以後是需用生命去一遍一遍地領悟《紅樓》。
>
> 劉再復說，在去國的十多年間，只要紅樓夢在身邊，故鄉就在身邊。他把《紅樓夢》視為中國文化的無盡寶藏，中國文學乃至文化的藝術最高點，用「藝術大自在」來概括《紅樓夢》的藝術形式。這種用心靈去閱讀，和一般人用頭腦去閱讀，高下立見。

我讀紅樓夢，也看評論，也看連環畫影視作品戴敦邦繪畫，但從來沒有像《紅樓夢悟》帶給我如此大的震撼和感動。改變了我看事情想問題的眼界和視野。或許是因為，《紅樓夢》乃有閱歷之人寫給有閱歷之人看的，也是寫給有心人看的。

本書名為《紅樓夢悟》，乃是與俞平伯《紅樓夢辨》相對。後書是我以前最愛的一本紅樓夢評論，第一次讓我知道紅樓夢考證也是有趣的。俞平伯先生在晚年曾指出，世人看紅樓夢，要多發掘紅樓夢的人性寶藏；真正做到此的，便是劉再復先生這本《紅樓夢悟》了吧。

劉再復先生在此書中推崇兩位研究紅樓夢的大家。一是王國維，二是俞平伯。王首先發現《紅樓夢》的悲劇性和美學價值，但劉再復先生覺得都還不夠，他認為《紅樓夢》不僅是大悲劇，也是喜劇，是荒誕劇。人生的荒誕，捨本逐末，在紅樓夢中表現得淋漓盡致。這真是一個巨大的發現，而讀者如我，卻從來不知不覺。

……

劉：這位讀者對《紅樓夢》很熟悉，而且是個有思想的人。她的評論不長，但都說到點子上，要謝謝她的鼓勵。她讀出我在強調人生不可「捨本逐末」，很對。我讀《紅樓夢》正是讀到了「本」，悟到了「本」。這個本就是生命本身，就是生命的本真本然狀態，心靈的質樸狀態。《好了歌》嘲諷世人殫思竭慮追求的外在之物，如權力、財富、功名等，都是生存的需要，但歸根結蒂，這不是「本」，而是「末」。在曹雪芹看來，看不見的本，非實體的本，才有實在性，而那些末，那些物色、財色、器色等，可視可見，雖為實體，反而沒有實在性，所以才叫做「色空」。我們不能讀了幾十年的書，探索幾十年的人生哲學，最後還不知道人生的根本是甚麼，世界的根本是甚麼。

梅：您發現《紅樓夢》不僅是個悲劇巨著，而且是荒誕劇巨著，《好了歌》正是荒誕歌。而所謂荒誕，也可以說是本末倒置，妄行妄為，只知爭名奪利，沽名釣譽，巧取豪奪，為身外之物機關算盡，卻不知守住心靈中那些最美好的東西。這樣就會出現「更向荒唐演大荒」的荒誕劇。從這個意義上説，《好了歌》又是醒世歌，警世歌，比馮夢龍編的《醒世恆言》深刻透徹，《三言》《二拍》也有人生提醒，但都是較淺顯的因果提醒，不像《紅樓夢》這種根本提醒，而且是高度審美性質的大提醒。

劉：老子的《道德經》呼喚「復歸於嬰兒」，「復歸於樸」，「復歸於太極」，也就是復歸於生命的根本，回到生命的本真狀態。老子用自己的原創的語言與思想，提醒人們不要陷入「末」中。在他看來，巧智、小知、小聰明是「末」，物質技術與生存技巧都是末，功名利祿也是末。賈寶玉在與薛寶釵的論辯中，強調「赤子之心」才是本，意思與老子相同。林黛玉幫助賈寶玉守護的也是寶玉的本，即寶玉的生命自然。賈寶玉是個詩人，詩人之本，就是詩人的赤子之心。王國維在《人間詞話》中也強調了這一點，強調有「真」，有赤子之心，才有境界。王熙鳳極端聰明，但沒有境界，她離詩很遠。薛寶釵與林黛玉的差別，是人生境界的差別，林黛玉更真，更近太初太極，太極即第一存在狀態。她一點生存技巧都不懂，是自然人，不是「做」出來的人，所以她總是被他者覺得不懂得「做人」，不如寶釵那樣會「做人」。

梅：您以前曾對我説過，應當拒絕當薛寶釵，我不明白是甚麼意思。現在才知道您是在説不要像薛寶釵那樣「世故」，那樣會「做人」，説話做事都想迎合別人的心理。其實，要守住人生的根本和心靈的原則，就不能不讓一些人不高興。「率性之謂道」，林黛玉不知生存技巧，率性而言而為，倒是接近人生的根本。寶釵太講究生存策略，太多迎合與俯就，離道反而遠一些。

劉：作為詩人，作家，最為重要的是要有一種獨立不移的精神品格，確認生命只屬於自己，率性而寫，該說的話就說，不情願說的話就不說，不必迎合他人與社會，更不要讓他人的意志來牽制自己的思維。林黛玉的詩寫得最好，境界最高，首先就是她本身的生命狀態就是最好的一首詩，沒有任何世故的一首詩。賈寶玉的生命本身也是一首絕妙的詩，堪稱千古絕唱。他沒有常人的一些機能，例如，他沒有妒嫉的機能，沒有貪婪的機能，沒有仇恨的機能，沒有作偽的機能，當然也沒有世故的機能。沒有這類機能的生命，才是「本真」，才稱得上美。

二、《好了歌》與大乘止觀哲學

梅：您說《好了歌》具有多重意蘊，多重暗示。把「好」字讀作女子（女＋子＝好），《好了歌》便是女子的輓歌，詩意生命的輓歌。此時，《好了歌》是悲劇之歌；但「好」也可解釋為「色」，而「了」則是「空」，世人都為金銀嬌妻爭得頭破血流，到頭來還是骷髏一具，化入「土饅頭」中，此時《好了歌》則可解為色空之歌，喜劇之歌。您有時還讀作生死歌，宴席歌，千里搭長棚的宴席終有一散，也是再好終必有一了；人生再輝煌騰達，哪怕身為帝王將相，也終難免一死。最近您所寫下的悟語，又把「好」與「了」做出「觀」與「止」的解讀，重心是感悟《紅樓夢》的止觀哲學，即人生行為應止於何處，這也涉及到根本，涉及到哲學，您能不能再說得更詳細一些。

劉：《好了歌》的內容很豐富，其中一項關鍵性的內容是佛教的「了義」與「不了義」。了義是真義，徹悟之義，知「了」、「知止」、知放下，便是徹悟。不知了，不知止，就會永遠捨本逐末地荒唐下去。中國哲學、佛教哲學都講「止觀」。從字面解，止是住處、棲宿處，從哲理意義上說，就是歸宿之處，終結之處，終極之處。宇宙人生有沒有止境，有沒有終極之地，本身就是一個大問題。如果先放下這個終極哲學問題，那也得面對一個人生索求何物、止於何處的問題。這樣說來，就有一個大止觀，一個小止觀。我們通常說的「知止」，既有儒家的止，也有道家的止，還屬於小止觀。老子《道德經》講「知止不殆」，孔子《論語》講「不可則止，毋自辱焉」。（顏淵第十二）儒家經典《大學》一開篇就點明要義：「大學之道，在明明德，在親民，在止於至善。」明明德，親民，這是理念與行為，是觀與行，最後要歸宿到至善，進入道德境界。止觀，觀止，就像好與了，是一個事物的兩面，即一體兩面。佛教很講止觀，大乘經典上就說「法性寂然是止，法性常照是觀」，也講止，其圓寂，就是止，修煉一生就求一個圓滿的止，即大圓融、大慈悲、大智慧的終結。所以「止」乃是離一切相（我相、人相、眾生相、壽者相等），棄一切法一切緣。我讀禪宗，讀慧能，覺得它的止觀，概而言之，便是觀即看破，止即放下。把一切妄念、幻相、偏執、分別都放下，就是止。悟到空，徹底看破、徹底放下，就是大止了。

梅：老是讀《古文觀止》，卻不知「觀止」二字大有哲學，也大有來歷。按您剛才所言，觀是入門，止才是空門，也就是說，觀是生存於萬物萬相之中而「察言觀色」。通達人間形形色色，然後才看破超越，歸宿於對世界本質人生本質徹底的了解。《古文觀止》選本，也是先閱盡天下之文章，然後才了解最後的智慧所在。如果用觀與止的視角看《紅樓夢》，您覺得曹雪芹是止於何處？與儒家的「止於至善」有何區別？

劉：《紅樓夢》可謂佛光普照。浸透全書的是佛教「觀」與「止」的二大法門，內涵極為豐富。剛才我說，觀是看破，止是放下。也可作另一闡釋，止是定，觀是慧。《六祖壇經》所講的不二法門，便是定、慧不二，止、觀不二。大觀園便是大慧園，並非你所說的「察言觀色」那麼簡單。佛教的觀作為一種大法門，至少得用一部著作才能說清。你只要了解，觀不是只用眼睛看，而是用六根（眼、耳、鼻、舌、身、意）的根性去感悟把握宇宙人生，既觀世界，也觀自在。《心經》一開篇就講「觀自在」。儒家所說的觀與止，重心是對世俗世界的觀察與歸結。儒的止是止於道德境界，《紅樓夢》的止則是止於佛教的澄明境界、宇宙境界，即空境、蓮境，甚至「空空境」、「無無境」。不了解佛教哲學，就無法進入《紅樓夢》精神的深淵。

梅：《紅樓夢》的宇宙境界大於家國境界，也大於道德境界，那麼，它是不是與道德境界無法相容？

劉：我在《紅樓夢》的哲學內涵一章中，說《紅樓夢》哲學是一個兼容諸家的哲學大自在，內涵非常豐富，對儒家「親親」等深層意識也不排斥。在世俗世界，寶玉不喜讀孔孟聖賢書，但又是一個孝子。但他和黛玉對宇宙人生的思索，又跳出世俗世界。《紅樓夢》的哲學基石是「色空」，是禪宗的不二法門，它泯滅主客界限，也泯滅是非、真假、善惡等世俗定義的分別界限，所以它也不會有「止於至善」這種理念，相應地，它也絕對不會設立道德法庭。《紅樓夢》不是止於道德境，而是止於宇宙境。但《紅樓夢》是文學作品，是史詩，它的哲學境又是詩境，哲學通過詩句、詩情、詩國、詩意生命來呈現，因此，它的止境也是詩化的止境。林黛玉就一直在尋找止境。叩問：「天盡頭，何處有香丘？」這是具體的帶有人間性的止境，而她真正悟到的止境則是形而上意味的「質本潔來還潔去」的潔境，無立足境，這也是放下萬相萬緣的空境，空空境。她最後焚掉詩稿，就是徹底放下，徹底「止」，這是詩的圓寂。不僅用文字（詩）達到空寂之境，而且連表達空寂之境的寄存形式也歸於空寂，止得很徹底。空寂是佛的最高境界，空是離諸相，寂是無生滅。

梅：林黛玉的止境是形上止境、大止境。回到三生石畔、靈河岸邊，也屬於大止境。然而，無論是林黛玉還是晴雯、尤三姐、鴛鴦，作為現實生活中人，她們的死亡又有一個現實的小止境。每個人的死亡境界都是極不相同的，小止境也千差萬別。像王熙鳳、趙姨娘的「止」（死）就很醜陋，而尤三姐、鴛鴦的自殺就很美。

劉：佛教講究止要止得「莊嚴」，也可用於小止境。在現實人生中，就是要止得有尊嚴。像嵇康那樣，在臨刑前還從容地彈奏了《廣陵散》，無懼無畏，便是止得莊嚴。尤三姐，鴛鴦的自殺，也是止得莊嚴，給人間留下生命的驕傲，但人生之止除了死亡之外，還有生前也必須「知止」，必須知道放下。所謂「激流勇退」，也是一種知止。「有所為有所不為」，知道有些事不可為，心靈的道德邊界不可跨越，也是「知止」。其臨界點也是人的尊嚴。《紅樓夢》中的賈瑞這類人，都是不知所止，所以死得很醜很慘，止於沒有尊嚴，趙姨娘也止於沒有尊嚴。王熙鳳的死，很淒涼，她也是一個不知所止的女人，一個沒有力量抑制慾望的人。與王熙鳳相比，秦可卿可算是一個「知止」的女子，她的自殺行為說明她知恥也知止。有大觀眼睛，才能看清萬有萬相的真實，才能真正看破，也才有大止的智慧與氣魄，賈寶玉在《芙蓉女兒誄》的結尾，發出大感嘆：「來兮止兮！」他自己也是「始於癡，止於悟」。

梅：《紅樓夢》中「千里搭長棚，沒有不散的宴席」，是一種「知止」的呼喚；「縱有千年鐵門檻，終須一個土饅頭」，也是「知止」的「警世通言」、「醒世恆言」。「知止」的層面很多，知道死的必然，也是知止的一項重要內容。海德格爾強調存在的意義只有在死亡面前才能充份敞開，即知死才能知生，其實也是在說，知大止，方能知大生。今天和您一談，多了一個「止觀」視角，使我又向哲學之門靠近了一點。現在我還要問您，您在《紅樓夢悟》中特別強調了《紅樓夢》的總基調，是呼喚人要守持生命本真狀況和詩意生活狀態，可是，人類首先得生存，得為衣食住行這些沒有詩意的平淡日常事務費盡心力，這兩者如何得以和諧。我記得江素惠在採訪您時，也提出類似的問題。

三、平淡棲居狀態與詩意棲居狀態

劉：提出這一問題是很自然的。人生的實際過程不可能每時每刻都處於詩意狀態，如果這樣想，也是一種空想。但生活的詩意狀態卻是我們必須追求的，也是我們永遠不能放棄的人生目的。至少，日常狀態與詩意狀態可以互補，可以用詩意狀態提升日常狀態，從而也不斷提升我們的生命質量和人生境界。說到這裏，我想向你推薦一本法國當代思想家埃德加·莫林（Edgar Morin）和安娜·布里吉特·凱恩（Anne Brigitte Kern）合著的《地球，祖國》（*Homeland Earth*），北京三聯出了馬勝利先生所譯的中譯本。這本只有兩百頁的貌似小冊子的書很有思想，沒想到它最後思索的正是日常狀態與詩意狀態的問題。他們把日常狀態稱為第一狀態，把詩意狀態稱為第二狀態，認為我們應當努力從第一狀態進入第二狀態。這一點，正是二百年前的《紅樓夢》整部作品的隱喻內涵，也可以說是《紅樓夢》的精神主旨。抓住這一點，便可抓住《紅樓夢》的心靈方向。當然，《紅樓夢》是另一種豐富得多的表述方式。為了把這個問題說透一些，我們不妨把《地球，祖國》的論點作為一種話題，換些語言來討論《紅樓夢》。埃德加·莫林和安娜說：

我們身上有兩種往往相互分離的狀態。第一狀態是平淡狀態，它與理性／經驗活動相適應，第二（即次要）狀態是詩意狀態，使我們進入這種狀態的不僅有詩歌，還有音樂，舞蹈，節慶，狂歡和愛情。詩意狀態的幾點表現為心醉神迷，在這種狀況下，人們可以從第一狀態進入第二狀態。[1]

應當指出，永遠處在詩意狀態只能是一種幻想，而持續的詩意狀態終會變得枯燥乏味，或令人不安。這將會以另一種方式激起人們對人間拯救的夢想。因此，我們需要的是詩意和平淡的互補和交替。

我們不能沒有平淡，因為單調乏味的實際活動使我們得以生存。但是，在動物世界中，謀生活動（尋找食物，獵取動物，預防危險和來犯者）往往取代了生活，即享受生命。今天，在地球上，人類生活的絕大部份時間是在謀求生存。

我們應當努力使第一狀態成為第二狀態，不僅為生存而活着，而且也為生活而活着。富有詩意地活着就是為生活而活着。[2]

梅：莫林和安娜把為生存而活着稱為第一狀態，把為生活而活着稱作第二狀態，第二狀態高於第一狀態。說得很好。人確實不能僅為生存即為謀生、活命而活着，僅僅為謀求生存、謀求權力、財富、功名而活着就太沒有詩意了。《紅樓夢》中的甄寶玉屬於世俗狀態，賈寶玉才屬於詩意狀態。但實際上

1 《地球，祖國》，第一九六頁，北京，三聯書店，一九九八年。
2 同上，第一九九頁。

的人生總是甄寶玉與賈寶玉的交替與互補，不可能完全像賈寶玉那樣只當「富貴閒人」，但我們的心靈確實要走向賈寶玉，而不能走向甄寶玉。他們倆見面時，照理應當是由賈寶玉來引導甄寶玉提升人生境界，可是甄寶玉卻以為賈寶玉誤入歧途，反而要把賈寶玉的第二狀態拉向第一狀態，在世俗社會裏，這是常見的顛倒。第二狀態總是被視為「笨狀態」，第一狀態卻總是被視為「聰明狀態」，所以人類愈是「進化」，愈是不懂得生活，愈缺少棲居的詩意。

劉：《紅樓夢》是文學表述，因此對這兩種狀態的呈現也更為徹底，但曹雪芹的不二法門，也是在說：「假作真時真作假，無為有處有還無」，也知道人生兩種狀態的交錯。但他的「夢」，顯然是人類應當是為生活而活着，應當努力爭取詩意狀態的生活。這兩種狀態，哪一種才是根本，哪一種才是「真」的？這是關鍵。在曹雪芹看來，顯然是「賈」（假）的才是真的，賈寶玉才是真實的存在，詩意的存在，而甄寶玉反而是虛假的存在。莫林與安娜沒有像曹雪芹如此徹底，他們認為兩種狀態都是真實的，兩者可以互相對立，也可互相重疊。現在法國人非常尊敬的葡萄牙詩人費爾南多·佩索阿（Fernando Pessoa）的觀念也很徹底，與曹雪芹完全相通。他就認定：我們每個人都是由兩種存在形態所組成，一種由夢幻構成的真實存在，它產生於孩提時代並可持續一生；另一種則由外表、言談和行動構成的虛假存在。這種說法最接近曹雪芹。曹雪芹的夢，恰恰是回歸真實存在的夢。關於佩索阿，你可能還不太熟悉，這是二十世紀一個很了不起的大詩人，他一生寫了上萬首詩，可是生前都沒有發表。法國譯出他的作品之後，才發現這是另一個歌德。高行健在二十年前和我第一次在法國見面時就竭力向我推薦，在他獲得諾貝爾獎的演說中又鄭重地說明他對佩索阿的崇敬。可是，我直到十年前才讀到上海文藝出版社出的韓少功的中譯本《惶然集》（*The Book of Disquiet*），讀得如癡如醉。這位大詩人與荷爾德林、與曹雪芹具有一樣的大思路。莫林與安娜是理性論者，因此提出另一種妥協性說法，認為我們身上同時有兩種存在，即平淡狀態的存在和詩意狀態的存在。兩者相互依賴。平淡狀態使我們處於實在和功能的環境中，其目的也是實用的功能性向。詩意狀態可以和愛情或友好的目標聯繫在一起，但它本身也是目的。莫林與安娜的這種說法，可能是回答江素惠和你的最好說法。但你應當了解哲學與文學的徹底性特徵，曹雪芹、荷爾德林（Friedrich Hölderlin）、佩索阿的表達更為徹底。

梅：我能理解這三位大詩人的表述。也認同莫林與安娜這兩位思想家的說法。我認為日常平淡狀態還可以再分為理性狀態與非理性狀態。理性狀態是為生存而作必要的謀生活動，非理性狀態則是為生存的最大享樂化而無窮盡地膨脹慾望和瘋狂地追逐。曹雪芹厭惡的是非理性狀態，而不是理性的日常生活。莫林與安娜所說的平淡狀態，恐怕也是指理性的功利活動，而不是非理性的瘋狂爭奪活動。如果把第二狀態加以分解，那麼，「詩意棲居」就不是烏托邦，它是生命的可能。無論如何，我們在腳踏實地的過日子中還應當追求這種可能。

劉：你這樣分，很有道理。在平淡狀態中確實又有很不同的情態。以財富來說，每個人都需要謀生，因此，財富、資本在現代社會發展中便成為一種動力。商人要賺錢，職員要領工資，沒有起碼的金錢就不可能「衣、食、住、行」。我和李澤厚講「吃飯哲學」正是這個意思。但是，生存的理由不應當成為爭名奪利、爭權奪利、巧取豪奪的理由。《紅樓夢》嘲弄的不是日常生活狀態，而是瘋狂的慾望膨脹狀態，是把財富、權利、功名等外在之物視為根本而不知還有另一種生活的荒誕狀態。

梅：我讀了您發表在《香港文學》上的《〈紅樓夢〉哲學論綱》，也就是北京三聯版的《〈紅樓夢〉的哲學內涵》，才知道這些年您主要不是用悲劇論看《紅樓夢》，而是用存在論讀《紅樓夢》，悟《紅樓夢》。如果用存在論的語言來討論，那麼，我們剛才所談的第二狀態與第一狀態，是否正是有的狀態與無的狀態的區分。

劉：兩千多年前的老子早就把超越「有」的那個「無」當作哲學的最高原則。「有」是指現實存在的人和物，包括現實存在的認識方式、行為方式、情感方式，也可以說就是平淡狀態、日常狀態的方式，而「無」則是對「有」的超越、提升以至是對「有」的否定。從這一層面上說，「無」是更為終極超越「有」的詩意眼睛和詩意方式（參照系）。但「有」與「無」的哲學，其內涵又比第一、第二狀態更為豐富複雜。老子不是無視現實存在物，而是用「無」來觀照「有」並回到現實存在物本身，把它作為「大制」整體的一部份來加以把握。我不認為曹雪芹是「虛無主義」，他用「無」否定「立功、立德、立言」這些「有」之後，自己還是立了一部堪稱「千古絕唱」的大言；然而，他的言不是謀生工具的「言」，也不是敲打功名利祿之門的「言」，而是超越功利的詩意狀態之言，這一「大有」是破滅後、精神飛升後也是大徹大悟後的大有。我覺得中國哲學，無論是儒是道是釋，最後還是回歸到「有」。

四、尋找澄明之境

梅：我對哲學、佛學都欠缺研究，對釋迦牟尼與海德格爾也只知皮毛。在北大讀書時我們趕上「存在主義熱」，也與哲學老師談論「存在之家」。那時我曾接受「語言」是最後的家園的觀點，以為語言才是存在本體，後來被您的「禪」說——不立文字改變了。但是，我讀《紅樓夢》時，總是旋轉着「存在之家」的問題。您一再說，《紅樓夢》一開篇就探討存在之家，重新定義故鄉，它認定我們的「存有」

立足之地並非故鄉，而是他鄉，我們不可「反認他鄉是故鄉」。那麼，在曹雪芹看來，故鄉是哪裏？存在之家在哪裏？

劉：《石頭記》的石頭本就是女媧拋棄的多餘的石頭，本就無家可歸，它寄寓的大荒山「無稽崖」，並非實有。通靈之後，它幻化入世，對自己寄寓的父母府第，又沒有家園感，所以也絕對沒有榮宗耀祖的責任感，也由此才讓人覺得他「於國於家無望」，那麼，賈寶玉的存在之家在哪裏呢？只有兩處，一處是「情」，一處是「無」。所謂情，首先就是林黛玉。這個和他吵吵鬧鬧，哭哭啼啼，思思念念的少女就是他的情感家園，就是他的生命故鄉，就是他的存在之家。對賈寶玉來說，惟有林黛玉的眼淚具有實在性，她一死，他就成了無家可歸的孤獨者，就喪魂失魄。《紅樓夢》哲學正是這種「情本體」哲學，認定情為存在之家，情即最後的實在。晴雯、尤三姐等，其存在之家也是一個情字。以晴雯而言，她的存在之家並不是她哥哥嫂嫂的那個家，在那裏，她根本不得安生。只有在賈寶玉最後去探望她的那個瞬間和這一瞬間所意味的情，才是她最後的家園。現實層面上的存在之家幻滅之後，還有一個形而上的存在之家，這就是「無」。林黛玉以「無立足境，是方乾淨」提示寶玉的便是「無」才是最後的故鄉，才是真正的存在之家。用更明白的語言表述，便是那種無識無知、無癡無妄、無主無客、無邊無際的大潔淨，那種超越一切妄念一切假相一切概念一切執着一切現實歸屬的澄明之境，才是存在之家。

梅：您自己就經歷過世俗意義上的故鄉——存在之家的缺席，漂流四方，但是，正是這個缺席，才使您尋找另一種故鄉，因此，太虛幻境那種「無」好像是「有」想像出來的。

劉：靈魂無處存放是最痛苦的。不能老是喪魂失魄，總得找個存在之家。中國哲學憧憬「天人合一」之境，海德格爾則講「天地人神四合一」之境，意思相差不遠，都是存在之家。在曹雪芹的哲學觀裏，

「情」是本體，「無」也是本體。性情經過「無」的整合與洗禮，便成性靈，而性靈的極致，便是性空。生命的第一狀態是性慾（飲食男女等），第二狀態則是性情→性靈→性空，這三個層面上都蘊藏着無盡的詩意。《紅樓夢》在三個層面上都開掘的很深，許多人物的詩意狀態展示得非常充份，這是《金瓶梅》所闕如的，也是《三國演義》、《水滸傳》等長篇小說所闕如的。如果用存在論看太虛幻境，把人主觀設想的太虛幻境視為一種存在論的範疇，把它視為一種人與神交叉，天與地會聚的處所，這便是自由廣闊明淨的存在之家。曹雪芹的夢，從哲學上說，就是創造一個遠離泥濁世界的存在之家，一個站立於泥濁世界彼岸的存在之家。

第九章　關於第三種宗教的討論

一、「創教」課題

梅：還有一個比較重要的問題要和您討論。您把《紅樓夢》稱作「文學聖經」，除了指《紅樓夢》乃是文學經典極品這一意義外，是不是也暗示《紅樓夢》幾乎帶有人性之外的神性，甚至帶有宗教意味。

劉：我把《紅樓夢》稱作「聖經」，是一種比喻。通過這種比喻強調《紅樓夢》不是一般的文學經典，而是經典極品，最高經典。千萬不要真的把它當作宗教經書。基督教的《聖經》，作為宗教經典，是要信徒無條件遵循的，要信徒把它視為終極真理。而《紅樓夢》則是文學作品，它是自由情感的存在形式，讀者可以批評，可以進行審美再創造。但是，《紅樓夢》又有濃厚的宗教情懷，特別是它確有佛教思想、佛教哲學的滲透，有大慈悲精神，所以讓人覺得可以視為宗教性經典。這變成是一個值得走進去的大問題。周汝昌先生在紀念曹雪芹《紅樓夢》逝世二百三十週年時，寫了一篇論文。這篇文章第十二節題目為《「創教」英雄哲士》，意思是説曹雪芹是一個抵達創立宗教之水準的思想家、哲學家，即相當於釋迦牟尼與孔子一級的大哲士，而且這種見解早在他作此文的九十年前，就有一個叫做陳蜕提出這種看法。周先生這段文章，我唸給你聽聽，很有意思：

雪芹文化思想，在十八世紀初期，對中國文化是一種啟蒙和革命的思想，其價值與意義和他的真正歷史位置，至今還缺乏充份深入的探索和估量。整整九十年前陳蜺先生提出了雪芹是一「創教」的偉大思想家的命題，創教者，必其思想境界之宏偉博大異乎尋常而又前無古人，如孔子、釋迦等人方能膺此光榮稱號者也，陳蜺所見甚是，而九十年中，並無一人知其深意而予以回應支持，則不能不為民族文化識見之趨低而興嘆致慨。[1]

梅：周先生把問題提得非常尖銳。意思是說，如果不知《紅樓夢》的「創教」意義，那只能處於識見的低水準上。不管同意不同意他的論斷，但是，應當承認《紅樓夢》到底有沒有宗教意味，是不是創立了一種宗教，確實是值得探討的大問題。周汝昌先生在這裏把曹雪芹視為「創教者」，其思想之崇偉博大前無古人，這顯然是把《紅樓夢》視為宗教性經典。

二、高於道德境界的類宗教境界

劉：可惜周先生沒有進一步闡釋他的見解。不過，可以清楚看到，至少是陳蜺與周汝昌先生意識到《紅樓夢》具有宗教大經典的崇偉博大，其思想境界已達到《聖經》、《金剛經》這種宗教性經典的水準。對於陳、周這兩位前輩的這一重大見解，我思索了很久，最終採取了一種半肯定、半否定的態度，或者

1 引自《東方赤子．周汝昌卷》，第二九一頁，革文出版社，一九九九年。

說，是既支持又批評的態度。

首先是肯定。即肯定只有從陳、周兩位先行者所意識到的精神高度去把握《紅樓夢》才能看到《紅樓夢》高於其他文學名著的關鍵所在。《紅樓夢》確實有一種類似宗教的大超越境界。它不僅高於家國境界，高於政治境界，而且高於道德境界。王國維說《紅樓夢》不同於《桃花扇》，正是它具有宇宙境界，這就是說，從外延的廣度上，它超越了家國、民族、階級甚至歷史的層面，屬於無始無終無邊無際的大時空。而從內涵的深度上，它又超越功利、道德和人造的種種理念。用馮友蘭的語言表述，它屬於超越「自然境界」、「功利境界」與「道德境界」的「天地境界」。馮先生的「天地境界」與王國維的宇宙境界，是同一意思，只是用不同的概念表述而已。他們實際上都看到《紅樓夢》有一種超世間的大境界，有一種天地大情懷與宇宙大情懷。而這，恰恰是宗教的特徵。世上的任何大宗教，無論是猶太教、基督教、佛教、伊斯蘭教，它們都有一種高於道德、大於道德的終極價值。《紅樓夢》也是如此，它有一種明顯的超越情懷和宇宙情懷。它完全拒絕人世間權力操作下的等級分類，無分別、泯是非、破對立，絕對確認眾生平等，萬有同源，不同生命類型可以並存並置。在人間的道德眼裏，好人壞人之分，善人惡人之分，貴人賤人之分是理所當然、德所當然的，但《紅樓夢》揚棄了這種非此即彼的二分法，把禪宗「不二法門」徹底化，從而完全打破尊卑之分、貴賤之分、好壞之分、內外之分。正因為去掉分別相，它便尊重每個生命個體，寬恕每一生命個體的缺陷，從而擁有基督、釋迦似的大慈悲，這顯然是一種宗教情懷、宗教精神。

梅：《紅樓夢》的超越情懷與宇宙情懷確實是中國文學史上的特例。王國維發現李煜詞也有這種情懷，但李後主還沒有《紅樓夢》表現得如此宏偉，如此崇深，如此博大。《紅樓夢》確實具有「聖經」

似的規模與氣魄，我以前老是弄不明白，賈寶玉如此純正高潔，怎麼可以和薛蟠、柳湘蓮等三教九流為伍為友，怎麼對加害他的賈環一點也不生仇恨，甚至也未曾說過趙姨娘一句壞話。現在終於明白，寶玉正是具有超越情懷也就是具有宗教境界的生命，在他的心性中，根本就沒有上層下層之分，好人壞人之分。寶玉遠離趙姨娘，如您所說的，是出於本能，並非仇恨。

劉：佛心就是真心，無分別心。能夠看到「身為下賤」的生命個體可以擁有「心比天高」的水準，能容納（並非同流合污）有嚴重缺陷的生命存在，這正是基督與釋迦的眼睛和胸懷，這不是道德家能做到的。孔子有君子與小人之辨，孟子有人禽之辨，佛教則沒有。如果有此分別，就會落入「人相」。賈寶玉不把賈環視為「小人」，不計較賈環用蠟燈油對自己的襲擊與傷害，完全超越君子小人之辨和人禽之辨。賈寶玉能抵達的境界，不是孔子、孟子、荀子、朱子等聖人能夠企及的。正是從高於道德境界這一意義上，我們必須確認，《紅樓夢》有一宗教性的天地境界和宇宙境界。

梅：以前我也注意到王國維所說的「宇宙」之境，但只注意到外延上的意義。覺得《紅樓夢》一開篇就開闢了「女媧補天」的宇宙語境。它的開篇類似《聖經》第一章《創世紀》所設置的語境、故事和氛圍，賈寶玉和林黛玉的前身神瑛侍者與絳珠仙草相濡以沫的故事也極像亞當與夏娃的故事，他們也有一個「伊甸園」時期。女媧，大荒山，無稽崖，靈河岸邊，三生石畔，這些都是超越家國的宇宙元素。《紅樓夢》的男女主人公以及警幻仙境的女神，其生命都沒有開始也沒有結束。他們到人間來走一趟只是瞬間，瞬間結束又回歸到「白茫茫大地一片真乾淨」，即回歸到宇宙的本體，「潔」的本源，並不是滅（不是死亡）。佛教的所謂「生生之境」便是這種宇宙向本體回歸的流動之境。從外延上看，《紅樓夢》也抵達宗教大境界。

劉：從外延上看《紅樓夢》的境界也是很要緊的。這涉及到界定宗教的一個最重要的尺度，也可以說涉及到宗教的根本標誌問題，這就是人間的一切事實與價值有沒有一個超越的源頭。任何宗教都有一種混沌感與神秘感，都有一種難以名狀的神秘的源頭。猶太教、基督教等都首先確認這一點，它確認上帝是人間一切意義的源頭。《紅樓夢》的開篇所寫的故事，與《聖經》有不同處也有相似處。不同處是雖有一個與上帝具有同樣的「創世」功能的女媧，但她卻不是賈寶玉、林黛玉的價值源泉。寶玉是創世者女媧拋棄的多餘的石頭。但是，寶玉、黛玉仍然有價值源頭，這就是賦予他們靈魂（通靈）的另一神秘存在，無法命名的「無」。「無」是超越人間的另一創造主體，是一切「有」的源頭，但不是上帝的功能。你是女性主義批評論者，應當特別注意「情」的起源，情天情地之上還有幻情天。太虛幻境可視為曹雪芹的天國，這一天國的主體全是女性，處於中心地位的警幻仙姑，居於離恨天之上，灌愁海之中，是一個司人間之風月債、掌塵世之女怨男癡的女神。連寶玉都是因為她才留在赤霞宮充當神瑛侍者，也是經由她的決定，寶玉才能下凡。她座下的四大仙子（癡夢仙姑、引愁金女、度恨菩提、鍾情大士）也都是清一色的女性。基督教的《聖經》故事中耶穌的十二門徒全是男性，而警幻仙子則全是女性。「女兒」二字是《紅樓夢》的價值主體，也是價值核心。《紅樓夢》的第一回，就說明「女兒」的地位，重於元始天尊和釋迦牟尼，這就是說，《紅樓夢》中女兒的主體性地位，不僅是人的主體性地位，而且是「類神」（類似神）的主體性地位。生活在人間的女兒，其價值源頭，是一個超越的天上女兒國。只不過這些仙子不是基督教意義上的真神，而是類神類女神。因此，它還不是第一義，而是第二義。第一義是「無」，無是終極真實，但不是神。

三、第三類宗教的假設

梅：過去的《紅樓夢》研究，也有人認為，如果說《紅樓夢》是宗教，那麼，它可以定義為「情教」，是情感崇拜的宗教。而真實情感的載體，就是未婚的「女兒」。「情教」乃是以女兒取代元始天尊、釋迦牟尼。因此，我們是否也可以承認，這是另一類的宗教。西方《聖經》把女性視為男性的肋骨造成的，即男性所派生的，這一個價值源頭很有問題，作為女性主義者，我始終無法認同這一關鍵性情節。而《紅樓夢》的天國全是獨立的、美麗的、聰慧的、永生不老的女兒。說到這裏，我真要高呼「曹雪芹萬歲」。因為，在他筆下，偉大的超越者不是上帝，而是居住在天上的女神，或者如您說的「類女神」。

劉：判斷一部文學經典是否有「創教」意義，並不能完全依據「有神」或「無神」。古希臘的兩部偉大史詩《伊利亞特》與《奧德賽》，其中也有男神和女神。特洛依戰爭就是因為天上女神的論爭而引起的。但是，我們不能因此而判斷《伊利亞特》是部宗教性經典。《紅樓夢》雖然有太虛幻境及警幻仙子等類女神，但整部巨著的構架很像《伊利亞特》，這些女神並不是耶和華基督似的全能之神，她們也有局限，也帶有人的缺陷。她們固然帶有宗教的超越性，但又不像《聖經》那樣，上帝是一切生命與價值之源。《紅樓夢》的精神形態，是禪的形態。禪是從佛教的嚴格宗教形態中解放出來的一種特別的精神存在。它實際上是無神論，是以「悟」取代神，即以自身的覺悟代替神的啟示的一種精神存在。說得更徹底一些，是「披着宗教外衣」而無宗教規範的存在。如果說得寬鬆一些，則可以說它是半宗教半哲學的存在形式。《紅樓夢》類似禪，它有女神的外殼，但沒有神的內核，沒有宗教信仰、宗教狂熱、宗教拯救，但又有禪的神秘感與宗教感，它與禪一樣，也有一個真正的超人間的價值源頭，這就是「無」，太虛幻境也來自「無」。

梅：但是，《紅樓夢》又承認情的實在性。

劉：《紅樓夢》立足於禪又超乎禪的地方，正是強調「情」這一中介。開篇空空道人的十六字訣：因空見色，由色生情，傳情入色，自色入空。這十六字訣，以空開始也以空作結，但中間有兩個「情」字，情是中介，是抵達空的橋樑。女兒是情的載體，這些女兒來源於「空」最後也回歸於空。

梅：這樣看來，對於《紅樓夢》是否「創教」的問題，可以有兩種回答：（一）肯定「創教」，但它創立的是禪式的另一類宗教。（二）否定「創教」，因為它只有宗教境界但無宗教規範。

劉：可以做這樣的歸納。我們先討論「Yes」。曹雪芹創立了一種非典型的另一形態的宗教。但這種說法可能只是對於精神境界的一種極端性表達。前邊討論的《地球，祖國》一書，作者莫林和安娜就提出是否可設想建立第三類人間宗教的問題。他們對第三類宗教的設想與定義，可以幫助我們在更深的意義上把握《紅樓夢》。他們說，這是一種沒有上帝的宗教（但上帝的缺席卻表明神秘無所不在），又是一種沒有神靈啟示的宗教（如佛教），它不同這兩類宗教，卻擁有這兩類宗教的精神之核：仁愛（基督教）與慈悲（釋迦），而且它的基本意義也不歸結為理性，而是超理性。「這種宗教截然不同於天堂拯救宗教、人間拯救宗教、神靈崇拜宗教和帶宗教性質的意識形態，然而，這種宗教能夠理解其他宗教，並幫助他們回歸本源」。[1] 這本源就是「博愛」，就是思想家帕斯卡所稱的「愛德」。這種宗教將是一種沒有神意賜福和光輝前景的宗教，但在未知的歷險中，它將幫助人們連結一起。這也是一種沒有許

1《地球，祖國》，第二零零頁，三聯書店。

諸但有根源的宗教，它扎根於文化與文明，也扎根於地球的歷史與人的生命，與其他宗教一樣，這種宗教具有信仰，但和其他宗教不同，它不以狂熱壓倒懷疑。莫林與安娜這部著作是論證自然生態保護的著作，他們通過第三類宗教的假設，呼喚人類應充份注意生態破壞的極端嚴重性。惟有把生態保護意識提高到宗教意識的層面，才能說明人類今天已經到了必須對自己棲居的大地具有信仰具有崇拜之情，才足以避免共同家園、共同祖國（地球）的沉淪。第三種宗教是擺脱沉淪的福音，是把愛推向山山水水推向一切草木飛禽的真理。《紅樓夢》是文學經典，不是宗教經典。但它卻有其他文學經典無可比擬的偉大性。這種偉大性便是偉大的宗教情懷，有如莫林與安娜所描述的宗教性——不同於典型宗教卻有宗教似的信仰，宗教似的精神境界和宗教似的寬容博愛等超凡性質。

梅：莫林與安娜所講的「第三類宗教」，實際上是沒有宗教的宗教，或者説，是沒有宗教形態，但有信仰，有神性。《紅樓夢》也具有這樣一種「教」味道味。從這一意義上説，陳蜕先生與周汝昌先生稱曹雪芹為「創教」的英雄哲士就可以成立。

劉：我相信周汝昌先生所説的創教，不是釋迦牟尼這種典型的宗教形態，而是類似莫林與安娜所描述的第三類宗教，即有信仰、有崇拜、有博大情懷與博大境界，但沒有神的賜福與許諾的宗教。這種宗教也沒有救主與救贖意識，只有個體生命的自明與自救。我稱《紅樓夢》為文學聖經，也包含着這一層意義，即認為《紅樓夢》具有神性的博大情懷與博大境界，具有對美的信仰，具有把少女等同於釋迦的生命崇拜，而且還有一個準釋迦、準基督的主人公賈寶玉。這確實具有宗教式的無限深廣，以致形成一種開掘不盡，永遠説不盡的神意深淵。所以，我喜歡把曹雪芹比作莎士比亞。英國人把莎士比亞視為深廣的精神天空，寧可失去腳下的土地（印度）也不能失去精神的天空。卡萊爾先生説了這句話，之後邱吉爾又說了這句話。我們的故國總有一天會意識到《紅樓夢》是我們的精神天空，會呼喚生命應當向《紅樓夢》靠近。在上述的意義上，說曹雪芹是位「創教」英雄和創教哲學家，並非妄言，而是一種極有見解的對《紅樓夢》博大內涵的把握。

梅：您曾說，《紅樓夢》全書佛光普照，處處放射着大慈悲的光輝。我在閱讀過程中，也不僅感受到人性的溫馨與光輝，而且還感受到神性的神秘與深邃，確有《聖經》似的博大，而且，作為一個「女權主義」的同情者，我更喜歡《紅樓夢》這種少女類女神的大思路，西方《聖經》把女人描述成由男人的肋骨派生而成，這一點我始終想質疑。《紅樓夢》也有一個伊甸園情節，這就是賈寶玉和林黛玉的前身（神瑛侍者與絳珠仙草相戀的情節），這一類似亞當與夏娃的故事裏，在深層裏卻與聖經的「男派生女」的思想不同。賈寶玉與林黛玉幻化入世後，寶玉雖然類似釋迦與基督，但林黛玉始終是引導賈寶玉精神飛升的「類女神」，其地位是主導性的，而不是派生性的，這一點，您也早已寫到。

劉：我說沒有禪宗就沒有《紅樓夢》，其實，禪宗尤其是慧能之禪宗，已是一種沒有宗教的宗教了。要說創設「第三類宗教」，慧能才是真正的先鋒。慧能的「教」裏，早已沒有宗教狂熱，也早已沒有神靈偶像、神靈啟示、神靈救贖了，但仍然有佛教的博大情懷與博大境界，有佛性的信仰和佛性的本源，也有啟迪個體生命自明自救的神秘意識。《紅樓夢》的「創教」其實是禪的文學化，審美化、深廣化，然後自成一種以「女兒」為偶像、以情感為本體的意味（感悟）體系。

梅：西方的《聖經》本身也是一部偉大的文學作品，借助形象、意象、感性，它的精神含量就更大，也產生更為深廣的影響。《紅樓夢》的哲學與「教味」對未來中國的影響，一定會超過禪宗，超過《六祖壇經》。

劉：中國的儒、道、釋三家，在民間也被廣泛視為宗教，但都不是基督教、伊斯蘭教那樣的宗教，而是一種半哲學半宗教的精神存在。《紅樓夢》調侃佛、道表面功夫，卻兼收道、釋精華，也有儒的深層影響，但自創另一精神大自在。周汝昌先生「創教英雄哲士」的見解與我們所說的「第三種宗教」可能會引起爭論。今天我們也只是比周先生較為具體一些地提出問題，以後還可進一步論證。我想先放下「宗教」概念，回到你最初的問題，即《紅樓夢》的神性問題，這是哲學問題，不是宗教問題。海德格爾就把「詩意棲居」的澄明之境稱作「神性」，他指涉的「神性」，並不是我們通常所理解的上帝那種宗教神性，而是一種超越理性的、認識無法抵達的高境界，即通過人的心靈、人的想像力打通天地人神等萬物萬有而達到大圓融大和諧的詩意境界。如果對神性作出如此定義，那麼，可以說《紅樓夢》具有類（近似）宗教的神性內涵，其豐富量，可能不下於它的人性內涵。

四、易信仰：審美代宗教

梅：《紅樓夢》與宗教的關係問題，您所論說的意思非常明白，這就是《紅樓夢》雖有宗教似的大境界，大精神，而且也有準宗教的某些外殼，但並不是宗教。但如果要把《紅樓夢》的「女兒」崇拜和超越情懷加以充份強調和表達，也可以借用「宗教」這一大範疇，但必須說明這是非典型的另一類宗教。那麼，我在想，這一類宗教不正是美的宗教嗎？《紅樓夢》的信仰正如您在《紅樓夢悟》首頁的題辭，有種「美的信仰」。說得更明白一些，《紅樓夢》所創立的廣義上的宗教，乃是美的宗教。

劉：你說的完全對。如果把「宗教」界定為一種廣義的、只包括「信仰」和「超越」這兩個大要素的精神存在，那麼，《紅樓夢》確實創立了天底下獨一無二的美的宗教，其中包括美的信仰、美的偶像、美的使者、美的天國、美的理念，美的形式，美的意象系統、美的情感系統等等。而美的對象又是包羅萬象：人形美、人性美、人情美、靈魂美、自然美、宇宙美、社會美、藝術美等等。賈寶玉的《芙蓉女兒誄》禮讚晴雯具有質美、性美、神美、貌美，更是值得我們探究的審美內涵。從知性層面說，《紅樓夢》是美的大百科全書；從靈性層面說，它就是美的宗教。

梅：近代從王國維開始，到了蔡元培更是響亮地提出以審美代宗教的命題，他們的思路是不是與我們的思路相通？

劉：有相通的一面，有不相通的一面。相通之處是都在力圖提高「審美」在整個文化系統中的地位，即努力把審美提高到與宗教同等的地位。在近代，把「美」推入神祠的地位，以科學、理性、真善美取代宗教，確實是一種很重要的思潮，用魯迅的話說，是一種「易信仰，而非滅信仰」的思潮。魯迅在一九零七年所作的《破惡聲論》中，就介紹了十九世紀西方（尤其是德國）的這種思潮。他說：「欲以科學為宗教者，歐西則固有人矣。德之學者海克爾[1]研究官品，終立一元之說，其於宗教，則謂當別立理性之神祠，以奉十九世紀三位一體之真者，三位云何？誠善美也。顧仍奉行儀式，卑人易知執着現世，而求精進。」魯迅當時雖然只是一個十七、八歲的年輕學子，但已敏感地捕捉到這一種從重來世到重現世（不是重天堂）的認知上的大變動，即以理性取代神性的大變動。西方文化和中國文化最大的一點區別是西方文化具有宗教大背景，因此，他們要另立「理性之神祠」，便是翻天覆地的思想革命，易信仰的

1　即黑格爾——引者註。

革命。在西方的大語境下，他們甚至主張也要像宗教一樣，對美舉行膜拜儀式。王國維、蔡元培提出審美代宗教，顯然受到西方尤其是德國哲學家的影響。我們現在說曹雪芹創立美的宗教，也是在說，曹雪芹把美推上神祠的地位，以對女兒（美的象徵）的信仰取代對於元始天尊及阿彌陀佛的信仰，也是易信仰而非滅信仰。

梅：這樣看來，曹雪芹實際上是近代以審美代宗教的先驅者，以美的信仰取代宗教信仰的先驅者。

劉：可以這麼說。但是曹雪芹與近代的理性主義思潮又有區別，與「審美代宗教」的思路又不完全相通。其不同之處，最關鍵的一點，是曹雪芹既有對美的信仰但又保留宗教情懷，具體地說，是保留佛教的大慈悲精神。充盈於巨著中的是大悲憫與大同情心，所以我才說《紅樓夢》中「佛光普照」。曹雪芹沒有把審美與宗教兩極化對立起來。審美與宗教都有一種高於道德境界的超越情懷，都放下社會功利算計。宗教的缺陷是不同的教派由於具有不同的理念常常紛爭不已，而審美則完全放下理念和功利，純粹面對審美對象，因此，它往往比宗教更帶普遍性。但是，審美的徹底化也往往會走向「不關心」，即完全放棄社會關懷精神，缺少宗教那種「普渡眾生」的大慈悲精神。曹雪芹的偉大性，是他不僅充份審美，把人間情意上升到宇宙本體的地位，而且又把人間關懷貫徹到作品的情感系統中，審美情感與宗教情感並行不悖。他雖然沒有「普渡眾生」的救贖意識，卻有「關懷眾生」的悲憫精神。劉姥姥胡編一個鄉村雪地裏受難姑娘（茗玉）的故事，賈寶玉立即信以為真，到祠廟裏去探訪，這固然是癡，但又是大悲憫。

梅：您把賈寶玉說成是準釋迦、準基督，也是這個意思吧。寶玉見到美麗的少女就像見到一道光明，不在乎少女社會地位的差異，具有審美的純粹性，是個癡人，但他總是關懷他人勝於關心自己。

劉：不錯，賈寶玉正是審美精神與宗教精神的載體與結合體。《紅樓夢》中的「情」是一個大系統，它包括戀情（愛情）、友情、親情、世情、宇宙情等等。俞平伯先生評「紅」時過於偏重戀情，周汝昌先生則強調「親情」，注意到中國文化特別是深層儒家文化對小說的浸透。我把賈寶玉比作準基督、準釋迦，則是強調寶玉的世情和宇宙情，即關懷弱者，關懷他人的慈悲之情。玉釧兒把藥湯燙到他的手上，他不僅不埋怨，反而關心起玉釧有沒有燙到手，這不是愛情，也不是親情，而是世情。他和「邊緣人」及三教九流柳湘蓮、蔣玉菡、雲兒等能成為朋友，也是世情。這種情懷，與其說是審美，還不如說是宗教。

梅：情確實是一個龐大系統。脂硯齋說曹雪芹的佚稿中有一「情榜」，果真如此，這情榜所界定的情的類型就很多。除了情感本身具有不同形態之外，情感系統還包括情境。您強調的「世情」，其情境就特別重要。有世情的人，常常也有大悲情，因為他們關注所處的具體的社會環境。前些時，我整理您和李歐梵關於輕重位置的對話，覺得您們用輕、重比例的視角來談《紅樓夢》很有意思。如果用這一視角看，審美情懷顯得輕一些，宗教情懷則顯得重一些，《紅樓夢》可以說是輕重並舉，並不是「輕」完全取代「重」。

劉：你的這一說法，倒是新穎。賈寶玉的大慈悲精神確實可以用「重」來表述，不過從藝術手段上說，曹雪芹總是用輕來駕馭重。

梅：我讀李澤厚的《華夏美學》，注意到他對中國文化的一個重要觀點，這就是在中國文化系統中，審美高於宗教。或者說，第一位的是審美而不是宗教。

劉：不錯，關於這點，李澤厚作了許多論述，他認為在中國文化中最高的人生境界不是宗教或宗教神秘境界，而是審美境界，也就是莊子、禪宗所描述、提及的境界。他自己也非常認同。他曾說：「一般說，道德和道德境界之上的便是與神同一的宗教和宗教神秘境界。在我這裏，不是宗教而是審美，不是與神同在而是與天合一，成為道德之上的人生最高境界。」最有意思的是，他認為，既然宗教與審美都是道德之上的人生最高境界，你要把「審美」假設為「教」，也無不可，但其「教義」則有根本區別。他也使用「教義」二字，但加了引號。這段話我唸給你聽：

> 宗教或宗教體驗常常是一種純精神的滿足，在教義上基本是排斥、貶低、否定感性和感性生命的。審美的天人合一則相反，它在「教義」上是慶生、樂生，肯定感性的。它感恩天地，體驗人生，回味生活，留戀世界，以此來建構人類心理的情感本體。這種高於道德或在道德境界之上的審美境界，當然便是忘利害、無是非、超時空、非因果的自由天地。也就是莊子、禪宗所經常描述、提及的境界。這境界不同於神秘的宗教體驗，也不是孔孟仁義的道德境界。[1]

這段話把道德之上的最高人生境界即審美境界的「教義」特點講得很清楚。不知道你有沒有注意到，十幾年來我在談論《紅樓夢》時說的一句概括性的話，就說「它是一個無是無非、無善無惡、無因無果、無始無終的藝術大自在」，這個大結論與李澤厚所說的「忘利害、無是非、超時空、非因果的自由天地」相近，這也是《紅樓夢》的審美境界。既然是超時空，既然是高於道德的與天合一，這裏就包含着神秘

1　李澤厚：《實用理性與樂感文化》，第一四四頁，北京，三聯書店，二零零五年。

體驗，所以也可以說，《紅樓夢》具有超越性的半宗教體驗，類似愛因斯坦的宇宙宗教情緒。

梅：說到這個份上，我們似乎也可以說，中國美學是另一類宗教，是沒有神靈但有神秘體驗的宗教，或者說，是沒有絕對的人格神，但有相對神性意象的情感大美學。

劉：《紅樓夢》很了不起，它真正呈現中國人生的最高境界，把中國文化探討自由天地的思想精華全部凝聚在文字之中。曹雪芹的審美觀，不是一般的藝術觀、自然觀，而是大於藝術、大於自然的世界觀、宇宙觀、人生觀，或者說，是上至天地宇宙、下達萬物萬象的通觀，涵蓋形上形下各層面。這是真正屬於中國又帶有普世意義的大審美觀。

第四輯

第十章　紅樓女性的文化類型

一、林黛玉的莊禪文化投射

梅：您在《紅樓夢悟》的第五十六則談到《紅樓夢》一些主要人物所折射的文化，我特別感興趣。這段話可以作為我們討論的出發點：

《紅樓夢》的人物個個活生生，都不是理念的化身，但是，一些主要人物，卻折射着中國諸種大文化的生活取向與精神取向。以女子形象而言，林黛玉折射的是莊禪文化，薛寶釵折射的是儒家文化，賈母表面上是儒家文化，內心深處則不以儒為然，她很會偷閒很會及時行樂，人情練達又活得瀟灑，心裏深藏着對自由的認同，所以她與其子賈政（賈府中的孔夫子）常有衝突，倒是十分寵愛甚至理解孫子賈寶玉。與上述取向不同，王熙鳳和探春倒是有點法家氣概，尤其是探春，一旦讓她「執政」（一度與李紈、寶釵共理家政），便着手改革，做出了興利除弊的事來。她給王善保家的一個巴掌，是典型的法家文化的一巴掌。與「參政」一極相反的佛家文化則由妙玉所折射，但是，佛家流派眾多，妙玉崇尚的經典，大約屬於唯識宗。曹雪芹對此宗並不太以為然，所以說她「云空未必空」。賈寶玉和其他女子形象的文化含量，不僅其他文學作品難以比擬，即使是四書，五經，也難以比擬。中國文化的大礦藏並不在四書五經中，而在《紅樓夢》中。

您說，賈寶玉和其他女子形象都有很豐富的文化含量，當然，這也包括哲學含量。

劉：關於《紅樓夢》人物所投射的文化，可以寫出很好的論文或專著。我在這裏只是把瞬間的感悟寫下來。文化主要不是在圖書館裏，而在活生生的人身上，在人的思想、行為、語言、情感之中，在人的精神價值創造中。人是文化的載體，文化跟着人走，莎士比亞走到哪裏，英國文化就會跟到哪裏；歌德、康德走到哪裏，德國文化也會跟到哪裏。我說文化在人的身上還包括文學作品中塑造的不朽的人物形象。我們自身也投射、折射某種文化。

梅：湯瑪斯．曼（Paul Thomas Mann）流亡到美國時說，德國文化就在我身上，這不是狂妄，而是說，在他身上的確負載折射着德國文化。如果歌德和陀思妥耶夫斯基還活着，而且走到中國或走到我這個華盛頓附近的校園，我們也會覺得他們帶着德國與俄國的文化來了。他們去世了，但他們筆下的人物浮士德（Faust）和阿廖沙（Alyosha）還活着，他們也負載着大文化。我贊成您的觀點。

劉：正是這樣想，所以我才特別留心《紅樓夢》人物所折射的文化內涵。這個問題看來不難，其實一旦深下去也很難。我到台灣這一年，讀了一些台灣出版的評紅書籍，其中有一本名叫《紅樓夢與禪》，此書名為說禪，實際上說賈寶玉、林黛玉、薛寶釵等所折射的唯識宗文化，尤其是第七識與第八識文化。在這位作者看來，林黛玉折射的是第七識（末那識），賈寶玉折射第八識（阿賴耶識）。七識（黛玉）

離染轉淨，八識（寶玉）才能轉凡為聖。[1] 全書玄之又玄。在佛教諸流派中，唯識宗最難入門。此宗經籍汗牛充棟，非常煩瑣，非常玄奧，是佛教中的經院哲學。除了其宗師玄奘和他的幾個弟子，恐怕很少人真正明白它在說甚麼。禪宗的興起恰恰在於它「不立文字」，放下唬人的經典教條。興起的語境有一項應當就是面對經院哲學而擺脫經院哲學。探索《紅樓夢》的文化內涵，不能不了解它投射的佛教文化，但又不能走火入魔，陷入唯識宗概念的深淵。

梅： 您說《紅樓夢》折射的主要是佛教大乘文化和莊禪文化，主人公賈寶玉、林黛玉心靈深處的交流，都是禪語禪悟。薛寶釵與林黛玉的差異，並非好壞、善惡、封建與反封建的衝突，而是中國兩大文化——儒文化與莊禪文化的衝突，這也是曹雪芹靈魂的悖論。

劉： 不錯。從文化取向上說，薛寶釵投射的是儒文化，林黛玉投射的是莊禪文化。賈寶玉則投射大乘佛教文化和莊禪文化。中國的禪宗是大乘佛教的一脈，但它經過老、莊的洗禮和自身的改革，到了慧能，已完全中國化，慧能之後又進一步世俗化，到了馬祖及其子弟，就變成「狂禪」。賈寶玉的文化內涵極為豐富，他有大乘原典精神，也有莊、禪，尤其是禪，甚至有儒的深層內容，如守孝道與親情，他包含多種文化，又超越各種文化，非常奇特，我們切不可把他簡單地劃入某種文化，等同某種文化。我選擇「投射」一詞來表述，可能較為準確，包括林黛玉也只能說她投射莊禪文化。莊與禪、佛與禪又有區別。例如禪重在心靈體驗，不追求真人、至人、神人等人格理想。黛玉是《紅樓夢》中說禪的第一高手，禪悟最高的天才，她也喜歡莊子，但不會追求莊子的人格理想。她和寶玉情意相投，是因為彼此都

---

1 圓香：《紅樓夢與禪》，第六四頁，佛光出版社，一九九二年。

是性情中人，有真情也有真心。是情感意義上的真人，不是道家意義上的真人。《紅樓夢》續書在賈寶玉離家出走之後，讓皇帝封他一個「文妙真人」的稱號，顯然是敗筆。賈寶玉最後大徹大悟，是離一切相，破一切執，化一切迷，歸於空，返於無，精神境界比世俗皇帝高出千倍萬倍，哪能再由皇帝強加給他一個「世俗角色」的莫名其妙的桂冠。即使是從「現實主義」來解釋，說這是小說反映現實，我們也可質疑。在現實文化中，既講真人，又何來「文妙」？莊子從不給「真人」再做世俗界定。

梅：每一個人，尤其是《紅樓夢》中的主要人物，文化內涵都很豐富。確實不可本質化、簡單化。但每個人物又確實有自己的文化取向，釵與黛就不同，一個重儒，一個喜莊禪，這是很明顯的。《紅樓夢》中的人物，如賈赦、賈璉、賈蓉、賈環以及邢夫人等，甚麼文化也沒有，是一種只有慾望沒有文化精神的人，壓根就進入不了我們的論說範圍，也談不上甚麼投射。能說得上文化投射的，或自覺或不自覺，或在意識層面或在潛意識層面，都是比較重要的角色。在這些角色中開掘其文化積蓄，是《紅樓夢》提供了可能，《金瓶梅》就沒有這麼多寶藏可開掘了。

劉：《金瓶梅》人物負載的是市井文化、俗文化、民間文化，男人、女人都粗糙，與《紅樓夢》的上層貴族文化不同。趙姨娘身上也折射俗文化、薩滿教文化，我們且不談。以主要人物而言，寶玉、黛玉、寶釵、妙玉等身上都投射精緻文化。寶釵典型地投射着儒家文化，是賈政的側影，心靈早已儒化。她勸寶玉說：「你既說赤子之心，聖賢原以忠孝為赤子之心，並不是遁世離群，無關無係為赤子之心，堯、舜、禹、湯、周（公）、孔（子），時刻以救民濟世為心。」（一一六回）寶釵這段話，說明她以孔子為靈魂，關注的是家族群體與社會群體，焦慮的是人群的共存秩序。而林黛玉與賈寶玉相同，她離「救民濟世」之思很遠，考慮的是個體生命在人生短暫歲月中如何充份生活，是在當下特定時空中如何實現個體生命的價值與尊嚴。「仁」字是兩人的關係，它派生於愛與關懷，但也派生於世故，使人花費太多心力消耗在人際關係之中。薛寶釵會做人，「行為豁達，隨分從時」（第五回），但「從時」卻時而是道，時而是術。林黛玉和賈寶玉沒有半點心術心機。由於文化取向不同，薛寶釵就勸賈寶玉走仕途經濟之路，而林黛玉則從來不作這樣的勸說，所以深得賈寶玉的尊敬。但是，寶釵勸說寶玉濟世，並不是她熱衷於功名，而是從群體秩序、家族利益思慮，男女應當有所區別也有所分工，女子守持本份即可。她說：「自古道『女子無才便是德』，總以貞靜為主，女工還是第二件。其餘詩詞，不過是閨中遊戲，原可以會可以不會。咱們這樣人家的姑娌，倒不要這些才華的名譽。」（第六十四回）不要功名，把寫詩當作一種遊戲，無功利動機，這點倒是與黛玉相通。可見她們倆的文化差異只是重群體、重倫理與重個體、重自由的差異。既是這樣，兩者是可以互補互動的。也就是說，釵黛既可分殊，也可合一，並非勢不兩立。因此，俞平伯先生所講「釵黛合一」也沒錯。第四十二回，寶釵與黛玉推心置腹地交談，猜忌之心完全化解，自此之後兩人再也沒有相互妒嫉與非難。在這一回裏，薛寶釵借着林黛玉引述《牡丹亭》、《西廂記》的兩句話，對黛玉說了一段知心話：

「你當我是誰，我也是個淘氣的。從小七八歲上也夠個人纏的。我們家也算是個讀書人家，祖父手裏也愛藏書。先時人口多，姊妹弟兄都在一處，都怕看正經書。弟兄們也有愛詩的，也有愛詞的，諸如這些《西廂》《琵琶》以及《元人百種》，無所不有。他們是偷背着我們看，我們卻也偷背着他們看。後來大人知道了，打的打，罵的罵，燒的燒，才丟開了。所以咱們女孩兒家不認得字的倒好。男人們讀書不明理，尚且不如不讀書的好，何況你我。就連作詩寫字等事，原不是你我分內之事，究竟也不是男人分內之事。男人們讀書明理，輔國治民，這便好了。只是如今並不聽見有這樣的人，讀了書倒更壞了。這是書誤了他，可惜他也把書糟踏了，所以竟不如耕種買賣，倒沒有甚麼大害處。你我只該做些針黹紡織的事才是，偏又認得了字，既認得了字，不過揀那正經的看也罷了，最怕見了些雜書，移了性情，就不可救了。」一席話，說得黛玉垂頭吃茶，心下暗服，只有答應「是」的一字。

在這段話裏，薛寶釵所說的「性情」，當然不是林黛玉那種天真任性的性情，而是「藏愚」、「守拙」、守持「婦德」等淑賢之情，但這些話，出自內心，並非虛假，這是一個家族群體共生共存共享安寧所必須的品格，因此，林黛玉不僅不反駁，而且「心下暗服」。這一回很重要，是釵黛關係的轉捩點。你可以留心一下這之後的幾十回還有沒有再發現釵黛衝突。兩者的合一，也投射一種文化徵兆，這就是中國儒道兩大文化血脈的合一與相通。

梅：第四十二回寫寶釵與黛玉兩人的談心、玩笑，確實非常動人。這一回把寶釵的學問寫得很絕，僅僅她開的畫器清單和顏料製作方法，就讓人驚嘆。林黛玉心裏也服，卻要開一回玩笑，玩笑中說了很重的內心話，敬佩話。

（黛玉）笑着拉探春悄悄的道：「你瞧瞧，畫個畫兒又要這些水缸箱子來了。想必他糊塗了，把他的嫁妝單子也寫上了。」探春「噯」了一聲，笑個不住。說道：「寶姐姐，你還不擰他的嘴？你問問他編排你的話。」寶釵笑道：「不用問，狗嘴裏還有象牙不成！」一面說，一面走上來，把黛玉按在炕上，便要擰他的臉。黛玉笑着忙央告：「好姐姐，饒了我罷！顰兒年紀小，只知說，不知道輕重，作姐姐的教導我。姐姐不饒我，還求誰去？」眾人不知話內有因，都笑道：「說的好可憐見的，連我們也軟了，饒了他罷。」寶釵原是和他頑，忽聽他又拉扯前番說他胡看雜書的話，便不好再和他廝鬧，放起他來。黛玉笑道：「到底是姐姐，要是我，再不饒人的。」寶釵笑指他道：「怪不得老太太疼你，眾人愛你伶俐，今兒我也怪疼你的了。過來，我替你把頭髮攏一攏。」黛玉果然轉過身來，寶釵用手攏上去。寶玉在旁看着，只覺更好……

林黛玉與薛寶釵在此至少是情感合一。至於理念，雖有差別，但也可和諧地共生共處了。

劉：第四十二回是釵黛關係轉折的一回，在全書中很重要。這之後，再也看不到她們的衝突。我們也沒有必要為了意識形態的原因，刻意去強調她們的衝突。四十二回這段和諧性的描寫，倒是讓我們了解，心靈傾向於儒文化與傾向於莊禪文化是可以互補的。

梅：您在《紅樓夢悟》第五十六則悟語中說妙玉折射的佛教文化，可能是唯識宗文化，真是這樣嗎？

劉：這也只是感悟而已。因為她的清高不是禪的清高。真的禪，應有平常之心，不會刻意端架子，不會那麼巴結賈母，又那樣瞧不起劉姥姥。她把劉姥姥用過的杯子視為髒物，這就暴露出她的差別心太大，離不二法門太遠，近乎勢利。佛教講妙心，就是無分別心，她偏偏有很強的分別心。她飲茶居極品，作人也自居極品，這就不自然了，所以她真的是「云空未必空」，折射的不是禪宗文化。唯識宗的第六識是意識，講分別，她的這一識太發達，分別得走火入魔了。從《紅樓夢》的敍事藝術說，曹雪芹對妙玉着墨不多，篇幅很少，卻把妙玉寫絕了，每段描寫，都堪稱人物刻劃的千古奇文，而最精彩的是

「櫳翠庵茶品梅花雪」一節。這一節裏有兩個絕妙的細節，一是妙玉接待賈母；二是妙玉接待寶玉、寶釵、黛玉。我們不妨重溫一遍。先看第一細節：

當下賈母等吃過茶，又帶了劉姥姥至櫳翠庵來。妙玉忙接了進去。至院中見花木繁盛，賈母笑道：「到底是他們修行的人，沒事常常修理，比別處越發好看。」一面說，一面便往東禪堂來。妙玉笑往裏讓，賈母道：「我們才都吃了酒肉，你這裏頭有菩薩，沖了罪過。我們這裏坐坐，把你的好茶拿來，我們吃一杯就去了。」妙玉聽了，忙去烹了茶來。寶玉留神看他是怎麼行事。只見妙玉親自捧了一個海棠花式雕漆填金雲龍獻壽的小茶盤，裏面放一個成窯五彩小蓋鐘，捧與賈母。賈母道：「我不吃六安茶。」妙玉笑說，「知道。這是老君眉。」賈母接了，又問是甚麼水。妙玉笑回「是舊年蠲的雨水。」賈母便吃了半盞，便笑着遞與劉姥姥說：「你嚐嚐這個茶。」劉姥姥便一口吃盡，笑道，「好是好，就是淡些，再熬濃些更好了。」賈母眾人都笑起來。然後眾人都是一色官窯脫胎填白蓋碗。

這一段連標點只有三百七十三個字。接着的另一段細節，更精彩：

那妙玉便把寶釵和黛玉的衣襟一拉，二人隨他出去，寶玉悄悄的隨後跟了來。只見妙玉讓他二人在耳房內，寶釵坐在榻上，黛玉便坐在妙玉的蒲團上。妙玉自向風爐上扇滾了水，另泡一壺茶。寶玉便走了進來，笑道，「偏你們吃體己茶呢。」兩人都笑道：「你又趕了來餐茶吃。

這裏並沒你的。」妙玉剛要去取杯，只見道婆收了上面的茶盞來。妙玉忙命：「將那成窯的茶杯別收了，擱在外頭去罷。」寶玉會意，知為劉姥姥吃了，他嫌髒不要了。又見妙玉另拿出兩隻杯來。一個旁邊有一耳，杯上鐫着「𤓰瓟斝」三個隸字，後有一行小真字是「晉王愷珍玩」，又有「宋元豐五年四月眉山蘇軾見於秘府」一行小字。妙玉便斟了一斝，遞與寶釵。那一隻形似缽而小，也有三個垂珠篆字，鐫着「點犀䀉」。妙玉斟了一䀉與黛玉。仍將前番自己常日吃茶的那隻綠玉斗來斟與寶玉。寶玉笑道：「常言『世法平等』，他兩個就用那樣古玩奇珍，我就是個俗器了。」妙玉道：「這是俗器？不是我說狂話，只怕你家裏未必找的出這麼一個俗器來呢。」寶玉笑道：「俗說『隨鄉入鄉』，到了你這裏，自然把那金玉珠寶一概貶為俗器了。」妙玉聽如此說，十分歡喜，遂又尋出一隻九曲十環，一百二十節，蟠虯整雕竹根的一個大盞出來，笑道：「就剩了這一個，你可吃的了這一海？」寶玉喜的忙道：「吃的了。」妙玉笑道：「你雖吃的了，也沒這些茶糟踏。豈不聞『一杯為品，二杯即是解渴的蠢物，三杯便是飲牛飲騾了』。你吃這一海便成甚麼？」說的寶釵、黛玉、寶玉都笑了。妙玉執壺，只向海內斟了約有一杯。寶玉細細吃了，果覺輕淳無比，賞讚不絕。妙玉正色道：「你這遭吃的茶是託他兩個福，獨你來了，我是不給你吃的。」寶玉笑道，「我深知道的，我也不領你的情，只謝他二人便是了。」妙玉聽了，方說：「這話明白。」黛玉因問：「這也是舊年的雨水？」妙玉冷笑道：「你這麼個人，竟是大俗人，連水也嘗不出來。這是五年前我在玄墓蟠香寺住着，收的梅花上的雪，共得了那一鬼臉青的花甕一甕，總捨不得吃，埋在地下，今年夏天才開了。我只吃過一回，這是第二回了。你怎麼嚐不出來？隔年蠲的雨水那有這樣輕浮，如何吃得，」黛玉知他天性怪僻，不好多話，亦不好多坐，吃完茶，便約着寶釵走了出來。

在禪宗尤其是慧能看來，人人皆有佛性，佛的種子就在自己的清靜的自性之中。也就是說，人的地位雖有高低，但身上的佛性並無分別，這便是不二法門。按照這種佛理，賈母雖極富貴，劉姥姥極貧寒，但都有佛性，這就是無分別心，無分別相。大慈悲也正是從這種眾生平等的佛理中產生。但妙玉不是這種情懷，她把茶分為三品，不知把人分為多少品。這種分別，正是唯識觀。這種觀念的要義，在於證明「幻化人非真人」，只承認一部份人具有佛的無量種子，並非人人皆有佛性，人人可以成佛。玄奘還認為，佛之種子不在「自性」之中（而在他性之中），識也「依他起」，其佛量種子也應依他起（依他起性）。佛學總是討論淨、染二性，按此分別心，淨層為諸佛，染層為眾生。在妙玉看來，她是淨極，劉姥姥是染極，髒極。寶玉知道妙玉「嫌髒」就是嫌劉姥姥用過的杯子「有染」。與唯識宗不同的是天台宗、華嚴宗則講除滅三性，即除滅分別性、依他性、真空性，唯識宗言「垢淨心，即是眾生之體實，事染染本性」。《大乘止觀法門》的主題正是在此。我在《紅樓夢的哲學內涵》文中說，禪字的來源之一是如來藏，就是指「大乘止觀法門」，此一大經典所指示的佛性便是「藏體平等」，諸佛與眾生同具染性，悟諸佛亦可與眾生相同之染事；另一方面，眾生與諸佛也同具淨性（即佛性），佛與眾的差別只在於「覺與不覺」。後來慧能所說：悟即佛，迷則眾，便是從這裏來的。妙玉屬於哪一宗，修的是哪一門，從她的行為語言就可以看明白。所以我說她折射的大約是唯識宗文化。

梅：您在《紅樓夢的哲學內涵》中說，般若智慧、大乘如來藏、中觀哲學是禪宗的三大來源。剛才聽您講，大乘如來藏也就是「大乘止觀法門」。這一法門排除分別性，曹雪芹一定贊成。「空」的內涵應是放下妄念、執着、分別，妙玉卻對人的尊卑貴賤分別得如此徹底，對賈母極盡奉迎之能事，對劉姥姥如此鄙視，實在過份，難怪曹雪芹要說她「云空未必空」。除了大乘如來藏之外，中觀哲學是否也在《紅樓夢》的人物身上有所折射？

劉：中觀哲學是印度初期大乘佛教最重要的理論家之一龍樹所創立。由於他的建樹，終於使大乘佛教取代小乘佛教。在印度，其門徒為他立廟尊奉為佛，在我國則被尊為大乘八宗共同的宗師。他的代表作之一《中論》後來派生出佛教的中觀學派。中觀哲學有一「四句」論式，即「一切實非實，亦實亦非實，非實非非實，是名諸佛法」。第一命題是「一切事物都是真實的」，第二命題是「一切事物並非都是真實的」，這兩個命題都具充份理由，構成一對悖論，因此便產生第三命題，即「並非一切事物都是真實的而且也並非不是真實的」，這不是非此即彼，而是亦此亦彼。我覺得曹雪芹的「假作真來真作假，無為有處有還無」，正與中觀哲學相通。禪宗也尊龍樹為祖，是「八宗共祖」的八宗之一，它把中觀哲學徹底化，抵達真假不二，有無不二，曹雪芹在徹底化之後又文學化，也抵達真假不二，有無不二，賈寶玉與甄寶玉不二，總之，是真我與假我共存於人的生命之中，而所謂覺悟，便是打破我執，破假我的一切執迷、執念，返回真我的本心。你對佛教哲學較為陌生，以後也不一定能進入它的深淵，但了解一下基本觀點還是必要的。

二、史湘雲的名士文化投射

梅：您曾在悟語中談到黛玉、寶釵、妙玉折射的文化，沒有提到史湘雲。而她的文化取向，與釵、黛、妙都不同。她雖然也勸寶玉走仕途經濟之路，但與寶釵顯然不同。她更瀟灑，更隨便。

劉：湘雲折射的是中國的名士文化。所謂名士，是指恃才放達、自由散漫、不拘小節之士。第四十九回，史湘雲針對妙玉等說：「是真名士自風流！你們都是假清高，最可厭的。我們這會兒腥羶大吃大嚼，回來卻是錦口繡心。」名士雖然恃才傲物，心不媚俗，但身在社會之中，並不故作清高樣。竹林七賢，揚州八怪都是著名名士，我最喜歡嵇康，所以把他的「外不殊俗，內不失正」八個字抄贈你。湘雲的名士理想大約也是如此。那個下雪天，湘雲圍着火爐烤鹿肉吃，並說：「我吃這個方愛吃酒，吃了酒才有詩。若不是這鹿肉，今兒斷不能作詩的。」在湘雲看來，詩雖高雅，但詩人卻是需要酒肉在肚子裏發熱的。這種人生態度顯得瀟灑浪漫，與妙玉全然不同，與黛玉也不同，曹雪芹是個大手筆，一場燒烤新鮮鹿肉的遊戲就把各人不同的文化性格折射出來。在鹿肉爐火面前，不僅王熙鳳、平兒、探春均放下平日的身段，連原先忌髒的寶琴也在寶釵的鼓勵下加入了吃的行列。惟有黛玉拒絕「同流合污」，說湘雲作賤了蘆雲庵。一下子露出她的「殊俗」潔癖。湘雲以「假清高」回敬了她。其實，真正的「假清高」是不在場的妙玉。她是《紅樓夢》人物中真正的精神潔癖者。曹雪芹讓她在這場玩鬧中缺席實在非常得當，否則便樂趣全沒。史湘雲聰明至極，但和寶玉一樣，始終持有一種兒童的憨態，這是她的可愛處。曹雪芹本身也是亦詩亦酒的大名士，湘雲這種存有天真天籟的名士風度，大約也是他的一種審美理想。在他看來，所謂俗，所謂雅，所謂髒，所謂潔，關鍵是內心是不是「正」。慧能講不是幡動，也不是風動，而是心動，意思是說關鍵在於心靈，嵇康的「內不失正」也是這個意思。隱逸文化中「小隱隱於山林，大隱隱於朝市」的著名命題，說的也是重要的是心隱心潔心清。在「朝市」的俗社會中仍然保持自己高尚的心靈原則，這才真的不容易。

梅：賈寶玉其實也是一個真名士，也是守持內心的本真，不在乎心外部姿態。

劉：這正是寶玉的可愛處。他是個貴族慧能，天然地站立於「心動」的層面，而不是站立於小僧那種計較「風動」或「幡動」的層面。慧能之後，禪宗發展到馬祖一直到狂禪，佛教已全然世俗化，所以才有「酒肉穿腸過，佛祖心中留」的趣説。賈寶玉顯然也受這種態度的影響，因此，他聽芳官説藕官燒紙錢祭奠死去的同性戀人菂官時，雖然感動，但告訴芳官，對於神與佛，關鍵心誠心敬，不在於香火紙錢。他説供奉時用甚麼都可以，「隨便有清茶便供一鍾茶，有新水就供一盞水，或有鮮果，甚至葷羹腥菜，只要心誠意結，便是佛也都可來享，所以説，只在敬不在虛名。」（第五十八回）可見賈寶玉和史湘雲的態度相似，不避葷羹腥菜，自然也不避鹿肉。中國的名士文化正是一種不重外表、不重形式而重內在心性、內在智慧的文化。賈寶玉和史湘雲都有名士風度。

梅：評「紅」者談到史湘雲時都把六十二回的「憨湘雲醉眠芍藥裀」作為典型書寫。讀了這一節，便要讓我想起阮籍這些好飲好醉放浪形跡的詩人。不過，歷來只能看到男性詩人如此盡情盡興，卻難得見到一個女詩人如此自由酣暢，如此以天地為屋，醉臥於山石大自然之中。女性能抵達這種物我兩忘的境界，真是千古一絕。我寫「狂歡的女神」，正是寫才華橫溢而又曠達灑脱的女性天才，如果日後有時間，應補上「醉臥青石板櫈的史姑娘」，她的大吃鹿肉和沉酣香夢，倒是女性中的真名士、真女神。

劉：又找到一個好題目了。應當抓住。等着看你的「大觀園裏的狂歡女神」吧。名士確實都有一點狂勁。孔夫子講中庸，但把「鄉愿」視為「德之賊」。因此中庸一定要有「狂」和「狷」來支撐。賈寶玉不是大仁大惡，乃是中性中道之人，但他也有狂的一面，第二回作者用《西江月》二詞描寫他，第一句話便是「無故尋愁覓恨，有時似傻如狂」，「行為偏僻性乖張」。寶玉如此，湘雲也是如此，史湘雲就是一個似傻似狂的女性。還有一個也是類似史湘雲的，但大約沒有人注意此人也折射着名士文化，你猜這是誰？我覺得是青年史太君，她是史湘雲的姑奶奶。也許史湘雲承繼的正是賈母的基因。不過，我們在《紅樓夢》中看到的賈母，青春時代已經過去，已看不到她的「狂歡」，但還可看到她的名士氣質與風度。

梅：這倒是沒有想到，您說說看。

劉：你記得第四十九回史湘雲提醒薛寶琴時所說的話嗎？她說：「你除在老太太眼前，就在園子裏，來這兩處，只管頑笑吃喝。到了太太屋裏，若太太在屋裏，只管和太太說笑，多坐一會無妨；若太太不在屋裏，你別進去，那屋裏人多心壞，都是要害咱們的。」聽了這話，寶釵笑道：「說你沒心，卻又有心；雖然有心，到底嘴太直了。」史湘雲把賈母視為「咱們」中人，與賈府中其他婆婆媽媽不同，不僅是因為老太太性格仁慈，地位又高，還因為她本來正是大觀園裏姐妹的先行者。據脂硯齋透露，她從前便是枕霞閣十二釵中的人物，也是性情少女。但最要緊的是我們從小說文本中可以看出，她雖年邁，但心態依然年青。她厭惡賈赦這個名為她兒子實為蒼白無恥的官僚，她不像賈政時時從「修身齊家治國」的儒家正統眼睛看寶玉，而用自然生命之美的眼睛看寶玉，所以她不能容忍賈政對寶玉的鞭打，全力保護心愛的孫子。經歷歲月滄桑，年老時成為家族權威，心裏甚麼都有數。最後決定寶玉婚事，取釵捨黛，說明她的城府之深。但是，即便如此，她在晚年仍然時時透露出瀟灑爽朗的性格。她喜歡和孫子們玩笑戲鬧，不喜歡一板正經的面孔和面具，只想經常痛痛快快地笑一場飲一杯，也是一個愛喝酒的人。第五十四回下半回寫「王熙鳳效戲彩斑衣」（「二十四孝」中故事）招引賈母歡笑，賈母果然笑道：「可是這兩日我竟沒有痛痛的笑一場，倒是虧他才一路笑的我心裏痛快了些，我再吃一鍾酒。」你看，她又是笑又是飲。湘雲不正是承繼這種基因嗎？更了不得的是她內心也不拘一格，厭惡千篇一律的文學舊套和藝術舊套。五十四回的上半折寫「史太君破陳腐舊套」，就寫她嘲諷千百年一貫制的才子佳人老套。她說：「這些書都是一個套子，左不過是些佳人才子，最沒趣兒。」然後認認真真地挖苦嘲笑一番。真的名士不僅外不拘形骸，而且內不拘老套，內外都得大自在或小自在。賈母在年邁還有這份灑脫浪漫，正是骨子裏蘊涵的乃是名士文化。史家這一老一少，史太君與史湘雲，文化氣質文化心理一脈相承，你稱史湘雲為狂歡的女神，而史太君在枕霞宮時恐怕也大致是這麼一個風流倜儻的形象吧。

梅：您這一點破，我便比較了解賈母了。難怪這個老人家還是讓人喜歡。賈母和史湘雲有一個共同點是活得瀟灑，而且活得有趣。賈母到老都在尋找生活樂趣、情趣，其實，這也是詩意棲居的一種方式。太拘謹、太刻板、太沉重，就沒有生活。我覺得生活情趣之「輕」，也可以幫助我們解構「名利之累」這個「重」。史湘雲編撰的那個燈謎，您特別喜歡，我也喜歡：「溪壑分離，紅塵遊戲，真何趣？名利猶虛，後事終難繼。」此謎的謎底是猴子，被寶玉猜中了。史湘雲想到的是紅塵生涯的「真何趣」，而名利這些虛幻之物並不能帶給人以真樂趣真興趣。

劉：研究《紅樓夢》一輩子的俞平伯先生本身也是一個名士，是中國現代文學史上屈指可數的幾個名士之一。他的生活態度基本上是名士態度。但他不是表現在外部的倜儻風流，而是注重生活與寫作的情趣。他研究《紅樓夢》，固然是在考證，但考證中煩而不瑣，文章中夾有許多趣情趣事，讓人讀後覺得津津有味。他考證秦可卿與她公公關係的文字，也可以作為散文讀。

梅：中國的名士文化源遠流長，在魏晉時代那麼發達，是不是莊子的影響？

劉：這個問題還可再作些探討。但有一點可以肯定，是名士文化在西元三、四世紀魏晉時已達到了高峰。按照馮友蘭先生的意見，他認為「風流」與「率性」文化（他沒有使用「名士文化」概念）就產生在這個時期，而主要是淵源於《列子》今本（古本已佚失）的第七篇《楊朱》。此篇把人的生活作了「外」與「內」之分。故事中的楊朱，說人不得休息，乃為四事所累，一為壽；二為名；三為位；四為貨。有此四者，便畏鬼畏人，畏威畏刑。生活如何擺脫「畏」，就得從治外轉到治內。馮先生說：

> 《楊朱》篇所說的「治內」相當於郭象所說的「任我」而活，所說的「治外」相當於郭象所說的「從人」而活。人活着，應當聽從自己內心；而不是矯情迎合別人；也就是說，人活着，或循理或順情，都應當出自純真的內心，而不是為了迎合時尚。用三、四世紀時通用的語言來說，就是任「自然」而不是循「名教」。這是所有新道家人士都一致的認識，但其間還有區別，以郭象為代表的理性派強調要按理性的要求來生活，而另一批任情派則主張要率性任情地生活。

梅：這也就是說，可把《列子》中的「楊朱」篇視為中國名士文化的一個思想源頭。這源頭強調的也是聽從自己的內心。

劉：《楊朱》篇所描述的可視為晉代士人所追求的一種精神，但不是全部，也不能說是其中最好的。《楊朱》所感興趣的是一種粗鄙的享樂，這種享樂不必鄙視，但並不是「風流」的真意所在。到了竹林七賢，才有了「風流」的實質。劉伶一絲不掛，盡情痛恨，別人批評他時，他說：「我以天為棟宇，屋室為褌衣（內褲），諸君何為入我褌中。」（《世說新語．任誕》）劉伶這種物我不分、天人不分，自由自在地活在天地宇宙之中，才算是真名士真風流。我們所看到的「醉眠芍藥裀」進入物我兩忘境界的史湘雲，其文化心態意態，可追溯到劉伶、阮籍等。

梅：史湘雲的風流倜儻，已不是粗糙的只顧享樂，而是對於生命自由的真理有所領悟。在中國文學戲劇中尋找狂歡的女神，其宗可能得追溯到《山海經》的女媧、精衛，可是在傳說中她們的故事尤其是內心尚未展示，我們只能從她們的「補天」、「填海」行為上去想像。《山海經》之後，中國歷史上如林黛玉所歌吟的西施、虞姬、明妃、綠珠、紅拂等，都很精彩，在歷史的風雲變幻中都以自己的生命語言給人間留下永恆的記憶。但是卻沒有一個像史湘雲這樣滿腹詩書而且如此瀟灑，如此不拘一格。《西廂記》中的崔鶯鶯，《牡丹亭》裏的杜麗娘，在愛情中也狂歡了一陣，但其文化內涵，也不如史湘雲深厚。其文化含量相去甚遠。《三國演義》中的貂蟬雖演出了一場狂歡性質的政治戲劇，可惜歸根結底，她不過是被人拉着線的傀儡，高級的女奴與工具而已，其內心除了報主恩情和征服對手之外，甚麼也說不出，更談不上甚麼生命境界。至於《金瓶梅》中的潘金蓮、春梅，她們只能在肉體的情慾中狂歡，是徹頭徹尾的大俗人。《紅樓夢》創造了那麼多的詩情女性，僅史湘雲一人就足以壓倒群芳了。

劉：你的文章已經有了提綱了。史湘雲折射的名士文化，確有豐富的文化含量，但她並不是名士文化理念的形象轉達，不是名士的號筒。她是一個獨一無二的活生生的個性，在她口直心快的言語中，有時也跟着薛寶釵勸寶玉走仕途之路，但這只是脱口而出，不知深淺，完全不像薛寶釵想得那麼深，那麼執着。性格中有些矛盾，有「不一致」，才豐富，才真實，才不是某種文化理念的圖解。《紅樓夢》中其他精彩女子形象也是如此。例如林黛玉，她最討厭功名這一套，絕不勸寶玉去立功立言，自己也絕非名利之徒，但在賈元春省親而命眾弟妹作詩時，她就升起一個好好表現一下的念頭。第十七回寫道：「原來林黛玉安心今夜大展奇才，將眾人壓倒，不想賈妃只命一匾一詠，倒不好違諭多作，只胡亂作一首五言律應景罷了。」這個細節很有趣。對於此一細節，與其說她想出風頭，不如說她任性率性、天真好強，決不可用我們今天的道德評判語言去批評她。也正是有這種異質的精神細節，人物才不是理念的木偶。

梅：這麼說，林黛玉也是名士，也是狂歡女神了。

劉：說黛玉是狂歡女神未嘗不可，不過，說她是名士則需再斟酌。如果她屬名士，就會去吃鹿肉，但她拒絕，可見與名士的不拘形骸還是有很大區別。不過，她作為大觀園的首席詩人，卻有內心的狂歡。《紅樓夢》中的第一狂歡女神，其實是林黛玉。你記得七十六回林黛玉與史湘雲的聯詩比賽嗎？那是一次心靈狂歡的較量，最後林黛玉動用她的最高才情，迸出一句「冷月葬花魂」，吟出之後還對湘雲說：「不如此何以壓倒你？」你看，此時林黛玉真是才高氣盛，話下之意，便是你狂，我比你更狂。林黛玉的《五美吟》本身也是一次思想的狂歡，歷史見識的狂歡，這種狂歡才真的橫掃「二十四史」這些皇帝家譜。她的《葬花辭》又是何等氣概？天問地問人問，表面上是傷感，實際上是看空了一切。最後的焚詩稿，更是死前最後的絕望的狂歡，用自己的行為語言和死亡儀式，向無情無義無知的人間發出光芒四射的抗議。而她的愛戀過程，更是從天上轉入地上。來到人間之後，寄人籬下，除了寶玉沒人能真正理解她，她和寶玉的戀情也受到正統力量與種種世俗力量的排擠與壓迫，但她還是憑藉一股癡絕之情，勇往直前，一路揮灑眼淚。她的風流是更深沉的風流，她的狂歡是更加內在的狂歡。

梅：您所說的狂歡是廣義的狂歡。不錯，以更開闊的狂歡定義看，林黛玉確實內心才思洶湧，詩思超群，每寫一首詩都是一次不同凡響的心靈狂歡。難怪您要封她為大觀園裏的「首席詩人」。她的詩句「未若錦囊收豔骨，一抔淨土掩風流」以風流自命，何等自傲自信！而她的「天盡頭，何處有香丘？」又是何等的心事浩茫！這確實是靈的狂歡，大靈魂的訴說。這在中國文學和世界文學上真是稀有之音，絕對稀有的現象。對於史湘雲，我在前幾年閱讀時老想到「酒神」二字。這不僅她愛飲酒而且醉臥石櫈，而且因為她的整個文化形態正像尼采描摹的酒神精神。這不是理性的阿波羅（Apollo），而是充滿原始本能與生命激情的狄奧尼索斯（Dionysus）。

劉：你的這一思想也許是一種有意思的發現。尼采（Friedrich Wilhelm Nietzsche）《悲劇的誕生》（*The Birth of Tragedy*）我雖印象很深，但未把酒神精神與史湘雲聯繫起來，也未從這個視角思考林黛玉。在尼采的著作裏，酒神精神是放縱自己的原始本能，如癡如醉地享受生命的歡樂與喜悅，與講究節度、理性觀照人生的日神正相反。酒神狄奧尼索斯也可視為一種生命狀態，心醉神迷的狀態。這種狀態，也是一種物我兩忘的狀態，是個體生命與宇宙存在的融合，「精神」以感覺為家園，正如感覺以精神為家園。尼采認為，日神藝術表現在史詩與雕塑中，酒神藝術則表現在音樂中。古希臘悲劇正是這兩種精神互相撞擊，互相補充的產物。上世紀俄國著名文學理論家巴赫金講「複調」、「多聲部」、「狂歡節」，把酒神精神帶入他的理論，也擴大了酒神精神的內涵。狄奧尼索斯充份感性、充份沉醉、充份瀟脫，以此特點來看史湘雲，並不牽強，以後你也許會找到許多對應點。因為你的提示，我倒覺得釵黛二人，釵更近日神精神，黛更接近酒神精神。一個講究分寸節度，嚮往平靜的生活；一個任性率性，內外一派風流。但黛是《紅樓夢》中最豐富最精彩的詩意生命，僅用酒神精神又概括不了她。

梅：《紅樓夢》也多次用「風流」二字描述黛玉，如「風流嫋娜」（第五回）、「風流婉轉」（第二十五回），但她的狀態與史湘雲還是不同。她的外表不如湘雲瀟脫，但內心比湘雲更超脫，也具有更多的禪性。

劉：所以要說林黛玉折射哪一種中國文化，就不那麼簡單了。她的文化內涵比薛寶釵、史湘雲、妙玉、王熙鳳等要豐富複雜得多。我在第五十六則悟語中說她折射莊禪文化，也只是我的直覺，我的感悟。我覺得她有一個基本的生命特點，是率性自然。「人法地，地法天，天法道，道法自然」，在老莊道家的眼裏，「自然」是比道更難求的境界。她的詩，好也好在自然飄逸，絕無造作。第三十八回李紈作為評判者說明她奪魁的理由是「題目新，詩也新，立意也新」後，她卻說自己的詩「傷於纖巧」。可見她把「自然」看得最為重要，纖巧也會傷害自然。第五回說她有一種「自然之風流態度」，便是不知遮掩，沒有世故，「心中不知有何丘（壑）」（脂評語）。這一點，林黛玉與史湘雲是相通的，都是任「自然」，不是循「名教」，都是率性任情地生活。前邊我們提到《列子》的「楊朱」篇，其中有一段話講任性率性。管仲在與晏嬰的對話中回答任性的內容是「恣耳之所欲聽，恣目之所欲視，恣鼻之所欲向，恣口之所欲言，恣體之所欲安，恣意之所欲行，謂之閼往。」林黛玉正是從「自然」走向「放逸」，恣口之所欲言，該說的話就說，缺少薛寶釵那種節制功夫。但是，林黛玉除了「放逸」的一面，還有「超逸」的一面。放逸表現在她的「情」，超逸表現在她的靈。第十六回，寶玉已感受到她超逸的這一面了，他「心中品度黛玉，越發出落的超逸了。」也就是說，此時黛玉在寶玉心目中，已不僅是人品，而且是逸品了。而支持林黛玉超逸的正是禪宗文化。在《紅樓夢》所有的人物中，她是具有最高悟性的人，也是禪悟的先知先覺者。寶玉雖然聰慧，但是他的感悟總是抵達不到黛玉的高度（境界）。賈寶玉深知這一點，也特別佩服這一點，所以他對黛玉說，「我雖丈六金身，還借一莖所化」，而且承認林黛玉是先知。二十二回寫他被黛玉的問題（「爾有何貴？爾有何堅？」）問住之後並不抱愧，只是「自己想了想：『原來他們比我的知覺在先，尚未解悟，我如今何必自尋苦惱。』……」《紅樓夢》作為一部悟書，它的最高禪悟即大徹大悟，是由林黛玉來呈現的。關於這點，我在《紅樓夢悟》初版中多次提及，你可留心一下。所以我說林黛玉折射的主要是莊禪文化，當然也折射一些名士文化。

梅：率性自然，這才是林黛玉。黛玉與妙玉相比，顯得自然。她和寶釵到櫳翠庵作客，竟被妙玉視為「大俗人」，難怪她們要在妙玉面前覺得不自在。妙玉的缺點恰恰在於不自然，內外也不太一致。

劉：妙玉聰明至極，氣質確實非凡，但不能算作率性之人。「率性謂之道」，她雖日夜修道，卻未真正得道。林黛玉倒是真正得了道。我特別崇敬慧能，覺得他點破許多真理。他告訴我們，覺悟的功夫不是在外部諸相，包括佛相、空相，而是內心真有所悟，也就是內覺。他把「佛」、「法」、「僧」此外三寶轉化為「覺」、「正」、「淨」內三寶，強調內三寶，這是佛教要義極為重要的轉變。人的潔或不潔關鍵也是在於內心，而不在於外相。妙玉的外部功夫已經做到了極處，但太多我相、智者相，也有過份的「潔相」，結果是「欲潔何曾潔」，而林黛玉卻是內心的真純潔，毫無掛礙，最後也「質本潔來還潔去」。

梅：惜春也談禪說佛，最後也看破紅塵，出家修道，但是她的功夫好像也是外部功夫，內裏似乎也沒有大徹大悟。

劉：惜春是賈府女子中真正的「冷人」，也是一個最怕被水打濕自己羽毛的人。你注意了沒有，在大觀園的女兒國裏，她總是冷冷地作旁觀者，從未表現過青春熱情。她雖然才氣平平，但也不能說沒有悟性。她和妙玉最談得來，有一回，寶玉突然竄到她倆面前，妙玉癡癡地問寶玉：「你從何處來？」寶玉想到「這是妙玉的機鋒」，答不出來。妙玉微微一笑，自和惜春說話。惜春笑道：「二哥哥，這甚麼難答的，你沒聽見人家常說的『從來處來』麼。這也值得把臉紅了，見了生人的似的。」可惜，這只是小悟性。此時她的小翅膀飛得比寶玉高，可是她卻從未飛到寶玉那大慈大悲即大徹大悟的至高處，所以總是防備他人，好像心中也緊繃一根弦，更談不上保護他人。王熙鳳奉命抄檢大觀園，在她的丫鬟入畫那裏抄出了一大包銀子來。盤問下才知道是入畫哥哥託老媽媽帶來寄存在那裏的，箱中的銀器是賈珍賞給她哥哥的。此事發生後，惜春覺得有損自己的面子，竟然要求王熙鳳動用嚴刑，可是王熙鳳知道這些東西並非贓物，只是私自傳送而已，就準備放了入畫，而惜春反而不饒，說：「嫂子別饒他這次方可。這裏人多，若不拿一個人作法，那些大的聽見了，又不知怎樣呢。嫂子若饒他，我也不依。」進而甚至要她母親尤氏把入畫攆出賈府：「快帶了他去，或打、或殺、或賣，我一概不管。」最後入畫直接向她求情說：「再不敢了。只求姑娘看從小兒的情份，好歹生死在一處罷。」求到這個份上了，惜春還不動心。可見她是何等絕情。你如果要找一個把面子看得比慈悲心更重要的人，惜春就是典型的例子。連她的母親都說她「可知你是個心冷口冷心狠意狠的人」，而她卻回答說：「古人曾也說的，『不作狠心人，難得自了漢。』……」這些話雖然出自一個漂亮的貴族少女之口，我聽了卻毛骨悚然，覺得她的這種人性世界實在太寒冷、太殘酷了。就這麼一個崇尚妙玉、口說禪語、最後走進佛門的小女子，其心靈離佛有多麼遙遠。她和賈府中頭號唸佛的王夫人一樣，內心都有一種冰冷徹骨的自私與殘忍。曹雪芹呈現惜春和王夫人這種形象，讓我們更感到慧能所強調的禪悟「內覺」是多麼重要，那種把菩薩、經書、佛珠當作裝潢門面的器具甚至當作掩蓋內心黑暗的面具，只能使人性更加虛偽，更加不可救藥。因此，我們要說惜春（也包括王夫人）折射甚麼文化，那麼，可以說，她折射的是冰冷的假菩薩文化。宗教與學問的末流大致相同，最後都只顧一張面皮，至於真理如何遭難，心靈如何沉淪，那是無法顧及了。從《紅樓夢》的整體敘事結構看，有惜春、王夫人這種形象在，主人公賈寶玉所負載的大慈悲文化顯得更為難得，其剔除分別心的不二法門，其打破尊卑界限的博大情懷，也更顯現出光輝。從書寫藝術上說，有這種對照，其作品的精神內涵才更加深刻。

梅：無論是儒，是道，還是釋，都有精華與糟粕，都有外相與內核。《紅樓夢》中的釋家文化、釋家哲學精華主要是由主人公賈寶玉呈現，而其表面功夫甚至可稱糟粕則由王夫人、惜春等體現。道家的末流則由煉丹煉到走火入魔最後吞砂而死的賈敬體現。而儒家也有深層結構與表層結構之分，這一點您在《紅樓夢的哲學內涵》中已作了說明。

三、王熙鳳、探春的法家文化投射

梅：除了儒、道、釋三大家文化在《紅樓夢》人物身上都有折射之外，是不是法家文化、薩滿教文化等也有折射？

劉：有，在王熙鳳、探春身上就折射着法家文化的一些特徵，但兩人的個性與折射點又有區別。中國法家文化的集成者是韓非子，在他之前，法家分為三派：一派以慎到為首，強調「勢」（地位、權勢）；一派以申不害為代表，強調「術」即政治權術；一派以商鞅為首，強調「法」，即法律制度。韓非認為三者缺一不可。三者的結合才能成為強有力的帝王統治工具。歷來帝王是以儒治國還是以法治國總要費大心思。中國人一般稱以儒治國為王道，以法治國為霸道。但魯迅說統治者們即使宣稱實行儒家仁政，也總要輔之以法家權術權勢，因此王道霸道變成相輔相成的兩兄弟。我則認為如果歷史的發展是如李澤厚所說的「歷史主義和倫理主義的二律背反」（你可看看我們合著的《告別革命》），那麼我覺得，儒家強調的是倫理主義，而法家強調的是歷史主義。倫理主義的主題是「善」；歷史主義的主題則是發展。為了「發展」，不惜付出倫理代價甚至不擇手段，所以法家總是無私無情。他們不像儒家那樣以為「人之初，性本善」，反之恰恰以為人天生性惡，人性極不可靠，所以一定要用法律規則去限制惡、懲罰惡。

梅：您在闡述中國文化的論著中曾說，中國文化包括兩大脈絡，一是重倫理、重秩序、重教化之脈，以孔孟的儒家文化為代表；一是重自然、重自由、重個體生命之脈，以莊禪為代表。您為甚麼不說法家文化？

劉：我談的是中國文化的主脈，所以只談儒、道，暫時放下陰陽家文化、名士文化、法家文化等。法家文化屬於政治文化，也是先秦文化的重要一支，但到了漢代之後，逐步與儒結合，幾乎沒有獨立的法家文化。文化大革命「批林批孔」時學者與權勢者劃分儒家和法家的界限，把諸葛亮、王安石、張居正等都劃入法家，但他們本是儒生，並非純法家，而是儒法合一的政治家。這與意大利的馬基雅弗利（Machiavelli）的《君主論》不同。中國的韓非子等，比馬基雅弗利早出現一千年，但歐洲出現了《君主論》之後，政治學就完全從倫理學中獨立出來。只講政治，不講倫理，兩者無法結合。馬基雅弗利認為要達到政治目的，便須不擇一切手段，包括獅子般的兇心和狐狸般的狡猾，不可講甚麼道德情義。他更接近韓非子，不同於諸葛亮、王安石這種半儒半法。

梅：王熙鳳好像不是半儒半法，而是真法真霸。為了達到目的，她不擇手段，絕不講甚麼「仁義道德」。王熙鳳一旦「協理寧國府」，便是一路法家氣派，威權章法雙管齊下。府中那位負責迎送親客的人「睡迷」而遲到，她便以「冷笑」斥之，接着便「抓住不放」，並以他為「反面教材」狠狠懲處一番，並發佈一番執法宣言。小說描寫道：

鳳姐便說道：「明兒他也睡迷了，後兒我也睡迷了，將來沒人了。本來要饒你，只是我頭一次寬了，下次人就難管，不如現開發的好。」登時放下臉來，喝命：「帶出去，打二十板子！」一面又擲下寧國府對牌：「出去說與來升，革他一月銀米！」眾人聽說，又見鳳姐眉立，知是惱了，不敢怠慢，拖人的出去拖人，執牌的傳諭的忙去傳諭。那人身不由己，已拖出去挨了二十大板，還要進來叩謝。鳳姐道：「明日再有誤的，打四十，後日的六十，有要挨打的，只管誤！」說着，吩咐：「散了罷。」窗外眾人聽說，方各自執事去了。彼時寧國榮國兩處執事領牌交牌的，人來人往不絕，那抱愧被打之人含羞去了，這才知道鳳姐的厲害。眾人不敢偷閒，自此兢兢業業，執事保全。不在話下。

僅協理寧國府一節，就足以看到王熙鳳的法家氣勢。

劉：這是表現王熙鳳法家風度最生動的場面。而整個王熙鳳協理寧國府的前前後後，所作所為，還有人們對她的評價，都可以看到她身上勢、法、術三者皆備。賈珍採納寶玉的建議，決定邀請王熙鳳協理，也正是明白她從小就有「殺伐決斷」之勢。他對邢夫人說：「……從小兒大妹妹頑笑着就有殺伐決斷，如今出了閣，又在那府裏辦事，越發歷練老成了。」（第十三回）得知賈珍的決定後，寧國府都總管來升立即傳齊同事人等警告說：「如今請了西府裏璉二奶奶管理內事，倘若他來支取東西，或是說話，我們須要比往日小心些。每日大家早來晚散，寧可辛苦這一月，過後再歇着，不要把老臉丟了。那是個有名的烈貨，臉酸心硬，一時惱了，不認人的。」（第十四回）無論是賈珍所說的「殺伐決斷」之氣，還是來升所說的「臉酸心硬」、「不認人」的「烈貨」，都準確地描述了王熙鳳。法家的重大特點就是只認法，不認人。為了執法，就敢殺伐，就是心硬，沒有甚麼仁義可言。剛才你讀的這段描寫，王熙鳳聲色俱厲，正是一番殺伐，絕不講情面。這一場面，除了表現出「勢」與「法」（規則）之外，還表現出法家的一種術，這就是「深一而警眾心」，就是我們常聽到的以一警百。拿一個遲到者打大板開刀下馬威，以警示眾人。看來王熙鳳還頗精通法術。有些中國政治史研究家就概括了韓非的陰謀十計：（一）深藏不露；（二）國之利器不可以示人；（三）「其用人也鬼」；（四）深一以警眾心；（五）裝聾作啞，以暗見庇；（六）倒言反事，即故意說錯話，做錯事，以錯檢驗臣下是否真誠；（七）事後抓辮子。設法使人非講話不可，講了再抓辮子；（八）防臣如防虎，時時有戒心；（九）設置暗探；（十）謀殺。這一套駕馭群臣之術，也可說是法家的正宗。因此，要說勢、法、術三昧，王熙鳳倒是全面地折射法家文化。

王熙鳳折射法家文化，不難理解。我倒是覺得探春更為複雜一些。她是不是也折射法家文化？探春的法家作風也有許多描述。只要讀一讀第五十六回《敏探春興利除宿弊》，就知道她是多麼能幹。當時她和李紈、寶釵暫時共理家政，給她提供了「用武之地」。我老記得寶釵對她說的一句話：「雖是興利節用為綱，然亦不可太嗇。」也許我們曾經處在一個念念不忘「以階級鬥爭為綱」的時代，所以對探春的「興利節用為綱」特別敏感。這一回裏探春所表現出來的家政不是王熙鳳那種一來就下馬威，但卻表現出法家的「精細」的思維特點。法家一向以冷靜態度和周密思慮致力於功利目標而稱著。凡法家幹才，就有很好的算計思維。在法家面前，儒顯得空洞，也顯得缺乏操作能力。要說政治學、經濟學，法家才說得上，儒家只能玩倫理學。探春的思維正是周密至極的思維，「一個破荷葉，一根枯草根子，都是值錢的」，這是她的理念。所以她指令要把怡紅院的玫瑰花、蘅蕪苑的香草曬乾後送到茶葉舖裏去賣。對此，賈寶玉曾有微詞：「這園子也分了人管，如今多掐一草也不能了。又躅了幾件事，單拿我和鳳姐作筏子禁別人。最是心裏有算計的人，豈只乖而已。」（六十二回）寶玉本來就是個崇尚美的人。寶玉哪能想到自己院子裏的玫瑰有甚麼經濟價值。這就和探春產生文化衝突了。《韓非子．問辯》說得很清楚：「夫言行者，以功用為之的彀者也。夫砥礪殺矢而以妄發，其端未嘗不中秋毫也，然而不可謂之善射者，無常儀的也……今聽言觀行，不以功用為之的彀，言雖至察，行雖至堅，則妄發之說也。」韓非子說得很清楚，如果不懂得以功利為目標，精打細算，其他的說也白說，做也白做。探春的家政正是以功用為目標，以興利節用為綱，可見她深得法家精髓。這不知是她無師自通，還是研讀法家著作，我尚未考證。

梅：賈府裏的婆婆媳婦們早已發現「探春精細處不讓鳳姐」。真是精明得很。除了興利，她除弊時也挺威嚴，連自己的生身母親和兄弟多沾一點錢都不行。她這個人，要是當官治國，肯定是個鐵面無私的清官。

劉：她和王熙鳳的區別，首先就在這一點上。同樣都是計算性思維，但探春不貪贓枉法，而王熙鳳卻很貪心，在內收賄包攬，在外放高利貸盤剝。如果她去治國，肯定是個大貪官、大奸雄。法家的「勢」、「法」、「術」三寶，探春注重的是「法」，也有「勢」，但不像王熙鳳那樣，一肚子權術心術，很會搞陰謀詭計，以致葬送了幾條人命（除了直接謀殺賈瑞尤二姐之外，還導致張金哥和長安守備之子及鮑二家自殺）。王熙鳳本質上是「三國中人」，是曹操、劉備、孫權這類工於權術的人。而探春卻很正，她依法治家，不徇私利，不要權術心術，不走邪門歪道。照理說，這才是法家的正宗。可是，法家的宗師們本身就講權術，就擅長「陰謀詭計」。戰國時，講「術」的風氣很盛，法家尤盛。術與法不同，法是臣之所師，術為主所執。韓非子不僅教導君王要用術，更可怕的是教導他們如何搞陰謀詭計。

梅：探春主持家政，和寶釵、李紈一起，倒是一個儒法互補互用的好結構。寶釵提醒探春在以興利節用為綱治家時也不可太嗇，就是很重要的補充。寶釵雖也有手腕，但還是有儒家「仁政」心腸，李紈也是。我對政治學一竅不通，但對曹雪芹筆下這種活政治，倒有興趣。

劉：不錯，這應當是較理想的結構，選擇儒法兩家的長處，揚棄其權術心術的糟粕，既以法治家，又以德服人；既有秩序規則，又有人際溫馨；既有算計，又有寬厚；既有冷靜，又有熱情。中國政治學講究「賢者在位，能者在職」，與「內聖外王」的思想相通。寶釵、李紈這兩位儒家屬於賢者，只管大局，只出智慧，而探春則屬於能者，她精於籌劃，周密運作。兩者結合起來，確實不錯，否則，像探春那樣一味講利，連親舅舅都不認，未免要從功利走向勢利。

梅：如果說惜春是個「冷人」，那麼探春應當算是「能人」了。真不愧是「才自精明志自高」，有抱負，有能力，有家族興亡的責任感。只可惜她是個姑娘家，是個女性，在男權統治的社會裏，才能得不到充份的施展。再加上她是趙姨娘所生，屬於「庶出」，母親和同胞兄弟（賈環）都不爭氣，其最後的結局，也只能遵命遠嫁，真可說是「壯志未酬身先嫁」，讓人為之嘆息不已。

劉：探春自己就直言不諱地說：「我要是個男人，可以出得去，我必早走了，立一番事業，那時自有我一番道理。我偏是女孩兒家，一句多話也沒有我亂說的。」（五十五回）這一番話，絕不是大話，她確實是可以建功立業的人。我常和你說，歷史充滿偶然。如果榮國府的賈珠不早夭，或者賈珠、賈寶玉還有一個如同探春的兄弟，其貴族府第就會有另一番氣象。可是，探春偏是女性，偏是「庶出」，這種天生的缺憾，在宗法社會裏可是致命之傷。五四新文化運動的功績，很根本的一點是摧毀宗法文化觀念，讓女性獲得生命尊嚴和實現生命價值的機會。也就是讓探春們可以「立一番事業」，讓李紈們可以不再守節，讓薛寶釵、林黛玉們的詩賦可以發表於社會。探春、寶釵、李紈、黛玉都是詩人，都是知識婦女，在五四運動中，得益最大的就是知識婦女。不過後來被解放的婦女，個個變成「雙肩挑」，像李紈，就不僅要照顧賈蘭，而且還得到外頭工作，她是詩評家，也許還得當個編輯記者，夠累人的。人間充滿生存困境，你是個女性主義者，應當很了解這一切。

梅：不管是探春這種能者，還是李紈、寶釵這種賢者，還是黛玉這種慧者，也無論是王熙鳳這種強者，還是迎春這種弱者，都跑不了「雙肩挑」的命運，但五四後她們畢竟都帶着獨立人格在天地間站立起來了。五四運動的得益者，除了知識婦女之外，非知識婦女得益也很大，晴雯、鴛鴦等就不必再去當人家的奴隸了，即使去當人家的保姆，也有自己的尊嚴。五四運動打破宗法文化的牢籠，其功不可沒。

四、文學文化大自在

梅：無論是對儒對道對釋，《紅樓夢》都清楚地看到它們的負面，它們的弊端。儘管作品主旨更靠近莊禪，但也不等於就是莊禪，這一點很了不起。

劉：任何一種中國文化理念都不能涵蓋《紅樓夢》，它吸收各種大文化的精華，又超越各種大文化，吸收佛文化的哲學和基本精神，又不迷信佛，這是曹雪芹對待各種文化的態度，氣魄很大，很了不起。從理論上說，對於儒、道、釋三大家，曹雪芹對其內在的深層的「道」比較尊重，對其外部的表層的「術」則有距離。曹雪芹是一個獨立於大地的生命存在和智慧存在，《紅樓夢》又是具有最高原創性的偉大作品，所以它對儒、道、佛任何一家都沒有偶像崇拜。你記得第二十五回賈寶玉中了邪之後（趙姨娘請馬道婆施魔法），急死一家人連忙請神拜佛。癩頭和尚和跛足道人也來了。事忙之後，林黛玉唸了一聲「阿彌陀佛」，薛寶釵卻嗤了一聲笑說：「我笑如來佛比人還忙：又要講經說法，又要普渡眾生。這如今寶玉、鳳姐病了，又燒香還願，賜福消災；今才好些，又管林姑娘的姻緣了。你說忙的可笑不可笑。」寶釵這一態度，一是反映了《紅樓夢》中的儒、釋分殊，二是反映曹雪芹的態度。佛教傳入中國後對儒是個衝擊，所以才有唐代韓愈的反對迎佛骨的著名文章。賈府裏的儒家代表，男為賈政，女的則是寶釵了。儒者調侃如來佛，這是很自然的。賈府中非儒尊釋（特別是禪）的一邊寶玉、妙玉等，也並不崇奉佛家偶像。曹雪芹尊重並吸收釋家的大慈悲精神，使整部巨著「佛光普照」，但不樹立如來佛的偶像。一個成道和尚，他也給予「癩頭」形象，一個成道「道人」則給予「跛足」形象，是喜劇性外形。除了佛，對道對儒也無偶像崇拜，這才有小說開頭的名言：「這女兒兩個字，極尊貴，極清淨的，比那阿彌陀佛、元始天尊的這兩個號還更尊榮無對的呢！」要樹偶像，也只有釋迦與老子（孔子是輪不上的），但曹雪芹給他們的定位，卻在「女兒」之下，這就是《紅樓夢》的獨特文化，中國文學中獨一無二的創造性文化。

梅：這種文化好像已經含有現代信息。現代的女性主義就包含着「放下」男權社會歷史上所樹的偶像，崇尚女性的生命本身。「女兒」的美，「女兒」的生命之質，才是最為寶貴的。

劉：不錯，我們可以把曹雪芹視為中國現代意識的第一個偉大的先知先覺者。他繼承了中國文化的全部精華，但又超越文化傳統的已有內容，另創一種更具人性、更帶詩意、更多自由元素的文化。二十世紀中國打開大門而吸收西方文化之後，特別是「五四」中國本身也努力創造現代文化之後，我們才發現，曹雪芹原來是現代文化的偉大先驅者，是婦女解放、兒童解放、男性奴隸解放的先覺者。難怪聶紺弩老先生最後幾年一再和我說：五四要是把《紅樓夢》作為旗幟，作為人的解放和婦女解放的旗幟就好了。周作人說五四運動有三大發現：發現人，發現婦女、發現兒童，這不正是曹雪芹的發現嗎？曹雪芹發現婦女的最高生命價值，發現賈寶玉這種赤子也是兒童的最高精神價值。而且他還發現，不僅處於社會中心地位的貴族有價值，而且處於社會邊緣地位的邊緣人如蔣玉菡、柳湘蓮等也有價值。這不是人的發現嗎？曹雪芹與盧梭（Rousseau）、孟德斯鳩（Montesquieu）、伏爾泰（Voltaire）生活在同一世紀，可惜他沒有西方這些啟蒙思想家的幸運。他的現代意識在龐大的滿清王朝的文化專制下，根本放射不了任何光芒。

梅：您一再說，存在的意義就在於存在本身，就在於生命本身的尊嚴、歡樂、創造和對存在之外更宏偉存在的清明意識。這種思想，除了西方現代哲學給您的啟迪之外，恐怕《紅樓夢》也給您啟迪。

劉：《紅樓夢》確實給我巨大的啟示。這是生命的啟示，存在意義的啟示。這種啟示，除了《紅樓夢》還有《道德經》、《南華經》、《六祖壇經》、《金剛經》等。它們的精華是相通的。禪宗到了慧能，有一個劃時代的發展，它完全衝破經院的牢籠和教條主義的牢籠。「不立文字」是打破教條主義的宣言，「頓悟」則給予思想發現與藝術發現最高肯定，僅這一點，就從根本上「解放」了我的思想，使我的「此在」大門頓然敞開。到了慧能，他才徹底打破唯識宗的三門：分別門、依他門，真實門。對我啟發最大的是打破前二門，因為打破真實門其實是無真無假的不二法門，本可歸入「除分別門」，即萬物萬有的本體原是沒有分別的，所謂尊卑、勝敗、浮沉、善惡等界線都是人工製造的。剔除分別門，使我們的生命重新贏得完整，也使我們贏得慈悲之心的前提。還有，剔除依他性，即不求外部力量而肯定自我解放的可能和存在的意義，一切依仗「自性」，依仗自己對自性的開拓，相信自己的心靈狀態可以決定一切，確立「自救」的人生大思路，這都是慧能給我的啟示。《紅樓夢》的大思路與慧能相通，它借石頭通靈幻化入世的故事，賦予主人公一種「天外來客」的身份，因此，賈寶玉來到人間之後，不僅是個歷史存在，而且是個宇宙存在（超歷史）。他天然地拒絕人間權力操作下的概念統治，天然地打破尊卑、貴賤等各種等級觀念，平等地對待一切生命，因此，也才有「身為下賤，心比天高」的價值尺度，才有對一切被社會界定為「下人」的大悲憫。賈寶玉作為宇宙存在，他除了天然地放下分別性，還天然地拒絕「依他性」，他完全是個獨立的存在。在世俗生活中，他不去仰仗權貴，也不知王妃姐姐這層宮廷關係對他有何意義。在思想理念上，他則有自己的一套哲學，一套被常人視為「古怪」的價值觀，所以他才會把「女兒」二字看得比「阿彌陀佛」、「元始天尊」重要，也才會把男人世界視為泥濁世界，也才會把一個女奴（晴雯）被逐出賈府視為「第一等大事」，也才會把柳湘蓮、蔣玉菡這些「邊緣人」看得比王侯等「中心人」還可親近。賈寶玉的思想行為，有悖於儒，其實也有悖於道，有悖於佛。把「女兒」看得比道祖、佛祖還重要，難道不是「異端」嗎？所以，賈寶玉又完全是個獨一無二的文化存在，哲學存在，用中國文化的任何一種體系也無法去闡釋他，涵蓋他。同樣，用西方文化的任何一種體系也無法說明它。王國維用叔本華哲學只能說明一部份，同樣，用海德格爾哲學也只能說明一部份。正因為太豐富、太特別，所以才更值得研究。所以我希望將來的中國哲學史能有專門章節討論《紅樓夢》，它不是老子、莊子、禪宗可以代替的。

梅：您剛才講的這番話特別要緊，看來也正是研究《紅樓夢》哲學、《紅樓夢》文化的關鍵點。這就是我們不能用現有的哲學文化概念去規範《紅樓夢》，無論甚麼理念去套都套不住。它是哲學大自在，文化大自在。您多次說《紅樓夢》是個無真無假（假作真來真作假）、無善無惡、無是無非、無因無果的藝術大自在，我開始還不太明白，今天聽您這麼一講，才了解您說的是甚麼意思。這樣看來，《紅樓夢》的哲學內涵和文化內涵還有繼續開掘的無限可能性。

劉：可能一千年也開掘不完，討論不定。就像希臘史詩《伊利亞特》，二千年後的今天，還在開掘，還在闡釋。在我的心目中，在我的文化價值天平上，曹（即《紅樓夢》）是獨立的一大家，是與儒、道、釋並列並重的一大家。去年我在台灣東海大學講座「我的六經」，最近又為日本佛教大學教授吉田富夫教授的退休紀念集寫了一篇同樣題目的文章。我的六經，不是詩經、書經、易經等，而是指《山海經》、《道德經》、《南華經》、《六祖壇經》、《金剛經》和文學聖經《紅樓夢》，把《紅樓夢》視為集大成的經典極品。《紅樓夢》不僅有自己很特別的文學主題，而且有很特別的哲學主題。這種哲學主題已不是主體與客體、存在與意識這些對立關係，也不是性善性惡這些問題。它以情為本體，但又把情宇宙化；它有禪的不二法門，但又把「不二法門」宇宙化。也許可以稱作「泛不二法門」。而特別可貴的是，充滿於《紅樓夢》中的是關於故鄉與他鄉、瞬間與永恆、存在與本真的思索。甚至可以說，《紅樓夢》就是故鄉與他鄉、瞬間與永恆、存在與本真的二重變奏。其哲學境界不是家國境界，不是道德境界，而是打破主客之分的澄明境界。

梅：生與死，色與空，欲與理等哲學大主題也在《紅樓夢》中，但曹雪芹都賦予特別的意象和語言。「盛筵必散」，就是他自己的哲學語言。剛才我們說，《紅樓夢》是個哲學大自由，對任何一家都不是絕對肯定或絕對否定。對儒家文化和儒家哲學也是如此。您在《〈紅樓夢〉的哲學內涵》中說《紅樓夢》

對儒的態度是雙重的：一方面憎惡其導致「仕途經濟」的意識形態和典章制度，另一方面又尊重其「親親」甚至其「仁愛」的深層內涵和行為模式，並非單向的「反儒」，這一點我覺得有道理。但是，我又覺得《紅樓夢》很有文化批判的鋒芒，對皇統、儒統並不認同，對文學的一些流行的模式，如才子佳人模式也極為反感。在曹雪芹的文化思想結構裏，其文化批判的內容，我們也應當注意。

劉：這是當然的。《紅樓夢》不把社會批判、文化批判作為創作的前提和出發點，但有很深刻的文化批判內容，而且很有力度。它不像《三言二拍》那樣只是用因果報應的故事來作些道德勸誡，力圖破除一些忘恩負義的不道德傾向，而是對一些大文化傾向的拒絕。《三國演義》的主題指向，是對皇統的維護；《水滸傳》雖造反，歸根結蒂也是只反貪官，不反皇帝。中國長篇小說敢於挑戰皇統、儒統的只有《紅樓夢》和《西遊記》。《紅樓夢》的文化批判是雙向的：對上批判「正統」的權威文化，對下批判惡俗的「大眾文化」。無論是「媚上」（迎合皇權和儒統）還是「媚下」（迎合大眾的鄙俗心理），它都反感。先說對上層文化的批判。曹雪芹生活的時代，是乾隆的盛世時代，滿清專制王朝的文化專制極為嚴酷，「文字獄」正處於高峰狀態。面對黑暗王權，曹雪芹顯然有自己的政治傾向，但是他很有文學智慧，沒有把自己的作品寫成譴責小說或其他類型政治小說，而是選擇抒寫個體生命尊嚴與日常家庭生活。寫的是「家」，不是「國」；是「己」，不是「群」（不是民族大群），因此，其文化批判的特點，一是含蓄的；二是由作品的人物自然地訴說。特別是對於皇統，他的批判更是含蓄。賈元春省親的故事，已把皇帝的權威寫得淋漓盡致。一個王妃省親，如此奢華，如此隆重，如此奇異的禮節（父親賈政跪在女兒面前稱「臣」等），真是驚天動地。但是即使在如此莊嚴的時刻，賈元春在自己的親人面前還是要指出宮廷是「見不得人的去處」。這一句話，可說一句頂一萬句。它包含的巨大的信息永遠無法說盡，這正是對皇統的質疑。不過，這項質疑在整部小說中的篇幅不大，而且也只能在「沐皇恩」的字眼下道出。

梅：後來皇帝抄檢賈府，小說也只是客觀地描寫真相，沒有任何微詞。

劉：直接挑戰皇統，只有死罪，不可能有微詞。《紅樓夢》對上層文化的批判，主要是指向道統，有些篇章非常犀利。最典型的是賈寶玉對「文死諫」、「武死戰」這一道統的批判。

梅：這是在第三十六回，我們還是重溫一下賈寶玉的話：

> ……襲人深知寶玉性情古怪，聽見奉承吉利話又厭虛而不實，聽了這些盡情實話又生悲感，便悔自己說冒撞了，連忙笑着用話截開，只揀那寶玉素喜談者問之。先問他春風秋月，再談及粉淡脂瑩，然後談到女兒如何好，又談到女兒死，襲人忙掩住口。寶玉談至濃快時，見他不說了，便笑道：「人誰不死，只要死的好。那些個鬚眉濁物，只知道文死諫，武死戰，這二死是大丈夫死名死節，竟何如不死的好！必定有昏君他方諫，他只顧邀名，猛拚一死，將來棄君於何地！必定有刀兵他方戰，猛拚一死，他只顧圖汗馬之名，將來棄國於何地！所以這皆非正死。」襲人道：「忠臣良將，出於不得已他才死。」寶玉道：「那武將不過仗血氣之勇，疏謀少略，他自己無能，送了性命，這難道也是不得已！那文官更不可比武官了，他念兩句書污在心裏，若朝廷少有疵瑕，他就胡談亂勸，只顧他邀忠烈之名，濁氣一湧，即時拚死，這難道也是不得已！述要知道，那朝廷是受命於天，他不聖不仁，那天地斷不把這萬幾重任與他了。可知那些死的都是沽名，並不知大義。」

把「文死諫」、「武死戰」這些歷代被視為大忠臣的人說成「鬚眉濁物」，把他們的死戰死諫視為沽名釣譽的虛偽行為，這真是言前人所未言，發前人所未發。賈寶玉批判得很痛快，很徹底。

劉：這段話不是指向朝廷，而是指向愚忠的道統，而且是變質變態的道統。文諫這一道統，在《論語》裏就已有論述，也就是從孔子開始就有這一傳統。（憲問第十四）記載：陳成子殺了齊簡公之後，孔子就去見魯哀公說：「陳恆殺了國君，請出兵討伐。」這就是諫，但魯哀公卻要孔子去告訴那三大家族，對此孔子不滿，認為「諫」是我份內之事，你卻要我問別人。有一次「子路問事君。子曰：『勿欺也，而犯之。』」意思是說，對待國君，不要欺騙他，但可以觸犯他。朱熹有一註：「犯，謂犯顏諫爭。」這就是「諫」的開端。但在孔子時代，君臣關係有如朋友關係，「諫」也有如勸導朋友，對你的意見朋友可聽可不聽，不能強加給朋友。也就是說，「諫」要有分寸，要尊重對方。《論語》的「里仁第四」載：「子游曰：『事君數，斯辱矣；朋友數，斯疏矣。』」子游說的意思是：事奉國君，如太繁瑣，便會遭到羞辱。對待朋友，如太繁瑣，便會遭到疏遠。李澤厚在《論語今讀》中特別對此作了闡釋和評論。你讀了之後，就會更深地理解賈寶玉對「文死諫」的「批判」。

據原典儒學，君臣有相近於朋友一倫的地方，即應有某種獨立性。即使臣下對君上的善意忠告，也只能適可而止，不可勉強。這與後世所謂「忠臣不憚辱」、以死相諫等行為、觀念頗不相同。這不同來自古代氏族社會與後世大一統專制帝國的不同。其實，連好朋友都不耐煩聽你的意見，何況君主？儘管你一片好心，堅持仁義，徒然自取其辱。這種經驗之談，在黑格爾也許笑為處世格言，中卻有深刻的人生道理，即令人知道維繫個體獨立和尊嚴人格的重要。雖然儒學始終未能發展出如康德「人是目的」的哲學理論，卻一開始就包含有這種思想的因素。它應可成為今日建構社會性公德的重要資源。[1]

李澤厚把原典儒學和變形變質的後世道統行為模式分開。原典講的是「事君，諫不行則當去；導友，善不納則當止」，而後世把事君本應有的朋友關係變成君臣關係，甚至是主奴關係，行為模式也變成「以死相諫」。在這些忠臣看來，道統高於皇權，而自己代表道統向皇帝説話，因此非讓皇帝接受不可，為了道統，死而無憾。這種死諫行為表面看很悲壯，骨子裏卻是為了贏得維護道統的美名。

梅：李澤厚這段評論很有意思。他還特別指出這與維繫個體獨立與尊嚴人格有關。確實是這樣，死諫者完全不知「人是目的」，完全不知個體尊嚴。他們心中只有朝廷，沒有個體。賈寶玉無法接受「死諫」、「死戰」的行為模式，顯然也是從個體本位思考問題的。他的邏輯很有道理：如果是昏君，你死諫也沒用，如果是明君，則用不着你死諫。你要以死表明你的意志，不過為了功名而已。

劉：曹雪芹很了不起，他把人視為個體生命，臣是個體，君也是個體，兩者都需要有獨立人格。中國的專制制度發展到「文死諫」、「武死戰」時，誰都沒有自由，連皇帝也沒有自由。而中國知識分子沽名釣譽的功夫達到「死諫」地步，也流行了千百年，直到《紅樓夢》才給予揭露，這也很不簡單。

梅：連「諫」也不知「止」，不知「了」，這真是中國上層文化的一種古怪特色。這種「死諫」而

1 《論語今讀》，第一二零頁，香港，天地圖書有限公司，一九九八年。

又可以獲得功名的文化，其實也是「荒誕」，也是不可理喻。所以在賈寶玉看來，這「死諫」的大丈夫凜然之氣，並非清氣，也是男人世界的混濁之氣。

劉：中國科舉場中的八股文章，都是闡釋道統的文章，結果也成了沽名釣譽的工具。寶玉深惡「仕途經濟」之路，也是看到表面文章背後的污濁。他說：「更有時文八股一道，因平素深惡此道，原非聖賢之制撰，焉能闡發聖賢之微奧，不過作後人餌名釣祿之階。」這是說，八股科舉之道已非「道」，而是術，謀求功名利祿之術。這也是道的變形變質。中國的考試制度，本來有它寶貴的一面，這就是在考場面前人人平等。科舉制度從根本上改變官職的世襲制。當官不是靠世襲，而是靠才能，這沒有甚麼不好。一些處於社會底層的讀書人，只要努力讀書，都有機會進入社會上層。「朝為田舍郎，暮登天子堂」，靠的就是科場。可惜，科舉制度愈來愈僵化，到了以八股文章取士，思想心靈就被束縛死了。賈寶玉這種充滿靈性的人，自然就對科舉深惡痛絕。

梅：《紅樓夢》對官場黑暗的揭露也是很深刻。前些時，我讀吳炫一本研究官場的書，很有意思。此書就舉了賈雨村「葫蘆僧亂判葫蘆案」的例子。賈雨村在賈政支持下補授了應天府之職，一上任就碰上薛蟠為強佔民女而打死人的事。按照官場的「顯規則」，賈雨村聽完訴訟就要緝拿兇犯。可是，他的「門子」向他使眼色，私下告訴他此案涉及賈府，並告訴他當官要看要知道「護官符」，這就是當地豪紳貴冑的名單，看哪些人碰不得。這徇私的護官符，就是官場的「潛規則」。吳炫先生使用「潛規則」這一概念，說明《紅樓夢》揭露的官場文化的實質，十分準確。曹雪芹當時沒有使用這一概念，但他卻把「潛規則」實際上是執法原則也沒有心靈原則的官場文化、仕途文化的醜陋充份展現處理。其批判性既有力度，又有深度。

劉：「潛規則」拿不到桌面上來。但它卻在桌面之下大行其道。顯規則變成潛規則的偽裝。這種官場文化對政權、對社會、對人心都有極大的腐蝕作用。現代政治強調的「透明度」，大約正是針對這種「潛規則」。

梅：您剛才說，《紅樓夢》的文化批判是雙向的。除了把批判鋒芒指向權力系統之外，還指向媚俗媚下的惡俗文化。這是不是指趙姨娘請馬道婆搗鬼的事？在趙姨娘收買下，馬道婆從褲腰裏掏出十個紙膠的青面白鬼並兩個紙人，還教趙姨娘把賈寶玉和王熙鳳兩人的年庚八字寫在兩個紙人身上，一併五個鬼都掖在他們各個的床上，而馬道婆則在自己家中作法。這麼一做，真作出了效應。

劉：馬道婆這一套，據說是薩滿教的伎倆，極為惡毒又極為邪惡的伎倆。雖說是薩滿教的小伎倆，可是在中國下層社會裏卻頗有市場。在中國現代文學作品中，我記得曹禺的《原野》和林語堂的《京華煙雲》裏也寫過這種紙人扎針的細節。不過，我不相信這種搗鬼術是有效的。曹雪芹對這種惡俗文化顯然是深惡痛絕的，惡俗文化還有更可怕的一項，這就是在社會上廣泛流行也廣泛影響世道人心的低俗野史及低級文學作品。《紅樓夢》第一回的開頭部份，相當全書的序言，就直言不諱地說明他寫《紅樓夢》的目的之一是：「令世人換新眼目，不比那些胡牽亂扯，忽離忽遇，滿紙才人淑女，子建文君紅娘小玉等通共熟套之舊稿。……」你注意一下「熟套」二字，不僅開篇用了，而且在第五十四回又用了，回目就叫做「史太君破陳腐舊套」。屬於舊套的有兩種：一種是才子佳人的公式化文學作品，另一種則是誨淫誨盜的野史。這兩種作品既沒有心靈，也沒有藝術。曹雪芹的批評可謂「毫不留情」，我們再看看第一回上的文字：「歷來野史，或訕謗君相，或貶人妻女，姦淫凶惡，不可勝數。更有一種風月筆墨，其淫穢污臭，屠毒筆墨，壞人子弟，又不可勝數。至若佳人才子等書，則又千部共出一套，且其中終不能不涉於淫濫，以致滿紙潘安，子建，西子，文君，不過作者要寫出自己的那兩首情詩豔賦來，故假擬出男女二人名姓，又必旁出一小人其間撥亂，亦如劇中之小丑然。且鬟婢開口即者也之乎，非文即理。故逐一看去，悉皆自相矛盾，大不近情理之話，竟不如我半世親睹親聞的這幾個女子，雖不敢說強似前代書中所有之人，但事跡原委，亦可以消愁破悶，也有幾首歪詩熟話，可以噴飯供酒。至若離合悲歡，興衰際遇，則又追蹤躡跡，不敢稍加穿鑿，徒為供人之目而反失其真傳者。今之人，貧者日為衣食所累，富者又懷不足之心，縱然一時稍閒，又有貪淫戀色，好貨尋愁之事，那裏去有工夫看那理治之書？所以我這一段故事，也不願世人稱奇道妙，也不定要世人喜悅檢讀，只願他們當那醉淫飽臥之時，或避世去愁之際，把此一玩，豈不省了些壽命筋力？」你再看看第五十四回賈母的批評，也很有意思。

梅：賈母一聽到說書人要講「鳳求鸞」的故事，她未聽就猜中情節了。因為她看得多、聽得多，知道又落「熟套」了，她說：「這些書都是一個套子，左不過是些佳人才子，最沒趣兒。把人家女兒說的那樣壞，還說是佳人，編的連影兒也沒有了。開口都是書香門第，父親不是尚書就是宰相，生一個小姐必是愛如珍寶。這小姐必是通文知禮，無所不曉，竟是個絕代佳人。只一見了一個清俊的男人，不管是親是友，便想起終身大事來，父母也忘了，書禮也忘了，鬼不成鬼，賊不成賊，那一點兒是佳人？便是滿腹文章，做出這些事來，也算不得是佳人了。比如男人滿腹文章去作賊，難道那王法就說他是才子，就不入賊情一案不成？可知那編書的是自己塞了自己的嘴。再者，既說是世宦書香大家小姐都知禮讀書，連夫人都知書識禮，便是告老還家，自然這樣大家人口不少，奶母丫鬟伏侍小姐的人也不少，怎麼這些書上，凡有這樣的事，就只小姐和緊跟的一個丫鬟？你們白想想，那些人都是管甚麼的，可是前言不答後語？」眾人聽了，都笑說：「老太太這一說，是謊都批出來了。」賈母笑道：「這有個原故：編這樣書的，有一等妒人家富貴，或有求不遂心，所以編出來污穢人家。再一等，他自己看了這些書看魔了，他也想一個佳人，所以編了出來取樂。何嘗他知道那世宦讀書家的道理！別説他那書上那些世宦書禮大家，如今眼下真的，拿我們這中等人家説起，也沒有這樣的事，別説是那些大家子。可知是謅掉了下巴的話。所以我們從不許説這些書，丫頭們也不懂這些話。這幾年我老了，他們姊妹們住的遠，我偶然悶了，説幾句聽聽，他們一來，就忙歇了。」李薛二人都笑説：「這正是大家的規矩，連我們家也沒這些雜話給孩子們聽見。」賈母説這些才子佳人的書都在「污穢人家」，也就是誣衊誹謗他人，這實在值得今天的作家們「聽取意見」。

劉：文學的定義很多，批評的尺度也很多，眾説紛紜，但是，無論如何，文學作品總是得給人一點新意，一點提升，一點力量，總得讓人心靈更加美好，讓人的目光更加清明。我們讀了《紅樓夢》總的效果也正是這樣。《金瓶梅》雖然是一部很傑出的現實主義作品，家庭的緊張殘酷關係寫得那樣淋漓盡致，但是其中的性行為描寫畢竟太骯髒齷齪，我們千萬不要在「自由」、「解放」的概念下忘記這也是在「污穢人家」。我們作為文學批評者，眼光不可在賈母之下。

梅：《紅樓夢》是部低調的文學，它不是聖者言，而是「石頭言」、「假語村言」，沒有訓誡，也沒有怒吼。這一點我們在《共悟人間》裏已説過。但是，《紅樓夢》一開篇對「歷來野史」和「才子佳人」等惡俗之書的批判卻是高調的，毫不含糊的，他説這些書訕謗君相，貶人妻女，姦淫兇惡，淫穢污臭，屠毒筆墨，壞人子弟。説得極為尖鋭。但我認為這種高調批評是必要的。我讀當代的一些文學作品，總是受不了其中那麼多污穢描寫，那麼多「性作料」，那麼多「暴力快感」。您思想那麼開放，家裏也有《金瓶梅》，但您還是不讓我們在少年時代閱讀它，我記得您説過「不忍」二字。所以至今我還是喜歡看刪節本。

劉：我一再說，文學跑不了三大元素：心靈、想像力、審美形式。《紅樓夢》不僅完整體現這三者，而且三者都豐富精彩到極致。從天上到人間，從青埂峰到大觀園，從女媧到林黛玉，其宇宙廣度、想像力度有哪部作品可以企及？而《紅樓夢》中的心靈系列，從賈寶玉的大愛大慈悲之心到林黛玉等各種至真、至美、至柔的心靈，又有誰可以相比？除了想像力、心靈之外，其審美形式又是前無古人，它打破了多少熟套，多少原有的文學格局？我從論述「性格真實」開始（闡釋魯迅說《紅樓夢》打破把好人寫得絕對好，把壞人寫得絕對壞的格局）到論述它的「性格對照」，到感悟它的詩意細節與史詩構架，直至我們剛才所說的它的遠離才子佳人舊套的精神內涵與敍事藝術，都覺得《紅樓夢》真了不得。所以我稱《紅樓夢》為文學聖經，為文學的偉大參照系，也因為進入了《紅樓夢》，我就不會盲目崇尚喬伊斯、納博科夫等，儘管我也覺得他們很不簡單，但就其三大元素所構成的文學境界和文學總品質，總覺得《紅樓夢》遠在他們之上。

第五輯

第十一章　異端與荒誕意識

一、檻外人的異端內涵

梅：您曾多次說過，《紅樓夢》是一部異端的大書。這一思想尚未見到您詳細論證。

劉：《紅樓夢》是一本典型的異端之書。妙玉自稱「檻外人」，這不僅是妙玉個人的別號，而且是《紅樓夢》主要人物的「共名」，即不僅妙玉是檻外人，寶玉、黛玉也是檻外人。檻外人與二十世紀卡繆的「局外人」、「異鄉人」意思相同，都是異端，生活在正統傳統門檻之外的異端。對於中國來說，寶玉、黛玉、妙玉都是站立於儒家典章制度和意識形態門外的異端。賈政與寶玉這對父子的衝突，正是正統與異端的思想衝突。寶玉「女兒水作，男子泥作」的思想，拒絕走仕途經濟之路的思想，嘲諷「文死諫，武死戰」的態度，不喜讀聖賢書偏讀詩詞和《西廂記》等等行為，都是異端表現。《紅樓夢》中的頭號檻外人是賈寶玉。

梅：中國思想史中有李卓吾這樣的異端，在文學史上最典型的異端應當算是曹雪芹了。中國社會文化系統中，女子的地位那麼低，曹雪芹卻提得這麼高，中國歷史向來都是男人的歷史，曹雪芹卻展現女人的歷史，僅此一點，就是大異端。

劉：《三國演義》就不能算異端之書，它確立的皇統正統，是以劉備為賢君的劉家正統，也確立儒統，把諸葛亮描繪為忠君的典範。《水滸傳》是造反之書，卻不是異端之書。宋江確實只反貪官，不反皇帝，造反中仍然不忘忠孝兩全，政治行為上反叛，思想上卻不標新立異。

梅：您剛才說，寶玉、黛玉、妙玉這些「檻外人」與卡繆的「局外人」相似，可是通常都把《局外人》（*The Stranger,* or *the Outsider*）解釋為具有荒誕意識的人。卡繆也是二十世紀荒誕文學的代表性作家，那麼，我想知道，異端意識與荒誕意識是不是一回事？曹雪芹有沒有現代荒誕意識？您剛才對異端作了定義，是否也談談您對荒誕及荒誕意識的認識？

劉：關於荒誕文學，我雖然沒有作過系統論述，但在已往的談論《紅樓夢》和談論高行健、閻連科的文字中，對荒誕文學作過多次定義。我的基本看法是，所謂荒誕，是存在本體無意義、無常規的極端呈現，它既是一種現實屬性，又是一種大美學範疇，大藝術精神。它不僅是一種藝術手法。作為現實屬性，它和現實世界已經確認的準則只有異化性關聯，即反常的、變形的關聯。作為一種藝術範疇，它不同於誇張、怪誕、諷刺、幽默等藝術手法，而是一種與浪漫主義、寫實主義、古典主義等並列的藝術大範疇，也可以說是在人類文學史上繼悲劇、喜劇、古典主義、浪漫主義、寫實主義之後產生的大藝術類型。我把荒誕意識與荒誕文學分開，認定荒誕文學的第一個開山大師是卡夫卡，是他扭轉了浪漫、抒情、寫實等沿襲幾個世紀的文學基調，創造了以荒誕為基調的二十世紀西方現代文學的主流。從卡夫卡開始，之後的薩特（Jean-Paul Sartre）、卡繆（Albert Camus）、貝克特（Samuel Beckett）、尤奈斯庫（Eugène Ionesco）、高行健、品特（Harold Pinter）等，其中一些代表作，都屬於這條脈絡。而荒誕意識則比荒誕文學產生得更早。在卡夫卡之前，陀思妥耶夫斯基的作品中就有明顯的荒誕意識，但他的作品基調不是荒誕，所以不能稱作荒誕文學。以《卡拉馬佐夫兄弟》為例，這是一部靈魂性很強的寫實主義文學，但荒誕意識則從這裏發生。劉小楓在《拯救和逍遙》中早已說清了這一點。他說：「有一種觀點看來，法國作家馬爾羅是一種可以稱之為荒誕人哲學的思想的先驅，正是他首先提出並描繪了荒誕人的信念和生活，成為卡繆和薩特的前導。事實上，這是不確實的。荒誕哲學的真正先驅是陀思妥耶夫斯基筆下的伊凡（Ivan）。雖然，在陀思妥耶夫斯基之前，巴斯卡爾早就表述過人與世界之間荒誕的聯繫，甚至在莎士比亞那裏，或斯多亞派的思想中，人們也可以找到荒誕觀念的蹤跡，但是，他們還從來不曾像伊凡那樣聲稱：『你要知道，修士，這大地上太需要荒誕了。世界就建立在荒誕上面，沒有它世上也許就會一無所有了，看清世界的荒誕性是一回事，認為大地需要荒誕，人沒有荒誕反而無法生存是另一回事。』伊凡正是在另外一方面超越了前人，而且，正是這後一方面，才是荒誕感變成荒誕信念和荒誕哲學的關鍵。」[1] 儘管等會兒還要與小楓商榷，但是首先應當承認，他是把荒誕哲學的沿革和關鍵講述得很清楚的人。他區分「看清世界的荒誕性」和「認為大地需要荒誕」的界限，認為後者才是荒誕理念的關鍵，這便可以使我們討論問題有一個較高的起點。

二、反諷小手法與荒誕大範疇

梅：哈佛大學的李惠儀教授曾經在她的《引幻與警幻》（*Enchantment and Disenchantment: Love and Illusion in Chinese Literature*）一書中深入地探討了《紅樓夢》，她用「反諷」（Irony）這一概念來解釋

---

1 《拯救與逍遙》，第四三九頁，上海人民出版社，一九八八年。

曹雪芹筆下夢幻與覺醒、情慾與秩序之間的辯證關係，跟您的解釋不大相同。首先，我覺得她沒有像您那樣，把《紅樓夢》中的「荒誕」看成是一種「存在本體無意義、無常規的極端呈現。」您認為荒誕「既是一種現實屬性，又是一種大美學範疇，大藝術精神。」在李教授的書中，她只是把反諷視為《紅樓夢》特殊的一種美學修辭。其次，她區分了《紅樓夢》與西方浪漫傳統中關於反諷的不同的美學修辭，認為前者重視辯證法關係，後者則走向更極端的瘋狂。她寫道：

在某些意義上，引幻與警幻、情與對情的超越之間的辯證關係，饒有趣味地與反諷相類似。克爾愷郭爾的理解是，反諷協調着種種對立，走向更高層次的瘋狂；而「通過幻境來理解現實」、「通過愛來獲得啟蒙」之類的說法卻指出，對立的、零散的環節被協調着走向更高層次的統一。在中國傳統的語境裏，這種更高層次的統一所提供的解決方案是合二而一，即創造一個世界，能夠同時容納夢幻與覺醒、慾望與秩序。

(In some ways the dialectics of enchantment and disenchantment, of feelings and the transcendence of feelings, bear interesting analogies with irony. But formulations such as "understanding reality through illusion" and "attaining enlightenment through love" suggest that opposite, discrete moments are mediated in the direction of a higher unity, while in the Kierkegaardian sense irony mediates opposites in the interest of a higher madness. The solution of this higher unity in the context of the Chinese tradition is to have it both ways, to create a world that accommodates both dreaming and waking, both desire and order.)

在書的結尾，她還再次強調：

最終把《紅樓夢》的反諷與更加絕望、痛苦的浪漫反諷區別開來的是曹雪芹深切關注他所置疑的一切：他所創造的美學幻境，他本人的過去，以及傳統的抒情典範。我在前文指出王國維論文中的悲觀主義是《紅樓夢》中沒有的。曹雪芹的感受力範圍正可以解釋這一點；按照王國維詩評的説法，就是曹雪芹既是「主觀詩人」，也是「客觀詩人」，既掌控着「詩人境界」，也掌控着「常人境界」。反諷不是被局限在一種逐步升級的辯證法中；反諷是從它對平常世界的新感受和新理解當中，引領出它的從容冷靜和掌控之力的。

(What finally distinguishes the irony of Hung-lou meng from the more despairing and anguished Romantic Irony is Ts'ao Hsueh-ch'in's deep commitment to all that he questions: the aesthetic illusion he creates, his own past, and the lyrical ideal of the tradition. Earlier I suggested that the pessimism of Wang Kuo-wei's essay is foreign to Hong-lou meng. This may be explained by the range of Ts'ao Hsueh-ch'in's sensibility; in the parlance of Wang's poetic criticism, Ts'ao Hsueh-ch'in is both "subjective poet" (chu-kuan shih-jen) and "objective poet" (k'o-kuan shih-jen), mastering both the world of the poet (Shih-jen ching-chieh) and the world of the ordinary person (ch'ang-jen ching-chieh). Irony is not caught in an escalating dialectics; it draws its serenity and mastery from a new perception and understanding of the ordinary.)[1]

1 Li Wai-yee. *Enchantment and Disenchantment: Love and Illusion in Chinese Literature*. Princeton: Princeton University Press, 1993, p.263, p.267-268.

我覺得李惠儀教授的這本專著寫得非常扎實，但是對王國維的《紅樓夢評論》沒有太大的超越，因為她太局限在自己對於「反諷」的辯證法修辭上了，所以沒有把握住《紅樓夢》中想傳達的關於「荒誕」的人生哲學。

劉：剛才我已說過，「荒誕」不是一種美學修辭，也不是一種寫作方式，它不是與誇張、幽默、通感、反諷、怪誕等同一級的美學語彙。「荒誕」是二十世紀卡夫卡之後出現的一個藝術大範疇，是與浪漫主義、現實主義、象徵主義、古典主義同一級的藝術大範疇。卡夫卡扭轉文學乾坤的功勞就在於它以荒誕的基調取代了寫實主義、浪漫主義的基調。現實主義、浪漫主義作品中也充滿反諷、幽默、怪誕、誇張等手法，但不是荒誕意識，不是卡繆、貝克特、尤奈斯庫一類的荒誕文學與荒誕哲學。例如《西遊記》文本中充滿怪誕，但不是荒誕劇。荒誕本身就是對浪漫與抒情的否定，它是用極端性的冷眼來描述現實的變形和浪漫的變形。我覺得《紅樓夢》不僅是悲劇，而且是荒誕劇，主要有兩個意義，一是它固然是美的有價值的毀滅（悲劇），但也是醜的無價值的呈現，即泥濁世界的價值顛倒與價值變質；二是它拒絕對正統價值的承擔，揭示正統價值的荒誕性，以檻外人的眼光看到檻內人（正統）乃是肚子裏空空蕩蕩的假人、套中人與稻草人。《紅樓夢》這方面的內容非常豐富，以前的研究者未能充份開掘，實在是很大的闕如。《紅樓夢》是以「大觀」的眼睛看清世界的荒誕性，不是「認為大地需要荒誕」。但是如果站在維護正統、敵視異端的立場，會認為妙玉、寶玉、黛玉這些「檻外人」（如同卡繆的「異鄉人」）是荒誕的存在；那麼，反過頭來，如果站在異端立場的人便會「認為大地需要荒誕」，即使沒有異端，為了社會的健康與平衡也要製造異端。《紅樓夢》由秦可卿做中介讓警幻仙姑引導寶玉遊覽太虛幻境，讓他聆聽新曲十二支，並表明她喜歡他乃是「天下古今第一淫人」，可是，最後又警示寶玉，望他改悟前情，留意於孔孟之間，委身於「經濟之道」。隱人與聖人完全是兩回事，不可同日而語，這就產生矛盾。這一矛盾內涵是作者的一種文本策略，正反交錯，留給讀者再思索，似乎與荒誕無關。

三、《紅樓夢》的荒誕哲學

梅：您是不是也認為《卡拉馬佐夫兄弟》中的伊凡是荒誕哲學真正的先驅？

劉：我也是這麼認為，誰是現代意識的開端，有人認為是尼采宣佈「上帝死了」的那一刻。但是，伊凡所編撰的宗教大法官的寓言卻比尼采更早就宣佈基督是多餘的。把神聖價值推向「礙事」的多餘地位，荒誕意識就開始了。前邊我曾引述佛洛依德的話，說《卡拉馬佐夫兄弟》是「迄今為止最壯麗的長篇小說」。這句話之後還有一句「小說裏關於宗教大法官的描寫是世界文學中的經典之一，其價值之高是難以估量的」。像我們這種以文學為天職的人，對宗教大法官的寓言讀一百遍也不算多，因為其深邃內容永遠開掘不盡。我和林崗在《罪與文學》中曾借用這個寓言說明人類心靈活動與功利活動的衝突，即人類社會與人類靈魂的悖論。今天我想從荒誕角度來談論這個寓言。這個寓言說的是十六世紀西班牙維塞爾有個年近九十的紅衣主教，他認為要在人間建立天國，必須以「無比壯觀的烈焰，燒死兇惡的邪教徒」，因為人是軟弱與低賤的，一旦獲得自由就會無所適從，因此必須用凱撒的劍（奇蹟、神我與權威）去制服他們，而且要在基督的名義下進行。正當他架起火堆，燒死了上百個異端的時候，基督降臨了。人們把他圍住，他向人群伸手，為他們祝福，並幫助瞎子治好眼睛，讓瘸子起來走路，讓入殮的小女孩復活。這位紅衣宗教大法官把這一切全看在眼裏，最終帶了衛隊把基督抓了起來，關在牢房裏。半夜，他提着燈，獨自走進牢房，久久地打量犯人的臉，然後對基督說：「真是你嗎？是你嗎？」他沒有聽到回答，但把自己的苦衷和理念告訴基督，吐出憋在心裏數十年的話。申述之後，他請求基督不要來妨礙他們的事業，並請他自行離開，否則明天基督的信徒們就會拚命地在基督的火刑架上加柴。他對耶穌說，你沒有必要來，至少暫時沒有必要來。他還講了一段關於自由的特別重要的話：

但我們最後還是要以你的名義做到了這一點。為了這自由我們經受了十五個世紀的苦難，不過現在已經結束，徹底結束了。你不相信徹底結束了嗎？你溫和地看着我，是你不願意賜予我憤怒嗎？但是你要知道，現在，就是目前，這些人比任何時候更加堅信自己是完全自由的，而實際上是他們親自把自己的自由交給我們，服服帖帖地把它放在我們腳下。但是這件事是我們的，不知道這是不是你所希望的？是不是你所要的那種自由？

宗教大法官以最神聖的名義（基督）幹着鎮壓異端的荒唐專制，卻又標榜自由。但是，不鎮壓不使用凱撒的劍，他的事業又無法進行，因此又必須把基督推開。這就是荒誕，伊凡「荒誕必要」的理由，就是大法官申訴的理由：只能用痛苦的事實來謀求極限上的自由。我相信所有西方的重要作家都讀過陀思妥耶夫斯基這一宗教大法官的寓言並都會有自己的闡述。二十世紀的荒誕文學在某種意義上可以說是這一故事的再創造，所以到處是打着基督旗號又把基督推開的荒誕，也到處是在基督缺席的語境下人與世界的關係發生的變形變態。以卡夫卡為開端，世界文學翻開了嶄新的一頁。卡繆筆下的局外人，所以是個異端，就是他看破各種把戲，不再遵守既定原則，自行其是，我行我素。

梅：您覺得曹雪芹只是在《紅樓夢》中書寫一些荒誕情節，留下一些荒誕理念的蹤跡，還是《紅樓夢》具有重大的荒誕哲學內涵？

劉：不能把《紅樓夢》簡單地等同於現代荒誕文學，因為它與二十世紀出現的西方荒誕文學還是有很大的區別。但它又不僅是呈現一些荒誕理念的痕跡，對莎士比亞，可以這麼說，在他的悲劇裏有荒誕的穿插，而他的喜劇，卻未發展為荒誕劇。而《紅樓夢》不同，荒誕內涵佔有很大的比重。甚至可以說，《紅樓夢》有一個類似宗教大法官大寓言的大寓言框架。那個賈寶玉，就像突然降臨的基督，賈政則是請求寶玉離開的儒家大法官，他也是在對寶玉說，你沒有必要來，你來了之後會擾亂我們家族的理念與秩序，會妨礙賈氏貴族的事業。但是，寶玉這個準基督沒有走開，他留在賈政的府第裏，但他處處被視為異端（孽障），他和林黛玉也自知是賈政事業的「局外人」，他用自己的生命形態否定賈政的價值形態。他拒絕立功、立德、立言，拒絕賈政們所安排的仕途經濟之路。他的存在的確妨礙貴族府第的秩序和發展。所以一個最有靈性、最善良的具有基督心腸的兒子，卻被視為呆子、孽障。這種顛倒，便是荒誕。

梅：賈寶玉在天外是多餘的石頭，沒有補天的資格，來到人間之後也是貴族府中的多餘人，妨礙既定價值秩序與價值理念。不僅賈政，連賈府的婆婆媽媽們都在嘲笑他，都把他視為異類。如您在悟語中所說的，他甚麼問題也沒有，卻變成了最大的問題人物，正如卡夫卡《審判》中的主人公，甚麼問題也沒有，也成了問題人物。寶玉在賈政一類的眼睛裏，問題極大，無論他說甚麼做甚麼，就是看不慣，就是要「審判」他，甚至要痛打一番，這不是荒誕是甚麼？

四、曹雪芹的檻外人與卡繆的局外人

劉：妙玉自稱「畸人」、「檻外人」，也就是局外人、異鄉人。我說曹雪芹的現代意識，指的就是他在兩百年前就有站在傳統門檻之外的局外人意識，比卡繆早了一兩百年，很了不起。「局」和「檻」都是一種邊界。中國的檻外人和局外人和西方現代的檻外人、局外人具有不同的內涵，其不同內涵便是「檻」和「局」的正統內涵不同。西方現代局外人，是自外於宗教神聖價值系統的人，中國的局外人，則是走出儒家價值系統的人。卡繆創造了局外人形象默爾索，他與宗教神聖價值和在社會中流行的價值觀念格格不入，與自己寄身的社會處處不相宜，甚至連對母親的死亡也滿不在乎，對自己的情人也極為冷淡，其思維方式完全在普通人的局外。《紅樓夢》中的局外人、檻外人，不僅是「妙玉」，最重要的人物是賈寶玉與林黛玉。薛寶釵與林黛玉（包括賈寶玉）的觀念衝突，正是局外人與局內人之爭，檻外人與檻內人之爭。檻外人是少數，檻內人是多數。寶釵守持的是儒家的理念之檻、聖賢道統之檻。而賈寶玉、林黛玉、妙玉等卻置身道統的局外，處處與「故鄉」不相宜，是真正的異鄉人，在中國大地上最先覺悟到自己與正統理念、常規生活格格不入的異鄉人。

梅：您把賈寶玉與林黛玉也界定為檻外人、局外人，一點也不牽強。這種說法，在過去《紅樓夢》的研究評論文章中也沒有說過。我覺得很有意思。如果說他們都是以超越儒家價值門檻為標誌，那麼，中國最早的局外人、畸人應是莊子。但是，莊子對現實關係的超越，常表現為無待與冷漠（這一點，卡繆的默爾索〔Meursault〕與莊子相似），而賈寶玉、林黛玉並不冷漠。相反，賈寶玉倒是個「無事忙」的熱心人。他有關懷，任何青春生命的無辜死亡，都使他痛徹肺腑。與默爾索那種甚麼都不在乎的態度完全不同。「虛無主義」這一概念用於默爾索還説得過去，用在賈寶玉身上卻不合適。

劉：在虛無主義者眼裏，世界一團漆黑，人間確實只以令人厭惡的形式顯露。默爾索的冷漠，正是整個世界在他眼裏全是令人厭惡的；但賈寶玉的眼裏有兩個世界，有淨水世界（以少女為主體）和泥濁世界（男人為主體）之分。他厭惡的只是泥濁世界，而對淨水世界，他不僅不厭惡、不冷漠，而且投入這個世界，擁抱這個世界。所以我們在講曹雪芹的現代意識時，不能簡單地把他劃入西方現代人的範疇，也不能簡單地等同於西方荒誕派。人文科學的困難，就在於如何把這些相似點與相異點分清。

梅：劉小楓認為現代西方人即卡繆這些作家也有逍遙之境，與中國文化背景下的逍遙之境不同。他說，「莊子式的逍遙之境是山水田園，而現代西方人的逍遙之境確實一片荒漠。進入前者，是復歸，是返本，進入後者，就是懲罰和放逐。」[1] 莊子把逍遙自適看作出世，逍遙者即局外人。而現代西方人則擔當荒誕，把認識世界荒漠般的處境、拒絕救贖稱為逍遙。他們不管神聖形態，只管事實形態。兩者都冷漠，差別只在於前者以超脱來淡化冷漠，自我欺騙；後者則以超脱擔當冷漠，拒絕任何類似的欺騙。您覺得曹雪芹的現代意識是更近於莊子，還是更近於現代人？

劉：曹雪芹雖然借用莊子「畸人」、「檻外人」的概念，也建構逍遙之境，大觀園與妙玉的櫳翠庵都是逍遙之境，但他並不冷漠。如剛才所說，賈寶玉的眼睛一直溫情地看着青春生命及其毀滅，並為她們的死亡而大哭泣、大悲傷。每一個青春生命的毀滅都是對他的沉重打擊，他不僅為他們啼泣、發呆，

1 《拯救與逍遙》，第四九五—四九六頁。

還為她們寫出感天動地的輓歌。如果冷漠，能寫出激情滿懷的《芙蓉女兒誄》嗎？這倒是和西方現代作家關於荒誕處境的認識相通，甚至可以說，曹雪芹是人類荒漠處境與荒誕處境的先覺者。他的著名詩句：「落了片白茫茫大地真乾淨」（第五回），描畫的正是荒漠景象。還有，甄士隱對《好了歌》的註釋詩，也正是荒漠景象：「陋室空堂，當年笏滿床；衰草枯楊，曾為歌舞場。蛛絲兒結滿雕樑，綠紗今又糊在蓬窗上。說甚麼脂正濃、粉正香，如何兩鬢又成霜？昨日黃土隴頭送白骨，今宵紅燈帳底臥鴛鴦。……」每一句都在寫荒漠，不僅是外在荒漠，而且是內心荒漠。書寫荒漠景象，是為了說明世界人生的荒誕，「甚荒唐，到頭來都是為他人作嫁衣裳！」這是曹雪芹「睜着眼睛看」，正視「慘澹的人生，淋漓的鮮血」和隴頭的白骨。伊凡說：「世界就建立在荒誕之上。」甄士隱的描畫，其思想完全和伊凡相通。這種描畫，不是冷漠，而是熱烈地擁抱荒漠的世界，不留情面地揭開現實世界虛假的面紗。曹雪芹的「無」，不是沒有情感、沒有關懷，而是以甄士隱這種「無」的眼光，穿透現實，揭示現存之「有」（被世人追逐的「有」）的虛幻性、欺騙性、荒誕性。因此，絕不能把曹雪芹列入虛無主義的範圍之中。

梅：以卡夫卡為開端，西方二十世紀的荒誕文學，如果從哲學上去把握其精神內涵，乃是「無」的本體論。呈現世界人生的無意義、無着落，正是荒誕派小說、荒誕派戲劇的根本主題。這些作品的總背景，是尼采對上帝放逐之後喪失精神家園。沒有精神支撐點，無「家」可歸，人便陷入荒誕。但是荒誕派作家們並不是去重新建立精神家園，呼喚上帝，而是確認上帝死亡已成事實，人類只能接受薛西弗斯推大石上山的荒誕命運。唯一的出路，便是投入城市大牆之外的自然性故鄉，外有大海，內有愛情。曹雪芹的文化背景與卡繆完全不同。充滿《紅樓夢》中的無意義感，只是功利世界、色相世界的無意義感。

賈寶玉最後是自我放逐（不是上帝放逐），其行為語言是告別無意義的泥濁世界，並不是否定那些和自己「厮混」過的青春生命和詩意生命。這些生命在他的記憶中，永遠地閃射着意義之光。

劉：呈現青春生命的毀滅是悲劇；呈現泥濁世界的顛倒夢想是荒誕劇。這就是我說的《紅樓夢》的雙重意蘊。

第十二章　東西方兩大文化景觀

——曹雪芹與陀思妥耶夫斯基

一、寶玉與基督

梅：您把賈寶玉比成成道中的基督和釋迦牟尼。比成釋迦，較好理解。釋迦牟尼出家前是個快樂王子，但有佛性，最後終於告別宮廷。但基督的教義與佛教不同，也與曹雪芹的世界觀人生觀不同，這該怎麼解釋？

劉：把賈寶玉看作未成道的基督，只是個比喻，是為了更形象地說明寶玉具有基督心腸，即愛一切人寬恕一切人的基督似的大慈悲精神。並不是說，寶玉就是基督，所以我是留有餘地說他還是「未成道」，離基督還遠。但我至今仍然覺得，寶玉的情懷與基督的情懷相似得令人驚訝，這在中國真是難以想像。例如基督的大愛覆蓋一切，也覆蓋敵人。基督沒有敵人，連把他送上十字架的人也寬恕，你想，把鐵釘釘進自己的手掌，把自己釘上十字架，這是何等的殘暴，可是基督寬恕他，連這種人都能寬恕，還有甚麼不能原諒？不能寬恕？賈寶玉也正是這樣的人，他沒有敵人。賈環誣告他，讓他差點被父親打死，但他不怪賈環。賈環刻意用滾燙的油火弄瞎他的眼睛，雖未得逞，但燒傷他的臉，對此，寶玉也寬恕，不讓王夫人去祖母那裏告狀，連想燒傷自己眼睛的人都能原諒，還有甚麼不能原諒？這不是基督精神是甚麼？基督的大愛不僅覆蓋敵人，而且覆蓋社會底層最沒有地位的妓女，所以他制止人們對妓女扔石頭。寶玉也是如此，他不像薛蟠那樣嫖妓宿柳，但他把妓女也當人看，《紅樓夢》中唯一的妓女形象是雲兒。在馮紫英家的聚會上，寶玉也與她平等唱和，一點也無歧視。這都是不可思議的平等態度。本來，這是基督才能抵達的精神水準，但寶玉抵達了。因此，把寶玉比作未成道的基督，並不牽強。但比喻總是有缺憾的。寶玉與基督又有很大差別。最重要的差別有三點。第一，基督講拯救，寶玉則「閒散」（逍遙）。第二，基督是上帝之子，靈魂在此岸世界也在彼岸世界，寶玉原是一塊多餘的石頭，通靈入世後只認此岸世界。基督是神，寶玉是人。第三，基督的十二弟子全是男性，自己也不近女色，寶玉則與金陵十二釵正冊、副冊的女子全都相好，而且是少女的崇拜者。

梅：《紅樓夢》一開始就講「色空」，受釋迦思想影響最深。寶玉的骨子裏是「佛」，所以他自稱「丈六金身」。因此，寶玉與基督的區別便是佛教精神與基督精神的區別。但佛教也講救苦救難，為甚麼您說寶玉不講拯救，只是逍遙呢？

劉：佛教有許多宗派，大乘的重心是普渡眾生，小乘的重心則是自我修煉。《紅樓夢》所呈現的佛教精神主要是禪宗的精神，尤其是慧能的精神。慧能很了不起，他實現了無須邏輯、無須實證、無須概念範疇仍有思想的可能。他的思想基本點不是救世，而是自救。《六祖壇經》講了那麼多佛理，關鍵的一點是佛性就在自性中，不靠救世主，只靠自己對心中佛性的開掘。說得徹底一點，是說「我即佛」，「佛即我」。我悟了，便是佛，我悟了，便是眾，一切取決於自己，全部問題在於能否自看、自明、自救。寶玉也是如此，他不喜歡讀聖賢之書，正是不指望聖賢的拯救，而是自己努力去守持赤子之心。他喜歡黛玉，正是因為黛玉從根本上幫助他守持這種生命的本真。賈寶玉的生活狀態是「快樂王子」的逍遙狀態。逍遙不是放蕩，不是輕浮，不是甚麼都不思索，不關懷。他的逍遙是對功名的放下，是權力慾望的放下。基督放不下的一些使命，慧能放得下，寶玉也放得下，差別很大。但不能把基督與慧能變成勢不兩立的價值體系，兩者可以相通。一個主張不能放下，是因為他想拯救；一個主張放下，是因為它想解脫。兩者都有關懷，都講慈悲。慧能提醒大家要放下教條（不立文字）、放下名韁利索，放下妄念、執着、分別和各種慾望，這是對人生要義的根本性提醒，是對生命價值的根本性導引，他要我們放下的是妄念、煩惱、幻相和一切沉重的外在之物，並不是要我們放下良心和赤子之心，這是要我們提升生命，提升心靈。寶玉的心靈為甚麼那麼單純，那麼可愛，就是他無師自通地懂得該放下哪一些不該放下哪一些。秦鐘病了，它放不下；晴雯病了，他放不下；秦可卿、尤三姐、鴛鴦死了，他為甚麼那樣悲傷、痛苦、就是放不下。他的關懷何等之深。

梅：寶玉的「情」非常豐富，但這種情，並不是佔有，而是關懷，是對他周邊人的關懷。只是他沒有力量拯救他人，只能關懷與同情，這也是大愛。

劉：前幾天我們討論《紅樓夢》的精神內涵包括「欲」、「情」、「靈」、「空」四維。欲和情的最大區別是欲指向利己，情指向利他。錢穆先生說，欲講收入，情講付出，方向相反。不能「付出」，不能給人溫馨的關懷，算甚麼情。無論是親情、愛情、友情、世情，都得付出，都得有對他人的關懷，寶玉的情性，正是老是牽掛他人的性情。這在某種意義上，也是救贖。給人一點溫馨和火光，可能就會重新點燃起他人生活的信念，這種拯救意義也是深邃的。

梅：一九九一年，我在芝加哥大學旁聽李歐梵教授的課程時，看您認真地閱讀劉小楓的《拯救與逍遙》。這部著作我也讀過，寫得很有文采，也進入許多根本性問題，尤其是中國文化與基督教文化的差異問題。我印象特別深的是他把賈寶玉這個「新人形象」和陀思妥耶夫斯基的梅思金公爵作了比較。劉小楓以其基督教的神聖價值尺度來看賈寶玉和《紅樓夢》，給予許多尖銳的批評，不知您是否支持他的批評。

二、拯救與自救

劉：小楓的《拯救與逍遙》，我確實認真閱讀過。其中比較曹雪芹與陀思妥耶夫斯基的一章，我更是閱讀多次，並認真思索，剛才和你談論救贖與自救，心裏也想着小楓的觀念。有小楓的這本書和他提出的問題，我們才能深化對《紅樓夢》的思索，這應當感謝他。我對荷爾德林的關注，也是得益於此書。二十年前的思路就這麼開闊，很不簡單。儘管我也極其尊重基督教，但總是無法認同把「拯救」與「逍遙」視為絕對對立的兩極，更無法認同用「拯救」的神聖價值尺度整個地否認莊子、慧能、曹雪芹的逍遙價值與「放下」態度。賈政以孔夫子為參照系，把寶玉視為異端，小楓則以上帝的神聖價值為參照系，把莊子、慧能、曹雪芹視為異端。我把《紅樓夢》視為異端之書，是肯定異端；小楓把曹雪芹視為異端，是否定異端。莊、禪、曹雖然沒有上帝偶像與神的偶像，但和基督一樣，有對個體生命的衷心尊重。在對生命的尊重與護衛的根本點上，莊、禪、曹與基督教是相同的。當然，莊禪思想也有它的負面價值，尤其是後期禪宗所出現的犬儒傾向即狂禪妄禪等，確實失去思想的嚴肅，但是，也不能把基督神聖價值視為唯一的絕對的價值。中世紀嚴酷的宗教專制法庭，正是把神聖價值視為唯一的價值，把其他價值視為異端。

梅：劉小楓先生在書中好像也設置一個宗教法庭，把莊子、慧能、曹雪芹都進行了審判。

劉：小楓是在論辯，在說理，不是在審判，但也有相當尖銳的批判。他對中國文化精華確實批判得過於嚴厲，尤其是對《紅樓夢》。還有一點，他對基督教文化，尤其是對陀思妥耶夫斯基在其作品中呈現的東正教文化，又過於肯定，缺少必要的批判與質疑。我非常喜歡陀思妥耶夫斯基，一直認為他和托爾斯泰是人類文學史上無可爭議的兩座巔峰。青年時代我醉心托爾斯泰，出國後更醉心陀思妥耶夫斯基。這可能和我人生之旅中前期更關注文學的社會性，後期更關注作品的靈魂性有關。林崗和我合著的《罪與文學》把陀思妥耶夫斯基作為重要論述對象，也是在說明文學的靈魂維度。我們在論證中說，中國因為沒有大宗教的文化背景，所以文學作品較多「鄉村情懷」，缺乏「曠野呼告」，即缺少靈魂的訴說，所以也就缺少「崇高」風格和靈魂的深度。我們只是作客觀分析，很少價值判斷。我們還認為，魯迅不能接受陀思妥耶夫斯基的「忍從」是可以理解的。面對黑暗，面對壓迫，面對苦難，總不能僅僅去擁抱黑暗，忍受苦難，總要有所抗爭，有所不滿，有所憤怒。但是，陀思妥耶夫斯基卻要人們忍受苦難，以為苦難正是通向天堂必要的階梯，苦難的深淵正是地獄的出口。這一點魯迅無法接受，我和林崗也無法接受。

梅：劉小楓覺得曹雪芹正好相反，他逃避苦難，空有審美的情懷。他說：「陀思妥耶夫斯基的情懷在一開始就指向受難的人類，指向塵世的不幸，而曹雪芹的情懷首先指向的是適意的處境能否有一個完滿的性情。」「宗教的情懷必得擔當現時的苦難，這首先要求我有一種放不下的心腸和自我犧牲的精神。對於審美情懷來講，『放不下的心腸』恰恰是審美去向的障礙；至於自我犧牲精神，就更是格格不入。」他還認為，曹雪芹處於一個價值混亂、顛倒的時代，但他卻把沉淪於世的人們所面臨的一大堆困惑一筆勾銷，適性得意地構築「桃花源」和「紅樓世界」。

劉：《紅樓夢》揭示那麼多人間黑暗，揭示「賈不假，白玉為堂金作馬」、「東海缺少白玉床，龍王來請金陵王」等驕奢淫逸，揭示賈赦、賈珍、賈璉等豪強權貴的胡作非為，等等，這怎麼能說是面對一大堆困惑一筆勾銷呢？曹雪芹的審美情懷，具體呈現於文本中，不是建構一個適情得意的不見人間苦難的桃花源，而是建構一個有美也有醜的審美張力場。在此審美場中，有光明，也有黑暗，那些美麗可愛的青春生命一個一個被逼上死路，就是黑暗。「晴雯到底犯了甚麼大罪？」這就是寶玉面對黑暗的抗議。曹雪芹不僅面對苦難和面對黑暗，而且對製造苦難與黑暗的泥濁世界發出抗議。如果讓陀思妥耶夫斯基來面對這一切，他倒是可能只有「忍受」、「忍從」的勸說。我一直記得劉小楓對俄羅斯精神的禮讚，他說：「對世界的恐怖和動盪，對人類面臨的價值空虛，俄羅斯精神能貢獻出甚麼？俄羅斯精神永遠拋棄了愚昧，經受了無數苦難，善於忍受。」引號裏的話，正是陀思妥耶夫斯基的話。[1] 曹雪芹面對苦難是揭露，是哭泣，是叩問，陀思妥耶夫斯基面對苦難則是要人們「善於忍受」。而小楓在批評曹雪芹的同時，卻讚賞這種「善於忍受」的精神。對於這兩位文學大師，小楓真是大偏心於歐洲的一位了，太苛求東方的另一位了。其實，曹雪芹的審美情懷，只是超越政治權力關係與功名利祿之場的清醒的意識，他不捲入現實權力鬥爭的漩渦，不在漩渦中去救苦救難，既不當救世主，也不當犧牲者，只當黑暗世界的觀察者，見證人與呈現者，這不僅無可非議，而且正是作家最適當的角色與位置。

梅：但是，您注意到了沒有？劉小楓在推崇「善於忍受苦難」的思想時，是申訴了理由的。這理由就是愛的理由。陀思妥耶夫斯基的經典語言是：「為了愛，我甘願忍受苦難。」[2] 劉小楓強調的也是這

1 《書信集》，第一五二頁，人民文學出版社。

2 陀思妥耶夫斯基：《中短篇小說選》下卷，第三三六頁，人民文學出版社，一九八二年。

一點，他說：「所謂拯救，並不是乞求一個來世的天國，而是懷着深摯的愛心在世界上受苦受難。無辜者的苦痛，就是我的苦痛，世界想使愛毀滅，就讓我與愛一起受難。」所以他批評賈寶玉似的自我解脱，認定「自我解脱、成為頑石都在強化世界的苦難」。陀思妥耶夫斯基拒絕「桃花源」，也拒絕「自我解脱」，他筆下的「新人」不是像賈寶玉那樣離家出走，或像妙玉、惜春、紫鵑、芳官那樣去當尼姑，而是像《卡拉馬佐夫兄弟》裏的阿廖沙，「毅然返回苦難的深淵，流着眼淚親吻苦難的土地。」[1]《卡拉馬佐夫兄弟》第三部第一卷「阿廖沙」最後一段，寫的正是阿廖沙返回苦難深遠的那個瞬間。這段散文詩我每次讀後都眼淚汪汪。我再朗讀一遍：

他在門廊上也沒有停步，就迅速地走下了台階。他那充滿喜悦的心靈渴求着自由、空曠和廣闊。天空佈滿寂靜地閃爍着光芒的繁星，寬闊而望不到邊地罩在他的頭上。從天頂到地平線，還不很清晰的銀河幻成兩道。清新而萬籟俱靜的黑夜覆蓋在大地上，教堂的白色尖塔和金黃色圓頂在青玉色的夜空中閃光。屋旁花壇裏美麗的秋花沉睡着等待天明。大地的寂靜似乎和天上的寂靜互相融合，地上的秘密同群星的秘密彼此相通。……阿廖沙站在那裏，看着，忽然直挺挺地撲倒在地上。

他不知道為甚麼要擁抱大地，他自己也弄不清楚為甚麼他這樣抑止不住地想吻它，吻個遍，他帶着哭聲吻着，流下許多眼淚，而且瘋狂地發誓要愛它，永遠地愛它。「向大地灑下你快樂

1 《拯救與逍遙》，第三三六頁，上海人民出版社，一九八八年。

的淚，並且愛你的眼淚……」這句話在他的心靈裏迴響。他哭甚麼呢？哦，他是在歡樂中哭泣，甚至就為了在無邊的天空中向他閃耀光芒的繁星而哭，而且「對自己的瘋狂並不害羞」。所有從上帝的大千世界裏來的一切線索彷彿全在他的心靈裏匯合在一起，這心靈為「與另一個世界相溝通」而戰慄不已。他渴望着寬恕一切人，寬恕一切，並且不是為自己，而是為一切人，為世上的萬事萬物請求寬恕，而「別人也同樣會為我請求寬恕的」，——他的心靈裏又迴響起了這句話。他時時刻刻明顯而具體地感到有某種堅定的、無可搖撼的東西，就像穹蒼一般深深印入了他的心靈。似乎有某種思想主宰了他的頭腦，——而且將會終身地、永生永世地主宰着。他倒地時是軟弱的少年，站起來時卻成了一生堅定的戰士，在這歡欣的時刻裏，他忽然意識到而且感覺到了這一點。阿廖沙以後一輩子永遠、永遠也不能忘卻這個時刻。「有甚麼人在這時候走進我的心靈裏去了。」他以後常常堅信不疑地這樣說。……

這崇高瞬間的描述動人心魂。這是人類文學史上最著名的詩意瞬間之一。與此相比，我總覺得賈寶玉撒手懸崖，離開出走的瞬間沒有如此動人。

劉：這段散文詩似的文字，我也特別喜愛，不知讀了多少遍。文字所呈現的阿廖沙確實有崇高感，確實異常動人。基督從十字架下來復活之後，並沒有回到天國，而是回到苦難的人間和弱者一起承受不幸，這當然是一種偉大精神，阿廖沙撲向大地，擁抱大地的那一刹那，天上世界與人間世界就在他的心靈裏打通，這也正是基督精神的呈現。陀思妥耶夫斯基原想以阿廖沙為主人翁寫出上下兩部長篇，可惜寫完第一部不久便去世了。阿廖沙就是陀思妥耶夫斯基筆下的基督（聖徒），整個小說的結尾就是他修煉成道下山，在一群孩童的歡呼聲中，去拯救苦難的世界。作為文學作品，《卡拉馬佐夫兄弟》無疑是人類文學史上最偉大的經典之一。但我們現在應當進入的真正問題是：能否以阿廖沙為參照系而否定東方的另一種基督似的人物賈寶玉，陀思妥耶夫斯基所頌揚的「忍受苦難」的精神是不是應當成為一種絕對精神和絕對價值尺度？曹雪芹在《紅樓夢》中所表現的「返回本真」的精神是否應當成為「返回苦難」的對立項？這些問題涉及到東、西兩大文化的差異，涉及到基督教文化與莊禪文化的差異，恐怕論辯一輩子也不會有結論。但是，我還是要從評論《紅樓夢》的立場對於上述的真問題討論一下。除了「忍受苦難」這一點要進行一些叩問之外，我想把討論的重心放在賈寶玉與阿廖沙的比較。通過比較，我們也許會更了解賈寶玉的心靈指向。

三、返回苦難與超越苦難

梅：那麼，我們就從「忍受苦難」是否應當作為一種絕對精神說起，為了愛，它是否擁有絕對的理由。

劉：陀思妥耶夫斯基是想把「忍受苦難」作為絕對精神。但是，細讀一下《卡拉馬佐夫兄弟》的小說文本，就會知道這是一部複調小說，同時存在着理性與神性的雙音，甚至有野性與神性的雙音。理性的載體是伊凡（Ivan，阿廖沙的二哥），野性的載體是德米特里（Dmitri，大哥），阿廖沙（Alyosha）則是神性的載體。伊凡作為西方理性的呈現者，也正是神聖絕對精神的質疑者。他的質疑也有充份理由。他曾經激情澎湃地給阿廖沙講述一個故事：某鄉間中有一個八歲的男孩子，他在玩耍時扔了一塊石頭，不小心打傷了一個將軍的狗的一條腿。將軍放出全部獵犬，當着母親的面，把男孩撕成碎片。講完這個故事，伊凡問阿廖沙：「假如大家都應該受苦，以便用痛苦去換取和諧，那麼孩子跟這有甚麼相干呢？如果有人是在一個備受折磨的小孩無辜的血淚上建立起全人類幸福的大廈，你能容忍這種行徑嗎？」阿廖沙回答：「不，我無法忍受。」伊凡笑了。陀思妥耶夫斯基是個非常偉大的作家，儘管他張揚「忍從」、「忍受苦難」，並讓阿廖沙來體現這種精神，但他並不是一個傳道士，更不設置宗教法庭去作精神裁判，而是在作品中設立一個雙音對話的思想論辯場與張力場。所以他讓伊凡申辯不能忍受苦難的強大理由：當孩子被獵犬撕成碎片、血腥苦難發生的時候，你高舉着愛的旗幟，那麼，請問，為了愛，你是讓孩子的母親（或兄弟們）忍受獵犬的撕咬、吞下悲慘的眼淚，還是告訴母親和兄弟們：你們必須抗議與抗爭，不能容忍這些吃人的黑暗動物？阿廖沙心靈充滿愛與悲憫，伊凡的內心何嘗不是洋溢着愛的眼淚。他也是一個傾聽良心呼喚、充滿人道精神的理性主義者，堅信在這個世界裏，只要還有孩子被將軍的獵犬隨意撕咬，人間便沒有愛可言。李歐梵說他在人生之旅中有三本書給他深刻的影響，其中有一本就是《卡拉馬佐夫兄弟》，而「伊凡的心靈，真是為我大開眼界」。[1] 他說「大開眼界」，大約是伊凡還講述的西班牙宗教大法官的寓言，但是，他講的獵犬的故事不也使我們「大開眼界」嗎？這個故事，是伊凡的故事，也是陀思妥耶夫斯基靈魂隱秘深處的故事。這是他血脈深淵中的另一種聲音與呼喚：無法忍受苦難的聲音與呼喚。儘管這種聲音沒有成為陀思妥耶夫斯基思想的「主旋律」，但畢竟是他靈魂複調中的一支歌，一支要從「忍受苦難」的體系中掙扎出來、突圍出來的歌。陀思妥耶夫斯基自己尚且如此，我

1《西潮的彼岸》，第一四五頁，台北，時報文化出版事業有限公司。

們這些中國的讀者與文學評論者更無須把他「忍受苦難」的精神絕對化和標準化。當然，也不必拿陀氏之尺來丈量曹雪芹和他的《紅樓夢》。

梅：您提醒注意陀思妥耶夫斯基小說中靈魂的雙音，對我很有啟發。佛洛伊德曾說，《卡拉馬佐夫兄弟》是迄今為止最壯麗的小說。它的思想確實豐富複雜極了。舍斯托夫（Lev Shestov）《在約伯的天平上》（*In Job's Balances*）說陀思妥耶夫斯基有兩種視力；巴赫金則說有多種聲音，都看到「最壯麗小說」的內在張力。就此而言，《紅樓夢》與《卡拉馬佐夫兄弟》極為相似，也是最壯麗的小說，也是靈魂複調的小說，擁有思想張力場的小說。您在《罪與文學》中把林黛玉和薛寶釵的思想分歧，解釋為曹雪芹靈魂的悖論，一是重秩序、重倫理、重教化；一是重個體、重自然、重自由，兩者都符合充份理由律，兩者分別呈現出中國文化的正、負血脈。看來，文學的大經典，其思想都不會太「本質化」。

劉：林黛玉和薛寶釵作為曹雪芹靈魂的悖論，有時衝突，有時合一，所以，說「釵黛分殊」是對的，說「釵黛合一」也是對的。《紅樓夢》第四十二回，描述她們兩人化解情感糾葛，歸於和諧，此後黛玉再也沒有把鋒芒逼向寶釵，但是其心靈方向和差異卻是無法改變的。《紅樓夢》比《卡拉馬佐夫兄弟》出現得早。陀思妥耶夫斯基於一八八零年十一月寫完第一部，不久就去世了。曹雪芹於一七六三年（乾隆二十七年）去世，《紅樓夢》也沒有寫完，但遺稿比《卡拉馬佐夫兄弟》早了一百多年。這兩位偉大作家除了我們剛才說的其代表作都有靈魂的張力場之外，還有許多極其相似的地方。要說清這些相似點，大約需要幾部學術專著。我們今天只能涉足幾處。這種比較，不僅是兩部最壯麗小說的比較，而且是兩顆最偉大心靈的比較，甚至也是東西方兩大文化體系的比較。

梅：這真是激動人心的題目，光是思索就會使我們感到無比幸福。

劉：你有這種幸福感真使我太高興了。天底下最美麗的東西，歸根結蒂是人的心靈。這兩位作家雖然信仰不同，但都有一顆人世間最柔和、最善良、最仁慈的偉大心靈。這是任何知識體系都無法比擬的心靈。這兩顆心靈極為敏感，尤其是對於人間苦難都極為敏感。陀思妥耶夫斯基被苦難抓住了靈魂，曹雪芹也被苦難抓住了靈魂。只是他們一個傾向於擁抱苦難，一個傾向於超越苦難。這兩位天才的眼裏都充滿眼淚，無論是感激的眼淚，還是傷感的眼淚，都是濃濃的大悲憫的愛的眼淚。他們兩人創造了兩座世界文學的高峰，風格不同，但都告訴我們：創造大文學作品，無論是守持甚麼立場和「主義」，都應當擁有大愛與大悲憫精神。一切千古絕唱，首先是心靈情感深處大愛的絕響。

四、寶玉・阿廖沙・梅思金

梅：賈寶玉和阿廖沙、梅思金公爵的心靈也極為相似，都是極端柔和的大慈大悲的心靈。要說他們「不食人間煙火」，那是他們完全不能接受人間相互殺戮的戰火硝煙，完全不能接受仇恨的火焰。

劉：幸而有曹雪芹，幸而有陀思妥耶夫斯基和托爾斯泰，幸而有莎士比亞、雨果、歌德這些從古到今的偉大作家，他們通過自己的天才，為人類社會樹立了心靈的坐標，如果沒有這些心靈的火炬，這個世界就會黑暗得多。很可惜陀思妥耶夫斯基寫完《卡拉馬佐夫兄弟》的上部就去世了，以阿廖沙為主角的另一部沒有寫出來，所以我們現在所見到的阿廖沙形象還比較單薄，沒有伊凡和德米特里那麼豐厚，也沒有賈寶玉那麼完整。但僅以未完成的阿廖沙來說，他與賈寶玉多麼相似。兩個都是天使般的人物，兩個都沒有常人慣有的生命機能：沒有仇恨的機能，沒有嫉妒的機能，沒有算計的機能，沒有貪婪的機能，沒有撒謊的機能。老卡拉馬佐夫，那麼冷酷、專橫、貪婪，那麼奸猾與厚顏無恥，誰都厭惡他，最後被私生子斯麥爾佳科夫所殺，而親兒子德米特里、伊凡也有殺他的念頭，只有阿廖沙，世上唯一的一個，不責備他。他寬恕一切人悲憫一切人，包括被世人視為惡棍的父親。這不是孝道，而是為不幸父親承擔罪惡的大心靈。對於格魯申卡，那個世人眼裏的放蕩女人，也只有阿廖沙真正對她尊重，正如格魯申卡說的：「他是世上第一個憐惜我的人，唯一的這樣的人。」當阿廖沙去看她時，她禁不住突然跪下，瘋狂似的說：「小天使，你為甚麼不早些來呀！……我一輩子都等待着你這樣的人，等待着，我知道早晚總有那麼一個人走來寬恕我。我相信就是我這樣下賤的人也總有人愛的，而且不單是為了那種可恥的目的！……」賈寶玉也是如此，在他心中，不僅沒有任何敵人、仇人，也沒有任何「賤人」、「下人」，甚至也沒有任何「壞人」、「小人」，那些被常人視為「身為下賤」的下人，他卻看到她們「心比天高」。那些被世人視為劣種、人渣的賈環之流，他仍然視為兄弟，正如阿廖沙是唯一不責備老卡拉馬佐夫的人，他是唯一不責備趙姨娘和賈環的人。所以阿廖沙、賈寶玉都被世人視為怪種。其實，他們的「怪」，正是世人無法企及的寬容與慈悲。

梅：從精神氣質上說，賈寶玉和《白癡》（*The Idiot*）裏的梅思金公爵（Prince Lev Nikolayevich Myshkin）極為相似。梅思金這麼一個善良到極點的貴族，被世人視為「白癡」，正像賈寶玉這樣一個聰慧、仁厚到極點的貴族子弟被視為「呆子」，「孽障」。他們兩人都和他們所寄身的現實社會格格不入，總是要被嘲笑。賈寶玉比梅思金幸運的是有一個大觀園，一個喜歡清水的魚兒可以寄身的池塘。

劉：我曾讀到諾貝爾文學獎的獲得者、著名德語作家赫爾曼·海塞（Hermann Hesse）關於陀思妥耶夫斯基的一些評論，極為精彩。關於梅思金，他的描述和評論，簡直就是對賈寶玉的敍述。我唸兩段給你聽：

……白癡以不同於他人的方式思維着。這並非是說他的思維比別人缺乏邏輯，而更多地耽於天真的幻想，他的思維就是我所稱的「魔化」思維。這個溫文爾雅的白癡否認他人的全部生活、全部思想、全部感覺、全部世界與現實。在他看來，現實全然不同於他們的現實。他們的現實對於他則完全是虛幻的。在這方面，他是他們的敵人，因為他看到的和要求的是一個嶄新的現實。

梅：也許是因為我總是沉浸在西方學院的邏輯、分類等方法上，因此對莊子，齊物論和禪的不二法門總是無法理解。

劉：無論是莊還是禪，他們都拒絕既定的價值尺度與價值形態。所謂「空」，便是超越已有善惡、是非、因果、恩仇的無我之空。因此，空不是虛空，而是懸擱妄念、妄心（分別心），也是懸擱價值形態的淨空，即剩下清靜自性、清靜本心。按禪的說法，出於本心（清靜之心）即可成佛。梅思金和賈寶玉等「白癡」、「呆子」思維方式確實如赫爾曼．海塞所發現的那樣，是一種消解對立兩極的神秘體驗，也就是說，在清靜的本心中，萬物萬有皆平等存在，光明與黑暗、善與惡、福與禍、生與死皆平等存在，一切都取決於你的本心。海塞說梅思金「揚棄文明」。這正如老子、莊子、慧能、賈寶玉揚棄知識和聖賢（「棄智絕聖」），在思維方式上完全相同，讓我們讀一下赫爾曼．海塞關於梅思金的一段評論，他好像在評說賈寶玉：

梅什金與其他人的不同之處在於，他既是一個「白癡」和「癲癇患者」，但他同時又是一個極有悟性的人，他比其他人更靠近和深諳無意識的世界，在他看來，體驗的最高境界乃是瞬間的妙悟與凝視（他本人曾有過幾次這樣的體驗），是在剎那敞亮中與大化冥合、渾然一體，從而領悟和肯定世界上存在的一切的魔化之力，梅什金的本質即在於此。他具有魔化的力量，但他不僅從典籍中去研究、讚嘆和吸納神秘的智慧，而且實際地體驗了神秘的智慧（儘管只是在罕有的瞬間）；他不僅生發過許多奇思妙想，而且還不只一次地達到魔幻的臨界點。在此時此刻，一切都得以肯定，無論是最古怪的念頭，還是與之相反的念頭都成為真實的。……人類文化意義上的最高的現實就是世界之被劃分為光明與黑暗、善與惡、自然與命令。至於梅什金的最高現實乃是對一切定理之相反相成、對對立兩極之平等存在的神秘體驗。歸根結底，《白癡》主張一種無意識的母權，從而揚棄文明。不過，白癡並沒有打碎法則的石板，他只不過是把它翻轉過來，指出在石板的背面還寫着相反的東西。……白癡，這個仇恨秩序的人，這個可怕的破壞者，他並不是作為罪犯而出現的。他是一個可愛的、矜持的人，天真而優雅、真誠坦蕩而慷慨大度。這就是這部令人可怕的小說的奧秘。[1]

賈寶玉和梅思金一樣，也以不同於他人的方式思維着。人們都把世界劃分為善與惡、真與假、是與

1 赫爾曼·海塞等：《陀思妥耶夫斯基的上帝》中譯本，第四七—四八頁，社會科學文獻出版社，一九九九年。

非、兩極對立，但賈寶玉和梅思金的思維卻是「對對立兩極之平等存在的神秘體驗」，赫爾曼．海塞大約不知道，在中國叫做「齊物論」，叫做「不二法門」，在《紅樓夢》裏叫做「假作真來真作假」，在賈寶玉的潛意識裏，便是沒有尊卑之分、等級之分，上下之分、輸贏之分。在等級森嚴的帝王統治，貴族專制的社會裏，這種思維方法當然要被視為「魔」，視為「怪」，視為「孽障」。所以，在賈政眼裏，他的兒子只是個「混世魔王」。

梅：關於賈寶玉與梅思金公爵，夏志清老師曾作過比較，說得很精彩，被許多人引用。他說：

> 維思特（Anthony West）先生在評論這部小説的兩種英譯本的那篇卓越的文章中曾把寶玉比做德米特利．卡拉馬佐夫。但我認為雖然這兩個都有深受折磨的心靈，寶玉卻缺乏德米特利的那種塵世間的感情和活力，沒有表現出他那種在愛與恨間，在極端的謙卑與反叛之間的永恆的猶疑不決。寶玉的坦白，他的天真和優柔，他的理解和憐憫的能力，他更像陀思妥耶夫斯基的另一個主角，米希金公爵（Prince Myshkin）。兩個人都處於一個被剝奪的世界，在這個世界裏憐憫的愛被懷疑為白癡（描述這位中國英雄的重要的字是「呆」和「癡」）。兩個人都發現這個世界的痛苦是不堪負荷的，結果就忍受着陣陣發作的精神錯亂和麻木無情。兩個人都是同兩個女人有關係，而都未能滿足她們的期望。米希金公爵做為一個白癡的結束，因為納斯塔西亞（Nastasya）死後，他發現在一個貪婪與淫慾的世界裏基督之愛是不會有效的；當寶玉最後從其呆癡中脱穎而出時，他已認識了愛情的破產，但很典型地他棄絕世界以擔負起一個隱者的無感情。

剛才聽您引述赫爾曼·海塞的話，把梅思金稱為「秩序的破壞者」，這可以給夏先生做個補充，即賈寶玉和梅思金確實都有破壞的一面，反叛正統理念的一面。但千萬不要把他們說成「革命者」。只是對傳統價值的否定。海塞還說梅思金天真而優雅，真誠坦蕩而慷慨大度，這些評語，也完全適用於賈寶玉。他們兩人都是天真的正統價值理念的否定者，也正是在這個意義上，林黛玉才成為賈寶玉的知音，而薛寶釵則未能成為賈寶玉的心靈同道。薛寶釵的思維方式在正統的眼裏是最正常、最符合規範的方式，她不是秩序的破壞者，而是秩序的忠誠兒女。

劉：賈寶玉和梅思金確實都極為天真，說得更為徹底一些，都是混沌未鑿的孩子。你注意到了嗎，在描寫大觀園時，曹雪芹曾用「混沌未鑿、天真爛漫」八個字來形容這個世界。梅思金和賈寶玉都是赤子。這是他們的根本相似之處。海塞所說的思維方式，還屬於頭腦。而赤子狀態，則屬於心靈。這是更深層的共同點，共通點。這兩個小說主人公的相同點，也是曹雪芹和陀思妥耶夫斯基這兩位偉大作家的共同點。他們都是偉大赤子。《紅樓夢》作為靈魂自敍性小說，賈寶玉就是曹雪芹靈魂投影，賈寶玉天真的孩子狀態就是曹雪芹的心靈狀態。而陀思妥耶夫斯基也是如此，梅思金和阿廖沙就是他的人格投影和靈魂化身。陀思妥耶夫斯基曾經這樣進行自我描述，他說：

> 我是時代的孩童，直到現在，甚至（我知道這一點）直到進入墳墓都是一個沒有信仰和充滿懷疑的孩童。這種對信仰的渴望使我過去和現在經受了多少可怕的折磨啊！我的反對的論據越多，我心中的這種渴望就越強烈。
>
> 我不知道我憂傷的思想何時才能平息？人只有一種狀態是命中注定的：他心靈的氛圍是天

和地的融合。人是多麼不守規矩的孩童，精神本性的規律被破壞了……我覺得我們的世界是沾染了邪念的天上神靈的煉獄。我覺得，當今世界具有消極的意義，因而崇高的、優雅的高風亮節成了諷刺。如果有人進入這圖畫，和整體的印象與思想不協調，總之，完全是無關緊要的，那麼結果將會如何？畫面被毀壞了，存在便不可能了！

可是眼看着宇宙在一層粗糙的表皮包裹下受苦受難，明明知道只要意志的一次進發就能將它打破並與永恆完全融合，了解這一切並作為卑微的創造物而存在……太可怕了。

這兩段話雖是他的早期寫的，後期他的信仰已由懷疑走向堅信。但他的孩子狀態都永遠沒有變。作為「時代的孩童」，他從塑造梅思金到阿廖沙，其天真狀態一直如此。

梅：曹雪芹和陀思妥耶夫斯基到了後期即進入寫作其代表作的時候，靈魂負荷都很沉重，尤其是陀思妥耶夫斯基，但是，他們自始至終都是「時代的孩童」，創作時沒有功利之思，只有心靈之火，這是他們成功的原因。這種相同點，讓我想起一個問題，為甚麼一個談「空」，一個談上帝，但都會與孩童聯繫起來。老子說「聖人皆孩兒」，好像是個放諸四海而皆準的真理。

劉：按照佛教的學說，「我」空了，佛才能進來；我騰出淨潔的空間，佛才有立足之處。同理，只有忘我、無我之時，上帝才能進來，如果我的心胸塞滿權力欲、財富欲、功名欲，上帝固然可以拯救，但要格外費力，是否救得成，也未可知。把「空」與「無」理解為虛無主義是不對的。「空」，是看破物質的幻相，並非精神的空虛。「空」時的心靈不僅最為清淨，而其最為充盈。揚棄虛妄之物恰恰贏得新的實在。曹雪芹和陀思妥耶夫斯基把自己的理想人物都塑造得像個孩童赤子，自身也像孩童赤子，就因為孩童未被世間流行的價值形態所充塞，也未被固有的思維方式所驅使，他們的心靈還是一個未曾被權力、財富、功名所侵佔的「空」場。

梅：賈寶玉與阿廖沙（還有梅思金）有許多共同的根本之處，但確實也有很不同的地方。他們的思想差異反映着作者不同的大文化背景和大文化立場。

劉：不錯。曹雪芹與陀思妥耶夫斯基是中華民族與俄羅斯民族最有智慧的偉大兒子，他們分別負載着這兩國民族文化精華最豐富又最深刻的寶藏。兩個民族的靈魂內涵是甚麼？到這兩位偉大作家的作品中去尋找就找到了。如前邊我們在談論美學時說，曹雪芹把生命價值視為最高價值，把青春生命視為最高的美。至美的生命即美的極限，林黛玉與晴雯的生命即價值高峰。所以曹雪芹唯一牽掛的是美好的青春生命，其他價值形態都要建立在充份尊重這種個體生命的基石之上。《紅樓夢》的全部情、全部愛都投入個人生命之上，除此之外，沒有更高的情與更高的愛。這種愛是情愛，是親愛（親情），但又是波及一切生命的世情，包括對不情物與不情人的兼愛，也是博大的愛。賈寶玉體現着這種愛。把賈寶玉說成無情的石頭，說成只忙於構築自己桃花源，恐怕太冤枉了這位「怡紅公子」。而陀思妥耶夫斯基是基督教的忠誠信徒，他並不把個體生命價值視為最高價值。在他的價值體系中，有一種高於生命價值的神聖價值，這就是上帝所代表的最高價值，生命是上帝所創造的。上帝的聖愛才是最高的覆蓋一切的愛。為了實現這一最高價值，個體生命可以犧牲，可以忍受苦難，可以放棄個體的一切慾望，包括情愛的慾望。阿廖沙體現的正是這種價值觀。所以他的目標不是「復歸於嬰兒」，不是守持赤子狀態就滿足，他還要復歸苦難的大地，親吻不幸的人間，永遠揹着十字架在充滿荊棘的世界上苦行苦旅。這無疑比賈寶玉更為崇高。但是這種價值觀，必須有一個前提，就是確認上帝的存在，有了上帝的存在，才有陀思妥耶夫斯基及其理想人物的價值邏輯鏈條，即上帝——聖愛——拯救——犧牲——忍受苦難——擁抱苦難的大地。《卡拉馬佐夫兄弟》所以能打動全世界的心靈，就是憑藉這一價值邏輯。我也從心底深處仰視這一邏輯，但又清醒地意識到，我們的中國文化沒有上帝這一前提，也不可能擁有上帝所派生的價值邏輯鏈條。中國文化只有一個「人」的世界，沒有「神」（即上帝）的另一個世界。我和林崗合著的《罪與文學》，苦苦追索的正是在沒有上帝的條件下，我們良知的源泉與根據在哪裏？是不是沒有上帝，我們的良知就無所附麗。思索的結果，我們找到《紅樓夢》，找到另一種聖經，這就是把個體生命視為最高價值的聖經，把青春生命視為至真至善至美的聖經。這部經典極品雖未能把「崇高」範疇推向極致，卻把「柔美」範疇推向極致，它雖不是剛性史詩，卻是柔性史詩。我和林崗在全書的論證中，拒絕褒此抑彼，拒絕在曹雪芹與陀思妥耶夫斯基這兩者之間作出高低價值判斷。認為「拯救」固然有充份理由，「逍遙」也有充份理由。阿廖沙返回大地擁抱苦難大地具有充份理由，賈寶玉逃離大地告別苦難大地也有充份理由。

梅：您認為賈寶玉最後離家出走，不能像阿廖沙那樣承擔苦難的理由是甚麼？

劉：理由是自救。他無力當救世主，連最心愛的幾個女子都救不了，還能救世界嗎？晴雯、鴛鴦、林黛玉等已當了犧牲品了，他如果真想去拯救，也只能多一份犧牲品。在確認世界無法拯救，自己也無力拯救時，自救便有了理由。守護生命的尊嚴，守護生命的本真狀態，拒絕與泥濁世界同歸於盡，這難道不是巨大的理由嗎？賈寶玉的出走，既是反叛，也是自救。曹雪芹正是因為自救，才贏得逍遙之境，才贏得精神價值創造（寫作《紅樓夢》）的時間和心境，才獲得其生命的意義。沒有放下世俗的負累，如何提起注滿血淚與智慧的如椽大筆？五四以來，在革命即拯救解放全人類的名義下，山林文化、隱逸文化被聲討被圍剿，逍遙之境沒有存在的合理性，作家的自由就從這裏開始喪失。

梅：這兩年，我一直留心現代隱逸文化的命運，結果發現中國現代社會、現代文壇沒有隱逸文化的立足之境。中國古代還有放任山水的自由，《儒林外史》中還有王冕的逍遙自由，而現代社會則沒有這種自由。周作人、林語堂、廢名等都想當現代隱士，結果隱士夢全都破滅。中國現代文化的苦難負荷太重，不允許「象牙之塔」的存在。您曾告訴我，象牙之塔的毀滅是中國現代文化的一大現象。所謂象牙之塔，其實就是逍遙之境，獨立創作之境。它的毀滅，固然有政治權力的壓迫，但更多的是拯救國家的道義壓力。

劉：你說得對。象牙之塔並不僅是為了自適、為了虛度時日，而是構築一個屬於自己的精神王國進行潛心的創造。掃蕩這種王國，就不可能有《紅樓夢》。所以我既能理解陀思妥耶夫斯基的荒漠之境，也能理解曹雪芹大觀園的逍遙之境。

梅：我能理解您這些觀念。多年來，您自己就在拯救與逍遙中徘徊，在宗教與審美中徘徊，在神性與理性中徘徊，在理性與感性中徘徊，在神主體性與人主體性中徘徊，在孔子與莊子中徘徊，在屈原與陶淵明中徘徊，在耶路撒冷與雅典中徘徊，在魯迅與高行健中徘徊，在基督與慧能中徘徊。最近這幾年，您感到拯救無力，感到所謂「改造世界」不是您所能及，因此您的人生天平便往逍遙一端傾斜。雖然您對陀思妥耶夫斯基和曹雪芹都衷心仰慕，對其文學成就都給予最高的禮讚，但在靈魂的出路上，您卻往曹雪芹這一端傾斜。我們不是教徒，雖格外尊重宗教，但不必有宗教式的思維，不必有一個終極真理的決斷與結論，不必有「二者必居其一」的立場。我們是文學的信仰者，我們重視過程而不重視結論，我們就生活在悖論中，生活在提問中，生活在張力場中。我們不把《卡拉馬佐夫兄弟》看作基督教教義的形象演繹，也不把《紅樓夢》看作佛教理念的形象轉達。我們只把他們看作偉大的文學作品。作品文本的本身就充滿矛盾，就充滿各種不同的聲音。小說傳遞給我們的是「複調」，是雙音與多音，不是終極真理的絕對命令。所以您在《罪與文學》中借助陀思妥耶夫斯基說明文學的靈魂維度和「崇高」審美範疇是符合學理的，而借助曹雪芹說明文學的生命本體價值和「柔美」審美範疇也符合學理。我們比較賈寶玉與阿廖沙，也不是去做道德價值判斷，而是探討他們相同和不同的生命內涵和美學內涵。

劉：你對我的描述大體上是準確的。現在我更牽掛個體生命，無論是對待自己還是對待他人。所以也完全能夠理解賈寶玉那種對於生命尊嚴和詩意生活的追求。至於陀思妥耶夫斯基，我從他身上知道了甚麼叫做「靈魂深度」，直到今天仍然陶醉於他的深度描寫。但是，我又無法接受他的那種「忍受苦難」的靈魂負荷，更不會與謳歌苦難產生共鳴。我的第一人生不斷走向知識，第二人生則不斷走向生命，凡是進入生命深層的偉大文學作品，都讓我傾慕與醉心，都援助和提高了我的心靈。所以，無論是對於陀思妥耶夫斯基，還是對於曹雪芹，我都充滿感激。

後記一：重新擁抱文學的幸福

劉劍梅

父親在海外的精神之旅，到了近年，回歸到中國文學經典和中國文化經典，而這些經典中，最讓他癡迷眷戀的精神故鄉就是《紅樓夢》。他面壁沉思時悟的是《紅樓夢》，浪跡四方時攜帶的也是《紅樓夢》，此時父親在我心中的形象，就是帶着精神故鄉穿越時間和空間的漂泊者和思想者。他講述《紅樓夢》不是為了表現自己和點綴自己，而是為了穿越生命困境而拯救自己。他不故作學問姿態，但求生命境界。文學思索可以和生命如此貼近，這是父親給我最重要的啟發。我因為從小就喜歡讀《紅樓夢》，現在又受父親的感染，就起了與他對話的念頭。但是我對《紅樓夢》的感悟離父親太遠，所以與其說是「對話」，不如說是充當一個很好的「聽者」，只能好好地傾聽父親的講述。

想和父親對話，自然也不是為了裝潢自己，說到底，也是為了救助自己。除了可以「自知其無知」（蘇格拉底語）之外，還可以幫助我回歸文學。我這些年讀了不少西方學院派的著作，中「毒」太深，幾乎離開了文學。不僅是我，而且我還發現我的同事們關心的都是「全球政治」、「第三世界」、「話語霸權」、「反殖民擴張」等等大概念，似乎也沒有真正關注文學的。經過了後現代主義的洗禮，文學批評和文學作品愈來愈脱節。Roland Barthes（羅蘭．巴特）「作家已死」的宣言，Paul De Man 等解構主義者的審美缺席，都不顧作者的意圖，不理會文學是人學，完全否定人的主體意識和價值判斷。這樣一來，文學批評家也就不需要具備任何文學直覺，只要會運用西方理論，即使面對再差的文學作品，也可以講出一番玄玄乎乎的道理。我本來是出於對文學的熱愛才進了北大中文系，在美國也從事文學教育，但是到了後來只感到困惑和迷失，不知道自己到底是在做文學研究，還是在做文化政治研究。

在《影響的焦慮：一種詩歌理論》（一九七三）一書中，Harold Bloom（哈洛．布魯姆）提出了「審美自主性原則」。在他看來，審美完全是一種個人行為，與社會關係無關，並認為文學批評作為一門藝術，終歸是一種精神現象，「只有審美的力量才能透入經典，而這力量又主要是一種混合力：嫻熟的形象語言、原創性、認知能力、知識以及豐富的辭彙」。正是從這樣一種批評思想出發，H. Bloom 認為，只有那些經得住純粹審美考驗的作品才有可能成為經典。在《西方正典》（*The Western Canon*）一書中，布魯姆更是站在傳統的保守派立場表達了對當前頗為風行的文化批評和文化研究的極大不滿，把女性主義批評、新馬克思主義批評、新歷史批評、解構主義批評等社會文化批評統稱為「憎恨學派」，因為正是這些人顛覆了經典。H. Bloom 極力守住精英主義的象牙之塔，對經典所固有的美學價值和文學價值作了辯護。他認為，閱讀經典只是一個心靈自我對話的過程，而「心靈的自我對話本質上不是一種社會現實。西方經典的全部意義在於使人善用自己的孤獨，這一孤獨的最終形式是一個人和自己死亡的相遇」。H. Bloom 的回歸文學經典的論述，可能偏激，但也提醒我們不要以政治話語取代文學話語，而是應該回歸文學本身。這一思路與我父親相通，也是我新近的一種覺悟。

父親回歸《紅樓夢》，並引導我也回歸中國文學經典，回歸進入文學的初衷。如果說 H. Bloom 在《西方正典》是以莎士比亞為坐標來閱讀西方的文學經典，那麼我和父親的坐標則是《紅樓夢》。在與父親的對話中，《紅樓夢》中那些美麗而聰慧的少女們再一次回到我的精神生活，她們不是政治棋盤中的「棋子」，也不是男性社會中的擺設和花瓶，而是有思想、有個性、有靈氣、有才情、有創作力的世界主體。尤其是林黛玉，連寶玉都被她所「啟蒙」。林黛玉身上的靈性，常常讓我聯想起 Virginia Woolf（弗吉尼亞．伍爾夫）的小說《到燈塔去》中拉姆齊夫人所感受的「第三道閃光」：

她從手裏編織的活計上抬起頭來，正好遇到第三道閃光，她覺得彷彿是與自己的目光相遇，是用她獨有的方式談就她自己的思想和心靈，清除那句謊言、任何謊言的存在，讓心靈淨化。她在讚美那道閃光的同時，也不帶任何浮誇地讚美了自己，因為她堅定，她敏銳，她美麗，一如那道閃光……她把編針懸在手上，目不轉睛地望着、望着，她的心靈深處升騰起一縷薄霧，漂浮在她的心湖之上，那是一位新娘在迎接她的心上人。[1]

這「第三道閃光」實際上就是伍爾夫所書寫的「燈塔」，它神秘的力量讓拉姆齊夫人有了心靈的向度，特別是有了內心的自我反觀與自我發現的能力。林黛玉身上的靈性又何嘗不是來自這「第三道閃光」？而《紅樓夢》所帶給我們的文學的力量又何嘗不是這神秘的「第三道閃光」？回歸《紅樓夢》，對我來說，就是重新尋找和守護這道可以照亮生命和靈魂的光明，重新擁抱文學的幸福。

我要感謝香港三聯書店的總編輯陳翠玲和舒非兩位學姐，她們在出版此書的過程中給與我許多切實的鼓勵和幫助。此外，我還要感謝我的親表叔葉鴻基教授，他是福建泉州黎明大學電子工程系的主任，

1 弗吉尼亞．伍爾夫：《到燈塔去》，馬愛農譯，人民文學出版社，二零零三年，第五六頁。

專業水平很高又熱愛人文科學。此次我和父親整理出對話稿後，他帶着先睹為快的熱情與親情，在繁忙中立即為我們打印出來。父親說，沒有他的幫忙，我們的書稿可能會拖半年，得好好感謝他。

二零零八年七月

後記二：「紅樓四書」的寫作

劉再復

正在閱讀本書清樣時，接到紐約劍橋出版社（Cambria Press）寄來的《紅樓夢》英譯本。譯者是在Queens College任教的蘇允中（Shu Yunzhong）教授。他花了一年多的時間把拙著譯出，並及時出版，這對我是個鼓舞，藉此「後記」，特向他致以衷心的感謝。

與劍梅對話時，我正在寫作《紅樓人三十種解讀》和《紅樓哲學筆記》，此刻讀《共悟紅樓》清樣，這兩部書稿也已呈交出版社。自二零零四年《紅樓夢悟》交稿至今的三、四年裏，我仍然沉浸於《紅樓夢》的思悟中，今天可以向關懷我的友人説的是，我沒有偷懶，終於完成了「紅樓四書」，按次序排列如下：

《紅樓夢悟》，「紅樓四書」第一卷；

《共悟紅樓》，「紅樓四書」第二卷；

《紅樓人三十種解讀》，「紅樓四書」第三卷；

《紅樓哲學筆記》，「紅樓四書」第四卷。

四書框架是在寫作過程中形成的，因此無法在已出版和將出版的書籍封面上標明。但願以後有機會四書一起出版時再整合命名。最近北京、香港三聯正在籌備六十週年社慶，北京總社請我撰寫一篇紀念文章。我欣然應允，並要在文中說：沒有三聯，就沒有「紅樓四書」。

劍梅在本書後記中說，我們關於紅樓的對談，使她放下時髦的政治話語，重新回到文學話語之中，這使我很高興。我的「紅樓四書」寫作，第一動力是生命需求，但在學術上也希望能把《紅樓夢》研究的方式從考古學、歷史學拉回文學、哲學、美學，想的也是回歸。朱熹曾說，天不生仲尼，萬古長如夜（《朱子語類》卷九三）。我在心裏默默和朱子對語說：地缺夢紅樓，千秋永無明。《紅樓夢》的輝煌，在於小說文本自身，劍梅能悟到這一點，就算我們的對話沒有白費口舌了。

二零零八年八月五日於美國

劉再復著作出版書表（整理：葉鴻基）

序	類別	書名	出版社	出版年份	備註
1	文學理論與批評	《性格組合論》	上海文藝出版社（上海）	一九八六	
2	文學理論與批評	《性格組合論》	新地出版社（台灣）	一九八八	
3	文學理論與批評	《性格組合論》	安徽文藝出版社（安徽）	一九九九	
4	文學理論與批評	《性格組合論》	中國人民大學出版社（北京）	二零零九	
5	文學理論與批評	《文學的反思》	人民文學出版社（北京）	一九八六	
6	文學理論與批評	《文學的反思》	福建教育出版社（福建）	二零一零	
7	文學理論與批評	《放逐諸神》	天地圖書有限公司（香港）	一九九四	
8	文學理論與批評	《放逐諸神》	風雲時代出版公司（台灣）	一九九五	
9	文學理論與批評	《罪與文學》	牛津大學出版社（香港）	二零零二	與林崗合著
10	文學理論與批評	《罪與文學》	中信出版社（北京）	二零一一	與林崗合著
11	中國古代文化與古代文學	《傳統與中國人》	三聯書店（北京）	一九八八	與林崗合著
12	中國古代文化與古代文學	《傳統與中國人》	三聯書店（香港）	一九八九	與林崗合著
13	中國古代文化與古代文學	《傳統與中國人》	人間出版社（台灣）	一九八八	與林崗合著
14	中國古代文化與古代文學	《傳統與中國人》	安徽文藝出版社（安徽）	一九九九	與林崗合著
15	中國古代文化與古代文學	《傳統與中國人》	牛津大學出版社（香港）	二零零二	與林崗合著
16	中國古代文化與古代文學	《傳統與中國人》	中信出版社（北京）	二零一零	與林崗合著
17	中國古代文化與古代文學	《論中國文化對人的設計》	湖南人民出版社（湖南）	一九八八	與林崗合著
18	中國古代文化與古代文學	《雙典批判》	三聯書店（北京）	二零一零	

19	中國古代文化與古代文學	《賈寶玉論》	三聯書店（北京）	二零一四	
20	中國古代文化與古代文學	《〈西遊記〉悟語 300 則》	中國藝文出版社（澳門）	二零一九	
21	中國古代文化與古代文學	《西遊記悟語》	湖南文藝出版社（湖南）	二零二零	
22	中國古代文化與古代文學	《紅樓夢悟讀系列》（六種）	三聯書店（上海）	二零二零	
23	中國古代文化與古代文學	《白先勇、劉再復紅樓夢對話錄》	中華書局（香港）	二零二零	與白先勇合著
24	中國古代文化與古代文學	紅樓四書 《紅樓夢悟》	三聯書店（香港）	二零零六	
25	中國古代文化與古代文學	紅樓四書 《紅樓夢悟》	三聯書店（北京）	二零零六	
26	中國古代文化與古代文學	紅樓四書 《紅樓夢悟》	三聯書店（香港）	二零零八	增訂版
27	中國古代文化與古代文學	紅樓四書 《紅樓夢悟》	三聯書店（北京）	二零零九	增訂版
28	中國古代文化與古代文學	紅樓四書 《共悟紅樓》	三聯書店（香港）	二零零八	與劉劍梅合著
29	中國古代文化與古代文學	紅樓四書 《共悟紅樓》	三聯書店（北京）	二零零九	與劉劍梅合著
30	中國古代文化與古代文學	紅樓四書 《紅樓人三十種解讀》	三聯書店（北京）	二零零九	
31	中國古代文化與古代文學	紅樓四書 《紅樓人三十種解讀》	三聯書店（香港）	二零零九	
32	中國古代文化與古代文學	紅樓四書 《紅樓哲學筆記》	三聯書店（北京）	二零零九	
33	中國古代文化與古代文學	紅樓四書 《紅樓哲學筆記》	三聯書店（香港）	二零零九	
34	中國現當代文學	《魯迅與自然科學》	科學出版社（北京）	一九七六	與金秋鵬、汪子春合著
35	中國現當代文學	《魯迅與自然科學》	爾雅出版社（台灣）	一九八零	與金秋鵬、汪子春合著
36	中國現當代文學	《魯迅美學思想論稿》	中國社會科學出版社（北京）	一九八一	
37	中國現當代文學	《魯迅傳》	中國社會科學出版社（北京）	一九八一	
38	中國現當代文學	《魯迅傳》	人民日報出版社（北京）	二零一零	與林非合著
39	中國現當代文學	《魯迅傳》	福建教育出版社（福建）	二零一零	與林非合著

編號	類別	子類	書名	出版社	年份	備註
40	中國現當代文學		《論中國文學》	中國作家出版社（北京）	一九九八	
41			《論高行健狀態》	明報出版社（香港）	二零零零	
42			《書園思緒》	天地圖書有限公司（香港）	二零零二	楊春時 編
43			《高行健論》	聯經出版事業公司（台灣）	二零零四	
44			《現代文學諸子論》	牛津大學出版社（香港）	二零零四	
45			《李澤厚美學概論》	三聯書店（北京）	二零零九	
46	思想與思想史		《橫眉集》	天津人民出版社（天津）	一九七八	與楊志杰合著
47			《告別革命》	天地圖書有限公司（香港）（共印八版）	一九九五—二零一五	與李澤厚合著
48				麥田出版社（台灣）	一九九九	
49			《思想者十八題》	明報出版社（香港）	二零零七	
50				中信出版社（北京）	二零一零	劉劍梅 編
51			《共鑒「五四」》	三聯書店（香港）	二零零九	
52				福建教育出版社（福建）	二零一零	
53			《教育論語》	福建教育出版社（福建）	二零一二	
54	散文與散文詩	散文	《人論二十五種》	牛津大學出版社（香港）	一九九二	
55				中信出版社（北京）	二零一零	
56			《漂流手記》	天地圖書有限公司（香港）	一九九三	漂流手記（1）
57				風雲時代出版公司（台灣）	一九九五	
58			《遠遊歲月》	天地圖書有限公司（香港）	一九九四	漂流手記（2）
59			《西尋故鄉》	天地圖書有限公司（香港）	一九九七	漂流手記（3）

編號	類別	體裁	書名	出版社	年份	備註
60	散文與散文詩	散文	《獨語天涯》	天地圖書有限公司（香港）	一九九九	漂流手記（4）
61				上海文藝出版社（上海）	二零零一	
62			《漫步高原》	天地圖書有限公司（香港）	二零零零	漂流手記（5）
63			《共悟人間》	天地圖書有限公司（香港）	二零零零	漂流手記（6）與劉劍梅合著
64				上海文藝出版社（上海）	二零零一	
65				九歌出版社（台灣）	二零零四	
66			《閱讀美國》	明報出版社（香港）	二零零二	漂流手記（7）
67				福建教育出版社（福建）	二零零九	
68			《滄桑百感》	天地圖書有限公司（香港）	二零零四	漂流手記（8）
69			《面壁沉思錄》	天地圖書有限公司（香港）	二零零四	漂流手記（9）
70			《大觀心得》	天地圖書有限公司（香港）	二零一零	漂流手記（10）
71			《隨心集》	三聯書店（北京）	二零一二	
72			《我的心靈史》	三聯書店（香港）	二零一九	
73			《我的思想史》	三聯書店（香港）	二零二零	
74			《我的錯誤史》	三聯書店（香港）	二零二零	
75		散文詩	《雨絲集》	上海文藝出版社（上海）	一九七九	
76			《深海的追尋》	湖南人民出版社（湖南）	一九八三	
77				新地出版社（台灣）	一九八八	
78				廣東旅遊出版社（廣東）	二零一三	

編號	類別		書名	出版社	年份	編者
79	散文與散文詩	散文詩	《告別》	福建人民出版社(福建)	一九八三	
80			《太陽・土地・人》	百花文藝出版社(天津)	一九八四	
81				新地出版社(台灣)	一九八八	
82				廣東旅遊出版社(廣東)	二零一三	
83			《潔白的燈心草》	天地圖書有限公司(香港)	一九八五	
84			《人間・慈母・愛》	人民文學出版社(北京)	一九八八	
85				廣東旅遊出版社(廣東)	二零一三	
86			《尋找的悲歌》	天地圖書有限公司(香港)	一九八八	
87				廣東旅遊出版社(廣東)	二零一三	
88			《讀滄海》	安徽文藝出版社(安徽)	一九九九	
89				福建教育出版社(福建)	二零零九	
90	散文選本		《劉再復散文詩合集》	華夏出版社(北京)	一九八八	
91			《生命精神與文學道路》	風雲時代出版公司(台灣)	一九八九	陳曉林 編
92			《尋找與呼喚》	風雲時代出版公司(台灣)	一九八九	陳曉林 編
93			《劉再復精選集》	九歌出版社(台灣)	二零零二	
94			《我對命運這樣説》	三聯書店(香港)	二零零三	舒非 編
95			《漂泊傳》(海外散文選)	青年書局(新加坡)、明報月刊出版社(香港)聯合出版	二零零九	
96			《遠遊歲月——劉再復海外散文選》	花城出版社(廣東)	二零零九	
97			《師友紀事》(散文精編1)	三聯書店(北京)	二零一零	白燁、葉鴻基 編

編號	類別	書名	出版社	年份	備註
98	散文選本	《人性諸相》（散文精編2）	三聯書店（北京）	二零一零	白燁、葉鴻基編
99		《讀海文存》	遼寧人民出版社（遼寧）	二零一二	
100		《歲月幾縷絲》	海天出版社（深圳）	二零一二	
101		《世界遊思》（散文精編3）	三聯書店（北京）	二零一二	白燁、葉鴻基編
102		《檻外評說》（散文精編4）	三聯書店（北京）	二零一二	白燁、葉鴻基編
103		《漂泊心緒》（散文精編5）	三聯書店（北京）	二零一二	白燁、葉鴻基編
104		《八方序跋》（散文精編6）	三聯書店（北京）	二零一三	白燁、葉鴻基編
105		《兩地書寫》（散文精編7）	三聯書店（北京）	二零一三	白燁、葉鴻基編
106		《天涯悟語》（散文精編8）	三聯書店（北京）	二零一三	白燁、葉鴻基編
107		《莫言了不起》	中和出版有限公司（香港）	二零一三	
108			東方出版社（北京）	二零一三	
109		《散文詩華》（散文精編9）	三聯書店（北京）	二零一三	白燁、葉鴻基編
110		《審美筆記》（散文精編10）	三聯書店（北京）	二零一三	白燁、葉鴻基編
111		《又讀滄海》	廣東旅遊出版社（廣東）	二零一三	
112		《天岸書寫》	廈門大學出版社（福建）	二零一四	
113		《四海行吟》	中華書局（香港）	二零一四	
114			中國人民大學出版社（北京）	二零一五	
115		《童心百說》	灕江出版社（廣西）	二零一四	
116		《吾師吾友》	三聯書店（香港）	二零一五	

編號	類別	書名	出版社	年份	備註
117	學術選本	《劉再復論文集》	天地圖書有限公司（香港）	一九八六	
118		《劉再復集》	黑龍江教育出版社（黑龍江）	一九八八	
119		《劉再復——二〇〇〇年文庫》	明報出版社（香港）	一九九九	
120		《劉再復文論精選》上、下	新地出版社（台灣）	二零一零	
121		《人文十三步》	中信出版社（北京）	二零一零	林崗 編
122		《走向人生深處》	中信出版社（北京）	二零一零	吳小攀 訪談
123		《魯迅論》	中信出版社（北京）	二零一零	劉劍梅 編
124		《文學十八題》	中信出版社（北京）	二零一一	沈志佳 編
125		《感悟中國，感悟我的人間》	人民日報出版社（北京）	二零一一	對話集
126		《回歸古典，回歸我的六經》	人民日報出版社（北京）	二零一一	講演集
127		《高行健引論》	大山文化（香港）	二零一一	
128		《甚麼是文學》	三聯書店（香港）	二零一五	
129		《文學常識二十二講》	東方出版社（北京）	二零一六	
130		《我的寫作史》	三聯書店（香港）	二零一七	
131		《甚麼是人生》	三聯書店（香港）	二零一七	
132		《怎樣讀文學》	三聯書店（香港）	二零一八	
133		《讀書十日談》	商務印書館（北京）	二零一八	
134		《文學慧悟十八點》	商務印書館（北京）	二零一八	
135		《劉再復片段寫作選集》（四種）	香港城市大學出版社（香港）	二零二零	

136	劉再復文集	文學理論部	①《性格組合論》	天地圖書有限公司（香港）	二零二一	
137			②《罪與文學》	天地圖書有限公司（香港）	二零二一	與林崗合著
138			③《文學四十講》	天地圖書有限公司（香港）	二零二一	
139			④《文學主體論》	天地圖書有限公司（香港）	二零二一	
140		人文思想部	⑤《告別革命》	天地圖書有限公司（香港）	二零二一	與李澤厚合著
141			⑥《傳統與中國人》	天地圖書有限公司（香港）	二零二一	與林崗合著
142			⑦《教育論語》	天地圖書有限公司（香港）	二零二一	與劉劍梅合著
143			⑧《思想者十八題》	天地圖書有限公司（香港）	二零二一	
144			⑨《人論二十五種》	天地圖書有限公司（香港）	二零二一	
145		古典文學批評部	⑩《紅樓夢悟》	天地圖書有限公司（香港）	二零二二	與劉劍梅合著
146			⑪《紅樓人三十種解讀》	天地圖書有限公司（香港）	二零二二	
147			⑫《賈寶玉論》	天地圖書有限公司（香港）	二零二二	
148			⑬《雙典批判》	天地圖書有限公司（香港）	二零二二	
149		現當代文學批評部	⑭《高行健論》	天地圖書有限公司（香港）	二零二二	
150			⑮《魯迅論》	天地圖書有限公司（香港）	二零二二	

（不包括外文版）

劉再復簡介

一九四一年農曆九月初七生於福建省南安縣劉林鄉。一九六三年畢業於廈門大學中文系，被分配到中國科學院《新建設》編輯部。一九七八年轉入中國文學研究所，先後擔任該所的助理研究員、研究員、所長。一九八九年移居美國，先後在美國芝加哥大學、科羅拉多大學，瑞典斯德哥爾摩大學，加拿大卑詩大學，香港城市大學、科技大學，台灣中央大學、東海大學等高等院校裏擔任客座教授、訪問學者和講座教授。現任香港科技大學人文學部客座教授。著作甚豐，已出版的中文論著和散文集有《讀滄海》、《性格組合論》等六十多部，一百三十多種（包括不同版本）。中文譯為英文出版的有《雙典批判》、《紅樓夢悟》。韓文出版的有《師友紀事》、《人性諸相》、《告別革命》、《傳統與中國人》、《面壁沉思錄》、《雙典批判》等七種。還有許多文章被譯為日、法、德、瑞典、意大利等國文字。由於劉再復的廣泛影響，冰心稱讚他是「我們八閩的一個才子」；錢鍾書稱讚他的文章「有目共賞」；金庸則宣稱與劉「志同道合」。

劉劍梅簡介

美國哥倫比亞大學東亞系博士，曾為美國馬里蘭大學亞洲與東歐語言文學系副教授，現為香港科技大學人文學部教授。出版過中文著作：《小說的越界》、《徬徨的娜拉》、《莊子的現代命運》、《共悟人間：父女兩地書》（與劉再復合著）、《狂歡的女神》，《共悟紅樓》（與劉再復合著），《革命與情愛》。英文專著：《莊子與中國現代文學》，《革命與情愛：文學史、女性身體和主題重複》，《高行健與跨媒體美學》（與 Mabel Lee 合編），《金庸現象：中國武俠小說與現代中國文學史》（與 Ann Huss 合編），另有中英文文章近百篇，發表於各種報刊。

「劉再復文集」

① 《性格組合論》 劉再復

② 《罪與文學》 劉再復、林 崗

③ 《文學四十講》 劉再復

④ 《文學主體論》 劉再復

⑤ 《告別革命》 李澤厚、劉再復

⑥ 《傳統與中國人》 劉再復、林 崗

⑦ 《教育論語》 劉再復、劉劍梅

⑧《思想者十八題》劉再復

⑨《人論二十五種》劉再復

⑩《紅樓夢悟》劉再復、劉劍梅

⑪《紅樓人三十種解讀》劉再復

⑫《賈寶玉論》劉再復

⑬《雙典批判》劉再復

⑭《高行健論》劉再復

⑮《魯迅論》劉再復

書　　名　紅樓夢悟（「劉再復文集」⑩）

作　　者　劉再復、劉劍梅

責任編輯　陳幹持

封面題字　屠新時

美術編輯　郭志民

出　　版　天地圖書有限公司
香港黃竹坑道46號
新興工業大廈11樓（總寫字樓）
電話：2528 3671　傳真：2865 2609
香港灣仔莊士敦道30號地庫（門市部）
電話：2865 0708　傳真：2861 1541

印　　刷　亨泰印刷有限公司
柴灣利眾街德景工業大廈10字樓
電話：2896 3687　傳真：2558 1902

發　　行　香港聯合書刊物流有限公司
香港新界荃灣德士古道220-248號荃灣工業中心16樓
電話：2150 2100　傳真：2407 3062

出版日期　2022年1月／初版

ISBN：978-988-8549-25-2